袁隆平的世界

THE WORLD OF YUAN LONGPING

陈启文 著

CS 湖南文艺出版社

图书在版编目（CIP）数据

袁隆平的世界 / 陈启文著. —长沙：湖南文艺出版社，2016.12（2025.1重印）
ISBN 978-7-5404-7898-8

Ⅰ.①袁… Ⅱ.①陈… Ⅲ.①报告文学－中国－当代 Ⅳ.①I25

中国版本图书馆CIP数据核字（2016）第315911号

PUBLISHING & MEDIA
中南出版传媒

YUAN LONGPING DE SHIJIE
袁隆平的世界
陈启文 著

出 版 人：陈新文
责任编辑：龚湘海
出版统筹：陈小真
封面设计：萧睿子
版式设计：周基东工作室
湖南文艺出版社出版、发行
（湖南省长沙市东二环一段508号　　邮编：410014）
网址：www.hnwy.net
湖南省新华书店经销
湖南天闻新华印务有限公司印刷

版次：2016年12月第1版
印次：2025年1月第11次印刷
开本：970 mm×670 mm　　1/16
印张：31.5
字数：450千字
书号：ISBN 978-7-5404-7898-8
定价：52.00元

本社邮购电话：0731-85983015
若有质量问题，请直接与本社出版科联系调换

目录

引 子

一

从长沙市中心朝着浏阳河的方向一路东行，繁华渐远而节奏放缓，我的脚步在这里慢下来。一条穿过时空的河流依然清晰，那是一种不受时代限制的存在。浏阳河，九道湾，在流经长沙市芙蓉区、注入湘江之前拐了一道大弯，马坡岭，就在这个水汽充盈的河湾里。这是一道绵亘于长沙东郊的低矮丘陵，原本是远离闹市的荒郊野岭，如今在不断扩张的城市版图上，已为傲岸而又炫耀的高楼大厦所遮蔽，然而一旦深入，就会发现，它并未消失，那一片洇染而出、弥漫而来的绿色汁液，在城市的皱褶中愈发显得鲜亮而灵动，我那高度近视的双眼感觉越来越亮了。这一小片被绿色所渗透了的土地，其实比我想象的要大得多，恍若隐藏于城市背后的另一个世界。

我三番五次探访马坡岭，每次都在三伏天，正是水稻扬花灌浆的季节，而这儿还有着一片稻田，在一座省城，这几乎是绝美的风景。这里的每一条路，仿佛都是从稻田里延伸出来的，只要不迷失方向，你就会和一个伟大的灵魂走在同一条路上。我反复辨认着一个个路标与站牌，这里的路线还真是错综复杂，湖南农业大学、湖南省农科院和杂交水稻研究中心，在河湾与丘岗之间构成了一个“农”字当头的金三角。如果问路，十有八九会被指错方向，一般老百姓也不知道哪跟哪，而一个杂交水稻之父的名气实在太大了，他们以为这一方水土全是袁隆平的地盘，只要带个“农”字的地方都是他管着的。我第一次来这儿就被指错了方向，从农大到农科院拐了好几个弯。来过几次了，渐渐便有了经验，只要看见那片长势特别好的稻田，就再也不会走错了，那是袁隆平的中心试验田。紧挨着这片稻田，那一片绿得最葱茏的地方，有一道几乎被树荫遮蔽了的大门，就是中心大院。左一个中心，右一个中心，在这儿其实是具有双重意义的特指，就像门口那两块牌子，一块是湖南杂交水稻研究中心，一块是国家杂交水稻工程技术研究中心。两块牌子，一套人马，袁隆平多年来一直担任这两个中心的主任。由于两个中心的名字太长，老百姓有点叫不过来，也难以记全，便很干脆地把这片试验田直呼为中心试验田，把这院子叫中心大院，又把两个中心合称为“杂优中心”。约定俗成，大院里的人也是这样叫的。这样叫其实也不错，这里就是湖南、中国乃至世界杂交水稻或水稻杂种优势利用的研究中心。

我第一次走进马坡岭，是 2009 年 7 月，那时我正在采写一部以粮食为主题的长篇报告文学，袁隆平和杂交水稻是其中不可或缺的篇章。那一次我就领会到了，要对他老人家做一次访谈可不容易，我在 3 月份惊蛰刚过就开始联系，可他实在太忙了，自从投身杂交水稻研究后，数十年来，每年他都像追逐太阳的候鸟一样，在湖南、海南两地奔波育种。一个农业科学家，不是活在二十四小时里，而是活在二十四节气里，追着农时走。那时，按照袁隆平提出的“杂交稻育种三步走的战略设想”，早已从第一阶段的三系法迈进了第二阶段的两系法，而且跨入了两系法的升级版——超级杂交稻时代。在连续攻克中国超级稻第一期、第二期目标后，他正率协作攻关的科研团队向第三期超级稻目标发起攻关。几个月来，我一直通过各种渠道寻找面对面地采访他的机会，几经周折，经袁隆平先生的秘书辛业芸博士安排，我才终于有了一次采访机会。

当我从另一座城市赶到火炉长沙时，已经踩在7月的尾巴梢上了。大暑已过，正值中伏，那是一年中最热的季节，也是水稻长势最旺的季节。马坡岭当时还下着雨，但雨水浇不透逼人的暑气，反而漫出一股如蒸笼般的热气。袁隆平先生比预约的访谈时间迟了一个多钟头，尽管多年未见，但我一眼就认出了他，哪怕从未见过，你也能一眼认出他。这副面孔，这个形象，以那瀑布般的杂交水稻为背景，已经成为世界上传播率最高的中国形象之一。这年，袁隆平先生已年届八旬，他刚去田里看过稻子的长势，进门时，他一边抹着脸上的雨水，也许是汗水，一边露出了他那标志性的“刚果布式的笑容”，——由于长年累月扑在稻田里，他老早就得了一个“刚果布”的外号，那脸颊黑而瘦削，一笑，露出满口雪白的牙齿，像刚果布的黑人一样率性、淳朴而快乐，有人便把他的笑称作“刚果布式的笑容”。我也觉得他这外号、这笑容挺传神。一个人，一辈子，该要吸收多少阳光，才会变成这样一个“刚果布”的形象，一副如同黑釉般透亮的脸孔，那犀利的眼神，依然透出内心的明亮。阳光不仅塑造了一个农学家特有的形象，也赋予了他伟大的头脑和灵魂，我感觉他的血液和骨骼都已被阳光深深地渗透了，那刚毅的、健康的色泽，不只是来自阳光的直射，他本身就是一个发光体，浑身都在焕发出内在的光芒。

采访之前，辛业芸已给我打过招呼，“有么子问题你直接提出来就行了，袁老师说什么从来不打草稿，他是‘老演员’，不需准备……”她这话似是半开玩笑，却又格外认真，那笑意中还透出几分苦涩。我一听就有几分惭愧，真不该来打扰袁老师啊。一开始，我还以为这是我和他面对面的访谈，没想到，袁老师一进门，呼啦一下就被一大群拥上来的记者给包围了，那摄像、照相、录音的长枪短炮顷刻间就塞满了他那间并不宽敞的会客室，我被挤到了一个角落，连袁隆平先生的面孔也看不清。不过这位睿智的、善解人意的老人，又打着手势把我叫到了离他较近的一个位置。一个上午，从中央电视台到湖南卫视，包括我在内，这么多人围着他，沉闷，憋闷，喘息，这让老人怎么受得了？实话说，连我也受不了，但他却必须自始至终地面对镜头，一道灯光一直明晃晃地罩在他的脸上。我不知道，这是不是他的第一千次讲述，而他每说一句话，每一个细节，都有可能成为媒体关注甚至会引起争论的焦点。令我感动的是，他一边对着摄像镜头回答着各种各样的问题，一边转过身，扭头朝我这边张望，偶尔还冲我点头微笑，他生怕冷落了任何一个人。一直到现在，我都忘不了那双阅人阅世八十载的眼睛，依然有一种不染尘埃的纯净，哪怕瞬间的掠过，也让我有一种被照亮的感觉，让我升向一个明净之境。

对于我们，袁隆平是一个熟悉的陌生人，又是一位陌生的熟人。熟悉，只因他离我们的饭碗太近，尤其是我这种乡下人，感觉他就像一个在我们身边的稻田里忙活的农人，一如我们的父老乡亲、衣食父母。陌生，只因你还不了解他，哪怕天天与他打交道，你也觉得眼前这位老人跟自己想象的不一样。当时，有个记者就忍不住说："真没想到，您和那个课本里的杂交水稻之父完全不一样啊！"袁老就故意板起一副深沉而严肃的面孔问："你们是不是觉得我们搞研究的都是这样子啊？"这句话把很多人逗乐了，袁老也乐了。

如果你看见了一个真实的袁隆平，还真是很难把他和你想象中或印象中的那个"杂交水稻之父"看作一个人，这可能是在媒介传播中造成的失真。很多人都觉得，在袁隆平身上有两个"对不上号"，也可谓两个不对称，一个是他的学历同他崇高的科学地位对不上号，一个是他那模样和知识分子形象也对不上号。袁隆平也确非那种学院派或实验室里的知识分子形象，在他身上几乎感觉不到什么书卷气息和学院情调，更没有一点大科学家的模样。其实，这两个"对不上号"恰好最真实地反映出了一个最逼真的袁隆平，也可以说是农业科学家的共同特征。我见过的很多农学家或农业科研人员，包括袁隆平的助手和学生，一个个都是浑身黝黑、大手大脚，就像一个模子里刻出来的，那个模子就是天地和田野，若要用一个最准确的词语来形容他们，那就是天地造化。当你注意到袁隆平的两个“对不上号”时，你会发现，他还有一双特有的大手和大脚，这和他瘦削的身材也有点不对称。

若要真正认识他，兴许就要从他这双手开始。那手掌特别大，轻轻一握，就让我直接感到了一股如我那农民父亲般的力量，却又厚重而温软，没有农民手中那种粗粝而突出的老茧。这让我找到了对这双手的最真切的把握，这绝非一双普通农民的手，而是一双创造了无数奇迹的科学之手，那一粒粒神奇的种子，就是通过这样的一双手来显示的，如今，这双阔大的手，早已为人类世界撑起了一片辽阔的天空，你甚至觉得这只是会变魔术，又不知他到底有什么魔法。

这双大脚，是他几十年在水稻田埂上跑出来的，不知又要跑烂多少双鞋子了，但越跑脚板越大，越跑越结实，比最结实的鞋子还结实。有时候，鞋底跑掉了，他就干脆光着一双大脚板。一个泥腿子科学家的形象,就是这样形成的。有人曾经估算,若把他这辈子跑过的田埂连接起来，足以绕地球几圈了。

这样一个人，最适合他的地方还是稻田，他最大的心愿也是在有生之年为人类再多打一些粮食。但一个人活到了他这样大的年岁，却依然不能按自己的心愿而活着，这无疑是一个老人的苦衷，更是我们的错误。当时我真有这样一种强烈的感觉，我们是否过多地打扰了这个老人忙碌而又有规律的生活？他也一再直率地表示，他最不想接受的就是采访啊采访，每天都有人纷至沓来，没完没了的采访，还有没完没了的问题，可他又无法拒绝。无法拒绝，其实也是一种理解，这么多人来找他，围绕着他团团转，只因谁都绕不开一个最简单的问题，又是世界上最大的问题。这是青年时代的毛泽东早已设问又直接回答了的一个问题：“世界什么问题最大？吃饭问题最大。”

二

追溯起来，2009 年三伏天的那次采访，并非我第一次见到袁隆平先生。早在三十多年前，我还曾在家乡的稻田里有幸见过他一次。

那是 20 世纪 70 年代中后期，我还是一个十五六岁的高中生，当时还是政社合一的人民公社时代，我们公社有一个直属农科队，从 1978 年就开始试种杂交水稻，那片稻田是我上学路上的必经之地，一天中午，我看见一个黑黑瘦瘦的中年汉子，正手把手地给社员们传授一种奇异的种稻技术，我也从老乡们的口中第一次听说了他的名字，袁隆平。我还清楚地记得他把一支自己卷的喇叭筒烟叼在嘴上，笑眯眯地望着那片稻田。这就是我对袁隆平的第一印象，而更深刻的记忆还是曾经的饥饿和对饥饿的恐惧。

我虽说是一个乡下人，在远离了故乡之后，却没有多少所谓乡情或乡愁，更没有感觉到什么田园诗意。我一直觉得那只是诗人的幻觉，而对脸朝黄土背朝天、躬耕于垄亩的农人永远只是如同苦役般的劳作。我父亲是一个种田的好把式，还当了几年生产队长，只有偶尔想起他打着赤膊、赶着水牛耕耘的样子，才让我仿佛重返了童年故乡的旧时光。我父亲就这样耕耘了一生，而我永远忘不了一个农人脸上那几乎麻木的沉默和像牛一样沉重缓慢的脚步。作为一家之主，他只有一个梦想，让一家老小都能吃上一碗安乐茶饭，然而这样的梦想在他大半辈子里却一直是奢望。作为一队之长，他只有一条底线，不能让生产队里饿死一口人。这很不容易，一个农民从生到死就是为一碗饭而活着，若能在咽气前吃上一碗大米饭，就是享福了。我祖父死在一个青黄不接的季节，在临终前，他一直咽不下一口气，几番挣扎，几次回光返照，那深陷的眼窝像两个干枯的空洞，却又透出一点儿时明时灭的光亮。我父亲知道他想要什么，他就是想在闭眼之前吃上一碗大米饭，可翻遍了家里的仓底，也没有找到可以煮一碗饭的米粒，一家人用来果腹的，只有地窖里的红薯和在太阳下晒得发白的红薯干。其实，我们生产队的仓库里还有一点稻子，可那是种子，一个生产队长去借一碗稻子来，给一个临终的老人吃，应该是可以的，也是情有可原的，但我父亲没有去借，哪怕是满足他亲生父亲的最后一个愿望，甚至有可能救回一条老命，他也觉得这是一个借口。当我祖父同死神拼命挣扎时，我不知道我父亲的内心是否也在挣扎。而我祖父也许从他亲生儿子那冷酷而决绝的眼神里看清了让他绝望的东西。当我父亲把一碗刚熬出来的红薯糊糊端过来时，他不再徒劳地挣扎，把一口气死死地咽了下去，而那只饭碗不知是从我祖父还是我父亲手里失手落在了地上，摔成了一地碎片。严格说，我祖父并非饿死的，毕竟那时候还有吃的，红薯或红薯干也能当饭吃，只能说他的愿望超过了现实。

同祖父相比，我算比较幸运了。我是 20 世纪 60 年代初出生的，这让我侥幸逃过了那三年饥荒岁月。当我来到这个世界之后，乡下人的日子已有所好转了。为了能多打几粒粮食，每年春节刚过，我父亲趁着肚子还饱，还有点油水撑着，就带着社员们下田了。江南早春的水田里还敷着一层薄薄的冰壳子，那腿被冰水一激，冷得抽筋，但他们干得越来越来劲，头上开始冒热气，鼻尖上暴出一颗一颗的汗珠。干到半晌午时，像我父亲这样强壮的汉子们都脱掉了老棉袄，汗水顺着他们冒着热气的脸颊滚滚而下，连埋头耕田的牯牛也不断舔着鼻尖上的汗水。还记得我几岁时，时常爬到家门口的水杨树上朝田野那边张望，远远望过去，我父亲和那些农人强壮的身影突然变得十分渺小了，像一只只黑黑的、正在忙忙碌碌地觅食的蚂蚁一样。若从生存的本质看，人跟蚂蚁其实没有什么区别，每个生命都在凭着求生的本能劳作，在与饥饿与死亡本能地抗争。我家乡地处洞庭湖和长江中游交汇处，是一片深厚而肥沃的冲积平原，然而在这样的良田沃土上，我父亲带着那么多壮劳力一年到头勤勤恳恳地耕耘，每年打出来的粮食却是那样少。而对于我们乡下人，从来没有什么春风沉醉的夜晚，只有青黄不接的饥馑。每到三伏天，仲夏夜，在水稻抽穗、扬花、灌浆、结实的季节，那样酷热的夜晚才是让农人们沉醉的。而我对故乡的忆念，只是一片魂牵梦绕的稻田。

在我通过高考走进城市之前，我在乡下度过了十七年岁月。身为一个农家子，我在寒暑假和农忙季节也要干农活，插秧薅草，挑粪积肥，割禾打谷，我都一一干过，这让我本能地懂得了稼穑之艰辛，也是为了日后一辈子务农而提前苦练一身本领。再苦再累，我都能挺过去，但饿肚子却是无论如何也挺不过去的。我虽说没有经历过致命的饥饿，但在青黄不接的季节也过着饥一餐饱一餐的日子，能够吃上一碗大米饭，那是乡下人过年过节时才有的奢侈的享受。那年头，乡下人吃饭都是“忙时多吃，闲时少吃，忙时吃干，闲时半干半稀”，即便是干饭，也要掺杂豌豆和红薯干，更多的日子则是南瓜、芋头、萝卜、白菜帮子煮稀饭，用乡下人的土话说就是“煮个稀巴烂”。如今，这种粗杂粮已是城里人津津乐道的绿色健康食品了，可一天三餐让你吃，一年三百六十五天让你吃，你试试看。对这种食品是否健康，我一直都很怀疑，譬如我们这一代人，长年累月吃这东西却营养不良，大多长得比较矮小，而一旦能吃饱肚子了，又会条件反射般地长膘，拼命储积脂肪，这其实也是人类应对饥饿的一种本能的生理反应。

这儿言归正传，还是回到杂交水稻上来。在杂交水稻推广之初，普通生产队种的还是普通水稻（常规稻）。我们生产队是普通生产队，和农科队只隔着一条田埂，但我父亲这个生产队长，刚开始一点也不羡慕人家农科队，觉得那样播种、移栽太麻烦了，还觉得特别好笑，可到了收割季节，我父亲他们傻眼了，那简直连瞎子也能看见啊，人家农科队的稻禾比我们生产队的要壮实得多，那稻穗比我们队也要沉得多，我父亲还跨过田埂去数过了，不但结实多，谷粒也更饱满圆润，几乎没有秕谷。等到收割之后，更是让他震惊了，人家一亩田打出来的干谷抵得上我们队两亩田的收成，若能多打这么多稻子，再麻烦也值啊，同样的一亩田，要多养活好几口人哪！我父亲算产量账，从来不只是看斤两，而是看能养活几个人，而一亩田能打多少粮食，还真是要用人口、用生命来直接换算的。

在我参加高考的那一年，1979 年，我们队也种上了杂交水稻，但在高考来临之前，那一茬稻子还没有收割，粮食依然不够吃。我们毕业班的学生在放月假时才能回家里背一次米，然后自己划算着怎么才能吃上一个月。虽说高考在即，但我也享受不到一点儿特殊照顾，我父亲无论当队长，还是当家做主，那都是铁面无私，一碗水端平。那时在乡下还是用升子量米，我母亲每次煮饭，用升子量好米后，又要抓出一把放在一只瓦罐里存着，这节省下来的米，是在青黄不接的时候用来防身保命的。但我们家掌管粮食的不是母亲，而是父亲，每次回家背米，我父亲都是一升一升地量的，而我正是吃长饭的时候，家里给我的米我从来没有吃饱过，每次出门我都要磨磨蹭蹭，等我父亲出门了，我就会偷偷往里边再加一升，尽管是偷家里的粮食，感觉也跟做贼一样。我父亲深知家贼难防，一直像防贼似的防着我。有一次我刚刚侥幸得手，背着米袋正要溜出门，却被我父亲逮了个正着，他把我袋子里的米又倒回了米缸，然后又一升一升地重新量过。他这样干的时候，一声不吭，毫无表情，这让我更感到了一个父亲的内心是多么冷酷，他的心真比生铁还硬。当我背着米袋重新出门时，也像他一样一声不吭、毫无表情，说不恨他那是假的，那时候我还真是怀疑自己是不是他亲生的。后来，我才慢慢觉悟到，残酷的不是父亲，而是饥饿和对饥饿的恐惧。我们家兄弟姊妹多，个个都在吃长饭，谁要多吃多占，一家人都要挨饿了。

更要命的是，就在我参加高考的那个月，我把一袋米从家里背到学校时，天黑了，学校食堂管理员下班了。我只好把米放在寝室里，用被子捂住，还伪装得挺仔细，看上去就像一床来不及叠好的被子。上完晚自习，我几乎是跑着回寝室的，还好，那被子还是原来的样子，可一掀开,我两眼一下就空了,脑子里也是一片空白。我那一个月的大米被偷了，这可真是要了我的小命了。眼看就要高考了，而我就算再回去背一次米，我那心狠如铁的父亲又肯不肯给我呢，就算给，一家人都要饿肚子了。有生以来，我还从未如此强烈如此直接地感受到饥饿的恐惧，没饭吃，不说一个月，连一餐也挨不过去啊。幸好，我有一个挺铁的哥们是农科队的，他从家里给我背来了一个月的米。一直到现在，我也没有还他的米，这是我欠他一生的债。几十年过去了，多少人，多少事，我都淡忘了，但我一直铭记着我这个老同学的名字，张腾云。他能给我送来一袋救命粮，又搭帮他们农科队种上了杂交水稻，多打了一些粮食。他在填报高考志愿时，第一志愿就是农业院校，我不知道他的志愿与让他们吃饱了肚子的杂交水稻有没有关系，但我知道，他从农校毕业后，一辈子也扑在稻田里了。

对于我，1979 年是一条人生的界线。通过高考，我进入了城市，我的身份被彻底改写。商品粮，城市户口，以及基本上已成为事实的干部身份，让我感觉自己就像重新从娘胎里出来了一次。当我在稻田里接到录取通知书时，我父亲依然毫无表情，却有一种如释重负之感，他说，这伢子终于找到自己的饭碗了！而背后其实还有一句潜台词，这家里、这队里，从此少了一张吃饭的嘴。而我获得的这一切，在 1993 年我又以决绝的方式放弃了，这是我人生中的又一次重要转型，我辞去了公职。在我做出这一疯狂举动的那一刻，我才猛然悟到，我敢于放弃这一切，有一个前提，那就是不再为吃饭而犯愁，中国已进入了一个丰衣足食的时代，一个告别了粮本和粮票的时代。我感到一个真正的我诞生了，满心的自由欢畅，而我父亲却没有我这样乐观，他捶胸顿足，唉声叹气，“孽种啊，孽种啊，你怎么把好端端的铁饭碗给砸了啊！”

在乡下人看来，人这一辈子就是在饭碗里度过的，一旦放下了饭碗，你这一辈子就走到了尽头。若要理解袁隆平和杂交水稻，其实也是从一只饭碗开始，袁隆平先生说得最多的一句话，就是“中国人要把饭碗牢牢地端在自己的手里”！

三

如果不是用生命去体验过饥饿的滋味，如果不是直接感受过饥饿的威胁与恐惧，我兴许不会从虚构向非虚构转型，投入大量精力采写长篇报告文学《共和国粮食报告》。我曾说过，在年过不惑、走向天命之际，我越来越觉得“还有比写小说更重要的事情要做”，而又有什么比粮食更重要？又有什么比它同生命的联系更直接、更紧密？粮食是无法虚构的，生命是无法虚构的，“粮食从来就不是单纯的粮食，而是历史演进的规律、民族兴亡或兴衰以及生命的无穷奥秘所构成的自然与文化的混合体。它是每一个生命最基本的需要，也是历史的最直接的载体，它内部包含着巨大信息量，没有任何别的东西可以超越，如果说生存权是最大的人权，粮食就是它最基本的底线”。——这是我在《共和国粮食报告》后记中的一段话，也是我选择粮食这一主题的最直接的原因。在2008年全球粮食危机的背景下，在美国人布朗“谁来养活中国”这一警世的呼唤下，我几乎是在一种与生俱来的本能驱使下，选择了这个主题，人间食粮，天下大命，这是一个世界性、人类性的永恒主题。

但又说句实诚话，我在2009年夏天采访袁隆平先生，目的很明确，就是为了采写《共和国粮食报告》中的一个不可或缺的篇章。在此后的数年间，我并没有为袁隆平和杂交水稻专门写一部长篇报告文学的打算。当湖南文艺出版社提出这一选题，希望我来承担这一创作重任，我犹豫了很长时间，不是不愿接受，而是不敢接受。我预感到这是一次难度极大的写作，已有那么多同一题材的著述摆在那里，“前人之述备矣”。如果你不能给读者挖掘出一些新的东西，换句话说，你若不能超越那么多同类项，那只能是徒劳的重复或复述。而从我第一次采访袁隆平先生的经历看，他老人家如今年岁更大了，我实在不好去打扰他。另外，还有一个极具挑战性的难题，对于杂交水稻这一农业领域的尖端科学，我完全是一个门外汉，而在叙述中必将遭遇大量的专业术语、科学数据，这在叙述过程中是绕不过去的，一旦绕开就失真了，甚至是根本性的失真。

我一直在犹豫，而出版社一再向我发出恳切邀请，在反复思考之后，我最终硬着头皮应承了，那就试试吧。让我应承下来的一个原动力，还是那段苦难和沉痛的岁月，那是属于我生命的最深刻的体验，没有任何痛苦可以超过饥饿和对饥饿的恐惧。

从 2015 年夏天到 2016 年夏天，我两次走进马坡岭进行长时间的采访，并对湖南、湖北、云南、贵州、四川、江西、安徽、福建、广东、海南等杂交水稻的主产区、示范片和育种基地进行了广泛的田野调查。无论杂交水稻王国的疆域有多么辽阔，它的中心就在马坡岭，这一小片灿烂的土地，既是袁隆平和杂交水稻的根据地，也成了我的根据地。如今，袁隆平先生已八十七岁高龄了，他在 2014 年秋天已攻克了中国超级稻第四期目标，亩产突破了一千公斤大关，登上了水稻王国又一个无人登临的高峰。就在这两年里，他又向中国超级稻第五期目标发起了攻关。然而高处不胜寒，一直以来，但凡与杂交水稻有关的事物以及因此而引起的种种质疑和争议，几乎都会牵扯到袁隆平这个主角。我既不愿参与那些充满了噪声的争论，也不做先入为主的判断，在搞清事实真相之前，我也做不了任何判断。作为一个事实真相的追溯者，我一直恪守着自己的立场，将自己所了解的一切诚实地向读者报告，这正是一个报告文学写作者的责任和使命。事实上，这既是本书的定位，也正是我投入此次写作的意义所在，那就是对袁隆平和杂交水稻探索之路的来龙去脉进行一次清晰的梳理，对一些争议的症结或焦点我觉得也没有必要刻意地回避，一旦回避这部作品就将失真或部分失真。

我觉得对袁隆平和杂交水稻这么多年来走过的路，有必要做一次重新审视，或许还会有新的发现。袁隆平先生也时常回首他这么多年走过来的路，他从而立之年投身于杂交水稻研究，到四十不惑时终于蹚出一条路来，一路攻克三系法、两系法杂交水稻的关键技术，在年过古稀后，他又向中国超级稻发起攻关，如今他早已迈进了八十耄耋之年，还在一次又一次地向世界水稻史上的一座座高峰发起攻关。“其为人也，发愤忘食，乐以忘忧，不知老之将至云尔。”孔夫子说这话时才六十三岁，而袁隆平此时的年岁已远远超过了孔夫子当时的年龄。当一粒粒种子成为一个人的生命年轮，他是不老的，他的生命依然像种子一样充满了活力，一旦播种就会喷薄而出，生机勃勃，这兴许就是他一直持久不懈地保持生命力和创造力的源泉。这样一个人，其实是一个没有年龄的人，年龄对于他是不存在的。

每次见到袁隆平先生，我都会更深邃地感受到，对一个生命的确认需要经历漫长的过程，八十年，九十年，乃至比一个世纪还要漫长。面对这个人，我眼前总是出现重叠交错的影像：一个历尽沧桑的老人，一副被岁月雕刻出来的脸孔。在这个老人的光影中还有一个身影，从幼年、童年、少年、青年、中年、老年一路走来，这两个身影，一个在现场，一个正在抵达现场，他将穿过属于自己的生命与岁月，那是一个由远而近、从模糊到清晰的漫长过程，仿佛一生都在抵达之中。

这让我同时要面对两个人，一个是作为原型的袁隆平，而原型经验，则是下意识的、潜移默化的，直接进入或化入了他的生命和灵魂；一个是作为讲述者或回忆者的袁隆平先生，由于处于不同的时态，在他晚年的讲述和回忆中，难免会出现某些记忆偏差或错觉，而当现在进行时的经验介入过去进行时，现场经验也必将介入原型经验。这两种经验叠加在一起，构成了一种重叠交错的立场与视角，这让我接下来的叙述也一直在重叠与交错中进行。我在现场，聆听着他的心声。我也追随着他的身影穿行在无尽的岁月中，一路追踪着他跋山涉水走过来的足迹……

第一章　人就像一粒种子

追溯一个生命的诞生

追溯一个生命的诞生，如同探悉一粒种子。一切早已不再是悬念，只是我接下来叙述的前提。这是一个命定为种子而生的人，一个命定要用一粒种子改变世界的人。

通过一粒种子，可以追溯物种的起源。“万物的原则，起始于根基”，这是古希腊数学家、哲学家毕达哥拉斯的一句名言，而种子就是万物生长之根基。一粒种子是那样卑微而渺小，看似寻常和简单，一旦放到显微镜下，竟是那样复杂而奇妙，它支撑着物种的基本构造和性能，蕴含着宇宙、物质、能量、结构、变化等信息，储存着种族、孕育、生长过程的生命密码。

人类也是生物界的物种之一，每个人自然也有自己的生命密码。所谓生命密码，据说源自毕达哥拉斯的数字理论，在他看来，每个人出生的年月日就是人生拥有的第一个数据，也就是人生起始之根基。他费尽一生心血探索数字与生命的奥秘、与宇宙的关系，试图通过一个人的出生年月日绘出人生的密码图，从而解开一个人的天生潜力和性格特质，经由身、心、灵的不同层面来发现自我、认识自我，捕捉每个人身上潜藏的价值和能量，从而实现自己最大的人生价值，同时还可以帮助你认识别人，更智慧地与他人相处，更有效地调整我们的人生资源。对此，我是充满疑问的，这里，即便我们假设生命密码不是玄学，而是一种生命科学，一个人的出生年月日也仅仅只是定数，在天地造化和波谲云诡的岁月里还有太多的变数，在决定着人生未来的命运，更何况，所谓定数也并非那么确定，很多当初似乎一目了然的事情，在岁月嬗变中也会有阴差阳错之感，人生中往往充满了错位对接的命运。

说来奇怪，袁隆平这样一位在中国几乎家喻户晓的杂交水稻之父，在关于他的如此繁多的生平简历和各种传记里，对他的生日，迄今还没有一次书写是正确的。最接近真相的一种说法，是 2010 年出版的、由辛业芸访问整理的《袁隆平口述自传》,据该书附录的《袁隆平年表》记载，袁隆平于“1930 年 9 月 1 日（农历七月初九），出生于北京协和医院”。还有一种流传甚广的记载说，他生于 1930 年 9 月 7 日（农历七月十五中元节）。岁月的错位，也许与那兵荒马乱的世道和我们主人公颠沛流离的童年岁月有关，模糊记忆中难免会出现偏差，连他本人在八十岁之前，一直都不知道自己的确凿生日，更不知谁是第一个把他接到这个世界上来的。直到一个婴儿的出生证据在北京协和医院的历史档案里被重新发现，最终才还原了一个属于他的确凿无疑的诞生日：Aug，13，1929——1929 年 8 月 13 日，农历己巳年七月初九，他不是属马而是属蛇，也就是小龙。对于一个此时已年逾八旬的老人而言，这是一次迟到已久的生命确认。对此，一辈子大大咧咧的袁隆平先生倒是觉得改不改过来无所谓，多少年了，他早已习惯了 9 月 7 日那个生日，习惯成自然。但对于一个严谨的、一丝不苟的科学家，我觉得这是一次非常必要的矫正，从而确立了一个正确的生命开端。

那份出生证据是打印的，除了打印文字，其余的空白则是用繁体中文或英文填写，左上页填写的是一个婴儿的生命信息和家庭信息：袁小孩，家住西城旧刑部街长安公寓，原籍江西德安城内；右页中间为袁小孩出生时留下的脚印，上面还有那位为袁小孩接生的妇产科大夫的英文签名：Qiaozhi Lin ——林巧稚！一个女性娟秀、端正、一丝不苟的笔迹，绝不同于如今医院里开出的那些如天书般的病历或处方，这让我一下辨认出了一个伟大的名字，第一个把袁隆平接到这个世界上来的人，竟然是万婴之母林巧稚！

这一发现也让袁隆平先生充满了惊喜和荣幸，“最近欣然获得了我在协和医院出生的证据，并根据协和医院的记载荣幸得知，我是由林巧稚大夫接生的”。

林巧稚大夫生于 1902 年，恰好与袁隆平的母亲华静同岁，那年她还是一个二十七岁的大姑娘，就在她为“袁小孩”接生的那年，她从协和医科大学毕业并获医学博士学位，被聘为协和医院妇产科大夫，成为该院第一位毕业留院的中国女医生。不过那时还难以预料，她将成为中国妇产科学的主要开拓者之一，并将在未来岁月里开创很多个第一：协和医院第一位中国籍妇产科主任，首届中国科学院唯一的女学部委员（院士）。她是否又预料到自己将成为“一个终身未婚，却拥有最丰富的母爱；没有子女，却是拥有最多子女之爱”的万婴之母呢？而眼下这个躺在她怀抱里的袁小孩，只是她一生接生的五万多个婴儿之一，当一个柔弱的女子搂着一团柔软的血肉，又怎能预料到，这个还没有命名的袁小孩，将在未来岁月里成为一个以拯救亿万生命、让人类远离饥饿为天职的“杂交水稻之父”？

生命中有太多的偶然，也藏满了无尽的、未知的秘密，很多的秘密都是无解的，即便有解，不走到那一天，你也无从得到那个最终的解答。而对于每一个接生的婴儿的未来，林巧稚大夫还一无所知，她要做好的是眼下的一切，一方面她在忠诚地履行一个妇产科大夫的天职，一方面她也带着一个女性天性中的母爱，悉心呵护着每一个刚从流血的母腹中降生的生命。她握着袁小孩柔嫩的小脚丫印在一张白纸上，这是袁隆平人生的第一个脚印，在一张白纸上印得清晰而端正，而在这脚印的旁边则是她同样清晰、端正的英文记录："男婴，体重 3680 克。"他在母腹中发育得相当健康，一个七斤多的、结结实实的小子。林巧稚大夫兴许又发出了她那惊喜的欢呼："又是一个胖娃娃！"——在林巧稚大夫的一生中，她时时刻刻都在情不自禁地发出迎接一个新生命的欢呼："产钳，产钳，快拿产钳来……又是一个胖娃娃！一晚上接生三个，真好！"——她为此而欢呼了一生，这也是她在弥留之际留给人间的最后一句话，不是临终遗言，而是对生命发出的生生不息的呼唤。

无影灯下，一切安静如无声的镜头，而细数岁月流年，回首便是饥饿与死亡。

就在袁隆平出生的那段岁月，全世界都发生了大饥荒，那在世人眼中如同天堂一般的美利坚，在经济大萧条中有数百万人口非正常死亡，而中国从 1928 年到 1930 年，在兵荒马乱的军阀混战中，大西北和华北几乎同时发生了赤地千里的大饥荒，据史家估计至少有上千万人饿死，即便不是直接饿死的，也是与饥饿直接有关的非正常死亡。随后又是江淮大水灾、哈尔滨大水灾。每逢天下饥荒，粮食已不能用升斗来量，连黄豆、豌豆都被穿成串儿来卖，想想那粮食有多金贵，只有有钱人才能买得起。故都北平，那时几乎成了一个混乱无比又巨大无比的难民营，那些蜂拥而来的饥民和乞丐，在弥漫着死亡气息的胡同里弯着腰，踉踉跄跄地在垃圾堆里寻找食物，转眼间，很多人又变成了垃圾堆边的饿殍，一堆堆干枯的尸体至死都瞪着饥饿的眼睛，然后又像垃圾一样被一车一车地清运出去，又不知将会拖向哪个乱葬岗去喂了野狗。——那也许就是一个刚刚降生的婴孩睁开眼第一次看见的世界。

当然，一个婴孩还不可能有任何记忆，而那时，又怎么会有人能够预见，在这天下荒年中降生的孩子里，至少有一个，命定的就是为了拯救饥饿而降生的。

又不能不说，在那样一个饥饿的乱世，一个婴儿能在中国乃至世界享有盛名的协和医院里幸运地分娩，绝非一般贫寒人家出身。对于自己的家世，一直以低调处世的袁隆平后来也很少提及，当他成为一个农学家后，他那顶着烈日、浑身黝黑、挽着裤腿、赤脚下田的泥腿子形象，让很多人下意识地就把他当成了一个农民的儿子和“泥腿子农民”。他自己也是这样看的，这样说的，“其实我就是一个在田里种了一辈子稻子的农民！”

袁隆平对自己的家世如何既不大了然，也不太关心。但他有位叔叔，曾经整理过一份名为《西园迁徙》的家族小史，对他们的血缘谱系有了一番追溯，这让袁隆平对祖上的事情有了一个大致了解，其先祖在明代便已在江西德安县城南郊坡上的青竹畈落脚，那是庐山脚下的一片田野，而“畈”之本义，就是成片的田地。德安是一个岁月幽深的鄱阳古邑，古属江州，今属九江，为楚尾吴头之地，那里也是我先代的故乡，若从祖籍而言，我还可以和袁隆平先生高攀上老乡。那一方水土，素有翠竹之乡的美誉，也是鄱阳湖畔的鱼米之乡，袁氏一脉在这里世代务农，开枝散叶，从第十一世祖开始，便在族谱上定下了二十代人的辈分：“大茂昌繁盛，兴隆定有期，敬承先贤业，常遇圣明时。”

自袁隆平上溯三代，其曾祖袁繁义为“繁”字辈，兄弟四人按仁、义、礼、智四字排名，繁义公排行第二，生于清道光二十年（1840），那是中国历史上划时代的一年，第一次鸦片战争爆发，一场灾难性的事变，从此揭开了中国近代史的序幕，而在其后的一百余年里，中华民族将在内忧外患的灾难与屈辱中苦苦挣扎，也将在不屈的抗争中不断变法图强，用长达一百多年的时间来完成一次艰难转身。艰难时世中，偶尔也会给个人与家族的命运带来转机。在繁义公十来岁时爆发了太平天国起义，庐山和鄱阳湖是太平军与清军、湘军的必争之地，而繁字辈的袁氏四兄弟反而因祸得福，他们在一个不确定的日子里，竟然得到了一笔意外之财——那是押运饷银的清兵因遭遇太平军的追杀而抛下的一大笔银两。这笔财富到底有多少如今已不得而知，但足以改变他们命运。而能够改变他们命运的不光是财富，还有这兄弟四人的仁义和智慧。一笔意外之财未让兄弟分家，反而把他们紧紧凝聚在了一起。他们以此为资本，从世代农耕到半农半商，又到弃农经商，把一个大家庭经营得越来越兴旺。在苦心经营了近五十年后，到清光绪己丑年间（1889），四兄弟从青竹畈举家迁居德安县城，盖起了德安城中首屈一指的一座大宅院，人称“西园袁氏”，自明代以来一直寂寂无闻的青竹畈袁氏，从此便跻身于德安的名门望族之列了。

从农耕转为经商，不只是生活方式的改变，观念也随之改变。

中国传统的“耕读传家”，从来就非一般贫寒农家所能传续，倒是那些富裕的商贾人家更重视对子孙后辈的教育。到袁隆平的祖父盛鉴公时，一举高中晚清举人，如果不是废除了科举制，他下一步想要迈过的门槛就是进士及第了。不过，在戊戌变法之后，一个旧式读书人的观念也随之一变，从一个晚清举人一变而为清末宪政时期的维新人士。盛鉴公放下了“四书五经”，一度进入江西地方自治研究会研习变法图强的新政。辛亥革命后，盛鉴公又经九江五邑同乡会公举，在民国初年做了两年“知事存记”，此职大约相当于县政府的秘书长或办公室主任。而后，他又当选江西省议员，做过县高等小学的校长，而对于他，一生中最重要的一次升迁，是被委任为文昌县县长。文昌为海南三大历史古邑之一，但在那个时代交通极为不便，盛鉴公从赣中出发，横渡琼州海峡，一到海南岛便如到了蛮荒异域，他既听不懂海南话，海南人也听不懂他带着浓重乡音的江西官话，这让一县之长难以施政，他那一腔“为官一任，造福一方”的抱负很快就变成了一纸辞呈，人未老，便还乡。从此，那一个长袍马褂的身影，便渐渐走进了岁月深处。这原本是一段可以省略的往事，而岁月往往又在无意间出现某种轮回，许多年后，袁隆平就是沿着他祖父走过的这条路，一路追逐着阳光走到天涯海角，续写了祖辈“造福一方”的梦想，把海南岛打造成了南繁育种的天堂。

回过头来看那段历史，盛鉴公是一个维新派绅士，却也是一个新陈代谢时代的过渡人物，他很干脆地剪掉脑袋上的辫子，但一辈子也脱不下长袍马褂。——这其实也是那一代读书人的缩影或宿命，一个封建帝国虽已土崩瓦解，但那压抑沉闷的社会还不可能一下子解体。在接下来的数年里，随着新鲜空气和新鲜血液的不断注入，尤其是经历了新文化运动的洗礼和五四运动更猛烈的冲刷，中国人的形象才真正开始重塑，到了他儿子袁兴烈这一代，才脱下了长袍马褂，如同脱胎换骨一般换上了以西服和中山装为代表的“文明新装”。

袁隆平的父亲袁兴烈生于清光绪三十一年（1905），这是一个生于帝国时代、成长于民国时代、在壮年岁月又迈进了共和国时代的人物。西园袁氏的一脉书香，在他身上得以延续，但和父亲那种从帝国走进民国的维新派绅士不同，已全然成为由新式教育培育出来的人才。他一路顺遂地念完了小学、中学，考上了国立东南大学中文系，即后来的国立中央大学，那是当时首屈一指的大学，为民国时期的中国最高学府，在院系设置上也是当时最齐全、规模最大的大学。从他留下的照片看，那已是一个儒雅而挺拔的现代知识分子形象，穿着挺括的西装和白衬衫，看上去风度翩翩、英气逼人。而他那浓眉大眼、棱角分明的嘴唇和一抹淡黑的髭须，还有那略显瘦削的身形和脸庞，让我竟有些似曾相识之感。当我和袁隆平先生面对面地访谈时，下意识地打量了他两眼，仿佛想从他脸上找到一种血脉与基因的验证。他的脸颊、眉眼、鼻子和嘴唇都长得跟父亲很相像，像极了，只是要比他父亲黑得多。

变换了的不仅是衣装，还有婚姻。这也让袁兴烈有幸摆脱了中国人长期以来的包办婚姻，走向了自由恋爱的新式婚姻。在南京上大学期间，他就认识了一个叫华静的江苏女子，然后相恋结婚。华静，原名华国林，1902 年生于扬子江和京杭大运河交汇处的江南鱼米之乡镇江，那一方水土素有“天下第一江山”之美誉。她是一个大家闺秀,不幸的是父亲早逝，母亲许氏年纪轻轻便守寡，只得带着两个年幼的女儿回到了娘家。华静在镇江一所英国教会高中毕业后，一度在安徽芜湖教书，从她年轻时的照片看，她已一改旧式千金小姐遍身罗绮的形象，上穿浅色的高领衫，下穿黑色长裙，素净简约，舒适得体，那已是一个民国淑女的典型形象。她还有一个叫华秀林的妹妹，毕业于协和护士学校。袁隆平在协和医院降生时，他姨妈华秀林当时是协和医院的护士长。他能在协和医院降生，第一个就得感谢姨妈华秀林，还有亲手把他迎接到这世界上来的林巧稚大夫。

袁兴烈大学毕业后，也曾担任过德安县高等小学的校长和督学，从1920年代至1938年一直供职于平汉铁路局，他是中文系的高才生，担任的是文书、秘书一类的工作，一条贯穿中国南北的大动脉，成了他青壮年时代的人生中轴线。

我在地图上追踪袁隆平在大学毕业前的那段生活足迹，袁隆平与他父亲的足迹大致是重叠的，北平，江西德安，湖北汉口，湖南桃源，重庆，南京，这是他居留时间较长的城镇，在中国版图上构成了一个巨大的十字架，一条是纵贯中国南北的中轴线，一条是横亘中国东西的长江。对那个消逝已久的时代，他并没有太多的怀旧情绪，如果一定要他去回忆，那将是一个让他重新体验那个不幸时代的缓慢而又痛苦的过程，不过也有童趣和快乐，那才是他津津乐道的。

袁隆平降生后，在北平度过了一段还算安稳的岁月，最初他们家住在位于今天的民族文化宫一带的长安公寓，后来又搬到了东城金鱼胡同10号，也就是如今的王府饭店那一带，那是他人生最初的一段记忆空白，他还不可能记得自己幼儿时的事情，日后在他脑子里闪烁的一些记忆碎片，其实大多来自大人的讲述。

在他两岁时，一场蓄谋已久的战争把这个依然处于记忆空白期的幼儿提前推进了颠沛流离的动荡岁月。1931年，“九一八”事变爆发，中华民族抵抗日寇入侵的十四年抗战从此开始，日寇在东北得手后，愈加觉得弱肉强食的现代进化论也可适用于国家与民族之间的“物竞天择”，也愈加穷兵黩武，走上了必将发动全面侵华战争的一条不归路。而在中国东北沦陷后，原本处于中国腹地的华北大地一变而为前线，在日寇步步紧逼的铁蹄声中颤抖。随着华北局势骤然吃紧，中国的内忧外患愈演愈烈，除了对整个中国虎视眈眈的日寇，大小军阀也在不断掀起一场场烽火狼烟的内战，把无辜百姓拖进一场接一场的血腥战争。国难当头，民生维艰。在袁隆平三岁到七岁的这几年里，袁隆平一直随父母在平汉铁路上南迁北徙，辗转奔波于北平、天津、江西赣州、德安、汉口等地。在他漂泊流离的童年记忆中，也曾出现过一些还算安宁的岁月片段——袁母还带着大毛、二毛小哥俩，在德安老家断断续续住过几年，这让一个在北平出生的孩子，有幸在故乡度过了一段充满了乡情与童趣的日子，一个原本只是名义上的故乡，从此与他的生命有了联系。

我追踪袁隆平的足迹时，也翻检到了一些关于袁隆平身世的档案，发现一些档案也有错讹。譬如说，抗战胜利后，他父亲袁兴烈任民国政府侨务委员会行政科长，在南京市档案馆中还保存着他们家的户籍档案，一家人居住在南京市梅园新村 49 号（保甲号是 1 区 30 保），袁隆平在 1947 年登记户口时为十八岁，出生于 1929 年 7 月 9 日，生年是对的，但日月又错了，应该是把农历登记为公历了。此外，在这份户籍档案中还有一个明显的错讹，袁隆平是长子，下面则有三个弟弟，分别是袁隆赣、袁隆德、袁隆湘。——事实上，袁隆平并非家中的长子，还有一个比他年长两岁的哥哥。袁隆平在六个兄弟姊妹中排行老二，小名二毛。中国的父母亲给孩子命名，一般都按辈分取名，而在命名时还要反复斟酌，大有深意，但对袁隆平这个名字其实没有必要过度诠释，他是隆字辈，在北平出生，这就是他名字的来历。他本人对此也说得很清楚："我们几兄弟的名字基本上是按辈分和出生地取的。我哥哥隆津（大毛），大我两岁，是在天津出生的；老三隆赣，给他取名字的时候，我们家已经离开北平回到江西老家了；四弟隆德于 1932 年出生于德安老家，算是真正的德安人；五弟隆湘，是在湖南桃源出生的。从我们弟兄取的名字看，反映出一段迁徙的历史，自我之后算起，可算是在抗战时期举家颠沛流离的历史写照。"此外，他还提到"我有个妹妹袁惠芳，是我同父异母之妹"。

如果说辈分是他们名字中的定数，那么颠沛流离就是他们名字中的变数。

当袁母带着大毛、二毛小哥俩回到德安袁家时，西园袁氏那个由繁字辈的四兄弟繁衍出来的一个大家族，早已在 20 世纪 20 年代分家，袁隆平的祖父盛鉴公又在德安城北门盖了一座规模不小的宅院——颐园，这也是他辞官之后的颐养天年之园。袁母带着孩子就住在颐园里。在江西的这几年里，袁父依然在平汉路上奔波，而袁隆平的三弟、四弟也相继降生，家里又多了两张吃饭的嘴。那时候袁隆平的祖父祖母都还健在，在二毛的记忆里，一个深沉而威严、让他充满了敬畏的形象出现了，“祖父是位不苟言笑的老者，我们很怕他，不敢随便讲话，吃饭的时候也是规规矩矩坐着，老老实实地吃”。这样一个新旧交替时代的过渡人物，在孙儿们面前还是一个拥有旧式大家长威仪的老太爷。孙儿们长大了一点后，祖父便开始教他们读书识字。老爷子手握戒尺，端坐在一把太师椅上，腰杆笔直，目光如炬。在老爷子面前，孙儿们都必须挺直腰杆，正襟危坐，绝不可趴着写字，歪着拿笔，否则，一戒尺就打过来了，叭——！打得很响，却不是太痛。二毛在小哥俩中打小就是最淘气的，他属蛇，一条小龙，却跟个小猴精似的，那两只精光闪烁的眼睛，对这个世界上的一切都充满了好奇，而那小脑袋里又装满了各种稀奇古怪的问题，时不时就蹦出一个大胆新颖的鬼点子，兴奋得让他一蹦三尺高。一个小板凳怎么能让他坐得住，这小子是站没站相，坐没坐相，又加之贪玩不用心，自然没少被祖父打过手心。像他这样一个孩子，注定不会遵循祖父的意志循规蹈矩地成长，但他并不叛逆，只是随心所欲，有些任性，有些调皮，有时甚至是胆大妄为，那是一个孩子无法掩饰的天性。

只要是他感兴趣的事物，他又特别有定力，譬如他对祖母那杆一吸就咕嘟咕嘟直冒泡的水烟袋充满了好奇，每次祖母抽烟时，他一双眼睛就亮亮地瞄着，只见祖母噘着嘴，把一杆烟吸得吞云吐雾，而祖母那样眉飞色舞，简直快活得跟神仙似的，不知那东西到底有多好吃，他一直想试试那滋味儿。一次，趁祖母放下烟杆，转身出去了，他赶紧飞奔过去，拿到嘴里猛吸了一口，他抽得很卖力，把鼻涕都吸溜一下抽出来了，一下被呛得咳嗽起来，一撒手，那水烟袋掉在地上，咕咚一声摔坏了。这还得了！祖母迈着一双小脚赶来了，又好气又好笑，拿起烟管来敲他的小脑瓜。自然，祖母也只是要吓唬吓唬这个坏小子。又哪怕是真打，在时隔多年的回忆中也会变得童趣盎然，反而把疼痛的感觉给忘了。

在德安老家，还有一个与我们的主题直接相关的细节，一段关于稻米的难忘记忆。那是二毛稍稍懂事的时候，父亲在奔忙中抽空回家，有时候会带来一些天津小站米，一颗颗晶莹剔透如玉粒般，好看，又好吃。当几个孩子吃着香喷喷的蒸米饭时，父亲便有些得意地笑问他们："你们觉得这大米饭好吃不好吃？"几个孩子都抢着说："好吃，好吃，香得很！"要说呢，德安也是鄱阳湖畔的鱼米之乡，可德安本地产的稻米还真是比这米差远了。而袁父带来的大米，可不是一般的大米，原来是给皇帝吃的贡米呢！他还美滋滋地给孩子们念了两句诗："一篙御河桃花汛，十里村爨玉粒香。"

关于故乡和童年的一段生活，很快沦为了纯粹的记忆，连曾经的证据也很快就丧失了。1936年8月，袁兴烈把妻儿从德安老家接到了汉口，而二毛这次告别德安老家，其实也是他对无拘无束的童年生活的告别，一别之后，就再也回不到那载满了他童年记忆的老家。随着日本侵华战争全面爆发，一座颐园连同袁家在德安多年积累下来的家产，在接踵而至的战火中毁于一旦，那是连废墟和灰烬也没有留下的毁灭，而二毛在颐园度过的一段纯真而又充满了童趣的岁月，也就成了他一生中唯一与故乡有关的记忆。

汉口时间

汉口，是袁隆平童年记忆中的一个重要坐标，一座鲜活而水灵的城池，给童年的袁隆平注入了生机勃勃、充满了活力的生命记忆。尽管他在汉口只度过了两年短暂的岁月，但此时正值一个懵懂童年逐渐觉醒的时间，在这里发生的几个细节，对他未来的一生都有意义。

当年，平汉铁路以黄河为界，分北南两局管理，袁兴烈当时供职的南局总部就设在汉口。此时的二毛已年满七岁，该上小学了，而他就读的第一所学校，是汉口扶轮小学。民国时代，在全国铁路沿线的重镇都开办了扶轮小学或扶轮中学，相当于后来铁路职工子弟学校，这也是当时铁路教育的一大特色，此举既照顾了流动性很大的铁路员工子弟随时都可就近入学，又可从小培养他们对铁路的归属感，为日后造就大批后继人才。对于二毛，从无拘无束的童年迈进学生时代，也可说是他迈开了人生的第二个脚印，一个早已取好了的名字，从此正式注册，袁隆平。

袁家迁居汉口时，中日战争已处于全面爆发的状态，中国还在一再忍让，但日本早已剑拔弩张。不过在战争爆发之前，从他们一家人大约摄于1935年至1936年间的一张合影看，一个铁路员工的家庭生活看上去还不错。这张照片以“青分豫楚,襟扼三江”的信阳商城鸡公山为背景，而近景则是被阳光照亮的一家人和一棵小树，穿着白衬衫的父母亲含笑站在三个儿子的背后，在他们胸前，是三个虎头虎脑的、一律剪着小平头的小男孩，从左到右依次为老四隆德、老大隆津和老二隆平。呃，还有一个老三隆赣呢？他从小就过继给伯父了。——袁隆平先生端详着这张看上去还十分清晰的老照片，勾起了一段已不那么清晰的回忆：“这是我们一家人到河南商城鸡公山休假避暑时的合影，……当时我的年龄大概就是五六岁的样子，我们三兄弟在美妙的山水间游玩，心里十分高兴。后来日本侵略者入侵中国，大好的河山遭受践踏蹂躏，百姓因此失去平安宁静的生活，激起了我无比的痛恨……”

而在袁母看来，这座城池和她的故乡镇江十分相似。汉口是汉江汇入长江之口，既是平汉铁路的终点，也是粤汉铁路的起点，在终点和起点之间隔着一条在当时还难以逾越的大江，若连接起来，也就是如今的京广线。一座江汉交汇点上的城池,如同一座水做的城市,当长江从三峡、洞庭湖奔涌而下，在汉口遭遇了它最长的支流汉江，四周皆是密如繁星的水乡和一圈一圈蓝得发亮的湖泊。每天清晨，那些水乡姑娘就会荡着双桨，挽着花篮，到城里来叫卖那些鲜嫩的还带着露珠的花花草草，这些乡下妹子一个个鲜活而水灵，跟水妖似的。袁母自幼在江南水乡的花丛中长大，爱煞了这些鲜花，而插花又是民国时代女子学校的必修礼仪课。那时还很年轻的袁母，每次从码头上或拐弯抹角的小街上回家，手里不是捧着买来的鲜花，就是她信手采来的野花野草，然后插在花瓶里，摆在阳台上，阳光，鲜花，还有一个年轻母亲洋溢着阳光、绽放如鲜花的笑容，哪怕在袁隆平年深月久后的回忆中，依然活色生香。

一家人能够活下来，在战争的巨大阴霾之下还能活得有滋有味，全靠袁父那根顶梁柱在苦苦支撑。二毛虽说顽皮，但很懂事，每次看见为养活一家人而几乎耗尽了精力的父亲，带着微笑，带着他挣来的吃的喝的回到家里，二毛都能从父亲的微笑里感觉到那骨子里的一股韧劲。这股韧劲似乎也是遗传在他血脉中的基因。一个不堪重负的父亲，想要以微笑的方式来化解自己的沉重，然而真正能让这个家庭充满欢声笑语的还是母亲。那位一天到晚系着围裙、戴着袖套操持家务的家庭主妇，不但讲得一口流利的、字正腔圆的英语，还时常忙里偷闲地捧起一本尼采的著作读得津津有味。在这样一位母亲身上，有不同于父亲的另一种坚韧，在她的笑靥里洋溢着一种举重若轻的乐观，还有一种源自天性与知性的豁达，像她那双清澈透明的眼睛一样豁亮。二毛从小就在母亲身上感觉到了一种深深的吸引，一种难以言说的美丽与魅力，还有她在不经意间营造的一种优雅别致的生活。这一切，都不知不觉融入了二毛的生命里。如果在生命密码中真有某种天意的存在，他能拥有这样一个母亲也许是天意吧。

一个母亲培育孩子的方式，也如同培育一粒粒种子，润物细无声。袁隆平兄弟五个，后来出了四个大学生、一个中专生，首先应该感恩这样一位言传身教的母亲，一位循循善诱的启蒙老师。这里还有一个令人备感惊讶的细节，二毛很小的时候，母亲就开始教他念尼采的书了。尼采，这个两岁半才学会说第一句话的哲学家，一半是天才，一半是疯子，他的超人哲学和权力意志论也许让一个孩童感到高深莫测，但他还说过不少通俗易懂的又很励志的名言，如他说过，“人类唯有生长在爱中，才得以创造出新的事物”，如他发问，“凡具有生命者，都不断地在超越自己。而人类，你们又做了什么？”这些话，对于一个七八岁的小孩子，也许还似懂非懂，却又提到了他一生追求的关键词，爱，创造，超越。诚然，一个哲人的影响是间接的，最直接的还是母亲潜移默化的言传身教。

袁隆平先生每次讲起母亲，仿佛又重返童年岁月，又在重新经历着一种全新的生命体验。此时，他一往情深的讲述，仿佛变成了画外音:“母亲是知书达理、贤惠慈爱的人。她是当时少有的知识女性，我从小就受到她良好的熏陶。我的英语是我母亲发蒙的，很小时我就跟着她念：This is a book. How are you……后来上学，我的英语从来不复习就是高分，我觉得很容易，因为我有基础。母亲对我的教育影响了我一辈子，尤其在做人方面，她教导我做一个有道德的人。她总说，你要博爱，要诚实。”

在孩子们纯真无邪的童年，如何让他们去理喻那些难以理喻的世道人心，还有繁复莫测的人生？最常用的方式就是用那些妙趣横生的故事、童话和寓言，深入浅出地给孩子们以超越年龄界限的启迪。这也是袁母常用的方式。汉口的夏天如火炉般闷热，每天入夜，一家人吃过晚饭，孩子们做完功课，就搬个小板凳围着母亲，在院子里的一棵大树底下乘凉。一轮悬挂在树顶的明月和那银色的月光，注定会成为夜色的一部分，随着静谧的月光与幽静的树影，那燥热之感渐渐化作清凉。孩子们每晚的静夜功课，就是听母亲讲述那些古老的中国故事，还有遥远异国的安徒生童话。《卖火柴的小女孩》《海的女儿》《丑小鸭》《野天鹅》《拇指姑娘》《皇帝的新装》……这些充满了人生哲理的故事和童话，让孩子们提前看到了生活中无所不在的苦难，也看穿了那些权势者们或虚伪或愚蠢的把戏，不知不觉间，他们就在母亲的故事里懂得了人生的优雅与高贵。

让二毛特别着迷的是一个关于狐狸的寓言，一只圆滚滚的狐狸想要钻过墙洞去吃院子里的葡萄，可那个墙洞太狭小了，左试右试怎么也钻不过去，可这胖狐狸还挺聪明的，它先在洞子外饿了七天，等到身体瘦下来了，嗖的一下就钻进了院子，一只贪婪又饥饿的狐狸，一下有了那么多好吃的葡萄，还能不狼吞虎咽，结果坏了，又把肚子吃撑了，那身体又变得圆滚滚的了，想钻出墙洞又钻不出来了。它只得躲藏在院子里又饿了七天,等到身体瘦下来了,才钻了出来。这只又聪明又愚蠢的狐狸,让孩子们笑成一团乐不可支,二毛更是笑得人仰马翻。等孩子们笑够了,母亲便笑着问他们:“你们说这只狐狸是聪明呢还是愚蠢呢?”几个小家伙抱着小脑瓜想,你说它蠢呢又怪聪明的,它遇到了过不去的困难很会想办法。你说它聪明呢又挺蠢的,它在院墙里里外外地折腾了一圈,那葡萄也吃着了,但一只狐狸从瘦到胖,从胖到瘦,依旧还是原来那只狐狸。母亲一边听着孩子们的回答,一边微笑着点头,但她却从不给他们一个标准答案,而是让他们往多方面去想,二毛就这样反反复复想过,一方面呢,这只狐狸想要达到的目的是什么?吃葡萄!它很聪明,想尽了办法,也达到了目的,吃到了葡萄;从另一方面想呢,这只狐狸又真是挺蠢的,其实不是蠢,而是它太贪心了,如果它不吃那么多葡萄,适可而止,就不会把自己吃撑了,也就用不着把自己饿瘦了再钻出来。所以啊,一个人不能没有目标,但也不能太贪心,否则就算你再聪明、再用心,在费尽了心机达到了目的后,到头来还是回到了原来的样子,什么也没有得到。

二毛是个猴子屁股,哪怕是听母亲讲故事,在小板凳上也坐不住,听着听着就走神儿了,忽然一下就蹦跶起来,穿个小背心、小裤衩,一溜烟儿就跑得不见了踪影。天上流星,地上萤火,在暗影重重中闪烁着微光。那微弱的、闪烁不定的萤火,在一个孩子眼里,仿佛从天外飞来的神秘之光,在晚风中仿佛随着神秘的音乐摇曳荡漾,他开始追逐,捕捉,装在玻璃瓶里入迷地看着,它们在玻璃瓶子里不停地飞舞,每一只萤火虫依然释放出小小的光芒,但这微弱的光芒却不能释放它们。这让一个心中充满了慈悲的母亲看了心疼不忍,又给他讲起了萤火虫的故事。一个是东晋人车胤小时候的故事,这个穷人家的孩子白天帮大人干活,只有夜晚才能捧书苦读,可由于家里穷得没钱买蜡烛,他就捉了十几只萤火虫,装在一只白纱布缝制的口袋里,像灯笼一样挂在案头,每天借着萤光读书,后来这人有了大出息;还有一个是少年赵匡胤的故事,他从一个盗窟中解救出了一个叫京娘的少女,两人结为了兄妹,赵匡胤护送京娘回家，一路上扶着骑在马上的京娘，他则一直牵马步行，千里迢迢，他终于把京娘送到了家里。但京娘命太苦了，没过多久还是在战乱中死去了。后来，赵匡胤当上了大将军，在一次夜战中迷失了方向，只听身后传来一片敌军的追杀声，危急时刻，一只萤火虫忽然飞来，相传那是死去的京娘为了给赵匡胤报恩，特意化作萤火虫来给他引路。——这两个小故事，一个励志，一个感恩，至于那些装在玻璃瓶里的萤火虫怎么办，母亲却并不吱声，让二毛自己去琢磨。

这样一个母亲，她讲的是一般的故事，却有着非同一般的讲法，这些故事天底下的人都在讲，但直到今天仍然是高度的趋同化，一个单一的标准答案早已预设好了，只等着孩子往里边钻，钻不进来还要拉进来，就像拉进一个早已预设的圈套，而袁母最可贵的就是从不给孩子一个标准答案，从不把繁复的人生和微妙莫测的人性变成一个简单的哲理，她给孩子留下了思考的余地，在多种可能性中他们可以做出自己的选择，这让她讲述的故事总是充满了创造性和寓意无穷的延伸。

而对一个在未来岁月将被誉为“当代神农”的杂交水稻之父，在汉口还有一段不能忘却的记忆，那也是他对炎帝神农氏的第一次记忆。距汉口不远有一个神农洞，相传是神农的诞生地，演绎出了许多属于农人和粮食的节日和风俗。每当春种秋收之际，农人们便从各个村子里纷至沓来，拜祭神农，春天捧来的是祈求五谷丰登的种子，秋天带来的则是他们刚打下来的新鲜稻谷。袁母不是农人，但深知稼穑之艰辛，1936 年秋天的一个周末，她带着孩子们去拜谒神农洞。在扑鼻的稻香里，二毛觉得那个脚下摆满了稻子的神农依然活着，一双大脚仿佛还踩在稻田里。忽然，他那小脑袋里又冒出了一个问题，神农为什么这般受人尊敬呢？这也是一个母亲带孩子们来拜谒神农的目的。

随着母亲娓娓道来的讲述，二毛眼里呈现出那远古岁月的一幕，在那荒芜而又蓬勃的旷野上，大地上的一切都在疯长，一个农人的身影在浑浑噩噩中慢慢浮现，越来越清晰。

好地方啊——土地啊——！他一边深情而不知疲倦地呼唤，一边俯下身躯，用双手抠出荒草下的泥土。他捧着那黑油油的土地，仰望苍天，喊出了他的第一个心愿，上苍啊，给我种子！——在他的呼唤中，一只火红色的神鸟缓慢地飞过天空，嘴里衔了一株九穗的稻穗，穗上的谷粒一粒粒坠落在地上。他弯腰把种子捡拾起来，撒播在田间。

上苍啊，给我灌溉！——在他的呼唤中，大地上涌现出九眼泉井，井中的水脉彼此相连，他从一眼井中汲水，其他的八眼井水也会一起波动。

上苍啊，赐我阳光！在他的呼唤中，云开日出，太阳立刻便发出金黄的光芒，那浑浑噩噩的天地间一片灿烂，一个被阳光照亮了的农人充满了生命的威严，金黄的阳光，照耀着金黄的稻田，天地间渐渐弥漫出成熟的味道……

袁母的讲述,可以追溯到一个出自《逸周书》的神话——“天雨粟”，说起来很神奇，其实也入情入理，当成熟的谷子被旷野之风一阵阵刮起，又纷纷洒落下来，这就是天雨粟啊！而那只衔来稻穗的神鸟，其实也和别的鸟儿一样，这些长了翅膀的生命，可以把种子传播到天地间的每一个地方，凡有土地的地方，一粒种子就能生根发芽，开花结果。而神农还有更神奇的地方，为了耕耘大地，他变成了牛头人身。二毛仿佛看见那个牛头人身的神农，把一个硕大的脑袋深深埋向大地，为了耕耘，他绷紧了脊梁，从嘴里喷吐出大口大口的热气，每一个毛孔里都热汗淋漓。其实这也是一幅远古人类的农耕图，拖着犁铧走在前头的是牛，而扶犁走在牛后的是人，若是不经意地看上去，人和牛恰好构成了一个重叠的影像，一个牛头人身的神农形象便逼真地出现了!

神农不仅是五谷之神，也是医药之祖。在那原始洪荒的岁月，荒芜连天，百草莫辨。在神农到来之前人们还分辨不清什么东西可以吃，什么东西不能吃。神农是上古传说中第一个遍尝百草的人,“尝百草之滋味，水泉之甘苦，令民知所辟就，当此之时，一日而遇七十毒”。他还发明了一条赭红色的神鞭，“以赭鞭鞭百草，尽知其平毒寒温之性，臭味所主，以播百谷”，一说这条神鞭把五谷百草都赶到了大地一边，然后神农挨个挨个地尝，选出了人们可以吃的五谷杂粮；一说那百草一经鞭打，哪些草药是有毒无毒、是甘是苦、或寒或热，那药性便一下显露了出来。他是神，一生下来就是个透明肚子，从外面就能看见他的心，他的五脏六腑，如果他不幸尝到了有毒的草药，一看就知道中毒在哪一部分，并能及时找到解药；但他又是人，为了给人类找到安全的食物和救命的良药，他尝到一种致命的断肠草，肠子断了，无药可救，他死了，死于中毒……

一个神话讲到这里，一个孩子透明的眼睛也睁得大大的，仿佛看见了一个断肠人透明的肚子，透明的胸腔与肺腑，眼里渐渐涌出了晶亮的泪水。二毛没想到，为了老百姓而生、又为老百姓而死的神农，竟然经历了这么多的艰辛和痛苦，最终的命运又是这么悲惨，那一刻他突然想要跪下。

一个懵懂少年，在一个古老的神话中隐隐获得了某种神示，而在他的记忆中，还有一个确立了他心智方向的细节，这也是来自袁隆平先生晚年的一段回忆："那是在汉口扶轮小学读一年级的时候，老师带我们去郊游，参观一个资本家的园艺场。那个园艺场办得很好，到那里一看，花好多，各式各样的，非常美，在地下像毯子一样，红红的桃子满满地挂在树上，葡萄一串一串水灵灵的……当时，美国的黑白电影《摩登时代》也起到推波助澜的作用，影片是卓别林演的。其中有一个镜头，窗子外边就是水果什么的，伸手摘来就吃;要喝牛奶，奶牛走过来，挤一杯就喝，十分美好。两者的印象叠加起来，心中就特别向往那种田园之美、农艺之乐。从那时起，我就想长大以后一定要学农……"

如果说炎帝神农氏的故事以古老农耕文明的方式给袁隆平带来了某种神示，这个如同天堂般美妙的园艺场，则是现代农业文明给袁隆平带来的憧憬，但要说一个七八岁的孩子从此就确立了他未来一生的方向，从此就与一粒种子结下了宿命般的不解之缘，最终创造了那个改变中国乃至世界的稻作神话，此时还是一个为时过早的预言，只能说是一颗宿命的种子绽出的一点儿小小的萌芽吧。

就在袁隆平"心中就特别向往那种田园之美、农艺之乐"时，日寇掀起的战火一直在疯狂延烧，1937 年底，随着长江下游的上海、南京相继失陷，大部分军政机关迁往华中第一重镇武汉，而素有“九省通衢”之称的武汉，扼平汉与粤汉两条铁路的衔接点，更是东西南北水陆交通的枢纽，势必成为日军沿长江长驱直入的又一个核心战略目标。

袁隆平对战争的记忆始于 1938 年，元旦刚过，正在教室里上课的二毛就听见了飞机的轰鸣声和爆炸声。那是1月 4 日，日机对武汉发起了首轮空袭，一座江城狼烟四起，飞机带着恐怖的尖啸与令人胆寒的光芒向人间俯冲……在接下来的日子，日机的轰炸越来越频繁，制造的灾难也越来越惨烈。据时人记载，“但见死伤平民断头析（折）颈，血肉横飞；被毁房屋，皆一片瓦砾，情形甚为惨酷……”日寇的轰炸目标不只是针对中国的军事设施，他们把炸弹、燃烧弹掷向了一座座校园，华中大学的三座教学楼化为了废墟，课桌上、黑板上血迹斑斑，那些翻开的书本上是飞溅的碎骨和骨髓，一支支被炸断的钢笔上还挂着血丝。此时的汉口,已变成了一座战争的炼狱。而在此前,一个孩子还有着天堂般的憧憬，此后的二毛和一家人则是在炼狱中度过的。在天堂与炼狱之间，一个孩子提前感受到生与死的两个极端。但二毛也看到了战争的另一面，那是中国人表现出的那种非同寻常的顽强和处变不惊的镇定，哪怕民房与店铺被炸成了一片火海，别的店铺依然在开门营业，大中小学也照常上课，袁隆平也一直没有中断学业。那些日军重点轰炸的工业基地、交通枢纽，哪怕在短时间内陷入瘫痪，很快就会被工人们冒着生命危险抢修恢复，重新运转起来。

在二毛的记忆中，那段时间父亲总是早出晚归，每次回家都像刚从战场上归来，脸如焦炭，一双深陷的眼睛里干涩发红，仿佛还燃烧着刚烈的火焰。父亲很少给家人讲他那些危险的经历，袁隆平后来才知道，父亲每天都在铁路上为抗战运送军火和战略物资而奔忙，而铁路是日寇轰炸的重点，时时刻刻都冒着生命危险。一个铁路员工薪水不高，但他倾其所能，与福裕钢铁厂厂长陈子善两人筹资，打造了五百把特制的大刀，捐献给西北军抗日名将孙连仲麾下（第二集团军）的大刀队。在武汉会战爆发之前的台儿庄血战中，孙连仲将军率部据守南关一隅，面对日军在空军和炮兵掩护下发起的一轮轮猛攻，孙连仲一直率处于劣势的兵力坚守在河边阵地上，就是在此战中，他说出了一个军人充满了血性的誓言，也是名言，他命令其手下将领："士兵打完了，你自己填上去。你填过了，我就来填进去。有谁敢过河者，杀无赦！"西北军装备简陋，武器低劣，但在短兵相接的近战时，其大刀发挥了极大的杀伤力，他们独创的"无极刀"刀法专往鬼子的脖子上砍，令日军闻风丧胆，日军不得不给每个士兵装备了一个铁围脖，但厚重的铁围脖大大削弱了鬼子的战斗灵活性，其伤亡更加惨重，而孙连仲部最终以必死之决心、惨重之代价将日军击退。

袁兴烈捐献的大刀，也让他和一位爱国名将有了一段交集的机缘，他因此得到了孙连仲的器重，在逃离汉口，抵达重庆后，被委任为第二集团军驻渝办事处上校秘书。

历史的巨轮之下，个体生命是卑微的，个人的命运是渺小的。当武汉会战进入七八月份，日机轰炸的频率、规模及酷烈程度都达到顶点，蜂拥而至的难民也越来越多。此时，一座华中重镇已到了沦陷前的最后时刻，政府开始提前疏散转移难民，袁兴烈又带着一家人在难民潮的裹挟下踏上了逃亡之旅。那年，袁兴烈三十三岁，在平汉铁路这条南北中轴线上已供职十余年，而这次逃难，也让这位铁路人从此偏离了他的人生中轴线，而那年正是袁母三十六岁的本命年，她已身怀六甲，只能挺着大肚子逃难了。

一个生命即将降生，一家人却奔波在生死路上。

另一种血脉或基因

对于当时的逃难者，陪都重庆几乎是唯一的方向。

从汉口抵达重庆有两条路，一条是“北通巫峡”，一路溯江而上，要穿过“万里长江，险在荆江”的荆江段，还要穿过“重岩叠嶂，隐天蔽日”的三峡，且不说当时的荆江和三峡有多么凶险，这一条线路既是当时军政机关从华中撤退到大西南的主要路线，也是日机重点轰炸的战略目标，几乎是与炸弹结伴而行；还有一条是“南极潇湘”，先逆长江而上，在长江和洞庭湖的交汇口岳阳城陵矶进入洞庭湖，漂过洞庭、抵达湖南桃源后，再转向素有湘西门户之称的沅陵（今属湖南怀化市），然后穿越中国的盲肠——湘西，抵达重庆。

袁兴烈选择的是第二条路，走这条道的人相对较少，也相对安全一些。然而，当一条雇来的小木船一路风雨飘摇进了洞庭湖，才发现这也是波险浪恶的一条路。一条小木船载着一家人，四个粗壮的船夫赤裸着黝黑的膀子，轮番摇着船桨逆水而上，昼夜不息。他们都是水性极好的人，但还是难以驾驭一条颠簸在风浪中的木船，二毛眼睁睁地看见，他们刚把船往前摇一步，一个浊浪打过来，一条船又猛地退出了好远。从汉口到桃源，换了现在，最多也就一天一夜的路程，他们竟然走了二十多天。谢天谢地，这船没翻，也没有遭遇日机轰炸，一家人总算全须全尾地上岸了。就在二毛将要登岸时，一个意外发生了，他被顽皮的四弟隆德从船上推下了水。那时他还没学会游泳，一下就被卷进了漩涡里，幸亏一个船工水性好，眼疾手快，扑通一声跳进漩涡把二毛救了起来。二毛呛了几口水，但很快就回过神来了。按说，从此他该长记性了，知道水的厉害了，但恰恰相反，这次差点要了他小命的经历，却让他从此萌生了一个强烈的念头，那就是学会游泳。——据袁隆平先生晚年回忆，他一辈子酷爱游泳，就是从一种求生的本能开始。从那以后，他就在心里发誓，他要像船工一样练出一身好水性，无论掉进怎样的漩涡和激流，他都能游出来，还能救起那些不幸落水的人。

桃源，人道是陶渊明笔下的桃花源，但这儿也不是世外桃源，就在他们抵达桃源的第二天中午，一家人还没来得及安顿下来，一枚枚高爆炸弹和燃烧弹呼啦啦倾泻而下。二毛一家人躲在一座石拱桥下才侥幸逃生，但见桥外的弹片、泥土、砖瓦和被炸裂了的树木四下飞溅，二毛的一双大眼圆睁着，两只眼珠子发出一阵一阵的红光，那是瞳仁里的火苗子在燃烧。当遮天蔽日的浓烟渐渐散尽，一座青砖黑瓦的古城已在烈火浓烟中化为一片瓦砾，废墟下还有人用撕裂嗓门的声音发出的呼号和惨叫，一个孕妇在逃奔中流产了，她已经耗尽了自己的性命，躺在血泊中，那是一个母亲的血，也是一个还没来得及降生的婴儿的血。这血与火中的悲惨情景，让另一个怀孕的母亲的呼吸声忽然压得很沉，很低，一股悲戚之情化作泪水，从她眼里夺眶而出……

无论怎样颠沛流离，父母亲都决不会耽误孩子们上学念书。从 1938 年 8 月到 1939 年 1 月，二毛在毗邻桃源的澧县弘毅小学上了半年学。而在这年 10 月底，袁家的第五个儿子隆湘降生了，他们逃难的方向又一次改变了。按预定路线，他们原本打算生完孩子后，坐船从沅江逃往湘西沅陵，但孩子降生后已是枯水期，他们的船行至一个叫牛屎坳的地方，就搁浅了。而此时，关于湘西匪患的消息也接连传来，那些剽悍的湘西土匪，让很多逃难者望而却步。袁兴烈在踌躇之中，决定还是乘船去重庆，这就必须再过一次洞庭湖，从桃源折回岳阳城陵矶入江，经湖北宜昌穿过三峡到重庆。

一条船，一家人，漂洞庭，过荆江，当他们几近一个月的波折，抵达“上控巴蜀，下引荆襄”的宜昌，已是 1939 年 2 月。这年的农历除夕是公历 2 月 18 日，一家人是在船上度过的。一阵阵狂风掀起的恶浪猛烈地冲撞着停在江边的小木船，袁母抱着襁褓中的孩子，望着眼前几个又冷又饿瑟缩在船舱里的孩子，她内心里不知有多少悲苦辛酸，脸上却依然带着慈爱的微笑。几个饥饿的孩子都眼巴巴地看着父亲，那几乎是一种条件反射，在他们眼里，父亲是那样不可思议，仿佛会变魔法似的，眨眼间就能给他们变出吃的喝的。此时，当一家人陷入了饥寒交迫的绝境，父亲就是唯一的指望。时隔多年之后，一个疲惫不堪又特别坚忍的形象还在二毛幼年的记忆里反复闪现，他把手撑在腰上，从低矮的船舱里吃力地支起身子，他支撑着的是一家人的性命。

岁月辗转但从未蹉跎，乱纷纷的世道里仿佛也有一种预定的秩序，一切都将按部就班地发生，袁隆平还将继续上学。据《袁隆平口述自传》附录的年表记载：“1939 年 8 月至 1942 年 7 月，袁隆平在重庆龙门浩中心小学学习。”但一家人是何时抵达重庆的，一路上又有着怎样历尽奇险的经历，早已沦为岁月与记忆中的一片空白。不过，透过袁隆平先生的一段回忆，大致也可以猜测到一家人抵达重庆的时间，“一到重庆不久，就经历了‘五三’‘五四’的大轰炸”。——当我翻检到当年的历史档案，那模糊的日子一下变得清晰了，那是 1939 年 5 月 3 日至 4 日，日机从武汉起飞，对重庆进行了连续两天的大规模轰炸，投下了大量比高爆炸弹更具毁灭性的燃烧弹，重庆市中心区在两天内化为一片火海，当场炸死了近四千人，两千多人受伤，二十万人沦为无家可归的难民。从中心城区一直到嘉陵江畔，街道两边的房屋只剩下残垣断壁，那一条条繁华热闹的大街变成了一个又一个大弹坑，残砖断瓦间堆满了残缺不全的尸体，很多尸体通体枯黑如同木炭，在一个被烧成了焦炭的女尸身边，躺着一个尚未成形的婴儿，在一位死去的母亲怀里，她的孩子还在吮着她的乳头。那些没有被炸死和烧死的人，却比那些死难者更痛不欲生。一个被炸断了双腿的“扁担”（脚夫），抱着妻子的尸体绝望地哭喊：“你走了，我这没了腿的瘫子还怎么活啊？你生下的那一堆崽子我拿什么养活啊！”

不说这些可怜的人类，连那些庙宇里的菩萨、大佛和各路神仙都被炸成粉末。

这年，二毛快满十岁了，这是一座山城给他留下的最悲惨的记忆。但这不是开始，也不是结束，为摧毁中国人的抗战意志，从 1938 年至 1944 年，日军共出动飞机九千多架次，对中国战时首都重庆及其周边地区进行了长达五年半的战略轰炸，如此大规模、长时间的无差别轰炸，其残暴程度绝不亚于南京大屠杀。那时重庆还没有电声防空警报，一旦日机来袭，一座山城就会在各个制高点上升起一个个红灯笼，那充满了喜庆色彩的红灯笼也就成了市民逃命的信号。而遭受日机轰炸最烈的重庆市民，有时一天要跑两三次警报。每次跑警报，袁母就抱着襁褓里的孩子，袁父则张开手臂保护着一家大小，在滚滚人流的裹挟下往防空洞里钻，那是人类唯一的避难所，却像坟墓一样压抑、憋闷，孩童绝望的哭泣，刺鼻的呕吐物，一双双眼睛里发出的光亮是那样阴森、悲惨而凄凉。二毛的记忆里，连一向沉着而坚强的父亲也曾发出悲怆绝望的叹息："今天全家人还躲在一起，不知明天将怎样？"

后来，袁隆平先生每每想起此事，"一想起来就心里发紧。不过，这场战争也教我从小懂得了一个道理：弱肉强食。要想不受别人欺侮，我们中国必须强大起来！"

在袁隆平儿时的照片中，有一张在战时首都重庆留下的照片，从照片看，他和哥哥隆津当时都加入了童子军，头戴无檐军帽，腰间紧扎皮带，那是夏式军服，小哥俩都穿着高过膝头短裤，穿着长筒袜，看上去都挺瘦，但精神气儿十足。——这也是我所见的袁隆平的唯一一张戎装照。其时，他们的父亲袁兴烈已在第二集团军驻渝办事处供职，家住南岸。南岸区是重庆的主城区和中央商务区，袁隆平还记得家里的门牌为周家湾狮子口龙门浩二十七号，他和四弟隆德在 1939 年下学期便就近入学，进了龙门浩中心小学。但二毛毕竟还是一个十岁的小男孩，无论多么残酷的现实都无法压抑他的天性，没有什么能拘束那颗小小的心，无论走到哪里，他身上都有一股率性而为的野气。那绝非一个好玩的年代，却偏生有这样一个好玩的孩子。由于他三弟隆赣从小过继给伯父了，四弟隆德便成了和他形影不离的跟屁虫，他时常带着隆德去街上看小人书，一看就把啥都忘记了，好几次都是母亲揪着他的耳朵抓回来的。

看看小人书还没什么，二毛还有一个危险的爱好，玩水游泳。这其实是每个孩子的天性，但对于二毛来说，除了天性，还有他此前在桃源的誓言，那甚至可以说是他和江河达成的一个生命契约。重庆既是一座山城，也是一座长江和嘉陵江交汇的江城或水城，而嘉陵江就是二毛眼皮底下的一条江，从家里到学校，每天上学、放学，那条弯弯曲曲的河街，那五彩斑斓的鹅卵石和贝壳，那河上的渔船和渔船上沐着细雨的鹭鸶，在一个孩子圆圆的眼睛里，永远都怀着某种神奇的诱惑。趁着大人不注意，二毛时不时就会一个猛子扎进那江水里。——后来，只要说到抗战时期在重庆的那段生活，袁隆平先生就会风趣地操着一口重庆话，“日本人的飞机飞得很低，机上的飞行员我都看得很清楚。我是艺高人胆大，看见日机丢炸弹，就一猛子扎进水里躲起来……”

有时候正上着课就拉警报了，师生们马上要停止上课躲进防空洞里。在那如墓穴般憋闷得喘不过气来的防空洞里，你只能咬着牙闭上眼睛死劲忍耐，那感觉真是难受死了。这不只是一个孩子的感觉，甚至是一种集体死亡体验。1941 年 6 月 5 日晚上 9 点左右，日军飞机分三批对重庆进行了长达五个多小时的轮番轰炸，数万市民拥挤在十八梯大隧道，在长时间的高温和严重缺氧的情况下，管理隧道口的宪兵及防护人员一直紧锁栅门，导致上万避难民众窒息而死或在推挤践踏中死亡，造成了骇人听闻的“大隧道惨案”，这是继南京大屠杀之后，与黄河花园口决堤、长沙大火并称的抗战时期的中国三大惨案之一。一个孩子在这样的防空洞里怎么受得了，他觉得防空洞比死还恐怖，好几次跑警报时，二毛眼看着别的学生没命似的往防空洞里跑，他却一把拉上弟弟隆德，撒丫子就往嘉陵江边跑。而他又是个贪玩的野小子，还时常逃课到嘉陵江去撒野。但小哥俩逃离了课堂，却逃不过父亲的眼睛。他们家的房子是临江而筑，父亲正举着一台军用望远镜，站在窗前远远地瞄着他们呢。“这小兔崽子，他又想跑到哪儿去啦？竟然还拉上了弟弟，又是去玩水，不要命啦！”在一个父亲眼里，河流是危险的，在二毛眼里，父亲是危险的。他虽说看不见父亲，但也知道这很危险，一旦被父亲发现了，肯定逃不过一顿打。不过，他的鬼点子很多，譬如说，他每次下河游泳，都要拉上弟弟，就是他想出来的一个鬼点子：两个人一起犯错误，如果挨打，那也是两个人一起挨打，各打五十大板，会打得轻一点。但结果却是“错上加错，罪加一等”。那天，小哥俩还没来得及跳下水，就被像飞毛腿一样跑来的父亲在背后来了个突袭，一只手拎着一个，像拎鸭子似的。而那个结果已经注定，二毛被父亲“打了一餐饱的”。——当袁隆平先生讲起这事，忍不住得意地大笑。

几乎对于所有的孩子，父亲都是一个严厉的代名词。

同温存而慈祥的母亲相比，父亲给袁隆平未来一生带来的影响是深刻而复杂的，一方面，他是一个充满正义感的知识分子，始终显示着自己坚韧不拔的人格力量；一方面，袁兴烈也是一位严厉的父亲，在教育孩子上有自己严格的规矩，像二毛这些屡屡犯错的孩子，也就难免受到处罚，挨打，下跪，还有惩罚性的背书写字，而最厉害的一招就是“不准吃饭”。当一个父亲处罚孩子时，一个母亲纵有菩萨心肠，也从不出来为孩子们说情，对于二毛这种太顽皮的孩子，也不能由着他的性子来，不能没有一个严厉的父亲来管教，她再心疼，也只是躲在房间内默默垂泪。直到做父亲的出门办事去了，做母亲的才会悄悄走过来，她煮好了二毛爱吃的荷包蛋，一边看着儿子大口大口吃着，一边柔声细语地给他讲一些他能听得懂的道理，那嘉陵江有多危险，一个人的生命有多宝贵，如今人们活着又多不容易，不说鬼子每天都在轰炸，就是能吃上一口饭也难啊，人啊，活的就是一口饭！

对于一个孩子，最厉害的惩罚就是不准吃饭，而能够吃上一顿香喷喷的饭就是最好的补偿。这也是袁隆平对饥饿与温饱的童年体验。那时他们一大家子人，全靠父亲一人挣钱养家，才能勉强维持温饱。应该说，除了父亲的惩罚式挨饿，他还没有饿过肚子。但饥饿和死亡也是离他近在咫尺的现实。自古以来，饥荒与战乱就是结伴而生，在战乱与饥荒的时代，人命是最贱的东西。日军对重庆的狂轰滥炸，除了直接死于炮火的死难者，还不知有多少饿死者。战争让大片田地抛荒，让无数农人逃离了他们的田园，又加之交通运输线遭受日寇的轰炸，势必会导致粮食短缺，粮价飞涨，一座山城，每天都有汹涌而至的难民、饥民，哀鸿遍野，饿殍枕藉。在二毛的记忆里，有一天母亲拉着他的手穿过混乱的人流，满街都是饥民浮肿的脸孔，嘴巴就像一个个黑洞。转入一条小街，几个瘦得皮包骨的耍猴人牵着一只瘦小的猴子，人与猴都在打躬作揖，哀求路人赏口饭吃。袁母上街买了点油盐米菜，口袋里只剩下了两角小钱，她赶紧掏出来递给了耍猴的老人。二毛看着母亲那想要救助穷人又无能为力的悲哀神情，忽然又想起了那个牛首人身的神农，那个“天雨粟”的神话，这让一个孩子蓦地产生了异想天开的幻想，若天上落下的不是日本鬼子的炮弹，而是纷纷扬扬的谷子该有多好啊!

1942 年夏天，袁隆平从龙门浩中心小学毕业，一个战争年代的孩子，念过三所小学，而他接下来还将上三所初中、两所高中，才能中学毕业。

袁隆平念的第一所初中是复兴初级中学，但他只念了半年就转学了。这所初中没给他留下太深的印象，却给他留下了一段有些好笑又让他日后充满了自嘲的记忆，那是他写的一篇作文，一个十来岁的孩子竟然发出了“光阴似箭，日月如梭”的怅叹。当时，他对自己在作文里用上这样一句成语还有些扬扬得意，可他不会写“梭”字，一句如无病呻吟般的怅叹外加一个错别字，让老师朱笔一批:“臭文章！”在同学们的哄笑声中，他的脖子根儿都红了，从此他一辈子再也没有写过“光阴似箭，日月如梭”这样的成语了，再也不爱使用这一类人云亦云、浮泛空洞的形容词了。

第二年春季开学，袁隆平转入了赣江中学，袁隆平在这所中学仅仅读了一年，又转入了博学中学。当时，他哥隆津已在博中读高一，他觉得博中的教学质量比赣江中学好，便极力主张弟弟转到博学中学来。这是一所从汉口转来的名校，最早是清光绪二十五年（1899）创办的汉口博学书院，是汉口第一所集大学、中学、师范、经学为一身的综合性学校，也是汉口乃至中国最早的西式学校之一，其创始人为英国基督教伦敦会的传教士杨格非（格里菲斯·约翰）。1938 年武汉沦陷，侵华日军把博中校园变成了战地医院。而在此前，博中已从汉口向大西南撤退。当时的校长是胡儒珍，这是一位毕业于香港大学和英国伯明翰舍里欧研究院教育系的双料博士，也是该校首位华人校长和任职时间最长的校长，从 1928 年到任到 1950 年卸任，长达二十二年之久。他结合杨格非牧师为学校亲拟的校名“博学”，一方面吸收了杨格非具有国际视野的现代教育理想，一方面又从中华文化精粹中提炼出“勤朴博学”作为校训，并做出了内涵更丰富的诠释:“勤为常，为恒，为毅，不言苦，不言厌，乐教乐学；朴为实，为廉，为静，为谦，不狂妄，不浮躁，不计得失名利；博为广，为多，为争，不坐井底，不作短视，不服输；学为敏，为钻，为成，不迟钝，不浮浅，不独学。”——这一校训所蕴含的精神，融入了一代代博学人的血液，也为袁隆平注入了血缘传承之外的另一种血脉或基因，在潜移默化中一点一点地渗透在他的骨子里。

这种在战乱中迁来的学校，大多是因陋就简盖起来的临时校舍，除了一栋学生宿舍，一半是砖瓦，一半是土墙，其余的校舍都是师生们在山上砍竹、割茅草、再敷上黄泥巴搭建的草棚。——袁隆平先生回忆起这一段生活，他用“非常艰苦”来形容，吃的是糙米饭，点的是桐油灯，两个星期打一次“牙祭”，穿的是政府统一发放的灰色的布装，每年一单一棉两套,布鞋时有时无,所以穿着磨破鞋底而“脚踏实地”是常有的事。为了改善师生们的伙食，两周能够打一次“牙祭”，胡儒珍校长挽起裤腿，拿起锄头，带着总务处的员工开垦荒地，种菜养鸡。无论条件多么艰苦，一所在战乱中临时迁来的学校，在教学上绝对不是临时凑合。这所中学有一种贯穿始终的灵魂和信仰，足以穿越战火、穿越地域的界线和无尽的岁月，即便一个国家、一个民族处于生死存亡之秋，她也依然能找到自己的存在感，而且坚信，我们的国家、我们的民族和人民以及我们坚守的正义，绝对会存在下去，延续下去，这是一种经世不灭的生命力。

关于这所学校的很多细节，都来自于袁隆平先生的回忆，那是满怀深情的讲述，偶尔又带着些许自嘲的意味。

每天早上六点起床，十分钟内洗漱完毕，全校师生在操场集合做操。

这种紧张而有规律的学习生活，对天性散漫的袁隆平是一个不小的挑战。每次起床铃一响，训育主任胡必达先生手里拿着一根竹片，一间一间地检查学生宿舍，如果还有赖在被窝里的学生，他举起竹片就打，不是打人，而是打得被子呼呼直响。袁隆平也许就是那赖在被窝里的一个。他们宿舍里的几个同学想要捉弄捉弄这个讨厌而又可爱的胡先生，故意把几个枕头压在被子下，看上去就像一个蒙头大睡的学生，胡先生敲打了几下不见反应，掀开被子一看，才大呼上当了！几个恶作剧的学生，又兴奋又紧张地看着胡先生的反应，但胡先生骂了几句臭小子，笑了一下，转身就走了，几个顽皮鬼这才挤眉弄眼地坏笑起来。

从这样的小细节看，博中既有严格的纪律和校规，却也并非师道尊严，师生关系很轻松，很融洽，其乐融融。袁隆平还记得他们语文老师王育之先生，当时也就四十七八岁的样子，却是一副满腹经纶的老夫子形象，尤其是上古文课时那摇头晃脑的样子，一会儿拖长了声音“噫吁”，一会儿又压低了声音“呜呼”，忽然间又以震颤之声发出了“危乎高哉”的浩叹，那陶醉于其中而忘乎所以的神态，让同学们感到特别有趣儿，有些同学还时常同这老夫子逗乐，一本正经地问他“噫吁”“呜呼”用英文怎么说，他就笑着去敲同学的“栗壳”（他把脑壳叫栗壳），佯作生气地说：“你晓得我不懂英文，还用英文来考我！”

袁隆平的学生时代可以用一句话来形容，跟着兴趣走。对此，他从来就毫不掩饰，“我在学习方面喜欢凭兴趣，从小学到中学直到大学都是这样，对喜欢的功课，就特别注意听讲，还读这方面的参考书，成绩就很好，不喜欢的，就考六十分，只求及格就行”，他“最不喜欢数学，得六十分就心满意足”。要说呢，他也并非天生就不喜欢数学，而是有两个未能得到满意答案的疑问，挫伤了一个中学生的兴趣。一个是念初一时，数学老师讲解有理数乘法，袁隆平对“负乘负得正”这条乘法法则百思不得其解，正数乘以正数得到正数，这个很容易理解，可为什么负数乘以负数其绝对值也是正数呢？这有理数，简直太无理了！凡不理解的问题，袁隆平从小到大都是非要打破砂锅问到底的。他一问，那位数学老师还感到挺突兀，好像这是一个初中一年级学生不该问的问题。那位数学老师思考片刻后，才回答说：“你们还刚开始学习代数，只要牢牢记住这条法则，按照这条法则运算就行了。”应该说，老师这样回答也是有道理的，数学是基础课，对于这个学习阶段的学生最重要的是先要打好基础，而袁隆平提出的是一个超前的问题，他不但要知其然，还要知其所以然，这个过程还真不是初中一年级的学生能够搞懂的，若要得出正确的答案，只能牢记乘法的法则。袁隆平觉得这种死记硬背式的牢记，实在是“呆记”，他愤愤地想，“怎么呆记呢？要讲道理呀！”

按课程推测，有理数是初一上学年的知识点，这件事不是发生在博中，应该是在复兴初级中学的故事。一个数学老师没把有理数讲出让一个初中生足以信服的道理，从此他便对数学不感兴趣了。代数如此，几何亦如此。这也是发生在初一的故事，在学最基本的平面几何时，老师说，在世界三大难题中，有一个叫直角不能三等分，但袁隆平觉得这根本就不是什么难题，一个九十度的直角，分成每个三十度，怎么不能三等分呢？但老师仍然没跟他讲道理，只跟他们讲定理，既是定理，必须牢记！就是这一个法则、一个定理、两个牢记，让一个初中生伤透了脑筋也伤了心，他“觉得数学没有搞头，从此就对数学更不感兴趣了”。而一旦不感兴趣，愈是觉得那些被老师反复强调必须牢记的公式定理“真是乏味”，又加之当时晚自习的条件很差，在昏暗的油灯或摇曳的烛光下，他做着数学老师布置的作业，“有时一个晚上一个题目也解不出来”，那就不如把时间和心血花在自己感兴趣的功课上。

后来，袁隆平先生对自己没有学好数学有追悔莫及之感，他不止一次说过：“对当年的学习，我现在感到遗憾的就是数学没学好。”但他的追悔与遗憾，又何尝不是对教育方式的一种反思。“师者，所以传道、授业、解惑也”，对那些爱动脑筋、爱提问的学生，每一个老师都应该尽可能把问题讲透彻，对那些“有问题”的学生更应该多启发，而不是一味向他们灌输什么，逼着他们去牢记什么。当袁隆平后来身为人师，一直特别反对那种死啃书本、死记硬背的教学方式，尤其是如今的应试教育所催生的填鸭式教学方式和学习方法，他觉得难以培养出有思想、有创造力的人才，只能制造出千篇一律、像一个模子里倒出来的书呆子。

如果换一种方式，又会是怎样的效果呢？譬如说物理课，它和数学一样也是很抽象、很枯燥的，也要掌握大量的公式、定理，也有各种演算和证明，但袁隆平对物理课却一直兴趣不减。其实，他也遇到了一个难题，有一次老师讲解爱因斯坦的质能方程式 $E=mc^2$，这一方程揭示了物质质量与能量的关系，E 代表物体静止时所含有的能量，m 代表它的质量，c代表光速，这意味着每一单位都有巨大的能量。一个静止的物体，其全部的能量都包含在静止的质量中，一旦运动，就要产生动能。由于质量和能量等价，运动中所具有的能量应加到质量上，也就是说，运动的物体的质量会增加。当速度趋近光速时，质量随着速度的增加而直线上升，速度无限接近光速时，质量趋向于无限大，需要无限多的能量。因此，任何物体的运动速度不可能达到光速，只有质量为零的粒子（即没有内禀质量的物质），如光子，才可以以光速运动。

对此，袁隆平又有问题了，“老师，为什么物质的能量和光速的平方成正比呢？”

这和他提出的数学问题一样，也是一个非常超前的问题。爱因斯坦的质能方程式是原子弹的理论依据，也是狭义相对论的最重要的推论，一个伟大的物理学家用了十年时间才推导出了这个公式，别说一个初中生，就是一个中学物理老师也难以解答清楚这样一个世界尖端的科学难题。但这位物理老师回答得很好，很诚恳，他首先表扬了袁隆平，每个同学都应该像他一样，只有爱动脑筋才能不断发现问题，提出问题，钻研问题，——这也的确是袁隆平最典型的性格特征，他就是这样一个“爱把事琢磨透的人”，无论是怎样的公式、定理和法则，他都想“弄个究竟，为此费了不少脑筋，花了很多时间”，这样一个学生其实特别需要得到老师的鼓励；而另一方面，这位物理老师并未让他们去“呆记”，而是尽可能地给了学生们一个基本上能听懂的回答，如一公斤煤在完全燃烧后可释放出八千千卡的热量，能把八十公斤水从零度烧到水的标准沸点（一百度），但如果能把它的全部能量释放出来，其释放出的热量可达到二十一万六千亿千卡，相当于一座中等城市几年所消耗的电力。这让全班同学发出了一片惊呼，天啊，一公斤煤，不就是一个小煤球么？就能让一座城市烧几年啊？这怎么可能，又怎样才能让一公斤煤释放出这么巨大的能量呢？老师又诚恳地说：“这还只是一个从理论上推导出的科学猜想，若要变成现实还有待于今后科技的发展，也许到了你们这一代人，就能实现了！”

袁隆平的一双眼睛又亮亮地瞄着一个方向了，那是一个未知的方向，也是一个天真少年异想天开的方向，在这一线灿烂的光亮里，渗透进了一个物理老师给他的目光带来的某种亮度，他感觉未来不再是渺茫而黑暗的，他甚至觉得自己已负有某种意义非凡的使命。——这并非我一个叙述者的妄自猜测，一切的真实就是如此，如果说那个数学老师的回答让一个初中生感到特别失望，那这个物理老师的回答则让袁隆平对未来充满了希望。岁月苍茫，七十多年过去了，尽管一公斤煤依然还是一公斤煤，迄今仍未释放出二十多万亿千卡的巨大能量，但原子弹、氢弹早已在中国研制成功，也让一个积贫积弱的中国释放出了让世界震撼的巨大能量。如今，袁隆平先生已是一个足以用伟大来形容的农学家，他并非物理学家，但他还是由衷感叹，"现在来看，这个简单的方程式说明了很深奥的问题"，而他的琢磨绝非无意义的徒劳，这是一个物理问题，也是一个哲学问题，爱因斯坦也堪称是一位哲学家，一个看似简单又很深奥的问题，对于袁隆平先生的一生其实都有启示意义，一个人，或一粒种子，如何才能释放出巨大的能量？

在抗战胜利后的第二年，1946 年暑假期间，博学中学从重庆迁回汉口原校园。袁隆平随博中迁回汉口时，恰好在重庆初中毕业。他的学生时代是在汉口开始的，他的高中学业也是在汉口开始的。尽管他在汉口前后只待了三个年头，但在他的学生时代，这是除了重庆之外的又一个重要人生坐标。一座满目疮痍的城池正在重建和修复之中，然而在短暂的和平过后又是接踵而来的战争。由于忙于内战，国民党政府在接下来的几年统治里几乎无暇顾及教育，胡儒珍校长也只得把重庆办校的战时经验搬到汉口，将一个偏僻的、毛荒草乱的足球场开辟出来，连同周边的空地共七十亩（1 亩合 666.7 平方米），分为若干块，一部分由后勤职员耕种管理，大多划分到班级，作为学生从事劳作练习的基地。——对于袁隆平，一个未来的农学家，那一小片试验田至少让他提前获得了农学实践的机会，而种植各种农作物又可以让师生们的饭碗里每天都有新鲜菜蔬。当时，所有学生和教师职员都住校，一日三餐都在学校食堂进餐，数百学生从走进食堂、排队领餐、围桌进餐到餐后收拾餐桌、走出食堂，整个过程井然有序，几乎没有一点混乱嘈杂的声响。从礼拜堂到食堂，再到全校师生在大操场上举行全体集会，都是这样井然有序，主席台上只要出现了胡校长或其他副校长、教务长、训育主任的身影，所有师生都自始至终看着主席台。从入场到退场，没有一丝杂音，也不会落下一片纸屑，几如无人来过一般。

这是一所井然有序的中学，也是一所生龙活虎的中学。在占地近二百五十亩的校园里，就拥有两个篮球场、三个足球场，还有乒乓球室、游泳池。早在 1934 年，博中足球队就和英国水兵足球队进行了一场载入校史的比赛，张学良将军还亲临比赛现场为比赛开球。在文体方面，袁隆平一直有着广泛的兴趣，尤其喜欢各种球类运动，直到晚年还坚持打排球、踢足球。解放后，博学中学改名为武汉市第四中学（武汉四中），袁隆平先生“多次回到母校去探望，重温少年时的记忆，那在操场上踢足球的印象还不时闪现在眼前，起脚一踢，仍然十分快意！”——我看到了他在母校绿茵场上留下的照片，还真是找到了当年的感觉，那踢球的姿势相当矫健敏捷，一点也看不出是一个年过古稀的老人。

只要说到各种文体活动，袁隆平先生就会神采飞扬，但他笑称自己“打球只是三流候补队员的水平”，而“游泳技术是一流的”，可以横渡长江。哈哈，这位一向谦逊的农学家，在游泳方面倒是从不谦虚，他连比带画说：“没有哪个能游得赢我，不吹牛，在游泳方面，我读高中时就有段‘光荣史’，拿过武汉市第一名、湖北省第二名……”

他天性就热爱自由，最喜欢的也是自由泳，这是竞技游泳四大泳式之一，也是速度最快的泳式，但自由式看似自由，一招一式很有难度，很讲技巧。他能掌握这些技巧，除了偶尔能得到体育老师的一些指导，主要是参照分解动作的图例自己练习，直到每一个动作都能协调运行了，才能形成真正的自由泳姿势，身材平直地俯卧水中，两眼凝视前下方，两臂轮换前伸向后划水，两腿上下交替摆动，以大腿带动小腿，这一系列动作既是自由泳的关键技能，也是其重要的动力源泉。当然，他这自由泳到底学得怎么样，还得拉出来试试看。1947 年 6 月，一个机会来临了，湖北举办全省运动会，先要分区进行选拔赛。袁隆平兴冲冲地向体育老师周庆宣报名了，但周老师把这位个头瘦小的高一学生打量了一番，心里头就冷了半截。看看吧，那十来个提前挑选出来的选手，一个个身高体壮，袁隆平往他们跟前一站，一下就矮了一大截。周老师摇了摇头说："你个头太小，体力不行啊！" 这话让袁隆平挺不服气，他个头小，那是一眼就能看见的，但他的体力行不行，又怎能以貌取人呢？他虽说没有当场与周老师争辩，但心里打定了主意。到了参赛那天，那些挑选出来的选手每人骑上一辆锃亮的单车，一个个虎虎生风地奔向选拔赛场，袁隆平纵身一跃，就跳上了最后一名选手的单车后架，飙进了赛场。周老师在点名报数时，发现多了一个人。看着瘦小个儿的袁隆平抬头挺胸地站在队伍里，那股倔劲儿把他给逗乐了，也感动了。他拍了一下小伙子的肩膀说："好，你既然来了，那就试试看！"

这可不是学校的选拔赛，而是整个汉口的预选赛。在这场悬念迭起的选拔赛中，没有谁会看好瘦小的袁隆平，也没有谁喊着他的名字给他鼓劲加油，但袁隆平游得很开心，很轻松，他不像是在跟别人比，而是在跟自己比。结果一出来却让人们惊呆了，袁隆平竟然一身轻松地夺得了汉口赛区男子 100 米和 400 米自由泳的第一名。而这次选拔赛，对他来说还只是小试牛刀，这小子，还有不小的野心，那就是在全省的正式比赛中摘金夺银。这还真不是吹牛皮，在正式比赛中，他果然夺得了湖北省男子自由泳的银牌，不是一块，是两块！每次讲到这段来之不易却又赢得轻松的"光荣史"，袁隆平先生脸上绽放的笑容，恍若水面上闪动的光辉，对母校他也充满了一生的感激："感谢母校，给了我一副好体魄！"

其实，除了一副强健的体魄，母校还给予了他太多的、一生受用的东西。在袁隆平上过的中小学中，博中也是他就读时间最长、感情最深厚的学校，从十三四岁到十八九岁在博中度过的这段岁月，也正是一个青少年塑型的一段岁月。只要一提起那段岁月，他脸上和眼神里便流露出一往情深的神色，仿佛又重新回到了当年的校园，"她是我最感亲切的母校，她给予了我培养和教育，对我的成长起了决定性的作用”。

而对他的成长起了决定性作用的，一是母亲，一是母校。

对于袁隆平，告别这所母校，如同告别母亲一样充满了难舍难分的眷恋。

1947 年底，袁隆平的父亲调到南京国民政府侨务委员会，担任行政科长（一说为事务科科长），为了一家人能够团聚，袁隆平在 1948 年 2 月转学到南京，在中央大学附中（今南京师大附中）读完了高二下学期和高三课程，他的户口，在 1947 年底就已在南京登记注册，迄今还保存在南京档案馆的民国户籍档案里。袁隆平父亲的母校东南大学也是中央大学的前身之一，中大附中或央大附中也是当时的一流名校，袁隆平能够进入这所学校并不令人意外，这所母校让他最难忘的老师，竟然是一位数学老师，黄泰。

黄泰先生 1927 年毕业于东南大学，和袁隆平的父亲是校友，年岁也差不多。大学毕业后，他考取了赴美留学的公费生，但为了承担起一大家子人的生活而放弃了留美的机会，当了一名中学数学教师。袁隆平转入该校时，黄先生年过不惑，他教的是西学课程，还差点儿去西洋镀金，却总是习惯于穿着一袭长衫，看上去更像个一身书卷气的国文教师。袁隆平最伤脑筋的就是数学，但黄泰先生的拟人化数学授课方式却让他感到特别生动有趣，这也是他进入中学后第一次发现数学这么有趣。黄先生画几何图形从来不用尺子和圆规，画圆时，先在黑板上点一个圆心，再按半径画一小弧，接下来就一气呵成画出了一个完整的圆形，比圆规画出来的更有一种浑圆饱满的立体感。在讲授解析几何时，他拿起粉笔在黑板上左右、上下一拉，那长而且直的 X 轴、Y 轴便出现了，再画上一条条曲线。黄先生的粉笔板书也是一绝。他虽是数学老师，却有扎实的国学根底，并时常以韩非子的名言“柢固则生长，根深则视久”来勉励自己的学生，无论你钻研哪门功课，先都要有国学根底。

这是一位对袁隆平影响深远的先生，他不仅是一位中学数学老师，也堪称是一位数学教育家。由于当时缺乏国人编写的教材，黄先生在大学毕业后的十余年里，连续翻译或编写了七本教材，尤其是他编写的《高中解析几何》，是我国第一本中国人编写的中学教材，而他在1934年编写的《初中代数》被评定为国定教科书。对学生不懂的问题，他更是百问不厌，一遍一遍地悉心讲解，直到你听懂为止。袁隆平一生“感到遗憾的就是数学没学好”，设若他在进入初中后就能幸遇这样一位数学老师，也许就不会留下这个终身遗憾了。而黄泰先生或许也有自己的遗憾，如果他能留美，他也许就不是当一名数学教师而是一个科学家，但作为一位教育家他也备感欣慰了。在他的学生中，竟然涌现出了包括袁隆平在内的十二位院士，在国家科技最高奖得主中，竟然有他的三位学生：袁隆平、吴征镒和黄纬禄。他的六个子女全都成了科学精英。黄门十二院士，一家七位精英（他本人又何尝不是一位国家精英），这样一位教育家不说绝无仅有，却也极为少有。

袁隆平不但被这样一位恩师重新激发起了对数学的兴趣，还学到了许多比数学更重要、丰富的人生智慧，这对于他的一生都有意义。2002年，袁隆平回母校（今南京师范大学附属中学）参加一百周年校庆时，黄泰先生的音容笑貌依然如在眼前，但他在匆匆毕业后一直不知道黄先生的下落。师恩难忘，他也曾请南师附中的校友打听黄先生的下落，几番打听后终于得知，黄泰先生已于1979年与世长辞，享年七十四岁。一位渡尽劫波的老先生能够活过古稀之年，也算寿终正寝了，但袁隆平还是长久地沉浸在悲伤之中，眼前仿佛又浮现出黄先生画出了那个浑圆饱满的、充满了立体感的圆形……

第一志愿

事实上，袁隆平没能按部就班地念完高中，就在1949年4月南京解放前夕匆促结束了学业，也可说是提前高中毕业。袁隆平的中学时代结束了，一个时代也行将结束，而一个崭新的时代也即将开启。

在一个高中毕业生的身影背后，是黑白影像中出现的历史性一幕，几名解放军战士爬上南京那座总统府门楼的门顶，扯下了那面象征着国民党统治的旗帜。此前，袁隆平已和大哥隆津坐着南京解放前夕的最后一趟火车离开了南京，袁家又举家迁往了重庆。

时代的交替往往让深陷其中的当局者迷，决不会像我等后来的旁观者那样一下就能看清天下大势。袁隆平的父亲袁兴烈，一个在民国时代的军政两界都干过不短时间的官员，在当时也面临着是去是留的两难选择。而就在这样的两难选择中，袁隆平也开始报考大学。关于袁隆平先生的各种传记，对他最终做出“立志学农”的选择都做足了文章。对于一个未来的农学家，这也是最关键的人生抉择。其实，当时袁隆平已经没有太多的选择余地，他是这样说的：“我考大学的时候，大半壁江山已经是共产党的天下，全国大部分都解放了。国民党政府管辖之下的大学已经没剩下几所了，只是在四川还有几所大学。”

尽管没有太多的选择余地，但家里人还是围绕他的选择出了不少主意，当然也有争议，他父亲觉得学理工、学医前途应该会很好，但他想学农，最终把学农作为了自己报考大学的“第一志愿”。对此，他说出了一个我已提前交待了的原因，他在汉口扶轮小学上一年级时去参观一个资本家的园艺场，给他留下了太美好的印象，“我之所以选择学农，其实缘于从小产生的志趣。……随着年龄的增长，愿望更加强烈，学农变成了我的人生志向。母亲也不赞成我学农，她说学农很辛苦，那是要吃苦的，还说要当农民啦等等。我说我已经填报过了，还说她是城里人，不太懂农家乐，有美好的地方她没看到。我说我以后办了园艺场，种果树、种花卉，那也有田园乐！我还跟她争辩农业的重要性，说吃饭是第一件大事，没有农民种田，就不能生存……”。除此之外，还有一个原因：“学农还有个好处，它的数学少，只要搞方差分析，说是统计方面的一点数学，其他没有。那时没有计算器，都用笔算或是算盘打，讨厌死了，都是些数字。”

说到这里，袁隆平先生露出了自嘲的笑容，这也是他一贯的幽默。

在很多人看来，这样的选择似乎过于单纯，应该还有更复杂的情节和激烈的争议，毕竟这是决定他未来一生的抉择，但袁隆平在这方面的确很单纯，也没有走弯路，即便在家里也没有发生太激烈的争议，他的父母亲虽说对他学农都不大乐意，但又都是很开明的，“父母最终尊重我的选择，我如愿以偿地进了私立相辉学院的农艺系”。

那已是 1949 年 9 月上旬，此时离重庆解放还有两个来月，蒋介石在大势已去后还想重温其抗战时期以重庆作为“战时首都”、以大西南为“复兴基地”的旧梦，而大自然从来不管人间是非，一座山城终于走出了那阴雨绵绵、潮湿闷热的灰色夏日，一切自然风物都变得明亮朗润起来。袁隆平刚刚度过弱冠之年的生日，就背着行囊走进了位于重庆北碚东阳镇夏坝的相辉学院。那是一所与复旦大学有渊源关系的学院，1939 年复旦大学从上海内迁至重庆，在夏坝创办了战时校园，1946 年 6 月复旦大学回迁上海后，复旦同学会决定在此创办一所学院，为纪念复旦创始人马相伯和老校长李登辉（1872—1947），从两人名字中各取一字，命名为“相辉学院”。由于校园校舍是现成的，在创办的当年 9 月便开始招生。夏坝，原名下坝，复旦大学新闻系教授陈望道取华夏之夏，更名为夏坝，而坝为河工险要处巩固堤防的构筑物，陈望道先生的良苦用心，既直接又深远。这一方水土位于嘉陵江畔，缙云山下，而在复旦迁来之前，这里还是一片荒芜偏远之地，复旦师生借庙宇、祠堂、农家民房作为教室、办公室或宿舍，一边教学上课，一边如燕衔泥般建设校园。复旦已去，相辉犹在，走进一座独立牌坊式的校门，是一座清新整洁的美丽校园，江山之间，坐落着一幢幢两三层的红砖楼房，以复旦当年的礼堂登辉堂为基准，相伯图书馆、寒冰馆、新闻馆、青年馆等一字排开，皆坐东朝西，面向嘉陵江，一条梧桐夹道、绿影摇曳的马路，沿着嘉陵江一路延伸，还有一座座倒映在水中的小拱桥，这让在重庆上了八年中小学的袁隆平也暗自惊叹。在抗战艰难时期，复旦人能在短短数年内建成这样一座大学，也真是令人叹为观止的奇迹了。而在接下来的四年大学生活里，他还将更深地感受到风景这边独好。

相辉学院从 1946 年 6 月创办，在 1950 年 11 月到 1952 年的全国高等院校院系调整中，相辉学院农艺系及其专修科与四川省教育学院、华西大学、四川大学、云南大学、贵州大学、川北大学等十所综合大学中的农学系或农艺系整合为一所新型的农业高等学府——西南农学院，为农业部所属的全国重点高等农业大学。2005 年，西南师范大学和西南农业大学合并组建为西南大学，该校已是由教育部、农业部和重庆市共建的综合性全国重点大学。袁隆平若要寻找自己的母校，就是西南大学农学院。

袁隆平在相辉学院的第一学年攻读的是农艺系，在西南农学院的三年时间里攻读的则是农学系，但主修专业始终不渝，一直是遗传育种学。尽管母校几经整合与变迁，但沧桑中也有不变的存在。复旦大学的夏坝旧址，相辉学院的夏坝旧址，如今已作为西南大学一段历史踪迹而载入史册。袁隆平先生曾多次去母校旧址探望，过往的一切还历历在目，他深情地说："景物犹在，秀丽的嘉陵江顺流而下，我们经常由这里下到江边去游泳的石阶依然还在。"

追溯那段年深月久的岁月，在拉开了时空的距离后，反而会看得更加逼真和清晰。

这里就从袁隆平先生在 2008 年 10 月应邀回母校说起吧。那天，深秋的嘉陵江畔，秋风夹着冷雨，但丝毫不减师生们欢迎一位老校友的盛情，欢迎的队伍从校门口向着袁隆平将要回归母校的那个方向延伸了一里多路，沿途都是拉起的横幅、挥舞的小旗子，很多学生把袁隆平的画像高高举过了头顶。袁隆平摇下车窗向校友们深深致谢，"这么隆重欢迎我，我感到不好意思啊！"在历史深邃的天空下，当年的大学生袁隆平又怎么能预见这样一个未来？当天的欢迎晚宴也别具匠心，在餐桌正中摆了一个盛满了优质杂交稻米的玻璃缸，缸壁上还写了一句话："饮水不忘挖井人，吃米不忘袁先生。"西南大学还特意联系了他的几名同班同学来见面叙旧，王运正和陈德玖就是当年与袁隆平同窗的两位女同学。王运正还清楚记得袁隆平纵身跃入嘉陵江搜救一位溺水同学的情形，“他的游泳技术很好，有一次，有一个同学在嘉陵江夏坝段游泳失踪了，隆平和另一个同学得知后，就火急地跳入江中救人，从夏坝一直游到黄葛树，找了很久也没有找到，后来才发现，那个同学被江底的石头卡住遇难了。”——这也是袁隆平一生的痛惜，如果能把这位同学救上来，谁又知道他未来将有多大的造化，一个人的未来既不可预测也不可限量，而生死却是一瞬间的决定，起决定作用的除了自身，还有命运。

袁隆平的另一位女同学陈德玖回忆说：“大学时的袁隆平像个大孩子一样，喜欢打球、游泳，学习成绩不拔尖，但是很聪明！”——后来，很多人都误以为这话是王运正所言，其实不是，这话出自陈德玖之口。

说到当年这些女同学，袁隆平在大学时代也曾有过一个心仪的女孩子，那是园艺系的一位女生，叫康杏媛，一个健美、阳光、性格活泼、落落大方的女孩子，一双清澈似水的大眼睛是那样迷人。应该说，袁隆平当时和她走得很近了，她时常和他们这帮男生一起去重庆北温泉游泳。但袁隆平那时在女生面前还真像一个大孩子一样腼腆，一个女孩子冲着他妩媚地微笑着，他却一脸通红不知所措。说来这倒也并非他的天性，只因他从小学到中学一直实行严格的男女分校，在整个成长期都很难见到一个女生。他在重庆博学中学上学时，只能透过一片山林，远远打量博中的姊妹学校懿训女中那些穿着白衫黑裙的女生，“经常听到随风送来女中唱诗班优雅的歌声，很令人神往”，那时他还是一个初中生，对异性还只是充满了朦胧的憧憬。上大学后，男女同学终于可以亲密接触了，但哪怕打着赤膊、穿着短裤和穿着泳装的女同学在一起游泳，他也不敢向自己心仪的女生表白。直到大学毕业，劳燕分飞，他分配到了大湘西雪峰山下的安江农校，她分配到了云贵高原的贵州，他也未曾表露过自己的爱意，只在心中暗藏着一种难以言说的心仪之感。其实，他是有机会表露的，他和康杏媛的一位同班同学是无话不说的好友，这位同学后来知道了袁隆平的心思，挺惋惜地说：“嗨，你为什么不跟我讲呢，我给你们牵线就行了。”

袁隆平还真是老实，红着脸说：“我怕她不同意。”

康杏媛后来成了一位研究云贵高原野生果树种质资源和果树生态栽培技术的专家，一生在大地芬芳中度过。这位在袁隆平心中像天使一样的女生，如今已经去世了，袁隆平只能在心中默默祈愿她进入一个美丽而安详的天堂，而那一段连初恋也算不上的情愫，就成了袁隆平心中的一段只可意会、不可言传的心境，这也是陪伴了他大学时代的一段人生风景吧。

一条嘉陵江，几乎是在袁隆平的生命里流淌的河流，从小学、中学到大学，他都没离开这条河，哪怕暂时离开了，最终也要回到这条河流的身边。而他那“浪里白条”的绰号,也从小学带到中学又一直带入大学，他对自己的游泳本领依然充满了自豪：“上大学时，我始终喜欢运动，游泳技术是一流的，可说在西南农学院也是首屈一指的，没有哪个能游得赢我。因为我游泳游得好，就由我当同学们的教练，教他们游泳。在北碚夏坝的时候，前面是秀丽的嘉陵江，我们经常到江边去游泳。有时为了去对岸看电影，我就将衣服顶在头顶上，游过去了再穿，这样就省下渡江的几分钱。你想想，当时三分钱可买一个鸡蛋呢。”

游泳不只是袁隆平一生最大的爱好，还差一点就成了他的专业。

1952年西南地区举办了第一届人民体育运动大会，那时四川省分为川东、川南、川西、川北四个行政区，北碚是川东区的首府。袁隆平在川东区的游泳选拔赛中一路领先，轻轻松松就夺得了第一名。接下来，他又去成都参加西南地区的大赛。这是一次极有可能改变他人生命运的竞赛，“在这次比赛里取得好成绩，就有可能入选国家队，代表国家参加国际比赛！”对于一位血气方刚、喜欢挑战的大学生来说，这是极大的诱惑。一个感觉突如其来，他的世界就在游泳池里，他将在游泳池里逐鹿世界，为国家摘金夺银！这个感觉很强烈，但大赛在即，他还是一身轻松，一点压力也没有。成都的小吃又多又好吃，什么龙抄手、赖汤圆、“一蹦三跳”等等，他看见了哪样都想尝一尝，结果呢，“我吃多了，把肚子吃坏了，影响了比赛的发挥。”

比赛那天，在袁隆平的回忆中那是“一个阳光明媚的春天上午”，一声信号，选手们一起跃入水中，袁隆平又是一路领先，闯进了“200 米自由泳”的决赛。而决赛一开始，他就发挥出了“反应快、爆发力好”的优势，在前 50 米他竟然打破了世界纪录（据秒表显示，袁隆平在此次决赛中的前 50 米为 27 秒 5，当时的世界纪录 100 米为 58 秒），他本人当时还没有什么感觉，但在看台上观战的拉拉队见证了这一神奇的时刻，他们也被袁隆平强有力的速度带起来了，一双双挥舞的手臂如同劈波斩浪一般，“袁隆平，加油，浪里白条，加——油——！”然而，在这欢呼声和加油声中，袁隆平的速度却再也加不起来了，而且越游越慢了，他那吃坏了的肚子受了冷水的刺激，一阵阵发作起来，在最后 50 米的冲刺阶段，眼看着落在他身后的选手一个接一个地超过了他，他拼尽余力也游不上去了。

袁隆平差一点就当上国家游泳队的专业运动员，结果却是失之交臂，这是他一生的遗憾之一。时隔多年之后，那个一辈子也忘不了的决赛结果，还是让他又是摇头又是苦笑，而后一声深深的叹息，“唉，最后搞了个第四名，前三名都进了国家队，我被淘汰了，要不然我就会变成专业运动员了！”——从这事也可看出，尽管选择学农是他报考大学的第一志愿，却也并非像许多人说的那样“义无反顾”，对于一个二十来岁的年轻人，他的兴趣那么广泛，思想那么活跃，又怎么会没有别的想法呢？

而让他遗憾的还有一次改变命运的机会，他差点当上空军飞行员，结果又是擦肩而过。那是在抗美援朝战争期间，1952 年夏天，国家决定在全国高校中选拔一批飞行员，仅西南农学院就有八百多名适龄大学生踊跃报名，这是极为严格的遴选，每个人要经过三十多项身体检查和测试，在激烈竞争中，只要有一项指标不合格就会被淘汰出局。袁隆平一路过关斩将，一直闯过了体检的最后一关，那可真是万里挑一啊。但过了身体关，还有政审关。这让不少人为他捏了一把汗。袁隆平的父亲原本是一位充满了凛然正气的爱国志士，但他毕竟在民国时代的军政两界都担任过官员，这一关又是否过得了呢？袁隆平心里也没底，直到光荣榜贴出来了，全校有八个人被录取。当他在光荣榜上看见了自己的名字，一块悬着的石头终于落地了，一下变得轻松了，那一刻他有一种想飞的感觉。第二天，他就参加了空军预备班，提前享受到了军人的待遇，被邀请参加庆祝八一建军节的晚会，当他听着雄壮的军歌，跻身于威武雄壮的军人之列，感觉自己已是人民空军的一员了。而此时，他胸口已戴上了参军入伍的大红花，就等着穿上一身戎装、奔赴军营了。

那么结果呢，袁隆平又是摇头又是苦笑了，“第二天就要到空校去正式受训了，可在那天晚会之后，突然又宣布大学生一律退回。他们欢送了我们，我们又被退了回来。原因是那时候国家要开始十年大建设，大学生很少，全国大概只有二十多万吧，所以大学生要退回，只要高中生就可以了。不好意思，我们又回来了！”

对于他，这是一次选择天空的机会，然而他注定只能选择大地。那个第一志愿，也注定了那是他永远的第一志愿。

我面对的，一个是眼前的袁隆平先生，一个是那个年轻的大学生袁隆平，这两个处于不同时空的袁隆平，也让我们对人生、对命运有了双重的反思。对那两次落选，袁隆平先生一直到现在还有些失落感和愤愤不平，对选择大地，选择农业，他又多少掺杂这一些无可奈何之感，“我做运动员被淘汰了，做飞行员也被淘汰了，就回来干农业了。”这话里，自然也含有他一贯的自嘲与幽默，又绝不轻松，他是真的带着那种被淘汰了的人生失落感，也带着痛失机遇的惆怅与遗憾。

一个年轻的大学生虽说两次与改变命运的机会失之交臂，却也让我这个历史追踪者暗自庆幸。年届天命的我，也时常琢磨一些与天命有关的玄机，或许冥冥中还真有某种天意，否则，中国可能多了一位为国家摘金夺银的世界冠军，或是一位鹰击长空的空军飞行员，但中国和世界上却少了一位拯救亿万苍生的杂交水稻之父。人类常以高瞻远瞩的姿态展望未来，但在那个未来变成现实之前，又有谁能洞察其间的山高水深?

又诚如袁隆平的同班女同学陈德玖所说，他大学时代的学习成绩并不拔尖，这在西南大学校史馆里也能找到证明，该馆首次面向公众展示了袁隆平在重庆求学时的实物，如他当年的转学证明、学生证等，还有他大一下学期期末考试的各科成绩，国文 64 分，植物学 65 分，普通化学 60 分，农场实习 67 分，这都是及格的成绩，而他良好的成绩则是地质学（88 分）、农业概论（88 分）、气象学（84 分），达到 90 分以上的只有英文（93 分）。看来，这个在未来享誉世界的杂交水稻之父，当年的学习成绩确实不拔尖，在班上仅相当于中等。当然，学习成绩只是一个方面，不足以全面反映一个大学生的综合能力，袁隆平的聪明和才情还表现在他广泛的爱好和兴趣上，用他自己的话说："我不是书呆子气十足的人，什么都想学一点，什么都会一点。"

除了体育，音乐也是他一生热情不减的爱好。他在大学里加入了合唱团，由于他唱歌声音较低而且共鸣很好，同学们给他取了个"大 Bass（贝司）"的外号。他喜欢中外经典名曲，对当时流行的苏联歌曲也很着迷，如《喀秋莎》《红莓花儿开》，由于英文好，他还特别爱唱原汁原味的英文歌，如福斯特创作的美国黑人民歌 *Old Black Joe*（老黑侨，又译为老黑奴），那优美、亲切而又哀婉动人的旋律和充满沧桑与惆怅的歌词，让他一唱三叹："快乐童年，如今一去不复返，亲爱朋友，都已离开家园，离开尘世到那天上的乐园，我听见他们轻声把我呼唤，我来了，我来了……"那时他和陈云铎、梁元冈等好友经常聚集在一起，或唱歌，或拉琴，用现在的话说，他们都是爱乐族或音乐发烧友。梁元冈来自香港，后来担任了华南农业大学教授，主持选育迟熟荔枝新品种"挂红荔枝"，以多肉无核、晶莹剔透、挂齿留香不上火而在岭南荔乡广为传播。他会拉小提琴，在西洋乐器中，小提琴是为人们百般宠爱的"乐器中的王后"，那优美的造型和音色完美地结合在一起，一下就把袁隆平深深迷住了。袁隆平和几个好友在梁元冈手把手的指点下，从练基本手型和手指的灵活性开始跟他学着拉。从学游泳到学拉小提琴，袁隆平发现，掌握基本技巧并不难，难在如何抵达那随心所欲、出神入化的境界。如小提琴，最难的还不是通过演奏来忠实地再现作品的音乐内涵，而是在这种乐器上注入源于乐曲也源于生命的灵魂。

音乐可以留住青春的记忆，也可以将时隔多年的记忆重新激活。对于袁隆平，小提琴不只是与他终身相伴的一件乐器，不只是他的业余爱好，更是生命的慰藉和精神的寄托，他特别喜欢舒伯特的小夜曲，哪怕是回忆中的回响，也让他深深陶醉，“它能把你带到一个很舒服、很美好的境界”。

尽管袁隆平有各种各样的兴趣爱好和特长，说来好笑，在毕业前夕，除了正式的毕业鉴定，同学们还给他做出了这样一份“毕业鉴定”：爱好——自由，特长——散漫。

说到这样一个“毕业鉴定”，袁隆平先生也忍不住哈哈大笑了，“哈，说实在话，直到现在我也还是这样，我不爱拘礼节，我不喜欢古板，不愿意一本正经，不想受到拘束。我读大学时，入团很容易，但我没入，因为我自由散漫惯了，起不了表率作用”。他没有入团，也没有入党，一辈子都是个无党派人士，如今，很多人都赞扬他从小就如何如何表现好，他幽默地说：“现在听了这么多的赞扬话，我的压力不小啊！”

如果仅从表现看，作为学生的袁隆平从来就不是一个可以效仿的榜样，从小学、中学到大学，严格的纪律，对天性散漫的袁隆平一直是一个考验。上大学时，他早晨还是爱睡懒觉。早晨起床的钟声分为两次，一次是唤醒众生的钟声，别的人一听钟声就醒了，赶紧起床洗漱了，他还赖在被窝里眯着呢。几分钟后，就开始打紧急起早钟，那钟声就像急促的催逼，这时他才掀开被窝一跃而起，一边扎腰带，一边往操场里飞奔，这倒让他养成了争分夺秒、干事利索的作风，却也落下了很多人至今还在笑话他的毛病，譬如说他为了赶急，连被窝也不叠，衣服扣子常常错位，脏衣服、臭袜子也来不及收拾。每到卫生检查时，他才临时抱佛脚，把一床被子马马虎虎叠好，那脏衣服、臭袜子只能胡乱塞在被子里。一直到现在，他还是叠不好衣服。

除了这些自由散漫、不修边幅的生活细节，还有一些直抵他内心以及未来的情节。在他敬重的恩师中，就有一位著名的水稻专家——管相桓。

管相桓，原名传学，进中学时才改名为相桓，——袁隆平觉得“这个名字挺有意思，含着管仲辅佐齐桓公的故事”。的确如此，这里边蕴含了那一代知识分子“以学辅政”的一种情结。管先生 1909 年正月生于四川省营山县天池乡，比袁父小四岁，毕业于中央大学农艺系。中央大学的前身就是东南大学，管相桓与袁兴烈也算是校友，只是两人素无交集。一个人与另一个人之间如同平行线，随着时间的推移不断延伸，只有特别有缘的人才会在某个时空中发生交集，这个概率非常小。而对于管相桓，他在中央大学最重要的一个交集，就是幸遇了一个对他一生都有影响的人物，当时在中央大学任教的赵连芳先生。

赵连芳，1921 年毕业于清华学校，旋赴美国留学，著有《水稻连锁遗传的研究》《水稻糯性因子对门德尔遗传律之影响》及《水稻的细胞学研究》等论文，是世界上较早研究水稻遗传育种的学者之一。赵先生回国后，在中央大学任教期间，先后主持育成了“中大帽子头”和“中大258”，并指导江西、湖南稻作人员分别育成“南特号”“胜利籼”等一批早期水稻良种，对长江中下游水稻品种改良和大规模推广示范有奠基与开拓之功。1945 年，日寇投降，赵先生被派往台湾省主持农林机构的接管和农林科技事业的恢复与发展，1949 年后任台湾大学农学院教授兼农艺系主任，晚年又受聘为联合国粮农组织的水稻专家，为拯救在饥饿和死亡线上挣扎的人们，远赴中东的伊拉克、拉丁美洲的多米尼加等国家，为改进这些发展中国家的水稻生产作出了开拓性的贡献。如今，赵连芳先生在遥远异国的稻田里奔波的身影，早已化为了黑白影像，他走过的一条路已变得像是时间那么深远，但在深远的时空中注定还有一代又一代人相继走过，越走越远……

赵先生为中国现代农业科学先驱之一，也是我国水稻育种和良种推广的先驱之一，管相桓则是追随其后的又一代中国水稻专家。作为赵先生的嫡传弟子，无论在专业上还是思想上，他都受到了赵先生的直接影响。落后不但处处挨打，在科技领域也饱受列强欺凌。由于近现代中国农业科技非常落后，一个泱泱稻作大国，当时每年都需要进口大米二千万担以上，这也使赵连芳、管相桓等两代科学家发誓要为提高我国稻作生产水平、解决中国人的吃饭问题而奋斗终生。管相桓大学毕业后，又考入东京帝国大学农学部从事稻学研究，学成归国后，任四川省农业改进所技正（相当于高级农艺师），并兼任四川大学、华西大学等多所大学教授。在战乱频仍、科研经费几近于无的困境下，他主持了全川水稻品种的搜集、普查与比较研究，编纂了《四川省水稻地方品种检定汇编》，保存了大量水稻品种资源（即现代科学上的基因库），这一基因库所保存水稻品种数量之多为当时的全国之冠。从科学贡献看，他在水稻性状遗传方面的研究为当时国内首创，选育出了适合于四川省各自然、生态区的水稻高产品种。在国内水稻科研领域，他的成就一直处于当时的前沿。1945 年管相桓受聘于美国加利福尼亚大学，但在新中国成立后，他又毅然放弃了美国的高薪厚禄，重返祖国和故乡，成为西南农学院的创始人之一，并主持教务及农学系工作。袁隆平是从相辉学院转入西南农学院农学系的第一批学生，有幸成为管相桓先生的嫡传弟子。他和管先生的交集，也是他人生中至关重要的一次交集，又何尝不是中国现当代水稻史上至关重要的一次交集，从赵连芳、管相桓到袁隆平，从近代、现代到当代，这三代中国稻作专家、遗传育种学家从此构成了一脉相承、薪火相传的师承关系，三点一线，一气贯通了。又不能不说，这是被很多历史追踪者忽视了的一个因果关系。

袁隆平是一个“学习成绩不拔尖”的学生，却是一个爱动脑筋、爱提问的学生。据他回忆，管相桓教授教遗传学，“当时一切向苏联看齐，遗传学只能是教苏联生物学家、农学家米丘林、李森科的一套，他们坚持生物的获得性遗传，否定奥地利科学家孟德尔和美国科学家摩尔根等人基于基因的遗传学”，而管先生之所学，之所教，则植根于孟德尔、摩尔根的遗传学观点。孟德尔是经典遗传学的奠基人，被誉为现代遗传学之父，他通过豌豆实验，发现了经典遗传学三大基本规律中的两个——分离规律和自由组合规律。摩尔根则是现代实验生物学奠基人。在孟德尔的经典遗传学向分子遗传学发展演绎的过程中，摩尔根起着承上启下、继往开来的作用。经典遗传学的研究课题主要是基因在亲代和子代之间的传递问题，而分子遗传学则主要研究基因的本质、基因的功能以及基因的变化等问题。他们相继从理论和实践上指出，一切生命现象都与基因有关，基因是决定生命健康的内在因素，且具有双重属性，即物质性（存在方式）和信息性（根本属性），而米丘林、李森科的“环境影响”学说“只见树木，不见森林；只见量变，不见质变，最后什么都没有”。

但教学不能离开教学大纲，孟德尔、摩尔根的遗传学在当时备受打压，甚至惨遭扼杀。而就在这种一边倒的形势下，一个爱动脑筋、爱提问的学生，与那些接受能力特别强、成绩全优却不爱动脑筋、没有任何问题的学生有了明显的差别，袁隆平一只耳朵里灌满了米丘林、李森科的那一套，另一只耳朵里也听到了孟德尔、摩尔根的声音。但无论是苏联科学家的声音，还是美国科学家的声音，他从不偏听偏信，而是竭尽所能将两种声音搞清楚。他利用课余时间阅读了国内外多种农业科技书刊，在广泛的阅读中了解了孟德尔、摩尔根的遗传学观点，并有意识地将他们的学术观点同“米丘林、李森科的一套”进行比较，这让他做出了最初的选择。当许多同学凭着对“米丘林、李森科的一套”考取高分时，他已经对那一套不感兴趣。他早已说过，对不感兴趣的、不喜欢的东西，“只求及格就行”，他把更多的精力用来自学孟德尔、摩尔根的遗传学，有了不懂的问题，他就去请教管先生。管先生“凡过目之书皆能记忆，人或提出问题，耐心一一作答，并能指出其出于某刊几期卷上”。

袁隆平与管相桓先生的交集，仅在大学时代的短短四年，管先生对他的影响还将在他未来的一生中不断续写，管先生对他的一个直接影响就与杂交稻有关。诚然，管先生那时还难以预见这莘莘学子中将会出现一个未来的杂交水稻之父，即便他能够预见会有这样的人物出现，但这个人到底是谁，又将在何时出现，他也难以预见，否则他就真是神了。不过，他本人从20世纪30年代就开始进行水稻杂交育种研究，从20世纪50年代开始，就在征集野生稻种进行远缘杂交试验，据说已获得有希望杂交的种子，但在随后席卷而来的一场史无前例的大浩劫中，这些希望的种子毁于一旦，连他本人也含冤自尽，年仅五十七岁。历史上有太多“出师未捷身先死”的不幸者，管相桓先生虽未培育出杂交稻，但至少是中国杂交水稻的先行者之一。

对于自己选择学农，袁隆平也曾有过多次反思，他曾坦言：“如果读小学的时候老师带我们去的不是那个园艺场，而是带我们到真正的农村，是这样又苦又脏又累又穷的地方，恐怕我就不会立志学农了。”这很清楚地交待了他选择学农的初衷，然而，那个资本家的园艺场绝非真正的农村，他第一次深入农村是 1952 年春天，赴四川大足县参加了三个多月的土改，一方面他感受到了中国农村正在发生的翻天覆地的变化，拥有了土地的农民提高了积极性，一方面，他住进农民家里，和农民裹在一床污黑的破被子里睡觉，在一只土锅里搅饭，同吃同住同劳动，他才知道真正的农村“又苦又脏又累又穷”。在那里，袁隆平留下了一张站在庄稼地里的照片，他穿着一身青灰色学生服，胸口别着一支钢笔，黑发浓眉，眼神深邃，那神情已不像他女同学印象中“像个大孩子一样”的袁隆平，而是一个充满了凝重忧思的知识分子形象。许多年后，袁隆平先生回想起这段往事，声音有些低沉地说：“那时候我是有点雄心壮志的，看到农民这么苦，我就暗下决心，立志要改造农村，为农民做点实事。我认为我们学农的就应该有这个义务，发展农业，帮助农民提高产量，改善他们的生活。实际上，看到农村贫穷落后的状态，反而让我找到了学知识的用武之地。再加上小时候目睹了中国饱受日寇的欺凌，我深深感到中国应该强大起来。特别是新中国诞生后，觉得中国人民真的站起来了，我们也要做一番事业，为中国人争一口气，为自己的国家做贡献，这是最大的心愿。所以，我感到自己肩上应该有担子。”

从第一志愿到最大的心愿，这是袁隆平的人生中的一次嬗变。

如果没有这样的嬗变，后来的一切都无法设想。

1953 年 7 月，袁隆平的四年大学生活即将结束，何去何从，又是他人生的一次抉择。

若按袁隆平的真实意愿，还有他一家人的意愿，自然是希望能留在重庆，这年袁隆平二十四岁，他在重庆已生活了十二年，人生的一半时间都是在这座山城度过的。对于这座山城，袁隆平有一种源于天性的热爱，在他的整个成长期，这座大西南的山城对他形成文化气质有着深远的影响。这是一座散漫得有些任性的城市，如果你不为吃饱肚子发愁，如果你不担心会有飞机从天上扔炸弹，这里还真是一座适宜人类居住的城市。对于一个在流离转徙中长大的孩子，重庆可以说是他真正意义上的故乡，第一故乡。他的父母亲，他的家，在解放前夕就已迁到了重庆。但他的选择不是由自己的意愿所决定，那个年代的大学毕业生，事实上也没有太多的自我选择余地，在毕业分配动员大会上，一个强有力的号召就是“服从统一分配，到农村去，到最艰苦的地方去，到祖国最需要的地方去！”他在分配志愿表上，填上了“愿意到长江流域工作”，重庆属于长江流域，汉口也属于长江流域，但这个空间实在太大了，长江流域涵盖了大半个中国的十九个省市区。对于当年的袁隆平，他将奔赴哪儿，一切还处于未知的状态，既有兴奋的憧憬，也有焦躁不安的等待。可做梦也没有想到，他被分派到湘西雪峰山脚下的安江农校任教。雪峰山在哪儿？安江农校又在哪儿呢？但无论去哪儿，那都是他第一次远离家人，远离他最难以割舍的母亲。袁隆平先生在八十岁生日晚会上，回想起当年即将远行的那一幕，不觉间脸上又涌上了年轻时的茫然，他在烛光中躬身向早已长眠于雪峰山下的母亲倾诉：“还记得吗？……我要从重庆的大学分配到这儿，是您陪着我，脸贴着地图，手指顺着密密麻麻的细线，找了很久，才找到地图上这么一个小点点。当时您叹了口气说：‘孩子，你到那儿，是要吃苦的呀……’”

对于一位即将奔赴远方的大学毕业生，他已经知道了自己即将奔赴的那个目的地，但接下来的一切依然处于漫长的未知状态，对于我们，早已知道了他将用一粒种子改变世界的神奇事实。一粒用心血熬炼而成的种子，唯其神奇，又总是撩起人们的玄想或神思：在天地之间，种子是通灵者，每一粒种子仿佛都有自己的宿命，从来就不是自顾自地孕育与生长。它兴许会被一阵风吹扬而起，但它不会绝尘而去，风将把它带到世界的某个角落，让它重新回归土地；它也许又会被一只鸟儿带到某个人迹罕至的角落，但那个角落到底在哪儿，是肥沃还是贫瘠，一粒种子又到底能否生根发芽，开花结果，谁也不知道，连它自己也不知道。

一粒种子的命运，又何尝不是一个人的命运，既是命运，在未被揭示之前，就含有某种神秘的、可知的或不可知的定数。这其实不是玄学而是科学，在环境和遗传的相互作用下，每一粒种子都演绎着生命的繁衍、细胞分裂和蛋白质合成等重要生理过程。一个一辈子与种子打交道的人，在揭开了一粒种子的秘密后，也对人与种子命运有了深刻的洞察：“我觉得，人就像一粒种子。要做一粒好的种子，身体、精神、情感都要健康。种子健康了，我们每个人的事业才能根深叶茂，枝粗果硕……”

第二章　隐蔽的地平线

隐蔽的地平线

在 1953 年那个漫长而难熬的夏天，一个大学毕业生有足够的时间来完成一次长途跋涉。

从大西南的重庆到大湘西的雪峰山，换了如今也就一天多的行程，袁隆平竟一路辗转了半个多月。重庆，武汉，长沙，一路上如同在火炉中穿行。这条路其实是他童年时走过的。当年，也是在这样的三伏天，他父亲袁兴烈带着一家人从汉口下长江，逆水而上，漂洞庭，入沅江，原本想从湘西转往重庆，终因行船在沅江搁浅和那些关于土匪的凶悍传说而不得不折返洞庭湖，再次回归长江逆水而上，穿越三峡抵达重庆。如今一切都倒过来了，他从重庆朝天门码头顺江而下，在抵达武汉后坐火车转向长沙。

一个身影跃入了湘江，从橘子洲头。这是湖湘儿女的母亲河，也是长江水量最大的支流之一，那个一生钻研帝王之学的王闿运曾出此狂言：

“大江东去，无非湘水余波。”湘江，在这里一个九十度的大转弯，然后一路北上，入洞庭，进长江。凡江河拐弯之处的水域，多是支流与干流的交汇之处，水就会变得浩大无边，那无边的空茫里似乎得有些东西来填满。一条河，亿万年的等待，曾经等来了一位“到中流击水，浪遏飞舟”的青年，在袁隆平纵身跃入湘江时，当年那位“书生意气，挥斥方遒”的书生，已是“指点江山”的共和国开国领袖。那漫长的等待是人类难以洞察的，需要像河流一样漫长的时间慢慢发现。譬如说，眼下这个畅游湘江的小伙子，又有谁能预测到他的未来？他只是跟着感觉游。可以想象他那一刻的激动，他还没有看清这条河就一跃而起了，那跃向空中的身体矫捷闪亮，就像一个惊叹号。他感觉自己游得很快，很远，他还从未游得这样快这样远。他两颊涨红，大声喊叫，没人知道他在喊叫什么，人在这个时候的语言，只剩下了语气词，啊！啊——！他不是在一条河里游，他是推动着一条河在游，那浪涛一经他双手推出，就势不可挡，他在一条伟大的河流里驾驭着自己。但此时，他的命运，还是他本人难以驾驭和选择的。他在农林厅领到了大学毕业生试用期的第一个月工资四十二块钱，用十来块钱买了一把小提琴，然后便揣着省农林厅开具的一纸用毛笔手写的介绍信，挥别湘江，再次上路，奔赴大湘西的雪峰山。

大湘西，绝非故意夸大之词，它所涵盖的范围不只是如今湘西土家族苗族自治州这一狭义的行政区域，还涵盖了当时的黔阳专区以及邵阳、零陵、常德等三个专区的部分县市，是湖南西部二十八县的统称，境内被武陵、雪峰两大山脉和云贵高原团团围困，重重阻隔，又是长江在湖湘境内的两大支流——沅水和澧水中上游及其众多支流汇聚之地，山与水经亿万斯年的厮磨，造就了一个沟壑纵横、溪河密布、峰峦起伏、洞穴连绵的绝域，又加之与川、鄂、黔、桂四省区交界，这一方水土历来就是天高皇帝远的边地，又是少数民族聚居区，如同一个荒凉神秘的独立王国，一直凭借天险与整个世界对峙。那高山深壑中一望伤目的岩土和被大山堵死了的出路，还有山洪、泥石流等频频暴发的自然灾害叠加在一起，便是赤贫与饥饿，把人类生存的境地推向了极端。那些在石头的缝隙里苦苦求生的人类，也是最坚忍、最顽强的生命，当他们实在活不下去了时，就会选择另一种极端的方式。历史上，这里一直是匪患猖獗的重灾区，人道是“天下不乱，湘西先乱”，而湘西一乱，天下必乱。1949 年秋天，邓小平率领中国人民解放军转战大西南时，就曾对湘西当年的形势作过这样的评价：“湘西，土匪势力盘根错节，是湖南的盲肠。”其实，湘西也素称“中国的盲肠”。袁隆平在童年时代没有走通的那条路，一个可怕的原因就是他父亲担心会遭遇土匪，而当他第一次进入这条盲肠时，传说中的土匪还没有完全剿灭，甚至还有骇人听闻的虎啸山林的声音……

这里，且不说大湘西那时候有多么偏远闭塞，只说那两天两夜的长途颠簸，一辆车，一条路，一直在雪峰山与云贵高原东南边缘的复合地带迂回穿插，袁隆平一双眼僵直地直视前方，远眺那遥不可及的地平线，仿佛用尽一生，都在抵达之中。那条地平线在云遮雾绕的大山中其实是看不见的，一直处于隐蔽的状态，而隐蔽中又生出无穷尽的神秘感。那感觉真是像在一条盲肠里穿行，又恍若在时空隧道中穿越，去往另一个世界。那时的长途客车还是烧木炭的，在车头一侧装有一个特制的炉子，有的炭炉则拖在汽车后背，像个体积庞大、形状古怪的罗锅。除了司机，还有司炉，木炭点火后通过鼓风机把炉子烧旺，从点火到启动就差不多要一个小时，行驶中，还要不断扒炉、续炭、点火、吹风。这种车开起来慢吞吞的，时不时就抛锚了。司机和司炉一路上累得像车一样吭哧吭哧地喘气，坐这种车人也是苦不堪言，那浊重的炭烟味呛得一车人不停地咳嗽，还得时不时下来推车。

一辆车，一车人，一直在悬崖的边缘上行驶，几乎命悬一线。在剧烈的颠簸中，一个小孩开始不可名状地哭喊，他用双手啪啪地捶打车窗，一个劲地尖叫，嗓门越来越大。那是一种崩溃的感觉，每个人都在那绝望的哭声中颤抖，下意识地把眼睛贴近被阳光照亮的车窗，而这时候你绝对不能往下看，那不断打滑的车轮下就是一眼望不到底的深渊。你只能朝更高更远处看，这样你才能在致命的危险中发现绝美的风景。这种被逼到悬崖边缘上又美得令人绝望的感觉，还将在未来的岁月里不断再现，如果没有这历尽奇险的经历，又怎能体会到那山穷水尽、绝处逢生般的一次次逆转。偶尔也会看到山坡上、山坳里出现一小块一小块的稻田和红薯坡,只要看见了庄稼,就会出现人烟。在那些破旧农舍的土墙上，还残留有红军当年刷下的许多标语，“打土豪，分田地”，“没饭吃的穷人快来赶上红军”，就在离这些标语不远处，便是一座座红军烈士的墓碑。这贫瘠山村的农人，依然和他们的老牛一样勤劳，在石头的缝隙里深深地俯下身子耕耘着，耕牛走得慢了，就会挨鞭子，那鞭子抽得凶狠响亮，挥鞭的农人仿佛在发泄心头的怨愤。

这一路上的经历，让一个刚刚走进社会的大学毕业生看清了部分真相，对于一个未来的杂交水稻之父也有着某种先知般的启示，在那隐蔽的地平线之下，还有太多的秘密等待他去逐一发现和揭示。

终于,到了！那个抵达的感觉很强烈,一个人仿佛走到了山穷水尽处，就像走到了世界的尽头。钻进这座山,回望那条路,如断肠一般忽隐忽现，进山难，出山更难啊！他在下车的那一刻就明白了，这将是他很难走出去的一座大山。此时的他，就像是一个误入歧途的、迷失了方向的孩子，孤零零地闯入了一个他还一无所知的世界。

雪峰山，顾名思义，是一座因长年积雪而得名的山峰，在中南地区极少有这种长年积雪的高山。雪峰山脉与湘桂边境的八十里大南山逶迤相接，也是沅江与资江的天然分水岭。资江也是长江在湖湘境内的四大支流之一，这条河流没有纳入大湘西的范围，但也紧紧挨着了，其下游成直角转折切过雪峰山，从而造就了湘中新化县至烟溪间的一道大峡谷。雪峰山的主峰位于黔阳县与邵阳洞口县之间，海拔将近两千米，在天际的映衬下显得十分清晰。这是袁隆平日后时常长久地凝望的一个方向，那冬日的积雪和夏日的白云，总让他感觉有一种崇高而圣洁的存在正悄然靠近自己。

雪峰山谷里的安江，位于湘西南的沅江上游东岸，是云贵高原东部延伸而出的一块峡谷盆地，一座青灰色的千年古镇，就藏在雪峰山深处的这个缝隙里。一看这地势，就知道是狭路相逢勇者胜的兵家必争之地，在抗日战争的最后一次大会战——湘西会战中，日军妄想越过雪峰山，占领安江，安江成了全国抗日战争的中心，也是对日最后一战的指挥部、大本营，中国四方面军司令部设在安江关圣宫，而中美作战司令部则设在安江圣觉寺，就在后来安江农校校园内，战后，在安江镇掩埋着成千上万的抗日英烈。

我来安江探寻袁隆平先生的踪迹，已是2016年的大暑季节，与他第一次抵达这里时已隔着六十多年。当我从现实中直接穿插到许多年前的那个现场，下意识地在心里感叹，难以想象，在这样一个远离中心城市的山坳里，一所不起眼的乡村农校，那时谁又能预料，在未来岁月里它将连同一个此时还名不见经传的名字一起蜚声海内外，成为中国杂交水稻和第二次绿色革命的发源地，杂交水稻就是从这山坳里走向世界的。

我如是感叹，其实有很多的偏见和误解。说来，当年的安江在大湘西还真不是一个小地方，在大湘西是数得着的几座重镇之一，从1952年至1975年，从黔阳专区到黔阳地区，在长达二十四年的时间里，安江一直是黔阳地区行政公署所在地。这里也是原黔阳县县城。这样一座得天独厚的古镇，其名气和繁华的程度一度远远胜过湘西自治州的首府吉首，在20世纪60年代初曾设县级安江市，但不过两年就撤销了。如今，原黔阳专区在几经演绎后成立了地级怀化市，市区在离安江五十公里之外。黔阳县也早已撤县设市（县级市），但市区不在安江镇，而在百里开外的古黔城。安江如今成了洪江市的一个乡镇，这也让我的立场与视角局限于一个乡镇。当人类处于物是人非的境地，若要还原真相实在太难，但那秘不示人的时空又往往会掀开那神秘的面纱。在未来，随着许多云遮雾绕的事物逐渐得以揭示，人们将惊奇地发现，这里竟然是一个物种变异的神秘天堂。更令人惊奇的是，就在安江镇城北沅水对岸的高庙遗址，在2005年有一个重大的考古发现，被列入当年中国十大考古新发现之一，从发掘出土的实物显示，早在七千多年前，这里便是史前人类的稻作区，这让炎帝神农氏在沅江流域发明种植粳稻的上古传说得以验证，一个传说不再是传说，这一带就是中华民族最早的稻作文化发祥地之一，也是世界稻作文明的发源地之一。这里能成为杂交水稻的发源地，也让人们找到了前因后果一脉相承的历史线索，至少不会再觉得那么偶然了。

当袁隆平背着行囊走进雪峰山谷中的安江盆地，从四面八方扑入眼帘的葱茏树木，让他两眼一下变得绿汪汪的了。一行行云杉跃然于山棱线之上，在低垂的白云与漫涌的雾气之间，还有大片的竹海，而大山深处还有马尾松、红豆杉、银杏等珍稀树木。当他下意识地翘首遥望时，一滴滴露珠落在脸上，让他在一个酷暑季节感到了瞬间的清凉。不是瞬间，在接下来的岁月里，他将有足够的时间来慢慢体味到这座大山里的点点滴滴。不过此时，一个刚刚从重庆那样的大城市里走进山谷的大学毕业生，还仿佛在孤独的迷谷里穿行，但他似乎也没有我想象的那种难以自拔的感觉，他走得劲头十足。安江农校不在镇上，还有十多里山道要走，随着那矫健的脚步越走越近，山谷中渐渐呈现出一座拱顶的校门，那拱顶上的五角星在阳光下红得耀眼，仿佛一种高于生命的存在。这校园一看就有些年头了，先要穿过一条狭长而幽深的林荫道，恍若钻进了一个若隐若现、“仿佛若有光”的山洞。那感觉，真有“来此绝境，不复出焉”的世外桃源之感。

湖南当时在湘北、湘南、湘东、湘西各办有一所中等农业学校，地处大湘西的安江农校，其前身为 1939 年建校于邵阳武冈县竹篙塘的国立第十一中学职业部，后因日寇南侵，邵阳沦陷，于 1940 年 9 月迁到安江镇郊溪边村的圣觉寺里办学。圣觉寺为明代湘西三大古刹之一，后因火灾而毁。第十一中学职业部迁来不久，便独立建制为湖南省第十职业学校，1950 年 11 月改为湖南省农林技术学校，随后又更名为湖南省安江农业学校（简称安江农校）。无论怎样改名换姓,这所学校一直都是“农”字当头，在东南西北四所农校中，也一直是最偏远、最艰苦的一所。

袁隆平来之前，那些从未到过湘西的大学同窗一听他被分配到了大湘西，便连猜带想地提醒他:“你要做好思想准备呵，在那个偏僻的地方，一盏孤灯照终身。”袁隆平对大山沟的偏僻、远离家人的孤独是有心理准备的，但还真是百闻不如一见，“到了安江一看，倒还可以”，至少不是“一盏孤灯照终身”。他是从重庆那个大城市里来的，最担心的就是到了这儿还会点油灯、蜡烛、松明子，安江农校当时的校长也很了解他们的心思，在欢迎新来的老师时，校长还特别讲到学校有电灯，“哈，有电灯就不是乡下了！”

此一时彼一时也，在那个年代，“楼上楼下，电灯电话”就是像天堂一样美好的生活了，那也是当时只有城里人才能享受的现代化生活。除了电灯，袁隆平也过上了“楼上楼下”的生活。他来这儿报到时，许多房子还是抗战期间盖起来的木板楼，走进校门，隔着一棵白果树旁逸斜出的枝叶，就能看见一座建于1939年的红房子，这是一幢美式鱼鳞木板房，为当年抗日将士的营房。这大山里树多，一切都是就地取材，外壁是纯木板，梁架为人字形结构，前廊出檐，一字形排列，屋顶上盖的是湘西土窑烧制的小青瓦，在阳光下隐隐泛出暗红色。

袁隆平并未住那种鱼鳞木板房，而是住进了一幢建于1950年的青年教工宿舍里，这种青砖青瓦、苏式风格的筒子楼，在20世纪50年代特别流行。袁隆平在此度过了十多年岁月，他也是在这楼里结婚成家的。夏天，这楼倒是凉快，还有带着草木清香的山风吹进屋子里，但入冬之后，便有凛冽的山风长驱直入，冷得钻心，但这丝毫没有减少一个青年教师内心的火热，那是一个充满理想主义的时代，他心里就像揣着一盆火。无论春夏秋冬，袁隆平都喜欢打开窗户，任那一股清新的绿意漫过来，连斑驳泛黄的木窗也变得生气充盈。袁隆平童年时代看过《摩登时代》，一个镜头时常闪现在他眼前——打开一扇窗户，就能摘到新鲜水果吃。那无声的黑白电影中的镜头，在这里还真是变成了现实，一根根树枝伸到他的窗前，枝头的花果触手可及。袁隆平成家后又几经搬迁，在1980年后搬进了校园后边的一座专家楼。说是专家楼，其实就是一幢简朴的砖瓦房，初为杂交水稻研究室，在杂交水稻研究成功后，由湖南省政府拨款修建那一座科研楼，把原来的研究室改建为专家楼，一分为二，分给了袁隆平与他的助手、学生李必湖两家人居住。

如今，安江农校也已与另一所中专联合组建为怀化职业技术学院，从安江镇搬迁到了怀化市郊，一座曾经生龙活虎的校园已成故园，也曾有人一度打起了这座老校园的主意。幸运的是，当地政府和怀化职院为了避免袁隆平和杂交水稻的故迹湮没于沧桑变迁之中，将原来的校园辟为“安江农校杂交水稻纪念园”，这园名，是由袁隆平先生亲自选定并亲笔题写的。2009 年，安江农校纪念园被国务院特批为全国重点文物保护单位，这是国务院自 2006 年公布第六批全国重点文物保护单位以来第一个单独发文增补的全国重点文物保护单位。这样的特批，彰显了国家对一座老校园的特别重视，在纪念园揭牌仪式上，国家文物局局长单霁翔一语道破天机：“安江农校纪念园见证了杂交水稻的历史，寄托了一代又一代农业科研人员的希望，是全国首例活态的、与群众生活密切相关的科研类文化遗产，很好地诠释了‘文化遗产让生活更美好’的理念，袁隆平先生和他的团队在这块土地上取得的科研成果，为人类做出了杰出的贡献，它展示了一种时代风貌和精神，让我们看到了对文化遗产应该有的一种新的境界、新的气度、新的情怀，因为它是新型的文化遗产。”对此，他还从文化遗产的发展趋势上进行了诠释，当下文化遗产有“要素、空间、时间、动态、与人民当下生活关联、物质和非物质结合”的六大发展新趋势，“安江农校代表一种国际理念，是 20 世纪的文化建筑和文化景观，是新的境界”。

当穿行于这座校园或纪念园中，我发现许多老建筑都大致按原貌保存下来了，这些建筑从 1939 年绵延至 1986 年，既有抗战期间中国军队的营房、美军飞虎队的医院，还有从 20 世纪 50 年代到 80 年代陆续盖起的一幢幢砖瓦楼和钢筋混凝土结构的楼房，岁月虽已模糊，但那不同时代的印迹依然鲜明，仿佛一眼就能窥见那个时代。这些老房子，皆进行了修缮美化以及除险加固处理，看起来还像是老照片中的建筑。这房子老了，但没有衰败，屋檐下和木格窗棂里结满了蛛网，恍若还在编织昔时的旧梦，那木头的本色虽已泛黄，却依然露出清晰的纹路。

我之所以如此详尽地交待这样一个大背景，只因这一切对于我们的主人公以及他穷其一生的事业有着不可忽视的意义，这是袁隆平最重要的一个人生坐标，他在这里执教十八年，他调到长沙后，这里仍然是他的重要科研基地，他一家人在这里生活的时间则长达三十七年。一座雪峰山，一座老校园，将不只是作为他人生的背景而虚设，而将是存在于他生命中的一座山。在接下来的叙述中，我提到的这一个个地方，在未来岁月都将成为他钻研与播种的地方。他将在此山中度过一段漫长的岁月，当他走出这座大山时，一个稚气未脱的大学毕业生已如脱胎换骨一般，从不惑走向天命。

我有迷魂招不得

在安江，对袁隆平最有吸引力的还是一条江，沅江。此前，一条嘉陵江在他的生命中流淌了十二年，而这条沅江将流过他更漫长的人生。后来，当他回首第一次走进安江的情景，说到这条江，那深沉而凝重的神情一下就变得活泛了，他笑了，“因为这条江，我一下子就特别喜欢上了这个学校。刚到校，我把行李一放，就跑到江中游泳去了……”

一条河流让时间变得不那么坚硬了，一个青年教师的心情也变得像流水一样畅快了。初为人师的袁隆平，至少为他的教书生涯总结出了三条挺朴实的好处：“当时我觉得当老师还是好，一个是有寒暑假；二是比较稳定，不会经常出差，跑东跑西；再一个就是与年轻的学生在一起，挺有意思的。”

那是一个人才和物质都极度缺乏的年代，尤其紧缺的是俄文老师。当时中国正处于被西方国家孤立的状态，英语已派不上什么用场，全国大中专院校的外语课都改为了俄语课。袁隆平在大学期间也曾突击学过一段俄语，初来乍到，便被安排到基础课程教研室（文史教研组），在安江农校做了一学期的俄语代课老师。若是教英文，他足以胜任，但对俄语他只是速成班的水平，他后来笑称自己是“滥竽充数”，其实他教得非常用心，凭他的水平，教教初级俄语是应付得了的。

在第一次走上讲台之前，他就开始精心备课，这是他人生的第一堂课，也给他的学生留下了很深的第一印象。同学们给了他这样的评价：“板书清晰，发音准确，口齿清楚，重点突出，形象生动。”这又得感谢他在中央大学附中时的恩师黄泰先生了，黄先生教书育人的敬业精神和那图文并茂的板书，一直深深地影响着他，他也特别注意如何把课讲得生动活泼，在如何激发学生的兴趣上也下足了功夫。

对于袁隆平初为人师时那段日子，除了他本人的回忆与讲述，我还特意采访了他当年的学生谢长江。他 1938 年生于湘中的新邵县，与我父亲同岁，如今也是一位年近八旬的老人了。他于 1951 年 8 月考入安江农校，才十三岁。那时安江农校是初农与高农连读，相当于初高中，学制六年，以培养中级农艺师为目标。袁隆平分配到安江农校后，就担任了他们的俄语老师，他对袁老师的评价是发音特别准，跟收音机里听到的俄语一样，也特别会教。俄语原本是让同学们最伤脑筋的一门课，袁老师一来，就变成了大家最喜欢的一门课。

凡是学过俄语的都知道，俄语最难发的是卷舌音“P——”，尤其是那些满口浓重湘西方言的学生，要准确地发出这个卷舌音更是难上加难。这让许多学生对俄语产生了畏难情绪。为了激发学生的兴趣，让学生打消畏难情绪，袁隆平便教他们唱俄语歌。那时的流行歌曲很多都是苏联歌曲，但大多翻译成了中文，袁隆平则直接教他们唱俄文的《喀秋莎》《红莓花儿开》，这些歌曲学生都会用中文唱，换了俄文唱，更是原汁原味，更富有感染力。这还真是到什么山上唱什么歌，一首首俄文歌变成了中俄对照、生动活泼的教材，那枯燥难学的俄语变成了轻松愉快的享受。只要学会了唱《喀秋莎》，发卷舌音就没有太大的困难了。但光唱不行，还得会说。袁隆平又编了一些简单的相声段子，他和学生们一起登台表演，这对练习俄文口语还真是一个好办法，说说笑笑的就学会了讲俄语，而那些相声里的俄语又让学生兴趣盎然，很容易记住，不知不觉就脱口而出了。为了提高学生的俄语写作水平和交流能力，他还组织学生与苏联对口友好学校的学生通信，一来二去的，想说的话越来越多，对双方的国情也越来越了解，这又是一举两得，既提高了俄语水平，又拓展了学生的国际视野。

袁隆平只当了半年俄语老师，却是那一茬学生一生难忘的一位俄语老师。无论是他站在俄语课的讲台上，还是他离开这个讲台后，很多学生一见他，就会情不自禁地用俄语高喊："袁老师好！袁老师很好！"可惜，在中苏关系变得紧张后，俄语又派不上什么用场了，大中专院校又全面恢复了英语课，很多学生又把当年学的那点儿初级俄语还给老师了。对于袁隆平，那半年俄语教学没有白教，那是一个教学相长的过程，他也想借此机会把俄语进一步学好，这样就可直接去读米丘林、李森科的那一套学说，更深入地去了解到底是怎么一回事。他是全校第一个外语过关的专业教师，可以不带字典阅读英文和俄文的专业书刊。他也时常现身说法勉励自己的学生："多掌握了一门外语，就等于多打开了一扇窗户。"

到了第二学期，袁隆平就归队了，他是被学校遗传教研室要回来的。一个主修遗传育种专业的大学毕业生，在当时是更紧缺的人才，也确实应该专业对口，学以致用。他一归队，就担任了植物学、作物栽培和遗传育种等农业基础课和专业课的教学任务，还担任了农学班的班主任。对于专业课，再繁重他也能够胜任，但当班主任，还真是有些为难他了。说起那一段担任班主任的经历，袁隆平在多年之后又露出了那带着自嘲的微笑："我有个弱点，就是思想水平低，不会做思想工作。"不过，他不会做思想工作，却特别善于做管理工作，那就是充分发挥"班三角"（团支部书记、班长和学习委员）的作用，思想工作就让团支部书记去做，班长则是全班同学的领头羊，带领学生严格遵守教学秩序，维护学习纪律，而学习委员则起到了学习标兵的作用，组织开展有利于提高同学学习能力、专业能力的各项活动。他这个班主任倒也不是甩手掌柜，他带着学生开展各种各样的文体活动，拉小提琴，唱歌，还时常带着一帮"旱鸭子”学游泳，他虽说是班主任老师，但没有一点老师的架子，论年岁，他比这些中专生大不了几岁，当他跟学生们打得一片火热时，你甚至分不清哪是老师哪是学生。

袁隆平是带着一把小提琴走进雪峰山的，每天黄昏，从他住的那间木板楼里就会飘出悠扬的琴声，穿过窗外被晚霞照亮的一片香樟树，飘出很远。这是一个从大城市里来的年轻老师，给这大山沟里带来的一种新鲜而奇妙的声音。而黄昏，总是充满了一种莫名的惆怅，勾起了他对遥远亲人的思念，还有他对一去不返的大学生活的回忆。如今，和他一起弹琴唱歌的大学同学已天各一方，渐渐围绕在他身边的则是他的学生们。此前，这些在湘西大山里长大的孩子们，有的还不知小提琴长什么模样。在这些农校生中，也有不少挺有艺术细胞的，如袁隆平所带班级的文体委员李俊杰，就很有灵气，在袁隆平手把手的指点下，他很快就学会了拉小提琴。李俊杰还会作曲，每次作好曲后，他就拿来给袁老师修改，两人在一起又拉又唱，那歌声从他们年轻的胸腔和喉咙里奔涌而出，那是一种生命的活力和青春勃发的热血在涌动。对于一个年轻的共和国，那也是一个朝气蓬勃、高歌猛进的时代。——袁隆平先生后来每每回忆起那段岁月，依然心潮澎湃。他也一直没有忘记那个充满了灵气和朝气的李俊杰，后来还把自己的小提琴送给了他。

谢长江也是袁隆平所带班级的学生，且是年岁最小的一个。师恩难忘，说起那段往事，他最难忘的是吃了一顿饱饭。一天早上，起床的钟声响过了，班主任老师照例要来寝室里巡查一遍。袁老师走进寝室，发现谢长江还蜷缩着瘦小的身子赖在被窝里，但袁老师没有批评他，伸手摸摸他的额头，又关心地问他是不是生病了。谢长江小声说，他没病，就是饿，吃不饱肚子。——那时候还未到“三年困难时期”，一场真正的大饥荒还没有降临，但粮食一直很吃紧，当时给学生的粮食供应是按年龄定量，年龄越小，定量越低。那时谢长江十四五岁，正是长身体、吃长饭的年岁。他也巴不得自己赶快长大，长一岁就能提高点儿定量，多吃点饭了。这是一个少年天真的想法，袁老师听了之后沉默良久。他没说什么，但那天中午，他特意把谢长江叫到教工食堂，用自己的饭票给谢长江打了满满的一碗大米饭，让他吃了个饱。谢长江知道，袁老师吃饭也是按定量供应的，自己吃了这一顿饱饭，袁老师就要饿肚子了。这一饭之恩，让谢长江咀嚼了一辈子。1957 年，十九岁的谢长江从安江农校毕业，分配到邵阳绥宁县，从基层农技推广员一步一步地干到县委副书记、县政协主席，他心里都装着袁老师给他吃的那一碗饱饭，也一心想着如何才能让老百姓吃上一碗饱饭。二十年后，当袁隆平培育出一粒神奇的种子，他的学生谢长江便开始在绥宁县大力推广播种，县委、县政府还聘请袁隆平为杂交水稻生产及制种技术顾问，而今，绥宁县已被农业部批准认定为国家级杂交水稻种子生产基地。说来这又是一段后话了，却是为了提前交待一个事实，无论是一个农校教师，还是一个学农的学生，他们一辈子要干的一件事，其实很简单，就是让人人都能吃上一碗饱饭，用袁隆平的话说，就是为了“让中国人把饭碗牢牢地端在自己手里！”

很多事在当时难以理喻，还真要跨越时空才能看清其间的本质。回首当年，袁隆平在安江农校执教之初的那几年经历，谢长江就是一个直接见证人。从 1953 年到 1957 年，这四年，袁隆平一直担任他们那个班级的班主任和专业课老师，直到毕业。但那时谢长江还是一个少不更事的少年，他们年轻的袁老师对未来的一切也是一片茫然，但有一点是可以肯定的，无论是当学生，还是当老师，袁隆平天生就不是那种抱着书本死啃的角色。他一直都在强调，农业科学是应用科学，要想学好这门科学，离开了田间地头不行，没有实践操作更不行。而在当时，有些专业课，如遗传育种学，还没有一本正式由教育部颁发的教科书，他就把课堂搬进安江盆地的农田，搬上雪峰山。雪峰山属原始江南古陆的西南段，又位于华中与华南的交会地带，如果说安江盆地是一个物种变异的天堂，雪峰山则是一座天然物种基因库。新中国成立之初，农林不分家，而对于遗传育种专业，一切生物或生命都是相通的。袁隆平带着学生采集实物和标本，再自制图解，画表格，自编教材。这种让学生亲身实践、亲手操作的教学方式，既能激发学生的兴趣，也有助于他们加深记忆和理解。在未来岁月里，他们也将成为袁隆平撒播在田间的一粒粒种子，当年黔阳专区的黔阳、芷江、溆浦、靖州等县市，后来均被认定为国家级杂交水稻的生产基地和示范区。这一方水土是袁隆平的福地，一个未来的杂交水稻之父也必将给这一方水土带来福报。

此时袁隆平还只是一个初出茅庐的农校教师，他的心灵空间很大，但还有些混沌初开的茫然，在那隐蔽的地平线下，一颗种子还处于漫长的孕育期。当他穿过一段浑浑噩噩的岁月，还将被触及身心的大痛与大爱来唤醒，还需要心灵的烛火来照亮。而在雪峰山主峰东侧，就有一处神奇的山峰——照天烛。一位当地学生告诉他，这儿原本有两支天生地长的照天烛，据古代的司天监堪舆，雪峰山将有真命天子横空出世。这是神奇的风景，也是危险的风水，那些自诩为真命天子的皇帝，最害怕的就是天地间忽然又冒出一个什么真命天子来，于是命人捣毁了一支照天烛，只留下了一支孤零零的照天烛。它是否又能照亮袁隆平通往未来的那条道路呢？

接下来的一段岁月，袁隆平还真是在迷茫中度过的。所谓迷茫，是一种难以描述的状态，他其实一直都在钻研，从根、茎、叶、花、果的形态到细胞构造，从植物学特性到遗传特性，这渺小而卑微的事物中，一旦在显微镜下放大，就是一个无穷无尽的世界，其间还有多少神秘而未知的存在等待人类去一一发现和揭示。

当时，安江农校的科研设备还相当落后，一台显微镜，成了袁隆平的第三只眼睛。除了备课、上课，他几乎一天到晚趴在显微镜上，长时间观察细胞壁、细胞质和细胞核的微观构造，时常观察到凌晨两点，他才揉着红肿发涨的眼睛走出实验室。那时候，连将实验材料切成薄片的切片器械也没有，袁隆平只能苦练徒手切片技术，一边用左手的拇指与食指、中指夹住实验材料，一边右手拿住与材料成垂直的刀片，在材料切面上均匀地滴上清水，将刀口向内对着材料，并使刀片与材料切口基本上保持平行，再向自身方向拉切，只能用右手的臂力，不能用手的腕力，此时，左手的食指一侧应抵住刀片的下面，使刀片始终平整，连续切下数片后，放在培养皿的清水中。好的切片，应该是薄且透明、组织结构完整，否则还要重新进行切片。若要更清楚地显示其组织和细胞结构，还要选择一些切片进一步通过固定、染色、脱水、透明及封藏等步骤，做成永久的玻片标本。这是一项非常细致又危险的技术活儿，根茎有根茎的切法，叶子有叶子的切法，而针叶、阔叶还各有各的不同，很多体积太小、太软、太硬的材料都很难切片，如果不经数百次、上千次的苦练，就不能熟练地掌握这种徒手切片技术。这也是袁隆平在安江农校练出的一手绝活，那手指被锋利的刀片划破过多少回，他都不记得了，但这项技术他一生也不会忘记。如今早已不用徒手切片了，但每一个技术要领，他还一五一十地记着呢，最重要的是，当你手指里夹着锋利无比的刀片，绝对不能发抖，这需要非同一般的定力，还得有特别坚忍的意志和耐性。这是比掌握一门技术更让他终身受用的。

在袁隆平大学毕业的第三个年头，共和国历史上迎来了一个“百花齐放，百家争鸣”的春天，那也是一个科学的春天。1956 年 1 月 14 日，中共中央在中南海怀仁堂召开了关于知识分子问题的会议，周恩来总理在《关于知识分子问题的报告》中明确提出了知识分子“已经是工人阶级的一部分”的科学论断，这是史无前例的第一次，尽管这一科学论断很快又被接下来的历史事实所改写或湮没，被延宕了二十多年之久，在另一个科学的春天来临时才付诸实施，但在今天看来，依然闪耀着经世不灭的光辉。在为知识分子进行社会定位后，周恩来又发出“向科学进军”的号召。当科学成为一种强大的推动力，让原本有些迷茫的袁隆平跃跃欲试，“希望能搞一个什么新的品种，一种高产的新作物”。——从他这朴素的话语里也透出了他当时的茫然，他到底想要“搞一个什么新的品种”和“高产的新作物”呢？又是通过怎样的科学途径或技术路线来实现这一目标呢?

事实上，诚如他自己日后所言，无论在目标上，还是技术路线上，那时候他就像一只“迷途的羔羊”，甚至对哪是科学哪是伪科学也难以分辨。一方面，他深受恩师管相桓先生的影响，然而，又不能不说，他对孟德尔、摩尔根基于基因的西方遗传学理论，至少还不像管相桓先生那样坚信不疑；另一方面，在那样一个“向苏联一边倒”的时代，苏联体制和意识形态几乎凌驾于一切的科研和教学之上，在农学和生物学领域，米丘林、李森科的那一套，先且别论是不是科学，在当时那已是超越了科学的存在，你只能无条件地相信，实际上就是迷信，你只能毫不怀疑地接受，实际上就是崇拜。大势所趋，谁又能不为那样的时代大势所裹挟呢?

若要还原袁隆平当时的心态，只能在那个特定的时代大背景之下进行解读。

这么说吧，一个二十多岁的农校教师，在当时不执迷于恩师管相桓所坚信的基于基因的遗传学理论，这也正是希腊先哲亚里士多德所谓的“吾爱吾师,但吾更爱真理”,而对当时在中国信奉和盛行的“苏联米丘林、李森科的一套”，他虽说没有达到盲目迷信和崇拜的地步，但还没有像后来那样理性的认识。米丘林学说或学派很复杂，我接下来的一段叙述也相当复杂、非常枯燥。这是我很想绕过去的，但又实在绕不过去，若不对米丘林、李森科的学说进行一番必要清理，并与孟德尔、摩尔根的基于基因的经典遗传学理论进行一番比较，就无法解读我们主人公袁隆平在科学探索之路上的走向。

我的叙述，其实也是袁隆平先生的一段非常关键的讲述。

若用科学的眼光看，米丘林学说或学派也有其合理性和适用性。大致看，其理论依据主要有两个源头，一个是达尔文的进化论，即“物竞天择，自然选择”，米丘林以此来突出强调环境对生物生存与遗传的影响，即环境因素；另一个则是法国生物学家拉马克在 19 世纪提出的两个法则：一个是“用进废退”，一个是“获得性遗传”。所谓“用进废退”，其实是一个常识，生物体的器官越是经常使用就越是变得发达，若不经常使用就会逐渐退化。譬如人类的大脑，越是勤思考、勤运用就越灵活，越是不动脑子不想事，思维神经就像生锈的链条一样难以灵活运转；又看“获得性遗传”，米丘林认为，“生物体与其生活条件是统一的，生物体的遗传性是其祖先所同化的全部生活条件的总和”，如果生活条件能满足其遗传性的要求时，遗传性保持不变；如果被迫同化非其遗传性所要求的生活条件时，则导致遗传性发生变异，由此获得的性状与其生活条件相适应，并在相应的生活条件中遗传下去。米丘林基于这一理论，从而主张生活条件的改变所引起的变异具有定向性，生物后天的获得性状能够在后代中遗传，并根据拉马克“强调外界环境条件是生物发生变异的主要原因，并对生物进化有巨大推动作用”的学说，从有机体与其生活条件（环境因素）相统一的原理出发，提出关于遗传性、定向培育、远缘杂交、无性杂交、气候驯化等改变植物遗传性的基本原则和一系列方法，从理论到方法，大致可以归纳为三个方面：一是人工杂交的理论和方法，二是有机体定向培育的理论和方法，三是人工选择的理论和方法。

这里，有一个关键点是特别需要区别的，米丘林关于人工杂交的理论和方法，主要是通过嫁接和胚接等无性繁殖的手段，将两个遗传性不同的可塑性品种（如苹果树和梨树）嫁接在一起，即生物不经过生殖细胞的结合，由母体直接产生新个体的生殖方式。这与经典遗传学上的杂交方式是有本质区别的，前者否定基因的存在，而后者则是基于基因、通过基因来实现。

从米丘林的科学精神看，他对自己提出的理论，包括对前辈理论的继承和发展，一直是特别强调实践并亲自实践的。实践精神，是最基本的科学精神，离开了实践，科学将毫无意义和真实性。米丘林于 1875 年开始进行园艺学和自然选择学说的研究试验，经过六十年的探索，他终其一生培育成了三百多个果树和浆果植物的新品种。由此可见，他对科学研究的投入是全身心的，他作为科学家的实践精神和执着追求，是足以让后辈致敬的。但又不能不说，米丘林学说从一开始就是“跛足的学说”，由于他没有发现基因（遗传因子）或忽视了基因这一先天性的、支持着生命的基本构造和性能的根本存在，他的研究也没有深入到细胞，这让他一直是从外部性状上去了解生物的遗传，其“获得性遗传”理论更准确地说是“后天获得性状遗传”,这一学说忽视了生物遗传先天性的、内在的根本原因，一味强调后天的、外在的环境因素或客观原因，这也就是管相桓先生所说的“只见树木，不见森林；只见量变，不见质变”。

诚然，环境因素的影响也会让生物性状发生变化，甚至是突变，但前提一般是激烈的甚至是极端的环境变化，而米丘林学派的信奉者，援引的例子也是比较偶然而极端的事例。但对生物遗传真正起决定和根本作用的，还是基因。早在19世纪60年代，孟德尔就提出了生物的性状是由遗传因子控制的观点，但在当时这还仅仅是一种逻辑推理，那时孟德尔还不知道基因的真实存在形式，他揭示了有性生殖的遗传过程（即“分离定律”与“自由组合”定律），这一推理也可谓是遗传学上的“孟德尔猜想”。直到20世纪初期，遗传学家摩尔根通过果蝇的遗传实验，才得出了染色体是基因载体的结论。1909年,丹麦遗传学家约翰逊在《精密遗传学原理》一书中正式提出“基因”这一概念。按孟德尔、摩尔根基于基因的遗传学理论（即现代经典遗传学理论），基因支持着生命的基本构造和性能，储存着生命的种族、血型、孕育、生长、凋亡过程的全部信息，而这一理论也并未忽视环境对生物的影响，并且强调“环境和遗传的互相依赖”，由此演绎着生命的繁衍、细胞分裂和蛋白质合成等重要生理过程，生物体的生、长、衰、病、老、死等一切生命现象都与基因有关。

约翰逊对基因命名时，米丘林还健在，还在继续做着他培育新品种的实验，如果不是忽视或无视，他应该知道人类对基因的这一伟大的发现。如果他能吸收基因学说，米丘林学说也就不再是跛足的学说了。在米丘林逝世后，李森科成了苏联生物学界的头号权威，他比米丘林更决绝，根本就不承认基因的存在，并且把西方遗传学家称为“苏维埃人民的敌人”，指斥基于基因的遗传学理论是上帝创造一切的“神学”和“神创论”，“是唯心的、形而上学、反动的伪科学”，只有米丘林学说才是符合辩证唯物主义的“真正的科学”。

很明显，如果说米丘林还是一个用科学方法进行研究的生物学家，李森科已经不是纯粹的生物学家了，他搞的已不是纯粹的生物学，而是政治生物学，把生物学当作政治工具，把自己信奉和认定的学说视为绝对的、唯一的真理，对其他科学理论也就具有绝对的排他性。苏联农业科学研究院前任院长瓦维洛夫认为孟德尔遗传学完全符合辩证唯物主义，这让他成了李森科的头号敌人，1940 年，瓦维洛夫被捕，先被判以极刑，后又改判为二十年监禁，入狱三年便因营养不良、饱受灵肉的折磨而在监狱中死去。

李森科不但以政治绑架了科学，在科研上也几乎乏善可陈。他生于乌克兰一个农民家庭，1925 年毕业于基辅农学院，分配在一个育种站工作。乌克兰被誉为欧洲的粮仓，但冬季农作物因受霜冻天气影响而造成减产，这是一个一直未能解决的难题。1929 年，李森科的父亲偶然发现在雪地里过冬的小麦种子，在春天播种后可以提早在霜降前成熟。这一偶然发现，让李森科喜出望外。他是一个有心人，在此基础上发展了一种称为“春化处理”的育种法，即在播种前将种子湿润和冷冻，以加速其生长。——这其实既非他的发现，也非他的发明，在俄国农业史上早就有人尝试，只是没有普及推广。从接下来的推广效果看，这一方法也没有可推广的普适性，从 1931 年到 1936 年，在乌克兰五十多个地点进行了连续五年的“春化处理”育种实验，结果表明，这种育种法对小麦并没有明显的增产效果。李森科却对实验结果弄虚作假，把“春化处理”说成是解决霜冻灾害的灵丹妙药，一旦有人质疑，李森科便声称，那些反对春化法的科学家“不管他是在学术界，还是不在学术界，一个阶级敌人总是一个阶级敌人……”。李森科如此弄虚作假，如此气焰嚣张，如果没有更强大的力量来支持他，他是不可能如此肆意妄为的。他的“科学成果”，哪怕是浮夸和弄虚作假得来的结果，也是苏联当时特别需要的，以此来将“硕果累累的苏联米丘林生物学”与“毫无生气”的资本主义的孟德尔基因学说进行对比，唯有这样，才能让苏联的生物遗传学乃至整个科学占领世界的制高点，以此证明苏联社会制度具有无与伦比的优越性。

一个农学和遗传育种学领域的科学探索者，如果不能走出米丘林、李森科学说的迷谷，只能如掉入陷阱的困兽，深陷其中而难以自拔，绝对没有未来的杂交水稻之父袁隆平。——我一般不用绝对词，但这话绝对可以这样说。对于掉进陷阱里的人，必须有一种力量把他们拉上来，那就是科学的力量。然而，在那个时代又有多少人能够分辨、敢于争辩什么是真正的科学呢？米丘林、李森科那时候在中国也是神一样的人物，他们的学说在中国也是绝对的主流，而孟德尔、摩尔根的经典遗传学理论在当时的中国不是邪说，也是异端。袁隆平身为安江农校的教师，在课堂上也必须讲米丘林、李森科的那一套学说，那是“真正的科学”，是“真理”；对孟德尔、摩尔根的经典遗传学理论，那是李森科早已下了权威定论的“唯心的、形而上学、反动的伪科学”，他只能偷偷讲，如果公开讲，那就必须声明是“供批判用”。

历史的暗箱往往是在后来揭开的，对于当时的袁隆平，一切的假相或真相都还蒙在鼓里，这让一个年轻的农校教师陷入了无所适从的茫然与犹疑之间，怀疑其实也是一种科学态度，从怀疑、追问到实践，就是一条科学探索之路。到底谁才是伪科学？谁是真理？袁隆平此时还无法做出判断，但有一种方式可以做出判断，只有通过实验才能得到实证，这种实事求是的实证精神，正是科学精神的核心，只有科学精神和科学手段，才能克服主观臆断、盲目崇拜与迷信，探求到一个正果。而实践的第一步，是试验或实验。

袁隆平的试验首先是从红薯开始的。他遵循米丘林“获得性遗传”的理论，把月光花嫁接在红薯上。月光花是一种硕大美丽、香气扑鼻的白色花朵，在夜间也能绽放，形似满月，生长迅速，光合作用强，其花语为“永远的爱”“易碎易逝的美好”“暮光中永不散去的容颜，生命中永不丢失的温暖”。月光花全草或种子均可入药，全草是治蛇伤的特效药，种子也是治跌打肿痛、骨折的良药，袁隆平的试验目的很明确，他试图通过月光花的光合作用强、制造淀粉多的优势来提高红薯的光合作用，以提高红薯的产量，增加红薯的淀粉。当时，袁隆平还没有条件搞短日照试验，他发明了一个因陋就简的土办法，用涂满了墨汁的被单来遮光。试验证明，红薯和月光花嫁接还真是能够大大提高红薯的产量，淀粉也比一般红薯多了。——说起当年的收获，袁隆平先生一边哈哈大笑，一边伸手比画，“那些红薯真的一个一个长得很大，最后一个好大哟，有十七斤半！大家很高兴，称为红薯王，而且上面也结了种子，这在当时认为是很不错的……”

除了用月光花嫁接红薯，袁隆平还搞了很多稀奇古怪的试验，他把番茄嫁接在马铃薯上的试验，上面结番茄，地底下长着马铃薯，这还真是一举两得。他还把西瓜嫁接在南瓜上，当年结了一个奇怪的大瓜，南瓜不像南瓜，西瓜不像西瓜。当他把这个大瓜抱到教室里来给学生看，一班学生笑得人仰马翻，袁老师竟然培育出了这么一个怪胎！袁隆平把这个怪胎切开了，分给大家吃，那味道也怪怪的，南瓜不像南瓜，西瓜不像西瓜，学生们吃了几口就不吃了，用湖南话说，“实在不好呷！”

这些按米丘林、李森科的理论和方法培育出来的奇花异果，又岂止是袁隆平一个人的发明创造，在当时到处都在搞这样的试验，到处都是硕果累累。1960 年在湖南武冈县召开的全国农民育种家现场会，袁隆平也作为典型代表参加了。那时已是闹饥荒的岁月，很多人都认为他的这些成果已经找到了增加作物产量的方法，他自己也觉得只要继续试验下去，对这些奇花异果进行改良，就可以按米丘林的无性繁殖理论，把这些获得优良变异的种子遗传下去。袁隆平一直是严格遵循这一学说来试验的，但接下来的试验结果却让他傻眼了。

月光花嫁接红薯的种子播下去后，月光花照样在地上开花，地下却不再结红薯了；

番茄和马铃薯嫁接后的种子播下去，番茄还是原来的番茄，地下长不出马铃薯，马铃薯还是原来的马铃薯，上面也根本长不出番茄；

南瓜和西瓜嫁接的结果也一样，南瓜还是南瓜，西瓜还是西瓜……

从这些试验看，一旦通过嫁接就能长出那些奇花异果，但这些奇花异果都不能通过种子遗传下去，一句话，这种无性杂交的方式，根本就无法获得优良变异的种子。不能通过种子遗传下去，就只能一代一代地嫁接，这在果树等大型植物上是可行的，但在红薯、南瓜、水稻、小麦上进行大面积嫁接、在大田推广应用是难以进行的，那个难度可想而知，如果把一棵一棵的秧苗嫁接在另一种秧苗上，一亩田该有多少棵秧苗，而嫁接又是细工慢活，那该要耗费多少精力和时间?

曾获诺贝尔生理学或医学奖的俄国犹太裔病理学家梅契尼科夫说过一句名言:“人类借助于科学，就可以纠正自然界的缺陷。”人类一直想获得优良变异的种子，也是为了弥补或纠正自然界的缺陷，而米丘林在这方面则显得更积极、更主动，“我们不能等待自然的青睐。从自然那里拿过来，这是我们的要求”。这既是他的出发点也是目标。然而，袁隆平通过一系列试验，结果发现，他遵循米丘林的学说不但无法纠正自然界的缺陷，反而让他证实了米丘林学说的致命缺陷，这一系列试验其实是一个证伪的过程，荒诞的并非试验的过程，而是试验的结果，你越是认真，越是将这样的试验推向荒诞的境地。尽管此时袁隆平尚未按孟德尔、摩尔根基于基因的遗传学理论进行试验，但至少已经证明，米丘林、李森科的无性杂交学说“当代嫁接是可以的，但根本不能遗传”。至此，他已按米丘林、李森科的理论搞了三年试验，而结果“终于是一事无成”，“试验失败”。

那时的失败者又何止袁隆平一人，米丘林其实也曾做过类似的试验，为了提高梨子的含糖量，他给梨子打葡萄糖针，米丘林做这项试验也同样无可厚非，但打了葡萄糖的梨子哪怕口味再好，营养再丰富，那也只是一只获得了优良变异的梨子，而不是获得优良变异的种子，不说一代代遗传下去，连一代也不可能。按无性杂交获得性遗传或无性杂交的理论推断，如果苹果和梨嫁接，其获得性遗传一代不能成功，但通过连续好多代的积累，随着杂交的次数越来越多，会不会将种子遗传下去呢？据说有一位科学家将老鼠尾巴割掉，以为这样就可以获得性遗传，两只没有尾巴的老鼠从此就能繁衍出一代代没有尾巴的老鼠，结果割了几十代老鼠的尾巴，生出的小老鼠还是长着尾巴。

这种荒诞的试验，袁隆平先生觉得也无可厚非，就像伽利略所说，“一切推理都必须从观察与实验得来”，如果你一开始就觉得荒唐，那只是你的推测，只有通过观察和实验，才能推导出真理。袁隆平先生后来也曾对此有过很深的反思：“我意识到李森科鼓吹的那一套，实际上却是与事实不相符合的。我感到他们只是把一些哲学概念套到遗传学上，实质上不是什么环境遗传学，而是政治上的遗传学，是为了迎合政治上的需要，宣传苏联社会制度的优越性，很荒谬。于是，我恍然大悟，我说我是迷途的羔羊，信奉了很多年，实际是被误导了很多年，走了很多弯路。”

恍然大悟，一个年轻的农校老师早已恍然大悟，但还有多少人仍执迷不悟，直到今天。

在那个时代，哪怕你知道了真理站哪一边，每个人首先也要面临一个艰难的抉择，是相信实践、把实践作为检验真伪的依据，还是相信意识形态？袁隆平理性地做出了自己的抉择，这在当时无疑是一种危险的抉择，不信，就看看他恩师管相桓的命运吧。这几年，管相桓先生一直对孟德尔、摩尔根的基因遗传学理论坚信不疑，这让他在当时中国的农学界和生物学界成了顽固的少数派，自从袁隆平大学毕业后，管先生一直在命运中沉浮与挣扎，先是在 1955 年的肃反中遭受错误审查而一度蒙冤，好在他历史相当清白，翌年便得以平反。1957 年春，在青岛举行的全国遗传学会上，中央指示：两派遗传学均可自由研究，互相学习取长补短。这是科学理性精神的一次回归，也是向一个正常社会的回归。这样一种氛围，也让一直备感压抑的管先生又得以放开手脚来弘扬和践行他一直坚信不疑的基因遗传学理论，但好景不长，就在当年整风反右时，管先生又被错划为右派，而等待他的将是更悲惨的命运。

转身与回归，有时候比前行更难。1956 年，袁隆平“在安江农校开始从事农业育种研究”，这是应该载入他年谱的一个开端。从这一年到 1961 年，还有一个重要年份，那就是 1958 年，这年安江农校下放黔阳专区，改名为黔阳专区农学院（翌年又更名为黔阳农业专科学校，1963 年恢复安江农业学校校名），但人们还是习惯称之为安江农校。这年，是袁隆平人生与科学抉择的一个转折点，这里还是用他自己的话来说吧："从 1958 年起，我觉得还是应走孟德尔、摩尔根遗传学的路子，那才是真正的科学。那时候虽然也说要百家争鸣，实际上在农业教育系统中占主流的（还）是米丘林、李森科的那一套，仍然把摩尔根遗传学当做唯心的东西。我当时不敢公开看摩派的书，只能是偷偷地看，用《人民日报》把书遮住，有人来就装着看报纸，没人才看书。其实我在大学时就有了一些孟德尔、摩尔根遗传学的基础，而此时我从文献中更进一步了解到孟德尔、摩尔根现代经典遗传学已经不是停留在理论上了。实践证明，染色体学说和基因学说已对改良品种起到了很重要的作用，例如当时的无籽西瓜等。这时我意识到应该抛开米丘林、李森科那一套学说了，决心回到孟德尔、摩尔根遗传学说上来，用它来指导育种……"

觉得，还是，应走……这些看似不经意的措词，真实地反映了一个年轻的农校教师从迷茫、迷失到"恍然大悟"，最终又回到原点，重新出发。无论是自然生物的进化史，还是人类的认识史，从个人的人生到人类社会发展都不可避免地要回过头来，从原来的起点重新出发，这或许是一段弯路，但这样的弯路也不是白走的，科学从来就没有捷径。后来，袁隆平先生借一首唐诗来形容他这一段心路历程，"我有迷魂招不得，雄鸡一声天下白。少年心事当拿云，谁念幽寒坐呜呃。"这是诗鬼李贺《致酒行》中的诗句，也是袁隆平最喜欢的一首唐诗。李贺身为唐宗室后裔，一个踌躇满志的少年带着满腔热情、满心的希望奔赴科场，竟被人以避其父"晋肃"的名讳为由将他的科考资格剥夺了。一个落魄潦倒的书生在回乡途中一边借酒消愁，一边悲愤地怅叹，他那迷失的魂魄，如何招回？而雄鸡一唱，天下大亮，李贺心中也豁然大亮，一个少年人应当有凌云壮志，谁会怜惜你困顿独处，唉声叹气呢？这让年轻的袁隆平也感受到茅塞顿开般的启发，无论是对人生的启迪，还是对科学的探索，每次他陷入迷惘或面临抉择时，这首诗都让他的心胸豁然开朗。

如果说管相桓先生是一个科学精神的坚守者，他的学生袁隆平此时还是一个科学的摸索者，就在他跃跃欲试时，一场巨大的灾难已经席卷而来。

饥饿的小提琴

若要理解袁隆平和中国杂交水稻，先要有一种更残忍的体验——饥饿。

在20世纪50年代末至60年代初的三年间，一场谁也无法回避的饥荒岁月，又一次向我们这个苦难深重的民族席卷而来。那是袁隆平最不愿提起的往事，也是我最不忍心描述的一段岁月。然而，一旦回避，历史就会失真，对于一位农业科技工作者、一位未来的杂交水稻之父，他穷尽一生的追寻和探索就会从根本上丧失一个前提，一种原动力。

人类历史上很多伟大的发现和发明，往往是从灾难开始，但这个代价实在太惨痛、太沉重。那场饥荒，最早是在直接生产粮食的农村发生，农校的学生大多来自乡村，他们把家乡开始闹饥荒的消息带进了校园，乡下人连糠菜杂粮都难以填饱肚皮了。即便没有这些学生带来的饥荒消息，饥荒也是一个直逼眼前的现实，安江农校是一所被农村包围的学校，只要走出校门，饥饿就不是传说，而是一睁眼就能看见的事实。

在饥荒刚刚袭来时，很多人都以为这只是暂时的困难，很快就会过去的。譬如说此前，每到春天，这在世人眼里最美好的季节，对于躬耕于垄亩的农人却是青黄不接的季节，只要一茬粮食赶不上，就会闹春荒，那些忙着春耕播种的农人，只能喝上一碗掺杂着红薯与豌豆的稀糊糊，在田里辛苦劳作。贫困与饥饿，一直是离袁隆平近在咫尺的现实。那时候除了寒暑假，在春播秋收两季还有农忙假，但那绝对不是放假，而是暂时停课，让师生们参加农业劳动。袁隆平也常常和农民们一起浸种、插秧、踩田，但他拿着国家的工资，吃着国家粮，那日子比农民好过多了。农民只能眼巴巴地盼着一茬秧苗赶快长成稻子，变成养命的口粮。只要不出现长时间的饥荒，这半饥半饱的日子，也能接着一茬一茬的粮食过下去。这也是数千年来中国人一直在过的日子。

当1959年的春荒来临，安江农校的师生吃的是国家粮，基本上还能按定量供应粮食，很多人下意识地觉得今年也会像往年一样，过不了多久就会挨过去。然而，那不是一场寻常的春荒，而是长达三年的大饥荒，更要命的是，很多农民连种子都以“反瞒产私分”的名义被挖地三尺搜走了，没有种子，又哪来下一茬粮食？没过多久，师生们的粮食定量就减少了，越来越少，工资倒是一分不少地照发，但有钱你也买不到一粒粮食。一所在战争年代也没有停课的安江农校，没过多久就实在挨不过去了，不得不停课，给学生放了长假，又按人口把试验田分给每位老师，袁隆平也分了一小块田。从前的科技试验田就这样变成了养命的土地，什么长得快就种什么。袁隆平种的是萝卜，还没等到萝卜长大他就拔了。他饿得都不成人样了，但也不吃独食，还邀了几个年轻老师来打牙祭——清水煮萝卜。一斤萝卜四两参，俗话这么说，其实又哪有那么高的营养，以萝卜当饭，肚子不饱，气饱，感觉总是气鼓气胀的，反胃，冒酸水，打嗝。很快，那田里的萝卜就吃光了。萝卜就是再肯长，要等到下一茬萝卜出来，也要两个多月。别说两个月，一餐吃不饱也饿得慌啊。当时，他正值而立之年，年轻力壮，正是特别有干劲也特别能吃饭的年岁，可他每天只有二两米，一个月只有三两油，这日子还怎么过啊！人是铁，饭是钢，哪怕你是一个铁打的汉子，饿你三天，连走路都连连打晃了。他原本是一年四季都要下水游泳的，哪怕在寒冬腊月、天寒地冻的日子，他每天也在沅江里游过来游过去，可在三年困难时期，他还哪有气力游泳。他只能有气无力地歪在床头，望着一扇空茫的窗口和一方苍天。一抹近乎虚无的阳光，照亮了悬在墙壁上的那把结满了蛛网的小提琴。袁隆平已有好长时间没有拉过了，他连拂去蛛网的力气也没有了，一只手颤抖着挨近它，手一抖，顿时尘埃飞扬。如果这小提琴可以吃，也早已被饥饿的主人吃掉了。

漫长的饥饿，如缓慢的凌迟，它的痛苦无与伦比，绝非撕心裂肺可以形容。三十年来，袁隆平经历过战乱与饥荒，但长时间处于饥饿状态，在他漫长的一生中也就这三年，而这三年感觉比三十年还要漫长，每一天都是度日如年，每一刻都在难以忍受的饥饿中挣扎。当饥饿让他无力拉动一把小提琴，他明白了，从来没有这样明白过，也没有这样切身地体会过，对于人类，吃饱肚子就是最基本的生存权，生存权就是最大的人权。这是天理，也是常识。没有果腹的口粮，什么都谈不上，什么都干不成，那高于生命的、精神意义上的人间食粮，一切都是奢谈，所谓精神，就像一把饥饿的小提琴，首先必须要用躯体来支撑，那令人神往的《梦幻曲》只有吃饱了肚子才能奏响……

当他在饥饿中昏昏沉沉地睡着了，梦见的是香气扑鼻的大米饭。他甚至还做过更奢侈的梦,一边吃着大米饭,一边吃着梅菜扣肉。而梦醒了，嘴角上只挂着梦涎，肚子饿得更难受了。袁隆平还没有饿到吃观音土的地步，多少还有一点粮食供应。但那肚子饿得也只剩一张皮了，粘着脊梁骨，那一米七的身子骨，饿得只剩下了一身骨头，如同干柴。为了填饱肚子，饥饿的人们发明了许多粮食增量法，最典型的就是“双蒸饭”，把饭蒸两次，本来二两米蒸一碗饭，蒸两次就变成了一碗半，为了蒸得更多，还会放苏打，像发馒头一样。但无论你怎么增量，说穿了就是变着法子往里边掺水，掺水，再掺水，二两米还是二两米，营养没有任何增加反而会受损，一碗饭吃下去，很快就消化掉了，那暂时填饱的肚子一下变得空荡荡的了，反而更加饿得慌。这法子后来行不通了，掺水不管用，那就掺入谷糠，这东西比吃观音土要好一点，但吃得进，拉不出。吃喝拉撒原本是寻常之事，在那饥荒岁月却把每个人折腾得死去活来。

一天中午，袁隆平饿得两眼昏花、两腿发软，想去街上买点糖果充饥。天下荒年，物资奇缺，供销社里偶尔能买到的吃食，也就是一点糖果了，那时候连普通的糖果也从一块多钱一斤猛涨到了五块钱一斤，大多数日子还根本买不到。他拖着两条软绵绵的腿走出校门，失重的大地，倾斜的天空，阳光稀稀落落在脚下闪动，感觉就像踩在棉花上一样，一个瘦长的阴影摇摇晃晃,连脑袋也发出空洞的闷响。饥饿的山村,饥饿的农人，就像在阴间走动的一个个幽灵。昏昏然间，他看见一些农人依然拎着锄头在四处搜寻，田野里已没有生长的稻子，即便有，也早就被饥饿的人们抢光了，连秧苗都吃光了。那些饥饿的农人，只能到山上山下挖蕨根，在绝收的田野里抓田鼠，饿急了，什么都敢吃，什么都想吃，草根，树皮，观音土。只要能填饱肚皮，什么都想一口吞下去，甚至包括自己的同类。当饥饿走向极端，也必将走向一个残忍至极的极端，人相食。

眼下，那寸草不生的稻田如死一般绝静，连田鼠和蚱蜢也看不见一只，只有乌鸦的惨叫声撕破天空。一个年轻的农校教师，穿过啼饥号寒的呻吟和绝望的沉默，那些农人看上去还是那么壮实，但那已是致命的浮肿。饥饿——浮肿——死亡，这是一条规律。很多身体浮肿的人，也到医院里去看病，浮肿也确实是一种病态，而且是最难治愈的疑难杂症。没有哪个医生敢说出饥饿的真相，但他们心里十分清楚，这些身体浮肿的农人离死神已经很近了，如果找不到吃的，他们很快就要饿死了。

多少年后，一段怵目惊心的往事，不知被袁隆平先生反复讲述过多少遍。只要触及粮食问题，他首先就要从那悲惨的一幕讲起："我至少亲眼看见有五个人倒在路边、田埂边和桥底下，真的是路有饿殍啊！"——那天，就在离安江农校大门口不远的路上，一群饥饿的人，围着两具干瘪而僵硬的尸体，哪怕变成了饿殍，也依然显露出农人粗壮的骨骼，从那扭曲的姿态看，他们在临死前经历过痛苦、折磨、拼命挣扎的过程。他们死了，很多人围着他们，也快要饿死了，一张张浮肿的脸上充满了迟钝而又无助的神情。还有比这更悲惨的，有的饿殍被饥肠辘辘的野狗啃得只剩下了一堆骨头，还有的，连两只眼睛都被饥不择食的老鹰或乌鸦给叼走了，只剩下了两个空洞，依然死死地睁着……

在死亡面前，时间凝固了，连血液也仿佛凝固了。

袁隆平睁着一双饥饿的、空洞的眼睛，看着那干瘪而僵硬的饿殍，他震撼了。

这是他眼睁睁地看见的，还有没有看见的，他听说了的悲惨一幕：一个老乡饿急了，他扒下树皮猛塞进嘴里，由于多日饥饿胃已萎缩，猛然间几大口下去，把胃胀破了。那个时代不只是缺粮，也缺医少药，一个汉子不断翻滚挣扎，但谁也救不了他，只能眼睁睁地看着他在极度的痛苦中咽了气。

当袁隆平先生从几十年前的往事中抬起头来时，我看见他的眼窝深处，还闪烁着湿润的泪光。那不堪回首的一幕给他带来了锥心般的刺痛，那是他心上一直难以弥合的伤口，哪怕好了伤疤也依然隐隐作痛。他觉得这些人饿死与自己有关，他是一个农校教师，一个农业科技人员，却在一场大饥荒中束手无策。对于他，饥饿，不只是死神的叩问，更是良知的拷问。

“这件事对我的触动很大，种田的人都吃不饱，像我们这种学农出身的人能说没有责任吗？”老人讲着，声音慢慢低下去，而后，便是长时间的沉默。

民以食为天，让老百姓吃饱肚子，免于饥饿，这是一个农业科技工作者的天职。

哥白尼还曾说过这样一句话：“人的天职在勇于探索真理。”——这是人类的天职，更是一个科技工作者的天职。

每次有人向他提出一些简单而近乎愚蠢的问题，您为什么要选择学农？为什么要搞杂交水稻？袁隆平根本就不想回答，因为这是一个根本就不用问的问题，甚至是根本就不用想的问题。

“不说了，”他痛心疾首地摇着头说，“不说了！”

当历史进入60年代，严峻的局势和挫折，让一个年轻的共和国开始调整前行的姿态。

1960年8月，中共中央发出了“全党动手，全民动手，大办农业，大办粮食”的指示，在中央文件中第一次写下了“民以食为天，吃饭第一”这样的朴素而实在的话语。——这句源出《汉书·郦食其传》的古话，其完整的表述是“王者以民为天，而民以食为天”，而天不是别的，是比喻赖以生存的最重要的东西，后人又加上一句“国以粮为本”来加以重申和强调。对于吃饭问题，这也是新中国历史上第一次予以最高的、特别的强调。随后，全国各地各级领导机关的大批工作人员和领导干部纷纷深入农业生产第一线。袁隆平也带着四十多名学生出发了。饥荒尚未过去，一支面黄肌瘦的队伍，稀稀落落的，走一阵歇一阵，他们还没有气力拖着沉重的脚步走那么远的路。

其实也不远，过了安江镇，就是他们此行的目的地——黔阳县硖州公社秀建大队。这个沅江之滨的自然村，三面环水，一面靠山，江山之间是土质肥沃的半丘陵、半平原区，一看就是江南那种典型的稻香村。这样一个树大根深、人丁兴旺的古村，在雪峰山下繁衍了千百年，然而，一个转折，在短短几年里一个千年古村就被饥荒掏空了，一个稻香村变成了饥饿的村庄。乡下人形容最贫困的人家，就是揭不开锅了，没承想还有比这更悲惨的贫困，连锅都没了！那家家户户的锅子，早已砸锅炼钢了。这样的贫困，是没有贫富分化的贫困，一村人，全都一样，都揭不开锅了，那所谓的家早已面目全非，只剩下了一个个空壳，连房前屋后的树木也砍光了。

袁隆平住进了生产队长老向家里，这也是他在四川大足县参加土改后，第二次长时间地和农民同吃同住同劳动。他这次带着学生下乡，任务很明确，既是“深入农村，支援农业，搞教学、生产、科研相结合”，也是到农村实习，“向农民学习，参加生产和劳动锻炼，进行思想改造”。那时候的形势虽说有所好转，但还是吃不饱。当袁隆平拖着一个半饥半饱的身体在村里缓缓走动时，只要遇到迎面走来的老乡，张口一句话就是问你“吃了吗？”这是中国人打招呼的习惯方式，袁隆平也早已习惯了这样的招呼，千百年来，中国老百姓一见面，最关心的就是你吃了吗?但哪怕你饥肠辘辘，那些热情好客的老乡也没法招待你吃一顿饭，他们连自己也没有饭吃。那段日子，师生们也只能和老乡们一起吃大锅饭。那也是袁隆平先生不堪回首的一段记忆：“生产队的一口大锅，七八十人吃的菜，就放一小杯油涂一下，然后把红薯藤、老茎秆煮一大锅来吃。那个时候苦得很，但我和周围的人还没达到吃观音土那个地步，我们爬到山上去挖那种含有淀粉的植物的根，可以烤熟来吃。冬天是很难熬的，到晚上睡觉前先烤火，把脚烤热了后再放到被窝里面去，可是烤热的脚很快就冰凉了，没得饭吃身体就没有能量啊！”

那日子虽说苦得很，很难熬，但只要锅里还有煮的，人们就觉得日子已经开始好转了。袁隆平也在搞红薯高产垄栽试验，在人类饿得吃树皮、吃观音土的岁月，红薯是生长快、产量高、可以较快地缓解饥荒的食物，连红薯叶、红薯藤也可以吃。这次他搞的不是月光花嫁接红薯的试验，而是实打实的红薯高产垄栽试验，这回又取得了惊人的成果，最高的一蔸竟然高达二十斤!

除了红薯高产垄栽试验，袁隆平试图用孟德尔、摩尔根的遗传学开始搞育种，但他最早考虑的不是水稻，而是红薯和小麦。从 1956 年以来，他在红薯上花了不少心血，也取得了不少的收获，但红薯只是饥荒岁月中用来果腹的杂粮，无论在南方还是北方，从来就不是主粮，在饥不择食的年代，红薯可以比较快地缓解饥荒，也可以掺杂在主粮里食用，一旦度过了饥荒，红薯就成了可有可无的搭头了。一天三顿大米饭，一辈子吃不厌，但一天三顿大红薯，却没有谁受得了。农民说话粗，如“一斤山芋两斤屎”“无米再来煮番薯”，说的就是红薯可以充饥果腹，但是不能当饭吃。

除了红薯，袁隆平也曾考虑过主攻小麦，就在他踌躇之际，开过一次全国小麦会议，一组数据让他变得清醒了。当时，西藏的小麦亩产上了一千斤（这个数字不一定可靠），而湖南小麦亩产当时平均还不到三百斤，产量排在全国倒数第一。小麦是世界上三大谷物之一，也是世界上总产量位居第二的粮食作物，超过水稻，仅次于玉米，但小麦在湖南等南方省区也仅仅只是个搭头，那时为了提高粮食产量，在湖南曾经推广过一段“稻——稻——麦”三熟制，但由于小麦成熟期正值湖南阴雨连绵的季节，易发赤霉病，既影响产量又影响质量，还时常造成大面积减产绝收。立足现实，小麦也从来就不是湖南的主粮，在湖南九成以上的粮食都是水稻，水稻也是南方的首要粮食作物。几经权衡后，袁隆平从 1960 年起把目光从红薯、小麦转向水稻，这可以说是自然选择。但水稻既是南方最广泛的农作物，自然也是农业科技人员最广泛的研究目标，在千军万马搞水稻的大势之下，要想突出重围，在水稻科研上搞出一点比较突出的成果又实在太难。这也是袁隆平一直有些迟疑、没有直奔水稻的原因之一。

就在袁隆平埋头搞红薯高产试验、对接下来的研究方向还有些举棋不定时，他的房东，那位勤劳能干的生产队长老向，一心想着的是如何多打点口粮，在南方农民心中，只有大米才算得上正经口粮。这几年闹饥荒，老向也闹得骨瘦如柴，一脸菜青色，农民过日子不往后边想，眼下他想着的是，只要国家再不穷折腾了，让农民能够踏踏实实种田了，就能把一茬稻子种下去又能收回来，不到半年，那日子就好过了。一个大雨天，老向一大早就披上蓑衣出门了。这让袁隆平有些奇怪，大雨天又不能下田干活，老向这是去干吗呢？到中午时，老向一身水一身泥的回来了，他把蓑衣脱下，紧紧地捂着一包东西，揣在怀里，就像揣着一个什么秘密。看老向那一脸的精明和神秘，袁隆平愈是奇怪了。老向把蓑衣包裹着的那一团东西慢慢打开了，原来是一包稻子，一颗颗黄灿灿的十分饱满。袁隆平好长时间都没见过这么饱满的稻子了，眼里顿时闪烁出惊喜的光芒。老向压低声音说，这是种子，他从外村换回来的，那里有一片高坡敞阳田，稻子长得特别好。“你看这谷子多结实！”一个农人一边用那粗糙的大手兴奋地揉搓着刚换回来的种子，一边感叹：“施肥不如勤换种啊！”

一个农民也许不懂什么无性繁殖、有性繁殖，更不懂什么是基因、染色体，但他知道一粒种子有多重要，老向也知道袁隆平在大学时是学遗传育种的，他诚恳地对袁隆平说：“袁老师，你是搞科研的，要是能培育一个亩产八百斤、一千斤的新品种，那该多好啊！”

袁隆平心里怦然一动，这话落在他心坎上了，一辈子再也没有忘记这句话，“农民淳朴的话语使我触动很深，我意识到了农民的紧迫需要是什么，那就是良种！”

水稻，良种！这两个关键词，加在一起，在袁隆平的脑子里一下变得从未有过的清晰了，他感觉自己茫然的眼神终于对准焦距了。一粒种子的造化，乃至一个人的造化，在很大程度上都是选择的结果。每个人都想找准自己一生的方向，找到自己的位置，但人生定位绝不容易，很多人一辈子都找不到自己，一辈子都在走弯路，不断地折腾，直至在错位中度过一生。而对于袁隆平，他最终选择水稻，选择良种，就如同他当年报考大学选择学农一样，这是他人生的一次至关重要的抉择。当一个目标变得明确了，袁隆平仿佛受到了神灵的控制，汹涌而来的灵感让他又有了一种不可遏止的冲动。他很兴奋，那一刻他真想奏响属于他的那把小提琴，只可惜，他没把小提琴带到乡下来，它还悬挂在那尘封已久、空无一人的屋子里，像一个悬念。

第三章　神奇的发现

一个假设，或一个猜想

年过而立的袁隆平，一个方向已经明确，他选择了水稻，这无疑是他一生中最关键的、具有决定性的选择。如果只能用宿命来解释，一个宿命的齿轮从此进入了正轨，开始运转。在接下来的岁月里，他将在稻田里安身立命，他的魂在稻田里，他的世界在稻田里，这将是他在世界上的存在方式，他还将不断地调整自己的姿态，但再也不会颠覆自己。一切已经无从改变，而他将要改变我们这个世界。

那稻田看上去很浅，蹚下去很深，每走一步都要用力拔脚，这也许就是袁隆平最初涉足水稻的感觉。在那个水落石出的时间还远远没有到来之前，没有谁能对于那必将发生的一切给予准确的答案，只有充满了各种可能性的猜想。至少在最初的一段时日里，袁隆平还没有涉足杂交水稻。他最初的水稻研究是从直播试验、密度试验开始的。在直播试验上他也取得了让人刮目相看的成果，亩产比传统种植方式增产九十到一百斤，这在常规水稻科研上也是很了不起的成果了。但这样的试验，只是通过改良栽培或种植方法来增加产量，增产效果很明显，但也很有限。若要从根本上提高产量，还是他认准了的一条路，必须从改良种子开始。此时，他再也不会考虑用米丘林、李森科的无性繁殖方式去改良品种、创造新品种了，一心只想在孟德尔和摩尔根的经典遗传学理论中找到那把神奇的钥匙。当时的中国还处于自我封闭也被西方国家封锁的状态，他只能在《参考消息》上捕捉到一些东鳞西爪的国外科技信息。据袁隆平先生不太确定的回忆，大概是在 1957 年，他曾在《参考消息》上看到过一则报道，DNA 双螺旋结构遗传密码的研究获得了诺贝尔奖，这是一个很容易被一眼掠过的消息，却一下抓住了袁隆平的眼球，他后来感慨道："这表明国外的遗传学已进入到分子水平，而我们还在搞什么无性杂交、环境引诱、风土纯化……"

从时间上推断，袁隆平先生的这一记忆出现了偏差，DNA 双螺旋结构遗传密码的研究获得诺贝尔奖是 1962 年，他看到这则报道应该在 1962 年或在此后，不过这一成果早就产生了。从诺贝尔奖的授奖时间上看，大多是对科研成果的一种追认。实际上，早在袁隆平大学毕业的那年（1953 年），英国生物物理学家弗朗西斯·克里克与美国分子生物学家詹姆斯·沃森就在剑桥大学卡文迪什实验室（Cavendish Laboratory）共同发现了脱氧核糖核酸（DNA）的双螺旋结构，但差不多过了近十年才获得诺贝尔生理学或医学奖。

克里克在"二战"爆发前原本在伦敦大学攻读物理学博士学位，在"二战"中应征入伍，中断了学业。1950 年，克里克退役之后，考入剑桥大学攻读生物学博士学位，在此前后他读到奥地利著名物理学家埃尔温·薛定谔所著的《生命是什么》。这是 20 世纪伟大的科学经典之一，预言一个生物学研究的新纪元即将开始。克里克看后深受启发，从而确定了自己的研究方向，把物理学引入计算分子进化和遗传学的研究中，而剑桥大学著名的卡文迪什实验室为他提供了一个研究平台。1951 年，詹姆斯·沃森来到卡文迪什实验室。一个三十五岁的英国生物学博士和一个年仅二十三岁的美国生物学博士，由此发生了在20世纪生物学史上足以用伟大来形容的交集，两人一见如故又个性鲜明，他们在激烈的争吵中又一拍即合，一致认定解决DNA分子结构问题是揭开遗传之谜的关键，从而开始了对遗传物质脱氧核糖核酸DNA分子结构的合作研究。由于两人在生物物理学和分子生物学上可以优势互补，取长补短，在不到两年时间里，他们就完成了DNA分子的双螺旋结构模型。克里克又以其深邃的科学洞察力，不顾沃森的犹豫态度，坚持在他们合作的第一篇论文中加上"DNA的特定配对原则，立即使人联想到遗传物质可能有的复制机制"这句话。这句话，其实是一个极为关键的科学论断，标志着他们不仅发现了DNA的分子结构，而且从结构与功能的角度作出了解释。

这一发现和他们提出的DNA双螺旋结构的理论有着划时代的意义，是20世纪最伟大的科学成果之一，但一开始并未引起足够的重视，连一些权威科学家也持怀疑的态度，如美国著名化学家、量子化学和结构生物学的先驱之一、诺贝尔化学奖与和平奖双料得主莱纳斯·鲍林就认为：这个模型"看起来很棒"，不过"遗传学的分子基础"是否真相大白还很难说。在这一领域，鲍林是有权威话语权的，他本人也是有科学良知的，然而他却对一个具有突破性的科学发现充满了怀疑。——这其实也是很多科学发现的共同命运，无论是多么伟大的发现，都必须经受时间和实践的检验。过了近十年，克里克和沃森的发现才得到了科学界的公认，他俩与威尔金斯一道分享了1962年度的诺贝尔生理学或医学奖。在接下来的岁月里，世界各国的科学家们在DNA双螺旋结构的理论基础上，陆续研究出了基因疗法、转基因作物、生物克隆技术和DNA鉴定技术，克里克和沃森也被生物学界一致誉为20世纪最有影响的科学家。

袁隆平当时还无从了解DNA双螺旋结构遗传密码的详情，但一则报道已让他知道了国外的遗传学研究已经走到了哪一步。如果对克里克和沃森的发现以及DNA双螺旋结构的理论缺乏一个基本了解，也就难以理喻袁隆平接下来将要穷其一生的研究方向，随着他越来越深入的科学推进，你甚至会产生极大的误解。

这里还是从20世纪60年代初说起，在克里克和沃森发现DNA双螺旋结构以后，随着分子遗传学的发展，人们进一步认识了基因的本质，即基因是具有遗传效应的DNA片段，每个DNA分子上有多个基因，不同的基因就含有不同的遗传信息。——这已不是“孟德尔猜想”，基于基因的遗传学理论和染色体学说已是被试验证明并在实践中得到了检验的“真正的科学”。与此同时，袁隆平还从一些学报上获悉杂交玉米、高粱和无籽西瓜等都已广泛应用于国内外的生产中，并且取得了非同一般的神奇效果。这使袁隆平认识到，孟德尔、摩尔根及其追随者们提出的基因分离、自由组合和连锁互换等规律对作物育种有着非同寻常的意义，只要沿着这一方向或路径进行探索，就可以通过遗传改良这一途径获得高效增产的良种。在后来发现那株“天然杂交稻”后，袁隆平就把研究方向聚焦在水稻的杂种优势利用上了。

如果说杂交水稻是一扇“欲以观其妙”的“众妙之门”，那么袁隆平正在逐渐接近这扇门。

众所周知，杂种优势是生物界的普遍现象，中国古人早在两千年前就用母马和公驴杂交而获得了体力强大的骡子，这就是原始的杂种优势利用。北魏时代，贾思勰在《齐民要术》中记载，驴马杂交的后代骡子比其双亲更健壮，“适于劳役，又耐粗饲”。明崇祯年间，宋应星在《天工开物》（1637年初刊）中，也有如何利用杂种优势养蚕的记载。放眼世界，1760年，德国植物学家科尔鲁特就用黄花烟草和秘鲁烟草进行种间远缘杂交成功。——这些例子，都是前人在日常生活中发现的现象或摸索出来的经验，但尚未从科学原理上揭示出杂种优势的秘密，知其然，而不知其所以然。达尔文是科学界公认的杂种优势理论的奠基人，在当时的科技条件下，他还不可能发现基因和染色体，“杂种优势”尚未成为一个正式的科学名词，但他在生物进化论中已指出了杂种优势是生物界中的一种普遍现象。从1866年到1876年，他用了整整十年时间广泛搜集植物界的异花受精和自花受精的变异情况，并于1876年提出了“异花受精对后代有利，自花受精对后代有害”的结论，以自己的实验结果首先公布了自交与异交导致玉米生长的明显差别，即玉米的杂种优势现象。而从孟德尔、摩尔根的现代经典遗传学理论出发，利用杂种优势提高农作物产量，改良农作物的品质，在20世纪已是现代农业科学的主要成就之一，尤其是在摩尔根通过果蝇实证之后，从最低等的细菌到高等的灵长类动物和人类，无一例外都具有杂种优势。说穿了，这就是中国人挂在嘴边的一句话："杂种出好汉。"

在世界三大谷物小麦、水稻和玉米中，玉米是"单一性功能"的异花授粉的作物，因此在杂交时不需要去掉其雄蕊（去雄），也就相对比较容易杂交，利用玉米的杂种优势，也就成了人类在三大谷物上的第一个突破口。这里先说被称为"杂交玉蜀黍（玉米）之父"的谢尔，他是美国《遗传学》杂志的创办者，也是"杂种优势"（heterosis，hybrid vigor）的第一个命名者。谢尔在1906年、1907年的两年间，将玉米植株进行自交，同时也将其中一些植株做了杂交，通过比照试验发现，自交授粉降低了玉米的长势和产量，而自交系的杂交后代产生出了意想不到的生长优势和增产效果。但他的试验，还不是玉米杂交种诞生的雏形，只是一项试验性成果。尔后，差不多又进行了一代人的探索，美国科学家终于培育出了可推广的杂交玉米品种，并于1933年开始在生产上应用，一开始的播种面积很小，由于增产效果显著，到1945年时，美国杂交玉米的种植面积已达到百分之九十，如今杂交玉米已基本上覆盖了美国乃至全球的玉米地。

如果要用一句话来概括杂交玉米的划时代意义，可以借用袁隆平先生的一句非常精辟的评价：杂交玉米"开创了异花授粉作物杂种优势的先河"。

在杂交玉米率先突破时，美国高粱遗传育种专家斯蒂芬斯（Stephens）等人又于20世纪50年代初，利用西非高粱和南非高粱杂交，首先培育出高粱细胞质雄性不育系"3197A"及其相应的保持系，并在"莱特巴英60"高粱品种中筛选出优良的恢复系，利用三系配套育种方法，配制出可推广应用的杂交高粱品种，1956年第一批杂交高粱在美国投入大田生产，——这是杂交高粱的三系法，对袁隆平接下来的杂交水稻研究有着重要启示，他对此的评价是“为常异花授粉作物利用杂种优势开创了典范”。

玉米和高粱都是异花或“常异花”授粉（指既可自花授粉，又能异花授粉，但主要以自花授粉作为繁殖形式）作物，这是其杂种优势利用能够率先得以突破的一个自然前提，如果换成了小麦、水稻等具有雌雄同花、自花授粉的作物，又能否突破呢？很难，非常难，难就难在它们具有双重性功能，即由同一朵花内的花粉给柱头授粉繁殖后代，这是对其杂种优势利用的一个大限。美国著名遗传学家辛诺特、邓恩和杜布赞斯基的合著《遗传学原理》，是一部遗传学入门教科书，也是一部生命科学的名著，该书明确指出水稻、小麦等自花授粉作物，在其进化过程中经过长期的自然选择和人工选择，淘汰了不良基因，所积累和保存下来的都是有利基因，并由此推断：自花授粉植物自交无退化现象，杂交无优势现象，即“无优势论”。退一步说吧，即便水稻、小麦等自花授粉作物具有杂种优势，但也无法利用其优势。这就是说，杂交水稻还只是人类刚刚萌生的一个念头，就被国际权威科学家提前宣判了死刑。这里还有一个假设，就算你能利用水稻的杂交优势，也必然会出现制种困难，无法应用于大规模生产。一旦有人还想在这方面进行实验，只会遭人嘲笑，“提出杂交水稻课题是对遗传学的无知”。

当自花授粉植物“无优势论”成为一个权威定论，也就成了禁律或禁区，对此也确实必须有敬畏之心，但又必须辩证地看。一方面，但凡前人积累的经验，尤其是具有典范性、权威性、经久不衰的经典之论，这是已知的存在，可以成为后世的奠基石，让后来者可以站在巨人的肩膀上，直接占据一个制高点，这样可以省去许多重复性的探索与试验；另一方面，一些被写入了教科书的经典之论、标准答案，往往也会产生经验惯性或思维定式，最典型的就是墨守成规。人类在科学上的突破，无不是向这样的经验惯性或思维定式挑战，科学家的使命除了掌握人类已知的存在，更在于对未知世界的预测和探索，一些科学禁区或禁律，往往就是前人止步的地方，也正是后辈继往开来的出发点，如此才会有代代不绝的科学家迎难而上，向一些科学的禁律、禁区乃至于大限或极限发起挑战。袁隆平接下来要扮演的，正是这样一个角色。

其实，早在袁隆平把目光投向杂交水稻之前，国内外就有许多专家在这方面进行探索，但都在这一大限前碰了壁。这里不妨又假设一下，倘若有人突破了这一个大限，攻克了水稻这一自花授粉作物的杂种优势利用世界性难题，那无疑将是人类历史上的一次划时代的伟大创举，这个人也必将成为当之无愧的“杂交水稻之父”。这伟大的创举和崇高的荣誉，轮得上袁隆平吗？袁隆平何许人也，一个偏远大山里的农校教师，如果他“提出杂交水稻课题”，那不只“是对遗传学的无知”，简直是在开国际玩笑。

诚然，此时袁隆平尚未正式“提出杂交水稻课题”，但他已经很明确地朝着这方面设想或猜想了，在当时，这也是农业科学领域的“哥德巴赫猜想”。

对水稻杂种优势利用的第一个关键，就是培育出水稻雄性不育系。

对前辈探索以及阶段性成果，袁隆平一直是高度尊重的，他也曾多次坦言：“我从中外资料上了解到：早在1926年，美国人琼斯最早发现水稻有雄性不育现象，正式开展这项研究工作，日本最早始于20世纪50年代，接着有美国、菲律宾国际水稻研究所开展了研究。尽管他们试验手段先进，但因这项研究工作难度太大，都未能应用于生产。”这是科学事实，一方面，他的科学探索是“站在巨人的肩膀上”起步的，另一方面，也意味着他要突破的将是一道前人探索多年尚未成功的世界性难题。

不过，史上还有这样一种说法，早在1917年，“日本的奇尾首先发现了水稻雄性不育现象，并提出了水稻雄性不育性状是隐性遗传，在杂种第二代的育性分离比例为1∶2∶1”。（根据孟德尔经典遗传学的分离定理，以及袁隆平后来的观察，杂种第二代的育性分离比例为三比一。）随后，美国、日本等国的科学家纷纷开始研究试验。日本抢先一步，走在了前面。

现在普遍认为，日本科学家是从20世纪50年代末期开始杂交水稻研究的。当袁隆平把目光转向杂交水稻时，日本人还处于秘密研究阶段，很多真相，还有日本人研究的结果如何，他都是在时隔多年后才知道的。但袁隆平知道，不甘落后的中国，早在二三十年代，一大批中国现代稻作专家开始涌现，表现出空前的创造活力，他们大都有留学的背景，深受现代经典遗传学的影响，如袁隆平“老师的老师”赵连芳、袁隆平的老师管相桓先生，也把水稻的杂种优势利用作为他们研究的一个方向。

如今国内有人认为，袁隆平“老师的老师”赵连芳先生、袁隆平的老师管相桓先生早就提出了水稻杂交理论并进行试验，袁隆平于1974年首次育成的中国第一个杂交水稻强优势组合“南优2号”及其后的“南”字号和“矮”字号系列品种，都是以赵连芳育成的“南特号”和“低脚乌尖”为关键性亲本。就在琼斯发现了水稻雄性不育现象的1926年，中国科学家“丁颖就育成了杂交水稻，同年，美国琼斯也得到了杂交水稻后代”，此说即使不是在故意制造科学神话，也是对杂交水稻的一知半解。很多人因此质疑袁隆平并非真正的“杂交水稻之父”，这里不以“别有用心”去猜测，那就有着一个根本性的认知误区，水稻杂交理论和技术与科学意义上的杂交水稻自然有着不可割裂的因果关系，却又不可同日而语，一为手段，一为结果，绝对不能画等号。若要把这两者辨识清楚，先要厘清杂交水稻的科学定义，杂交水稻（Hybrid Rice），简而言之，就是通过两个亲本杂交而获得的水稻杂交种，利用杂种一代的优势；从遗传学原理说，指选用两个在遗传基因上有一定差异，同时它们的优良性状又能互补的水稻品种，进行杂交，培育出具有杂种优势的第一代杂交种（F_1即杂种一代），在生产上大面积推广应用，从而达到对杂种优势利用的目的。杂交方法不等同于杂种优势利用——这是一个根本性区别。在袁隆平之前，已有很多育种家利用人工去雄的方式对水稻进行杂交而改良品种，但并未育成在生产上大面积推广应用的水稻杂交种，也就未能达到杂种优势利用的目标。

这里就从丁颖先生说起，他是中国现代稻作科学的主要奠基人之一，也是袁隆平十分敬重的前辈。丁先生于1921年考进东京帝国大学，成为该校第一位研修稻作学的中国留学生。学成回国后，在广东大学农科学院（中山大学农学院前身）任教授，1926年，他在广州东郊犀牛尾沼泽地发现了普通野生稻自然杂种后代，选育出了世界上第一个具有野生稻血缘的新品种“中山1号”，由此开创了野生稻与栽培稻远缘杂交育种的先河，并发现有花药不开裂与花粉发育不完全的雄性不育现象，这也是我国水稻雄性不育研究的最早报道。“中山1号”综合了栽培稻与野生稻的优良特点，产量高，长势旺盛，对于寒害、热害及不良土壤等抵抗力强，具有抗逆性强、适应性广等特点，曾在华南地区种植了半个世纪。1936年，丁颖先生又用野生稻与栽培稻杂交，获得世界上第一个水稻“千粒穗”品系，也曾引起东亚稻作学界的高度关注。1957年，丁颖先生出任中国农业科学院首任院长（仍兼任华南农学院院长），并于20世纪60年代初亲自主持了“中国水稻品种对光、温反应特性的研究”，其成果为我国水稻品种的气候生态型、品种熟期性分类、地区间引种及选种育种、栽培生态学等，提供了可贵的理论依据。1963年，丁颖先生已是七十五岁的老人，依然不顾年迈体衰，亲自带队考察西北稻区，由于长途劳顿，回去后感到体力不支，日渐消瘦，经确诊为肝癌晚期，入院不久就病逝了。这位蜚声中外的稻作科学家，被誉为“中国（现代）稻作之父”，但并非“杂交水稻之父”。无论是他培育出的“中山1号”，还是“千粒穗”品系，都只是“具有野生稻血缘”和“综合了栽培稻与野生稻的优良特点”的水稻新品种，这种新品种仍然是常规稻品系，而不是严格意义上的杂交水稻。丁颖先生发现了雄性不育现象，这只是对琼斯的发现在中国的验证。根据经典遗传学理论，必须培育出只有“单一性功能”的水稻，通过杂交生产出来的种子，才是真正的、科学定义上的杂交水稻。丁颖先生也深知这个根本症结之所在，他曾用人工方法给水稻去雄，但实际效果不佳，也未能大面积推广应用，这也是公认的事实。

除了丁颖先生，还有人提出“中国杂交水稻的真正奠基人，南有黄耀祥，北有李贞生”。

黄耀祥先生1916年出生于广东开平，毕业于国立中山大学农学院，是丁颖先生的学生，后任广东省农科院研究员，1995年当选中国工程院院士，他最杰出的贡献是开创了“水稻矮化育种”。古往今来，我国南方种植的都是高秆水稻，而在台风暴雨频发的岭南，在暴风雨的摧折下，经常发生水稻大面积倒伏、减产以至绝收。这和树大招风是一样的道理。1955年，黄耀祥在广西百色地区发现了一种叫“矮仔占”的农家品种，优点是具有很强的抗倒伏能力，缺点是成熟期太迟，抗病力差。从1955年起，他先用“矮仔占”为育种材料，从中选出性状比较优良的“矮仔占4号”，并与当时的高秆品种“广场13”进行杂交，在1959年育成了我国第一个人工杂交选育的矮秆籼稻品种“广场矮”，这一品系解决了长期以来水稻倒伏减产的问题，在水稻育种史上开创了一条矮化育种的新途径，这是中国和世界水稻育种史上的一次重大突破，被称为中国稻田里的“第一次绿色革命”，后来也有人称其摘下“水稻皇冠上的第一颗明珠”。国际水稻研究所（IRRI）所长斯瓦米纳森博士称黄耀祥为“中国半矮秆水稻之父”。

追溯“第一次绿色革命”的兴起，发生在20世纪50年代初，一些发达国家和墨西哥、菲律宾、印度、巴基斯坦等许多发展中国家，开展利用“矮化基因”培育和推广矮秆、耐肥、抗倒伏的高产水稻、小麦、玉米等新品种为主要内容的生产技术活动，当时有人认为这场农业革命犹如18世纪蒸汽机在欧洲所引起的产业革命一样，故称之为“第一次绿色革命”。在这次风起云涌的绿色革命浪潮中，有两个国际研究机构充当了主要平台或舞台，一个是国际水稻研究所，一个是国际玉米和小麦改良中心（CIMMYT）。

这里先说水稻。1966年，国际水稻研究所将原产于我国台湾及福建的水稻品种“低脚乌尖”所具有的矮秆基因成功导入印度尼西亚高产水稻品种“皮泰”（Peta）中，培育出了第一个半矮秆、高产、耐肥、抗倒伏、穗大、粒多的“国际稻8号”（IR8）品种，被称为“奇迹稻”。尽管这一品种比黄耀祥先生育成的我国第一个人工杂交选育的矮秆籼稻品种“广场矮”晚了近十年,台湾也早在 1960 年便育成了 TN1（台湾本地种 1 号），比“国际稻 8 号”也要早六年，但由于国际水稻研究所对低脚乌尖这一水稻矮源基因的成功利用，从而进一步推动了世界范围的“绿色革命”，如今低脚乌尖几乎成为世界所有国家矮秆或半矮秆水稻品种的祖先。据国际水稻研究所 1980 年调查，继“IR8”之后，共有三十六个国家育成的三百七十多个水稻新品种，其中矮秆良种占了七成，而“国际稻”系列良种（IR 系列）又占了三分之一。

再看小麦。在“第一次绿色革命”的另一国际舞台——国际玉米和小麦改良中心，以“绿色革命之父”、美国著名遗传学家和植物病理学家诺曼・布劳格（Norman E.Borlaug）为首的小麦育种家，利用日本冬小麦“农林 10 号”矮化基因的品系，与抗锈病的墨西哥小麦进行杂交，将半矮秆与光照不敏感性相结合，育成了三十多个矮秆、半矮秆品种，具有抗倒伏、抗锈病、高产的突出优点，并迅速在北非、中东、南亚等地区的一些国家大面积推广。这里以墨西哥为例，到 1963 年，墨西哥百分之九十五的小麦作物都是布劳格的新品种小麦，当年，墨西哥的小麦产量比布劳格刚来时的 1944 年翻了六倍，一个饥荒中的墨西哥，奇迹般地变成了一个小麦出口国。这是布劳格在墨西哥的麦田里掀起的一场绿色革命，随后便席卷全球，成为一场全球性的绿色革命，布劳格也因此被誉为“绿色革命之父”。美国驻华大使馆于 2011 年 8 月公开发布的一篇《解决世界饥饿问题》的文章，称赞布劳格“为使数百万人摆脱饥饿而做出贡献。他研究开发出高产、稳定型小麦品种，并说服农场主和政府采用这些品种”。

1970 年，诺曼・布劳格因终身致力于解决世界饥饿问题而荣获诺贝尔和平奖。

由此可见,“第一次绿色革命”在遗传育种上的主要特征就是把水稻、小麦、玉米等世界主要粮食作物的高秆变矮秆。从黄耀祥先生培育的中国半矮秆水稻新品种到国际水稻研究所的奇迹稻“IR8”，和布劳格培育出的半矮秆小麦新品种一样，都只是借助了杂交育种的一些方法，但并非科学定义上的杂交水稻，其技术路线主要是通过改良株型（从植株的高矮、形态着手），通过加强其抗逆性（如抗倒伏）和提高太阳光能利用率来提高产量。这与科学定义上的杂交水稻、杂交小麦还是有严格区别的。在遗传育种领域，还鲜有人把布劳格称为“杂交小麦之父”，迄今，人类还没有培育出严格意义上或科学定义上的“杂交小麦”。

从新中国的稻作史看，“水稻矮化育种”和“杂交水稻”堪称是两座划时代的里程碑，也可谓是在中国稻田里掀起的两次绿色革命，但其科学界线也有明显的区分。若要搞清两者之间的根本区别，又得回到那个根本所在。若要培育出真正意义或科学定义上的杂交水稻，先必须培育出具有“单一性功能”的母本，这就是关键的根本所在。在袁隆平之前，利用远缘杂交进行品种改良，已是毋庸置疑的事实，但在杂交水稻上，一直难以从根本上突破，难就难在难以获得具有“单一性功能”的母本。对小麦、水稻等雌雄同花、自花授粉的作物，若要进行杂交，先必须把雄蕊去除（去雄），再授以另一个品种的花粉，才能得到杂交优势的种子。人工去雄，由来已久，至少从丁颖先生就开始了，在袁隆平之前，这也是国内外育种专家普遍采用的方式。

走笔至此，就该说到那个“北有李贞生”的李贞生了。李贞生是吉林省海龙县河洼公社的一个农民育种家，1967 年，他与海龙县农科站一起采用“温汤去雄法”获得了水稻的杂交种子，有人据此认为，李贞生“1967 年人工培育杂交水稻成功，是新中国最早培育出杂交粳稻的人”，甚至将他称为真正的“杂交水稻之父”。事实上，“温汤去雄法”仅为人工去雄的方法之一，而不是也不能成为大面积生产杂交稻种子的方法。1978 年，李贞生作为农民育种家参加了全国科技大会，有人替他感到悲哀，“由于他没有文化，不会写论文，所以他什么荣誉都没得到”。其实，会不会写论文不是关键，李贞生早在 20 世纪 70 年代的《遗传学报》《吉林大学学报》发表过多篇论文，如《毛主席哲学思想是我培育玉米稻的金钥匙》《大老粗能够搞科研》，他培育的“玉米稻”被称为‘无产阶级文化大革命’的伟大成果”。但任何一项科技成果不能以荣誉来衡量，只能以科学的方式来判断。李贞生发明了一种“温汤去雄法”，其具体操作是在水稻开花当日上午杀雄授粉，由于水稻的雌雄蕊对温度的感应不同，雌蕊的耐温力远大于雄蕊，将稻穗放入45℃左右的温水中浸泡八到十分钟，用这样的方法消除花药的活力，花粉就会完全丧失萌发能力，而雌蕊则不受影响。在水稻短暂的扬花期，每个人都端着一盆温水在稻田里一穗一穗地浸泡，且不说人有多累，以每十分钟浸泡一株稻禾计算，一天下来又能浸泡多少株呢？而水稻扬花期又短，这忙得过来么？这个方法操作繁琐，水温也难以控制，开颖效果随汤水烫后天气的变化为转移，即烫后遇到日照隐蔽，开颖的多而慢，还容易折断稻秆。而关键是，通过“温汤去雄法”培育出来的又是货真价实的杂交水稻么?

大凡人工去雄，科技含量不高，原理不难，但操作太难，由于水稻是雌雄同花，一朵花只结一粒种子，几十、上百粒种子结成一穗，几穗乃至十几穗合成一株，而人工去雄要一朵花一朵花进行，如此繁琐而细致，产生的种子数量又极为有限，几乎不可能在生产上推广应用，但又找不到别的路径。在袁隆平之前，国内外的水稻育种家走的都是人工去雄的这条路，一直在为如何改善“人工去雄”的方法、效果、提高杂交结实率以期获得大量的优良杂种而不断地摸索、改进，却一直裹足不前，难以突破。水稻花器小，开花时间短，进行人工去雄杂交也是极其困难、难以突破的，这是水稻的宿命，也是人类的大限，如此，美国著名遗传学家辛诺特等人才会提前宣判了杂交水稻的死刑，“就算你能利用水稻的杂种优势，也必然会出现制种困难，无法应用于大规模生产”，此言几乎是一语成谶。

自从袁隆平培育出一粒改变世界的种子以来，就不乏一知半解或全然误解的人，或别有用心的人，为了证明在国内外早已有很多比袁隆平更早就发明了杂交水稻的人，列举了大量似是而非的事例，以此来质疑和贬低袁隆平这位“杂交水稻之父”。对于这些，袁隆平先生从不解释，作为一个科学家，他已用科学事实来证明了一切、解释了一切。但对于我们这些普通老百姓，由于难以深入了解其中的奥妙，很容易混淆视听。——当我作为一个科学的追踪者，对袁隆平和中国杂交水稻的科学探索之路，是有责任把这些混淆了的视听搞清楚的，是必须诚实地向读者报告的。那么，“似是而非谁得知？”最终还得回到那个关键点上：判别一个水稻品种是不是杂交水稻，没有相对标准，只有绝对标准，这个标准就是你有没有发现和培育出具有“单一性功能”的水稻？有没有找到那个对于杂交水稻最关键、最根本的母本？尽管这仅仅只是第一步，却是至关重要的第一步。很多人后来对袁隆平的低估或误解，主要原因就在于他们根本没有理解杂交水稻之所以为杂交水稻的根本之所在。

诚然，历史是一笔巨大的遗产，每一个想要创造历史的人，几乎都要承载历史。科学是继承性最强的文化形态之一，科学成就在本质上是积累的结果，一个科研工作者，必须虚心接受和吸取前辈的科学遗产，才能站在前人的肩膀上，如此才能从前人占有的制高点上重新出发。而科学从来就是一场接力赛，有如阶梯式递进的攀登，任何发现、发明和创造都不能用“横空出世”来形容，而是一代一代接力完成的。从人类对杂种优势利用的角度看，袁隆平既有开创性，也是一个继承者。在袁隆平之前，国内外很多科学家在杂交水稻领域倾注多年心血，但他们研究出来的新品种也并非真正意义上的杂交水稻，国际水稻界和遗传育种学界也普遍不认同在袁隆平之前就有人攻克了杂交水稻这一世界性难题。然而，这些前辈科学家对于杂交水稻的探索也绝不是徒劳无益的，一如证明“哥德巴赫猜想”一样，他们也在一点一点地推进杂交水稻的科学进程，袁隆平也是在前辈的积累上起步的。以哥德巴赫猜想为例，从 1920 年挪威数学家布朗证明了“9 + 9”，历经近半个世纪，世界上最杰出的数学家都在一步一步地证明，到 1966 年中国数学家陈景润证明了“1 + 2”，人类摘取这颗“数学王冠上的明珠”仅一步之遥了。迄今又过去半个世纪了，陈景润的“陈氏定理”依然无人超越，那颗“数学王冠上的明珠”依然还是一步之遥，越是到了最后一步，越是可望而不可即。

人类离发现奇迹的时刻也许就是一步之遥，但何时才能跨出关键的第一步?

神奇的发现

一所偏僻山谷的农校，一个普通的农校教师，离那个屹立于世界之巅的科学殿堂实在太遥远了。在科学探索之路上，“无知者无畏”是绝对行不通的，若要突破这个大限，无论在理论上还是在实验中，对人类智慧和科研水平都是极高的挑战。

那么，杂交水稻的密钥又到底在哪里？水稻是雌雄同花的作物，雄蕊和雌蕊在同一朵花里，但是分开的，若要改变其自花授粉的天性，通过异花授粉进行杂交，第一就是要找到雄性不育的水稻，即雄性器官功能丧失、但雌性器官仍可受粉结实的具有单一性功能水稻，这样的水稻没有了雄性功能，自然不用进行繁琐的人工去雄，以此作为杂交水稻的母本，和其他水稻品种杂交，就可以培育出第一代杂交种子。一直以来，这个对于杂交水稻最关键的母本，就是很多稻作育种学家苦苦寻觅的，很多人为此而穷尽一生，到头来依然是两手空空。在我们早已知道一个结果之前，对于一切尚处于未知状态的袁隆平，他也极有可能成为一个为此而穷尽一生的失败者。而在一个神奇的发现尚未被揭示之前，对于他，那还只是一个念头，他已隐隐觉得，在他眼前有一个偌大的、引人入胜的又尚无前人进入的隐秘世界，从此他便一直执着于迈进这个世界的念头，那是一个异常顽固的念头。

追溯前人探索的历程，在一粒改变世界的种子被发现之前，农业育种一般是通过两个途径挑选品种，一是系统选育，就是从群体中选择表型良好的变异单株加以培养；二是从国外引进的材料中去挑选。由于中国当时还处于相当封闭的状态，最主要的方式，也是最直接、最有效的方法，就是系统选育。每当水稻从抽穗到成熟的那段时间，也是一年之中最热的时节。从6月下旬到7月上旬，袁隆平除了上课，一天到晚都待在稻田里。那时他还是一个以教学为本的教师，科研只能利用课余时间，放下教案，就直奔稻田，一手拿着放大镜，一手拿着镊子，去观察和挑选种子。那方法和农民选种差不多，拣穗子大、籽粒饱满的选。他没有助手，偶尔会带上几个有兴趣的学生，大多是一个人独来独往，一个孤零零的身影，像是一个被遗弃在世界之外的人，在炽热而炫目的烈日下踽踽独行。当一个人处于孤立无援的境地，有时候也会表现出一种独特的优势，他只能开启自己的全部感官，全身心地调动自己的智慧和洞察力，往往会有更独到的发现。

每次下田，就挎着一个水壶，揣着两个馒头，这是午饭，除此之外他不想带任何多余的东西，连草帽也不戴，光着头，在毒日头下长时间烤晒，“上面太阳晒，很热；下面踩在冷水中，很凉，因为没有水田鞋，都是赤着脚……”这水深火热的感受，来自袁隆平先生多年后的讲述。烈日蒸腾起一股股炙人的热浪，稻田里的水像是烧开了，冒起一串串咕咕响的气泡，他身上的每一个毛孔都晒得冒烟，那是被烈日蒸发的汗气。那浮现在稻田里的半截身体和一个被太阳晒得通红的脑袋低垂着，几乎紧贴着稻穗在缓缓挪动。他一次次地俯下身子，挨近稻穗，仿佛在倾听花开的声音，稻子的呼吸，这样的形容有些失真，他其实是在一穗一穗地挨着寻觅着，连眼皮也不敢眨，生怕一眨眼就把一粒种子给漏过了。那绽开的稻花一般人是难以看清的，它太渺小了。那稻芒很扎眼，针尖对麦芒，稻芒一如麦芒，当袁隆平躬身低头挨近稻穗，一不小心就会被稻芒扎伤眼睛，那是尖锐而又渺小的伤害，看不见伤口在哪儿，看得见的只有一双红肿的眼睛和眼泪。这是极其枯燥乏味又漫长的寻觅，脖子酸得抽筋，那长久地弯着的腰都直不起来了，每走过一块田，他就要捶一捶腰。太阳把他的影子从早上移到晚上，拉长或缩短，他就这样一天一天地坚持着，一直坚持到太阳落山时，他才一边擦汗，一边看着天边的火烧云，一天，又一天，就这样过去了，每天乘兴而来，又无功而返。当第二天太阳升起，他又挽起裤腿下田了。

尼采说过一句话，一切都是顺序。

尼采还说过一句话，一切美好的事物都是曲折地接近自己的目标。

袁隆平儿时就在母亲的影响下，开始阅读尼采的著作。一个哲学家的伟大洞见，在他年过而立之后才有了更深刻的体验。在1961年的夏天，岁月几乎隐藏了所有的时日，而属于袁隆平和杂交水稻的日子，其实就是一个瞬间，一个极其渺茫可虑的寻觅者，终于曲折地接近自己的目标，他将发现自己生命中的第一株神奇的水稻——“鹤立鸡群”。

发现，永远都是神奇的。人类历史上的每一个重大发现，在何时何地发现，由谁来发现，看似有很多的偶然性因素，甚至是巧合，如“芝麻掉进针眼里”，这样的巧合也不是没有，却也极为罕有，这偶然或巧合的背后，其实无不是苦苦求索的结果。然而，多少人上下求索一生，也未必就能求得一个正果。唯其如此，才让人感觉天意和宿命的存在，天地间仿佛有某种神秘力量，在冥冥之中给人以暗示和灵感。但不是每一个人都能接收到那神秘的信息，也并非每个人都会激发出那神奇的灵感，这又让你觉得，每一个神奇的发现又是必然的，你必须具备这种发现的综合素质和辨识能力，你必须知道，在你眼里出现的是什么，它对这个世界将有多么重大的意义和价值。一个最经典的案例，当一只苹果掉在牛顿的头上，让他灵机一动，发现了万有引力定律，但那只苹果如果不是落在一个正在冥思苦想的物理学家头上，而是落在了一个对物理或力学没有长时间的知识积累、没有深入思考的人头上，譬如说落在了我这个科学门外汉的头上，结果很可能只是带来一次意外伤害。

在摒弃了天意、宿命和一切神秘主义因素后，我只能这样来解释袁隆平接下来的那个神奇的发现。你可以假设，如果换一个人，换一种可能……但历史或命运的选择没有假设，一切都是决定，几乎没有商量的余地，你只能接受一个既定事实。

在袁隆平先生后来的回忆中，那个确切的日子已经变得不那么确定了，但可以肯定，那是 1961 年 7 月的一天，此时还是农历六月，还没到早稻开镰收割的季节。他上完课后，像往常一样，在夕阳下走进了安江农校的水稻试验田，挽起裤腿在稻田察看。眼前的一切一如既往，这年风调雨顺,金黄饱满的稻穗沉甸甸地低垂着,连风也吹不动。袁隆平看着，心里自有一种像农人一样的丰收喜悦，却也没有太多的惊喜，这些长势喜人的稻子并没有什么特别之处。眼看太阳又将落山，袁隆平又将无功而返了。然而，一个神奇的瞬间，突然一抹夕阳照亮了，袁隆平的一双眼睛睁大了，他眼里开始闪烁出一种奇异的亮光，这样的目光在他的一生中还将反复重现。此刻，在他眼里出现的是一株形态特异的水稻植株，它以鹤立鸡群的姿态，在挺立与沉重中保持着微妙的平衡。

袁隆平的心在狂跳，他先得让自己平静下来，才缓慢地弯下身，挨近那株稻子。他的眼睛一辈子也没有近视，在仔细察看后，他发现这的确是一株非同一般的水稻，株型优异，尤其是那十多个有八寸多长的稻穗，穗大粒多，而且每一粒都分外结实、饱满，摸在手里，就像他在小提琴上触摸到的音符，充满了难以言说的韵律和节奏。慢慢地，他又蹲下身子，开始仔细地数稻粒，一数，竟然有二百三十多粒。他不敢相信，又数了一遍，没错，二百三十多粒。他又数了数旁边的一株普通稻穗，只有这特异稻株的一半呢。他在心里推算了一下，当时的高产水稻一般不过五六百斤，如果用这株稻子做种子，哪怕打点折扣，水稻亩产就会过千斤，可以增产一倍呀，那可就不得了！许多年后，袁隆平回想起那神奇的发现，还按捺不住自己的兴奋之情，“当时我认为是发现了好品种，真是如获至宝！”

在一片普通的稻田里竟然长出了这样一株稻子，简直是鹤立鸡群啊！他在心里这样赞叹着，也以“鹤立鸡群”给这株水稻命名，又用一条布带做了记号。到了开镰收割时，他把“鹤立鸡群”的稻子与别的稻子小心翼翼地撇开，作为种子，这是一粒也不能混淆的。这些谷粒，他打算都留作来年试验的种子。

后来有人说，一次偶然的发现，让一个泥腿子专家成了一个幸运儿。

这话说的，还真是一句外行话，诚如他的弟子们所说：“袁老师绝不是第一个见到异型稻株的人，但却是第一个找到其本质规律的人。”这里，先且不论其本质规律，第一个，袁隆平绝非像某些人所说的那样是一个碰巧撞上了大运的“泥腿子专家”。一个农业科技人员，必须像泥腿子的农人一样赤脚下田，但这样的泥腿子不是一般的泥腿子，而是一个术业有专攻的遗传育种学科研人员。很多人一直在有意无意地混淆这两个概念。袁隆平的发现，也符合他那个众所周知的公式："知识＋汗水＋灵感＋机遇＝成功。"而他尤其看重灵感。在某种意义上，他甚至就是一个艺术家，他在日常生活中充满了艺术趣味。他曾说过："艺术创作要有灵感，灵感来了，一首曲子哗哗哗就流出来了。我们科研也有灵感，一定不能害怕失败，恰恰在失败中会产生灵感的火花。"可见，他对艺术的理解已超越了艺术的边界，给他的科研也带来了源源不断的灵感和意想不到的启迪，从而揭示其本质规律。

第二年春天，袁隆平把"鹤立鸡群"的种子播种在试验田里，一株稻子变成了一千多株。自从播种之后，他几乎天天往稻田里跑。天性浪漫而幽默的他，把那种兴奋喜悦而又充满期待的急切心情，形容为就像去与情人约会。说来，此时已经年届而立之年的袁隆平早该成家立业、结婚生子了，但那时他八字还没有一撇呢，这让他把所有的精力都倾注在稻田里的"情人"身上，用他自己的话说，"每天观察啦，施肥啦，灌水啦，除草啦，……渴望有惊人的奇迹出现"。其实，他更像是一个望子成龙的父亲，期待那些种子能够长成植株壮硕、穗大粒多的下一代。但他渴望的奇迹没有出现，结果让他大失所望，当禾苗开始抽穗时，抽穗早的早、迟的迟，高的高、矮的矮，参差不齐，没有哪一株有它们老子的模样。袁隆平傻眼看着，眼里一片错乱。俗话说，种瓜得瓜，种豆得豆，可这些稻子，怎么一点也不像它们老子那样有出息呢?

从1961年夏天的神奇发现，到1962年夏天的灰心失望，这强烈的反差，化为了袁隆平一生最铭心刻骨的回忆，"我感到很灰心，失望地坐在田埂上，半天呆呆地望着这些高矮不齐的稻株，心里在想，为什么会这样?"他在回忆中这样形容自己那一刻的感觉："结果一瓢凉水泼下来，我心中的龙变成了虫。不过，这瓢凉水也让我发热的头脑冷静下来了。"

冷静，必须冷静。就在他失望乃至绝望的追问中，一个灵感蓦地闪现：水稻是自花授粉植物，按现代经典遗传学对有性生殖的遗传过程中的"分离定律"，纯种水稻品种的第二代是不会有分离的，只有杂种第二代才会出现分离现象。是的，在一个关键时刻，孟德尔、摩尔根的遗传学理论帮了袁隆平的大忙，他虽说还不敢确定，但已经开始询问，眼下这些“鹤立鸡群”的第二代，其性状参差不齐的表现，是不是就是孟德尔的经典遗传学上所说的分离现象呢？“我眼睛一亮，心中突然感到非常欣喜，因为只有杂种的后代才可能出现分离。那么就是说，我前一年选到的那株优良的水稻（鹤立鸡群）现在出现了分离，其本身是不是就有可能是一株杂交稻呢？”袁隆平的猜想是准确的,他对上千株稻株反复统计计算，高矮不齐的分离比例正好是三比一，结果验证，孟德尔的分离规律真是太神奇了，“鹤立鸡群”就是一株天然杂交稻，这些没有出息的第二代就是杂种的后代。这一重大发现又让袁隆平变得异常兴奋了，甚至比去年夏天发现“鹤立鸡群”稻株愈加喜出望外，这让他更坚信了自己的探索方向：既然有天然杂交稻存在，必将有培育出“人工杂交稻”的希望，既然那株“鹤立鸡群”的天然杂交稻的杂种第一代长势这么好，这就充分证明了水稻的杂种优势是可以为人类利用的，只要继续钻研下去，就能揭示出水稻杂种优势利用的奥秘和规律。

又按经典遗传学理论推论，像水稻这种自花授粉植物，一般来讲，在有外来花粉串粉的情况下，其天然异交率为千分之一到千分之二，这个概率非常低，但在湖南有些籼稻和粳稻混作的地方，时常会出现“公禾”，也叫“冬不老”，实际上就是水稻的两亚种——籼稻和粳稻的天然杂交株（籼粳杂种），它们的生长优势强，往往就是“鹤立鸡群”的样子，但不结实。后来，以袁隆平为代表的杂交水稻育种专家搞籼粳亚种间的杂种优势利用，就是受到了“公禾”的启示。这是后话。

此时，还是回到袁隆平获得的第一个启示上来。一株天然杂交稻的启示，让袁隆平由此绕开了前人通过人工去雄进行水稻杂交的那条路，既然那条路一直没有人能够走通，那就只有另辟蹊径，从根本上找到杂交水稻育种的一个突破口，一条捷径。——这就是袁隆平脑子里浮现出来的另一条路，如果能培育一种雄蕊或花粉退化不育的、具有单一性功能的母稻（母本），即雄性不育系，就可直接绕开人工去雄这一繁琐而又费工费时的方式，将母本与其他的品种混种在一起，这样就能生产出可以大面积推广应用的杂交水稻种。——用袁隆平先生的话说，这对于他是“决定性的思考和选择”。

在接下来的几年里，每到水稻扬花吐穗的季节，稻田里都会出现一个精瘦的身影，那黝黑的皮肤吸收了太多的阳光，像黑釉一样反射着阳光。他手里拿着一只放大镜，头顶烈日在田间苦苦寻觅，那放大镜里何时才能出现一粒放大了的、如同特写般的种子呢?

终身大事

袁隆平在苦苦地寻找一粒种子时，也一直在寻找自己人生的另一半。

他在雪峰山的那个山谷里一待就是十来年，这么多年他一直过着出门一把锁、进门一盏灯的孤寂生活，但他并非那种形影相吊、远离人群的孤独的单身汉，而是一个“一箪食，一瓢饮，在陋巷，人不堪其忧，回也不改其乐”的快乐单身汉，颇有“贤哉回也”之风。有人忧他是苦中作乐，但除了那饥饿的岁月，他也不觉得有多苦。做一个快乐的单身汉，他也觉得挺好的，住的是单人房，吃的是大食堂，只要那大食堂里顿顿都有饭吃，他还真是一副不急不愁的样子。他是一个天性快乐的人，也很善于找乐，除了弹琴唱歌、游泳打球，他还养成了不少爱好或习惯，如抽烟，下象棋，打扑克，打输了就钻桌子，这些基本上就是在安江农校那十多年的单身汉生活里养成的。

说来也是怪了，一个天性浪漫的人，除了大学时代对一个女生没有表白过的“心仪”，在婚恋上却成了一个久拖不决的老大难。天性浪漫是一种天生的魅力，可生活散漫、不修边幅却不讨女孩喜欢。在他一茬一茬的学生留下的印象中，年轻的袁老师一年到头留着一个硬扎扎的板寸头，长得又黑又瘦，看上去哪里像个知识分子啊？到了冬天，更不像样了，他换上了新棉袄，却图方便，时常一撩袖子擦黑板，袖口磨破了，连棉絮都出来了。他的经济条件在当时算好的，添置的新衣也不算少，还时常送衣服给学生，可他每次洗衣服，只拣脏的领口和袖口洗洗，还笑称这是他发明的“新式洗衣法”，在同事尤其是那些单身汉中推广。那些单身汉也各有各的发明。久而久之,这个大学时代还挺洋气的“大 Bass（贝司）”，在安江农校却得了一个很土气的绰号——油榨鬼，那样子还真像油榨过的。他呢，随便你叫什么，一点也不生气，还冲你咧嘴一乐，又绽出了那“刚果布式的笑容”。

眼看就是三十多岁的人了，和他年岁差不多的老师，早已结婚成家了，孩子都能一口一声叫爹了，他教过的学生也一茬茬毕业了，又一个个结婚生子了，而袁隆平一年又一年地吃着别人的喜糖，却不知自己何时才能给别人发喜糖。他不急，同事们倒急了，一个个都急于给他牵线搭桥，结果又闹出不少笑话。一次，有个还未找对象的男老师发现有个姑娘挺适合他，便带着他去相亲。袁隆平还是像平时一样，穿着平时那身衣服，而那位介绍人却换了一身行头，还特意露出了白衬衫的领子，皮鞋擦得亮晃晃的。结果，一见面，那姑娘就相中了这个介绍人，反倒把袁隆平这个主角给晾在了一边。袁隆平挺知趣，赶紧找了个借口退出来了。没过多久，那两位就喜结连理了，袁隆平还乐呵呵地给他们送上了一份贺礼。

接下来，他又被同事们拉着去见了不少姑娘，大多是，第一次见面就是最后一次见面，但袁隆平依然是一副不急不愁的神情，反倒过来安慰那些失望的同事:“莫急，慢慢来，缘分未到呢，等待机遇吧。”介绍人替他分析失败的原因，分析来分析去，也没有别的原因，他们也知道袁隆平很优秀，但关键是要让人家一眼就能看出你的优秀。他们都劝袁隆平下回相亲时，一定要穿得体面一点，打扮得干净整齐一点，可他从小就散漫惯了，随便惯了，实在不想改变自己，还是本色一点好吧。打心眼里，他也看不上那些只看外表的姑娘，那不是他心仪的女性。其实，除了天性散漫，他找不到对象还有一个很多同事都知道的原因，那时恋爱是要讲出身、讲成分的，袁隆平的家庭出身原本是不错的，但换了一个环境全变了，他父亲解放前是一位满腔热血的爱国志士，作为民国时代的政府官员，在解放战争中，他没有追随国民党而去，最终选择留在大陆，却因“历史问题”被打入另册，又加之身体欠佳，一直没有安排工作。他母亲在教会学校里受过良好教育，知书达礼，相夫教子，在解放后进了重庆一家塑料制品厂当会计，成了一名劳动妇女，也算是工人阶级了。然而，当一种曾经还算优越的家境变成了历史的原罪，也让袁隆平一直笼罩在历史原罪的阴影里，知识分子当时在婚恋上没有什么优势可言，反而时常遭受歧视。

在袁隆平二十七八岁时，也曾有过一段延续了三年之久的爱情，甚至更长。那是 1956 年，离安江农校不远的黔阳一中要开一门农业技术课，由于当时普通中学没有农业课教师，袁隆平被安排到黔阳一中代课，这也是他教学生涯的一段插曲，也给他平添了一段人生与爱情的插曲，他和一个女教师相爱了，这也是袁隆平大学毕业后对一个姑娘第一次真正动心。

那个女教师是教化学的，袁隆平和她在一个教研组里。第一次见到她，袁隆平就被她善解人意的笑容打动了。这位女教师也不爱打扮，穿着随意，可很随意的衣衫、裙子穿在她身上，却把她衬托得风姿绰约，明艳照人。那是袁隆平很欣赏的一种美，美在自然，不像别的女孩，漂亮得很不真实。就在袁隆平暗自欣赏这个女教师时，她也暗自欣赏着袁隆平，袁隆平那刚果布式的笑容，在别的女孩眼里不是什么优点，却让她情有独钟，感觉特别有魅力。那黑而瘦削的脸颊，在她看来，很有点刚劲的味道。这相互的欣赏在各自的心底暗藏了一段时间，就被同事看出来了，然后就在同事们嘻嘻哈哈的打趣中把他们的心思给挑明了。那时恋爱很少直接表白，但只要两人心里都明白，一切仿佛就自然而然地发生了。他们能够走到一起，还有一个原因，在那个特别强调“家庭出身”的特殊年代，两人“家庭出身”都不好，这让他俩反而少了一些“出身不好”的压力，都有一种同病相怜、如同解脱般的轻松感。

应该说，那还是袁隆平有生以来第一次恋爱，是袁隆平的初恋。因为爱，袁隆平的生活变得格外充实而甜蜜，他浪漫的天性也被激发出来，尽管两人每天几乎朝夕相处，即便袁隆平回到了安江农校，黔阳一中和安江农校也相距不远，但一日不见如隔三秋，袁隆平每周都要给她写两封情书。然而，一个转折发生了，一场波及社会各阶层的“反右运动”席卷而来，一向不关心政治的袁隆平，突然被政治关心起来，很快就有人贴出了袁隆平“走白专道路”的大字报，他差点就被划为“中右”。那些大字报袁隆平看得见，那巨大的压力他也能感受到，但他最终侥幸逃过一劫，没有戴上“右派”帽子。但有消息灵通人士将袁隆平差点就划为“中右”的内幕告诉了黔阳一中的一位领导，那位领导挺关心袁隆平的恋人，语重心长地提醒她说：“你要好好考虑一下啊，像你这样出身不好的人，再和袁隆平结婚，要当心自己成为‘双料货’啊！”

这好心的提醒，让袁隆平的恋人顿时倒抽了一口凉气，心里一下凉透了。这不能怨她，袁隆平也从未怨过她，直到晚年，他对她还是充满了同情和体谅，“那时候政治压力大，在那个年代，有很多美好的爱情都成了政治的牺牲品”。不过当时，他也不知道自己差点就被划为“中右”的内幕，还是一如既往地去找她，她却一直躲着他。一场热恋，转眼就变成了一场让他越来越痛苦的苦恋，而他又不知道个中原委，看她把自己关在屋里，他生怕她想不开，出什么事，只能在门外急切地呼唤她，可回答他的，只有伤心的哭泣声，那声音很小，就像花瓣零落的声音，但他听得见。

没过多久，袁隆平的恋人就迫于家庭的压力，找了一个出身比较好的男朋友，无论哪方面的条件都比袁隆平优越，还在省城长沙的一所大学里当助教。对于一个山区女教师，这也是一次非常难得的改变命运的机会，只要和这个男朋友结婚，她就有机会从湘西雪峰山调到省城了。她找到袁隆平，先告诉了他实情，也算是三年恋情的一个交待吧。那眼里含着泪花，又含着一种决绝，她用这样的眼神看着袁隆平，声音慢慢低了下来，“我们……算了吧……”

算了，三年的热恋啊，一句话就算了？袁隆平心里有多痛苦，只有寸心知，那真是一寸一寸地揪心啊。看得出，她心里也很苦，很揪心，她那眼神在揪心的痛苦中越陷越深，一双原本清澈如水的眼睛已恍若一泓看不见底的深潭。就是这眼神，让他一瞬间理解了她的选择，也许爱就是一种最深的理解。那就分手吧，他咬咬牙答应了，甚至还对她微笑了一下。

笑比哭好。他是一个豁达而乐观的人，一个以微笑面对痛苦的人，但失恋还是很折磨人的，尤其是在女友结婚的前一夜，眼看自己的心上人就要成为别人的新娘，那个坎，绝非一般人能够迈过去的。他把自己关在房间里，一把小提琴拉得如泣如诉，几个同事都暗暗替他捏了一把汗，生怕他想不开，便拉他去看电影，"她明天就结婚了，你今天去看电影吧，算了，别把自己气傻了！"这倒是一种解脱的方式，他没怎么犹豫就去了。可就在那晚，又有节外生枝的情节发生。他刚出门，女友就来找他了，而且一连来找了他三回。袁隆平看得很准，她心里也很苦，很揪心，一直在后悔，在结婚的前夜，她就是想来告诉袁隆平，她不想结婚了，还是想跟袁隆平在一起。而此时，袁隆平正满心惆怅地看着一场与自己无关的电影，却错失了一次很有可能失而复得的爱情。多少年后，回想起那个阴差阳错的夜晚，袁隆平先生还有些怅然若失："她后来说，那天晚上如果看到了我，历史就要改写。"

接下来还有一波三折。就在领了结婚证后，她丈夫忽然又来找袁隆平，要袁隆平到那里去跟他妻子见面。这是咋回事呢，我都不知道怎么称呼那个女教师了，她是袁隆平原来的恋人，女友，而她成了别人的新娘，还与袁隆平有什么关系呢？这让袁隆平有些生气了，"你们都结婚了，何必还要跟我示威呢？"袁隆平不肯去，他的态度很坚决，但她丈夫的态度也很坚决，接连来找了袁隆平三次，非叫他去不可。袁隆平感到有些蹊跷了，那就去一下吧。到了那，她一下扑在他怀里抱头痛哭，一边流泪，一边倾诉，说自己好后悔、好后悔，要袁隆平等她，一定要等她。这次见面，女友一直在哭，整个哭成了一个泪人儿，袁隆平也泪眼模糊，分不清是自己的泪水，还是女教师的眼泪。他答应了，等她，一定等她。

后来，她接到了调令，要调到长沙去了，临行那天，袁隆平赶来送她，她又哭了。袁隆平还能说什么呢，只能眼巴巴地看着她只身远去，然后真诚地祝福她一路保重，全家幸福！挥别之际，他看似一脸平静，可当车子开动的那一刻，他的心在一瞬间被掏空了，赶紧转过身来，那夺眶而出的眼泪，像水一样流了下来。但这一别，并非就此别过，袁隆平那一份人间少有的痴恋还在延续。女教师每两三天就会写一封信给他，信纸上泪痕斑斑，连那娟秀的笔迹也被洇染成一片。她说她那个老公对她很好，但她只想跟他在一起，“我真的好后悔、好后悔，我每天晚上做梦都在梦到你……”这样的信，袁隆平看一次感动一次，湘西雪峰山离长沙实在太远，想见一面不容易，他也只能写信安慰她，每封信他都信守着自己对爱的承诺：“我等你！”就这样，袁隆平一直等了女教师三年，一直等到女教师的第一个孩子降生，这一场无果的等待才终于结束了。

这是袁隆平一往情深的初恋，也是对他伤害至深的苦恋，他是一个重情重义的人，一直信守着爱的承诺，哪怕最终等来的是那样一个结果，他一辈子也无怨无悔，而一直在后悔的还是他那初恋女友。据袁隆平先生回忆，两人最近一次见面是在 2003 年，虽说都是七十多岁的老人了，但爱是不能忘记的，老太太见了阔别多年的袁隆平，还在喃喃地对他说：“我真的好后悔、好后悔，一失足成千古恨哪，今生我要带着遗憾的爱情入土了……”袁隆平也有些伤感，一直到现在，他对她依然充满了宽容的同情和体谅，“实际上她对我的感情是真实的，只是迫于当时社会现状的无奈，那个年代又害怕舆论的压力，她才一直下不了决心，她丈夫也对她很好……”

又不能不说，人生与命运中，或许真有某种生命密码存在，他这执着的等待，也许是在等待一个真正属于他的爱人出现。假如他与初恋女友走到一起，就没有与他“执子之手，与子偕老”的那个贤内助了。

那个必将成为他贤内助的女子，是他的学生，邓则，比他小八九岁，1959 年从安江农校毕业后分配在黔阳县两路口农技站，从事农业技术推广工作。说是师生恋，但两人在学校里还没那意思。在袁隆平的印象中，邓则是一个活泼开朗的女生，唱歌，跳舞，打球，游泳，还特别爱笑，仿佛看见了什么都忍不住地想笑。这样一个女生，自然不乏追求者，但邓则和袁隆平一样，她也出身“历史反革命”的家庭，这让她背负的历史原罪的十字架比袁隆平更为沉重，在婚姻上也成了一个大难题。就在这师生俩沿着各自的那根平行线运行时，一些有心人发现了他们有交叉的可能，不说别的，他们的爱好和兴趣太对胃口了。

第一个有心人是邓则的同学谢万安，当然也是袁隆平的学生。在一次同学聚会时，他有意无意地谈起了袁老师，又仿佛不经意地问邓则对袁老师的印象如何。邓则一向心直口快，“袁老师啊，挺不错啊，课讲得好，还爱打球、爱搞些文艺活动的，又会拉小提琴，人品更是没的说。他还带我们下沅江游过泳哩！”谢万安一听，感觉有戏，那口气一下变得认真了，“袁老师到现在还没有成亲，我看你俩倒是挺般配的！”

这家伙也太直爽了吧，邓则毕竟还是个姑娘家，脸唰地一下就红了。

谢万安突然袭击，让邓则有些猝不及防，她没有表态，却也没有拒绝。几天后，又一个叫王业甫的同学来了，这家伙也是一根直肠子，一见面就直奔主题：“邓则啊，我看你和袁老师真是天生一对啊，你俩结合，哈哈，我保管你们幸福无比！”

这些家伙，一个接一个来给袁隆平当说客，是不是早就有什么预谋啊？却也不然，袁隆平一开始还真没那心思，全是关心他俩的人在有意撮合。那天，王业甫跟邓则打过招呼后，又兴冲冲地奔向袁隆平这边，一口一声袁老师的，要他去两路口农技站走走，“袁老师啊，去看看你的学生吧！”

一个老师，去看看自己的学生在毕业后表现怎么样，过得好不好，也是人之常情，袁隆平半推半就地去了两河口。这样一来二去的，加之一层意思早被那些牵线搭桥的人提前挑明了，这师生俩彼此原本就互有好感，很快便有了那层意思。袁隆平也渐渐打破了曾为人师的那层尴尬，还写了一首小诗来表达自己的情怀：“茫茫苍穹，漫漫岁月，求索的路上，多想牵上一只暖心的酥手；穿越凄风苦雨，觅尽南北东西，蓦然回首，斯人却在咫尺中。”这首小诗，也成了他们未来牵手一生的预言。后来说起这事，袁隆平笑言，他俩在感情上是“情投意合”，在家庭出身上是“门当户对”，谁都不挑谁。那时谈恋爱，也就是一同去看看电影，打打球，游游泳。不过，天性浪漫的袁隆平还能给那个单调的时代增添一些少有的浪漫，那把小提琴又派上了用场，每到周末，袁隆平就会带着她，带着小提琴，去沅江边那洒满阳光的沙滩，一个拉琴，一个唱歌，或男女声二重唱，她那倾听或凝视的神态，能让他连续回味好几天，甚至一生。

世间还有什么比爱情更美好和浪漫的事情呢，但又有人看不惯了，开始嚼舌根了：“你瞧，真是物以类聚啊！”还有一些好心人，劝他们要“注意影响”。一看那眼神，就充满了某种不寻常的阴暗的神秘感。有什么不寻常的，神秘的？他们不就是家庭出身不好吗，不就是师生恋吗？一向宽容平和的袁隆平，此时也忍不住倔强地抬起头，挽起邓则的手说：“什么影响！我们大男大女，谈情说爱，正正当当，以后还要继续扩大影响呢！”一句话说完，邓则又忍不住笑了，袁隆平也哈哈哈地大笑起来，他就是要让那些人听见，他在笑呢!

转眼到了1964年正月初五，黔阳地区举行职工业余篮球赛，邓则是黔阳县女子篮球队的队员，而赛场正好选在安江农校的球场。这是一个好机会啊，那些热心的同事纷纷提议，干脆趁热打铁，给袁隆平和邓则把喜事办了。一直关心袁隆平终身大事的曹老师，还找了个空隙，把邓则请到袁隆平的宿舍喝茶休息。恋爱几个月来，邓则还是第一次走进袁隆平的单身宿舍。这又有点像突然袭击，搞得袁隆平有些狼狈和措手不及。邓则此时也不知道办喜事这码事，她以为只是进来歇息一下。刚打过球，她想找一个脸盆洗洗手。进门一看，一间木板房，一个凌乱而狭小的空间，天哪，这房里都乱成什么样了，一张单人床上挂着一顶半高半矮的学生蚊帐，帐子顶上布满了一层黑乎乎的灰尘，墙角边还东一只西一只地丢了几双臭袜子，桌上，椅子上，还有墙角里，乱七八糟堆满了各种中文英文的书刊。邓则随手翻了翻，全都是专业书籍和外文资料，这些在别人眼里极其枯燥乏味的书刊他竟然百读不厌，那些书页都翻得卷了边儿了，不知看过多少遍了。她手脚很快，几下就把屋子干净利落地收拾好了。这一切是那样自然，仿佛她已是这屋子里的主人。袁隆平搓着手站在一旁，看着这样一个勤快能干的未婚妻，又是感激，又是惭愧。他好不容易找到了一个脸盆，拿起来一看还有几个透亮的漏眼。看着邓则那吃惊地张大了的嘴巴，连舌尖都吐出来了，袁隆平红着脸，低着头，尴尬地把脸盆歪在一边，才接了一点水给邓则洗手。那点儿水，连手也没有打湿。邓则忍不住又要笑了，却没笑出声，只紧紧抿着一张似笑非笑的小嘴。

如果换了一个姑娘，很可能像受惊了的兔子一样吓得逃走了，但这一幕不但没有破坏袁隆平在她心中的形象，反而让她更平添了几分敬意。就是在这样简陋、艰苦的环境下，袁隆平还一直在钻研他的专业，一直没有放弃自己的追求，在他的内心深处还怀着某种她暂时还不太了解的志向，她能够感觉到，这个人一直顽固地执着于一个念头，她喜欢他的顽固，或顽强。这显然不符合那个时代的姑娘们追求的眼光，但邓则还真是有不同一般姑娘的独到眼光，她能够在袁隆平那不修边幅的外表之下，看见一个内心丰富的袁隆平。还是那句话，爱是一种深刻的理解，也是一种很深的修养。她后来说出了自己当时最真实的想法，就是因为看见了袁隆平生活的真实状况，才让她深深感到，袁老师身边得有个人照顾了。

邓则第一次走进袁隆平宿舍里的表现，也让袁隆平对她产生了更深层次的好感。邓则重返赛场后，那些热心的老师又一个劲儿地催着袁隆平把喜事办了。为了让比赛和喜事两不误，曹老师还专门去找裁判调整比赛场次，而大赛组委会还真是临时调整比赛场次，这也是充满了人情味的一件事，给袁隆平和邓则留下了一段温暖的记忆。

同事们一个劲地催着袁隆平趁热打铁，袁隆平还真是铁了心了，趁着比赛中场休息时，他把邓则从赛场上拉了下来，拖着她去打结婚证。

邓则急了，比赛还没完呢。袁隆平说，打结婚证比打比赛更重要！他的口气十分坚决，甚至有点霸蛮。也许是已经错过了一次，这一次再也不能错失了。

邓则有个堂兄也在赛场上，眼看袁隆平就要把邓则拖走，也急了："你们怎么搞的，比赛都不比了？"

袁隆平说："反正明天再比吧，今天这个结婚证更重要！"那一刻他坚决得连自己也不敢相信。说来还有一个小小的隐情，那时结婚很简单，就是发点喜糖，但买糖果是要凭指标的，必须拿了结婚证才能给你买。

袁隆平和邓则办喜事的日子是正月初十，雪峰山那触及蓝天的冰雪，闪烁着明亮而圣洁的光泽，漫山的树木宛如冰雕玉树一般。那天正巧是星期六，这其实是一个特意选择的周末，袁隆平和邓则的人缘都很好，来参加婚礼的老师和同学欢聚一堂，特别热闹。这年，袁隆平三十四岁，邓则二十六岁，这在当时都是大男大女了，他们终于可以给同事们发喜糖了。但袁隆平犯了一个实在不该犯的错误，一直到结婚时，他还没给自己的新娘买一件礼物，别说钻戒，连新娘穿的衣服也没买。他也悄悄地问过邓则："给你买件新衣服好不好？"邓则连连摇头说："不要，不要。"袁隆平这人也特老实了，换句话说也特笨了，他还当真就依了她，结果到了结婚时，连根纱也没给她买。这让那些热心的同事再也看不过眼了："你可真是世界上最笨的新郎官啊，哪有新娘子说不要，你就不去买衣服的！"

这些同事不知道，袁隆平不但没有给新娘买衣服，还半开玩笑地问过新娘这样一句蠢话："将来，如果我对你不好，不爱你了怎么办？"你说这不是找骂吗？可邓则没有骂他，只用一个很低的声音给了他一个很坚决的回答："那我也不会离婚！"

那是一个简朴而又热闹的婚礼，从头到尾都是同事们帮他们布置的。那喜糖，是曹老师拿出五块钱买的，还有一个叫周琼的体育女教师，把一双刚买回来的平绒布鞋送来了，那鞋子上还绣着红蝴蝶，穿在新娘脚上挺合适。新郎官袁隆平只穿了一身平常的衣服，而新娘邓则就穿着那套打比赛球衣，一身火红的球衣，映着新娘那张红扑扑的脸，她那绽开的笑靥已被红扑扑的幸福所充满，这为一个朴素的婚礼平添了一股红红火火的喜气和生气。

不过，袁隆平还真是一个别出心裁的新郎，新婚燕尔，他竟邀请新娘一起去沅江里畅游一番。那还是穿棉袄、烤炉火的正月，一天晚上，袁隆平记不得是参加一个什么会，一直开到深夜十一点多了才散会，一回来，他就非拉着邓则去游泳不可。他那倔劲儿一上来，没有谁能够抵挡,连一阵一阵扑来的寒风也抵挡不住。此时的沅江天寒地冻,黑灯瞎火，但他心细，还特意带上了一把小剪刀，一旦卷进了渔网，就可以剪开脱身。那晚他们游得畅快无比，又有谁敢比这一对在寒江里遨游的新婚夫妻,越是逼人的严寒,越是能刺激血液循环,那沸腾的热血和燃烧的激情，随着那奔腾的沅江水一起倾泻，两个滚烫的生命，连呼吸的气息都是滚烫的。

一桩久拖不决的终身大事，就以这样的方式解决了，这对师生恋，从介绍到结婚还不到一个月，后来有人说他们是“闪婚”，袁隆平则笑称是“速战速决”。从一次长达数年的无果的苦恋，到这次“速战速决”的婚恋，再到一生一世的追随与相守，这和科学探索之路也有某种相似之处，多少人苦苦追寻一生，或苦恋一生，最终也难得修成“执子之手，白头偕老”的正果，但只要抓住了机缘，也可突飞猛进。回首袁隆平一生只能用单纯来形容的婚恋经历，从大学时代对心仪的女孩不敢表白的失之交臂，到为等已婚的初恋情人回心转意而痴情地苦等三年，最终他终于寻找到了自己人生的另一半，越往深处琢磨，越是觉得还真要用生命密码才能解释。

袁隆平能够找到这样一位终身相伴的贤内助，不只是他本人的幸福，也是杂交水稻的幸运。从性情上看，他们一个自由散漫，一个井井有条，一个粗枝大叶，一个体贴入微，婚后，他那乱糟糟的宿舍被妻子收拾得干净整洁了，吃饭穿衣有妻子悉心照料了，而以妻子的专业知识，也可以给他当当助手。在他们相伴走过的漫长人生中，袁隆平在家里从不干扫地、擦桌子、洗碗这些家务活，他也很少待在家里，就是在家里他也干不好，所有的家务活，抚养三个接踵而至的儿子，几乎全是妻子一手操劳。在妻子的身上，他时常看到母亲的影子。他若得闲，偶尔也会做几个拿手菜，那都是最简单的菜，如番茄炒蛋、炸花生米，在几个孩子眼里，这就是他们难得品尝到的父亲的味道。也正因有了一个贤内助，当他向世界难题发起艰难的冲刺时，便再也没有后顾之忧了，从此风里雨里，一心扑在了稻田里……

关键的第一步

一桩终身大事交待过了，言归正传，还是回到袁隆平的杂交水稻探索之路上来。

袁隆平从发现"鹤立鸡群"天然杂交稻株，到第二年发现"鹤立鸡群"第二代出现分离现象，又从农田里的"公禾"得到启示，这一系列的启示，让此前的一个追问有了正解：水稻不但具有杂种优势，而且对其杂种优势可以利用，只要能探索其中的规律与奥秘，就一定可以培育出人工杂交水稻。这意味着，袁隆平想要进入的那个"隐秘世界"已渐渐露出端倪，现出轮廓，但要进一步求索，入其堂奥，还必须找到杂种优势利用的理论依据。然而一所大山深处的农校，又哪里能找到这些理论依据，凡是这方面的书刊资料，早被袁隆平如饥似渴地翻遍了，翻烂了。若要在理论上获得突破，只有跳出安江农校，到外面去找。

他第一个就想到了自己的恩师管相桓，自从大学毕业后，他也断断续续听到了管先生的一些消息，知道他身陷逆境，命运多舛，此时也不知发配到何处了，一时联系不上。他想到了管先生很推崇的一位遗传育种学家，鲍文奎先生。

鲍文奎，浙江宁波人，1916 年出生，1935 年考入国立中央大学农学院农艺系，是管相桓的学弟。大学毕业后，鲍文奎任四川省农业改进所麦作股技佐，鲍文奎和管相桓又成了专业不同的同事。中央大学（包括其前身东南大学）农学院为中国培养了大量的农学人才，而四川省农业改进所也集中了农学领域的一批优秀人才，管相桓主攻水稻，鲍文奎主攻小麦。1942年，鲍文奎转到由食粮作物组主任李先闻领导的细胞实验室。李先闻在康奈尔大学研究院专攻遗传学，获博士学位，是中国植物细胞遗传学的奠基人之一。鲍文奎在他手下从事小麦和粟（小米）的细胞遗传研究。1947年夏，经李先闻推荐，鲍文奎赴美国加州理工学院生物系留学深造，并于1950年6月获博士学位。自20世纪30年代起，遗传学在美国有两个活跃中心，一个在东部康奈尔大学，由爱默生领导，以玉米为研究材料，一个在加州理工学院，由现代实验生物学奠基人摩尔根领导。在鲍文奎赴美留学之前，摩尔根已于1945年去世，其继任者为化学遗传的创始人G.W.比德尔，鲍文奎在导师指导下进行链孢霉菌的生物化学遗传研究，但他研究遗传学的主要兴趣是在农作物的应用方面。对于他来说，没有比拯救饥饿、解决饥荒更要紧的事情。

1950年初，鲍文奎归国心切，提前预订了回国船票，连颁发博士学位的毕业典礼都没有参加，就赶往芝加哥参加中国科学工作者协会留美分会的年会，这次会议的主题就是号召留美学生回国参加新中国建设。当年9月，鲍文奎便带着自费购买的研究器材和秋水仙碱等科研材料，搭乘“威尔逊总统号”邮轮回国，担任四川省农业改进所食粮作物组副主任，从1951年起全面铺开了谷类作物多倍体育种，并选用四种谷类作物作为研究对象：大麦代表自交的同源四倍体，黑麦代表异交的同源四倍体，水稻代表籼粳亚种间的同源四倍体，八倍体小黑麦代表典型的异源多倍体，开头四年的研究试验进展顺利，至1954年秋天，“李森科旋风”席卷而来。对于米丘林、李森科的学说鲍文奎是有所了解的。他还在美国时，就读到了1948年苏联关于孟德尔、摩尔根遗传学大辩论的文集，他知道李森科是反对孟德尔、摩尔根的现代经典遗传学的，对基于基因的多倍体研究更是激烈反对，他当时估计米丘林、李森科的那一套，在中国科学事业还相当落后的情况下，不会闹得像苏联那样厉害，而事实上正相反，由于多倍体育种研究与米丘林学说是相冲突的，随着米丘林、李森科的那一套如旋风般刮来，很快就遭到严厉批判而被迫停止，试验田植株被强行铲除。随后，鲍文奎和管相桓的遭遇差不多，在肃反运动中被无端地隔离审查了三个月之久。到了 1956 年，孟德尔、摩尔根遗传学一度解禁，鲍文奎被调到北京中国农业科学院筹备处，成为中国农科院的创始人之一。

1962 年夏天，袁隆平利用暑假自费去北京拜访鲍先生。他取出了准备买自行车的钱作为路费，又换了十斤粮票，上路了。那时湘西离北京还天遥路远，途中还须数次中转，袁隆平花了四天多时间才抵达北京，下车时腿脚都有些浮肿和麻木了。几经打听，他终于找到了鲍文奎先生。说来他还真是有些冒失，那时，鲍先生还不到五十岁，正值春秋鼎盛之年，在农业科学领域那可是大名鼎鼎的人物，而袁隆平还是一个默默无闻的普通农校教师，灰头黑脸的，就像一个顶着稻花进京的农民。

尽管对袁隆平未来的一切都无法预料，但鲍文奎先生却没有慢待他，一见面，袁隆平就感觉到了一副蔼然长者之风，尤其是那双炯炯有光的眼睛，给他留下了终身难忘的第一印象。袁隆平是带着满脑子的问题和想法来的，他先从自己的疑惑说起，当他说到米丘林、李森科的那一套是机械唯物主义的时候，鲍先生把手凌厉地一挥说："那是主观唯心论！"尽管两人是第一次见面，但鲍先生没有任何顾忌，他指出了米丘林学派的缺陷，批判了李森科在学术观点上的谬论，那不是尖锐，而是犀利，如同庖丁解牛一般，袁隆平的种种疑虑，一下就迎刃而解了。这让袁隆平更加吃下了定心丸，也更加认准了自己选择的方向。当他把自己研究杂交水稻的想法说出来后，鲍先生对他的设想非常赞赏，又诚恳地对他说："从事杂交水稻的研究，乃是洞悉生命的本质，推动生命的进程，是培植人类文明的事业。从事这样的事业，乃是生命的价值所在。"这是袁隆平一辈子铭记在心的话，从此他将一直坚定地在杂交水稻科学之路上走下去。告别时，鲍先生又鼓励他，在科研上要敢于大胆探索，还特别指出"实事求是才是做学问的态度"。

在鲍先生的帮助下，袁隆平还在中国农科院图书馆阅读了很多专业书刊，这也是袁隆平此行的目的之一。若要找到杂种优势方面的理论依据，在国内，没有哪个地方赶得上中国农业科学院。这些书刊，一个普通的农校教师当时是根本无法读到的，尤其是那些遗传育种学科前沿的基本情况，还有他感兴趣的理论探索的热点问题、当时作物杂种优势利用研究的实际进展，他边读边记，为自己的设想寻找理论上的支撑点。

袁隆平的这次北京之行，在理论上否定了《遗传学原理》中关于水稻、小麦等自花授粉作物在杂种优势及其利用上的“无优势论”，他认为“这一论断仅是一种形式逻辑的推理，没有实验上的根据”。如果不提前排除这一权威理论上的障碍，他在杂交水稻探索之路上必将走投无路，任你左冲右突，也根本无法前行。

理论上的难题破解了，一个技术难题仍未解决，那就是如何寻找到雄性不育株。

鲍文奎先生在小麦杂交技术上，也是采用人工去雄的方式，从1951年11月初开始，鲍先生带领自己的科研组，先把母本小麦、父本黑麦播种，待到翌年春天小麦扬花时，再把扬花小麦的雄蕊去掉，用采来的黑麦花粉，一株株施给小麦，经过精心培育，结出了小黑麦果实。鲍文奎先生研究试验的重点是采用染色体加倍技术，而小麦与水稻虽说都是自花授粉作物，但在杂种优势利用上还是有根本区别的。他若要效法鲍文奎先生，对水稻采用染色体加倍技术，在当时的条件下根本不可能。直到今天，半个多世纪过去了，多倍体水稻应用仍差最后一公里，这还是比较乐观的预期。以鲍文奎先生所拥有的科研条件、科研团队，也绝非一个普通的农校教师所具备的，他想要靠一己之力和一所中等农校简陋的科研设备几乎不可能完成。在当时的条件下，水稻杂种优势利用的唯一路径，就是寻找天然雄性不育株，培育出雄性不育的水稻品系，进而不需要人工去雄而能大量生产杂交水稻种子。

那时候，天然的水稻雄性不育株，还只是袁隆平脑子里的一个执着的念头，它到底长成什么模样？他没有见过，他在中国农科院图书馆翻检过的中外资料上也无迹可寻。回到安江农校后，他依然只能用最原始的办法，去稻田里一株一株地寻找。那个寻找的过程可想而知，该有多么艰难。

追踪袁隆平寻觅一粒种子的历程，也让我反复回味牛顿的那句名言："真理的大海，让未发现的一切事物躺卧在我的眼前，任我去探寻。"且不说真理的大海有多大，即便那茫茫稻海，也实在太大了，那是如大海捞针般极其渺茫的寻找，稻海茫茫，他要在成千上万的稻穗中，寻找概率仅为三万分之一、五万分之一的天然雄性不育株。很多事只能说是可遇不可求，这句话其实很矛盾，你不去上下求索又怎么能够遇到呢？

自袁隆平 1961 年发现他生命中的一株神奇的稻株——"鹤立鸡群"后，转眼便是四个年头了，他投身于杂交水稻研究，公认是从 1964 年夏天开始，这样说也比较"正式"，从这年夏天开始，他才第一次锁定自己的第一个明确目标——寻找水稻的雄性不育株。这在外人看来又是如同重复般的寻觅，那苦难的历程其实也如同重复。一个身体几乎弯成九十度以上，一个脑袋在潮湿闷热的稻浪中时起时伏。在发现雄性不育株之前，他就发现自己得了肠胃病。这是饥荒岁月埋下的隐患，又加上长时间在稻田里奔波，饥一餐饱一餐，冷一餐热一餐，哪怕一个再健康的身体，也经受不住。袁隆平对自己的身体一向是很自信的，有人曾描写他在稻田里昏倒过的经历，袁隆平先生后来一直矢口否认，认为这是对读者的误导。但有一次，他还真是有些顶不住了，那是烈日正当顶的时候，他浑身直冒冷汗，打冷战，那时他的一个学生潘立生也跟着他一起寻找雄性不育株，见状赶紧把他扶到树荫下休息，可他歇息片刻，又站了起来，又下田了，越是天气最热的时候，越是水稻开花最盛的时候，也是寻找不正常雄蕊的最佳时机，他怎么能坐得住啊！

尽管发现天然雄性不育株的概率微乎其微，但他坚信，它是存在的。事实上，属于袁隆平的第二个神奇发现，他生命中的第二株神奇水稻，一直就等在那里，当然，它绝不会轻易示人。它隐蔽着，很神奇，也很诡异，充满了不确定性，总是在跟人类捉迷藏。大自然就是这样，总是想蒙住人类的眼睛，它不想让所有的天机都被人类窥破。若能窥破这个天机者，必如孟子所云：“天将降大任于是人也，必先苦其心志，劳其筋骨，饿其体肤，空乏其身。”而袁隆平的命运和虞舜的命运还真是极为相似，“舜发于畎亩之中”，袁隆平亦“发于畎亩之中”，他们将以各自方式而扮演着救世者的角色。

那是一个必将载入杂交水稻史的日子，而第一个历史记录者就是袁隆平的贤内助邓则，她在笔记本上留下了这样的记录：

发现时间：1964年7月5日，午后2时25分。

发现地点：安江农校水稻试验田。水稻品种：洞庭早籼。

那已是袁隆平自入夏以来寻找的第十四天了，在那个神奇的时刻来临之际，太阳几乎处于直射的状态，他手里的放大镜反射着强烈的光芒。突然，一株性状奇特的稻株如特写般放大了，袁隆平的眼睛也一下睁大了，又一次焕发出兴奋的、奇异的光芒。这就是他的第二个神奇发现吗？但他还是不敢相信，又拿起五倍的放大镜仔细观察起来，啊，这不是退化了的雄蕊吗？这种特有水稻植株有一个鲜明特征，就是雄蕊花药不开裂，从而导致雄性功能丧失而不育，对于雌雄同花的水稻，既然其雄性功能丧失了，那就是具有单一性功能的母稻了，也就可以用来作为杂交的母本了。他又一次凑近了稻花，千真万确，那花药没有开裂！好半天，他都没有吭声，只感觉心头一阵阵狂跳，连手里的放大镜都兴奋得颤抖了。他将这株天然雄性不育株用布条加以标记，他的手一直在颤抖。做上了记号后，他感觉就像做梦，还是有点不敢相信，又采下花药，拿回实验室去做镜检。那用五倍的放大镜放大了的一切，又被高倍显微镜放大了，眼前是一个赫然醒目的事实，这就是他一直在苦苦寻找的天然雄性不育株，他找到了，终于找到了！

两次神奇的发现，两个非凡瞬间，都没有离开袁隆平那双眼睛，一旦这双眼睛闪烁出奇异的光芒，必将有神奇的事情发生。对于杂交水稻，我是彻头彻尾的门外汉。实话说，我压根儿就不知道这两个神奇的发现有什么重大意义，这个意义将被一个叫袁隆平的人赋予。这是袁隆平和中国杂交水稻科学探索之路上最初的两个关键点，这里不妨把这两个发现放在一起看，也许会看得更清楚。

1961 年夏天，袁隆平在安江农校实习农场的早稻田里发现了特异稻株“鹤立鸡群”，第二年根据“鹤立鸡群”第二代出现的分离现象，推断其为天然杂交稻稻株，进而形成了研究水稻雄性不育性（当时称之为“雄性不孕性”）的思路，也就是袁隆平先生所说的“决定性的思考和选择”。

1964 年夏天，袁隆平在洞庭早籼稻田里发现了“天然雄性不育株”，这一发现，被公认为是袁隆平“中国首创水稻雄性不育研究”的开端。由此，袁隆平在做出“决定性的思考和选择”后，终于迈出了关键的第一步，这也标志着杂交水稻研究迈开了第一步。接下来的路是否又能走通呢？还是那句话，对于我们这些历史追踪者，一切早已不是悬念，一切都是顺序，都是过程。而对于此时的袁隆平，一切依然还是未知数，该经历的他都得经历，该发生的也必将发生。

第四章　追逐太阳的人

第一幅蓝图

袁隆平所说的“水稻雄性不孕性”，后来的专业通称为“水稻雄性不育性”，这两个命名是同义的。在叙述中，我既要尊重袁隆平对“水稻雄性不孕性”的历史性命名，又要立足当下，以后来的专业通称为主，包括由此衍生出来的雄性不育株、雄性不育系。

随着袁隆平发现了第一株天然雄性不育株，一切又将从试验开始。

袁隆平在接下来的观察中发现，正常植株的水稻颖花刚开花时，花药蓬松，颜色鲜黄，用手轻轻震动便有大量花粉散出。开花后不久，花药便裂开了，药囊变空，呈白色薄膜状挂在花丝上。而他发现的天然雄性不育株，开花后花药不开裂，震动也不散粉，用五倍放大镜进一步检视，确证为其花药是不开裂的。他做上标记后，两三天内再复检几次，并采集花药进行显微镜检验（镜检），用碘化钾液染色法进行花粉反应观察，最终确认它为真正的天然雄性不育株。

但这还只是个案或孤证，袁隆平还必须找到更多的证据。这时他已有了个帮手，他的贤内助邓则。邓则对袁隆平的支持自不用说，在农校毕业后又一直从事农业技术推广工作，也懂专业，但两人不在一个单位，婚后，他们大部分时间还是各在各的单位里住，只有节假日才能回到他们小小的家里。直到 1975 年，她才调到安江农校，那已是十年后，三系杂交水稻已经培育成功了。而眼下，一切才刚刚起步，好在这对牛郎织女相隔也不是太远，只要有空，邓则就会赶来给丈夫当当帮手。在 1964 年、1965 年两年里，袁隆平和妻子邓则，加上他所带班级的几个学生，一人拿着一只放大镜，一株一株地挨个检查了几十万株稻穗。一株稻穗不算什么，但若把几十万株稻穗挨着平铺在地上，足有数公里长。这功夫没有白下，袁隆平在洞庭早籼、胜利籼、南特号和早粳 4 号等四个品种中，连同 1964 年发现的天然雄性不育株，一共找到了性状不同的六株雄性不育株，表现为三种类型：从胜利籼中发现的两株为无花粉型，为完全雄性不育，袁隆平将其简称为“籼无”；从南特号中找出两株花粉败育型，花药细小，黄白色，全部不开裂，亦为完全雄性不育；从洞庭早籼、早粳 4 号中分别发现了两株花药退化型，由于其花药高度退化，基本上不育。

这六株像命根子一样的稻株，在袁隆平眼里还深藏着无数秘密，那是杂交稻的生命密码。而他的思路已十分清晰，就是利用这六株天然雄性不育株，通过人工的方式，培育出只有单一性功能的母本品系——雄性不育系，通俗地说，就是“母水稻”或“女儿稻”。这种水稻的雄蕊没有花粉或花粉高度退化，对于雌雄同花、自花授粉的正常、健康水稻而言，实际上是一种生殖病态特征，它们丧失了雄性功能，也就不能自花授粉了，只能通过异花授粉来繁殖后代，也就可以利用别的水稻品种来进行杂交。这就意味着，水稻的这一生殖病态性状，孕育着被人类利用的巨大价值。而天然雄性不育株和雄性不育系，又是两个不能混淆的概念，人类可以用天然雄性不育株为材料，培育出大量性状稳定一致的雄性不育株群体——雄性不育系，也就是用人工创造一种母本，这样就不用去反复寻觅那极其渺茫的天然雄性不育株了。

这个培育的时间又要多久呢？袁隆平当然希望是越快越好。那六株雄性不育株的生长期是不一样的，成熟或早或晚，那些成熟比较早的，他于当年就将部分种子进行翻秋播种，其余的种子则留待第二年春播。由于每一粒种子都十分金贵，只能进行盆栽试验。经过连续两年翻秋与春播，袁隆平采用人工授粉的方式，结出了数百粒第一代雄性不育的种子，但只有四株繁殖了一至二代。随着雄性不育株的不断繁殖，到了第三代，原来的坛坛罐罐已经不够用了，还需要增加六十多个，安江农校既拿不出这么多盆子，也没有这笔经费，而当时袁隆平的研究试验还处于自发状态，一切都靠自己。他原本打算自费购买，去杂货店问了价，那盆子实在也不贵，才一块多钱一个，但加起来就是一笔不小的数目了。当时袁隆平两口子的工资加起来还不到一百元，上有老，下有小，袁隆平还要自费购买专业书籍和一些科研设备，手头紧得很，那六十多个盆子至少也得七八十块钱吧，差不多就是两口子一个月的工资了，一家老小不能不吃饭哪。他找到学校总务主任陈周忠，请他帮忙与一家陶瓷厂联系,想从废品堆里捡些坛坛罐罐来搞试验。搞总务的,一般门路比较广，陈周忠也是一个热心人，经他联系，那家陶瓷厂很爽快就答应了，一个难题就这样解决了。袁隆平一直没有忘记这个在自己起步维艰之际帮助过自己的热心人，如果没有陈周忠等热心人的帮助，他的科研之路将变得更加艰难。趁着一个星期天，从没拖过板车的袁隆平，带着三个学生，拖着一辆嘎吱嘎吱响的板车到了沅江对岸的陶瓷厂，在那废品堆里淘出了六十多个坛坛罐罐，然后又推的推，拖的拖，从河那边运回来，摆放在安江农校试验园的一个水池边，袁隆平便抓紧时间开始播种。

一粒种子从生根、发芽、分蘖、抽穗、扬花到结实，是一个必然要经历缓慢得令人难受的过程，而试验的结果正一点一点地验证袁隆平对杂交水稻的设想，从理论上是科学的，从实践看也是切实可行的。通过天然雄性不育株的一代代繁殖，其人工杂交结实率可达百分之八十至百分之九十，有一些杂交组合已初步显现出了杂种优势，均属可遗传的雄性不育材料。一个人工培育出来的新品种，能否遗传下去是一个关键，也是杂种优势利用的密钥。简而言之，所谓杂种优势利用，就是两个遗传组成不同的生物体进行杂交后，其杂种一代在生长势、生活力、抗逆性、产量和品质等方面均优于亲本的表现，利用其达到在生产上大面积推广应用的要求。

那些日子，袁隆平几乎被灵感控制了，整天像走火入魔般。每次从试验田里回来都是满头大汗，两手黢黑，整个人就像刚从烂泥坑里爬出来似的，又加之长年累月日晒雨淋，那原本就瘦削的脸孔变得更加干裂粗糙，看上去就像一个十足的老农了。哪怕走在路上，他也是一个人低着头，旁若无人地想着什么，嘴里念念有词；抽烟时，将烟灰弹进了茶杯里；穿衣服的时候，时常把上面的纽扣扣到下面的扣眼里。看到他神经兮兮的样子，有人私下议论："袁老师是不是快疯了？"他妻子邓则还清楚地记得，在 1965 年冬天的某个凌晨，他突然从被窝里钻了出来，穿着背心和裤头，趿着拖鞋蹑手蹑脚地走到小书桌前，慢慢扭亮台灯，还用一张报纸遮挡去一些灯光，开始伏案疾书。这个细节说明袁隆平的神志十分清醒，即便被灵感控制住了，他也生怕惊醒了熟睡的妻子。但邓则还是被那轻微的动静和微弱的灯光惊醒了，她侧身顺着那昏暗的灯光一看，袁隆平一直在不停地写着什么，小书桌上摊满了稿纸，有几张飘落地上，他都没有发现。

这件事，如果不是他的贤内助在许多年后偶然提起，那个被微光照亮的黯淡身影，也许早已在无尽岁月中湮没。他在写什么呢？他在书写历史，甚至是在改写历史，那是一页属于中国的科技史，也是世界科技史。那些论点、论据、步骤，都是我一辈子也很难搞懂的，而那时的整个中国乃至世界，只有一个人懂，就是他，袁隆平。是的，他在填补历史的空白，那是中国杂交水稻的第一幅蓝图，多少天来的冥思苦想，在这个夜深人静的时刻，终于在一张张白纸上清晰地勾画出来了。

那是中国杂交水稻的第一幅蓝图，这里，我借助袁隆平先生的科学讲解，尽可能把这幅蓝图转换为具有科普意义的叙述。袁隆平首先提出："水稻具有杂种优势现象，尤以籼粳杂种更加突出，但因人工杂交制种困难，到现在为止尚未能利用。显然，要想利用水稻的杂种优势，首先必须解决大量生产杂种的制种技术，从晚近作物杂种优势育种的研究趋势和实际成果来看，解决这个问题的有效途径，首推利用雄性不孕性。”袁隆平先生就是从这一前提出发，在国内首次勾画出了一条“三系法”杂交水稻技术路线图——

第一步，寻找天然的雄性不育株，这一步是培育不育系的基础。——这关键的第一步，袁隆平已经迈开了。

第二步，筛选和培育保持系，即必须培育出一种和雄性不育系杂交，使其后代永远能保持雄性不育的性状，以解决雄性不育系传宗接代的遗传问题。保持系的遗传组成为 N（rfrf），不育系的遗传组成为 S（rfrf）。当保持系作为父本与不育系杂交时，它们杂交所产生的后代能够保持雄性不育性。为此，保持系的细胞核必须具有与不育系一样的纯合不育基因或上位基因（rfrf），而它们的细胞质则具有能育基因“N”。这样，保持系的雄性器官既能正常发育并自交结实，又能作为父本与不育系杂交，使不育系的雄性不育性不断遗传下去，所以保持系是不育系赖以传代的必不可少的父本品系。

第三步，筛选和培育恢复系，即寻找和培育一种和雄性不育系杂交，使它们的杂种第一代恢复雄性可育的能力，能自交结实，只要它们表现的优势强，就可以将它们用于大田生产，这也就是水稻的杂种优势利用。

应该说，袁隆平先生的表述已经非常简洁、清晰，这是他的一贯风格，不管是发言还是写论文，他使用的都是最简单的语言，却有十分清晰的思路和说服力。但我还是半懂不懂，在他叙述时也感到异常枯燥乏味。但若不清晰地梳理一遍，关于杂交水稻的一切都无从谈起，我的叙述也将偏离主线，变成一个科学家如何艰苦备尝的大同小异的励志故事，这是我不甘心的。好在袁隆平先生为了让我们一听就懂，还有更通俗、更形象的一种说法，那就换一种方式来讲述吧。——他把三系法杂交水稻比喻为“一女嫁二夫”的奇异婚姻关系，而且是包办婚姻。生儿育女，第一要有母亲。水稻是雌雄同花作物，好比一出生就是夫妻成双，从一株稻子看根本就没有公母之分。要想让它出现杂交，必须找到或培育一个天生的“寡妇”，它没有丈夫，或丈夫丧失了性功能，这样的母水稻就是具有单一性功能的雄性不育系（不育系）。第二步就是给母水稻找一个特定的丈夫，这个丈夫有健全的花粉和发达的柱头，用它的花粉给母本授粉后，生出来的是长得和母亲一模一样的女儿，也是雄蕊没有生育能力、仍能保持雄性不育的特性的母本，如此才能使其雄性不育性不断遗传下去（保持系）；在此基础上，再给母本一个特定的丈夫（恢复系），这是一个外表与母本截然不同的丈夫，一般要比母本高大，也有健全的花粉和发达的柱头，它既能自繁，还能用其亲和的血缘医治母本（不育系）不孕的创伤，通过杂交，生产出来的孩子，圆满地恢复了生育能力，即变成雄性可育了，长得比父母亲都要健壮，并且高产优质。可见不育系和保持系杂交，仍旧只生女儿，用来继续做不育系，这叫不育系繁殖；而不育系与恢复系杂交，后代则是恢复水稻天生的雌雄同花、“夫妻成双”，而且具有杂种优势、用于大田生产的杂交水稻种子，这叫制种。

比喻再形象，也难以微妙尽致地表达这一套复杂繁琐的育种工程。在培育和繁殖种子的生产上，同时要种一块繁殖田和一块制种田，繁殖田用来种植不育系和保持系，当它们都开花的时候，保持系花粉传送给不育系，不育系得到正常花粉结实，产生的后代仍然是不育系，从而达到繁殖不育系目的。技术人员可以将繁殖的不育系种子，保留一部分在来年继续繁殖，另一部分则同恢复系一起制种，当制种田的不育系和恢复系都开花的时候，借助风力或用人工赶粉的方式，将恢复系的花粉传送给不育系，产生的后代，就是提供大田种植的杂交稻种。由于保持系和恢复系本身的雌雄蕊都正常，各自进行自花授粉，所以各自结出的种子仍然是保持系和恢复系的后代。如此，利用“三系”进行循环杂交，就能完成不育系繁殖，并组成杂交组合，或自交繁殖，从而构成三系杂交稻生产体系。

这就意味着，一粒杂交水稻的种子若要从科学家的试验田里走到普通农家的田间地头，至少要闯过三关：三系配套关、优势组合关和制种关。

袁隆平也不知何时才能闯过这三关，但他已清晰地勾画出这一切，也因此被誉为三系法杂交水稻的总设计师。当这一幅蓝图勾画完毕，他看见了黎明的第一缕曙光。这不是比喻，是真的，中国和世界水稻研究的新纪元的幕布必将由此拉开。

每当关键时刻，袁隆平总有一种如得神助的幸运。他的这幅蓝图，也就是他在中国杂交水稻具有开创性的第一篇论文《水稻雄性不孕性的发现》,刚好赶上了“文革”爆发前夕的末班车,在中国科学院主办的《科学通报》上发表了，在发表时被编者改名为《水稻的雄性不孕性》——据袁隆平先生回忆，他把论文稿寄往北京之后，几个月都杳无音信，也没有退稿，最后在 1966 年 2 月发表在《科学通报》(半月刊) 第 17 卷第 4 期上。这是国内第一篇论述水稻雄性不育性，并完整指出一整套“三系法”杂交水稻生产程序的论文，后来科学界公认，中国对于水稻雄性不育性研究，就是从 1966 年袁隆平的《水稻的雄性不孕性》一文发表后开始的。这其实是一种过于谨慎的说法，至少在四五年前，袁隆平从发现天然杂交稻株“鹤立鸡群”起，就开始这方面的研究了，而这篇必将载入史册的论文只是袁隆平对自己第一阶段研究成果的总结。

这篇论文给袁隆平带来的一个直接收获，是收到了三十多块钱的稿费，不久他又收到了科学出版社计划财务科的通知，告知他有一笔稿酬因地址不详被退回，他才得知这篇论文还在《科学通报》英文版上发表了。这是他有生以来第一次挣到稿费，而且是双黄蛋，中文版加英文版稿费共五十多元，差不多是他当时一个月的工资了。而稿费又算得了什么，它在未来所产生的价值，不是巨大，而是伟大!

这篇论文能在中国科学院主办的权威刊物上发表，意味着科学界对袁隆平研究成果和技术路线的高度认可，从而更加坚定了袁隆平继续探索杂交水稻的信心，但他不知道，这篇论文对他本人的命运和在杂交水稻研究的进程中，“竟然在关键时刻起到了千钧一发、扭转乾坤的作用”。这又与几个关键人物有关。袁隆平的论文发表后，在第一时间就被国家科委九局一位叫熊衍衡的干部发现，他感到这不是一篇普通的学术论文，便呈报给局长赵石英，赵石英仔细看过之后，更加高度重视，他意识到这项研究对保障国家粮食安全具有重大的战略意义，而水稻雄性不育研究当时在国内外还是一片处女地。他又立即向国家科委党组做了汇报。当时的国家科委主任是国务院副总理聂荣臻元帅。他在党组会上明确表示支持，经党组集体讨论批准后，1966 年 5 月，国家科委九局正式向湖南省科委发出公函，随后湖南省科委又向安江农校发函，对“水稻的雄性不孕性”研究表示支持，认为“这项研究的意义重大，在国内还是首次发现，估计将是培育水稻杂交优势种的一个很好的途径。如果能够成功，将对水稻大幅度增产起很大作用”。

如果，如果……在袁隆平的科技探索之路上有太多的如果。如果没有赵石英在第一时间对这篇论文的高度重视，袁隆平和杂交水稻在未来的命运还真是很难说。对赵石英，袁隆平一直深怀知遇之恩。20 世纪 90 年代，他听说赵石英患病住院，由于自己当时实在脱不开身，便专门派人赴北京看望赵老。赵石英病逝后，在首届袁隆平农业科技奖颁奖时，袁隆平还特意给已故的赵石英先生授予了伯乐奖。“世有伯乐，然后有千里马。千里马常有，而伯乐不常有。”韩愈这句名言也许经不起缜密的逻辑推敲，却凸显了伯乐的至关重要。伯乐奖，也是袁隆平农业科技奖的专项，唯愿世间有更多的伯乐。

除了赵石英这个伯乐，这一研究课题能够在关键时刻得到国家科委的支持，又与一位身经百战的共和国元帅分不开。1956 年，聂荣臻被任命为国务院副总理，主管科学技术工作，国家科委、国防科工委以及工业、农业、国防和其他科学技术领域，都在他的领导下进行全面的规划和安排。——我在《共和国粮食报告》中曾提及过一件往事：北京农大在十年动乱中从马连洼校址搬迁，1977 年给中央打报告，请求批准把学校迁回北京原址办学，然而，马连洼早已被国防科工委的几个部门占用着。谁都知道，国防科工委自诞生之日起就是共和国最重要的战略部门之一，但当时分管国防科工委的聂荣臻元帅说了这样一番话：“九亿人的吃饭问题，是比‘上天’更重要更迫切的重要战略问题。”聂荣臻站在更高的战略高度，一下揭示了一个比一切战略问题“更重要更迫切”的战略问题，国防科工委打造的是国之重器，但粮食更是国之重器，尤其是经历过战乱也经历过饥荒的开国元勋，或许，从一开始就不是单纯地考虑一所大学迁回原址的问题，而是要为中国人的“吃饭问题”扫平一切障碍，一切为“吃饭问题”让路，“吃饭比上天重要！”

如果不从这样的战略高度去解读，就难以理解袁隆平和杂交水稻在十年动乱中的命运。袁隆平当时还蒙在鼓里，作为一个普通的农校老师，他也看不到这些与自己的命运息息相关的文件。就在他踌躇满志地开始新的筹划时，又到了水稻扬花的季节。在那个异常炎热的夏天，一场巨大的风暴正在逼近中国。

风暴中的秧苗

一座横亘于湘西南的雪峰山，无法把一场风暴挡在世界之外。

一座大山深处的幽静校园，很快便如同翻江倒海一般。这让从不关心政治的袁隆平也备感茫然和困惑，今夕何夕？但他还是一如既往，无论一个时代被推到了怎样的风口浪尖，他能够做到的就是装成没事人一样，远远地待在他的试验田里。这让他侥幸躲过了一次又一次政治运动的冲击，但也不是没有风险。1958 年，在“大跃进”运动中，毛主席提出了必须抓好“土、肥、水、种，密、保、管、工”的农业“八字宪法”，由于袁隆平对政治学习不大关心，也不知道“八字宪法”是谁提出来的，有一次在教研组聊天时，他说“八字宪法”还少了一个字:“时”。春种秋收，浇水施肥，田间管理，既不能误农时，更不能违农时，而农时之重要,中国古人早就说过,在《孟子 · 梁惠王上》中就有一句“不违农时，谷不可胜食也”。袁隆平只是对一个农业常识的强调，他也就是想到哪儿说到哪儿，但说者无意，听者有心，好在当时反右运动已经过去，但一个运动过去了，还有接二连三的运动，迟早会有秋后算账的一天。

随着1966年的夏天来临，又到了水稻抽穗扬花的季节。那时，黔阳地委派来的“文革”工作组已开进了安江农校，一座安静的校园很快就被闹腾得如翻江倒海一般。袁隆平却依然沉浸在自己的世界里，守着试验园里的那些盆盆钵钵。但树欲静而风不止，很快，“文革”工作组的王组长就一阵风似的来找他了。那时还没有几个人知道袁隆平是在搞什么杂交水稻，更不知道杂交水稻是怎么回事儿，但袁隆平这样一天到晚待在试验园里，明摆着就是在走“白专道路”。王组长来奉劝袁隆平及早回头，袁隆平却兀自低着头，一双手握着稻禾凝神观察，那双手在反复试验中被粗粝稻叶划破了一道道口子，手上的皮都翻了起来，经太阳一照，伤口中深深浅浅地透出血色。但王组长不关心袁隆平这双手，他最关心的是一个人该走什么路。他先是好心好意地劝告袁隆平再也不要走“白专道路”了，袁隆平一听竟然笑了：“我走的不是白专道路，而是‘白米’道路。”都啥时候了，他竟然还有心思开这种玩笑，也忒不识时务了，王组长脸色一沉，加大嗓门警告他：“革命不是请客吃饭！”袁隆平慢慢抬起头来问：“既然革命不是请客吃饭，那我们是不是就不种水稻了？不吃饭了？”王组长一听，这个人的政治思想觉悟实在太低了，简直无可救药，一个急转身，甩着手气冲冲地走了。

政治思想水平太低了，袁隆平自个儿也是这么认为的，他后来反思过：“我这个人，政治思想水平低，说实在的，对那些翻来覆去的‘政治运动’我真的不感兴趣。我对政治的关心就是希望国家好，在学校里把我的工作做好；想搞农业科研，那就是把杂交水稻搞成。”仔细一想，他这政治思想水平低吗，不比那些像《芙蓉镇》里的王秋赦那样敲锣打鼓喊着“运动啊，运动啊”的人高得多？一个共和国的公民，希望国家好，其实就是最高的政治觉悟，一个专业人员，把自己的专业干好，这又何尝不是一种清醒的觉悟，如果谁都有他这样的觉悟，中国和中国人也就不会在无聊的“运动”和“斗争”中折腾那么多年，多少人甚至为此耗尽了精力，结果一事无成，那几十年不是人在搞政治，而是政治在变着花样折腾人。

然而，又无论他在政治上有多么清醒的觉悟，在这样一场龙卷风般的运动中，一心想当逍遥派的袁隆平，非但无法逍遥，而是在劫难逃。那种预感已经越来越强烈了，他忽然觉得自己成了一株稗子，随时都有被清除的可能。

随着运动高潮的掀起，风声越来越紧。在那样一个年代，很多人，尤其是知识分子，几乎人人自危。那是一种下意识的自恐症，越是惶惶不可终日，越是能够进化出异常敏锐的政治眼光和嗅觉，很多人都长出了政治复眼，而最有效的方式就是把自己的恐惧转嫁到别人头上，有人告黑状，有人公开揭发，凡是有点历史问题的，说过什么“反动言论”的，或像袁隆平这种“走白专道路”的，每个单位都要揪出来一小撮，说是一小撮，其实也不小，就像当年划右派一样，按比例，定指标。安江农校当时总共不到两百教职员工，按比例要揪出八个“牛鬼蛇神”。而一旦被内定为“牛鬼蛇神”，在揪出之前先要大造舆论，贴出大字报，刷大标语，在开批斗会之前，名字上提前就打了一个杀气腾腾的大“×”，就像宣判了死刑，不说从肉体上消灭，至少是在政治上判了死刑。

袁隆平的名字很快就出现在大字报上，批判他、揭发他的大字报专栏从安江农校的东三楼一直贴到了石板坪，足有一百多张，这是对他的一次彻底清算，从他的“家庭出身”到他“宣扬孟德尔、摩尔根的资产阶级反动学说”，大帽子一顶接一顶，而最具杀伤力的还是两大罪状，一条就是他“修正毛主席的八字宪法”，那时“修正”这个词比“篡改”还恐怖，还恶毒，这是他的反革命罪状；还有一条，不再是批判他本人“走白专道路”，而是上升到了他“引诱贫下中农的子女走白专道路”，这是他走资产阶级路线的罪状。

除了大字报，只要袁隆平的身影一出现，就会爆发冲天而起的口号声：

“向资产阶级知识分子袁隆平猛烈开火！”

“砸烂资产阶级臭老九袁隆平的狗头！”

袁隆平头皮一硬，正要匆匆走过去，忽然听见了一句特别刺耳的口号：“彻底砸烂袁隆平资产阶级的坛坛罐罐！”

坏了，坏了！他拔腿就朝一个方向跑，那是他搞盆栽的试验园。他猛地站住了，那双一次次闪烁出奇异光芒的眼睛，瞬间一阵发黑。那六十多个坛罐全都砸烂了，泥土和碎片里，那些折断和撕裂的秧苗撒得满地狼藉，这是他的命根子啊！他一下扑倒在地上，想要一把搂住那些秧苗，可这些秧苗在烈日炙烤下已是一把把点得燃的枯草，他隔着衣服都能感到那如烈火般烫人的热气。完了，一切都完了，从1964年找到天然雄性不育株开始，他就在这些坛坛罐罐里搞试验，而这些用于试验的秧苗每一年、每一代都是直接关联的，这一茬秧苗断了代，后面的研究就根本继续不下去，一切又将从头开始。眼看着几年来的心血毁于一旦，袁隆平欲哭无泪，一双像农人一样粗糙的大手，在地上发出沉闷的撞击声。

他都不知道自己是怎么跑回家里的，高一脚，低一脚，仿佛骤然失去了重心，一路上昏沉沉地念叨着："秧苗，秧苗……"

一眼看见怀里抱着孩子的妻子，他就冷静了。那秧苗全毁了，袁隆平也自知在劫难逃，他接下来的命运已经没有任何悬念，一切都是按照预定程序走，当一个人被内定为"牛鬼蛇神"，白天造好了舆论，晚上就要挨批斗了，开完批斗会，就将直接关进牛棚，监督劳动改造。这一关，就不知何时才能回家。此时，他不是为自己的命运忧虑了，而是为妻儿担心。那时他们的大儿子还刚出生不久，邓则正在安江农校休产假。看着正给孩子把奶的妻子，袁隆平眼里一阵一阵发酸，几次张嘴，欲说还休，只是望着妻子愣愣出神。他真不知怎么把这残酷的消息告诉妻子。他不知道，邓则抱着孩子已经去看过那些大字报了，她也知道丈夫将会遭遇怎样的命运。在袁隆平跌跌撞撞地奔回家之前，她一直泪盈盈地抱着孩子，兀自想着接下来的日子该怎么过。而一听丈夫那熟悉的脚步声，她就赶紧抹掉了眼泪，脸上还带着那种天然的淡淡的笑意，装着没事人一般。当袁隆平不知怎么开口时，她抬眼看了看他，又轻轻地摸了摸孩子的小脑袋，低声说："我知道了。"

袁隆平的声音也很低沉："你知道了就好，你要有心理准备，我就要上台挨批斗了。”

邓则平静地看了看他，淡淡地说：“没关系，大不了，我们一起去当农民吧。”

妻子平平淡淡的一句话，却让袁隆平感动了一辈子。

只有过来人，才知道这样一句貌似平淡的话有多么不平凡。夫妻本是同林鸟，大难临头各自飞。这是人间常言，也是人间常有的事情。在一场场剧烈的运动中，多少看上去很美好的爱情顷刻间就露出了其脆弱的本质，那手牵手徜徉于花前月下的恋人，如惊弓之鸟般地飞散了。这也是袁隆平的亲身经历。还有多少幸福和睦的家庭也成了运动的牺牲品，又该有多少划清界限、互相揭发的夫妻啊。袁隆平后来多次说起过，他母校西南农学院的一位院长，在外边挨造反派的批斗，伤痕累累地回到家，妻子又宣布和他划清界限。一个人最绝望的，往往就是亲人的绝情，那位院长就在这绝望中上吊自杀了。而此时，他的贤内助却是一脸平静地面对着这一切，又如此平静地说出了心里的打算，要和他一起去当农民。外表的平静，只因早已做好了心理准备，铁了心了。

对于受难者，爱是最深的理解，也是莫大的抚慰。

每次提及此事，袁隆平就有发自肺腑的欣慰和感慨：“这是我一生最大的安慰之一。”

那天晚上，袁隆平已做好了挨批斗、进牛棚的准备，甚至对批斗会的场景都一遍一遍地想过了。很多被揪斗的人，往往都是脖子很硬的人、从来不愿低头的人，但无论他们有多硬的脖子，都会挂上大牌子，一个倔强的脑袋也会被使劲地摁下去，摁下去。袁隆平想象着那即将发生在自己身上的一幕，他的脖子不知不觉就变得倔强了，哪怕大难临头，只要做好了准备，心里也会显得出奇的平静。但很意外，一直等到吹响了熄灯号，也没有人来揪斗他，这反而让他变得焦躁起来了。这晚，袁隆平一直闭着眼躺在床上，但每一根神经都是醒的。从未尝过失眠是啥滋味的他，这一夜是彻彻底底地品尝到了，一想到那命根子似的秧苗全都毁掉了，还有什么比这更让人绝望。而过了今夜，又不知明日将躺在哪里，那种绝望而焦躁的情绪不断扩张。就在这时，忽然听见有人敲门，那声音很轻，却特别惊心。这深更半夜的，谁在敲门呢？难道那些造反派在半夜里发动突然袭击，来揪斗他？一想，又不对头啊，“革命不是请客吃饭”，若是造反派来揪斗他，还讲什么客气啊，飞起一脚就把门踹开了。袁隆平不知道是祸是福。是祸也躲不过，他光着脚摸着墙打开门。在乳白色的夜雾中，两个模糊的人影如幻影般浮现出来。袁隆平眼里蒙眬了一下，才看清是他班上的两个学生，李必湖和尹华奇。他俩半夜里来找他，神秘兮兮的，又是啥事呢？

他俩偷偷摸摸来找袁老师，就是来告诉袁老师一个秘密。原来，他们看了揭发批判袁隆平的大字报，又听到造反派扬言要砸烂袁隆平的坛坛罐罐，就预感到要出事，赶紧抢在那些造反派下手之前溜进了试验园，偷出了三盆秧苗，藏了起来。袁隆平一下愣住了，愣了许久才回过神来，一种极度的惊喜和简直不敢相信的感觉交错在一起，使他突然一阵战栗，“快，快带我去看看！”他连鞋都没穿，光着脚就跨出了门。他们悄悄摸到了藏秧苗的地方，那是学校苹果园边的一条臭水沟，这荒草丛生的臭水沟一般人是不会走近的。袁隆平低着头，瞪大眼睛看着那绝处逢生的秧苗，像是看着一个不可思议的奇迹。他轻轻地抚摸着秧苗，那秧苗好像越来越通人性了，也轻轻地触摸着他的手心。他从胸腔深处发出一声叹息：“啊，有救了，有救了啊！”

这三盆秧苗还真是拯救了差点就被扼杀在摇篮里的雄性不育株，李必湖和尹华奇还特别用心，按水稻雄性不育株的三种类型各选了一盆，这也是他们为杂交水稻立下的第一功，在危急关头保住水稻雄性不育株的一代血脉。水稻是生命力很顽强的植物，哪怕在臭水沟里也能生长。从那以后，袁隆平和两个学生每天像潜伏的特务一样，轮流照看这三盆秧苗。袁隆平一边偷偷地搞试验，一边等着挨批斗、进牛棚。一想到自己时时刻刻都有可能关进牛棚，他的目光就下意识地转向了两个学生。在袁隆平当时还处于孤立无援的状态下，他们也是袁隆平最早的左膀右臂。

李必湖1946年出生在沅陵大山深处一个土家族农民家庭，祖祖辈辈以农耕为生。旧社会，沅陵县是湘西匪患的重灾区，很多土匪其实是被饥荒逼得走投无路的穷人。沅陵也是湘西红色革命的策源地之一，为湘鄂川黔苏区县。大凡革命老区都是极端穷苦的地区，投奔革命当红军，是穷人的另一条出路，而革命军队也是名副其实的穷人的队伍。新中国成立后，沅陵的面貌虽有所改变，但依然是湖南最贫困的山区县之一，至今还是国家级贫困县。李必湖生在旧社会，长在新中国，从小就过着"野菜野果当杂粮,红薯要当半年粮"的日子。尹华奇和李必湖年岁相仿，他的家乡洞口县不属湘西，但紧挨着湘西，地处雪峰山脉东麓，和黔阳一脉相连。一个贫寒的农家子，他人生的第一个梦想就是能吃上一顿饱饭，第二个梦想就是天天能吃上饱饭，第三个梦想就是所有人都能吃上饱饭。不过，在那个时代，贫穷也是光荣的胎记，他们都是贫下中农的子弟。但光荣不能当饭吃，这两个苦水里长大的山里娃，从小就一心想着怎么多打粮食，吃饱肚子，这是很多农家子的本能。1964年，就在袁隆平在洞庭早籼稻中发现"天然雄性不育株"的那一年，他们作为贫下中农子女，被安江农校特招为"社来社去"的学生。"社来社去"，也是那个特殊时代的特殊产物，指从哪个公社推荐上学的，毕业后还要回到哪个公社。或许就是这种读了农校还是要回去当农民的命运，让他们更加充满了强烈的求知欲。在袁隆平几乎孤军作战时，他俩主动请求给袁老师当助手，想多学一点稻作技术。在追随袁隆平之后，他们才渐渐理解了袁老师正在攻克的不是一般的稻作技术，这其中的意义是非同寻常的。随着技术水平的逐渐提高，他们的眼光和境界渐渐变得高远而开阔了，从原本一心想着怎么让自己吃饱肚子，让全家人吃饱肚子，让父老乡亲吃饱肚子，到也像心忧天下的袁老师一样，一心想着怎么让天下人都能吃饱肚子。这就是两个从小忍饥挨饿的年轻人在成长过程中逐渐提升的非常朴素的人生境界。他们一生的路也从此确立。

若能把他俩留下来该有多好啊！然而，这在当时只能是袁隆平的非分之想，他自个儿都是泥菩萨过江——自身难保了，又怎么能顾得上两个学生的前途啊，他只能做最坏的打算，一旦自己关进了牛棚，就委托两个学生继续照看这些秧苗。那种心情，简直像托孤一般。可他这样一个随时都有可能关进牛棚的“牛鬼蛇神”，又怎么能留得住他们啊。李必湖和尹华奇也看出了袁老师的心思，说：“袁老师，过些日子，我们就要毕业回家务农了，如果你在学校搞不了科研，就到乡下来搞吧，我们养活你！”

除了妻子那句话，这也是让袁隆平感动了一辈子的话。

说来奇怪，在校园里贴满了揭发批判袁隆平的大字报后，很多人都以为他在劫难逃了，袁隆平也做好了最坏的打算，但当晚没有什么动静，接下来几天也风平浪静。这异乎寻常的平静，反而让袁隆平心里愈加悬着一块石头了，无论是怎样的结果，这个不知灾难何时降临的悬念，比灾难本身更折磨人。你感觉眼下就是一个正在迫近的深渊，不知道何时会被人从背后推下去。这样惶惶不安地过了几天，一天下午，工作组的王组长忽然通知他：“老袁，你晚上到我办公室来一趟。”

袁隆平心想，是祸还真是躲不脱啊。他没有躲，吃过晚饭，按时走进了王组长的办公室，就像一个等待宣判的罪犯。当一次灾难变成了预料中的必将降临的灾难，那黝黑的脸上已没有丝毫的惶恐，只有难以察觉的悲哀与无奈。他等待着，哪怕是给他戴上手铐，立即逮捕，他也会有一种终于解脱的轻松感。当时，办公室里人很多，众声喧哗，不知在争论什么。袁隆平站在门口，不知是进是退。王组长瞟了他一眼，走过来说：“到外面去谈吧。”那眼神有些古怪，让袁隆平更觉蹊跷了。结果还真是让他出乎意料，又喜出望外，王组长竟然说出了这样一番话：“老袁啊，毛主席教导我们，抓革命，促生产，我们工作组既要抓好革命，又要搞好生产，也要搞一块丰产田。你呢，就给我们当技术参谋吧。”

袁隆平没想到竟然会是这样一个结果，那感觉，就和原本以为所有的秧苗都已毁灭，突然听说还有三盆秧苗被保存下来时一样，从三盆绝处逢生的秧苗，到这峰回路转的命运，在那个非常的夏天，袁隆平就像在大风大浪中游泳，忽而沉下去，忽而又浮起来。工作组在那时候就是凌驾于一切之上的“太上皇”啊，要他当参谋，那是信得过他，这表明他又侥幸逃过一劫了。至于搞丰产田，他更是兴头十足，这正是他饭碗里的事啊。他满口答应，几乎是在拍着胸脯表决心了，他一定要当好技术参谋，保证工作组的丰产田夺高产。

第二天一早，他挑着粪筐走向了工作组的丰产试验田，这担子不轻，但再重也没有悬在心里的那块石头重。一块石头放下来了，他感到特别轻松和舒畅，一路上还轻松地哼着小调。当他路过关押“牛鬼蛇神”的牛棚时，一个人黑头黑脸地站在那儿，那是“牛蛇队”的李队长，黑煞煞的一个大汉。李队长原本是安江农校的体育老师，平常和袁隆平关系还不错，此时看袁隆平竟然还在哼歌，便从鼻子里哼道:“哼，你还唱歌，不要高兴得太早了！我把你的床铺已经准备好了，你名字的标签也在我口袋里了，今晚你就要加入我们的队伍，还要归我管！”

他还真不是吓唬袁隆平。说起来这里边又有一个内幕，按指标，安江农校要揪出八个“牛鬼蛇神”，当时已经揪出了六个，还要揪两个，袁隆平是内定的第七个。工作组原本在发动群众贴出了袁隆平的大字报后，当晚就要开他的批斗会，连夜把他关进牛棚，并已提前通知“牛蛇队”的李队长，把写有袁隆平名字的牌子和床铺都准备好了。然而，内幕中还有一个更深的内幕，一个突然发现的情况在一夜之间改变了袁隆平的命运。这内幕袁隆平当时不知道，“牛蛇队”的李队长也不知道，只有工作组的王组长等几个核心人员知道。没过多久，在风云变幻中，工作组因为“执行资产阶级反动路线”被撤走了，但一个谜团直到第二年才被解开。有一次，他在街上碰上了当时的王组长，王组长被赶下台后，一度也成了挨批斗的对象。或许是同病相怜，又深感命运叵测，他才对袁隆平透露了那一夜突变的原因。原来，工作组当时准备把袁隆平作为重点打击对象，特意查了他的档案，看看他还有没有什么历史问题，打算新账老账一起算。档案是保密的，袁隆平也不知道自己的档案里到底装了些什么，他更不知道在自己的档案袋里竟然还放着一份红头文件。那是国家科委九局发给湖南省科委的公函，湖南省科委又转发给安江农校，责成安江农校支持袁隆平的“水稻的雄性不孕性”研究。王组长和几个核心成员突然傻眼了，袁隆平鼓捣的那些坛坛罐罐，竟然有这么大的来头！这让他们一下变得举棋不定了，这个袁隆平到底是走资本主义道路的批斗对象呢，还是保护对象呢？他们不敢拍板，马上带着这个公函去请示黔阳地委，时任地委书记的孙旭涛是一位知识分子出身的老革命，看完公函，当即拍板：“袁隆平当然是保护对象！”

如此一来，工作组只得踩了个急刹车，袁隆平的命运在一夜之间峰回路转。

让袁隆平痛心的是，那位拍板保护了他的孙旭涛书记，在“文革”中连自己也难以保护，两年后就因不堪迫害而自杀。更荒唐的是，在袁隆平转祸为福后，为了凑足“牛鬼蛇神”的名额，那个给袁隆平热心张罗婚事的曹老师被拿去顶数，关进了牛棚。那时候，个人的命运是自身难以掌握的，只能说那个时代太荒唐了，但袁隆平对无辜遭殃的曹老师还是有一种莫名的内疚。荒唐岁月，还有太多的牺牲品，袁隆平念念不忘的恩师管相桓经历了一次次运动的冲击，最终未能逃过这次大劫。据管先生夫人、西南农学院教授张月辉回忆，她“与相桓相伴二十七个春秋，未见其闲度一节假日。三年困难时期，先生全身严重浮肿。因常下水田观察记载而引起皮炎、奇痒、头痛、腰痛病时时发生，先生皆置之不顾。”1961 年，管先生摘掉了“右派”帽子，从 1961 年到 1966 年的五年间，他一边继续进行稻作试验，一边撰写《稻作学》，内容涉及稻之起源、分类、型态、生长发育、生理生态及遗传育种等方面的系统知识。就在行将付梓之际，一场浩劫席卷而来，多年心血凝成的书稿在劫火中毁灭。他多方搜集、多年积累的栽培稻品种和野生稻品种，当时为全国之冠，堪称是“价值连城、万金难求、不可复得和再生的绝世珍宝”，也被销毁了。1966 年 10 月，管相桓先生在难以忍受的折磨和凌辱中撒手人寰，年仅五十七岁。

同自己的恩师相比，袁隆平还真是非常幸运，杂交水稻也非常幸运，他不但侥幸逃过了挨批斗、进牛棚的命运，还在工作组的默许下，把杂交水稻的试验秧苗从臭水沟里搬到光天化日之下。入夏之后，袁隆平又忙得不可开交了，既要为工作组的丰产田夺高产，又放不下他的坛坛罐罐。眼看水稻开始扬花抽穗了，必须给雄性不育株杂交授粉，这是一刻也不能耽误的。为此，他还壮着胆子向工作组请求，每天中午请两个小时假。他估算了一下，授粉需要三个中午，六个小时。没想到工作组很痛快，一下就批给了他一个星期，每天上午他都可以干自己的活。这又让他大喜过望了。这一切，都应归功于那封神秘的公函，它的存在，如同袁隆平的命运密码，只有极少几个掌握着他命运的人，才知道这一秘密。

1967 年早春季节，雪峰山那冷寂的白雪还没有化尽，几个怀揣着特殊使命的人，从省城来到了雪峰山谷的安江农校——根据国家科委指示，湖南省科委派员来了解"水稻雄性不孕性"研究项目的进展情况，还有袁隆平在研究中遇到的问题和困难。袁隆平根据现有的进展，起草了"安江农校水稻雄性不孕系选育计划"，恳切地说出了自己当时的实际困难，一个人在实验室和试验田里两头跑，迫切需要配备一两个助手，并提议将李必湖和尹华奇留校做助手。结果又一次超过了他的期望，李必湖、尹华奇这两个"社来社去"的学生，破格留校了。省科委随后又决定将"水稻雄性不孕系选育计划"列入省级科研项目，每年下拨科研经费六百元。当年 6 月，安江农校成立了由袁隆平和李必湖、尹华奇组成的"水稻雄性不孕性"科研小组。这在当时也许不是什么大事，却是一件必将载入中国杂交水稻发展史的标志性事件，中国第一个杂交水稻科研小组正式成立了。李必湖和尹华奇有幸成为袁隆平从事杂交水稻研究的第一批助手，这是袁隆平对他们的看重，也是命运对他们的特别垂青，在未来岁月里，随着杂交水稻研究的不断推进，他们的命运也将随着袁隆平的命运、杂交水稻的命运一起改变。

追逐太阳的人

那藏在臭水沟里的三盆秧苗，经过反复繁育，到1968年春天已发展为两分试验田。

这一小片稻田，在安江农校的试验田中编号为古盘7号，在风暴中如同一个宁静的港湾，但也免不了遭遇自然风暴的一次次摧折。这让袁隆平又开始萌生一个念头，遗传育种规律决定其试验周期之长，这是在各地的常规气候下无法解决的，即便解决也比较缓慢，若要加快育种步伐，就必须跳出雪峰山谷、安江盆地。水稻是喜阳光的作物，必须追着太阳走，去岭南、海南、云南等光合潜力高的天然大温室繁殖育种，一年三百六十五天，几乎天天都可以在田间搞试验，将大大加速试验的进程。

时不我待啊，袁隆平充满了只争朝夕的急迫感。而他第一次去岭南育种，是他最不该离家的时候。1968年2月14日，那是袁隆平一生难忘的日子，还有十来天就是春节，他的第二个儿子刚刚降生三天。一个丈夫，一个父亲，却要抛下头裹毛巾的妻子和襁褓中的婴儿，一去数月，情何以堪哪。袁隆平看着妻儿，久久不忍离去。邓则依依不舍地看着即将远行的丈夫，却催他早点动身，还平静地笑着说："等你回来了，孩子说不定都会叫爸爸了呢。"

袁隆平背上行囊，带着助手，踏上了南下的旅程。而在未来漫长的岁月里，这仅仅只是一个开头，一个前奏。那时候湘黔铁路早已修通，从黔阳到广州，先要通过湘黔线再转京广线，这条路在大湘西和岭南之间绕了一个大弯子，一路上关山重重，那在黑洞洞的隧道里穿行的火车，那哐当哐当的节奏，在一个过来人的回忆中依然发出不绝的回响。而这一路上的颠簸之苦，远远难以抵消他对妻儿的牵挂和内疚，这也是要用漫长的岁月来咀嚼和消化的。

这次远赴岭南育种，袁隆平原本想借用广东农科院的试验田，那曾是黄耀祥先生创造了奇迹的试验田，可到那儿一看，两派造反派组织正在“文攻武卫”，打得不可开交，连试验田都变成了乌烟瘴气的战场，还怎么播种呢。袁隆平连脚也没停，带着两个学生又去找广东省科委求助，请他们帮忙找一块试验田。师生三人坐了一天一夜的火车，每人背着一床铺盖卷，上面横着卷成筒状的草席、蚊帐、雨伞，手里拎着一只洋铁桶，桶里面放着种子，浑身都脏兮兮的，在外人眼里，他们哪里像是科研人员哪，就像后来第一次进城的农民工。一看人家那窗明几净的办公室，几个人都自惭形秽，有点不敢走进去。在那乱糟糟的岁月，能有这样一间安静的办公室，真是少见。说来又挺幸运，他们遇上了一个很热心也很敬业的女干部，蓝临。在中国杂交水稻发展史上，有很多值得铭记的名字，他们也许是萍水相逢，也许是在某个关键细节上尽了自己的一份职责，却让袁隆平一生充满感恩之情。蓝临便是其中之一。她又是让座，又是端茶，让师生三人总算可以歇歇脚了。她又在墙上挂着的一幅广东省地图上，一个一个地方查找，最后找到了一个挺合适的地方，那是南海县大沥公社。此地离广州不远，又是珠江三角洲商品粮基地的传统稻作区。袁隆平连连点头说：“可以，可以啊。”袁隆平点头认可了，还得对方点头认可。她又是打电话联系，又是写介绍信，干净利落的，就把一切都安排妥当了。用袁隆平的话说，这真是“特别关照”。袁隆平从来不会说感激的话，但感激之情也溢于言表。蓝临笑眯眯地说：“应该的啊，这天底下的人，谁不吃饭啊！”

要说呢还真是有缘，蓝临后来调到了湖南省科委，在又一个关键时刻，对袁隆平和杂交水稻研究给予了很大的支持，这是后话。

南海大沥两个多月的育种，是袁隆平最早的南繁育种经历。南繁，如今早已是一个众所周知、根本不用打引号的名词，指在南方利用冬季温暖的气候条件进行的种植，主要任务是育种材料的加代、苗头品种复配、亲本材料的扩繁、杂交制种等。但在那时还极少听说这样一个词，我反复查找过，也没有查找到它最早的出处，也许像大多数词语一样是约定俗成吧。若要追溯，最早的南繁北育者，还是四川省农科院，1962年他们首次在海南岛崖城良种场冬繁玉米获得成功，引起了农业科学工作者的兴趣和国家的重视。据海南省南繁办副主任林永平介绍：“在上世纪六七十年代，那些用镰刀锄头在海南岛开展南繁的农业科技工作者，很多都成了现在各领域的泰斗级专家。”袁隆平不是南繁育种的第一人，他这一次的目的地也并非海南岛，但有一点则是确凿无疑的，他是杂交水稻南繁育种的第一人，并在南海大沥育成了第一批秧苗。

当年 4 月底，雪峰山已是春暖花开的季节，袁隆平师生三人带着从南海培育试验的七百多株秧苗，一路小心翼翼地返回了安江盆地。那一天一夜的颠簸辗转中，几个人呵护着秧苗，就像呵护刚出生的婴儿。袁隆平回家后，连襁褓中的儿子也来不及抱一下，就急急忙忙奔向那两分试验田，赶紧把秧苗插在田里。而后，李必湖和尹华奇因有别的事情暂时离开了，袁隆平独自一人照管着试验田，这秧苗真是比他儿子还亲。他不清楚儿子又长多大了，但在一本磨破了边角的红皮日记本上，每天都记下秧苗生长的数据，这是他的田间档案。看着秧苗一点点长高，他心里高兴得像看自己孩子长大。在他的精心培育下，那秧苗长势喜人，半个多月后，就已高过了膝头，大多出现了三到五个分蘖。眼巴巴地盼到 5 月中旬，稻禾耘过三遍之后，就要开始扬花、灌浆、抽穗，袁隆平盼着那一天早点到来，就可进行杂交授粉试验了。这在南海培育出的秧苗，又该结出怎样的果实呢？

然而，那满心的期待转眼又变成了绝望的毁灭。1968 年 5 月 18 日，一个袁隆平痛彻肺腑的日子。那天是星期六，袁隆平一直在试验田里忙碌，直到天快黑了，他才蹬上自行车赶回十多里外的黔阳县城，那时他们的家还安在妻子单位的宿舍里。在他虎虎生风的背影后，一阵疾风拖着夜幕降临了。此时袁隆平还不知道，这个夜晚，将是他记忆中最黑暗的一个夜晚。尽管一切无法预料，却仿佛有天人感应，半夜里，他在爆响的雷声中惊醒了，窗外是被闪电撕裂的夜幕和哗哗大雨。他惦记着暴风雨中的秧苗，天还没亮，便骑着单车急匆匆地从黔阳城里赶回试验田。大雨初歇，太阳一出来又热得让人汗流浃背。穿过大片绿油油的田野，袁隆平猛地站住了，眼前的一幕让他惊呆了，简直是活见鬼了，田里的秧苗一夜之间不见了踪影，像是飞走了，试验田变成了一个烂泥塘。这也太奇怪了，就是昨夜风雨再大，也不可能将满田的秧苗连根刮走啊！望着这空荡荡的试验田，他眼里，脑子里，也是一片空白。他傻了，像一个白痴一样栽在试验田里，一双手抠着深深的烂泥。

很多人闻讯赶来了，他的两个助手也赶来了。他们用“五雷轰顶”来形容那一刻的感觉。在他们眼里，袁老师是一个从不掉泪的硬汉子，一个内心特别强大的人。一个人的内心之所以能变得特别强大，一是经历了太多的磨难，曾经沧海难为水；一是他对自己认准了的事业坚信不疑，把科学作为信仰。他才会为自己的选择而献身，而甘愿付出一切。但一个人的内心再强大，也难以承受这种毁灭性的打击——这次毁苗事件，后来被称为“5·18”毁苗事件。那些人到底与袁隆平有何深仇大恨哪，这些从来不问人间是非的秧苗，又是怎么招惹了他们？他们干得太彻底了，比此前砸烂他的坛坛罐罐还干得更加丧心病狂，田里的秧苗全都被连根拔掉，又不知丢在哪里了。这也是安江农校历史上最悲怆的一幕，过了几十年，一些老人回想起那一幕，一个个还不停地摇着白发稀疏的脑袋，唏嘘感叹：“那年头啊，好人遭罪啊，想干点啥事的人都遭了罪啊，连那些秧苗也遭了罪啊，人家袁老师为了啥呢，还不是为了咱们能吃饱饭啊！”

一连几天，袁隆平就像一个丢失了孩子的父亲，疯了一般地四处寻找，在大太阳的底下，他浑身直打寒战，连牙缝里都在咝咝冒冷气。见了谁，他都一把拉住对方，问看没看见他的秧苗。就在他疯疯癫癫地四处奔走时，一个身影走了过来，那是妻子邓则，怀里还抱着才几个月大的儿子。她走近他，看着他，一言不发，跟着他一起四下寻找。直到事发后的第四天，在找遍了学校的每一个角落后，他们终于在一口井里发现井水上漂浮着的几根秧苗。袁隆平咕咚一声就扎进水井。他曾经多次跳下水去抢救那些溺水者，这一次他是在拯救杂交水稻。那井有几丈深，袁隆平水性再好，再拼尽气力也钻不到那水底下去。直到学校里调来了抽水机，抽了两天两夜，才把井水抽干，但沉没在井底的厚厚一层秧苗早已沤烂了。望着死去的苗子，袁隆平呆呆地望着，而那难以洞穿的世道人心，比那一口水井还深不可测啊。万幸的是，他在颤抖的指缝间，捞起了几根奄奄一息的秧苗，这是秧苗中最坚韧的生命。

鲁迅先生尝谓："我已经说过：我向来是不惮以最坏的恶意来推测中国人的。但这回却很有几点出于我的意料。一是当局者竟会这样地凶残，一是流言家竟至如此之下劣……"我也觉得，没有必要掩饰一个民族内部的劣根性，越是能承认这种劣根性的存在，越是能彰显一个民族的自信。从"5·18"毁苗事件的决绝程度看，绝非一时冲动，而是处心积虑蓄谋已久，很可能，有人一直在暗中盯着袁隆平和他的试验田，伺机下手。而要在一夜之间连根拔掉试验田里的所有秧苗，然后扔进一口深井里，也决不会是一人所为。一向与人为善的袁隆平，在安江农校的十几年里，也没有和谁结下什么仇怨，那么又是谁对他怀着这样的深仇大恨呢？从事发之后的情况看，既有人对袁隆平充满了真诚的同情，也有无端的谣言纷起，有人甚至"以最坏的恶意来推测"袁隆平，说他是一个地地道道的科技骗子，把国家科研经费骗到手了，那"鬼五十七"（湘方言，大意是很鬼、做事情不按常理出牌）的试验搞不下去了，没法交差了，就干脆来了个"自我毁灭"，如此，既可向上面交差了事，又可以嫁祸于人。

这事到底是谁干的？最清楚的也许就是那些在背后造谣的人，而最想搞清楚的就是袁隆平，但当时正处于一个混乱时期，尽管经多方调查，也未能查清真相。而在一般人看来，被毁灭的也不过是一些秧苗而已，也不是什么非破不可的命案，最后也就不了了之。可当时又有谁知道，那在未来将养活亿万人的杂交水稻，差一点就这样被扼杀了，毁灭了。在时过境迁之后，一直没有人站出来说一声道歉，表达一下自己的忏悔。对于一个民族，这其实也是最可怕的隐患。袁隆平其实早就知道是谁干的，但也早已宽容了他们，原谅了他们，这又何尝不是一个知识分子的宽恕。在那样一个时代，很多事，不能用好或者不好来判断，更不能用好人或者坏人来判断，孰是孰非，谁善谁恶，在某个时空局域内不那么泾渭分明，但到了一个正常的社会，人类至少应该有一丝最基本的忏悔意识，这其实是他们自我良知最后的救赎机会。

在那段最痛心、最绝望的时间，袁隆平在一天夜里梦到了他一直景仰的古希腊先哲苏格拉底，一位为追求真理而舍生取义的伟大哲人。在苏格拉底的心中有一个宇宙理性的神，那是真正的善、爱与受难的象征，而人类智慧是因其被赋予了神性的一部分，因而有了灵魂，有了集爱与智于一体的心灵和理智。无论遭遇多少误解，背着怎样的骂名，你都必须为着自己认准的真理坚持下去。袁隆平认准了的真理就是他探索的杂交水稻之路，而他所做的一切就是为了人类不再饥饿，这是真正的善，而他也必然会经历种种痛苦的折磨，而人类探索真理的过程，其实就是爱与受难的经历。

那从水井里抢救出的五根秧苗，挽救了袁隆平五年的心血，也再次挽救了杂交水稻。

接下来的一切，又将从那五根秧苗开始延续，而各种谣言也一直不断，谎言重复一千遍也永远不会变成真理，但可以变成遮蔽真相的舆论。袁隆平也无暇顾及那些满校园风传的谣言，听见了，也只当是耳边风。经历了一场飞来横祸，吃了这样一次大亏，他不得不高度警惕和防范，对秧苗看管得更加严密了。越是有人想要毁灭他想要干的一切，他越是干劲十足，浑身反倒像充足了电似的，有使不完的劲。

秋收过后，大雁南飞。1968 年 10 月，袁隆平再次抛妻别子，这一次他们将走得更远，去海南岛。从这年开始，南繁北育，成了袁隆平和助手们的生活常态，每当西伯利亚的寒流裹挟着的大雁飞过长江和洞庭，袁隆平就要带上助手上路了，他的贤内助就要提前为他打点行囊了。连儿子一听见天空传来大雁“嘎——嘎——”的呼唤声，就会挥舞着手臂抬起头，追赶着那排成人字形或一字形的雁阵喊叫：“爸爸要走啦，爸爸又要走啦！”

袁隆平选择走出去，也是“5 · 18”毁苗事件直接催生的一个想法。与其面对那些不可预测又难以防范的人为破坏，还有那些喋喋不休的谣言，不如主动避开一个干扰太多的是非之地，惹不起但躲得起。后来表明，这一选择让他们赢得了主动权，他们到了人生地不熟的外地，一下少了许多是非纷扰。

袁隆平选择走出去，还有一个前面说过的重要原因，那就是追着太阳走。这几乎是所有南繁人共同的追求，也是共同的遭遇。选择南繁，就意味着他们选择了一种远离家庭、颠沛流离的生活。袁隆平每次都是背着一个大包袱出门的，这里面装满了妻子和一家人的深情，也背负着他对妻子和家人的内疚，沉重，却又放不下。每次跨出家门，袁隆平都是一声不吭、头也不回地往前走，生怕一回头，就看见了站在门口目送着他的妻子和孩子，还有什么比这更让他难以承受啊。

他们是追逐太阳的人，也是追逐太阳的候鸟。那时还没有比较稳定的南繁基地，袁隆平和他的助手们，往往是春在长沙，秋在南宁，冬去海南，有时还要远赴云南，寒去暑来，南北辗转，这是与季节赛跑，也是在与生命赛跑。尹华奇后来一直追随着袁隆平，对四十多年的南繁北育经历，他是这样说的："袁老师在四十多年里至少干了九十多年的事，水稻的生长期是一百天左右，在湖南一年只能种一到两季，到了海南岛，就可以在冬天多繁殖出一代种子。"实际是，南繁北育，就是要开拓出一条以大跨度的空间换取一年当作两年用的宝贵时间。每种一季水稻，从育种、播种、抽穗、扬花到结实、收获，一般都要三四个月的生长周期，而通过南繁北育，一年就可以种两代，甚至是三代。按常规方式，搞一个新品种出来要八个世代，而通过南繁育种只需要四年。如今，已有了人工气候室，三年就可以出一个新品种。

选择南繁，不只是追逐太阳，也选择了一种艰辛、繁重，如同苦役一般的劳作。"南繁南繁，又难又繁"，这是南繁人对他们工作、生活的形容。但这些育种人员，可以辞别亲人，却从未辞别辛苦，他们就像科学的朝圣者，不远千里万里奔赴他们的圣城麦加。那时交通极为不便，无论去岭南、海南、云南，都是天遥地远的偏僻之地，一路上汽车转火车，火车转汽车。就以从安江到海南这段路为例，他们先要坐汽车到通道，转车到桂林，改乘火车到湛江，又转汽车到濂江换乘渡船，横渡琼州海峡，抵达海口后，穿过海南岛，才能从海南岛最北端抵达最南端的崖县（今三亚），一个单程就要辗转七天。那些年，袁隆平每天的出差补贴只有两角七分钱，为了节省一点少得可怜的科研经费，一切只能从牙缝里省、手指缝儿里抠，袁隆平和助手几乎没有进过卧铺车厢，能坐上硬座就谢天谢地了。由于车辆稀少，一票难求。有一次，袁隆平和助手尹华奇凌晨两点就在火车站排队买票，一直排到早上八点，一扇紧闭的窗户终于打开了，结果只剩下了两张票。他们一直排在队伍最前边，可排队的不光是人，在他们前面排队的还有两个小板凳，那是车站职工的，售票员说票只能卖给他们。袁隆平、尹华奇这大半夜就这样白排了，只买了两张无座票。车厢的连接处或过道，就是他们坐得最多的座位。有时候，过道上的人不太拥挤时，助手们便把行李堆在过道边，那就是他们的“软席”。坐在火车连接处还有一个好处，可以抽烟。袁隆平和几个助手烟瘾都不小，大伙儿吸着生烟丝卷的喇叭筒，一路上说说笑笑。就在他们云里雾里的谈笑间，一粒粒种子正在他们身上萌芽——在那非常岁月，车船极少能正点到达，一旦在路上耽搁了，不能按时赶到育种场，那种子就白瞎了。为了争取时间，他们从安江或长沙出发时就把稻种浸湿催芽，在旅途上把浸过的谷种捆在身上，利用体温催芽。人非草木，而生命却是相通的，人的体温正好是稻种催芽的适合温度，但那浸湿的稻种捆在身上很不舒适。为了给种子催芽，又哪里顾得上自己舒适不舒适。为了打发漫漫旅途的寂寞，他们买了一副扑克牌，想找单位报销一下也没处报销，最后只能记在袁隆平的账上。

地处中国最南端的海南岛，那时还是隶属于广东省，在当时也是广东省最偏远落后的地区之一，却拥有多元共生和生机勃发的自然生态，是南繁育种的天堂。然而，哪怕到了天涯海角，你也找不到世外桃源，这里不只有太平洋上卷起的风暴，也有一场席卷而来的人间风暴。据尹华奇回忆，他们第一次找到的是海南岛最南端崖县的一个农场，正赶上了两派“武斗”，“乖乖，连机关枪都用上了，吓得我们连夜转移”。或许就是这次转移，在后来的历史追溯中有了错位之感。对他们第一次南繁育种的时间、地点，袁隆平先生说得很清楚："1968 年 10 月，我带上两个助手，到海南陵水开展研究试验。"但大多数记录都说是海南岛最南端的崖县，那应该是后来的事了。

在家千日好，出门时时难。不过，他们辗转奔波中都锻炼出了顽强的适应能力，很少有水土不服。袁隆平每次一到目的地，先提一桶冷水，从头顶一下浇下来，他笑称是自己给自己泼冷水，那感觉痛快淋漓，又特别有冲击力，一身的风尘与黏糊糊的汗渍顷刻间就被冲掉了，而经冷水一激，旅途的疲劳荡然无存，人又变得精神抖擞了，眼睛显得特别亮。

袁隆平最初的几年南繁育种，在海南岛多地辗转，既没有固定的基地，也居无定所，而育种田是租用当地农场或生产队的土地。农场的条件相对要好一些，他们可以借宿会议室或仓库，但没有床，只能在地上铺上一床草席，开地铺。生产队的条件比湖南农村还要差，大都是破败、狭窄、潮湿的房子，说是房子，不如说是窝棚。他们也只能和农民挤在这样的窝棚里。没有床，袁隆平卸下一块门板，铺上一张草席，挂起一顶蚊帐，光着膀子往上面一倒就呼呼大睡了。在刚刚播种时，最大的天敌就是田鼠，白天还好，一到夜里就钻出来了，一双双贼眼荧荧发光，在田里觅食稻种。师生三人只能轮流值夜，睡在稻田边上，砍几片硕大的棕榈叶子往地上一铺，再铺上草席就是床了。袁隆平睡得很香，却也特别易惊醒，哪怕在睡梦中，只要听见田鼠的动静，便一个翻身爬起来，一手拿着手电筒，一手挥着棍子，赶走田鼠后，立马倒头便睡。除了田鼠，还有嗡嗡成群飞舞的蚊子和旱蚂蟥，但这些嗜血小动物从来不会干扰袁隆平的睡眠，他早已习惯了蚊子和蚂蟥的叮咬，养成了顽强的忍受力和免疫力，这也是适者生存吧。

在后来千军万马下海南育种之际，袁隆平还睡过大通铺，一间仓库里睡七十几个人。那是蚊子、蟑螂、老鼠、蛇虫的天下，无论你怎么清扫，这些阴暗处的小动物还是无孔不入地钻进来，早晨起来，每个人都是一身红疙瘩，几乎每个人都得了奇痒难忍的皮肤病。最可怕的还是毒蛇。热带地区是毒蛇的王国，而最毒的就是眼镜蛇，几乎每个人都遭遇过，一旦被咬就是致命的。就这条件，袁隆平夜里还要点灯熬油，钻研专业书籍，制订育种计划。而为了直接阅读那些深奥的外文书刊，无论多么艰苦和忙碌，他都一直坚持学英语。白天就更忙了，天一亮，他们就在南国的田野里不停地奔走，一边寻找野生稻，一边在试验田里育种，很多试验田都是他们开垦出来的处女地，毛荒草乱，草里水里都是蛇虫蚂蟥。

海南岛一年四季如同湖湘的酷暑，头上烈日直射，地上湿气蒸腾，一弯腰，全身的热汗便奔涌而出，这是我在南繁育种基地采访时的切身感受，哪怕什么也不干，只在太阳底下站上两三分钟，浑身上下就湿透了，整个人像从水里爬起来的一样。如果再坚持一会儿，那浑身散发出来的烫人热气，就会让你出现中暑的迷糊意识。我可以什么都不干，他们却顾不上这些，每个人都低着脑袋聚精会神地工作。太阳直射的正午时分，正是水稻扬花授粉的最佳时刻，没有一个人会像我一样躲在树荫下，这时候你才会强烈而直接地感觉到，他们真是追逐太阳的人啊。几乎每个南繁育种的人，都曾有过中暑昏倒在稻田里的经历，但袁隆平是一个例外，或许他那身体还真是特殊材料制成的，他从未在稻田里昏倒过。

无论条件多么艰苦，袁隆平都会给他的同事们带来快乐。他并非那种拼命三郎，很会调剂生活，再忙他也要挤出一些空闲时间，带着自己的助手下海游泳，上树摘椰子，或在棕榈树下下象棋，打扑克。后来，南繁育种的人越来越多了，袁隆平还会邀上附近的南繁育种人员，来一场游泳或象棋比赛。游泳一直是他的强项，这个自不用说，下象棋他也是高手。他在科研方面一直很谦卑，很低调，但在这些文体活动上一直很牛。他的助手也很自豪，一向言语不多的李必湖只要说到这些事，也高兴得扬起了眉毛："袁老师的游泳和象棋，那是打遍海南（崖县）无敌手！"

说起来还有很多有趣的事。由于他们租用的育种试验田大多处于远离城镇的穷乡僻壤，每次出门远行，他们只能从家里尽可能多带一点吃的，腊肉、腊猪头、腊香肠、干辣椒什么的，这是袁隆平的贤内助每次都要早早准备好的，也是他背了多少年的一个大包袱。许多年后，袁隆平先生还时常哈哈大笑地说起这样一个细节，那是70年代初在海南崖县南红农场发生的故事。那时他又增加了几个助手，罗孝和便是其中之一，兼任管伙食的会计。他们从湖南带来的腊肉到了海南，温度高了，自然就会滴油，腊肉的重量就减轻了。罗孝和每天晚上都会把腊肉称一遍，然后认真地向袁隆平报告："袁老师，今天又减少了二两！"

有那么一段时间，尹华奇的行踪忽然变得神秘起来。猜测他的行踪，便成了大伙儿寻开心的一个乐子。没过多久，一个谜团就揭晓了，其实大伙儿早就猜对了，他和一位姑娘谈恋爱了。尹华奇那时年岁也不小了，该找对象了，但大伙儿还是有些惊奇，一个像农民一样黑头黑脸的外地佬，竟然获得了一个当地姑娘的垂青，他这魅力，这本领，那可真是了不得，用湖南话说是下不得地，让几个单身汉佩服得五体投地。一天，他带着恋人来见袁老师，这可给了大伙儿一个开涮的机会："哈，老尹哪，我们来这儿育稻种，你倒好，连人种也一起育上了！"

就是在这艰苦的条件下，袁隆平和无数的育种人一样，苦在其中也乐在其中。这与那神奇的种子有关，哪怕一辈子与种子打交道，你也会感到神奇，每播下的一粒种子，你都会充满憧憬和期待，也充满了未知的悬念，它到底会长成什么样子，是不是你渴望的那颗种子。这里既有定数又有变数，而他们所做的一切，就是揭示每一粒种子的生命密码。

去亦难，回亦难。每年4月，当他们从海南岛赶往湖南安江，那像命根子一样的种子不敢托运。每个人怀里都抱着一包包种子，一路上还要看种子需要什么温度，人就穿多少衣服，一边用体温催芽一边赶路。这里有一段提前交代的后话，1970年4月，袁隆平和尹华奇抱着种子从海南赶到通道，经过几天几夜的颠簸，两个人都疲惫不堪了，眼看就要回到阔别数月的安江，离家越近，越是归心似箭。可此时正是山洪频发的季节，在通道与安江之间横亘着一条双江河，因山洪暴发，河水猛涨，那时候很多支流水系都没有桥梁，全靠轮渡，客车在一个偏僻的小渡口整整困了一天一夜，一车人也陷入了孤立无援的境地，在狂风暴雨中既不敢下车，困守在车里又没吃没喝。最让他们焦急的还是种子，若不能马上赶回试验田去播种，这一季种子就要耽误了。终于，风雨渐歇，洪水稍退，此时风浪依然很大，轮渡还是不能摆渡，谁也不敢拿一车人、一船人的性命来冒险啊。但袁隆平只能冒险了，他和尹华奇一起跳出汽车，又找到了一位老艄公，请求他在风浪中摆渡过江。如果这位老艄公也不能摆渡，那就只能泅渡过江了。凭袁隆平的一身好水性，应该可以驾驭这样的风浪，可那也是冒着极大的风险了。好在那位久经风浪的老艄公水性也很好，他驾着一艘小船几乎是从风浪与漩涡的缝隙中穿插而过，把师生俩有惊无险地渡到了彼岸。

山重水复

生活的艰辛可以克服，最难攻克的还是科学上的那个大限。

对杂交水稻的思路，袁隆平已经勾画得像路线图一样清晰，他也在一点一点地按照自己的思路推进。从 1964 年袁隆平发现天然雄性不育株后，他已培育和繁殖了一代代的雄性不育株，并以此为母本，用一千多个品种做了三千多次杂交试验和上万次测验，袁隆平对无花粉型、花粉败育型和花药退化型不育材料的育性遗传进行了研究，对“三系”遗传关系有了更深入的认知，但都没有达到预期目标，反而有了越来越多难以破解的谜团。

他发现雄性不育株的不育性受一对隐形基因控制，由于在现有品种中找不到保持系，他就借鉴美国科学家发明的植物雄性不育的“洋葱公式”以及国外玉米杂种优势的经验，对人工创造保持系的经验进行研究试验，以测交后代育性恢复的子一代为父本，测交父本为母本进行反交，其后代分离出不育株和可育株，再以不育株和可育株进行兄妹杂交的方法来选育保持系，但他在这方面遭遇了一个一直难以突破的瓶颈，选育的结果是父本和杂种都不断发生育性分离，始终选不到稳定的保持系。在科学实验上，谁也不敢保证百分之百的成功，但杂交水稻却必须找到一个能使后代百分之百的保持不育的品种。——这就是袁隆平在理论上找到突破口之后、在实践中却一直无法找到根本突破口的关键所在。

袁隆平深知，虽说他尚未求得一个正果，但这些探索都是必然要经历的，他也感觉正在一点一点地接近那个目标。然而，很多原本就对这一项目充满了怀疑的人就不这么看了。一个科研项目搞了这么多年，你能拿出什么成果呢?

袁隆平唯一能拿出来的成果，就是那篇题为《水稻的雄性不孕性》的论文，袁隆平这么多年来的努力其实就是一直在证明自己，但他又拿不出实实在在的成果来证明自己。究其原因，又不能不说，外在干扰是一个直接原因，尤其是两次毁苗事件，虽说还有一些秧苗劫后余生，但对试验材料造成了大面积损伤，而接下来还会发生什么，还难以预测。

山重水复疑无路，柳暗花明又一村——陆游这充满哲理的诗句，揭示了人生变化发展的某种规律性，也凸显了诗人与众不同的思维与精神——在逆境中往往蕴含着峰回路转、绝处逢生的希望，哪怕深陷迷谷，只要你再往前走一步，眼前就是豁然开朗的境界了。而在袁隆平迈出那关键的一步后，却一直深陷于山重水复之中，那柳暗花明的境界，不知何时才能出现。必须有一种锲而不舍的意志和信念支撑你去坚持，去求索。多少在半途止步或折返的人，就是因为缺少这样的意志和信念而错过了柳暗花明的美景，而这是我们主人公从来不缺乏的。

若要让他离开自己的试验田、自己的秧苗，绝对不是他自身的原因，而是众所周知的原因。1969 年 6 月，他从南繁基地回来后不久，试验田里的秧苗刚刚泛绿，忽然一声令下，他被发派到一百公里外的溆浦县低庄煤矿去劳动锻炼。这是袁隆平无法拒绝的，他只能依依不舍地离开了自己的试验田。临行前，他似乎有某种不祥的预感，“水稻雄性不孕系选育计划”早已列入省级科研项目，校革委会怎么会在节骨眼上把他抽走呢，难道又有什么变故。对上面的意图，他无法猜测，只能一再叮嘱李必湖和尹华奇把秧苗照顾好，那神情又如同托孤一般，让两个助手都充满了悲怆。

他的预感还真是准确。就在他离去不久，杂交水稻试验又险遭扼杀的命运。

那时安江农校已改名为黔阳农校，搬迁到了黔阳地区更偏远的靖县，也就是现在的靖州苗族侗族自治县。一天，从省里来了一位水稻专家，要来看看他们的试验田。刚开始，李必湖和尹华奇还有些惊喜，自从袁老师走后，他们就没有了主心骨，一直有些惶惶不安，但他们知道，省里一直是支持他们搞研究的，这让他们误以为，这位从省里来的专家是来给他们打气鼓劲的。那位专家背着手绕着试验田转了一圈，一直皱着眉头。这让两个年轻的助手感到有些高深莫测，不过，他们还是很仔细地向专家汇报了试验的情况。这位专家却带着一脸的不屑说："你们年轻人懂什么，一千斤的禾，能打八百斤的谷就不错了！"接着又以权威的口吻给他们上了一堂课，大讲了一通"自花授粉植物没有杂种优势"的理论，两个年轻人这才搞清了这位专家的来意，他是要推翻整个雄性不孕性研究，而他讲的"无优势论"，是袁隆平早已突破了的理论，幸亏袁隆平不在现场，否则难免一场理论上的交锋。两个年轻人人微言轻，也不敢与这位专家顶撞，客客气气地把他老人家送走了。

就在这位专家走后不久，突生变故。这一次变故不知与这位专家的态度有没有直接关系，却是一场差点扼杀了杂交水稻研究的灾难，他们科研组的科研经费（当时已增加到每年一千元）随即就停止拨款了，李必湖和尹华奇的生活费也停发了。这就意味着，他们的科研小组连同科研项目实际上被中止了。他们在毕业留校后给袁隆平当助手，但当时的身份还是农民，在科研组里也没有正式工资，每月仅领取十八块钱的生活费，但他们兢兢业业，像他们的袁老师一样，把试验田里的秧苗当做了他们的命根子。一场突如其来的变故，让两个年轻人急得像热锅上的蚂蚁。他们想找袁隆平，一时也联系不上，那时打个电话也很不方便，他们在学校里地位卑微，打个电话还要领导批准，就是打通了，那在煤矿里劳动锻炼的袁老师又怎能及时接到他们的电话。不过，他们也有自己的优势，两人都是根正苗红的贫下中农子弟，又有一股初生牛犊不怕虎的冲劲，两人急中生智，作出了一个大胆的决定——给国家科委、湖南省科委、农业厅发电报、写信，这是非常冒险的举动，属“越级告状”。许多年后，尹华奇回忆起这事还是一脸的委屈和悲愤，“当时我们两个吃饭都成问题了，被逼得没办法，什么顾忌也不讲了！”

这两个年轻人虽说胆大，却也心细，他们给省科委的杨武训、地区科委主管该项目的曾春晖分别发去了情况汇报和请求支持的电报。杨武训也曾是袁隆平所带班级的学生，对袁老师和他的杂交水稻研究都相当了解，在接到电报后的第一时间就报告了省科委并转告国家科委。如果不是这样，国家科委也不会在短时间内做出那么快速的反应。就在李必湖、尹华奇的电报发出一周后，国家科委就派出一位资深专家来安江农校调查情况。

那也是在中国杂交水稻发展史上值得铭记的名字，中科院遗传研究所的张孔湉教授，既是一位遗传学家，也是一位研究杂交高粱的专家。一位来自北京的专家，还不知道安江农校已经改名搬迁，他从北京到长沙，又辗转来到雪峰山下的安江农校，一进校门就被一棵砍倒的老樟树拦住了脚步。校园里不见师生，只有一些工人正在砍伐樟树，锯成木板，打造家具。樟木家具既防潮又防蛀，还有一股扑鼻的香味，经久不散。但张教授一看这么多古樟被活生生地砍倒在地，连声叹息：“可惜了，可惜了，这好端端的大树，砍了干吗啊？”那个接待人员一下冷淡了，冷冷地告诉他，安江农校已经搬到了靖县二凉亭的新校园去了，这座老校园已被黔阳地革委接管。那时全国各级政权，从省一级到工厂、学校的政权机构已经全部改名为“革命委员会”，那个接待人员也不是安江农校的，而是黔阳地革委的一位干部。

原来是这样，张教授这才发现自己走错了地方。

靖县地处湘、黔、桂三省区交界处，雪峰山脉的西南端。张孔湉一路颠簸赶到靖县，好不容易才找到了黔阳农校新校区，又找到了校革委的一个负责人，结果又碰了一鼻子灰。按说，这位来自中科院的资深专家，肩负着国家科委的使命，来头也不小了吧，但他愣是没有一点架子，并且显得特别谦逊，一见面就规规矩矩地双手递上了国家科委的介绍信。却没想到，那校革委负责人斜眼瞟了瞟那介绍信，连一声请坐都没说，就跷着二郎腿问他有什么事。张孔湉也不计较，微微弓着腰，向他询问“水稻雄性不孕性”研究项目是不是遇到了什么困难。那负责人的脸一下拉长了，又浊又重地哼了一声：“李必湖、尹华奇越级告黑状，他们的事，我们校革委不再管了！”这个校革委负责人既不接待张教授，还以公事公办的名义把他的介绍信给扣下了。那时候没有介绍信几乎寸步难行，既不能在学校住宿，他又无法到招待所去登记住宿，只得校园里四下打听，那个“水稻雄性不孕性”科研小组在哪儿办公。他又哪里知道，这个科研组的组长袁隆平早已发派到一个远在三百里之外的煤矿去了，另两个“社来社去”的助手还像学生时代一样住在八人一间的学生宿舍里。

这世上还真是没有不透风的墙，李必湖和尹华奇听说国家科委派人来了，也正在焦急地寻找张教授呢。安江农校的新校园也不大，你找我，我找你，三个人在一个果园边上碰上。一个资深专家身上那股特有的书生气质，让李必湖一眼就认出来了，他连忙上前去打招呼：“您是北京来的专家吧？我们就是袁老师的助手。”

三个人就像亲人相见了，两个年轻人一起紧握着张教授的手，热泪都在眼眶里打转了。此时天色已晚，张教授又没有了介绍信，怎么安排住宿呢？张教授爽快地说：“你们住哪，我就跟你们挤一宿吧，晚上我们正好好好交谈。”一个国家科委派来的资深专家，这晚就住在安江农校的学生宿舍里。湘西人古道热肠，热情好客，可两个年轻人每月十八元的生活费已经停发了，两人连大食堂也吃不起，就在宿舍的廊檐边上垒了个小灶，从家里背米，在地里种点小菜，勉勉强强度日。这一切张教授都看在眼里，也暗自在心里叹息，没想到一个国家科委那样重视的科研项目，这科研小组的成员日子竟然过得这样艰难。那是一个月朗星稀的初夏夜，田野里的稻禾正在扬花灌浆，晚风吹来甜丝丝的气息。两个年轻人和张教授在蛙鸣声中一直聊了整整一夜，从两次毁苗事件，到科研经费停拨、生活费停发，还有袁老师和他们这几年来经历过的一次次不白之冤和流言蜚语，一五一十都讲了出来，如今，袁老师被发配到了煤矿去“接受工农兵再教育”，而他们连饭都没得吃了，两个年轻人禁不住悲愤地喊了起来：“我们也是人，也得吃饭啊！”

第二天一早，张教授看了那些从陶瓷厂捡来的盆盆钵钵。这些盆钵都原本就是废品，一个个歪歪扭扭，奇形怪状，但那试验的秧苗却长得生气勃勃。那半亩试验田的禾苗也长得一片葱茏，又快到扬花抽穗的季节了。张教授不只是看看而已，他以一个专家一丝不苟的严谨，对所有试验材料做了检测，还仔细翻看了两个年轻人每天记下的田间档案，连袁隆平以前所做的田间档案都仔细翻阅了。那一页页纸张上都浸透了发黄的汗渍，密密麻麻的数据上沾满了无意间落下的指纹。在揭示出水稻的生命密码之前，张教授仿佛已经窥探到了这些基层科研人员的生命密码。他一边看，一边在心里感叹，在一个动荡的年代，一个条件这样艰苦简陋和技术队伍薄弱的山区农校，还有人在兢兢业业地搞科研，搞试验，而且是向世界级的难题攻关，这本身就是奇迹啊！而袁隆平所勾画出的一条清晰的思路和各种试验数据，让这位遗传学专家已经看到了杂交水稻成功的希望，作为一位研究杂交高粱的专家，他自然知道杂交水稻研究一旦成功将蕴含着多么巨大的价值。经过深入仔细的调查，他作出了一个结论：“水稻雄性不孕性”科研小组的研究“具有极高的科学含金量和实用价值”。他也明确表示支持“自花授粉植物有杂种优势”的观点，小麦不也是自花授粉植物吗，其杂种优势早已在墨西哥的实践中验证了，所谓“无优势论”已经被实践推翻了，那是一个落伍的论断了。临别之际，张教授还给两个年轻人传授了许多遗传育种方面的知识，解答了他们在试验上遇到的种种疑难，又一再鼓励他们：“山重水复疑无路，柳暗花明又一村。无论遇到什么困难，都要咬着牙挺过去！”

在回京复命之前，张教授心中已有了十足的底气，他找到黔阳地革委负责人，这次，他像是变了一个人，一改来时的谦逊，以国家科委特派调查专家身份，向地革委通报了他的调查结果，并明确提出：必须把袁隆平从煤矿调回来，“水稻雄性不孕性”科研小组决不能解散！这已不是一个专家的意见，他肩负着的是国家科委的使命。随后，湖南省科委又派来了以陈国平为组长的联合调查组，他们调查的情况和张孔湉教授调查的结果高度一致。在省科委和省农业厅的干预下，一个多月后，袁隆平终于从煤矿回来了，而省科委和省农业厅通过这次调查，也发现把一个重要科研项目放在一所已经划归地方的农校，日后还有可能遭遇种种干扰，于是决定将这一项目收归省农业厅，交给湖南省农科院主管，并成立了“杂交水稻科研协作组”，袁隆平和两个助手一同借调省农科院，除了袁隆平和两个助手，再从有关单位抽调一些业务骨干充实到科研协作组，以加快科研进度。这个科研协作组依然由袁隆平负责，两个助手也还是不拿工资的聘用人员，但生活费从每月十八元增加到二十六元，原来每年一千元的专项经费则一下翻了三倍，增加到了三千元。对此，袁隆平在日后的讲述中感慨道：“由此可见，省里是真正重视和支持这项研究工作的，这是我们将研究坚持下去的必要保证。有了这份保证，我们才有信心，所以尽管研究中遇到了七灾八难的，我们的研究小组还是咬着牙挺下来了！”

事实上，在一个科学论断被验证之前，很多东西已被提前验证了，并且一直在验证，无论风云怎样变幻，总有一群追逐太阳的人，不只是袁隆平和他的助手，还有张孔湉、陈国平和许多我没有提及的人，他们都是追逐太阳的人。

这年冬天，当寒流又一次袭来，袁隆平又带着两个助手上路了，这次，他们将要奔赴云南省元江哈尼族彝族傣族自治县。元江，古称“西南荒裔”，虽说是地处偏远荒凉之地，但受印度洋西南暖湿气流和太平洋东南暖湿气流的影响，空气湿度大，降水量多，日照充足，冬暖夏热，是一个天然的育种温床。袁隆平等人抵达元江后，租居在元江县农技站的一座无人居住的平房里，还租了农技站的一片水田作为试验田。放下行囊，第一件事就是把随身带来的种子浸下了水。

转眼，又一个年代已经来临，傣族同胞头上插着孔雀羽毛，敲打着系着花绸带和彩球的象脚鼓，欢欣鼓舞地迎来了1970年的元旦，也迎来了70年代。然而谁也没有想到，元旦刚过几天，他们又陷入了一场不可预测的危境。1970年1月6日凌晨，发生了载入中国地震史的滇南大地震，震级超过里氏7.2级。一片漆黑中，躺在床上的袁隆平忽然感觉到一阵起伏摇晃，睡意模糊中还以为是在做梦，梦中回到了在长江和洞庭湖上颠簸的那条逃亡的小木船上。但剧烈的摇晃很快让他惊醒了。啊，地震，发生地震了！他从床上一跃而起，眼看房子摇摇欲坠，天花板上的石膏板噼噼啪啪地往下掉，他赶紧拍醒了两个还睡得挺沉的年轻人："快起来，地震了！"三个人光着膀子从屋里冲了出来，还没站稳脚跟，袁隆平猛地想到什么，种子，种子还在屋里啊！他又奋不顾身地冲进屋里，两个助手也紧跟着，把种子从屋里抢救出来。对于他们，这可真是命根子啊，甚至超过了他们自己的生命。

他们守着种子，在屋前的一个水泥篮球场上一直等到天亮，余震依然不断。这时，农技站的老支书来看望他们："这里是危险区，你们赶快转移吧。"

袁隆平摇了摇头，指着浸在铁桶里的种子说："书记啊，这种子马上就要播种了，我们怎么能离开啊，如果误了农时，我们这么远跑来，就白来了，这一年的种子就断代了啊！"

在接下来的三个月里，余震一直不断，他们租住的房子虽然没有震塌，但四处开裂，已是危房了。他们只能在那个水泥篮球场上用塑料布拉起了一个帐篷，白天搞试验，晚上睡草席。装在布袋里的种子浸过水，从铁桶里捞起来后，就挂在绳子上，随着余震一阵阵摇晃，师徒三人轮流照看，就像精心照看自己的孩子一样，不能出丝毫差错，每隔几小时就要浇一次水，让稻种在布袋里发芽。

终于，种子发芽了，在试验田里播种了。在摇晃的大地上，那些无忧无虑的种子渐渐生根，试验田里很快就泛出一片嫩绿，又在阳光下春风中化作一片葱茏。师徒三人赤脚坐在田边上，看着悠悠摇曳的秧苗，回首这六年来的育种经历，充满了岁月流逝的感叹。

此时的袁隆平，不知不觉间已迈进了不惑之年，但依然有太多难以解开的疑惑。一个迟迟拿不出一点实际成果的科研项目，让袁隆平一直无法证明自己的技术路线是正确的，而这么多年，他仿佛一直在以失败的方式验证那个水稻杂交的“无优势论”是正确的。很多人对这个论断是越来越深信不疑了，对袁隆平的技术路线也就越来越质疑了，其中也不乏水稻育种方面的权威专家和学者，认为这个全世界的人都没有解决的难题，一个在现代遗传学上早有定论的大限，不是能不能从根本上突破的问题，而是一个根本就走不通的死胡同。那么多国内外权威专家都久攻不下的一个世界性难题，难道就能在一个普通农校老师手里攻破？说句实诚话，作为一个历史追踪者，如果我在那个年代听说了此事，也会连连摇头：怎么可能？几乎不可能！

但袁隆平依然坚信他的技术路线是对的，那一粒神奇的种子是存在的，也是能够找到的。他这样打比喻：“这好比一个人听收音机，他收不到信息，就愣说人家电台没播音，这是没有道理的。科学这个东西是不讲情面的，它不会因为谁是专家就青睐谁，成功的阶梯永远铺在勇于探索者的脚下。”他也反复思索过这六年来的经验教训，觉得自己的思路并没有错啊，问题到底出在哪里呢？很多事还真是当局者迷，在长久的沉思之后，袁隆平才意识到，他们虽说走出了雪峰山，把南中国都变成了他们的试验田，但一直都没有跳出栽培稻的小圈子，这么多年来他们一直在选用栽培稻作为亲本材料，利用人工杂交培育雄性不育系，实际上已经形成了一种经验惯性和思维定式。若要从中突破就必须打破思维定式，而人的思维空间是无限的，有人这样比喻，思维就像曲别针一样，至少有亿万种可能的变化。而也正是这种对思维定式的觉悟和改变，让他脑子里的灵感又一次乍现，他又一次豁然开朗了，倘若能够利用远缘的野生稻与栽培稻杂交，通过核置换的方式，创造出新的雄性不育材料，从而培育出雄性不育系，是否会从根本上突破呢？尽管此时还是一个假设和问号，但接下来的科学事实将验证，对于袁隆平，对于杂交水稻研究取得突破性进展，这又是一个决定性的思考和选择。袁隆平和他的助手最终就是沿着这个思路获得了根本性突破。

按照袁隆平的这一思路，第一就要在大自然中找到野生稻，再用野生稻同栽培稻进行远缘杂交，利用远缘种间的生殖隔离特性来产生新的雄性不育材料。

除了理论上的可能性存在，袁隆平还有一个信心，中国有着适合稻子生长的辽阔而丰厚的水土，而野生稻一般分布在岭南、海南、云南等热带和亚热带的偏远地区，这些省区都是历史悠久的稻作区，蕴藏着丰富的物种资源。袁隆平这次云南之行，虽说遭遇了一场大地震，但祸兮福所倚，还真是不虚此行，经过小半年的辛勤劳作，他们又繁育出了一代雄性不育的种子，而更重要的是，袁隆平又为未来的杂交水稻研究勾画出了一条思路，并在 1970 年 4 月搜集到了云南野生稻，用来做野栽杂交试验。说来可惜，由于这次试验没有对野生稻进行短光处理（对感光性较强的品种进行短期光周期诱导处理，能促进发育，让开花日期提早），袁隆平把野生稻栽在靖县的试验田里后，生育期太长了，最终没能抽穗，这一次野栽杂交试验失败了。

失败，我实在不忍再用“失败”这个词，对于经历了太多磨难、太多失败的袁隆平，这个词实在太残忍。失败不一定就是成功之母，也可能是接二连三的失败直至最终的失败。英国化学家汉弗里·戴维的一句话也许比较科学：“我的那些最重要的发现是受到失败的启示而作出的。”而袁隆平接下来将验证它。

其实袁隆平那锲而不舍的意志和毅力远比我想象的要顽强。从 1964 年袁隆平发现第一株天然雄性不育株到 1970 年的这六年，新华社的一篇通稿里曾做出这样评价：“六年是多少个日夜呢？没有成功也就没有鲜花和掌声。这是追求理想锲而不舍的六年。这也是人类进行水稻革命最有意义的六年，难度之大，压力之大，条件之差，时间之长，超过了居里夫妇对放射性镭的艰苦探索。”湖南省科技信息研究所原党委书记陈明山也是一个追逐太阳的人，多年一直关注和支持袁隆平的杂交水稻研究，他曾如是感叹:“袁隆平最苦、最难是 1970 年以前，但他从来没有消沉过，也没有抱怨过，即使再多困难也难不倒，这样的人我还没有发现第二个! ”

第五章　第五大发明

从转折点到突破口

随着袁隆平作出的又一个决定性的思考与选择，“从亲缘关系较远的野生稻身上寻找突破口”，也就是搜集野生稻资源，用野生稻与栽培稻进行远缘杂交，以产生新的不育材料，进而培育水稻不育系，突破这一瓶颈，走出几年的徘徊。接下来依然是极其渺茫的寻找，他要寻找的是与栽培稻有某种关联、同栽培稻杂交可能产生雄性不育后代的野生稻，那是栽培稻遥远而有着神秘血缘关系的远亲。

依然是山重水复，依然不见柳暗花明。

在这之前，出现了一个转折点。1970 年 6 月，湖南省第二次农业科学技术大会在常德召开（简称“常德会议”)，这样一个省级的区域性农科大会，对袁隆平和中国杂交水稻的命运却至关重要。这次会议展示了全省各地的农业科技成果，袁隆平主持的水稻雄性不育试验项目也摆在了一个显眼的位置，但袁隆平比谁都清楚，这还只是试验田里的阶段性成果，离在生产上推广应用还不知有多远，而它背后幽深的风景，一般人是看不见的，袁隆平依稀看见了，那感觉如同一线灿烂而又渺远的光亮，渗透进那苍茫无际的稻海中，却是可望而不可即。

还有一个人看见了，那是一个改变袁隆平和杂交水稻命运的人。

就在大会开幕的头一天，一个高大壮实、一脸敦厚的中年人走进了展室，袁隆平虽说很少关心政事，但还是一眼就认出来了，这是湖南省的一把手华国锋。华国锋时任湖南省革命委员会代主任，在当时相当于省委书记和省长一肩挑。华国锋和袁隆平握手之后，又把身子转向展板，很仔细地看了展板上关于杂交水稻的介绍，一边看，一边询问袁隆平在科研上遇到了什么困难。袁隆平心里难免有些忐忑，倒不是因为华国锋是省里的一把手，实在是心里还没有太多的底气，而当时对袁隆平的质疑声一直不绝于耳。这么说吧，他是一个有争议的人，他搞的研究项目也一直处在争议之中，不过，他对杂交水稻的前景还是充满了信心。他也是这样老老实实地回答华国锋的。华国锋一直面带充满亲和力的微笑，又凝神看着那还处于试验阶段的禾苗，那倾听还凝视的专注神态，给袁隆平留下了很深刻的第一印象。

万万没想到的是，第二天会议正式开始时，原本在台下一个角落里默默坐着的袁隆平竟然被华国锋请上了主席台，由此引发了一场不小的波动，很多人甚至还不知道他是谁，看那又瘦又黑、面带窘色的样子还以为他是一个农民典型。知道他的身份后更令人惊愕不已，如果他真是一个农民典型倒也可以理解，而他是一个农校老师，一下就让人下意识地想到了“臭老九”一类的贬义词。这么一个人，竟与一省的最高领导人在主席台上并肩而坐，还让他做典型发言，可真是破天荒了。这也是袁隆平破天荒的头一次，他心里更加忐忑不安了，感觉坐在了一个不该坐的地方，却也有一种难以言说的欣慰。那种心情很复杂。他在发言中仍是实话实说，讲了在研究和试验中存在的技术问题和解决问题的难度，一再鞠躬表示自己愧对了大家的期望，但他也深信，只要坚持下去，最终能揭开杂交水稻的奥妙，为人类造福。华国锋听了他的发言，对杂交水稻在艰难探索中所取得的阶段性成果给予了充分的肯定。袁隆平虽说不关心政治，但也知道华国锋的肯定意味着什么，这是向全省各地吹风，也是代表省领导机关明确表态，对杂交水稻研究，从省里到各有关地市和部门要大力支持。华国锋还指示要把水稻雄性不育系的材料拿到群众中去搞，广泛发动群众性科研力量，合力把它搞成功。那雄浑的山西口音，充满了雄浑的力量。

会后，华国锋似乎还意犹未尽，又专门找袁隆平交谈。这次交谈不但给袁隆平留下了一生难忘的记忆，也给华国锋留下了很深的印象。2008 年 4 月，华国锋在《袁隆平口述自传》的序言中说那是“一次愉快的交谈”，其实也是两个老实人的交谈，华国锋老老实实地说：“对于科学研究，我是个外行。但我知道，农业生产要发展，就得依靠新农业科学的进步；而农业科学的进步，离开了农民和土地，是不可能成功的。”他还透露，周恩来总理也几次过问杂交水稻研究的进展，希望能够继续研究下去。这让袁隆平感到肩上的责任更重了，从省里一把手的嘱托，到国务院总理的关心，他肩负着国家使命啊。

握手告别时，袁隆平再次感谢华国锋对杂交水稻研究的关心和支持，这倒不是客套话，他也不会说客套话，在那非常岁月，科研环境实在太差了，一个处于关键时期的科研项目，太需要正常的关心和支持了。华国锋也觉得这很正常，他握着袁隆平的手，还是那样面带微笑，说了一句很实诚的话：“作为一个地方的领导人，支持和帮助科研项目，是我的天职。”

天职！华国锋说得很平实，却一下深深地打动了他，感染了他。

民以食为天，让老百姓吃饱肚子，对于农业科技人员，是义不容辞的天职。

华国锋的一句话，又揭示了其中的另一层意义，解决老百姓的“吃饭”问题，对于一个国家、一个地方的领导人，更是高度负责的天职。

这就是他们共同的天职啊。如果没有这样高度一致的意识和担当，袁隆平的命运，杂交水稻的命运，在当时真的还很难说。对于这个问题，后来还有不少学者专门研究过，袁隆平对杂交水稻的研究，一个直接的触发点，就是那“三年困难时期”发生的大饥荒，那也深深地触动了毛泽东、周恩来等党和国家领导人，还有华国锋这样的地方领导人。

后来，华国锋在《袁隆平口述自传》的序言中也追溯了这段往事："那是一个特殊的历史时期。由于‘四人帮’的疯狂破坏，国家的经济秩序被彻底搅乱，人民生活非常困苦。湖南本来是一个农业大省，是历史上有名的鱼米之乡，但那时老百姓的温饱问题都难以解决。我作为省里的主要领导人，对老百姓的‘吃饭’问题非常忧虑。……如果杂交水稻研究取得成功，那将是对全世界的一个划时代的贡献。毛主席对农业的高度重视，鞭策我对这一重大科研课题给予关注。”他还记忆犹新地谈起自己对袁隆平的印象："我和袁隆平曾作过一次愉快的交谈。他的坦诚，他的质朴，他的科学思维，他的科学视野和宏观意识，都给我很深的印象。”

华国锋的回忆，真切地还原了那一段特殊历史时期的真相。十年动乱，漫长的十年，无法绕开的十年，最无法绕开的是一个最简单的问题，吃饭。这也是在那十年里一直坚守的最后的底线。尽管当时全国科研工作几近瘫痪，上上下下的科研人员被造反派揪斗，但袁隆平的杂交水稻研究与关乎国家安危的“两弹一星”一样，一直受到国家和地方的高度重视，摆在重要的战略地位。而在这十年中，一个与农业生产和粮食增产有着紧密联系的人，华国锋，你也无法绕开。否则，你对这十年与粮食有关的历史以及未来中国农村的变局就难以叙述。作为南下干部，华国锋从山西解放区南下后就一直在毛主席的家乡工作。就在山西大寨农民陈永贵奇迹般的飞黄腾达之时，另一个山西人也在毛泽东的注目下一步一步地稳健上升。华国锋引起毛泽东的关注，是从互助组到高级社，他一直在勤勤恳恳地推动农业合作化。而华国锋开始主持一省的农业战线，还是在狂飙突进的“大跃进”年月，作为分管农业的副省长，他积极参与领导了全省农村工作和农田水利基本建设，抓农业生产、粮食增产，但他既强调“贵在鼓劲”，也一直强调“科学精神”。别的不说，只说他先后主持兴修的洞庭湖排涝、韶山灌区和欧阳海灌区等大型水利工程，就为湖南的农业生产打下了坚实的基础，哪怕到了今天，作为粮食主产区的湖南，作为全国九大商品粮基地之一的洞庭湖平原，依然是在他构建的农业体系中稳步增产。在那个全民陷入狂热的年代，华国锋一开始也受到冲击，并被作为当权派批斗。在经历了一年的煎熬后，一直被毛泽东看重的华国锋成为湖南省“三结合”的革委会副主任、代主任。1970 年 8 月，就在“常德会议”后不久，毛泽东又亲自提名把“讲老实话，是老实人”的华国锋调中央工作，同时兼任湖南省委第一书记。而此时，毛泽东在历经了四年“文革”后思想开始出现微妙转折，随着大批党和国家的领导骨干被打倒，毛泽东在北京接见斯诺时谈到了人才问题，也谈到了华国锋：“湖南省的人物也出来几个了。第一个是湖南省委现在的第一书记华国锋，是老班子里的人。”可见，毛泽东并没有把华国锋当作新生的政治力量，而是“老班子里的人”。应该说，华国锋是那个年代罕见的不是靠政治运动而是靠稳健的实绩逐步提升的官员。前人栽树，后人乘凉，华国锋为湖南的农业生产和粮食增产付出的心血和汗水，一直被三湘四水的人民深深地铭记着，感念着。

华国锋在“常德会议”对袁隆平和杂交水稻的公开支持，被袁隆平称为一个转折点，而这还只是刚刚开始。这次大会上，华国锋还亲自给袁隆平的科研小组颁发了奖状。这对一个尚在进行中的科研项目，一个有争议的科研人员，是莫大的鼓励。

无论当时，还是如今，科研探索之路上也难逃“成者王侯败者寇”的宿命。

对于袁隆平，最大的压力其实还不是科学的压力，而是社会上的压力。那是一个高度敏感的时代，运动一个接着一个，尽管袁隆平对杂交水稻的成功充满了信心，然而在成功之前，谁又能保证百分之百会成功呢？何况还有那么多外在干扰。这让他一直以来都面临着两种可能的命运：一旦搞出了成果，那绝对不是他一个人的功劳，不知有多少人来争抢这一成果，只要是沾上了一点边儿的都要沾光。若是失败了，一个个就会争先恐后地推卸责任，撇清自己，个个都变成了事后诸葛亮，“我早就说搞不成器嘛！”那失败的苦果和后果也就只能由那个倒霉蛋一人来吞咽了。而科学，科学家，在大多数时候都是悲壮的，从来都是成功者太少，失败者太多，袁隆平又怎敢百分之百地保证自己不会失败？华国锋再有先见之明，又怎敢保证袁隆平就百分之百会成功？就凭这一点，也看得出华国锋有气魄，敢担责。他不敢保证袁隆平的杂交水稻研究百分之百会成功，但他知道，成功之前的雪中送炭比大功告成后的锦上添花更有实际意义。袁隆平后来在回忆中多次感叹：“这真是雪中送炭，使得孤独前行的我们，在一片阴霾中感受到了巨大的力量。”

面对两种命运，袁隆平一直保持着理智上的清醒，哪怕穷尽一生，也未能把杂交水稻搞成功，他相信至少可以让人类逐渐接近那个目标，这就是他的科学信念和信仰。诚然，他也不能不为自己失败的命运而担心，然而，还有一种恐惧更甚于对一切的担心，那就是对饥饿的恐惧，他永远忘不了那三年饥荒岁月，还有那一具具横陈的饿殍，这让他感到饥饿离自己有多近，如果再不解决粮食问题，也许自己，也许自己的家人和亲人，还有芸芸众生，在一场不知何时席卷而来的饥荒中就会变成这样的饿殍。这让他充满了危机感，他感到自己在与饥荒赛跑，时间不容许他有半点耽搁，尤其在这样的一个国度，每一点耽搁，都是以天下苍生的生命为代价的。

华国锋的一句话，袁隆平也记在心坎上了，“农业科学的进步，离开了农民和土地，是不可能成功的。”事实上袁隆平也一直是这么做的。就在“常德会议”开过不久，当年 7 月中旬，袁隆平又带着助手奔赴海南。经过南繁育种的多年尝试后，他们已把海南岛这个理想的天然温室作为一个比较稳定的育种基地。在这方面，他们也是先行者，后来，全国农业育种专家都把地处热带气候、一年四季都能种水稻的海南岛作为育种基地。从湖南到海南，这条路早已跑惯，他甚至就是在这条路上慢慢变老的，对于这条路的艰辛比一般人有更深刻的体验。

此前，袁隆平先后在海南多地育种，这年夏秋，他们来到了海南黎族苗族自治州南红良种繁育场（南红农场），这里地处海南岛最南端的崖县（今三亚），已是真正的天涯海角了。这次，除了李必湖和尹华奇两个助手，南红农场的一些技术人员也来跟班学习育种技术，其中就有一个为杂交水稻立了大功的人，冯克珊。他于 1963 年农专毕业后就分配在南红良种繁育场担任农业技术员，然后又在袁隆平科研组跟班学习，也可以说是袁隆平的学生和助手。白天，袁隆平和几个助手一起下田间劳动，手把手地给他们传授杂交水稻的技术，晚上还要给他们讲理论。而这次他们来海南，除了南繁育种，还有一个更重要的使命，寻找野生稻。冯克珊虽说是初次接触袁隆平和杂交水稻研究，但他在这一方水土上土生土长，对这里的野生植物分布情况比较熟悉。听了袁隆平关于野生稻的描述，他立马想到在南红农场附近有一种老乡们所说的“假禾”，其外形和栽培稻极为相似，一般生长在沼泽、沟渠旁和低洼荒地，穗粒又小又少，一碰就掉，这很可能就是袁隆平要找的野生稻。

这年秋天，袁隆平又带着多年得到的试验数据再次进京，向中国农科院的专家求教，这次他又拜访了鲍文奎先生。从袁隆平第一次拜访鲍先生，一晃过去近十年了，鲍先生已年过花甲，满头白发。这些年他也遭罪了，在动乱之初就被打入了牛棚。袁隆平来拜访时，他刚从“牛棚”里出来不久，走在路上，许多人看见了他就像没看见一样，谁也不想与一个刚从牛棚里出来的人靠近。鲍先生没想到，这时候袁隆平还来拜访他，请教他。他很高兴，亲自下厨炒了几个拿手菜，在家中招待袁隆平吃了一顿饭。当袁隆平说到这些年来在杂交水稻研究上的进展和遇到的技术问题时，鲍先生认为他的技术路线没有问题，采用野生与栽培稻远缘杂交的新思路值得尝试。当然，何时才能找到合适、可用的野生稻就很难说了。

这次进京，袁隆平在中国农科院图书馆的一本外文杂志上，看到了一条让他非常震惊的消息，当他几乎在与世隔绝的状态下搞杂交水稻研究时，日本研究者早已捷足先登，于 1968 年搞成了杂交水稻的三系配套。但日本人也遇到了一个大难题，由于杂交一代的优势不明显，一直迟迟不能投入生产。这让袁隆平更加有了一种时不我待的紧迫感，同时也增添了信心，既然日本人能搞成三系配套，就证明了三系配套的技术路线是对的。凭袁隆平的科学眼光一眼就能看出，日本人搞成的三系配套，实际上也还只是一个阶段性的试验成果，杂交水稻说穿了，就是要利用水稻的杂种优势，你没有明显的优势，又不能在生产中推广应用，那就只能说还只是半步迈进了杂交水稻的门槛。袁隆平很想了解日本研究杂交水稻的详情，但只有一则简短的消息，遍寻不着详细的资料。而此时，他的几个助手，正在天涯海角的烈日之下寻找那神奇而又渺茫的野生稻。

很多事还真是难说，当袁隆平在北京看到那条让他震惊不已的消息时，一个必将震惊世界的神奇发现已经逼近眼前。——那是 1970 年 11 月 23 日，又是一个必将载入史册的日子。对于一个神奇的发现，两个发现者后来的讲述，由于年深日久出现了一些细节上的偏差，其实也可以互相弥补，更逼真地还原当时的真相。

据冯克珊回忆，一个多月里，他把记忆中每块野稻地都翻了个遍。一天深夜，他翻来覆去的，怎么也睡不着，又在床上苦思冥想，还有哪个角落没有找呢。他慢慢想起来了，在离农场不远的那条老铁路边上有片野稻地给落下了。他一骨碌从床上爬起来，拿着手电筒就朝那儿跑。那天夜里下过一场雨，他深一脚浅一脚地踩着一条烂泥路。到了那里，用手电筒照着野生稻，一株一株地寻找。一块沼泽地走到尽头了，天也亮了。就在他失望地准备回去时，突然，一株异样的野生稻闪现在他眼前。他使劲揉揉眼，生怕看错了。没错，那模样就是袁老师讲的那种野生稻!那一刻，他忘了自己是踩在烂泥里，兴奋得一下蹦了起来，结果一下子滑倒了，滚了一身烂泥。他爬起来后，便一路狂奔到试验基地，冲着李必湖大喊：“找到啦，找到啦！”还没等李必湖反应过来，他就拽着他奔向了老铁路边的那片沼泽地。

据李必湖回忆，他走到老铁路边那片沼泽地，看见了一大片长得稀稀拉拉的野生稻正在抽穗扬花。这么多年来他一直跟着袁隆平，早已练就了一双火眼金睛，一眼看见三个有些异样的穗子，他扑通一声就跳进齐腰深的沼泽地，把站在一旁的冯克珊吓了一跳，紧跟着也跳了下来。

李必湖扒开杂草和别的野生稻，一株还处于半隐蔽状态下的野生稻，此时被阳光彻头彻尾地照亮了，那三个稻穗生长于同一禾蔸，是从一粒种子长出、匍匐于水面的分蘖。观察了植株的性状后，李必湖又用放大镜观察花蕊，发现其花药细瘦成箭形，色泽浅黄呈水渍状，雄蕊不开裂散粉。这个过程只用了二十分钟，凭他敏锐的目光和丰富的感性知识，他初步估计，这应该是他们一直寻觅着的野生稻，而且是雄性不育的野生稻！

当然，李必湖和冯克珊眼下还不敢确认这一发现将是多么神奇，一切还有待于他们的老师袁隆平来进一步确认。李必湖几乎是跪在淤泥里，用双手一点一点地把带有三个穗子的稻株连根带泥挖出来，又小心地捧到岸上，然后脱下衬衣，像包裹刚出娘胎的婴儿，严严实实地把稻株连着泥巴一起包好。稻株最少也有二十多斤，他抱在胸前，既不敢抱紧也不敢放松，生怕一个闪失，就把那襁褓里的婴儿挤了、伤了。在冯克珊的回忆中还有一个细节，他是赶着牛车，把李必湖载到这片沼泽地边上的，那株野生稻是连泥巴一起包好后放在铁桶里，用牛车拉回去的。直到把这株野生稻栽在试验田里，他和冯克珊才长长地舒了一口气。当他拿起沾满污泥的衣服到渠边刷洗时，才发现，脚和小腿上，挂着三条又粗又长的蚂蟥，条条吃得如大拇指般粗，鲜红的血，顺着他的小腿，一路滴在被烈日炙烤得滚烫的田野上。

袁隆平在当天就接到助手发来的电报，他连夜挤上火车，火速赶回南红农场，直奔试验田，立即拿出放大镜仔细观察。表面上看，这株野生稻的性状与海南岛普通野生稻没有什么差别，株型匍匐，分蘖力极强，叶片窄，茎秆细，有长芒，易落粒，叶鞘和稃尖颜色为紫色，柱头发达外露。他高兴地拍了一下李必湖的后背，连声说：“高级，高级啊！”

高级，是袁隆平惯用的重庆方言，意思是好得很，了不得。他马上采样镜检，发现其花药瘦小，黄色，不开裂，内含典型的败育花粉。这可不是一般的野生稻，而是一种极为稀罕的花粉败育型野生稻，袁隆平当即将其命名为“野败”。野稗，野败，后来很多人误会了，以为“野败”是野稗之误，还咬文嚼字，写信纠错，一个泥腿子农民科学家，怎么连稗子的"稗"字都写成了错别字呢？其实，不是袁隆平的文化水平低，而是这些人不明就里、想当然，到如今很多人也搞不清稗子和野生稻有啥区别，由于它们外形特别相似，很多人以为野生稻就是稗子。其实，两者还是有很大区别的，稗子是稻田里的恶性杂草，也是混生于稻子间的一种常见的禾本科野草，既然同属禾本科，自然也和栽培稻、野生稻沾亲带故，但其亲缘则比栽培稻和野生稻的关系更为久远，其体内也蕴含着可以利用的优势基因，这也是袁隆平在未来将要开发利用的。不过此时，他对"野败"的命名还真是与稗子毫无关系，"野败"，就是"花粉败育型野生稻"的简称，其国际上的学名为"WA"。

这一发现，经实践检验，是杂交水稻三系配套成功的根本突破口，也可谓袁隆平在杂交水稻深陷于一个山重水复的困境后，终于出现的一个柳暗花明的关键转折点。

从概率看，"野败"的发现几可称为一个无法复制的传奇，但"野败"的基因却可以无限复制，这是科学的本质规律，具有可重复、可检验原则；这也是种子的本质规律，可复制、繁衍，可以大面积推广传播。如今国内外杂交水稻的品种已经数不胜数，但大多数品种里都蕴含着"野败"的血缘或基因。这样一个极其渺茫而又神奇的发现，难免让人觉得很偶然、靠运气。人类的每一个发现都有某种偶然性，自然也就有了运气或机遇，但诚如一代数学伟人华罗庚所说："如果说，科学领域的发现有什么偶然的机遇的话，那么这种偶然的机遇只能给那些有准备的人，给那些善于独立思考的人，给那些具有锲而不舍的精神的人。"李必湖和冯克珊的发现再次验证了这一科学的真理，如此，才有那在一瞬间被照亮脑子的眼光，才有那令人惊异而兴奋的灵感。对此，袁隆平先生说得更直接："一是李必湖是有心人，当时就是在找野生稻；二是他有这方面的专业知识。当时全国研究水稻雄性不育性时间比较长的就是我们三个，这个宝贝只要触到我们手里就能一眼认出，别的人即使身在宝山也不见得识宝。"

由于这一发现太重要了，也由于在年深日久后出现的一些情有可原的记忆偏差，后来也因此有了一些是是非非，引起了不必要的争论：到底谁是发现"野败"的第一人？李必湖后来被称为"杂交水稻第二人"，这当之无愧，但冯克珊也功不可没。如果不是冯克珊首先发现了那片野生稻，把李必湖带过去，李必湖也许就不会发现"野败"。而我通过双方的回忆，认为"野败"是李必湖和冯克珊共同发现的。

因为袁隆平在这一重要发现现场的缺席，后来又有人以此贬低他作为"杂交水稻之父"的开创性意义，这又是一叶障目了。设想一下，如果没有他此前的两次神奇发现，不是他第一个提出用"野生稻与栽培稻进行远缘杂交"以创造新的不育材料的新技术路线，没有他的言传身教，一切都将无从说起，李必湖和冯克珊也不可能发现"野败"，就是发现了也不认得那就是雄蕊不育的野生稻。再退一步说，没有袁隆平，他们以及后来的许多人，甚至压根儿就不会走上杂交水稻的探索之路。又或许，在李必湖和冯克珊之前，就有当地的农人发现了"野败"，然而在他们眼里那只是一钱不值、有害无益的"假禾"。对一个科学事实做出评判，必须从真正的科学精神出发，才能还原真相。袁隆平在谈到发现"野败"的功绩时就是从严谨的科学精神出发，"用以前的材料与方法，采用筛选法和人工制造法，是很难获得保持系的，至少我们感到前景渺茫。惟'野败'表现与其他不育材料相反，真是异军突起，别开生面，给试验带来了根本起色！"

其实，无论是袁隆平，还是李必湖、冯克珊，他们都是心胸宽广的人，从来就不去争谁是第一谁是第二，所有的是非都是那些搬弄是非的人强加于他们身上的。李必湖作为袁隆平科研团队第一梯队的成员，还将在未来岁月续写他的传奇，他也将是我继续追踪的一个人物。冯克珊从发现"野败"至今，一直致力于野生稻的研究和保护工作，后来担任了海南省动植物检疫站副站长、高级农艺师。说到发现"野败"，这位如今已年过古稀的老人谦逊而又真诚地说："我只不过是尽了一个农科人员该尽的职责，袁隆平老师始终没有忘记我，2004 年，他还特意邀我去长沙，参加袁隆平科学基金奖颁奖仪式，给我颁发了五万元奖金。没有袁老师，就没杂交稻，他像我们队伍的元帅，率领我们奋斗，分享收获。没有他，杂交水稻就不可能有这么快的发展，不可能有农民丰衣足食的好日子！”

一闯三系配套关

一粒必将改变世界的种子已经找到了，但这还只是一个关键的突破口，还必须培育、繁衍出大量种子，以此为母本，然后按照袁隆平三系法的技术路线图，给它找到两个功能不同的丈夫，这就是杂交水稻首先要闯过的第一关——三系配套关。也是国内外杂交水稻研究者一直难以攻克的一道难关，早已有人预言：“三系三系，三代人也搞不成器。”

若要盘点袁隆平在杂交水稻上取得的第一个实质性的科技成就，就是在我国率先开展三系法培育杂交水稻的研究，并成功实现了三系配套。这是比较严谨的评价，此前，我已提及，“日本研究者早已捷足先登，于1968年就搞成了杂交水稻的三系配套”。这里且不说日本走到了哪一步，至少在国内，袁隆平是无可争辩的第一人。

这里还是从“野败”的繁育说起。李必湖、冯克珊将它移栽到试验田后，师徒几人便连续五天轮番守在田里等它扬花，袁隆平笑称这是“守株待花”。这野种好像在故意考验人的耐性，开得特别慢。每开一朵，袁隆平和助手就小心地用镊子夹着栽培稻的雄蕊花粉与之杂交，然后又观察其结实情况。但结实率很低，共结出十一粒谷子，结实饱满的有效种子仅有五粒。这就是他们以“野败”为母本最早培育出来的五粒金灿灿的杂交种子。这五粒种子有休眠期，不能立即播种。种子可以休眠，袁隆平和助手们却不能眼睁睁地等待种子苏醒，他们又采取“割蔸再生”的方式做无性繁殖试验。一粒种子的神奇就在于其源源不绝的繁衍力。那五粒杂交种子在1971年春天开始加速繁殖，袁隆平和助手用二十多个栽培稻品种与“野败”杂交，又获得了两百多粒杂交种子，一蔸“野败”

通过繁殖，扩大到了四十六蔸。但直到此时，袁隆平还不敢百分之百地断定，“野败”将给他带来一个百分之百的结果。他后来也坦诚地说：“那时我还没有预见到它是一个突破口。第二年深入研究才发现，哗，这家伙真是个好东西！”那四十六蔸不育株，百分之百都是雄性不育的。到了 1973 年，“野败”已繁育出了数万株，全都是百分之百的雄性不育株!

袁隆平兴奋地说：“这个时候，我如释重负，感觉终于看到曙光了！”

然而，“野败”除了不育的性状外，其他性状基本上与普通野生稻一样，在生产上并没有直接利用价值，必须通过转育，才能把其野生的、雄性不育的基因转入栽培稻，进而培育出可用于生产的品系材料——说到这里，又要交代一下，就严谨的专业术语而言，种子只有通过严格的审定、在大田推广播种之后才能称之为品种，在此前还只能叫做“材料”，科研试验材料。袁隆平面临的又一次抉择，是把“野败”这一几乎绝无仅有的试验材料封锁起来。自己关起门来搞研究试验呢，还是把“野败”材料分享出去，让更多的科研人员一起来协作攻关呢？若从自身的功利考虑，袁隆平科研小组在占有材料的优势上是绝对领先的，一旦将“野败”分享出去，所有人一下就站在了同一起跑线上。而对于一个以造福人类为信仰的科学家，其实没有别的选择，在发现“野败”的第一时间，袁隆平就毫无保留地向国内同行通报了他们的最新发现，随后又将他们利用“野败”繁育出来的种子或禾蔸无偿分送给全国十三个省区的一百多位科技人员。尽管每个省只分到了少量材料，但每一份都如同稀世珍宝。一份份“野败”材料在各省区的稻田里播种，“春种一粒粟，秋收万颗子”，这何尝不是那远古神话传说中的神农撒种、“天雨粟”的又一个神话！袁隆平后来被誉为“当代神农”，实在是一点也不夸张。正是袁隆平科研小组的无私奉献，才大大加速了全国杂交水稻的科研进程，全国杂交水稻研究也随着一个禾蔸转变了方向，那就是以“野败”为母本，发起一场大范围的将“野败”转育成不育系的协作攻关。

在这个关键的转折点上，此时已担任国务院副总理的华国锋又作出批示，1971 年初，国家科委和农业部决定将杂交水稻研究列为全国重点科研项目，组织全国性协作攻关，一个省级科研项目，由此升级成了国家行动。而在此前，就在发现“野败”的那年冬天，湖南省便决定成立由省（革）委常委挂帅的杂交水稻研究领导小组，最初的那个“水稻雄性不孕性”科研项目几经更名和升级,已经明确为“湖南省杂交水稻研究”项目，并由省农科院、安江农校、湖南师范学院生物系、贺家山原种场等单位组成了“湖南省杂交水稻研究协作组”，在技术上一直由袁隆平负责。1971 年，袁隆平从安江农校调入湖南省农科院水稻研究所，当时的杂交水稻研究项目和新成立的杂交水稻研究协作组，也和袁隆平一样，挂靠在水稻所。袁隆平接到一纸调令，也难免有几许孔夫子在春秋那条河边上发出的感慨，真是“逝者如斯夫，不舍昼夜”啊，从 1953 年夏天他拿着一纸用毛笔手写的介绍信走进雪峰山，到此时他拿着一纸调令走出那座大山，这一进一出，整整十八年，他才走出了那条“中国的盲肠”，连我这个历史的追踪者也感觉在经历了漫长的岁月后，终于从时空的隧道中走出来了。

但还不能说他就此告别了安江，他的家还在安江，安江也依然是他的重要试验基地，直到 1990 年他才举家迁往长沙，至此，他在雪峰山下的安江盆地差不多生活了三十七年。从人生的意义看，1971 年无疑是袁隆平的一个里程碑。他一生经历了无数坎坷，说来其实也挺简单，这次调动就是他一生中的唯一一次正式调动，后来他担任了湖南杂交水稻研究中心的主任，还有很多重要职务，但基本上只是职务变动，而非工作调动。一份如此单纯的工作简历，在中国也是十分鲜见的。

袁隆平虽说正式调到了省农科院水稻研究所，但当时水稻所的绝大多数科研人员都是搞常规水稻研究的，为了充实杂交水稻的科研队伍，又从相关单位抽调了周坤炉、罗孝和等人来给袁隆平当助手。如果说李必湖、尹华奇是袁隆平科研团队的第一梯队成员，这批在 20 世纪 70 年代抽调或正式调入的人员，便陆续形成了袁隆平科研团队的第二梯队。也是省里在人力物力上给予的有力保障，尤其是在杂交水稻研究上升为国家行动后，才让接下来的攻关势如破竹。对此，袁隆平先生在日后的讲述中连用了两个“关键”，“这是杂交水稻协作研究可持续发展的关键，是杂交水稻能迅速突破的关键”。

从 1971 年开始，中国杂交水稻研究仿佛也从那条“中国的盲肠”或时空的隧道中走出来了，随着其重心移往长沙和海南南繁基地，在接下来的几年里几乎是一年一个里程碑。

这年早春，海南岛已是如火如荼的季节，一个冷清而遥远的南红农场，一下变得门庭若市，全国十八个省区的育种人员纷至沓来，袁隆平将繁育出的两百多粒“野败”种子无偿分享给了一百多名育种科研人员，一场利用“野败”作为杂交水稻不育材料的全国性协作攻关就这样开始了。但一开始，这些从不同方向涌来的人潮，如同刚刚涨起来的潮水，还有些迷茫和涣散，基本上还处于一盘散沙、各自为政的状态。经历一段时间的摸索，参与协作攻关的育种人员都感到必须有更紧密的协作和更明确的目标。1972 年 10 月，湖南作为全国杂交水稻研究协作组的牵头单位，在长沙召开了第一次全国杂交水稻科研协作会议，进一步明确了主攻方向，全国育种专家对雄性不育系的选育，由此集中转向了以培育质核互作型不育系为主。——这种不育系为细胞质基因和核基因互作控制的不育型，能够恢复不育系雄性繁育能力，是三系配套的一个关键。在此后的几年间，又先后召开了九次杂交稻科研协作会议，这些会议都是在攻坚克难的节骨眼上召开的，有时候一年就要开几次，每一次都是啃硬骨头，这在杂交水稻从科研到生产的推广应用上都起到了很关键的推动作用。直到 1975 年，在第十次全国杂交稻科研协作会议上，才正式组成了由中国农科院和湖南农科院负责的“全国杂交水稻研究协作组”，袁隆平任技术总顾问。其实，无论袁隆平有无名分，一直以来，他实际上就是中国三系法杂交水稻的总设计师，一切都是按他的技术路线推进。

袁隆平不但在分享育种材料上毫无保留，对自己苦心钻研多年的杂交水稻育种技术也毫不保密。当时，全国各省区的南繁协作组轮番来请袁隆平去指导，他是有求必应。数十家育种单位并没有集中在一起，育种基地又大多散布在偏僻的乡下，近则十几公里，远则几十公里，又没有车辆，那通往田间的烂泥路上连自行车也没法骑，袁隆平只能靠自己的一双大脚板在烈日炙烤得滚烫的土路上来回奔走了。每到一块试验田，他都当作是自己的试验田。为了避免大家在同一层面上重复试验，袁隆平指导他们各有侧重，从不同的方面去突破，把加法变成乘法。除了上门指导，各省区的育种人员大都来袁隆平的基地跟班学习过，袁隆平带着他们走进自己的试验田，手把手地传授杂交操作技术。来的人多了，他就在田边支起小黑板给他们讲课，在大太阳底下，他讲得口干舌燥，还要回答大伙儿的问题，好在他的嗓音虽然低沉，却很少嘶哑。当汗水从发根漫过那黑而瘦削的脸颊，他那坚忍的眼神和骨骼，还有那标志性的刚果布式的微笑，几乎成了那一代南繁育种人的集体记忆。

只要哪个协作组遇到了问题，他比那些遇到了问题的同行还着急。

福建协作组也分享到了"野败"的种子，但在南繁育种试验中秧苗出了问题，这可把他们急坏了，眼看试验就要中断了，这一趟就算白来了，而育种试验又是绝对不能断代的。袁隆平听说后，立马就把自己试验田仅有的一蔸"野败"第二代不育株连着泥巴挖了一半，用塑料袋包好,亲自给他们送了过去。那感激的话就不用说了,在那一刻也说不出来，就像一个身陷绝境的人，忽然有人向你伸出了援手，你的第一个本能反应就是想要紧紧抓住他的手。这双像农人一样粗糙的、沾满了泥巴的大手，在当时几乎伸向了所有参与协作攻关的育种人员，还将伸向世间所有的生命。那半蔸"野败"第二代不育株在福建协作组的试验田里分蘖、繁衍，在杨聚宝等科研人员的主持下，育成了"威 41"不育系和相应的保持系，为福建杂交水稻研究开创了首功。

说到福建协作组，还有一个后来被誉为"杂交水稻之母"的育种专家谢华安。那时他还刚刚踏进杂交水稻育种的门槛，一到海南，他就到处拜师取经。那时也没有你招待我招待的，大家都是搞粮食的，可大家也都是靠粮票吃饭，那像命根子一样的种子可不能当饭吃。谢华安有时候跑了大半天，跑到一个地方，看了，请教过了，又只能饿着肚子、拖着沉重的脚步赶回来。这还算好的，虽说饿着肚子，但也不虚此行。也有一些单位把自家的篱笆子扎得很紧，不但没人请他吃饭，还时常会吃个闭门羹。而袁隆平的育种基地是向所有人敞开的，你想看什么他都让你看，你有什么问题，他都不厌其烦地给你解答。到了吃饭时间，他也热乎乎地留你吃了饭再走。说起来还有这样一个细节，有一天，外省协作组的几个人来湖南组请教，袁隆平客气地留他们吃了饭，又不好意思收人家的粮票和饭费。这让管伙食的罗孝和犯难了，从哪里支付这餐饭钱呢？罗孝和一气之下，决定狠狠报复一下袁老师，于是把客人的饭钱记在了袁隆平的名下，“哼，你袁老师一个月几十块钱的工资，一天两毛七的补助，穷得吸生烟丝卷的喇叭筒，看你心痛不心痛！”

让谢华安念念不忘的还不是一饭之恩，而是袁隆平“心底无私天地宽”的人生境界，如果换了另一种人，越是对于有可能超越自己的人，越是要想方设法捂住你，不让你出头，而袁隆平却只恨不能“揠苗助长”，一心想着怎么让大伙儿早出成果、多出成果。谢华安几乎逢人便说：“袁老师的‘野败’令全国同行一下子处在同一水平线上，全国大协作很快红火起来，袁老师这种崇高无私的境界今天看来愈加珍贵。”后来，谢华安根据袁隆平“三系配套”的技术路线，育成了堪称一代天骄的杂交组合“汕优 63”，创造了连栽时间最长、推广速度最快、推广面积最大、增产稻谷最多等世界稻作史上的几个第一。谢华安当选为中国科学院院士后，也难免有人说七说八，但袁隆平和谢华安都是虚怀若谷的科学家，当有人把他与袁隆平相提并论时，谢华安总是谦逊而又充满感激地说：“我和袁隆平先生相比是有层次差别的，袁老师是中国杂交水稻领域的开拓者、奠基者，我培育的一些品种虽然推广面积较大，产量较高，但毕竟是站在巨人的肩膀之上啊！”

当年最早参与协作攻关的，还有后来当选为中国工程院院士的颜龙安。1970 年冬，颜龙安还是江西萍乡农科所的一名科技人员，在袁隆平的南繁育种基地跟班学习。袁隆平是江西人，自有一份与生俱来的乡情，而江西人一提到袁隆平和颜龙安也充满了自豪，这两个江西人在杂交水稻三系配套中都起了关键作用。颜龙安是最早分享到“野败”原始株进行研究试验的幸运者之一。他以“野败”为母本，并兼顾不同纬度选择籼稻、粳稻品种做了七个杂交组合，收获了四十八粒种子，带回萍乡播种试验。那时还没有恒温箱催芽，颜龙安只能依据当地老农的经验用牛粪堆催芽。一周过去后，牛粪堆里的种子仍然无动于衷。颜龙安推测，这些带有野生亲缘的杂交后代种子，休眠期可能比一般的稻种要长。他从牛粪堆里把种子一粒粒挖出来，用湿润棉花裹紧，再用塑料布包扎好，放在贴身的衣袋里。经过七天七夜的体温催芽，种子终于发了芽。他将这些发芽的种子种在试验田，到了9月中旬陆续开始抽穗。他从中选取两个组合作为重点回交对象。1972年冬，颜龙安选育的“珍汕97A”和“二九矮4号A”经过南繁北育连续四代回交，不育株率达百分之百，不育度也接近百分之百。它们是我国首批育成的“野败”不育细胞质的雄性不育系，其中“珍汕97A”还是我国应用时间最长、选配组合最多、推广面积最大、适应性最广的不育系。1981年，全国籼型杂交水稻科研协作组获得首个国家特等发明奖，颜龙安作为第二完成单位的主持人被列为主要获奖者之一。袁隆平对他在杂交水稻上的突出贡献也给予了高度评价，并授予他“袁隆平农业科技奖”。

在当年的协作攻关中，张先程也是一个不能遗忘的名字，而他也一直感念袁隆平的慷慨奉献。当时，他还在广西农学院工作，加入了广西协作组。他向袁隆平要一斤“野败”种子搞试验，袁隆平二话不说，竟然给了他一公斤。谁都知道，那种子有多么珍贵，但袁隆平对同行的支持从来不打折扣，而是加倍奉献，这种加倍奉献所产生的不是加法效应，而是乘法效应，张先程后来率先测配筛选出三系中的恢复系。

有人把袁隆平无私奉献出来的“野败”材料称为“全国农业科技工作者协作攻关的连心纽带”。在短短两年里，袁隆平和来自全国几十个科研单位的近百名科研人员，选用上千个品种与“野败”进行了上万个测交和回交转育试验，大大扩大了杂交组合的选择概率，加快了“三系配套”的进程。

随着我国第一批“野败”细胞质骨干不育系及其相应的保持系宣告

育成，三系配套只差恢复系了。事实上，“野败”不育系的选育和恢复系的选育是同时起步的，但在恢复系上却颇费周折，也成为三系配套的最后一道难关。又有人预言：袁隆平在60年代搞不育材料易找恢复系，却一直难以育成百分之百的保持系，而在发现“野败”后，终于攻克了保持系这一难题，但又找不到恢复系！面对这种绝对化的预言，袁隆平这位三系法的总设计师也就笑笑而已，尽管恢复系还未找到，但从已发现的具有恢复基因的苗头，他做出了乐观的预言：“用不了多久，恢复系就一定会筛选出来。”

这是一场你追我赶、不是竞赛的“竞赛”，很多育种科研人员都作出了开创性的贡献，这里不妨按时序梳理一下。

1972年，袁隆平和周坤炉等助手在攻克“三系配套关”中一马当先，利用“野败”和不同的籼稻、粳稻杂交，于1972年率先育成了我国第一个用于生产的不育系“二九南1号A”及同型保持系“二九南1号B”，并开始向全国提供不育系种子。

周坤炉，这个名字我已在前文提及，但这个人物是不能一笔带过的，在中国杂交水稻发展史上，他的贡献足以用“杰出”来形容。他于1966年毕业于湖南省常德农校，分配在湖南贺家山原种场工作，1969年加入袁隆平的科研团队，主攻杂交水稻三系亲本及新组合选育，在协助袁隆平育成“二九南1号A”之后，又育成了“威20”（V20）不育系，这是配成杂交晚籼稻组合推广面积最大的不育系，也是中国杂交水稻利用面积最大的不育系之一。后来，全国利用“威20”不育系选配了二十多个强优组合，推广面积达七亿多亩，增产稻谷七百多亿公斤。其中，他于1975年育成的“威优6号”组合，在全省、全国区试中均居第一名。

1973年，在不育系和保持系相继突破的基础上，袁隆平和全国协作攻关的科研人员将三系选育的重点转入恢复系，方法以测交筛选为主，广大科技人员广泛选用长江流域、华南、东南亚、非洲、美洲、欧洲等地的一千多个品种进行测交筛选，找到了一百多个具有恢复能力的品种，袁隆平、张先程等人率先在东南亚品种中找到了一个优势强、花药发达、花粉量大、恢复率在百分之九十以上的恢复系，江西的颜龙安再接再厉，在1972年至1973年又成功筛选出“7101”“7039”等恢复系，为三系配套再立新功。经实践验证，“IR661”“IR24”和“泰引1号”为强优恢复系，用这些恢复系配制的杂种一代具有明显的杂种优势。

随着三系相继告破，这年9月，在长沙马坡岭试验田，袁隆平和周坤炉转育的“二九南1号”不育系，经过连续三年共七代的测交和回交，十个株系共三千株试验稻，终于达到百分之百不育且性状与父本完全一致的标准。百分之百，意味着，三系配套，成啦!

这些首功或第一，都为实现全国籼型杂交水稻的三系配套作出了重大贡献，既功不可没，也从未埋没。1981年，袁隆平、李必湖、颜龙安、周坤炉、张先程等人均为1981年国家特等发明奖的主要获奖者，而因研究杂交水稻而当选为两院院士的也不乏其人。

透过这一番梳理，可以还原一个科学事实，袁隆平是三系法的总设计师，但杂交水稻绝非袁隆平一人之所为。袁隆平也从未把杂交稻的成果归为一己之功，而是一再强调:“集体的力量和智慧才是巨大的，在团队的智慧面前，任何天才都显得微不足道。”协作精神，也是科学精神的一个突出体现，尤其是现代科学，一个科研项目往往就是一个系统工程，必须依靠多学科和社会多方面的协作与支持才能完成。直到今天，他对为攻克杂交水稻难关在全国十三个省区的十八个科研单位进行的科研大协作感慨不已，对所有参与协作攻关者为此付出的心血也充满了感激，“如果没有这样的大协作，杂交水稻研究决不会取得今天这样世界瞩目的成果”。

1973年10月，金秋季节，第二次全国杂交水稻科研协作会议在太湖之滨的苏州召开，这里也是全国九大商品粮基地之一，袁隆平正式宣布籼型杂交水稻“三系”配套成功，这标志着我国水稻杂种优势利用取得了重大突破，这一年被公认为中国杂交水稻诞生的元年。

二闯优势组合关

如果水稻的杂种优势无法被人类利用，此前的一切努力依然只能归零，没有任何实质性的价值。就在袁隆平率领全国杂交水稻科研人员开展协作攻关之际，仍有不少资深专家坚持水稻杂交的“无优势论”。1971年，在海南岛开了一个民间性质的研讨会，会上请来了两位老先生，其中一位是中国科学院学部委员（院士）、著名的玉米育种家和细胞遗传学家李竞雄先生。李先生是中国利用杂种优势理论选育玉米自交系间杂交种的开创者，他认为，像玉米这样的异花授粉植物有很强的杂种优势，而水稻作为自花授粉植物，没有杂种优势。

那还是袁隆平第一次真正接触这位德高望重的前辈，他一直带着敬佩之情侧耳倾听，听了李先生的一番高论，他实在有点坐不住了。他尊重权威，却不迷信权威。针对李先生的观点，他以李先生选育玉米自交系间杂交种为例，当场就提了几个问题，玉米是异花授粉作物，其杂交种选育“难在选系，重在组配”，而李竞雄先生解决了这一难题，通过玉米自交系组配，在选育玉米自交系的过程中，把不良基因淘汰掉了，通过玉米自交系组配，显示出了很强的杂种优势。而水稻则是天然的自交系，为什么就没有杂种优势呢？袁隆平的发问直击要害，李先生一时回答不上来。当时会上有很多人都是搞杂交水稻的，都站在了袁隆平一边。一位原本很有雅量的老先生，情急之下，把手一挥说：“不跟你们谈了！”

看着李先生拂袖而去的背影，袁隆平开始后悔了。他只是依据科学事实提出自己的问题，向李先生请教，如果换一种方式，不是当着这么多人的面，而是私下里沟通，也许效果会更好。一直到现在，他还觉得有些对不起李先生，他是打心眼里尊重李先生的，“那个时候我还年轻，血气方刚，有点初生牛犊不怕虎。我觉得我理直气壮，就和他争论，后来我反省自己，不应该对老先生那样，即使观点不同，把道理讲清楚就行了，态度上不应该那么咄咄逼人，没有尊重他，这是不对的，有理由，也应该谦虚点，不要搞得人家下不了台”。

其实，有理无理，哪怕是真理，最终都要用实践来证明。

1972 年春夏之交，袁隆平将“野败”与栽培稻杂交转育成功的种子，播种在湖南省农科院在长沙马坡岭的试验田里，与常规品种进行对照试验。这块稻田仅有四分地，却承载着杂交水稻是否具有优势的试验，这个重任就落在袁隆平的助手罗孝和身上了。

罗孝和，1937 年生于湖南省隆回县金石桥镇，1961 年毕业于湖南农学院，此后一直在母校执教。1971 年，湖南省成立了杂交水稻研究协作组，罗孝和主动请缨，被抽调到协作组，他和周坤炉都是继李必湖、尹华奇之后，加入袁隆平科研团队的第二批（第二梯队）成员。这是一个在未来将要为杂交水稻开创多个史上第一的育种专家，不过此时，他还年轻，才三十多岁，在杂交水稻科研之路上才刚刚起步，这也让他闹出了不少“笑话”。

说来，罗孝和和袁隆平一样，都是那种天生的乐天派。袁隆平是冷幽默，罗孝和却成天乐呵呵的，在湖南方言里“罗”和“乐”谐音，“孝和”又与“笑呵呵”谐音，大伙儿便叫他“罗呵呵”（乐呵呵）。此前，他一直是搞玉米研究的，后来虽说自告奋勇加入了袁隆平的团队，但一开始对袁隆平还有点儿不服气。这其实也在情理之中，他是一个大学教师，而袁隆平一直在一所山沟里的农校当老师，这样一比，谁都会有点儿不服气。一见面，他就想探一探袁隆平的深浅，半开玩笑说：“袁老兄，现在我已归你管了，你能不能露两手功夫给我看看？”

袁隆平笑了笑说：“罗老弟，你要想学到真功夫，我劝你先从孟夫子开始。”

他说的孟夫子不是亚圣孟子，而是经典遗传学的奠基人孟德尔。罗孝和在大学里所学所教的遗传学主要是米丘林学说，自新中国成立以来，从米丘林学派到“李森科主义”就一直是中国生物学和农业科学的“主题思想”，对孟德尔、摩尔根的遗传学基本上是持批判的态度。而此时还是“文革”时期，“宁要社会主义的草，不要资本主义的苗”，依然是喊得山响的口号。罗孝和性格耿直，一听孟德尔的名字，就一脸的批判态度了，“孟德尔是资产阶级理论，我们学的是米丘林遗传！”

袁隆平也不跟他争辩，还是眼见为实吧。他把罗孝和带到一片试验田，指着那些参差不齐的秧苗说：“这是 F_2 代（杂种二代）发生的性状分离，按孟德尔的分离定理，应该是三比一，不信，你可以数一数看。”罗孝和挽起裤腿下田数了一遍，又按单位面积默算出了一个结果，果然是三比一。但他还是将信将疑，“没错，这也许是偶然现象吧！”

袁隆平依然微笑着，一点也不生气，他倒是越来越欣赏罗孝和这较真劲儿。这其实体现了科学的求真精神，对别人说什么，哪怕是权威的论断，那也只能仅供参考，科学不停留在定性描述层面上，确定性或精确性是科学的显著特征之一，每一个结论，都必须依据精确的数据和分析，才能在严格确定的科学事实面前做出自己的判断，如此才能维护真理，对权威、独断质疑，向虚伪和谬误发起挑战。袁隆平是这样的人，罗孝和也是这样的人。罗孝和对第一块试验田的结果做出了“这也许是偶然现象”的判断，这个判断也许是对的，因为科研的基础绝不能是偶然，那就必须继续看。结果，罗孝和一连看了三块试验田，其性状分离的比例都是三比一，他这才心服口服了，对袁隆平真有相见恨晚之感。若是早一点认识袁隆平，早一点开始钻研孟德尔的经典遗传学，他也许就不会走这么多年的弯路了。但生性好强的他，还是有点不服输，想跟袁隆平再比试比试。

一天傍晚，几个南繁育种人像往常一样走向离他们最近的那片海滩，罗孝和跟袁隆平一样，也是一看见水就眼珠子发亮的人，他还是湖南农学院的游泳冠军呢，当即便向袁隆平发起了挑战：“袁老兄，我俩来一场游泳比赛如何？”袁隆平一听又乐了，好哇，他也正想游泳呢，这么多年来还很少碰到对手，他还真是巴不得有个强劲的对手来向自己挑战呢。

罗孝和指着两百米外的一块礁石说：“我们先来一轮蛙泳赛，看谁先游到那块礁石！”

李必湖和尹华奇站在岸边当裁判，那海水蓝得透明，视野也特别清晰，眼看两人嗖嗖嗖就游出了一百多米，在浪花飞溅中几乎分不清谁先谁后。李必湖心想，看来袁老师这次还真是遇到对手了。接下来比的就不是速度了，而是耐力和后劲，离那块礁石还有五十多米远，两个原本不分上下的身影就看得一清二楚了，袁隆平很快就把罗孝和甩到了后边。当他游到那块礁石，一身轻松地抹着脸上的水珠时，罗孝和还在不遗余力地游着呢。这又是罗孝和的可爱之处了,明明已经输了,他却没有放弃,仿佛还在跟自己比赛。

这一轮下来，罗孝和喘着气，还是不服气，歇了一会儿，他又提出要比比自由泳。

袁隆平又是咧嘴一笑，他的强项不是蛙泳，而是自由泳，一个差点就进了国家游泳队的游泳健将，罗孝和怎么游得过他呢？但既然这小子喜欢挑战，那就激发他一下吧。

袁隆平说："这样吧，我让你二十米！"

罗孝和还真是一下急了，连脖子根儿都红了："袁老兄，你也太吹牛了吧？"

袁隆平又狠狠刺激了他一下:"我让你二十米,你也不一定游得过我。"

这强烈的刺激，让罗孝和热血沸腾，一下水就使出了浑身解数，那被晚霞照得一片通红的身影，如着了火一般，在大海中熊熊燃烧起来了，那股子狠劲儿，几乎是在冲锋陷阵。袁隆平静静地坐在岸边，看着他冲出了二十多米，才不紧不慢地下了水，又不紧不慢地游向那块礁石，一个看似轻松自在的身影，却如箭一般嗖嗖划过，几乎感觉不到海水的存在。这一次，罗孝和被他抛出更远了。

罗孝和一看袁隆平那专业运动员的姿态，就知道自己根本不是他的对手了，不过，他还想跟袁隆平比比别的。罗孝和爱下象棋，这也是袁隆平的爱好之一。一看袁隆平正跟别人下棋,他又踌躇满志地发起挑战了："袁老兄，我俩来几盘如何？"

结果，这一次袁隆平还真是输了，两负一胜。罗孝和得意洋洋地说："袁老兄啊，我这回总算胜过你了，以后咱俩不比别的，就比下棋！"

袁隆平倒也输得心服口服："这几盘棋我已经尽了全力，我承认，你下棋还真是比我厉害，你这敢于挑战、不肯服输的劲头我也特别喜欢，但咱们不能光比下棋，你这劲头要用在攻关上啊，咱们要在稻田里比比看，如何？”他模仿着罗孝和的口气，又用一种充满了热切期待的眼神看着一个乐观又热烈的年轻人。

罗孝和被袁隆平那眼神深深打动了，这样一个人，失败了就坦承自己的失败，对人又那么宽容，在他身上有一种历尽磨练的叫人血热、令人向往的东西，还自然而然就把一个话题引向了他们的主题，这让罗孝和更加心悦诚服了："袁老师，你不光有一身真本领，还这么豁达大度，我罗孝和从此一辈子就跟着你干了！”

从此，他就改口，把“袁老兄”叫“袁老师”了。

袁隆平三服（三伏）罗孝和，堪称是杂交水稻史上的一段佳话或趣话，那也是很多过来人给我讲述的故事，或许有些演义的成分，而罗孝和从此成为袁隆平科研团队的一员干将，并作出了许多重大的、突破性的贡献，则是值得载入杂交水稻史册的事实。这里且不说以后，只说眼前。一茬南繁种子已经在马坡岭试验田里播种，水稻到底有没有杂种优势，将在这片试验田里得到检验。罗孝和一天到晚扑在试验田里，从稻种生根发芽开始，每天都要观察记录试验品种和对照品种的长势。这一对比，很快就形成了鲜明的反差，对照品种还只有六七寸高时，杂交品种就长到一尺多高了，对照品种只有四五个分蘖，杂交水稻竟有七八个分蘖了。那对照品种也是常规稻中的优良品种，可在杂交水稻表现出来的优势面前相形见绌，越到后来反差越大，一边是根深叶茂的杂交稻，傲岸而又炫耀，一边是矮了一大截的常规稻，连看一眼也觉得没精打采的，连青蛙都跳得比那禾高。这与其说是对照，不如说是陪衬，把杂交水稻衬托得更加茁壮了。

眼看杂交水稻的长势越来越旺，罗孝和也是热情高涨，见了谁都乐呵呵的，还带着小小的吹嘘的口气说："我们种的是三超杂交稻！”

哪三超呢？就是产量要超过父本、母本和常规稻的优良对照品种。

这“三超”的牛皮吹出去后，很多人纷纷来一探虚实。

当时，在“文革”尚未结束的特定历史条件下，湖南省农科院还处于军管时期，主持工作的是一位军代表，他们对粮食生产也非常重视，一听杂交水稻长势很好，就来看了，看了才知道，牛皮还真不是吹的，那杂交水稻的长势和优势，就是瞎子也看得见。那位豪爽的军代表竖起了大拇指，连声称赞杂交水稻有优势，有前途。很快，省军区司令员和政委也闻讯赶来了，只见那稻禾噌噌往上长，一株株挺立着，这些军人看了特别兴奋，仿佛在检阅威风凛凛的军阵，下意识地，就想刷地敬个军礼。这喜讯，也传到了省里那些领导的耳朵里，他们也赶来了，又是看，又是摸，又是闻，就像看见了长得特别棒、特有出息的孩子，一个个交口称赞，看来，这杂交水稻有优势，有前途。

他们都是发自内心的夸奖，也是满心满意的希望，对于那一代经历过饥荒的人，谁又不希望粮食夺高产呢？当然，也有一些人不买账，这杂交水稻到底怎么样，还得走着瞧，最终还得看到底能打多少粮食，那才是真功夫。到了秋收时，竟然是一个让人大跌眼镜的结果，在长势上一直保持强大优势的杂交水稻，在产量上非但没有超过对照品种，还比对照品种要低，而杂交水稻的稻草却堆积如山，竟然比常规品种增加了七成，一眼看过去，只见稻草，不见稻谷。这下好了，那些原本就对杂交水稻不买账的人，纷纷说起了风凉话：“唉，可惜啊，人不吃草。人要吃草呢，你这个杂交水稻就有希望、有前途了！”

一直乐呵呵的罗孝和，这时想笑也笑不起来，恨不得找个地缝儿钻下去。

那些连声夸奖杂交水稻有希望、有前途的领导们，此时也有些灰心失望，杂交水稻搞了这么多年，竟然搞出了这么一个结果，在产量上没有什么优势可言，收再多稻草又有什么用呢。杂交水稻又走到了一个关口，还要不要支持这个杂交稻搞下去呢?

一个决定杂交水稻命运的问题，很快就变成了一次决定杂交水稻命运的会议。

除了领导，参加会议的还有水稻科研人员。那时，在省农科院水稻所，常规育种派还占绝对优势，而杂交水稻科研组只是挂靠在水稻所，寥寥几个人，往会议室一坐，一看就是少数派。在常规育种派理直气壮的质问声中，一向不服输的罗孝和被问得哑口无言，耿直的脖子渐渐弯了下去。那压力有多大，局外人是难以体会的。当然，谁都清楚，罗孝和并非主角，真正的主角是袁隆平。他比罗孝和的感受更强烈，如果杂交水稻真的就此失败了，那个压力还不知道有多大，而他将是“罪魁祸首”。不过，此时他考虑的不是自己的命运，而是在深深思考，为什么会是那样一个结果。他的思维方式还真是非同一般,不信,你就听听他怎么说吧。

面对一双双咄咄逼人的眼睛，袁隆平不疾不徐地开口了:“结果不用我说了，杂种优势利用是为了增产，但我们的稻谷减了产，的确，从表面看，我们这个试验是失败了。但如果换一个角度，从本质上看，我们又是成功的，为什么？刚才大家争论的焦点，就是水稻这个自花授粉作物究竟有没有杂种优势，这是个大前提，我们现在用试验证明了，有！水稻具有强大的杂种优势！这个大家都看到了，杂交水稻的稻草比常规稻增加了七成，这不是优势是什么？至于这个优势是表现在稻谷上，还是稻草上，不是水稻有没有杂种优势的根本问题，而是我们的经验不足，在杂交优势组合上配组不当，结果使杂交稻的优势表现在稻草上了。既然不是根本问题，而是技术问题，那就不能从根本上否定杂交水稻，我们可以通过改进技术，选择优良品种重新配组，使其优势发挥在稻谷上，这是完全做得到的。”

袁隆平这短短几句话，就把一个科学道理讲透彻了。那位一直认为自花授粉作物没有杂种优势、搞杂交水稻没有前途的老专家，其实也是一个很有科学良知的专家，他听了袁隆平的一番话，当即表示赞同，支持把杂交水稻继续搞下去。而无论此前的质疑和反对，还是此时的赞同，他都是在坚守自己认准了的科学法则。一位从不看好杂交水稻的专家，在杂交水稻还没有表现出增产优势之前，就转过弯来为杂交水稻说话，也足以表明这是一位只认科学不认人的专家。这位专家是水稻育种方面的权威，他的表态，也影响了军代表和院领导，他们一个个都点头赞同:

"是啊，老袁讲得有道理，对杂交水稻，我们应该继续支持！"

这时候，一直低着头的罗孝和马上又把腰杆挺了起来，散会后，还没大没小地拍着袁隆平的肩膀说："袁老师，还是你高明一筹啊！"

一次貌似失败的试验，恰好验证了袁隆平多年追寻的一个正果。这也让袁隆平对失败和成功的辩证关系有了更深的理解，透过现象看本质，失败里面往往已包含着成功的因素，很多人只看到表面的失败，就灰心丧气，甚至绝望地后退了，看不到失败中已经蕴含着本质上的成功，发觉不了那表面的失败已经非常接近于成功。如果说袁隆平高明一筹，就在于他这种透过现象看本质的洞察力，否则，杂交水稻所表现出来的明显的优势，你也看不见。至此，水稻有没有杂种优势，水稻的杂种优势能否得到利用，都已不是问题，只需要在技术上进行改进。

1974 年，袁隆平利用自己此前育成的水稻雄性不育系"二九南 1 号 A"与恢复系 IR24 配组，育成了我国第一个强优势杂交组合"南优 2 号"，在安江农校的试验田作为中稻试种，亩产突破六百公斤大关（628 公斤），几乎超过了常规水稻的一倍。作双季稻大田种植二十亩，平均亩产突破五百公斤大关（511 公斤）。袁隆平的大学同学张本也从他这里拿了"南优 2 号"种子，在贵州金沙县种植了四亩，亩产竟然超过八百公斤。随后，"南优 2 号"开始在生产上推广，成为我国第一个大面积生产应用的强优势组合，累计推广超过两百六十多万亩。这是中国杂交水稻的一个重要里程碑，标志着杂交水稻闯过了第二道难关——优势组合关。在袁隆平的指导下，参与协作攻关的科研人员通过改进品种组合，纷纷闯过了优势组合关。

袁隆平又一次笑了："牛皮还真不是吹的，罗孝和吹牛的三超杂交稻变成了现实！"

三闯制种关

在接下来的协作攻关中，还将突破第三道难关——制种关。

一粒小小的种子，其实是一个系统工程，你育出了好品种，还要制出好种子，更要有人用你的种子来栽培出好稻子，一环一环，环环相扣。杂交水稻若要在生产上大面积推广，就必须大面积制种，这是从育种家的试验田走向寻常百姓家的关键一环，却是一道让许多先行者望而却步的难题。日本、美国和国际水稻研究所（IRRI）在杂交水稻上都曾取得了一度领先的研究成果，却在制种关上被死死卡住了，这让他们的成果仅仅只是试验性的成果，一直没法走向杂交水稻的产业化，其后的研究也因一直无法从根本上突破，也就不得不中断和放弃了。一项科研成果，如果不能从试验田走向老百姓播种耕耘的大田，从田野走向餐桌，也就失去了可推广的实用价值，更不可能成为一粒足以改变世界、改写人类命运的种子。这也让许多国内外科学家再次回到了先前的那个宿命般预言："即使你闯过了三系配套关、优势组合关，也难以闯过制种这一关，无法应用于大规模生产。"此言，几乎是一语成谶。

袁隆平能攻下这最后一道难关吗？这里又得回到原点，从发现"野败"说起。袁隆平首创的中国三系法杂交水稻，是利用"野败"这株野生稻雄性不育株培育出来的，但它的杂种优势只能保持在第一代，若要将杂种优势延续下去，每年都要育种和制种。很多人都把育种和制种混为一谈了，其实根本不是一回事。杂交育种的初级阶段主要是品种间杂交，而回交育种又是杂交育种的一种重要方式，即从杂种一代（F_1）起多次用杂种与亲本之一继续杂交，由于一再重复与该亲本杂交故称回交，而这种回交的过程其实也是一种测交，通过反复试验检测其遗传基因的稳定性，最终目的是育成纯合度高的品种，而这个过程并非在实验室里能够完成，每一次杂交、回交都需要用一季稻子来做试验，只能在试验田里进行。培育出来的种子还不是在大田里推广应用的种子，还必须制种。这么说吧，育种是一个培育品种的过程，制种是一个生产这一品种种子的过程，对已经培育成功的作物品种在种子田里生产，生产出的种子（即杂交稻种子）才是用于大田播种的种子。

在杂交水稻初创时期，从育种到制种都是极为烦琐而细致的劳作，从浸种、催芽、播种育秧、移苗插秧，到之后一系列的田间管理，施肥、中耕、除草、喷药防病防虫、杂交授粉，最后收获种子，一环扣一环，一轮又一轮，如同永无尽头的轮回。想想他们，真不容易，风里来，雨里去，无风无雨的日子，头上便有烈日暴晒。袁隆平几乎整天泡在田里，有时脚指头都被泡烂了，流脓流血，痛苦不堪，可再怎么劝他歇几天，他也不肯离开稻田。夜深了，他还打着手电筒，对秧苗进行观察、测量。若把他们比作辛勤的农民，还真是低估了他们，他们比农民还辛苦，还累。一般农民劳作，通常是太阳出来做工，刮风下雨收工，再累，中午也要回家吃饭歇晌，但他们却不管天晴下雨都得往田间地头跑，时时刻刻检查水位，秧苗水浅了，会被太阳晒死，水深了，又怕被淹死。而他们除了劳作，还要细心观察，做性状观察记录，时刻关注杂交水稻的长势长相，一旦遇到了什么难题或症结，还要绞尽脑汁地解决。几年下来，袁隆平和他的助手们记载的试验材料竟有几麻袋，比陈景润证明哥德巴赫猜想的演算草稿还要多。一些了解情况的农民兄弟说："你们育种人比我们农民还苦啊，我们种田出汗出力，动手不动脑，可你们出力流汗，还要动脑，既是脑力劳动又是体力劳动！"在整个杂交育种、制种的过程中，袁隆平他们就像水稻的亲生父母，精心呵护自己的孩子，怕它冷了，怕它热了，怕它干了，怕它淹了。这样的细腻、悉心，又是哪一个父母亲可比的，难免让许多人感叹，如果杂交水稻能开口说话，一定会叫袁隆平一声"爸爸"。他真是名副其实的杂交水稻之父啊！

袁隆平很少提到自己制种有多苦，但通过他的一双手，你也能够想象有多苦。制种的关键就是人工辅助授粉，为了扫除人工授粉的障碍，先要割叶剥苞，还要赶粉。我此前提到过袁隆平先生那双特别大的手，其实很多杂交水稻育种人都有这样一双手，那是在搞杂交制种授粉时练出来的。你别看这些稻叶一片葱茏，煞是好看，但是特别豁人，稻叶上的毛齿就像锯子一样，而割叶、剥苞、授粉都是特别细致的活儿，你又不能戴手套什么的，只能任其在裸露的手上、臂膀上划开一道道血口子。一条小伤口无所谓，这样的伤口多了，也会让你两只手伤痕密布，严重的，还会化脓，化了脓你也得干，你不给它授粉，它就不给你结实。就这样，袁隆平和许多育种人的一双手在稻叶中经历了一个又一个季节，从被稻叶划伤到化脓流血再到结出一层层厚皮老茧，一双粗糙的大手就这么练成了。

那时育种、制种不仅极为烦琐，产量也很低。以袁隆平和他的助手为例，袁隆平第一年制了两亩多田的种，每亩仅收获十七斤种子，这在当时已是高产了，而他的一个助手最低的亩产只有两斤种子。可想而知，一亩田只能生产出如此之少的种子，若在大田里推广应用，投入的人力、物力更大，成本更高。根本不用估算，就算杂交水稻能大大提高产量，从制种的成本看，那也是得不偿失！这是一个几乎令人绝望的难关，很多人一直都在死死琢磨这个问题，但一直闯不过制种关，杂交水稻依然是一条死路。袁隆平也在琢磨，开始，他以为问题的关键在水稻的花粉量不足，于是在制种试验中采取多插父本，让母本紧靠父本种植，他原以为这样就可以增加单位面积的花粉量，让母本接受更多的花粉，但试验的结果恰恰相反，种子的产量更低了。

症结到底在哪里？袁隆平通过对制种田的详细调查和计算，发现水稻单株的花粉量确实比玉米、高粱等异花授粉作物少得多，但就制种田单位面积的花粉量来看，差异并不大，譬如“南优 2 号”制种田，每天开花二至三小时，平均每平方厘米面积上可散花落粉四百五十粒左右，这个密度相当大，完全可以满足异花传粉的需要。看来影响制种产量的根本原因并非花粉不足，而在于要使花粉均匀并精准地落在母本柱头上。一个症结解开了，关键是要让父本、母本的花时相遇。于是，袁隆平又重新设计了试验方案，采取一系列针对性措施，终于形成了一套比较完整的制种技术体系。按照这一体系，也并非一蹴而就，袁隆平用了一个形象的比喻，制种产量就像矮子爬楼梯一样，一步一步往上爬。

在攻克制种关时，袁隆平和助手舒呈祥、罗孝和也摸索出了一些独门绝技，如我少年时代曾经见过的赶粉，就是他们摸索出来的一种最简单但很有效的办法：首先将不育系和恢复系的水稻间隔种植，到了扬花期，将用于制种的杂交稻叶片割掉，扫除了花传播的障碍，在晴天中午时分，两人牵着一根绳子，或是一人举着一根细长的竹竿，徐徐扫过父本的稻穗，在风力的作用下，父本雄蕊的花粉就会均匀地飘落到母本颖花的柱头上，细小如尘埃，却也被阳光照得闪亮缤纷。这就是杂交水稻还处于初级阶段的关键技术之一，赶粉。这种“一根竹竿一条绳”的授粉方式，看似原始，却解决了杂交水稻授粉的难题，很快就在育种人员中普及了。在不断摸索和试验中，舒呈祥又提出一套切实而有效的高产制种技术，罗孝和则首先试验在水稻制种的花期喷施“920”，也提高了制种的产量。到1975年，袁隆平和他的科研组制种二十七亩，平均亩产接近六十斤（59.5斤），比一开始高了三倍多。一亩田能够亩产近六十斤种子，那人力物力的成本就大大降低了，这也标志着，他们在1975年就闯过了三系法杂交水稻的最后一关——制种关。

至此，袁隆平于1964年勾画的三系法路线图已经全线打通，他们摸索出来的“独门绝技”，也像稻田里的花粉一样纷纷传播。但仅靠当时参与协作攻关的南繁育种人员育成的种子，还远远供不应求，随之而来的便是种子告急。

偏居于长沙马坡岭的湖南省农科院，一向很少有人问津，忽然一下火了，一个个干部模样的人争先恐后拥向农科院大门，这些干部还不是一般的干部，很多都是地州和县里的一把手、二把手。无事不登三宝殿，他们来这里没有别的事，就是伸手要种子，你要两百斤，他要三百斤。一个湖南省就有十几个地州，一百多个县，这加起来该要多少种子？在你争我抢的重重包围之中，当时的院长既无法抵挡，又抹不开情面，结果开了不少“空头支票”，而这空头支票只能让袁隆平去填空了。袁隆平和他的科研组刚生产了一茬种子回来，又在院长的催促下赶紧去海南制种。院长还提出了一个硬指标，亩产种子六十斤。这个要求并不过分，袁隆平当时在试验田里的产量也差不多达到了，可大面积制种，他还没有这个把握。袁隆平在海南制种时，院长又接二连三地打电报来催，要他们三天汇报一次，到底能有多少产量。可在结果出来之前，还有那么多难以预测的因素，如台风啊，病虫害啊，人算不如天算啊。罗孝和吹了一次小牛皮，结果闹了笑话。袁隆平更是不得不谨慎低调，一开始他只报了亩产二十斤。院长拿着电报，急得连连跳脚："这怎么得了，这怎么得了？"眼看湖南就到了春播季节，好多地方都在等米下锅呢，堂堂一个院长，他那"空头支票"该怎么兑现啊？于是，一封加急电报又飞到了海南。袁隆平眼看种子田的秧苗长势很旺，感觉可以多报点儿了，便在电报中报出了亩产二十五斤的产量。可院长还是急不可耐，他那空头支票，每亩必须达到六十斤的产量才能兑现。直到种子田的稻子收割了，产量出来了，袁隆平才报出了最后的结果，有六十斤。院长接到电报，长长地舒了一口气。这口气也够长的，仿佛从长沙一直舒到了海南，袁隆平在海南也长长地舒了一口气。

这一茬种子种下去，到了秋收季节，湖湘大地捷报频传，各地试种的杂交水稻，亩产大多突破了千斤（五百公斤）大关，比常规品种普遍增产两到三成，有的地方甚至创出了翻番增产的奇迹。此时，几乎没有谁还对杂交水稻的增产效果有什么怀疑，一个共识已在全国上下形成，又变成了一句老百姓的大实话："杂交水稻优势强，产量高，真是了不起！"

这下好了，那实打实的增产效果，让杂交水稻更火了，不光是湖南，全国各地的水稻主产区，从四面八方伸出了手：种子，给我种子！

怎么办？袁隆平提议："扩大南繁，尽快获得足够的不育系种子。"

这一建议被时任湖南省农科院副院长、分管科研工作的陈洪新采纳了。他对袁隆平的建议几乎是言听计从。陈洪新也提出，湖南作为全国杂交水稻研究协作组的牵头单位，应该在大发展中继续带好这个头。这一年，湖南率先组成了八千多人的制种队伍，加上全国各地的南繁育种人员，千军万马下海南。又何止千军万马，在那几年里，每年都有近两万人从全国各地奔赴海南制种。从前人迹罕至的天涯海角，现在无处不是人海汹涌、稻浪翻滚。当时，湖南仅有的三百多斤（177 公斤）不育系种子，在一年多时间内连续加番繁育（四次扩繁），共收获了十一万公斤种子。用袁隆平的话说，“打好了扩大南繁的第一仗”，目的只有一个，力争 1976 年杂交水稻在全国大面积推广种植。

一边是波澜壮阔的扩繁育种，一边又是频频告急，这么多种子怎么从海南岛运往全国各地？这么多人力、物力、技术力量所必需的经费又从哪里来？一切已经迫在眉睫，如果杂交水稻要向全国推广，必须依靠国家的力量。

1975 年 12 月中旬，陈洪新和袁隆平一起进京，向农业部汇报杂交水稻在湖南的增产效果，还有一个更重要的使命，他们将提出向全国推广杂交水稻的具体建议。他们很着急，但农业部的领导都很忙，他们在农业部招待所住了三天，每天等到的答复都是“领导很忙，请等候”。陈洪新焦急万分，不知要等到什么时候，那些领导才不忙了。

走笔至此，焦点就集中在陈洪新身上了，这个人是绝不可一笔带过的。在中国杂交水稻的发展史上，尤其是在推广的关键时期，陈洪新起到了关键作用。这是一位经历过抗日战争和解放战争的老革命，1919 年生于河北省唐县石门村，幼时在本地读书，在那个时代他的文化水平不低了,曾任小学教员和中心小学校长。投身革命后,他担任过县大队政委、县委书记。在湖南解放前夕，他随部队南下，先后担任中共衡阳地委副书记、湖南省委农村工作部副部长，1956 年任湖南省政府农林水办公室主任，当时，华国锋任省政府文教办主任。他们原本都是南下干部，革命经历也差不多，而这一段在省政府工作期间，他们结下了更深的情谊。1957 年，陈洪新被任命为中共郴州地委书记、军分区政委，曾受到毛主席接见。毛主席一听他那像河北梆子般的嗓音，就笑着说:“你是河北唐县人吧？那里的河北梆子可是慷慨激昂啊！”

这个慷慨激昂的“河北梆子”，在一场浩劫中也在劫难逃，先是被当作“刘少奇、陶铸在郴州地区的代理人”遭到残酷批斗，后又被下放到五七干校劳动改造，历经数年磨难，他才于 1973 年调任湖南省农科院副院长，分管科研工作。陈洪新第一次见到袁隆平，是在马坡岭的试验田里，对袁隆平的第一印象是，这个人“像是一位整天在田野里劳作、饱经风吹日晒的农民”。

陈洪新这个副院长，在当时不说是“靠边站”，也属降职使用了。但像他这种充满了实干精神的老革命，无论在哪个岗位上都不会袖手旁观，依然是敢作敢为。在杂交水稻三系配套成功后，他就一直为杂交水稻奔走呼吁，并在湖南推广试种。而在那次杂交水稻试验遭遇挫折时，他也力挺袁隆平。他是一个脚踏实地的人，也特别欣赏袁隆平那脚踏实地的精神，深信袁隆平可以闯过技术上的难关。这次进京，他苦等三天也见不到农业部领导，只能来个特事特办了，直接给华国锋写了一封满满四页纸的汇报信。后来有人说他这封信是在情急之下逼出来的，却也未必，且不说他和华国锋是一起南下的老战友，又是一起在湖南工作过多年的同事，更重要的一点还是华国锋对杂交水稻的关心，鼓起了他写这封信的信心。华国锋在这年已被确定为国务院常务副总理，其繁忙的程度可想而知。一封信发出去了，接下来又是极其焦虑的等待，不知此时已身居高位的华国锋能否收到，又能否在百忙之中接见他们。

这次的等待，结果比他们预期的来得更早。12 月 22 日，也就是那封信寄出的两天后，一个电话打到了陈洪新在招待所的房间里，他拿起电话一听，是国务院办公厅打来的，通知他们，当天下午三点华副总理要听他们的汇报。陈洪新放下电话，才发现手心微微发烫。下午两点左右，一辆小车开到招待所，把陈洪新和袁隆平等人接进了中南海。华国锋还专门安排当时分管农业的副总理陈永贵和农业部长沙风等一起听取了他们的汇报。在中南海小会议室，华国锋整整听了两个小时的汇报，他还是在湖南工作时的老习惯，摊开笔记本，手里拿着笔，一边听，一边记，一边提问，没有一点身居高位的架子，就像个认真的小学生。毛泽东一直强调领导干部要放下架子甘当“小学生”，华国锋就是一个典型。听了陈洪新和袁隆平的汇报，华国锋对“杂交水稻通过十多年的艰苦探索，终于取得了突破性的成果”也抑制不住兴奋之情。科研成果的终极目标就是得到推广应用，转化为生产力。对制种和推广上遇到的困难，华国锋深知农时不等人，必须立马解决。他当即拍板：第一，中央拿出一百五十万元人民币和八百万斤粮食指标支持杂交水稻推广，其中一百二十万元给湖南作为调出种子的补偿，三十万元购买十五辆解放牌汽车，装备一个车队，专门用来运输南繁种子；第二，由农业部主持立即在广州召开南方十三省区杂交水稻生产会议，部署加速推广杂交水稻。

华国锋就是这么实在，这么果断，没有一句多余的空话。

无论是在湖南还是中央主持工作期间，华国锋对杂交水稻的研究和发展都起到了很重要的作用，这在那动乱岁月也是一个难以复制的传奇。假设没有华国锋的关注和支持，袁隆平和杂交水稻又将是怎样的命运？当时，很多党和国家领导人或被打倒，或靠边站，一个特定的时代，赋予了华国锋特定的历史使命。而非常年代，如果没有一个非常之人，中国杂交水稻研究及推广，虽不能说就一定无法成功，最起码还要“好事多磨”许多年。换一个更宽广的视角看，华国锋的支持也不是个人行为，他行使的是国家使命，这是他的天职。如果没有国家基于粮食安全的高度重视和支持，杂交水稻也不可能在第一时间就得以在全国范围内推广应用，更不可能有今天的辉煌。

对此，华国锋在《袁隆平口述自传》的序言中也曾有一段追忆：“1975年，我已经到北京工作，他们为了将杂交稻向全国推广，碰到了困难。我听取了他们的汇报，决定从财政上给予支持，并及时要求南方十三个省、市立即行动，推广杂交水稻。后来的实践证明，杂交稻的大面积推广，取得了巨大的成功。这不仅是袁隆平的成功，也是社会主义中国的成功。袁隆平就是社会主义中国的一个当代神农！”他对袁隆平从事杂交水稻研究的艰苦历程，对“蕴藏在这一过程中的科学精神和伟大人格”有着发自肺腑的赞叹与感慨：“现在，中国正处在一个飞速发展的历史时期。和世界上先进的发达国家相比，我们的科学技术还有一定的差距。我们需要千万个袁隆平。袁隆平的奋斗精神在鼓舞着我们，炎黄子孙应该奋起直追。中华民族的伟大复兴指日可待！”

袁隆平始终怀着对华国锋的感念之情。2006 年 6 月，他听说华老身体欠佳，特意去华老的寓所看望他。华老早已在会客厅里等候着，袁隆平刚刚走到门口，他就从沙发上站起来，像多年前一样，热乎乎地伸出双手，袁隆平快步上前，紧紧握着华老的双手。

此时，华老已是八十五岁高龄，袁隆平也有七十七岁。两位阔别多年的老人，在彼此打量的瞬间都愣怔了一下。人生有缘而岁月无情啊，两人第一次见面时都是春秋鼎盛，如今一个满头华发，一个满脸沧桑。不过，大病初愈的华老看上去还很健旺，袁隆平更显得精神矍铄。

华国锋带着浓厚的家乡口音说："袁隆平同志，全国人民感谢你啊！"

袁隆平感动地说："感谢华老的支持！"

两人坐下后，华国锋一直握着袁隆平的手没有松开，两人都向对方探着身子，倾心长谈。华国锋对杂交水稻的发展依然十分关心，又不知不觉从杂交水稻谈到了科技创新。尽管已经退下多年，华国锋一直关心着中国科技的进展，他看到了中国科学技术同世界发达国家的差距，但他坚信，中国只要坚持走自主创新道路，建设创新型国家，必将获得更大更快的发展。袁隆平起身道别时，华国锋还为袁隆平亲笔题写了"贵在创新"四个字。这幅题词并非毛笔书法，而是钢笔所书。袁隆平带回来后，特意请人镶嵌在一个玻璃相框里，一直摆在自己的办公桌上。在这次见面的两年后，华国锋就与世长辞了。每次走进办公室，袁隆平都会习惯性地朝"贵在创新"投去深深一瞥，华老的音容笑貌，又在岁月深处浮现出来。那一双热乎乎的大手，那一脸敦厚的笑意，如在眼前。

一段跨越时空的历史告一段落，又要回到那个历史开端。

1976 年是共和国历史上极不平凡的一年，周恩来、朱德、毛泽东等共和国的缔造者相继逝世，"三星陨落"，吉林发生了极为罕见的陨石雨，京畿之地发生了惨绝人寰的唐山大地震，这次强震所产生的能量相当于四百颗广岛原子弹爆炸。一个被噩耗和巨灾席卷的中国，最令人担心的就是会不会发生灾荒。此时，一粒在很多人眼里还很神秘、很新鲜的种子，让人们提前看到了一线光亮和暖意。

新年伊始，全国首届杂交水稻生产会议在广州召开。——这里有必要提示一下，这次会议并非此前召开过多次的全国杂交稻科研协作会议，而是一次以杂交水稻在生产上推广应用的会议。从这年开始，杂交水稻迈进了大面积推广、大幅度增产的历史阶段。在科技成果推广史上，杂交水稻的推广速度和广度在中国乃至世界上都是前所未有的。

陈洪新抓组织，袁隆平抓技术，他俩堪称“优势组合”，在杂交水稻科研上湖南一路领先，在推广杂交水稻的面积、速度、规模、成效上，湖南也一直充当全国的领头雁。1976 年全国各省区在海南的制种面积达六万亩，其中湖南就有三万余亩，占全国的一半多。而杂交水稻不论是播种在山区、丘陵区、平原区，又不论是做中稻种还是做双季晚稻种，普遍比当时的当家品种每亩增产一百到两百多斤。

这里以湖南省典型的山区县桂东为例。该县位于湖南省东南边陲，正好处于罗霄山脉南端和南岭北麓，境内大山南北耸峙，是湖南省平均海拔最高的县境之一，“一山有四季，十里不同天”，每一座山都形成了各自的小气候。1970 年夏天，袁隆平走进了这大山中，他发现，这不同的海拔和各有特色的山地小气候，特别适合进行杂交水稻研究试验，这也使大水乡有幸成为桂东第一个试种杂交水稻的乡镇，一首民谣也很快在大水乡传开了:“大水山峰高又高，层层梯田崎山腰。种子撒在云雾里，银河两岸种杂交。”1975 年，全县试种杂交水稻近百亩，平均亩产接近六百公斤。如此优质高产的种子，让农民从试种到争着抢着种，连当时的县委书记雷纯章也在自家的院子里和房顶上放上了大水缸，种上了杂交稻。1976 年，桂东县的杂交水稻一下推广到了七万五千亩，全县百分之六十的稻田都种上了杂交稻，其中四万多亩种中稻，每亩比 1975 年的常规中稻品种增产一百三十多斤，而县农科所试种的两亩多“南优 2 号”，亩产超过了八百公斤。桂东县成了全省、全国第一个实现水稻杂交化的样板县。还记得 20 世纪 60 年代初，袁隆平到黔阳县硖州公社秀建大队参加生产和劳动锻炼时，那位姓向的生产队长说过一句话:“袁老师，你是搞科研的，若能培育一个亩产八百斤、一千斤的新品种，那该多好！”

如今，袁隆平向这些渴望良种的农民交出了一份大大超过了他们期望的答卷。

随着杂交水稻在生产上的大推广、大增产，作为第一环节的制种技术也在日益推进，从最初的每亩仅能收获十来斤种子，到如今平均亩产已达四百斤，这样既能够满足大面积生产，也大大降低了大田用种的成本，减轻了农民负担。这里不妨对比一下，一亩常规稻产出的种子，一般只能满足八十至一百亩的大田用种，而一亩杂交水稻制种田产出的种子，足以满足一百五十亩至两百亩的播种生产。这也证明了，只要能在技术上得以突破，水稻的杂种优势可以说无所不在。如果说还有什么问题，一切都不是水稻这种自花授粉作物有没有杂种优势的问题，而是有待于人类继续去攻克的技术难题。

当一个还很年轻的共和国终于走出了十年动乱的阴霾，一段非常岁月渐渐回归正常。1978 年 7 月，陈洪新担任了湖南省农业厅厅长兼省农科院党委书记、院长，这让他发挥了更大的作用，加强了杂交水稻的推广力度。1980 年，全国杂交水稻推广面积超过一亿亩，湖南在各省区中一直名列前茅。1982 年，农业部决定成立全国杂交水稻专家顾问组，陈洪新任组长，袁隆平任副组长。随着杂交水稻如黄金一般铺展在神州大地上，陈洪新也迈进了人生的黄金岁月。对于一个年届花甲的人，这一切似乎来得有些迟了，但犹未为晚。1985 年 6 月，陈洪新当选为湖南省政协副主席，他依然在为杂交水稻推广不遗余力地奔走。1995 年离休后，这个一生都在追逐太阳的人，又举家迁往海口。袁隆平每年赴三亚南繁基地，都要抽时间去看望比自己年长十岁的老革命。在陈洪新九十大寿时，袁隆平还特意组织南繁育种人员，专程去海口为陈老祝寿，祝福一位为拯救苍生殚精竭虑的老人，在丰衣足食的日子里颐养天年，福泽绵延……

袁隆平不记得自己帮助过多少人，但从未忘记帮助过自己的人。在那动荡岁月中还能名正言顺地搞科研，并且能一直坚持下来，除了本人持之不懈的意志与毅力，上至国家科委，下至黔阳地区和安江农校，也一直给予了他支持，立项，拨款，配备助手，尤其是给他撑起了一把保护伞。这让他逃过了那一场玉石俱焚的劫火，非但没有成为那个时代的祭品，还能如凤凰一般浴火重生，应该说是不幸中的万幸了。对此，他后来一直充满了感恩之情:“回过头来想一想，与当时全国大多数科技人员相比，我已经算是比较幸运的了。”

第五大发明

随着一道道难关被攻克，中国终于迈进了杂交水稻的时代，成为世界上第一个在生产上成功利用水稻杂种优势的国家。

每当历史告一段落，又该做一次回顾与梳理了。如果以 1961 年袁隆平天然杂交稻稻株“鹤立鸡群”为开端，他在这条路上已跋涉了十五度春秋。如果以 1966 年袁隆平发表了我国学术界第一篇关于杂交水稻研究的论文《水稻的雄性不孕性》为开端，正好贯穿了十年动乱岁月。在这十年的苦难历程里，原本就是一身瘦骨的袁隆平，又瘦了差不多三十斤。那种瘦，不是消瘦，而是削瘦，瘦得凌厉而刚劲，越瘦，越是显出一身筋骨。这样一个人，无论经历了多少失败、挫折和打击，一直都没有偏离过自己预设的那条路。如今，按照他的思路，三系配套终于成功了，他当年的假设已不再是假设，猜想也不再是猜想。

农学，或农业科学，是一门以解决人类的吃饭穿衣为首要任务的应用科学，又何尝不是一门深奥而复杂的科学。而“水稻杂种优势利用”并非狭义的农业科学，而是农业科学与遗传学“杂交”出来的一个分支学科。在袁隆平之前，关于水稻杂种优势的科学理论、原理和方法，在中国还是一片处于空白状态的处女地。一直以来，袁隆平不但是杂交水稻试验和实践的先行者，他也一直在不断推进杂交水稻的科学理论，是这一领域的拓荒者。从他 1966 年发表论文《水稻的雄性不孕性》，到

1976年已历十年，至此也需要做一个阶段性的总结了。为此，他追索了十年来杂交水稻研究、试验与应用成败得失，又撰写了一篇题为《杂交水稻培育的实践和理论》的论文,1977年发表在《中国农业科学》上——这也是袁隆平在杂交水稻研究理论上的第二个重大贡献。这篇论文为发展遗传学的实践与理论提供了新的内容，除了解释水稻杂种优势利用的科学原理之外，还澄清了一些由来已久的错误观点，其主要贡献体现在三方面，一是丰富了雄性不育和三系关系的遗传理论；二是否定了稻、麦等自花授粉作物没有杂种优势的旧理论；三是给某些其他自花授粉作物的制种技术提供了良好的借鉴。

这篇论文的意义其实不是为了追究过往，袁隆平的目光一直执着地紧盯着未来。

那流逝的岁月对于人类从来就不是单纯的时间，在时间之下还隐含着深刻的心理时间。

1978年注定是要铭刻在亿万中国人心坎上的一年，被称为中国改革开放的元年，一个依然年轻的共和国迈进了一个黄金时代，而此时年近知天命的袁隆平也进入了春秋鼎盛的岁月。这年早春，那被冬日的阴云长久笼罩的北京，云开日出，那让人们期待已久的春风，也给在春寒料峭中匆匆行走的人们吹来了丝丝暖意。袁隆平也从他南方的稻田里匆匆赶来了，参加他绝对不能缺席的一次划时代的盛会。

1978年3月18日下午，全国科学大会在北京人民大会堂隆重开幕，这是一个伟大时代启航的盛典。这次会议酝酿已久,早在1977年5月末，中国科学院党组负责人方毅等向中央政治局汇报科学院工作时，华国锋就提出“要开一个全国科学大会，把劲鼓起来”。7月，中共十届三中全会决定恢复邓小平党内外一切职务，邓小平复出后就自告奋勇主管科学和教育工作。这自告奋勇，何尝又不是一个政治家非凡的战略选择。十年动乱，科学技术领域是重灾区，一大批科学家遭受迫害，绝大多数科研工作陷于停顿。好了伤疤，但疤痕还在，心灵的伤痕更难愈合。痛定思痛，如果一个时代、一个社会将知识或知识分子置于弱势地位，甚至将知识分子推向敌视的境地，势必对知识分子的理性和人格造成强烈的冲击和压迫，那将是一个非常不幸的时代。当知识分子在灵与肉、理想与现实之间陷入人生与精神的困境乃至绝境时，整个社会实际上已经发生了价值危机和精神危机。在坚守与冲击中，袁隆平一度也陷入了价值选择的困境和对自我身份认同的焦虑，这也是那个时代知识分子普遍的人生处境和精神困境。而拨乱反正，就是让一个社会回归到正常的状态，让知识和知识分子回归其应有的价值定位。

在大会开幕式上，邓小平那充满了震撼力和穿透力的讲话，成为开启一个伟大时代的关键词，他指出“现代化的关键是科学技术现代化”，重申了“科学技术是生产力”这一马克思主义基本观点，再次明确提出“知识分子是工人阶级的一部分”，就这几句话，让一向不关心政治的袁隆平猛然间有了切身的体验，他感觉那长期束缚着自己无形的绳子终于松绑了，那长期禁锢着自己的桎梏也应声而解了。这次大会最根本的意义在于解放思想。在这次大会上，华国锋也作了题为《提高整个中华民族的科学文化水平》的讲话，指出提高全民族的科学文化水平，是亿万人民的切身事业，号召全国人民向科学技术现代化进军。这次大会一直开到3月31日下午，在人民大会堂举行闭幕式和授奖仪式，袁隆平获得了全国科学大会奖，这也是袁隆平获得的第一个国家级奖项。在时任中国科学院院长郭沫若那篇《科学的春天》充满激情、充满诗意的祝福与呼唤中，大会徐徐闭幕了，“我们民族历史上最灿烂的科学的春天到来了”。后来有人评说：“全国科学大会是中国全面推进改革开放的先声，由此开启了一个大国从颓败到中兴的不朽神话。”

就在这一年，袁隆平晋升为湖南省农业科学院研究员。在接下来的几年里，他还获得了全国先进科技工作者、全国劳模等荣誉称号，而对于他，对于杂交水稻，他还将获得新中国成立以来另一项崇高的荣誉。

那是1981年夏天，袁隆平正在菲律宾的国际水稻研究所（IRRI）进行技术指导与合作研究，一份加急电报传来，要他第二天赶到北京。由于电报里没说是啥事，他的眼睛掠过电报时，心里兀自一惊，不知出了什么事，福兮祸兮。他从菲律宾首都马尼拉飞往北京，一路上心怦怦直跳。这也是那一代知识分子的心病，经历了太多的风云突变，心有余悸啊。赶到北京，他才知道，"原来是特大好事！"经国家科委发明奖评选委员会评审，一致认为，由袁隆平主持研发的籼型杂交水稻的学术价值、技术难度、经济效益和国际影响等四方面都很突出，在报请国务院批准后，决定对袁隆平领导的全国籼型杂交水稻科研协作组授予国家特等发明奖——从历史上看，这是新中国第一个，也是迄今为止唯一一个国家特等发明奖。6月6日，袁隆平在北京又出席了一次隆重的盛会——颁奖大会，在这次大会上袁隆平成了主角，他代表协作组上台领奖，时任国务院副总理方毅将奖状、奖章和十万元奖金颁发给袁隆平。方毅在讲话中对这项重大发明给予很高也很客观的评价："美国、日本、印度、意大利、苏联等十几个国家的科学家，开展杂交水稻的研究已有十几年的历史，但都还处在试验阶段，而我们是走在前面了，为中国争得了荣誉。"会上，还宣读国务院给全国籼型杂交水稻科研协作组发来的贺电："籼型杂交水稻是一项重大发明，它丰富了水稻育种的理论和实践，育成了优良品种。在有关部门和省、市、自治区的领导下，大力协作，密切配合，业已大面积推广，促进了我国水稻大幅度增产。为此，特向你们并通过你们向参加这项发明、推广这项成果和参与组织领导工作的科技人员、农民、干部致以热烈的祝贺。籼型杂交水稻的育成和推广，有力地表明科学技术成果一旦运用于生产建设，能够产生多么大的经济效益。发展农业生产，一靠政策，二靠科学。殷切期望广大农业科技工作者再接再厉，继续奋进，为发展我国农业生产作出更大的贡献。"

袁隆平代表科研协作组发言，一个实实在在的人，哪怕站在了国家的最高领奖台上，也是实话实说。杂交水稻虽说已取得根本性突破，并已在全国大面积推广应用，也显示出了大幅度的增产效果，但他一点也不掩饰目前在水稻的杂种优势利用上还不尽如人意，在制种上还比较繁琐，而尤为重要的是，要提高杂交稻的抗病、抗虫、抗自然灾害等强抗逆性。如果不能有效抵抗病虫害和自然灾害，杂交水稻是很难在生产上大规模推广的。他把这些缺点和问题一一挑明了，但他有一种低调的自信，无论有多少缺点和问题，都不能否认水稻杂种优势利用这一大方向的正确性，尽管中国率先成了利用水稻杂种优势的国家，但这项工作还只能说是刚刚开始，杂交水稻还蕴藏着巨大的增产活力，这都需要继续去努力改进和完善，特别是如何选育强优势的早稻、多抗性的晚稻，如何发掘更好的不育细胞资源，提高制种质量和基础理论研究方面，还要下很大的功夫。

他这一番发言不像是获奖感言，更像是为杂交水稻接下来的研究指明方向的一篇宣言。

事实上，袁隆平首创的三系法杂交稻育种系统，通俗地说就是三系法杂交水稻，还只是杂交水稻发展史上的第一阶段，也可以说是初级阶段，这也是袁隆平在杂交水稻研究上第一个足以用伟大来形容的贡献。在共和国的历史上，第一次特等发明奖，授予了袁隆平领衔的全国籼型杂交水稻科研协作组，就是对这一发明创造的最高认定。此举不仅在国内引起轰动，也引起了世界的极大关注。尤其是十万元奖金，在当时可是名副其实的重奖，连袁隆平也说，“在那时候是很多的了！”但袁隆平拿到手的其实很少，经各协作单位分配后，他仅得五千元。一个伟大的发明和创造，当然不是奖金和荣誉能够衡量的，而袁隆平主持研发的杂交水稻后来被称为中国继四大发明后的“第五大发明”，又与这个国家特等发明奖有莫大的关系。

那么，这个“第五大发明”又真是中国的发明创造吗？这是不少人一直在质疑的，不是外国人，而是我们的同胞。若要还原历史真相，必须以科学精神实事求是地正本清源，这就必须把视野扩展到全球，看看世界杂交水稻研究的进程——

在袁隆平之前，印度的克丹姆、马来西亚的布朗、巴基斯坦的艾利姆、日本的冈田宽子等都已相继开始杂交水稻研究了。20 世纪 40 年代，世界各国的遗传育种学家就在理论上探索通过雄性不育来实现杂种优势的技术路线，如希尔斯（Sears，E.R）在总结前人研究工作的基础上，于1947年提出了“三型学说”，把雄性不育的遗传划分为细胞核雄性不育、细胞质雄性不育和核质互作型雄性不育三种类型；1956年，爱德华逊（Edwardson，J.R.）将希尔斯“三型学说”中的核质互作型和细胞质合并为一类，称之为“二型学说”。但这些还只是基于“雄性不育遗传”而推论出的一个方向，而一条清晰而具体的“三系法”的技术路线，在中国，早已公认是袁隆平在《水稻的雄性不孕性》一文中首次提出来的，而且几乎是在与世隔绝的状态下提出的。

说到国外的情况，就不能不提到我们的东邻日本。日本在水稻育种上是世界上最先进的国家之一，也是开展杂交水稻研究最早的国家之一。据日本后来公开的历史资料显示，1958年，日本东北大学的胜尾清利用中国红芒野生稻与日本粳稻“腾坂5号”杂交，经连续回交后，育成了具有中国红芒野生稻细胞质的“腾坂5号”不育系。而后，日本科学家又陆续育成了多个不育系。这些研究试验一点一点地推进了杂交水稻发展的进程，但这些不育系均未在生产上应用。此外，日本育种专家还提出了一系列水稻育种新方法，比如“赶粉”等——这些思路与方法与袁隆平勾画的杂交水稻路线图似乎不谋而合，但在当时的封闭状态下，袁隆平还无从得知日本人在杂交水稻研究上的最新科技成就，日本人也有高度的保密意识，如有相似之处，只能说是“英雄所见略同”吧。又尽管日本的实验设备和科技手段都处于世界领先水平，那是当时中国的一个普通农校老师想都不敢想的，但从后来披露的事实看，日本杂交水稻育种学家虽说抢在袁隆平之前就在1968年实现了三系配套，却由于种种原因，至今无法在生产上推广应用。科学是生产力，尤其是应用科学，其根本出发点就是为了推广应用，其科学的社会功能才能得到充分的体现。从水稻杂种优势利用的根本目标看，日本只能说半步迈进了杂交水稻的门槛，既没有走进去，也没有走出来，后来的研究也因一直无法从根本上突破，中断了。——这是事实，却也是我由来已久的一个疑问，同样是三系配套，日本为什么就不能在生产上利用呢？对于这个问题，袁隆平先生可能已经回答过很多遍了，他列举了地理、气候、品种等多种复杂因素和技术难题，由于其三系的亲缘关系太近，没有表现出明显的杂种优势，加之又是高秆品种，日本是台风的重灾区，这种高秆杂交水稻一直过不了倒伏关。

而当我追根究底地问，在种种原因中哪个才是根本原因时，袁隆平先生下意识地顿了一下，忽然冒出一句让人心里一抖的话："可能根本原因是，他们没有像我们那样挨过饿吧。"

看了日本，再看看美国这个世界头号发达大国在杂交水稻研究试验上的进程。1963 年，亨利 · 比谢尔（Henry Beachell）与他的学生古尔德夫 · 辛格 · 胡什（Gurdev Singh Khush）博士在印度尼西亚研发出一种高产大米，俗称"神米"，美国驻华大使馆于 2011 年 8 月公开发布的一篇《解决世界饥饿问题》的文章声称，这一成果"使世界大米产量在三十年内翻了一倍多"，亨利 · 比谢尔与他的学生古尔德夫 · 辛格 · 胡什博士也因此于 1996 年荣膺世界粮食奖。他也因此成了继"绿色革命之父"诺曼 · 布劳格之后又一位为解决世界饥饿问题而贡献卓著的美国科学家。但无论在美国的官方文章中，还是国际杂交水稻界，都没有把亨利 · 比谢尔研发出的"神米"视为杂交水稻，他也许采用了一些杂交的方式，但就像中国水稻育种专家丁颖、黄耀祥等培育出的高产大米一样，还不是真正意义上的杂交水稻。国际上公认的事实是，美国在 20 世纪 70 年代初才开始研究杂交水稻，并获得了不育系，但其不育性不过关。美国加州大学在 1971 年至 1975 年对水稻的杂种优势进行了研究试验，在一百五十多个组合中，有十一个组合显著超过最好的对照品种，增产幅度平均超过四成，但由于他们的三系一直未配套，在生产上一直无法利用。

又看国际水稻研究所的研究情况，该所于 1970 年至 1971 年也曾进行过杂交水稻研究，但由于培育出的杂种优势不强，且一直难过制种关，这一课题不得不中断。

经过这一番正本清源的梳理，杂交水稻作为中国人的"第五大发明"，是一个确凿无疑、当之无愧的事实。这也是国际上早已公认的："中国杂交水稻是在脱离了西方这个所谓农业科学源头的情况下，自己创造出来的一项成果。”

还有什么疑问吗？当然有，一个疑问紧接着一个疑问，自从袁隆平被誉为杂交水稻之父后，长期以来一直有人质问：作为杂交水稻之父，袁隆平是中国和世界上第一个提出水稻杂种优势利用的吗？是中国和世界上研究杂交水稻的创始人吗？

作为一个历史追踪者，我有责任向读者作出诚实的报告。

从中国杂交水稻发展史看，一切的一切，归根到底，都离不开袁隆平在《水稻的雄性不孕性》一文中勾画出的杂交水稻选育的思路和第一幅实施蓝图，唯其如此，国家科委在授予全国籼型杂交水稻科研协作组特等发明奖时，才把袁隆平摆在首位。这其实也是一种科学的认定，袁隆平是国内最早研究水稻杂种优势理论的学者，也是中国杂交水稻最早的、成绩最突出的实践者，无论在理论上还是实践上，他都是当之无愧的“中国杂交水稻第一人”。

从世界杂交水稻发展史看，袁隆平是世界上成功利用水稻杂种优势的第一人，而这正是杂交水稻或水稻杂种优势利用的关键所在。哥德巴赫提出了哥德巴赫猜想，但他没有证明哥德巴赫猜想，一个猜想没有证明永远只是猜想，而袁隆平不只是最终验证了水稻领域的一个哥德巴赫猜想，还纠正了以前的种种错误猜想，有的甚至是权威的定论。当世界上最权威的水稻专家都在一个大限前止步时，是中国的袁隆平和他率领的全国籼型杂交水稻科研协作组，率先突破了这个大限，攻克了一个人类久攻不下的世界性难题。他迈出的这一步，同别的科学家相比，也许仅仅只超越了一步，却是一次关键性的、世界性的超越。这里不妨通俗地比喻一下，别的研究者不是让杂交水稻胎死腹中，就是孕育已久却迟迟不生，而它在中国诞生了！

这么说吧，他干成了一件全世界的人都没有干成的事。

中国杂交水稻是在脱离了西方这个所谓农业科学源头的情况下，自己创造出来的一项成果。——这不是国内的评价，而是国际上的公认，美国普渡大学教授唐·巴来伯格曾经当过四届美国总统的农业顾问，在他于1988年出版的《走向丰衣足食的世界》一书中，用一个专章（该书第十六章）来写“袁隆平和杂交水稻”，对袁隆平给予了高度评价：“袁隆平为中国赢得了宝贵的时间，他增产的粮食实质上使人口增长率下降了。他在农业科学上的成就击败了饥饿的威胁，袁隆平领导着人们走向丰衣足食的世界。他把西方国家抛到了后面，成为世界上第一个成功地利用了水稻杂种优势的伟大科学家。”

1985年10月，袁隆平又获得了世界知识产权组织（WIPO）颁发的“杰出发明家”金质奖章和荣誉证书，这是他首次获得国际大奖。总部设在瑞士日内瓦的世界知识产权组织是联合国组织系统中的十六个专门机构之一，是一个致力于促进使用和保护人类智力作品的国际组织，管理着涉及知识产权保护各个方面的二十多项国际条约。袁隆平获得这一含金量很高的权威奖项，既是对他本人具有原创性和开创性的智力成果的认定，也标志着被誉为中国“第五大发明”的杂交水稻，获得了联合国知识产权组织的正式认定。该组织拥有一百八十多个成员国，这个认定，也可以说是举世公认。

杂交水稻被誉为中国“第五大发明”，在2007年2月，又被评选为中国当代“新四大发明”之首。这一活动由搜狐网发起,评选标准为“具有原创性、具有世界级影响力、能产生社会效益”，经公众持续三个月的投票评选，最终入选的有杂交水稻、汉字激光照排、人工合成牛胰岛素和复方蒿甲醚。对杂交水稻，主办方给出了这样的评语：“1973年，中国的袁隆平向世人捧出了杂交水稻这一震惊世界的答卷。这无疑是史书上值得浓墨重彩的一笔。人口众多、人均耕地面积不多的中国，不仅解决了自己的粮食问题，还为亚洲甚至全世界粮食产业作出了巨大贡献。”对于人类，还有什么比吃饭更大的事，杂交水稻以最高票当选中国“新四大发明”之首，也足以证明这一人类的共识。

第六章　中国独创

大道至简

随着三系法把中国率先推进杂交水稻时代，人类对水稻的杂种优势利用不再是神话，而三系法则是一个被反复验证、屡试不爽的神器，又被遗传育种学家称为“经典的方法”，按这一方法育成的种子，在中国、美国、印度和东南亚的稻田掀起了一场绿色革命，产生了大面积、大幅度增产的奇迹。然而，这还只是杂交水稻发展的第一阶段，也是袁隆平对水稻杂种优势利用的第一个开创性的贡献。假设一下，即便他就此止步，也足以奠定他作为杂交水稻之父的地位。

但袁隆平注定是不会停下脚步的。作为三系法的总设计师，他在国家特等发明奖的颁奖大会上就自揭其短，指出三系法还存在诸多的缺陷和局限。这绝非“过分的谦虚”，而是一个科学家的本色，科学就是一个不断探索、修正和完善的过程，一旦发现问题就必须实话实说，寻求解决之道。三系法为什么会出现这样那样的缺陷？一直以来，袁隆平的每一个决定性的思考和抉择，都是从追问、怀疑和否定开始的。他从怀疑到否定米丘林的“无性杂交”论、经典遗传学的“无优势论”开始，从而迈出了关键的第一步，独辟了三系法水稻杂种优势利用的一条路。而这一次，他要否定的不是别人，而是“自我否定”。当时，杂交水稻播种到哪里，哪里都是一片丰收在望的景象，他走到哪里，哪里都是一片啧啧称赞声。在农民眼里，这个泥腿子专家跟他们一样风里跑、雨里钻，成天巴着个水稻，可他有本事搞出花样，产量一年比一年高，让种田人一年比一年有奔头，“袁隆平，这三个字特值钱！”这是农民说出来的大实话，可这大实话背后却有他们尚未发现的隐忧，但这粒种子的创造者已经发现了。就在许多人为杂交水稻大推广、大增产而头脑发热时，他就发现问题了，用他自揭其短的话说，是“前劲有余，后劲不足；分蘖有余，成穗不足；穗大有余，结实不足”。他这样说，既是给那些头脑发热的人浇浇冷水，更是冷峻地揭示出了初创时期的杂交水稻还存在诸多绝对不能回避和掩饰的缺陷。

对于三系法技术体系，袁隆平此前曾打了一个形象的比喻，就像“一妻嫁二夫”的奇特婚姻关系，并且是包办婚姻，这就决定（甚至是命定）了在杂交组合上，作为母本的不育系（母稻）在选配保持系和恢复系这两个父本（公稻）时，由于受到遗传因素的制约，用专业术语说就是受到“恢保（恢复系和保持系）关系”的限制，其优势组合的概率极低，而难度又极大，若要选配一个具有杂种优势的组合，在现有籼稻品种中仅有千分之一可转育成不育系，只有百分之五可用作恢复系，这就造成了选配概率低、制种环节多、种子生产成本高、在育种上进度缓慢等诸多症结，而且难以解决杂交水稻高产与优质间的矛盾。还有一个后遗症，随着亲缘关系在选配过程中相对拉近，其杂种优势也会裹足不前甚至逐渐减退，增产潜力越来越有限，这也就是袁隆平指出的“前劲有余，后劲不足”。

归根结底，三系法的所有症状都可归结为一个症结，就是其技术体系和育种程序太复杂、太繁琐。大道至简，如何才能化繁为简？这就是袁隆平一直在思考的问题，但要闯出一条路来又绝不简单。

就在三系法杂交水稻获得国家特等发明奖的第二年，1982 年，袁隆平担任了全国杂交水稻专家顾问组副组长，这并非一个荣誉性的虚职，此前此后，他一直都在为全国杂交水稻的研究和推广应用谋篇布局。随着杂交水稻的大面积推广，迫切需要为杂交水稻研究搭建一个更理想的工作平台，也是中心平台。说到这个平台，又要说到袁隆平 1968 年早春去广东南海育种时遇到的那位笑眯眯的女干部蓝临了，此前她已从广东省科委调到了湖南省科委，担任计划处处长。这次，又是蓝临带头发起倡议，由湖南省农科院牵头，组建一个杂交水稻的专门研究机构。1983 年初，湖南省科委正式提出了成立“湖南杂交水稻研究中心”的建议。4 月初，蓝临便带队赴京，向国家计委递呈申请拨款的报告。那正是百废待兴的年代，一个被“十年浩劫”折腾得精疲力竭、元气大伤的中国还处于恢复期，国家财力捉襟见肘却到处都要输血。蓝临深知，此时要申请给一个地方科研机构拨款非常难，她也做好了“好事多磨”的心理准备，但无论如何她都要据理力争。结果呢，又是一个令人喜出望外的结果，尽管国家计委把每一分钱都攥得紧紧的，对杂交水稻科研却非常慷慨，竟然一下拨款五百万！

如果不是非常重视，又怎会有这样一个非常慷慨、非常难得的大手笔？国家计委在决定立项拨款后，为解决亿万人吃饭问题的这个“大道”，在办手续、走程序上一切从简，一路开绿灯。所谓大道，从来就是极其简单的，简单到一两句话就能说明白。如民以食为天，如吃饭第一，如吃饭比上天重要，就这么简单，但只有经历过那段非常岁月的人，对这个简单的道理才有直接而深切的体会。对这样一个结果，袁隆平先生一直到现在还连连惊叹：“那实在是一个天文数字！说明党和政府对杂交水稻事业给予了极大重视，寄予了殷切厚望！”

一个大难题竟然如此简单就解决了，湖南省科委随即就展开了选址、征地、设计、调配人员、购置设备等一系列繁琐的工作，哪怕到了今天，也不知要跑多少机关、盖多少大印才能办完各种手续，但一听是搞杂交水稻研究，几乎每个单位都大开方便之门，一路绿灯，在不到一年的时间里，一幢幢办公楼、实验楼和宿舍楼就在长沙市东郊马坡岭拔地而起，这个速度，简直比当年的深圳速度还快。1984 年 6 月 15 日，湖南杂交水稻研究中心正式挂牌成立了，这是国内外第一家杂交水稻的专业科研机构，也是杂交水稻发展史上的一个里程碑。到了 1995 年，又以其为依托成立了国家杂交水稻工程技术研究中心。两个中心，两块牌子，一套人马，这也是一种大道至简的运行体制。事实上，这两个中心也是世界杂交水稻研究的中心，后来又陆续盖起了科研楼、培训楼、开发楼、科技馆、基础理论和分子育种实验楼各一幢，还建起了温室、人工气候室、种子仓库等科研必备配套设施，并配备了各种大中型科研仪器两百多台（件）。如今，中心已拥有六十多位研究员和副研究员，其中有博士二十多人。离中心大院不远，就是一百八十亩试验田，当地老乡也挺干脆简单，就直呼为中心试验田。

除了长沙本部，中心还在海南三亚设有南繁基地。这里不说袁隆平和他的助手辗转于广东、广西和云南的南繁经历，只说在海南，袁隆平最早于 1968 年秋在海南陵水县农科所搞南繁育种试验，1970 年秋转到崖县（今三亚）南红农场，后又搬到荔枝沟火车站工段附近，那条件之艰苦简陋就不用说了，既居无定所，又无试验田，一切都是租用的。直到 1982 年，湖南省农业厅拨款两万元，在三亚警备区师部农场建了一座平顶砖房，才有一个遮风避雨的“家”。再后来，因为有了国家计委那笔拨款，他们才得以继续向师部农场租用土地，在二十多年里盖起了办公楼、实验楼、宿舍和食堂，还租用了六十亩试验田。2015 年深秋季节，我特意去海南南繁基地探访，在三亚地图上，已经有了一个醒目的标志——湖南杂交水稻研究中心海南南繁基地。这让我少走了不少弯路，直奔那个让我憧憬已久的现场。而这条捷径，其实也是袁隆平和他的助手们独辟蹊径开拓出来的，从 1968 年到 2015 年，差不多半个世纪了，袁隆平和他的助手、同事每年都像追逐阳光的候鸟一样，在长沙和三亚之间南来北往，年复一年，从未间断过。

交代一段后话，还是回到1984年。在湖南杂交水稻研究中心筹备成立之际，就有人在暗自猜测或私下里议论，谁将出任中心主任？从科研的角度看，自非袁隆平莫属，但袁隆平是一位党外人士，在组织全国籼型杂交水稻协作攻关时，他也一直是负责技术方面的工作，而这个中心主任是一个单位的行政一把手，按惯例，一般都是党员干部担任。当时，袁隆平正在天涯海角的南繁基地，一如既往地扑在稻田里，压根就不去操那份心。在他心里，无论谁当中心主任，都只有一个中心，那就是杂交水稻研究。而这次人事安排，也是大道至简，袁隆平这位没有任何行政级别的党外人士，被直接任命为中心主任。当他接到任命通知时，又是怎样的心情呢？他显得很清醒也很沉重："我很清楚，这表明了组织上对我的信任，同时我也感到肩负着一份重大的责任，因此，我接受了这项任命。"

有了研究中心这样一个平台，又肩负着这样一份重大的责任，一个新的战略设想，又在袁隆平的头脑里酝酿了。随着他的思路越来越清晰，一个战略设想已呼之欲出。

1986年10月，首届杂交水稻国际学术讨论会在长沙召开，来自美国、日本、印度、菲律宾、澳大利亚等二十一个国家和地区的两百多名代表参加了会议。像这样的国际学术讨论会，既有唇枪舌剑的激辩，也有欲说还休的试探，当然，也有一些在农业科技上一直领先的发达国家代表，心高气盛，正在暗地里狠下决心，发誓要让自己的科技水准在这一领域赶超和领先中国。但有一个事实却是谁也不能否定的，从1976年杂交水稻开始大面积推广，到此时已整整十年，中国杂交水稻累计种植面积超过九亿亩，仅增产稻谷就超过了九百多亿斤，可以多养活一亿多人口。

一个黝黑而精瘦的身影，无疑是这次国际会议上最引人注目的身影。

袁隆平的学术报告，也是这次会议最受关注的主题之一。这不是一般的学术报告，而是他酝酿已久的关于杂交水稻分三步走的战略设想：从育种方法上说，杂交水稻的育种可分为三系法、两系法、一系法三个战略发展阶段，程序上朝着由繁到简而效率越来越高的方向发展；从杂种优势的水平上分，一是品种间的杂种优势，二是亚种间的杂种优势，三是远缘杂种优势。上述三种育种方法和三种优势水平之间存在着一定的内在关系，可以概括为三系法为主的品种间杂种优势利用、两系法为主的亚种间杂种优势利用、一系法远缘杂种优势利用。这篇题为《杂交水稻研究与发展现状》的学术报告，经与会代表一致认可，作为会议的主题写进了会议文件，随后又以《杂交水稻的育种战略设想》为题在《杂交水稻》1987 年第 1 期发表，被业界视为杂交水稻发展的一份纲领性文件，被世界农业科技界称为“袁隆平思路”，袁隆平也因此被誉为杂交水稻科研领域的“伟大战略家”，实在是当之无愧的。

从这一卓越的战略构想看，他已从理论上把杂交水稻的科学探索推向了又一个全新的境界，接下来的路，如他所预言的一样，在程序上将由繁到简，在效率上则越来越高，但在关键技术上也越来越难。这不仅仅是一个农业科学家的战略设想，一经他提出，随即就得到了国家的高度重视。1987 年，两系法杂交水稻研究被列入国家“863”计划，而袁隆平又一次肩负起国家赋予他的责任和使命，担任了“863”计划 1-01-101 专题（两系法杂交水稻专题）的责任专家，主持全国十六个单位协作攻关。

此前，对于“三系法”和“品种间杂种优势利用”，我搞了很长时间才多少懂得了一点基本原理，而对“两系法”和“亚种间杂种优势利用”又如何去理解呢？水稻有籼稻和粳稻两个亚种，所谓亚种间杂交，说穿了就是籼稻和粳稻之间的杂交。籼粳亚种间杂种一代存在着强大的杂种优势，理论上要比品种间杂种高产 30% 左右。但是籼、粳稻遗传差异大，杂种一代存在着严重的生理障碍，育种技术难度很大。两系法杂交水稻是以水稻光温敏核不育系为基础的杂交水稻。光温敏核不育系是一种特殊的雄性不育水稻，具有育性转换特点，即在长日高温条件下表现为雄性不育，而在短日低温条件下又转为雄性可育。因此，利用这种特性，在上述不同的日照温度条件下，分别用于与恢复系杂交制种，或用来自交结实进行自身的繁殖。如果这一技术能从根本上突破，就能从不育系、保持系、恢复系中省去一个保持系，这样就简化了种子生产程序，其最显著的优势还在于它不受“恢保关系”的限制，配组自由，同一亚种内几乎任何正常品种都可以作为其恢复系，因而在理论上更易于选配出杂种优势更强、增产潜力更大的杂交水稻新组合。两系法也有利于亚种间杂交水稻的选育。然而，一句大道至简说来简单，若要省掉一个三系之一又何其难也。

为了让我这个门外汉一听就懂，袁隆平先生又打了个形象的比喻，同三系法那种“一女嫁二夫”而且是“包办婚姻”的奇特婚姻关系相比，“两系法是一夫一妻的自由恋爱，而一系法则是独身主义”。这个比喻让我忍不住乐了。说到这里还有一段趣话，福建育种专家刘文炳是一个名噪一时的“植物性学专家”，他有一个创造，就是让水稻充分享受到“性福”。此事说来有趣，却并非异想天开，而是合乎生命规律的科学。水稻是植物，也是生命，培育良种，就是让水稻像人类一样优生优育。刘文炳在育种中发明了一套在水稻扬花期间让水稻享受“性福”的方法，具体怎么搞我也听不懂，但道理我懂，那就是给不育系催花煽情，让雌雄蕊在享受性高潮的快感中更充分地受孕结合，这样，结出来的谷粒才会丰富饱满，优质高产。这个道理，就像有着美满婚姻的夫妻，才能生出漂亮聪明的孩子。

所谓大道至简，其实是一个从简单到复杂又重新回到简单的过程，如以前的常规水稻品种其实也是一系法，经历了三系法、两系法再到一系法，这个一系法就是培育不分离的杂种一代，将杂种优势固定下来，免除年年制种，凭借杂种一代植株的种子逐代自交繁殖，那已是一个更高境界的一系法了，那个简单已是非同一般的简单了！

当热潮遭遇寒潮

追溯两系法的肇始，也是为了澄清一些模棱两可的历史事实。

袁隆平并非两系法的肇始者，在他第一次公开提出分三步走的战略设想之前，模糊岁月中就有了一些默默无闻的探索者。早在20世纪60年代末，安徽省芜湖地区农科所就育成了部分不育系和带显性标记性状的恢复系。后来，只要追溯两系法杂种优势利用，最早就会追溯到这一研究成果。我说是模糊岁月，而他们遇到的也是一个模糊难辨的问题，由于区分杂交种和自交种时困难太多，在当时还根本没有清晰的两系法思路，后来这些技术路线也均未走通，但这些探索者的研究试验对两系法是有启示意义的。

1973年，石明松在晚粳稻中发现了三株自然雄性不育株。这个发现，同三系法中对“野败”的发现一样，必将在两系法的探索之路上，筑起一座里程碑。说来，这又源于一个神奇的发现。只要提到两系法，作为全国协作攻关的责任专家袁隆平，首先就会提到一个首功者：石明松。

石明松，江苏如皋人，1938年生于湖北省沔阳县（今仙桃市），1959年毕业于湖北省荆州农校，后分配至沔阳县从事农业技术推广等工作，担任沙湖原种场农技员。1973年10月上旬，石明松在沙湖原种场单季晚粳品种“农垦58”大田中，发现了三株典型的雄性不育突变株，后被命名为“农垦58S”。这一发现的突破性意义，有如李必湖、冯克珊发现“野败”。但若从严谨的科学事实来衡量，两者之间还是有大小之别的，“野败”的发现让以袁隆平为首的中国科学家成功培育出三系法杂交水稻，而它更重大的意义是把中国乃至世界都带入了杂交水稻时代，从此开创了利用水稻杂种优势的新纪元。而石明松发现“农垦58S”，则把杂交水稻从三系法推进到了两系法的时代。

这一发现，也更突显了1973年在中国的杂交水稻发展史上的划时代意义。几乎就在石明松这一发现的同时，在苏州召开的第二次全国杂交水稻科研协作会议上，袁隆平正式宣告我国籼型杂交水稻三系配套成功，杂交水稻从此诞生了。而石明松这一发现，将在未来岁月把杂交水稻带进第二个时代——两系法的时代。时间中真是充满了巧合，三系法宣告成功的一年，恰好又成了两系法的开端之年。

当然，一个再神奇的发现，仅仅只是找到了一个突破口，若要真正跨进两系法杂交水稻时代，从发现到研究、试验，从试验田到大田生产应用，还有很长的路要走。而一个基层农技员，也不可能在第一时间就知道他的这一发现将“照亮整个水稻王国”，他也将要经历相当长的摸索与试验。第二年，他利用“农垦 58S”自然结实的种子种植了四十八株，发现这些水稻表现出了雄性不育和雄性可育两种类型。这是怎么回事呢?只能继续摸索试验。

当我追溯石明松极为艰辛的科研探索之路时，时常下意识地觉得，就像对袁隆平此前经历的一段复写，在他的身影里时常会出现袁隆平的影子。作为一个基层农技人员，他的本职工作是推广农业技术，而他却要搞科研,这在很多人看来是“自不量力”,而用湖北人的比喻更形象,“鸭子都能捉鱼的话，还要鹭鸶做么事？”其实鸭子也能捉鱼，只是没有鹭鸶那样专业。这也是袁隆平曾经的遭遇，无论从起点看，还是专业水平看，一个西南农学院的本科毕业生起点自然要比一个农业中专生高了许多，而一个安江农校的老师，其专业水平自然也要超过一个农场的农技员。当袁隆平开始向水稻杂种优势这道世界性难题进军时，一开始也遭遇了这样的冷嘲热讽。在这方面他们的性格挺相像，不管你说什么，他们都执着于自己那个顽固的念头，一心扑在稻田里，扑在自己的试验上。石明松一开始也像袁隆平一样，是一个人在孤军奋战，能给他当当帮手的就是妻子。她也是县农科所的职工，对丈夫的试验也就多了一份理解和支持，除了上班、做家务，一有空就到试验田里来了。再就是他还在上学的两个儿子。好在，稻子抽穗扬花的季节，正值暑假，他们可以帮着父亲授粉、赶田鼠、撵鸟雀。到了晚上，他们还得把竹床搬到稻田里，父子三人轮流守护着稻田，生怕田鼠、野猫、黄鼠狼祸害了稻子。当然，对于人类他们也不能不提防，很多人早就看不惯这个“自不量力”的家伙了。就这样，一家人都围着石明松转，围着他试验田里的稻子转，而石明松则围着太阳转，他对杂交水稻的一个重大科学发现，就是揭开了光照与水稻的密码。不过，他还要等待数年。

对于一个基层农技人员，那注定是一条极其艰难的科学探索之路，且不说专业水平，搞科研需要精密仪器设备，可别说精密仪器，他连最基本的科研设备也没有。而他是自主自发地搞科研，没有科研经费，也没有科研时间，时间只能在他干好本职工作后，忙里偷闲地挤。一有空，他就往田里跑，记下一个个试验数据和田间档案。石明松和袁隆平开始搞科研时的状况差不多，甚至更差。石明松比袁隆平年轻七八岁，基本上就是同一代人，他们的经历很相像，战乱、饥荒、颠倒的是非，还有他们的家庭生活，袁隆平的妻子邓则在县农技站工作，石明松的妻子也在县农技站工作，袁隆平膝下有三个儿子，石明松也有三个儿子，这一切都很相像，包括长相。据石明松的次子石水华回忆，“一个夏天下来，他手肿了,脚烂了,人又黑又瘦”——这其实是田野科研人员共同的形象，全都是一个模子里刻出来的。那时，石明松两口子工资都很低，上要赡养老人，下有三个都在上学的儿子，日子过得紧巴巴的，根本掏不出钱来买科研设备。在一无所有的情况下你只能付出更多的心血，这是不用钱买的，也是钱买不来的。袁隆平最早的秧苗是在从废品里淘来的坛坛罐罐里培育出来的，石明松的试验，也是因陋就简，“土法上马”。这甚至是中国人搞科研的一大特色，很多土办法其实都是逼出来的。有些事说起来让人发笑，猛地一想又突然想哭。沔阳属于江汉平原，育种季节正是阴雨连绵的日子，必须用烘烤箱温种。但他没钱买烘烤箱，眼看稻种就要霉烂了，他急得在家里团团转，转着转着，他一眼看见了灶台上那口炒菜的锅，一拍脑袋，就用这炒菜的锅来温种。这事又落在妻子身上,用小火慢慢地烘烤种子。这一个粗糙的土办法,却是典型的慢工细活，那火候还特别难以把握，一不小心就把种子炒熟了。到了授粉季节，那时他还是采用人工去雄的方式，得用一种专门的夹子剪颖去雄，但他没钱买那种专门的去雄夹,就自己动手做。到了杂交时,没有专门的杂交袋，他就找来了一大堆旧信封代替。没有遮光室，他找了几个煤油桶来遮光。终于，又一茬试验用的种子生产出来了，却连个储藏室也没有，他把家里最好的一间卧室腾出来做了储藏室，一家人挤到了十多平方米的小房间里。就这样，他还不放心，生怕老鼠糟蹋了种子，又把种子分成一个个小包，吊在一根根铁丝上。

谁能想象，谁又相信，一粒将要“照亮整个水稻王国”的种子，就是一个基层农技人员在这样简陋的条件下育成的。从 1974 年到 1979 年，石明松对他发现的“农垦 58S”不育株进行多轮测交和回交，一个光照与水稻的秘密也渐渐露出了轮廓：他发现不育株的再生分蘖上能够自交结实，而分期播种的结果表明，其育性与光照长度有关，在夏天的时候是雄性不育的，花粉是败育的，到了秋天却又是正常的，育性自然恢复。很明显，这种不育株的育性随着光照长度而变化，这也正是光照与水稻的一个还从未被人揭示的密码。当然，这不是一般的水稻，而是典型的雄性不育突变株。——这一试验结果，让他知其然，但还不知其所以然。但哪怕知其然，也足以让他在杂交水稻育种上萌生了一个前所未有的设想：在长日高温下制种，在短日低温下繁殖，这样就可以一系两用了。他将这种雄性不育系命名为“晚粳日照两用系”。

石明松是一个沉默寡言的人，在外人看来，只看见他一天到晚在试验田里闷头闷脑地忙碌着，也不知他到底在搞么子名堂，很少有人说他是在搞科研，搞试验，一说就让人忍不住发笑，“说得那么严肃搞么事？”他也从来不说。到了 1980 年早春季节，那已是他发现“农垦 58S”的第八个年头了，湖北省农牧厅的一个检查组来沙湖原种场检查春耕生产，石明松这个农技员自然也要跑前跑后地跟着，但除了春耕生产，他好像还有什么话要说，却又开不了口。他原本就是个闷葫芦，一个人孤军奋战了这么多年，更加木讷了。不过，他还真是“讷于言而敏于行”，早就做好了准备，趁人少时，他将一份早已准备好的研究报告塞到了检查组的一位领导手中。一个基层农技员异想天开的研究报告，又将是怎样的命运呢？也许是一堆让人觉得好笑的废纸，看也不看就会扔进垃圾篓里。也许会像袁隆平那样，遇到一个慧眼识才的伯乐，那就是他莫大的幸运了。很幸运，非常幸运，那位领导回去后，仔细看了他的研究报告，感觉到这是一个非同小可的科研项目，随即就委派粮食生产处处长专程来沙湖看望石明松，还给他送来了三千元科研经费、一台照相机、一个计算器。这真是雪中送炭啊！石明松，这个在艰难的时候也咬着牙从不落泪的汉子，一下感动得泪流满面。

三千元，对于一个在当时月薪才三十多元的农技干部，差不多相当于十年的工资。这每分钱他都用在了科研上。1981 年，他大儿子石新华高中一毕业，就回来给父亲当助手。从这年开始，为了加快育种进程，他带着大儿子远赴海南育种，也成了追逐太阳的人。那路途的漫长就不说了，我也不知道说过多少次了，为了节省一点科研经费，石明松父子从来没坐过卧铺，有时坐硬座，有时候就站着。从此，他们年年都去海南育种，一连七个春节没有回来过年。海南骄阳似火，特别是正午，人热得受不了，却是水稻的天堂，加快了水稻的繁衍，父子俩每隔五天就要插一次秧，以验证光照对雄性不育株形成育性转换的影响。好几次，由于过度劳累，石明松晕倒在稻田边，而每一次晕倒就是他歇息的时刻。

这一阶段的试验，石明松钻研的重点是要搞清楚晚粳自然不育株的育性转换的原因，这种既能表现完全雄性不育，又能自交结实繁殖的两用核不育系，其遗传机理是怎样的？它到底是受什么因素控制？是气温、肥料还是光照？他要解开这个水稻的自然之谜。经过反复试验，他逐渐排除了气温、肥料等因素对育性转换的影响，从而把注意力聚焦在光照上。后来的实践证明，这是他最成功之处，也是他最大的一个误区。

从 1983 年起，石明松终于结束了一个人的孤军奋战，他又遇到伯乐了。据湖北省农科院党委书记余胜伟回忆，1982 年，他刚分配到湖北省农业厅（原省农牧厅）科教处工作时就注意到，石明松提出了“光敏感核不育系”的概念，还看见他手写和打印了很多论文材料。当时，很多人认为这是不可能实现的。但省科技厅（原省科委）慧眼识才，当年就拍板，将该课题列入全省科技重点项目，随后与省农业厅共同组织，成立了由省农科院、武汉大学和华中农学院育种专家、湖北省仙桃市光敏核不育研究中心等单位参加的协作攻关组。石明松在协作组的配合下，加快了光敏核不育“二用系”的攻关进程，他个人的命运也在改变，先后任沔阳县（今仙桃市）农业技术推广中心副主任、农科所副所长、湖北光敏感核不育水稻协作组副组长。这一次协作攻关历时三年，积累了一万多个数据、上千份材料和数十个杂交组合试验，终于育成一系两用的核不育系新型稻种。1985 年 10 月在湖北沔阳召开了鉴定会，来自原农牧渔业部、中国农科院以及湖北省内外的五十多位专家通过鉴定，这种水稻既能随光照变化发生育性转换，也具有杂交广谱性，可与其他常规品种杂交，又可利用其可育特性进行轮回选择，培育出优质、高产、多抗的新品种。这一成果，因一系二用，故命名为“二用系”或“两用系”，而石明松此前对它的命名为“晚粳日照两用系”，在中国农科院邓景扬博士的建议下，将这一新型杂交稻品系正式命名为“湖北光周期敏感核不育水稻”。

石明松率先发现、湖北最早育成的光敏核不育系“农垦 58S”，为两系法杂种优势利用立下了首功，但在 1985 年 10 月通过鉴定时，“湖北光周期敏感核不育水稻”还只是一项试验性的成果，而当时人们普遍都认同了石明松的观点，这种“一系二用”的不育系在育性转换上只受光照长度的影响，因此很快就能在大田推广应用。也正是因为有了如此乐观的认定与预期，这一发现一时间好评如潮，而且均予以极高的评价，被誉为“世界领先的顶级发现”，“这一成果是继黄耀祥开创的矮化育种、袁隆平开创的三系杂交水稻后的第三次重大发现，摘下了中国水稻皇冠上第三颗明珠，从杂交水稻的发展史看，这是继三系法后的第二次划时代的发现，摘下了杂交水稻皇冠上第二颗明珠”。后来的事实证明，这一发现虽有开创之功，但作出如此乐观的预期和崇高的评价为时尚早。或可说，石明松已发现那颗皇冠上的明珠正在闪烁发光，但要真正摘下那颗明珠还有很长的路要走，而且还要经历一次让人们几乎陷入绝境的挫折。

接下来发生的灾难性事实也验证了，光敏核不育系连两系法杂交水稻的不育关也仅仅只是闯过了一半。但这一成果意义重大，引起了政府部门的高度重视，先后被国家自然科学基金委员会列为重大项目予以支持，国家科技攻关计划和国家“863”高科技发展计划也相继支持了这一重大研究项目，一时间，业界掀起“两系法杂交水稻技术”研究热，并在长江流域开始试种，两系法应用于生产，似乎已经呼之欲出。

一段历史追踪到此，又难免有人要发问了，这一成果好像没有袁隆平什么事啊？这还真是问到点子上了。那么，作为三系法的总设计师，袁隆平在两系法上又有何作为呢？此时还真得少安毋躁，冷冷静静往下看。

袁隆平此前虽未参与“农垦58S”的协作攻关，但作为“863”计划两系法杂交水稻专题的责任专家，从1987年开始就主持全国十六个单位协作攻关。安江一直是袁隆平团队的科研基地，而他的学生李必湖也是参与协作攻关的科研人员。这里又要提到另一个重要发现者，邓华凤。这位1963年出生的杂交水稻育种专家，湖南沅陵人，苗族。他1984年于安江农校毕业后留校从事杂交水稻教学和科研工作，是李必湖的学生和助手。说来，也是一次神奇的发现改变了他的命运。1987年夏天，在袁隆平和李必湖的指导下，邓华凤在安江农校三系杂交水稻试验田中，发现了一株“怪怪的母稻”，不是模样怪，而是它对光照和温度的反应很敏感。在安江盆地8月份至9月上旬这段时间，日照强，温度高，白昼长，这株水稻开花时，雄蕊退化而雌蕊正常，这是典型的雄性不育性状，必须通过父本授粉才能结实。到了9月中下旬，随着日照时间缩短、温度逐渐降低，它又恢复了水稻自花授粉的自然本色，雄蕊和雌蕊都正常，不用父本授粉也可以自交结实。——这一现象被称为“育性转换”，有人将其形容为“像两栖动物一样功能强大”。对于两系法的杂种优势利用，关键就在如何掌握和利用这种“育性转换”的自然生命规律，石明松也正是利用这一规律率先培育出了“晚粳日照两用系”。

邓华凤发现的这株“怪怪的母稻”，也成为袁隆平科研团队的第一个两系法母本。如果不出意外，只需将杂交水稻制种、播种时间提早一点，让它在8月份开花，正好与父本花期相遇，这样就可以尽情享受刘文炳所说的“性福”，结出丰富饱满、优质高产的果实。若要繁殖母稻种子，则可推迟播种时间，让它9月下旬后抽穗扬花，这样就可以省掉一个保持系，育成两系法杂交水稻了。当年，邓华凤便将所得十一粒种子带到海南冬繁，一开始他们也觉得这种水稻的性状变化主要是受光照的影响，与石明松的发现有所不同的是,他们发现的是籼型水稻的“光敏不育系”，而石明松发现的则是粳型“光敏不育系”。如果仅仅只有这么点儿差别，在科学发现上也不算什么，两系法有两个重大发现，第一个是石明松发现并育成了粳型光敏核雄性不育系——“农垦58S”，第二个是邓华凤发现并育成籼型水稻温敏核不育系“安农S-1”，并且最终被定义为光温敏核雄性不育系。那么邓华凤的发现和石明松的发现有啥不同呢？差别其实只有一个字——“温”。在我等门外汉看来,多一个“温”字和少一个“温”字简直不值一提，若不仔细看，甚至根本就看不出来。这是微小的差别，却是根本性的差别，也正是这一发现为袁隆平的两系杂交水稻研究打开了突破口。

这里又回到我此前的一个伏笔，这是一个很关键的伏笔，这里再重复一下，石明松想要搞清楚“农垦58S”雄性不育突变株的育性转换到底在受什么因素控制。是气温、肥料还是光照？经过反复试验，他逐渐排除了气温、肥料等因素，最终选择了光，也把注意力聚焦在光照上。后来的实践证明，这是他最成功的地方，也是他最大的一个误区。这么说吧，他最大的成功就是揭示了光照对水稻育性转换的规律，而他最大的一个误区，就是排除了温度对育性转换的影响，而且是致命的影响。这其实并非他一个人的误区，当时绝大多数的人都认为，光敏不育系的育性转换，只受变化很有规律的光照长度的影响，而邓华凤的发现又让人重新认识到，除了光照长度，还有温度对育性转换的影响，正是这一发现以及后来大家对“光、温”影响的研究，让两系法杂交水稻在一个致命的误区中得到了起死回生的拯救。事实上，这也是对此前“两系法杂交水稻”定义的一次科学改写。

说来奇怪，就在中国第一个光温敏核不育系“安农S-1”育成后的第二年，两系法就遭遇了一次致命的挫折。那是1989年盛夏季节，在长江流域出现了罕见的盛夏低温，许多原本已宣告育成并通过鉴定的不育材料又变成了可育。当热潮遭遇寒潮，人会感冒、打摆子，而靠光温自然调节的两系法杂交水稻受气候影响，也会出现打摆子的现象。对人打摆子，早已有了苦口良药，而对杂交水稻打摆子，当时几乎无药可治。眼看那一派前所未有的蓬勃生机，转眼间就变得死气沉沉，很多热情高涨的人在束手无策中一下坠入了绝望的境地，而方兴未艾的两系法杂交水稻，也一下被推到了“生死存亡”的关头。每一次科研上的重大挫折，都会给科研人员带来巨大的危机感，这让很多原本雄心勃勃的科研人员也开始“打摆子”了。一条从 1973 年秋天走过来的两系法探索之路，原本以为走到了柳暗花明的境界，没承想走到 1989 年夏天，突遭如此挫折，不说是走到了穷途末路，却也是进退维谷。这让两系法杂交水稻变得前途未卜，如果连不育关都过不了，又怎么能在大田生产上推广应用呢?

这也是科学试验往往会表现出来的两个极端，一极是每一次科技探索在成功之前尤其是在最初时会遭遇冷漠，甚至是极端的低温，而一旦自以为“大功告成”，又会走向另一个极端，热情高涨，头脑发热，甚至有人早早宣告“中国从此进入了两系法杂交水稻的时代，袁隆平的三系法杂交水稻将要被石明松开创的两系法杂交水稻彻底淘汰”。当天气处于高温状态，必须发出高温预警，而袁隆平就及时发出了这样的高温预警：“两系法杂交水稻技术绝不像原来认为的那么简单。”可惜，当时很少有人能冷静地听听他发出的警示，甚至有人觉得他马上就会沦为一个被历史淘汰的人物。然而，两系法一旦遭遇挫折，很多人的态度又急转直下，从情绪高涨到一落千丈，一时间，从科技界到管理部门都充满了悲观情绪，“不少研究人员丧失了信心，甚至出现全盘否定两系杂交水稻研究的倾向”。——这是袁隆平先生的原话。其实，当时压力最大的还是他这位主持全国协作攻关的责任专家，那种被逼到了悬崖边缘上的感觉又一次出现了。这是他第一次走进雪峰山的感觉，也是他后来一次次遭遇过的处境，这其实也是每一个科学探索者命定的遭遇。当一道悬崖峭壁挡在了你面前，只有两种抉择，一条是退回去，这也是很多人当时的想法，既然此路不通，那还不如退回“经典的方法”——三系法，毕竟那是一条已经走通了的路，只要针对三系法存在的缺陷和局限逐一攻关，在技术上不断改进，一条道就会越走越宽，或许那才是杂交水稻的正途与大道。对此，袁隆平也有过审慎的思虑，是回归三系法，还是攻克两系法？这是决定两系法命运的一次生死抉择。数学家华罗庚也曾多次遭遇过这样的处境，他曾深有感触地说：“面对悬崖峭壁，一百年也看不出一条缝来，但用斧凿，能进一寸进一寸，得进一尺进一尺，不断积累，飞跃必来，突破随之。”

袁隆平既是这样一位执着而豁达的科学探索者，也是这一科学真理的验证者。如果沿着三系法这条路，虽说也可以在方法、效果上不断改善，但若要开发出杂交水稻所蕴藏的巨大潜力，就必须从根本上找到突破口，只有冲出三系法，迈进他三步走战略的第二步，才有可能把杂交水稻的产量推向一个更高的水平。这是他认准了的一条路，哪怕面临悬崖绝壁，他也铁了心地要走下去。

中国独创

我采访袁隆平先生时，他回忆起这一关键抉择，神情依然凝重，那脸上的骨骼也显得特别坚毅。他说：“在此严峻关头，如何选育出实用的水稻光温敏核不育系，就成为成败的关键。面对重重困难和巨大压力，我和协作组的重要成员都没有动摇，更没有放弃。”

当时，摆在袁隆平眼前的一个症结已经非常清楚，两系法杂交水稻遭遇的危机，已被验证不是一场光的灾难，而是温度的灾难。常言道，天有不测风云，自然温度变化莫测，比光照的规律更难以人为掌控。由于温度不可控，必然会给不育系的繁殖和制种带来极大的挑战。尽管此时袁隆平还不清楚育性转换与光温的作用机制，但有一点他已经认准了：

既然温度是一个影响育性转换的主导因素，第一要考虑的就是育性对温度高低的反应，而不仅是光照的长短。据此，他率先提出了选育“实用光温敏不育系”的新思路，首先是要揭开水稻育性转换与光温之间的生命密码，探明其温敏感时期和敏感部位以及导致雄性不育的临界温度。他的这一思路，在其后“能进一寸进一寸，得进一尺进一尺”的试验中得以验证，这是一条极为关键的技术路线，正是这一技术路线，让袁隆平一步一步地揭示出了水稻光敏核不育性转换与光、温关系的基本规律，从而提出了实用光温敏不育系关键技术指标选育理论及选育与鉴定技术，最终通过掌控临界温度的方法解决了这一难题。

从那个临界温度开始，经反复试验后，袁隆平和协作攻关的科研人员终于探悉到不育系育性转换的起点温度为 23.5 ℃，当不育系在温敏感期的温度低于临界温度时表现可育，而高于临界温度则表现不育。一把密钥终于找到了，袁隆平又风趣地笑着打比方了，两系法虽说是一夫一妻、自由恋爱结婚，制种虽然少了保持系这个“丈夫”，但母稻对生儿育女的要求很高，你对她的冷暖还得特别关心，稍不满意她就使小性子，一赌气又变成了原来的样子（常规水稻）。

接下来又将是一段充满了科学术语的叙述，而科学就是由这种坚硬而枯燥的东西组成的。在找到一把密钥之后，袁隆平又率科研人员对原始不育系“农垦 58S”育性转换的光温条件、育性的遗传行为、花粉败育的生理生化特性、光敏核不育性的转育效果、光敏核不育性的地区适应性等方面进行研究。在袁隆平的直接指导下，罗孝和等科研人员以“农垦 58S”做母本、“培矮 64”做父本进行杂交，在杂种二代（F_2）选择与“培矮 64”相似的核不育株再与“培矮 64”进行回交，其杂种后代经长沙、海南多代双向选择，终于育成籼型水稻低温敏雄性不育系“培矮 64S”。与对照品种“培矮 64”相比，它需在 18~23℃的冷水条件下才能繁殖，不育起点温度低，穗颈伸长度短，终花时间较长，适宜我国长江以南稻区推广应用。接着，又有多个参与协作攻关的科研机构遵循袁隆平的这一技术路线，育成了一个个新的实用光温敏核不育系及其两系杂交组合，但杂种优势表现最优秀的，还是罗孝和主持育成的“培矮64S”两用核不育系。在“培矮64S”育成后，又配制出“两优培特”组合，成为全国第一个通过省级鉴定的两用不育系和两系先锋组合。

到了1991年9至10月的高温期，袁隆平观察到“863”协作组培育的粳型光敏核不育系“7001S”又开始“使小性子”，出现了从自交结实又转为不结实的现象。这让他更加坚信自己此前的判断。那时候，尽管实用光温敏核不育系和两系杂交组合均已获得成功，但在两系法杂交水稻大面积生产应用中还有一道没有攻克的难关，表现为在繁殖过程中的临界低温“漂移”现象，其起点温度随着不育系繁殖世代的增加而逐代上升。试验显示，经三到四代繁殖，不育系中部分植株的不育起点温度会上漂，导致制种失败或种子纯度不达标。若不解决这一隐患，两系法杂交水稻制种就存在着很大的风险，依然无法大面积生产应用。

就在两系法艰难推进之际，袁隆平于1990年受聘为联合国粮农组织（FAO）顾问。FAO是联合国的常设专门机构之一，在联合国成立之前就成立了，其宗旨是“提高人民的营养水平和生活标准，改进农产品的生产和分配，改善农村和农民的经济状况，促进世界经济的发展并保证人类免于饥饿”。而这个在第二次世界大战中成立的组织，最关心的就是饥饿引发的动乱与战争，并作出了灾难性的预言：“在二十一世纪中期之前全球粮食必须增产百分之六十，否则将面临严重的粮食短缺，从而引发社会动荡及内战。”高度的危机感，也让FAO对粮农专家给予高度的尊重和礼遇。1992年，袁隆平被FAO派往印度指导杂交水稻生产，住的是五星级宾馆，一天五百多美元的工资，一个月就是一万多美元，这在90年代初的中国，是想都不敢想的高薪。FAO要他在印度工作三个月至半年，结果他只待了三个星期就心急火燎地赶回来了。当时两系法杂交水稻正处于攻关的节骨眼上，一会儿这里出了问题，一会儿那里又在告急，再高的工资，再优厚的待遇，他也无福消受。一回来，他就奔向了试验田。

在两系法的攻坚战中，袁隆平和协作攻关的科研团队几乎一直是在同温度作战。经反复试验，他和“863”协作组终于揭开了水稻光、温敏核不育系的秘密。1992 年，袁隆平在《杂交水稻》上发表了论文《选育水稻光、温敏核不育系的技术策略》，正式提出了水稻光敏核不育的育性转换模式：“光敏不育系只能在一定的温度范围内，才具有光敏特性，即长光下表现不育，短光下可育，超出这范围，光照长短对育性转换并不起作用。当温度高于临界高温值时，高温会掩盖光长的作用，在任何光长下均表现不育，当温度低于临界低温值时，低温会掩盖光长的作用，在任何光长下均表现可育。在光敏温度范围内，光长与温度有互补作用，即温度升高，导致不育的临界光长缩短，反之，温度下降，导致不育的临界光长变长。品系不同，光温临界指标不同。”同时，他在论文中对温敏不育系也提出了育性转换模式：“品系不同，导致不育的起点温度不同。”——这两个模式，以严谨而清晰的科学思维理顺了水稻光、温敏不育系育性转换与光、温变化的关系，从而为选育实用的两用不育系指明了新的方向和技术路线。

为了使起点温度相对稳定，袁隆平和“863”协作组又经过反复试验和探索，设计了一套科学的原种生产技术程序。1994 年，863-101-01 两系法杂交水稻专题研讨会在扬州召开，袁隆平在扬州会议上提出了“遗传漂移”理论及建立以核心种子为主的不育系原种生产操作规程，既解决了育性稳定性问题，又针对不育起点温度低的特性，组织力量集中攻关，成功地探索出了冷水串灌技术，从而攻破了两系法育种繁殖的难关。其具体操作程序为：“核心种子→原原种→原种→制种”，即每年用 23.5 摄氏度的起点温度，在人工气候室筛选不育系的核心种子，用来生产“原原种”，然后在严格隔离的条件下，用“原原种”繁殖原种，再用原种制种，用于大田生产。如此周而复始，就可保证不育起点温度相对稳定，从而就避免了两系法杂交稻“打摆子”和临界低温“漂移”现象。用这套技术方案指导制种，基本上就可以把自然因素所带来的风险化解了。如在湖南制种，始穗期放在 8 月中旬，从历史气象资料看，这一时段连续三天低于临界温度的低温气候仅为八十年一遇，遭遇的风险只有百分之一左右。这标志着两系杂交稻终于闯过了温度不可控这一难关，同时也攻克了两系法不育系繁殖的难关。

两系法的成功有力地助推了籼粳亚种间杂种优势利用。在如何选育亚种间的强优势杂交组合方面，袁隆平又经过多年的研究试验，从而有针对性地提出了八条原则:“矮中求高，远中求近，显超兼顾，穗求中大，高粒叶比，以饱攻饱，爪中求质，生态适应。”这八条原则不但在两系法育种中屡试不爽，在接下来的超级杂交稻的选育过程中也成了法宝。

1995年8月，随着两系法杂交水稻相继闯过了不育关、繁种关和优势组合关等三道难关，袁隆平在1973年宣告我国籼型杂交水稻三系配套成功后，又一次向世界郑重宣告:“我国历经九年的两系法杂交水稻研究已取得突破性进展，可以在生产上大面积推广。”——这也是中国独创的两系法杂交水稻诞生的元年。

很明显，袁隆平先生所说的“历经九年攻关”，是从1987年两系法杂交水稻研究专题正式列入国家“863”计划开始算起的，这也是很严谨的、很正式的一种说法。而此前，从1973年石明松发现雄性不育突变株“农垦58S”到1985年“湖北光周期敏感核不育水稻”通过鉴定，就已历时十二年，但从严格的科学事实看，两系法在当时还没有一条清晰的技术路线，就像是一个漫长的前奏或引子。如果把这一段历史纳入其中，整个两系法的历史进程比三系法走过的路还要漫长，历时二十二年，中国科学家才终于摘下了杂交水稻皇冠上的第二颗明珠，中国从此才真正跨进了两系法杂交水稻的时代，这是中国杂交水稻发展史上的第二座丰碑。

当袁隆平揭开两系法杂交水稻的生命密码时，一个谁也无法颠覆的科学事实也昭然若揭，袁隆平绝非某些人所误解的那样跟两系法没什么关系，他在两系法科研探索中扮演的是一个至关重要的主角。当两系法走到了生死关头，正是他提出的技术路线和理论依据让两系法起死回生。在杂交水稻发展史上，袁隆平既是三系法杂交水稻的总设计师，在关键时刻又成为两系法杂交水稻的总设计师，既担纲两系法杂交水稻的顶层设计，在关键性的技术攻关中也是身体力行的实践者。若用科学的眼光看，袁隆平捕获了两个十分重要的基因信息，一是水稻的光温敏核不育基因，二是广亲和基因，他对这两种基因的及时捕获并科学地在杂交水稻育种上的利用，从而使两系法和亚种间杂种优势利用得以实现。——这也是他在杂交水稻发展史上的第二个重大贡献。

其实，袁隆平先生对自己所起到的作用一直都很低调，他一再称道石明松的开创之功，还有参与国家“863”计划协作攻关的十六个单位和众多的科研人员。无论是三系法还是两系法，杂交水稻的每一项成果都是集体智慧的结晶。而对于自己所做的一切，他淡淡地说：“我个人的工作主要在两个方面：一是及时提出了杂交稻三步走的战略设想，在第二个战略发展阶段，主张实行把光、温敏核不育基因与广亲和基因结合起来，通过籼稻和粳稻这两个水稻亚种间的杂种优势利用，进一步提高杂交水稻的单产，同时也简化杂交种子生产程序，从而降低生产成本，因此受到国际科学界的普遍称道。二是为两系法育种摸索出了一整套可操作的实施方案，其中包括：揭示出水稻光、温敏核不育系育性转换与光、温关系的基本规律；总结出一整套选育实用光、温敏核不育系的技术方案和体系；设计出一套能使临界温度始终保持相对稳定的、独特的光、温敏核不育系提纯和原种生产程序；提出了亚种间强优组合等技术策略和技术措施等。”

尽管一个科学家如此低调，但遗憾的是，直到今天，还有人指责他是“越俎代庖”，而指责的背后有一个一直为不少人所纠结的症结：石明松的功劳是否被忽视或贬低了？或是袁隆平的光芒过于强大，把他一直笼罩在阴影里？对此，在下觉得，你可以质疑，但绝对不能空洞地指控。看一个科技成果，既要看它的发现或开创性，更要看它的完成度，这就必须搞清楚从发现、开创到最终完成的过程，尤其是那些关键性的步骤。我对石明松先生充满了敬仰，他在“光敏核不育”上开了首功，功不可没，但从科学事实看，在袁隆平担任责任专家之前，当时的成果连两系法的第一关（不育关）也仅仅才迈开了小半步。当一系两用的“光敏核不育”水稻遭遇重大危机时，正是袁隆平所发挥的关键作用让这一研究成功逆转、绝处逢生，而在接下来的一个个难以逾越的关键点上，由于袁隆平指导了关键技术的突破，才使这一科研成果最终得以转化为现实的生产力，从试验田走向寻常百姓家。

我不敢妄言袁隆平是无可替代的，但如果没有袁隆平主持全国十六个单位协作攻关，两系法的前途和命运还真是难以设想。诚如一位参与两系法协作攻关的专家所说："如果没有袁院士，当时两系杂交稻的研究就全线下马了，正是因为他的坚持和引领，才有今天全国两系杂交稻大面积推广的好形势，现在两系研究在全国都非常火热。"

两系法该给予怎样的科学评价，这里借用袁隆平先生的说法："两系法杂交水稻的成功是农作物史上的重大突破，继续使我国的杂交水稻保持了世界领先地位。"这一成果，也是一项举世公认的中国独创、世界首创的科技成果，在水稻杂种优势利用上，具有前所未有、无与伦比的优势，真正达到了大道至简的效果，继续使我国的杂交水稻保持了世界领先地位。其育种程序大大简化了，在杂交组合上进入了更加自由和自然的状态，利用光温敏核不育系育性转换仅受核基因控制的优势，选到优良组合的概率大大提高了，现有同亚种内水稻品种中的百分之九十五都可以用作恢复系，相对于三系法筛选出优良杂交组合的可能性提高了二十倍。当然，一切优势最终都必须体现在大田生产上，这是一粒种子的终极目标。实践证明，两系法杂交稻一般比同熟期的三系杂交稻增产百分之十左右，而由两系法直接发展出来的超级杂交稻，更是屡创高产奇迹，不仅产量提高了，米质也越来越好了。从科技创新的意义上看，袁隆平两系法杂交水稻理论和应用技术体系的创建，既解决了水稻杂种优势利用的难题，还产生了"一法通，万法通"的乘法效应，很多其他领域的农作物专家借鉴其理论和经验，也开辟了杂种优势利用的新领域，如油菜、高粱、小麦等主要农作物，都相继迈进了两系法时代。

如今，中国早已跨入了超级稻时代，但其核心技术体系依然是两系法，也可谓是两系法的升级版，而袁隆平开创的这一技术路线，也为我国种业开拓国际市场提供了核心技术支撑。科学探索之路犹未尽也，两系法杂交水稻在1995年宣告育成后，也不能说是大功告成，作为三步走的第二步，此时也仅仅只是刚刚起步。每一项科研成果都需要经历长时间的探索试验，还要经历从试种到大面积推广应用的实践检验。2013年，在两系法杂交水稻诞生十八年后，由袁隆平主持的“两系法杂交水稻技术研究与应用”项目获得了国家科技进步奖特等奖，这是继全国籼型杂交水稻科研协作组在1981年获得国家特等发明奖后，杂交水稻研究又一次获得特等奖。但这两个特等奖是不能混为一谈的，前者是新中国成立以来的第一个也是唯一一个国家特等发明奖，而后者则是“国家科技进步特等奖”。此时，离石明松那个神奇的发现已过去整整四十年。这也足以证明，这是一项经得起长时间检验的科技成果，一直保持着长久的,甚至越来越强大的生命力。在五十位获奖人名单中,袁隆平名列第一,石明松排第二，这也是严格尊重科学事实的。

令人扼腕叹息的是，为两系法立下首功的石明松，他的名字上已加上了一个令人锥心的黑框。此时他已辞世二十五年了。1988年1月中旬，他在武昌参加学术会议期间，因招待所的电热水器漏电而触电身亡。一个“光的使者”，在电光石火中瞬间走完了他短暂而灿烂的一生，刚刚年过天命。生命中有太多难以预测的因素，而他的生命依然在他发现的一粒神奇的种子里延续。我一直觉得，石明松更像一个王国里的光的使者，一个生命中的光的使者，他的发现的确“照亮整个水稻王国”，同时也照亮了他如电光石火般短暂而灿烂的生命。

第七章　第三次飞跃

警世的呼唤

岁月像一条深不见底的长河，那些前尘往事或随风流散，或旷日持久地沉淀在河底，或化作推动后浪的前浪。袁隆平是一个从不耽于回忆的过来人，他那双眼从未深陷在岁月里，永远如初开的眼光，充满好奇地憧憬着未来。

频频回首的其实是我等历史追踪者，或许是旁观者清，在蓦然回首间，反倒能更清楚地看清事物的本质。对于中国杂交稻的继往开来，1995 年是一个非常关键的年份。这年，随着中国独创的两系法杂交水稻宣告育成，袁隆平在杂交水稻和遗传育种领域又打开了一道玄之又玄的奇妙之门，接下来的一切已经不是悬念，只待时间去一一验证。除此之外，还有许多值得载入史册或袁隆平年表的事情，这年 5 月，在一次次落选中科院院士之后，他终于众望所归地当选为中国工程院院士；10 月，他获得了联合国粮农组织“粮食安全保障”荣誉奖章；12 月 16 日，在湖南杂交水稻研究中心的基础上正式成立了国家杂交水稻工程技术研究中心，从此他既是湖南杂交水稻研究中心主任，又担任了国家杂交水稻工程技术研究中心主任，肩负起了双重的职责和使命。

一条科学探索之路漫长而又缓慢，一代代科学家也在这路上缓慢地变老。这也是袁隆平的切身感受，每取得一项重大突破，人就要老好多岁。他从五十七岁开始两系法攻关，到 1995 年他已六十六岁，换了一般人，他应该歇下来颐养天年了，但对于他，只是刚刚又打开了一扇门，“雄关漫道真如铁，而今迈步从头越，从头越，苍山如海，残阳如血”。一个伟人的长征诗篇，特别适合用来形容他此时的心境。这是一条关山重重之路，雄关之雄，漫道之漫，如铁一般凝重而遥远，每闯过了一关，他又要从头再作部署，而前途依然是苍山如海，残阳如血，如果没有那豪放劲健的气魄和顽强意志，又怎能迈开下一步、闯过下一关？而他接下来还将不断超越自我，发起一轮又一轮的攻关。

当两系法杂交水稻开始在生产中推广应用之际，国际上早已掀起了超级稻研究的热潮。超级稻，亦称超高产水稻。说来，又是日本人先声夺人，早在 1981 年，日本农林水产省便组织全国各主要水稻研究机构开展题为“超高产水稻开发及栽培技术确立”的大型合作研究项目——“逆753 计划”，这让日本成为世界上最早提出并开展水稻超高产育种及栽培研究的国家。按他们设想的路线，先通过籼稻和粳稻杂交的方法选育产量潜力高的新品种，再辅之以相应的栽培技术，计划在十五年内，把水稻单产提高一半以上（将亩产从 420 至 540 公斤提高到 630 至 810 公斤）。在 1981 年至 1988 年的八年间，日本共育成了五个超高产水稻品种（明之星、秋力、星丰、翔和大力）。按计划，日本的这一计划将在 1995 年实现，而中国独创的两系法杂交水稻也正是在 1995 年大功告成。不同的是，中国两系法杂交水稻搞成功了，而日本和他们此前在杂交水稻研究上的遭遇差不多，他们从未输在起跑线上，却总是在半途铩羽，他们培育出来的这些品种，大多在抗寒性、抗倒伏、结实率和稻米品质方面存在这样那样的问题，且无论他们怎么左冲右突，都难以冲出他们的试验田在大田里推广。

国际水稻研究所的起步较晚，他们于 1989 年正式提出水稻超高产育种计划，后又改称“新株型”育种计划，试图育成一种有别于以往改良品种的新株型水稻，并计划到 2000 年时，育成产量潜力比当时最高品种提高两成以上的超高产水平(将亩产从 670 公斤提高到 800 至 830 公斤)。1994 年，就在袁隆平宣告中国独创的两系法杂交水稻可以在大田推广应用的前一年，国际水稻研究所抢先一步向世界宣布，他们利用新株型和特异种质资源选育超级稻新品种已获成功，一些品系在小面积产比试验中的产量已超过现有推广品种的两至三成。实在说，这已是了不得的成就了，然而实在中还有实在，他们也像日本科学家一样遇到了很多难以攻克的难题，也同样走不出科学家的试验田。尽管这些先行者都没有搞成功，但不能不说，他们的探索有着开创性和启示的意义。袁隆平对他们的探索与试验也从不使用“失败”一类的词语，他只是说：“由于指标高、难度大、受技术路线的限制，他们的计划仍在努力实现中。”换句话说，他们的目标至今也未实现。正因为超级稻一直难以从根本上突破，搞了许多年一直没有搞成功，也因此而被人们称为一个“超级神话”。

那么，以袁隆平为代表的中国科学家，继中国独创的两系法之后，又是否能把一个“超级神话”变成货真价实的超级稻呢？当袁隆平把目光投向超级杂交稻，就有人早早为他捏着一把汗了。按一般人的想法，他在三系法杂交水稻研究成功后，就已功成名就了，成了享誉中外、当之无愧的杂交水稻之父，如今又锦上添花，育成了两系法杂交水稻，最要紧的是爱惜羽毛，不能再冒险了。何况他年岁实在不小了，这么多年来一直风里来雨里去，也该享享清福了。事实上，无论此前，还是此时，都有人好心好意提醒他：“您现在已是国际同行公认的杂交水稻之父了，国家和省里都对您寄予了厚望，万一搞砸了，岂不坏了名声？”

这种担心并非多余，任何科学技术都有失败的可能，且失败的概率比成功概率要高得多，有人说，成功是“万一”，连万里挑一都不止，而不成功则是“一万”，这世上有多少科技人员在默默无闻地探索着，又有几人能功成名就？如此微小的成功率，也让一些成功者抱有见好就收的心态，这也是一种比较普遍的心态。有些人取得了一项成果，便会百般地爱惜和呵护，在科学探索之路上变得谨小慎微，生怕一个什么闪失就毁掉了自己来之不易的一世英名。然而，以袁隆平的人生境界，他考虑的又岂止是自己的一世英名，他的人生目标是造福人类，何况长江后浪推前浪是自然规律，杂交水稻更新换代也是必然趋势。袁隆平一直在鼓励也真诚希望后来者能够超越自己，同时他也一直在不断实现自我超越。一生酷爱运动的袁隆平，他能走得这么远，一方面得益于他从小以来就一直在锻炼自己的体魄，一方面也得益于运动让他领悟到了其间的人生与科学哲理。他常用跳高来打比方："搞科研如同跳高，跳过一个高度，又有新的高度在等你。要是不跳，早晚要落在后头，即使跳不过，也可为后人积累经验，只要能解决老百姓的吃饭问题，个人的荣辱得失又算得了什么？"

从三系法到两系法，袁隆平一直走得稳健而从容，但他也有压力，也有危机感和紧迫感，他说过这样一番话："人类的历史，像江河之水，总是奔流不息；科学技术，似接力赛跑，你追我赶，强者胜。我国杂交水稻的研究，亦如江河之水，赛跑之势，在绿色革命运动中，你追我赶，形势逼人，压力很大。"

这压力，不仅仅是国际科技竞争，更多是出自一个农业科学家的天职，让每一个长了嘴的人都能吃饱肚子。这其实也是一个国家不可动摇的意志，那就是保障国家粮食安全。就在袁隆平做出这一抉择之前，1994 年 9 月，美国世界观察研究所所长莱斯特·布朗向中国也向世界发问：Who Will Feed China？——谁来养活中国？有人将其称为"警世的呼唤"（Wake up Call）。这篇长达 141 页的报告，其实还有一个诡异的副标题——来自一个小行星的醒世报告。在苍茫浩瀚的宇宙中，地球就是一个微不足道的小行星。布朗是在中国逐渐融入全球化的背景下发出这一疑问的，而在全球化的背景下，贫困与饥饿跨越了国界，不是哪一个国家关起门处理的家务事，而是全人类都必须共同面对的问题。他关注的其实不是中国，而是世界，如果中国人不能养活自己，那么他们将使世界挨饿，而饥饿对于一个古老的泱泱大国从来就是一个挥之不去的魔影。而他提出的也的确是一系列充满了灾难性而又难以破解的难题，也有人称之为“布朗的魔咒”，一个饥饿的中国仿佛一个巨大魔影笼罩了整个地球。

这里且不说布朗是居心不良还是杞人忧天，先看看袁隆平这个杂交水稻之父怎么看。他和布朗也曾有过一面之缘。那是他在加拿大参加一个国际会议时，布朗也参加了，但那会儿他还不认识布朗，布朗也不认识他，袁隆平从不主动去与一个国际人士套近乎，两人也就没有直接打交道。他们走得最近的一次，是在餐厅里，但两人也不同桌，还是有个朋友指给袁隆平看，说那就是大名鼎鼎的布朗。在那匆匆一瞥中，布朗给他留下了一个颇深的印象，“很深沉的一个人”。对布朗发出的警世的呼唤，袁隆平是这样看的，“他的论证是非常充分的，他对中国的情况了如指掌，如人口增长多少，土地每年减少多少，水资源情况，等等”，布朗所列举的这些问题，将是中国在 21 世纪所面临的三大难题：人口、土地与水资源。他所列举的都是有据可查的数据，对未来的预测也是来自精确的计算。

这里就不妨算算账。由于粮食与人口直接对应，中国人早已习惯于把粮食称为口粮，看粮食先得看人口。1995 年，中国有两个直接对应的宣告，一个是袁隆平在当年 8 月宣告两系法杂交水稻诞生了，还有一个是在 2 月 15 日零点，北京妇产医院一个呱呱落地的婴儿，宣告中国第十二亿个公民诞生了。据国家统计局预测，到 2030 年中国人口将达到最高峰值(14.8 亿),此后将开始逐渐下降。这里先不论那个预测的人口峰值，只说近二十年来已从预测变成了现实的人口增长。尽管我国从 1970 年代起就采取了严格的计划生育政策（提出计划生育的试点阶段则更早），但人口依然一直保持高速增长，截至 2015 年末，中国大陆总人口早已突破了十三亿大关,直逼十四亿。有人估计,如果加上各种原因未统计的人口，已超过十四亿。又无论你统计未统计，凡长了嘴的都是要吃饭的。在未来的十五年间，随着全面放开二孩生育，在如此庞大的人口基数上净增两亿人口，还是相当保守的估计。事实上，中国政府一直以十六亿人口为最高峰值，来作为应对国家粮食安全的大前提。

那么，这里又按国际上公认的粮食过关线（人均 500 公斤）计算，每个人都可以做一道简单的算术题：16 亿 ×500 公斤 =8000 亿公斤。而 1996 年，我国的粮食产量创下我国粮食总产量的历史最高纪录（达到 4800 亿公斤），按当时的十二亿人口计算，人均 400 公斤，这已达到了温饱线，但仍未达到国际上公认的粮食过关线。再按中国人口峰值所需粮食做一道更简单的减法题，8000 亿公斤—4800 亿公斤，这个差额有多大？哪怕到了今天，以 2015 年国务院政府工作报告的数据为准，“我国粮食产量达到 1.21 万亿斤”，这一数据突破 6000 亿公斤，但离 8000 亿公斤也还有近 2000 亿公斤的缺口，这同布朗的预测惊人的一致，他认为到 21 世纪 30 年代，中国达到人口峰值时需要净进口粮食两亿吨，也就是 2000 亿公斤，而这数据，恰好又是每年国际谷物的总贸易量。这一道道简单的算术题，得到的是一个残酷的结论，布朗发出的警世的呼唤绝非杞人忧天，如果中国粮食的增产赶不上人口的增速，没有足够的粮食去填补这个巨大的缺口，就必须买光全世界的粮食贸易量，才能填补养活中国 16 亿人口的那个巨大缺口，可世界上的其他粮食进口国吃什么？——这就是布朗预测的一个世界粮食的灾难性后果：中国粮食缺口将导致全世界粮食短缺和粮价暴涨，造成全球性粮食危机。又无论是中国发生粮食危机，还是将危机转向世界，那巨大的粮食缺口都无法从地球这颗小行星上转移，必须用数亿人的生命去填！

粮食不仅与人口直接对应，也是与水土、气候、生态直接对应的。从耕地上看，“中国以占世界百分之七的耕地养活着占全球百分之二十二的人口，即十二亿人”，这一直让中国人充满了自豪感，也的确是中国对世界的巨大贡献，却也是一个大限。自新中国成立以来，中国耕地基本上开垦到了极限，人口有增无减，而耕地自 20 世纪 50 年代以来一直呈现净减的趋势，进入 80 年代后，随着改革开放推动经济和城市化的快速发展，中国耕地以年均三百万亩（20万公顷）的速度递减，相当于每年减少了五百万人口的口粮。即便中国严防死守十八亿亩耕地的红线，也是底线，那“占世界百分之七的耕地”也不可能增加。除了先天不足的耕地，还有先天不足的水资源，中国人均水资源占有量仅为世界人均的四分之一左右，在农耕时代勉强能够维持，一旦迈进工业化、城市化、现代化的进程，日益严峻的水资源危机以及污染所带来的水质性危机，必将直接加剧中国的农业危机和粮食危机。再加之生态环境的恶化使得各种自然灾害频繁袭击我国的农业生产，水土流失加剧，各种灾难性的危机叠加在一起，对我国的粮食安全构成极为严峻的威胁。

由此可见，布朗所列举的三大难题绝非居心叵测，这不只是中国问题，也是世界难题。还是那句话，整个地球就是一个小行星，而全球人口却在以前所未有的速度迅猛增长。在人类跨入新千年的前夕，联合国人口司根据人口统计资料用数学方法计算出地球上的第六十亿个居民将在1999年10月的某一天诞生。这年5月4日，联合国总部一楼大厅竖起一座人口钟，由一个“6”和九个“0”的模型组成，“6”字模型上的人口计数器显示，目前世界人口每秒钟增加四至五人，而这年世界人口日的主题就是“六十亿人口日开始倒计时”。经历了五个多月的倒计时，这个日子终于降临，10月12日凌晨，又是前南斯拉夫的范围内，在波黑首都萨拉热窝的一家医院里，第六十亿个人类居民降临地球，又是一名男婴。这天被联合国确定为世界六十亿人口日，时任联合国秘书长安南在这个婴儿诞生的前一天就专程赶往萨拉热窝，并定于12日下午前往医院看望婴儿母子，这是一种关爱，也是一种关注，以唤起人们对人口问题的高度关注。2016年9月下旬，我赴菲律宾国际水稻研究所（IRRI）采访时发现，在IRRI展览馆大厅里也高悬着一座人口钟，构成了国际水稻研究和世界粮食生产的一个大背景。如今，世界总人口已逼近七十三亿，且依然在以咄咄逼人的速度增长（据公开数据显示，全世界每秒钟大约出生4.3人，每分钟大约出生259人，每小时大约出生15540人，每天大约出生37万人，每年增长约8296万人）。又据联合国预测，到

2025 年世界总人口将超过八十亿。另据科学家的分析，到 2080 年世界人口将达到顶峰，突破一百亿大关。面对这庞大无比的人口基数和增长迅猛的人口，不说布朗，每一个在理智上保持清醒的人都会下意识地发问，谁来养活 21 世纪的中国？谁来养活 21 世纪的世界？

事实上，布朗发出的“警世的呼唤”，不只是呼唤中国，他也在不遗余力地“呼唤世界各国的领导人，不要拿经费来备战，制造兵器，而是要重视粮食生产，发展农业”。他那深重的危机感，也在世界上引起了强烈的反响。1996 年 11 月，在罗马联合国粮农组织总部召开了史上第一次以应对粮食问题为主题的世界首脑会议，据联合国粮农组织当年发表的公报，全世界有超过八亿人遭受饥饿。罗马会议分析了世界粮食安全的严峻形势，重申了“人人享有免于饥饿、获得充足食物的基本权利”，并确定要在 2015 年之前把全世界营养不良的人数减少到目前人数一半的近期目标——这也是当时的世界各国首脑对全世界人民作出的庄严承诺。时至 2015 年，一个长达近二十年的承诺到了应该兑现的最后一年，但据中新社纽约 10 月 5 日电，世界银行最新预测称“2015 年全世界极端贫困人口将减少到 7.02 亿人，这也将是全球贫困人口首次降低至百分之十以下”，这就是说，世界各国用了近二十年的努力，也只把贫困人口降低了一亿，这远远低于世界各国首脑在罗马会议上作出的庄严承诺。由此可见，消除贫困、消除饥饿还有多么漫长而艰难的路要走。

看了世界，回过头来又看中国。对“谁来养活中国”这一“警世的呼唤”和跨世纪的忧患，中国没有沉默。尤其对于经历过饥饿和半饥饿的中国人，上上下下都有强烈的危机意识，而中国在保障粮食安全上主要有两条途径，一是“将人口增长控制在某一限度之内”；二是不断提高粮食产量。时至今日，中国的人口峰值还没有到来，但也为期不远了，而随着全面放开“二孩生育”，那个人口峰值很可能超过原来的预测，中国若要自己养活自己，就必须让粮食增产赶上人口的增长，这是常识，也是一条不可违逆的铁律。然而，即便中国能死死守住十八亿亩的红线，在这红线中却有约三分之二为中低产田，因此摆在中国面前的唯一一条出路，一条活路，就是依靠科学技术的应用和进步，才能在现有的、十分有限的耕地上竭尽所能地提高粮食单产。只有算清了这样一笔账，你才能理解袁隆平，如果不按一条不可违逆的铁律进行一番梳理，你就难以理喻一个以拯救饥饿、解决吃饭问题为天职的农学家，在攻克了三系法、两系法之后，为什么又会把目光瞄准一个更高的目标——超级杂交稻。这是一种不可逆转的必然选择。

对布朗发出的“警世的呼唤”，袁隆平从一个农业科学家的视角作出了科学解读，他不认为这是美国人发出的“中国威胁论”，但他觉得“布朗只看到了中国庞大的人口将侵占大量的人类资源，他的最大弱点，是对科技进步提高农作物生产力的巨大潜力估计不足，而恰恰农业科技进步是支持粮食增产的第一生产力”。其实，布朗在《谁来养活中国》一文中也提到了农业科技进步，但他通过对当时现实的观察得出了一系列悲观的结论：首先是很多人把希望寄托在基因工程上，但基因工程搞了二十年，对提高农作物的产量还是没有看到明显的贡献，然后又有很多人把希望寄托在国际水稻研究所的超级稻上面，结果超级稻也没有搞成功。——这是实情，也是难题，而袁隆平接下来要攻克的就是这道世界性难题，他坚信“中国人通过科技进步和共同努力，不仅能养活自己，而且可以帮助发展中国家解决粮食短缺问题”，这绝非盲目的自信，而是基于他执着而坚定的科学信仰。

1996年，关于中国的粮食安全至少有两件值得载入史册的大事。当年10月，国务院发布了《中国的粮食问题》白皮书，其中明确指出“农业科技在中国农业增产中的贡献率约为百分之三十五”，并突出强调要把科技作为“中国粮食生产再上新台阶的巨大动力”。第二件大事是，农业部正式启动了为期十年的中国超级稻育种计划。第二年，袁隆平院士提出的“中国超级杂交稻育种计划”又由国务院总理基金和国家863高技术计划立项，在袁隆平的统领下，组织全国二十多个科研团队协作攻关。——这已是袁隆平第三次率领全国科研团队协作攻关。

中国超级稻育种计划的启动时间比日本晚了十六年，比国际水稻研究所也晚了七年，但中国有句俗话，先上船不一定先到岸，欲速则不达。随着中国超级稻在未来岁月的一步步推进，这一计划实际上已成为保障国家粮食安全的战略决策之一，而无论在战略设想还是技术路线上，袁隆平都扮演了一个战略家的角色，有人甚至把他称为这一领域的“战略之魂”。然而，每一个战略在付诸实施和取得战果之前都是有风险的，而超级杂交稻育种计划明确由袁隆平牵总头，也就是负总责的首席专家，理所当然必须他承担随之而来的风险。按农业部提出的第一期产量指标，就要在 2000 年选育出亩产达到七百公斤以上的超级稻品种，不说别人替他捏了一把汗，连那些追随他多年、对他言听计从的学生和助手们也充满了怀疑，“袁老师啊，这怎么可能达到啊？”他们的怀疑，其实已经被日本人用十六年的时间、国际水稻研究所用七年的时间验证了，还真是达不到。但袁隆平却对他的助手们说:“别人没做到的,不等于我们不能做。杂交水稻以前别人没有搞成，但我们搞成功了，现在我们已经搞成了中国独创的两系法杂交稻，如果能把三系法、两系法的优势一起运用在超级杂交稻攻关上，我们就有比别人更大的优势，抢占杂交水稻研究的国际制高点。”

随着袁隆平率中国科学家开始超级杂交稻协作攻关，在全球范围内，日本、国际水稻研究所和中国形成了在水稻王国逐鹿的几驾马车，前者已先声夺人，后者正奋起直追，而谁将捷足先登、马到成功，还将拭目以待。

第三次飞跃

人类一直不遗余力地提高农作物的单产，又主要是通过两条途径：一是品种改良，一是形态改良。这两条途径并非平行线，可以交叉兼容，把两种优势结合在一起利用，所产生的不是加法效应而是乘法效应，甚至可以促使农作物呈几何级数增产。

从品种改良看，最原始的方式就是农民在稻田里选种，拣穗子大、颗粒饱满的选，留作来年的种子，还有就是“施肥不如勤换种”，在同一块田里，老是种着一样的种子，那种子再好也会退化。在杂交水稻问世之前，农业科技人员主要是通过改良常规品种和改变育种技术、栽培技术而提高作物的产量，但这样的改良增产潜力有限。直到杂种优势利用的潜力被开发出来，才让品种改良出现了质的飞跃，事实上这已经不是改良而是一场革命，而杂交水稻就是袁隆平在中国稻田里掀起的一场划时代的绿色革命。

从形态改良看，主要是因地制宜，改良株型，以提高作物的光合效应和抗逆性。如黄耀祥先生开创的“水稻矮化育种”及其培育出的半矮秆水稻，就是一个经典之作。以国际水稻研究所为代表的各国水稻育种家，主要就是采用改良常规品种和改良株型这两种方式，也曾创造过不少奇迹，但他们在超级稻上却没能再创奇迹，难以实现超高产的预期目标。这是被实践验证了的事实，无论是对常规品种的改良，还是单纯的形态改良，增产潜力都很有限。这也是人类把目光转向杂种优势利用的主要原因，而且成为20世纪农业科技革命和或绿色革命的主题。

按袁隆平早已提出的分三步走的战略构想，从三系法、两系法到一系法，与之对应的则是杂种优势利用的技术路线，很多人误以为超级稻就是比两系法更高级的一系杂交稻，这是一个大误会，超级稻是一个主要以一定产量指标来衡量的概念，无论常规稻，还是杂交稻，又无论三系法杂交稻，还是两系法杂交稻，只要达到了预定的产量指标，均可称之为超级稻。具体说到超级杂交稻，从袁隆平接下来的试验和实践看，主要是“两系法和亚种间杂种优势利用”，但那也只是两系法杂交稻的发展和延伸，通俗地说，就是杂交水稻的升级版和加强型。这反过来又验证了，袁隆平从三系法到两系法这段路没有白走，它本身就是一道连接过去和未来的桥梁。谁又不想获得跨越式发展呢，但无论你采用怎样的科技创新手段，那也只能让你的脚步加速，那一个接一个的关键步骤，你是不能骐骥一跃而跨越的。尽管两系法杂种优势利用比三系法可以释放出更强大的能量，但超级杂交稻也吸收三系法中的一些经典的方式，而当超级杂交稻发展和延伸到后一阶段，它将越来越接近一系杂交稻的一些特征，如远缘杂种优势利用或分子间杂交。一句话，超级杂交稻就是株型改良加利用水稻的一切杂种优势来追求高产优质的目标。从三系法、两系法到超级杂交稻，一向喜欢拿比喻说事的袁隆平又开始打比方了："如果常规稻是鸟枪，杂交稻就是大炮，而超级杂交稻就是核武器！"

按水稻领域的主流观点，水稻只有籼稻和粳稻两个亚种，也有一些科学家认为爪哇稻是水稻的亚种，但主流观点则认为爪哇稻属亚热带粳稻。从中国稻作区分布看，一般是南籼北粳，这两个亚种的亲缘关系比较远，而亲缘越远，其远缘杂交的生物学优势就越强，但两者之间也有一个大限，由于亲缘太远了，亚种间遗传分化程度大，就会不亲和，存在一定的生殖隔离，从而导致杂种受精结实不正常，看上去穗子很大，但大部分是空壳，一般只有两三成的结实率。据袁隆平当时估计，如果结实率正常的话，通过籼粳杂交将产生强大的杂种优势，亩产可达到九百公斤甚至突破一千公斤大关，这在当时，可真是一个"超级神话"了。但袁隆平坚信这个神话是可以实现的，关键是如何突破"不亲和"这个生殖隔离的大限。

对于亚种间的生殖隔离，早在20世纪70年代，辽宁省农科院水稻研究所的杨振玉等科研人员就开始了打通籼粳之间生殖隔离的尝试，他们通过连续六年的试验，首创了"籼粳架桥"制恢（人工创造恢复系）技术，这一技术对两系法杂交稻的探索具有借鉴意义。日本科学家在这方面也作出了难能可贵的尝试，如袁隆平的老朋友池桥宏早在1982年就揭示了籼粳稻的不亲和性以及由此引起的杂种结实率低的原因，并首次提出了"水稻广亲和现象"，在籼稻和粳稻两个亚种间找到一些中间型的水稻，如爪哇稻，这种中间型的水稻品种具有广亲和基因，无论是与籼稻杂交，还是与粳稻杂交，试验显示都能正常结实。池桥宏的发现，为袁隆平攻克生殖隔离的大限找到了突破口。他针对中国水稻具有丰富的广亲和资源、亲和谱各异等特点，在攻克两系法时就主张“把光、温敏核不育基因与广亲和基因结合起来”，随后又在国内率先提出“水稻亚种间亲和性模式”，进一步阐明和发展了池桥宏提出的“水稻广亲和现象”，从而提出了比池桥宏更全面、更深入的“广亲和基因”和“辅助亲和性基因”的理论，按亚种间亲和性表现，将水稻品种分成广谱广亲和系、部分广亲和系、弱亲和系和非亲和系。在这个理论基础上，袁隆平和他的科研团队对广亲和资源进行大量的筛选和遗传研究，发现广亲和材料中还存在另外一些广亲和基因，这些基因在克服亚种间杂种的不育性方面同样具有重要作用。经过协作攻关，以袁隆平为代表的中国科学家终于为水稻亚种间的杂交打通生殖隔离，又攻克了一道世界性难题。池桥宏虽说是提出“水稻广亲和现象”的第一人，但他的设想在日本没有实现，而是在中国长沙付诸实施的，这让他对袁隆平、对长沙抱有很深的感情，先后五次来长沙和袁隆平探讨交流，两人在稻田里结下了深厚的友谊。科学无国界，这是一个典型事例。

袁隆平一只眼盯着种子，另一只眼也盯着株型。想想也知道，那超高产的水稻倘若结出了沉甸甸的稻子，如果没有强有力的稻株又怎么能承受得起？我在前文述及，在杂交水稻诞生之前，水稻育种的技术路线主要是从植株的高矮、形态着手进行改良，如黄耀祥先生当年培育的半矮秆水稻，就是这方面的经典范例。矮化育种可提高水稻的抗倒伏能力，在大田推广后亩产为两百五十公斤上下，这在当时已很了不起了，而按农业部分期制定的中国超级稻产量指标，第一期（1996—2000 年）亩产就要达到七百公斤，那该要多么高大的稻株才能支撑起这么多稻子？很明显，矮秆和半矮秆株型是不成的，必须拥有高大的株型，但稻禾一高就容易倒伏，这就必须培育出一种高大壮实的株型，既具有高度的抗倒伏能力，又能承载起高出半矮秆水稻两三倍的稻子。而中国稻作区分布广泛，从平原到丘陵区、山区，由于生态条件复杂，气候变化多样，在株型设计上均要立足当地，到什么山上唱什么歌。这就需要众多的科研人员参与，也是协作攻关的意义所在，每个协作攻关的科研人员都必须因地制宜、对症下药地琢磨如何改良株型。袁隆平一直紧盯着长江中下游流域，这是中国最重要的稻作区，播种面积约占全国水稻总面积的一半，若能大幅度提高这一地区的水稻产量，对确保我国粮食安全具有举足轻重的意义。

有人把袁隆平喻为一颗持续发光、热力不减的恒星，倒不如说他一直在经受烈日的长久考验。当田间的农人都回家歇晌后，那几个依然在稻田里俯身寻觅的身影，便是他和他的助手们了。在茫茫稻海中想要寻找到一种理想的稻株非常渺茫，而偶然又必然的发现已是袁隆平一次次为我们展现的神奇风景。这一次发现，并未来得太迟，就在中国超级稻育种计划启动的第二年，1997 年，袁隆平在观察两系法杂交组合“培矮 64S/E32”时，便发现这是一个株型优良、极具高产潜力的组合。这一组合以湖南杂交水稻研究中心选育的低温敏核不育系“培矮 64S”为母本，经罗孝和研究员与江苏省农科院邹江石研究员等协作攻关，最终筛选出了一个两系法杂交稻新组合，既可作中稻栽培，又可作为连作晚稻，还是作再生稻的理想品种。当然，袁隆平最看重的就是它的株型，其株高超过一米一，秆高超过一米，那深绿色的叶片又厚又直，尤其是那三片功能叶，其横断面呈瓦状（V 字形），剑口青秀挺拔，剑叶角度小。这稻禾让袁隆平眼前豁然一亮，他灵机一动，顿悟出超级稻的理想株型模式。这样的灵感或顿悟，在袁隆平的一生中频频发生，正所谓“迷闻经累劫，悟则刹那间”，那句他最满意时的夸奖不禁又脱口而出：“高级，高级啊！”

但要塑造出超级稻的株型模式，单凭一个灵感或顿悟是不可能完成的，还必须反复观察、分析和试验。——袁隆平先生给我讲解，农作物高矮之间的关系，涉及一个力学公式，稻秆是空心的，这里就以一个空心钢管为例，它所承受的压力和它高度的平方成反比，钢管越矮，它所能承受的压力就越大。经测试，一根高七十厘米的钢管，比高一米的相同型号的钢管所能承受的压力高一倍。按这个力学公式，袁隆平参照“培矮 64S/E32”的植株形态，并针对长江中下游流域的气候与水稻的性状特性，对超级稻的生长态势进行了量化分析，从而设计出了理想的超高产稻株形态模式：一是冠层要高，即上面的叶子高度要在一米二以上，这有利于水稻的生长和结实，而抗倒伏是超高产的一个前提，一倒了就会减产甚至颗粒无收，因此斜都不能斜，斜了以后，叶片就会相互遮阴，光合作用受到影响，养料运输受到阻碍，就不能达到超高产。这就必须对上三叶进行塑造，叶片要轻，并且要长长地、直直地向上举着，这样既能增强其抗倒伏能力，又不会遮挡下面的阳光，还能充分提高群体的光能利用效率，实现有效增源；二是穗层要矮，即稻穗的位置矮，当稻子成熟的时候，穗尖离地只有六七十厘米，它所有的重量（重力、重心）自然下垂，这样才有更强的承重力。为了让广大农技推广人员和稻农们熟记这些诀窍，袁隆平把理想的超级稻株型概括为几句口诀："高冠层、矮穗层、中大穗、重心低、库大而匀、高度抗倒。"

就在袁隆平主持中国超级杂交稻育种协作攻关的第二年，他这个负责"牵总头"的首席专家开始为捉襟见肘的科研经费犯愁了。这样一个关乎国家粮食安全的大工程，国家理所当然是最坚强的后盾。还别说，他又赶上一个机遇了。1998 年 8 月，国务院组织一批优秀专家和教师去北戴河休假，袁隆平也在其中。在前往北戴河的火车上，他与国务院副秘书长徐荣凯和国务院办公厅秘书三局局长袁隐坐在一起。而在此前不久，国务院成立了国家科技教育领导小组，由国务院总理朱镕基任组长，副总理李岚清任副组长，徐荣凯担任领导小组成员兼办公室主任，办公室设在国务院办公厅，具体工作就由秘书三局承办。袁隆平的这次北戴河之旅，还真是赶得早不如赶得巧。徐荣凯和袁隐对袁隆平打心眼里敬重，但凡中国人，谁又不敬重这位誓言"不让老百姓挨饿"的杂交水稻之父呢。说来有缘，袁隐还和袁隆平亲热地攀起了本家，徐荣凯还半开玩笑道："你远亲不如我近邻，我是重庆人，我家住在南岸，与袁先生老家所在的下浩只有一公里呢！"几个人就这样说说笑笑的，越聊越亲热，越聊越投机。当两人关心地问起超级杂交稻科研攻关的进展时，袁隆平也实话实说，技术上的困难他可以和科研人员一起攻关，但经费上的困难还需要国家大力支持啊！两人听了袁隆平的一席话，觉得责无旁贷，这正是他们的分内职责啊。他们建议袁隆平赶紧打一个报告，按照程序，通过徐荣凯呈送给了朱镕基总理。朱镕基在第二天就作了批示："良种培育和基因转换都很重要，同意按需要增拨经费。"随后，朱镕基又一次批示"国务院全力支持这项研究"，并从总理基金中特批一千万元专项资金予以支持。

一个报告这么快就得到了总理批示，再次凸显了吃饭问题多么重要，而科技则是保障国家粮食安全的一个战略支撑点。2008 年发布的《国家粮食安全中长期规划纲要（2008—2020 年）》，对此有了一段简明夺目的表述：通过加快改良品种、提高农田生产力、推广现代生产技术和手段等，使我国粮食单产登上一个新台阶。当然，朱镕基总理在袁隆平的报告上两次作出批示时，离 2008 年还有整整十年，而就在这十年间，袁隆平和他率领的科研团队，将向超级稻的第一期、第二期、第三期目标连续发起攻关，一次次刷新水稻超高产的世界纪录。

从中国杂交水稻发展史看，是一个在探索、发现、创造和实践中不断演进的过程，也是"杂交水稻学"这一新兴科学的知识体系逐渐形成和不断完善的过程，作为总设计师的袁隆平在这一过程中的科学预见能力也在进一步强化，每到一个承上启下的关键点，他都会从理论和技术路线上作出纲领性的阐述。1998 年 8 月，第十八届国际遗传学大会在北京国际会议中心开幕，这是 20 世纪国际遗传学界的最后一次盛会，大会的主题是"遗传学——为民造福"。中国现代遗传学奠基人之一谈家桢院士在致辞中以"人寿年丰"高度概括遗传学对于人类的意义。人寿，就是提高全人类的生命质量，年丰，就是提高全人类的生活质量，丰衣足食。袁隆平院士作了题为"超高产杂交稻选育"的学术报告，对超级杂交稻理论和选育技术路线进行了极具指导性的阐述，他提出超级杂交稻必须以"增源"为核心，并由此提出了超级杂交稻产量指标、株型模式和选育的技术路线，育种应采取旨在提高光合效率的形态改良与亚种间杂种优势利用相结合，辅之以分子手段的选育综合技术路线。此外，还要针对超级杂交稻的特点，建立与之相适应的超高产栽培技术。

按照袁隆平设计的技术路线，他率协作攻关的科研人员发起了一轮轮攻关。

1999年，多年来一直担任袁隆平助手的罗孝和研究员和江苏省农科院邹江石研究员合作，由罗孝和提供母本，邹江石育成了世界第一个投入大面积生产的两系法杂交稻组合“两优培九”，这一成果通过鉴定，被农业部、科技部认定为“超级稻”，该组合也被袁隆平院士认定为超级杂交稻的先锋组合。这标志着中国第一个超级杂交稻组合诞生了。这种水稻根系十分发达，茎秆粗壮，穗形大，杂种优势非常强大。每一个新品种在科研人员的试验田里试种后，还必须按照严格的科学程序走，逐渐扩展到示范片试种，示范片一般由当地农民种植管理，由科研人员悉心指导。示范片也是不断扩大的，从百亩示范片扩大到千亩示范片，示范片的数量也会不断增加，并且分布在不同的地区，除了测试种子的效果，还要测试各种不同地域的环境因素的影响。这是一个反复试验、不断修正的过程。对种子的选择是一个十分严格的过程，一粒种子可以承载人类的命运，也可以给人类带来难以估量的灾难，科技人员在自己的试验田里可以大胆试验，但在大面积推广应用之前必须慎之又慎。对于科学，“面面俱到”从来不是贬义词，而是一种全面而严谨的科学精神，每走一步都谨小慎微，连每一个细节、每一个在试种过程中发现的或可能出现的问题都必须考虑到。一句话，试验可以失败，但大面积推广应用绝不能失败。

这年的试验结果显示，“两优培九”仅在湖南就有四个百亩示范片平均亩产超过了七百公斤，若按农业部分期制定的第一期超级稻产量指标，已经达标了，但这年并未作出达标的认定，一粒种子的普适性十分重要，还必须在更大范围内试种。到2000年，“两优培九”又进一步扩大试种范围，8月25日、9月10日，在湖南郴州两个示范片举行了超级杂交稻现场验收会，经专家现场测产验收，两个示范片均达到第一期超级稻产量指标。在当年，全国有十六个百亩示范片和四个千亩示范片亩产均达到和超过了七百公斤，大面积的试种结果充分验证了这一品种既可在一般生态条件下大面积推广，也可在地形复杂的山区推广。除了产量，还有质量，经鉴定，第一期超级杂交稻的米质就达到农业部规定的二级优质米标准。这也标志着，从1996年中国启动超级稻育种计划，到2000年，历经五年，在人类跨入新千年、迎接新世纪的2000年，中国超越了日本和国际水稻研究所等先行者，率先迈进了超级稻时代。

此前，袁隆平在《中国稻米》1999年第4期上发表了《杂交水稻选育的回顾、现状与展望》一文，这是他在世纪末对新中国的粮食发展之路和杂交水稻的科学探索之路作的一番梳理和总结：迄今，我国在水稻育种上已有两次突破，并且都处于世界领先水平。第一次是矮秆水稻的培育成功，第二次是杂交水稻的研究成功，两次突破使单产潜力均在原有品种的基础上增加百分之二十左右。现在启动的超级杂交稻研究，其产量指标是比现有杂交稻增产百分之三十左右，它的实现将是水稻育种上的第三次突破。因此，培育和推广超级杂交稻对于解决我国21世纪的粮食问题具有极其重大的战略意义。

这里具体看看水稻，诚如袁隆平先生所说，在新中国历史上粮食产量出现了三次突破，也可谓是三次飞跃。尽管水稻种植面积仅约占我国粮食作物面积的三成，但产量却占了粮食总产量的一半。这三次飞跃，从科技支撑的视角看，第一次飞跃，是以黄耀祥为代表的稻作育种专家在50年代后期培育出来的半矮秆水稻，从六七十年代开始大面积推广，在70年代中期登上了亩产二百五十公斤的台阶；第二次是以袁隆平为代表的育种专家培育出来的三系法杂交水稻，在70年代末80年代初开始大面积推广，促使我国水稻平均单产在80年代中期先后登上了亩产三百公斤的台阶，其后，从三系法到两系法所产生的增产效应，到90年代初期，又把单产提高到四百公斤的水平，可以视为第二次飞跃；超级杂交稻作为两系法杂交稻的升级版或加强版，一经问世就显示出了愈加强大的优势，由于产量高、品质好，具有广适性，适宜在我国南方大部分省区推广种植，大推广必然会带来大增产。——这是杂交水稻发展史上的第三次飞跃，也是一个强有力的引擎，必将推动中国粮食产量的第三次飞跃。

在铆足劲儿攻关四年后，袁隆平终于可以长长地吁一口气了，对于布朗那警世的呼唤，还有助手们当初的怀疑和不自信，他现在可以底气十足地回答了:“我们的超级稻计划比日本晚了十六年，比国际水稻研究所晚了七年，但现在，我们跑在世界最前沿！”

曾记否，布朗在《谁来养活中国》中的那个诡异的副标题——来自一个小行星的醒世报告，就在 1999 年 10 月，经国际小天体命名委员会批准，中国科学院北京天文台施密特 CCD 小行星项目组发现的一颗小行星（8117）被命名为“袁隆平星”，猛地一想，还真是觉得神了，冷静地一想，又觉得一切都是自然而然的。自然中也有一些偶然的巧合，这颗小行星是 1996 年 9 月 18 日在位于河北的中科院兴隆天文观测站发现的。据报道，当晚，多云的天气转晴，秋风把天空拭净，遥远的星河看得分明。兴隆观测站的施密特望远镜向太空搜寻，值班的研究人员睁大眼睛，在白羊座发现一颗小行星。经连续观察测定，这是颗新发现的小行星，暂定编号为“1996SD1”，其中 SD 正好是中文“水稻”的汉语拼音字头。当它获得“国际编号 8117”这一永久编号后,天文学家们为了表示对“杂交水稻之父”袁隆平先生的敬意,决定将这颗小行星命名为“袁隆平星”。吃饭比上天重要，一个一辈子俯身大地的农业科学家，从此以星星的名义围绕太阳旋转，而这位追逐阳光的人，又何尝不是一直在围绕着太阳旋转。说来还真是有些神奇,这颗小行星是兴隆天文观测站发现的,兴隆，袁隆平父亲的名字（袁兴烈）中有一个“兴”字，袁隆平的名字中有一个“隆”字，这是父子两代的辈分，恰好为这颗小行星构成了一种“代代兴隆，天地兴隆”的寓意。后来，南京天文台多次邀请袁隆平去看那颗小行星，但他没有去看。说到此事，他总是带着他那特有的幽默或诙谐说:“那颗星好大，直径有一万米，十公里。小行星麻烦呀，会闯祸的，如果一颗直径千米的撞地球，比几亿吨级的氢弹还厉害，但我的那颗星是循规蹈矩的，不会坏事！”

在危机中挺进

弹指一挥间，人类已跨越新千年，进入21世纪，又一个科学的春天来临。

2001年2月19日上午，一场必将载入共和国史册的科学盛典在人民大会堂举行。一个刚从稻田里走来的黑而且瘦的身影，一旦出现就是一个不用辨识的形象。一个解决了亿万中国人吃饭问题的杂交水稻之父，天下何人不识君。这次，他登上了国家最高科技奖的领奖台，那灿烂耀眼的光芒，瞬间聚集在他充满沧桑感的身上。这是中国首次颁发国家最高科学技术奖，其规格之高、奖金之重，在共和国历史上都是前所未有的，评选也极为严格，每年度获奖人数不超过两人，获奖者必须在当代科学技术前沿取得重大突破或者是在科学技术的进展中有突出成绩的科学家。

吴文俊是中国科学院第一位获得这一崇高荣誉的院士。他那白净而儒雅的面孔，一看就是一位刚从实验室里走出来的科学家。袁隆平则是中国工程院第一位获得这一崇高荣誉的院士，即便登上了国家最高科技奖的领奖台，依然朴实得像一个刚从稻田里走来的农民。尽管他自称是一个种了一辈子水稻的农民，但谁都知道他是一个“伟大的农民”，他伟大的成就是突破经典遗传理论的禁区，提出水稻杂交新理论，实现了水稻育种的历史性突破。从对水稻杂种优势的实际利用看，当时我国杂交水稻已占全国水稻播种面积的一半以上，平均增产百分之二十，产生了巨大的经济效益和社会效益。

袁隆平的获奖感言依然像农民一样实诚而谦逊：“这个奖是奖给全国农业战线的科研工作者的，我个人在杂交水稻的前沿工作中起了一点带头作用，但杂交水稻是大家干出来的，单枪匹马不可能干出来，靠国家，靠集体，靠方方面面支持，每取得一项成果，都是全国很多人协作攻关的成果。”他表示，在实现中国超级稻第一期目标的基础上，还要继续探索，追求更高的目标。

中央电视台特意给吴文俊和袁隆平做了一个专访节目，尽管展现的只是一些短暂的片段，却折射出了他们以不同的方式走过的岁月。这也是两位科学家头一回面对面地交流，却一见如故，言笑晏晏，一个风趣，一个幽默。吴文俊是在1919年五四运动后不久诞生的，比袁隆平年长十岁，此时已八十二岁，满头白发。相比之下，袁隆平还是一个小老弟，但吴老对他特别敬重，刚一落座便说："大家都称您是杂交水稻之父，按学科说，农业和数学的关系向来非常密切，数学计算最早来自对农田的丈量，如几何，这个词就来自希腊文的丈量土地。从历史上看，要发展农业，必须观天测地，观天发展成了天文学，测地发展成了几何学，这就说明了几何的来源。从中国来看，尤其是这样，因为中国社会向来是以农业为主的，历史上，中国的数学发展过程里面，有许许多多的问题都来自农业。"

这一番话，三句不离本行，却也道出了数学与农学之间那命运般的早已被预先设定了的联系，袁隆平连连点头说："数学是科学之母，任何科学技术发展到最高阶段，都要数量化、公式化。"

吴文俊接过话头，又谦虚地说出了一个真理："搞数学、搞科学的人都要吃饭，农业也应该算是科学之父。"

从科学之母到科学之父，这两位科学家的坐而论道，还真是趣味盎然又意味深长。

袁隆平又说起自己小时候数学成绩不好，初中时向老师提问为什么"负负得正"，结果就从很不理解到"知难而退"了，到现在也还是没弄清楚。吴文俊听后摸着下巴哈哈大笑，说他小时候对"负负得正"也是百思不得其解，但他越是不理解越是想搞清楚，从很不理解到"知难而进"，结果呢，后来就成了数学家。说起来，他一直到高中毕业，兴趣都在物理而不在数学，一次物理考试题很难，他却成绩出色，毕业时校方讨论保送，他那目光独特的物理老师却认定他物理考得好的原因在于数学学得好，攻读数学才能使他的才能得到更好更多的发挥，于是推荐他学数学。

两位科学家从过去的岁月谈到未来，吴先生这么大岁数了，一讲到自己接下来的科研课题，不知不觉就提高了嗓门儿，脸上和眼神里都焕发出一种比灯光还亮的光泽，他那年轻的心态，让袁隆平感受到了一种不老的生命力。而袁隆平此时才七十出头，正年轻呢。当主持人邀请他拉小提琴时，他毫不犹豫地接过了小提琴，那双手，尽管终日与泥巴和秧苗打交道，可一触琴弦，他仿佛一下又回到了血气方刚的岁月，那琴声中充满了喷薄而出的朝气与活力，多了从岁月深处一路走过来的迂回与曲折……

谁又能想象，一个刚刚还站在国家最高科学技术奖领奖台上的科学家，在当天便飞赴海南三亚南繁基地，一下飞机就直奔自己的试验田。他不能不赶回来，一个目标已经摆在眼前，按农业部制定的中国超级稻育种计划的第二期产量指标，亩产将要比第一期增产整整一百公斤，达到八百公斤，这一目标预定在 2005 年实现。

五年，说长也长，说短也短，袁隆平一刻也不敢耽误。一个与新中国一路风雨兼程走过来的人，经历了太多的坎坷与挫折，对狂飙式的“大跃进”一直保持高度警觉。自从中国迈进超级稻时代后，从第一期超级稻开始，他的每一步都是稳打稳扎，步步为营。我发现他特别喜欢“矮子爬楼梯”这个比喻，一个迈向科学高峰的登攀者，其实很少有抬头仰望的姿态，更多的时候，他都是低着头，躬着身，一步一个台阶地往上登，哪怕登得再高，他也是一副俯身于田间的姿态。

就在袁隆平率协作攻关的科研人员向第二期目标挺进之际，布朗那“警世的呼唤”和灾难性的预言仿佛就要应验了，一场粮食危机正在逼近人类。2003 年 10 月秋收过后，我国粮价突然出现大幅度上涨，这是国内粮价在连续六年持续下跌后的首次全面上扬。对于每天吃着大米饭的人们，很少有人会想到那些稻田的播种耕耘者，而一旦粮价上涨，顷刻间就让每一个人绷紧了神经。其实，中国当时并未出现粮食危机，粮价上扬的幅度并不足以引发大规模的恐慌。然而，一个从饥饿和半饥饿中走出不久的民族，是极容易发生条件反射的。尤其是在 20 世纪 70 年代以前出生的人，几乎都经过粮食和物资紧缺的年代，一有风吹草动，一下就勾起人们对饥饿的恐惧。

除了粮价上扬引起的条件反射，当时还有一个不可回避的因素，这里又该用枯燥的数字来说话了。翻检《中国历年粮食产量、人口和人均粮食量总览（1949—2012 年）》，1996 年我国粮食总产量首次突破一万亿斤大关，人口突破十二亿大关，由于粮食的增速赶上甚至超过了人口的增速，中国人均粮食占有量首次突破四百公斤大关，尽管比国际标准的粮食过关线还低一百公斤，但这三大突破在中国历史上都是创纪录的。可到了 2003 年，我国粮食总产量非但没有如人们预期的那样逐年递增，反而又跌破了九千亿斤（4307 亿公斤），而人口则有增无减，直逼十三亿（12.9 亿），人均粮食占有量又跌到了三百多公斤。这是当时粮价上扬的一个大背景。不过，即便是国家权威部门的数据也有出入，如此前提到国家科委主任宋健在《也论“谁来养活中国人”》一文中指出“1996 年中国的粮食产量达到创纪录的 4.8 亿吨”，也就是 4800 亿公斤，这也是国务院政府工作报告中的数据。——这里，就以此为基数来看，从 1996 年到 2003 年七八年间，我国粮食总产量减产了近五百亿公斤，若以人均占有粮食四百公斤的标准计算，仅一年的粮食减产量就少养活一亿多人口，也就是说，中国至少有一亿多人口出现了粮食缺口。在粮食减产和人口增长的对冲效应下，人均占有粮食减少了近七十多公斤（2003 年我国人均粮食占有量 333.3 公斤），这已远低于国际公认的粮食过关线（人均五百公斤）。透过这一系列精确到了小数点的数据，不说中国发生了粮食危机，至少可说国家粮食安全的形势非常严峻。幸运的是，由于多年来的积累，中国当时拥有充足的储备粮。如果没有大量的储备粮，在不少地方已出现了粮食抢购的情势下，我国粮食势必出现巨大的缺口。

对保障国家粮食安全而言，2003 年还真是中国的一个坎，但这个坎必须迈过去。谁都知道，粮食为万物之首，粮价为百价之基，粮价一旦上涨，牵一发而动全身，会导致整个物价水涨船高，随着恐慌情绪的蔓延，甚至会引起社会动乱。为了止跌回升，从 2003 年开始，我国开始实施鼓励农民种粮的惠农政策，这是保障国家粮食安全的政策支撑，要提高粮食增产,必须有强有力的科技支撑。由于2003年的粮食减产和粮价上扬，在2004年3月召开的全国“两会”上，一度被忽视的粮食问题又成了一个热议的焦点。袁隆平作为全国政协常委，在会上作了一个《高度重视我国粮食安全问题》的发言，他提出了四点建议：一是坚持自力更生为主的粮食安全战略；二是充分发挥科技对粮食安全的保障作用；三是切实保证一定规模的粮食播种面积；四是切实保护和提高农民的种粮积极性。这次“两会”期间，他还向温家宝总理提交了一份报告，这个报告基于第一期、第二期超级稻的研究成就和进展，以及水稻在理论上的产量潜力，提出了第三期超级稻育种计划，这是中国超级稻育种的第二个十年计划，目标是在2015年实现一季稻大面积示范亩产达到九百公斤。

在粮价不断推高的同时，袁隆平正带领着协作攻关的科研团队把粮食单产不断推向新的高度，这也是那几年的奇特风景，一边是频频告急，一边是捷报频传。在粮价上扬之前的2002年，第二期超级杂交稻就在龙山县百亩示范片突破了八百公斤大关（平均亩产817公斤，最高亩产835.2公斤），成为长江中下游地区首个平均亩产突破800公斤大关的百亩示范片。2003年，第二期超级杂交稻又在五个百亩片达到了亩产八百公斤的预期目标。2004年，在湖南中方、汝城、隆回、桂东等十二个百亩片和一个千亩片，第二期超级杂交稻均达到了亩产八百公斤的攻关目标。这标志着，中国超级稻第二期攻关目标提前一年实现了，但正式通过农业部的验收审定还是2005年。屈指一算，第二期攻关目标从启动到验收达标，也是历时五年。就在这一年，在全国推广种植超级杂交稻，第一次被写进了中央一号文件。

当然，这里又必须诚实交代，示范片的亩产不能和大面积推广种植的亩产画等号，这是必须打折扣的。袁隆平算了一笔账，如第二期超级杂交稻推广后，大面积的平均亩产达六百公斤，比一般的杂交稻增产约三成，按年种植两亿亩计算，每年增产的粮食就能多养活一亿人口。

时至2006年，农业部又启动了中国超级稻第三期育种计划。袁隆平先行一步，2005年3月，第三期超级杂交稻试验就已提前一年在湖南启动。这一期攻关目标为亩产九百公斤。在此前的示范片中，这个产量已不止一次达到了，甚至创造过突破一千公斤大关的奇迹，然而，还是那句话，那“只是小面积的试验成果，它给人类提前昭示了水稻杂种优势利用的巨大潜力，但并未作为科学认定的依据”，若要真正在百亩、千亩示范片里普遍达到这一目标，袁隆平觉得，常规手段基本上用到了极限，必须将分子技术与常规育种结合起来攻关。——这也是袁隆平酝酿已久的“远缘杂种优势利用或分子间杂交的技术”。他坦承，在第一期和第二期超级杂交稻攻关中，基本上是采用常规手段，在进入第三期后，随着现代生物技术的迅速发展，使作物育种能在分子水平上进行遗传操作。

袁隆平一只眼看着世界遗传育种科技的最新进展，一只眼也盯着愈演愈烈的全球性粮食危机。据联合国粮农组织发布2006年世界“农业收成预计和粮食现状”报告显示，“粮食危机已经席卷了第三世界国家，全球共有三十七个发展中国家面临粮食短缺、产量锐减、价格涨幅过快，整个世界有可能陷入三十年来最为可怕的粮食恐慌与危机”。当时有报道称，目前全球的粮食储备只能勉强支撑人们五十多天的需求，已经跌破粮食储备七十天的安全线。又据联合国粮农组织称，最主要的粮食作物国际价格都创出历史新高，这一轮粮价暴涨全球已有超过一亿人陷入饥饿困境，每天都有人正在经历痛苦和死亡。

2008年4月，南美洲的传统农业国秘鲁发生了饥荒，数千名饥肠辘辘的妇女怀抱着襁褓中的婴儿聚集在国会门口，阳光把飘扬的国旗和她们饥饿的身影照得特别清晰，一张张面黄肌瘦的脸上，那形销骨立的身形凸显出饥荒的真实，她们一边有气无力地敲打着空罐和空盘子，一边嘶哑地哭喊着政府“想想办法”，“我们没有饭吃，孩子没有奶喝……”

南亚的孟加拉国，一个以大米为主粮的国度，大米的价格比上年猛涨了一倍，吃不起米饭的人们走上街头，向政府请愿。这其实是公民们最无奈的选择，而政府也无可奈何，只能奉劝老百姓少吃大米，多吃马铃薯。

粮食危机不只是全世界的水稻减产，小麦、玉米等主粮也遭受重创。在西非的多哥共和国，那个就像一把门闩似的首都洛美，这里人的传统食品为玉米面团，到 2008 年时，他们的玉米团已从“大拳头”缩水为“小网球”，但售价却翻了一倍。当饥饿成为日复一日的生活，很多人都不知道自己最后一次吃饱肚子是什么时候了，很多人只能靠喝莫诺河的河水来充饥，这是他们的母亲河，在饥荒中成了他们养命的河流。

喀麦隆共和国是非洲中部地区的政治经济强国之一，在这场粮食危机中也未能幸免，连政府官员也将一日三餐减为两餐，那些底层老百姓就更惨了，很多人在街上走着走着就饿得晕倒了，有的人再也没有醒来，那些活着的人则在饥饿和绝望中挣扎度日，谁也不知道这场饥荒什么时候过去，谁也不知道自己能不能度过这场饥荒活下来。

除了第三世界国家，一些发达国家也受到了粮食危机的波及，如日本，其粮食自给率只有百分之四十，尽管他们有雄厚的资本，但对国际粮食市场的依赖程度很高，很多超市一度出现了部分食品断货的情况。据日本媒体称，这是他们四十年来第一次面对食品短缺危机。不过，既精明又充满了危机感的日本人早已有着应对各种灾难和危机的充分准备，他们拥有一百五十万吨大米的储备，美国则是他们粮食供应的最大后盾，这些储备粮绝大部分是从美国进口的。在没有遇到粮食危机时，日本政府不让这些大米流入市场，以免冲击当地农民的收入，一到危机时刻，这些储备粮就可以极大地缓解这一压力。

而远在大西洋的岛国海地就没有太平洋岛国日本这样幸运了，2008 年 4 月 12 日，由于出现了大规模饥荒，海地总理亚里克西遭国会弹劾，成为在粮食危机中第一个被迫下台的政府首脑。这也又一次验证了，饥饿是最大的人道主义危机，其实也是最大的政权危机。我转述的这一幕幕惨状，还只是冰山一角。

让世界充满惊奇的是，尽管国际粮价飞涨，不断冲撞着中国粮食安全大堤，但撼山易，撼中国难，布朗那个“谁来养活中国”的大问号，在中国似乎不是什么问题。其实，中国也并非稳如泰山，东南亚飞涨的米价一度对近在咫尺的中国南方产生水涨船高的传导效应，幸运的是，从 2003 年那个低谷或拐点开始，到 2006 年，据国务院政府工作报告中的数据，“全年粮食产量达到 49746 万吨（即 4974.6 亿公斤），实现了连续三年增产”。这一数据已超过了 1996 年我国创纪录的粮食总产量（以国务院政府工作报告为准）。由于粮食连年丰收，国家粮仓里有着充足的储备粮，据国家发改委当年发布的数据，我国全部储粮是 5000 亿斤（2500 亿公斤），约占全国全年粮食消费的一半，比全世界粮食库存占年消费的比重（17%）要高出一倍以上，这让国家发改委可以底气十足地宣告：“中国完全有能力保障粮食安全。”与此同时，铁道部紧急启动了“北粮南运”计划，从东北调运一千万吨粮食以平抑南方的稻米价格，广州的国产大米价格随即开始回落。——这就是中国用事实对布朗“警世的呼唤”做出的强有力的回答，也足以证明充足的粮食储备对保障国家粮食安全是多么重要。正因为有了这样一个基础，中国才能抵挡全球粮食危机和国际粮价飞涨的冲击，一个巨大的中国，不仅没有像布朗预言的那样成为世界粮食安全的巨大威胁，而且还为拯救全人类的饥饿作出了越来越大的贡献。2006 年 1 月 1 日，在全球粮食危机的大背景下，联合国停止了对华进行粮食援助，这标志着中国二十六年的粮食受捐赠历史从此画上了句号，随着一个非凡的转身，中国由此成为世界第三大粮食援助捐赠国。

袁隆平深知，尽管此时我国粮食安全的形势已较 2003 年大为好转，但诚如古人早在春秋时代发出的警示：“居安思危，思则有备，有备无患，敢以此规。”中国人能否把饭碗一直牢牢地端在自己手里，此时他还不太乐观。一方面，他在“两会”期间反复提醒，要查实各地粮库是否存在虚报的问题，必须保证国家和地方的粮食储备充足；一方面，他对我国人增地减的严峻形势充满了危机感。随着第三期中国超级稻育种计划正式启动，他在 2006 年底又提出了“种三产四”丰产工程，即种三亩超级杂交稻，生产出种四亩现有杂交水稻品种的粮食。这一工程于 2007 年率先在湖南示范，湖南省针对水稻生产的不同条件，同步采取三套增产方案：一是在中低产田实施“种三产四”丰产工程，通过超级杂交早稻+超级杂交晚稻的“双超”等五种模式，实现粮食大面积丰产；二是在高产田实现“三分田养活一个人”的目标;三是抓紧第四期超级杂交稻攻关，实现早、中、晚超级杂交稻百亩片平均亩产分别达到六百公斤、一千公斤和七百五十公斤的目标。实践证明，无论哪一种方案或模式，都大幅度提高了现有水稻的单产和总产，到2011年时，湖南省的“种三产四”丰产工程新增稻谷就超过了十亿公斤。袁隆平计划到2015年，在全国推广“种三产四”丰产工程六千万亩，实际上相当于八千万亩的生产水平，每年新增稻谷就可以多养活两三千万人口。

谁都希望粮食增产，可粮食增产也是一把双刃剑。有一次，袁隆平去一个示范片察看超级杂交稻，一个老农看见了他，拖着两腿泥巴从稻田里跑了过来。这是袁隆平经常会遇到的，他是农民心中的米菩萨啊，谁都想亲眼见见他，跟他说说心里话。但这个老农的一番心里话，却说得他一寸一寸地揪心：“袁老啊，我种了一辈子的水稻，从来没有这么高的产量，我们种田佬都感谢你老人家啊，你可真是我们农民的米菩萨啊!可我们也有一肚子怨气，你让稻子越打越多了，可稻子多了不值钱，我们还是不赚钱啊！”袁隆平下意识地低下头，看着老农那一双泥巴糊糊的赤脚，还有那副被烈日烤得焦黑如炭的脸庞，他心里不知是什么滋味。他知道这个老农说的是老实话，这也是他一直充满焦虑的。“长太息以掩涕兮，哀民生之多艰。”一个生活在湖湘大地的农业科学家，心里也有浓烈的屈子情怀，而对任何事，他又必须以科学的辩证思维来考量，这让他既担心粮价过高，加重百姓的生活负担，又担心谷贱伤农，眼看着粮食年年增产，这些黑汗直流的稻农却不能增收。一个可怕的后果是，倘若农民都不种粮了，这试验田、示范田里的超级稻就是再高产，也不能大面积推广，又有何实际意义呢?如今谁都想吃又便宜又好吃的大米饭，但再这么便宜下去，到时候大家恐怕都没饭吃了，谁又愿意做那赔本的买卖呢?

谁都知道，粮食是商品，却又是非同一般的商品，始终都是最基本的生存保障和国家的战略物资，这也是国家一直难以把粮食全然交给市场的原因，否则一遇丰年，当粮食供大于求时，粮价势必大跌，甚至会跌到生产成本以下，而一遇灾年，粮食供不应求，则粮价飞涨，并推动所有的物价疯涨，那些投机商人就会囤积居奇，变本加厉，这也是旧中国最常见的现象。粮食安全，关乎每个人的身家性命，关乎国家的生死存亡。一个拥有十三亿多人口的大国，如何保证每一个人都能吃饱肚子，始终是治国安邦的头等大事。也正是在反复权衡之后，国家才出台了粮价补贴，但如何补，一直充满了争议，袁隆平觉得目前的粮价补贴还有很多值得完善之处。身为湖南省政协副主席和全国政协常委，他从未当作荣誉虚职，每年省里和全国召开“两会”期间，他都会提交精心准备的提案和建议,并且都是直面严峻的现实。在 2012 年的全国“两会”上，他提交了《关于粮价的建议》。他依据湖南省物价局的调查统计数据，2011 年农民种植一亩水稻，除去国家的粮食补贴，纯收益仅有七块五毛钱！这让他特别伤心，他大声疾呼:“七块五啊！太少了，农民多穷啊，农民多可怜啊!”他呼吁政府要以较高的价格收购农民的粮食，只有“大大提高农民种粮的积极性和收入，保住农民的基本利益，才能保障民生，保证老百姓的日常生活水平，保证国家粮食的安全和价格的平稳！”现在的补贴是按田亩补,不管你种不种粮,高产低产,给的补贴都是一样的,也就是所谓普惠制，这不合理，难以调动农民种粮的积极性。为此，他提出了一个更合理的建议，那就是给种粮的农民按售粮的多少进行直补，生产的粮食越多，得到的实惠就越多，那种粮的积极性自然就被激发出来了。

除了粮价，让袁隆平忧心忡忡的还有耕地。这么多年来，他一直在田间地头行走，他见证过大包干时农民分田到户的喜悦，近年来却看见背井离乡、外出打工的农民，把大片耕地抛荒了，很多粮田甚至被用来盖房子和做垃圾场了，那疯长的荒草和臭烘烘的垃圾让他痛心疾首，“耕地多宝贵啊，现在全国的耕地越来越少，如果得不到保护，耕地面积一年年减少，我们就没有退路了啊，以后粮食不够了可怎么办呢？到哪里去种呢？”这是他一直最担心的，如果那十八亿亩耕地的红线守不住，就算培育出了亩产超过一千公斤的超级稻，也没人没地种啊，到了那地步，布朗的预言还真一语成谶了。

一个农业科学家，就是在这种强烈的危机感驱使下，一步一步把超级稻推向更高的台阶，而科技支撑一直都是保障国家粮食安全的一个顶梁柱。为“确保第三期亩产九百公斤、力争第四期亩产一千公斤”的超级杂交稻攻关目标的实现，在袁隆平的指导下，协作攻关团队相继育成了四个超级杂交稻新组合（Y 两优 2 号、Y 两优 8188、Y58S/1128、广占 63S/1128），在不同的地域进行百亩示范片试种。这里就以“Y 两优 2 号”为例来看看实际效果。该品种为湖南杂交水稻研究中心研究员邓启云主持育成“Y 两优”系列品种之一。这一系列从 20 世纪 90 年代开始培育，被业界誉为“高产世家”，2001 年研发出“Y 两优 1 号”，第二年又在此基础上开始研发升级版，历经五年攻关，到 2007 年终于育成“Y 两优 2 号”，育成不久就被国内一家企业以六百五十万元的价格拍下了专属使用权，被媒体惊呼为“一粒卖出天价的神奇种子”。实际上，这一品种在海南试种时，亩产只有七百五十多公斤，别说作为三期超级稻主打品种，离第二期超级稻的产量指标都还差一大截呢。但杂交水稻之父的眼光就是非同一般，在百里挑一中，他偏偏就看上了它。那双久经历练的火眼金睛一般是不会看走眼的，尽管这一品种在实际产量上尚未表现出明显的优势，但它具有超级稻高冠层、矮穗层的理想株叶形态，叶片松散适中，上三叶挺直，群体通风透光良好，耐高温、低温能力都比较强，后期落色好，具有高产稳产、穗大粒多、茎秆粗壮、耐肥抗倒、抗逆性强、米质优良、口感好等诸多优点。一个发现者的眼光，不能只看见眼前的产量，更要能看见它未被开发出来的潜力。袁隆平预测，这一杂交组合具有产量突破九百公斤的潜力，因此将其确定为第三期超级杂交水稻攻关的首选苗头品种，在湖南隆回县羊古坳乡等示范片里试种。

第三期超级杂交稻在历经五年攻关后，在 2011 年 9 月 18 日迎来了中国超级杂交稻育种计划的第三次大考。这次现场测产验收，由中国水稻研究所所长程式华担任组长，验收点就选在羊古坳乡第三期超级杂交稻“Y 两优 2 号”示范片。此地位于湘中偏西南的资江上游，地处雪峰山余脉望云山脚下，虽是山地，但这一方水土的小环境可谓得天独厚，是特别适合种植超级杂交中稻的一方福地。2000 年和 2004 年，第一期和第二期超级杂交稻试种先后在这里取得成功，而在第三次大考中，这一方福地是否又能再创奇迹?

在验收的四天前，袁隆平就来这里看了稻子的长势，那是个大晴天，金黄色的稻田把空气都映衬得金灿灿的，袁隆平看得一双眼都笑眯眯的，他唯一有些担心的就是接下来几日的天气，“只要老天爷帮帮忙，九百公斤百分之百能达到啦！”他有百分之百的把握，可老天爷却像是偏偏要跟他们作对，就在验收的前一天，一场暴风雨突然袭来，顷刻间把田间的稻农打得晕头转向，清醒过来了。又一个个急得直跺脚，老天啊，这么大的风雨，再结实的谷粒也会被打落啊。袁老师年纪大了，他们不好打扰人家，就给袁隆平的助手邓启云打电话。邓启云是“Y 两优 2 号”的培育者，这里的每一粒种子就像他的孩子一样，他也正日里夜里地惦记着呢，一天二十四小时，手机都不敢关机。一个电话火急火燎地打来了:“邓老师啊，大事不好啊，羊古坳又是风又是雨啊，连人都站不住啊，何得了啊？”邓启云听见了农民兄弟那焦急万分的呼唤声，也听见了呼啦啦的风雨声和沉闷的雷声，但他还真有一种处变不惊的大将风度，他的声音很平静，很有底气，他让农民兄弟只管放心，没事，他这个品种不受风雨影响，那稻子长得很结实，不会落粒的。可那些农民还是不敢相信，世上哪有风吹雨打不落粒的稻子啊？邓启云停了一下，冲口冒出了这样一句话:“我的孩子我清楚!”

这句话后来传开了，如今都成了邓启云的一句名言了。

第二天，风雨过后，在阴沉的天底下，那稻穗全都低垂着头，那是因为挂满了沉甸甸的稻子，看上去比在阳光下多了几分深沉。天刚亮，羊古坳的稻农们便来田里仔细看过了，每一株稻禾都挺身站着，在田里也找不着几粒被风雨打落的稻子。一夜惊心，现在一下放心了，一个个都说多亏了老天爷保佑，真是神了！尽管一场风雨刚刚过去，从田埂到田间都被雨水冲刷泡软了，但农业部派来的专家没有等待，现场测产验收按原定计划照常进行。专家自有专家的道理，一个合格的品种必须能经受住恶劣天气的检验，在大自然面前，没有任何特殊情况或特殊品种是可以特殊照顾的。一切都是按照严格的测产验收规程进行，专家组首先对分割成十八块田的代号进行现场随机抽签，分别抽取出三块试验田进行现场人工收割，然后在田间打谷脱粒装袋，最后进行水分检测与称重。由于昨夜下了一场大雨，谷粒含水率超过了仪器的测量范围，必须减至达标的含水率（13.5%）才能准确测算出这批超级杂交稻的亩产量。尽管颇费了一番周折，得出的却是一个令人惊呼的结果：第三期超级杂交稻“Y 两优 2 号”百亩示范片不仅达到了亩产九百公斤的产量指标，而且创造了世界水稻史上大面积亩产的最高纪录（平均亩产高达 926.6 公斤）。说来还有一个小插曲，对这次测产的结果，有人不知是出于谨慎，还是别的什么原因，建议袁隆平不要提亩产突破了九百公斤这个具体数字，只说获得了“高产”。袁隆平一听就冒火了：“怎么能不提突破了九百公斤？我就是要攻关九百公斤！”

这一结果随后便在湖南省农科院举行的新闻发布会上公布了：“袁隆平院士指导的超级杂交稻第三期目标亩产九百公斤高产攻关获得成功！”

袁隆平的梦

一份满意的答卷刚刚交出，接踵而来的又是一份新的试卷。从 2012 年起，袁隆平又率协作攻关的科研团队向第四期超级杂交稻发起攻关，目标：平均亩产一千公斤！

是的，袁隆平又比农业部的正式启动时间抢先了一步，也可谓是一个前奏。

每到一个关键点，一个科学家和一个国家总是会出现高度默契的呼应。就在2012年初，中共中央、国务院又发布了一个关于“三农”问题的中央一号文件，对农业科技创新进行了突出强调和重申：“实现农业持续稳定发展、长期确保农产品有效供给，根本出路在科技。农业科技是确保国家粮食安全的基础支撑，是突破资源环境约束的必然选择，是加快现代农业建设的决定力量。”

2013年4月9日，在博鳌亚洲论坛举行了以粮食安全为主题的农业圆桌会议，刚一散会，时任农业部部长韩长赋就直奔三亚南繁基地超级稻育种攻关现场，与袁隆平院士共同宣布启动第四期超级杂交稻的攻关项目。随后，农业部又组建了“7+1”（七个科研单位加一个企业）的跨地区、跨部门协作攻关团队。作为牵头人（首席专家）的袁隆平，此时已是一位八十四岁的老人，岁月不饶人，也让人难免担心，他老人家还能否再创奇迹，实现中国超级稻的“四连跳”？不过，只要你亲眼看见了那个传说中的“杂交水稻之父”，就会发现担心是多余的，他身子骨还杠杠的，一张脸黑是黑，却闪烁着迷人的光泽，那心态就越发年轻了，他笑称自己是“80后”，“带领一帮年轻人在从事超级稻这个年轻的、蒸蒸日上的事业，我觉得非常好！”

这年五一国际劳动节来临之际，正在稻田里忙碌的袁隆平接到通知，赶紧洗脚上田，赶赴北京参加全国劳动模范代表座谈会。4月28日上午，中共中央总书记习近平微笑着走进会场，走向站在前排中间的袁隆平院士，他用两只手一上一下地握住了袁老的手，那不是一般的握手，而是用双手热乎乎地捂着一个农业科学家的手。

这次座谈会的主题是总书记与劳模代表“共话中国梦”，袁隆平就是带着梦想而来的，他拿出两张超级杂交稻的照片递给总书记，说：“我有两个梦，一个是‘禾下乘凉梦’，一个是杂交水稻覆盖全球梦，这就是我的中国梦。”

袁隆平的第一个梦，是一个早已被广泛传播的梦，也是所有采访过他的人都不愿割舍的一个梦想，但各有各的讲法，有人说是他儿时的梦想，有人说是他在杂交水稻刚刚研究成功时的梦想，还有人说是一个老人的梦想。我亲耳听袁隆平先生说过：“我在年轻时做过一个好梦，我梦见我们种的杂交水稻，长得跟高粱一样高，穗子像扫把那么长，颗粒像花生米那么大，我和几个朋友就坐在稻穗下面乘凉……”但他又说，这是他两次做过的同一个梦，年轻时做过，年老时也做过。一个有梦想的人，也许从未老过。每次讲起这个梦，他那双闪烁发亮的眼睛里，竟然闪现着孩童般奇异的梦幻色彩。袁隆平的第二个梦，他其实并未梦见过，他说：“前一个是我真实做过的梦，后一个是我多年来的梦想，实现这两个梦是我终生的追求。”

在这次座谈会上，袁隆平从他的两个梦开始，很自然就谈到了第四期超级杂交稻攻关目标，对此他充满了底气和信心，“根据目前的研究进展，我们有信心在三年内达标”。这并非他的终极目标，“科技进步永无止境，在我有生之年，亩产一千公斤我也不满足，我还要向选育第五期、第六期超级杂交稻进军，直到实现我的‘禾下乘凉梦’”。为了实现第二个梦想，他还向总书记建议制定更加开放的政策，允许两系法杂交水稻走出国门，扶持龙头种业企业，把长沙打造成杂交水稻的“国际种都”，早日让杂交水稻覆盖全球，那将是人类的福音。

习近平侧耳倾听着一个农业科学家的心声，用充满期待的目光看着袁老说：“感谢您作出的贡献，希望您再接再厉，再攀高峰！”

这次座谈会，无论是总书记，还是来自各行各业、各个不同时期的全国劳模们，说是“共话中国梦”，但一个个都讲得非常实在。实现中国梦靠什么？靠实干，靠辛勤劳动、诚实劳动、创造性劳动，一切都可归结于总书记的一句话：“幸福不会从天而降，梦想不会自动成真。”

刚散会，袁隆平又匆匆赶回了他的试验田。他已经在总书记面前作出了承诺，他也深知自己将要攻克的是世界水稻史上迄今无人登临的高峰，天时、地利、人和，缺一不可。超级杂交稻要跃上更高的产量，必须有更高、更壮实的稻禾才能承载，为此，他在攻关协作研讨会上提出了培育新型高秆超级杂交稻的技术路线，同时还要把以往的攻关中取得良好效果的“良种、良法、良田、良态”等四良配套结合起来攻关。按照他设计的技术路线，全国主要稻作区布置了二十多个示范片。

那个在第三期超级杂交稻攻关中创造了世界水稻史上大面积亩产最高纪录的羊古坳，这次又被选为了第四期超级杂交稻高产示范点。这次选用的品种是“Y两优900”，该品种是通过进一步塑造动态理想株型、扩大利用籼粳亚种间杂种优势而育成的超级杂交稻新组合。在攻关的第一年，经农业部组织的专家组现场测产验收，平均亩产再创历史纪录（988.1公斤）,但还没有达到第四期亩产一千公斤的产量指标。从结果看，只能说是“失败”了,但袁隆平总能从貌似失败的结果中看到成功的希望，“Y两优900”在首次攻关中就能达到这样高的产量，证明超级杂交稻第四期攻关技术路线的可行性。

2014年，袁隆平再次选择“Y两优900”作为攻关品种，在地处大湘西的溆浦县选取示范片。溆浦属怀化市，也就是原黔阳地区，袁隆平在黔阳安江度过了近二十年岁月，这一方水土早已成为他的第二故乡。追溯溆浦一名，最早见于屈子的诗篇《涉江》，这一古老的县域也被称为“楚辞的源头”，是湖湘文化的一个精神源头。袁隆平从二十多岁时进入大湘西，在此工作生活了三十多年，深受屈子忧国忧民、上下求索的精神影响，也深深感受到了科学探索“路漫漫其修远兮”。在安江农校任教时，他就在溆浦搞过制种试验，对这里的地理、气候了如指掌。从第二期超级杂交稻攻关开始，他就在溆浦县设立了兴隆、红星、黑岩三个超级杂交稻百亩攻关片，在接连突破第二期、第三期攻关目标后，他又寄望于第四期超级杂交稻攻关目标在溆浦率先实现。

转眼，又一个秋天来临，袁隆平在立秋后不久就从几百里之外的长沙赶到了溆浦。

古人造字多与农时有关，一个“秋”字由“禾”与“火”字组成，秋阳似火，稻禾渐渐散发出成熟的味道，这个季节，对于一季稻子的收成，无论是气候还是田间管理都到了节骨眼上。对于天气，哪怕到了今天你也只能听天由命，种田就是这样，老天爷当了一半家，但田间管理则事在人为。这次袁老是抱病而来，上路时，家人和身边的工作人员都劝他等病好了再去，但农时耽误不得，他怎么也放心不下，一定要去现场看了他才放心。

溆浦共布下了四个百亩示范片，分布在横板桥乡、水东镇等山区乡镇，一个八十多岁的老人走过的路，我后来也走过，湘西的贫困一望触目，进村的路还是坑坑洼洼的砂石路，车轮卷起一阵阵砂石，打得车窗沙沙作响。但这条路再难行，也阻挡不住一个老人倔强的脚步。这已是他第三次来溆浦现场指导了。溆浦县农业局局长张克松和技术组长舒友林陪着他一连转了好几个地方，还有一块示范田路途较远，路况又差，他们担心老人受累了，实在不忍心带他去看了。但袁老说什么也不肯放弃，这么多年来，越到最后一段路他越是锲而不舍。这是一个科学家认定了的真理，如果你已经费了百分之九十五的工夫，为什么要放弃那最后的百分之五呢？一件事的成败往往就取决于最后一刻，一个不经意的小细节很可能就会改变人生和命运，甚至可以改变历史。

一辆车又开始在山道上颠簸前行，天空如黑压压的锅一样扣下来，乌云几乎把整个天空都吞下了。到了那块示范片，袁隆平一下车就闻到了雨水的气味，也闻到了稻穗扬花灌浆的甜丝丝的气味。他踩着田埂钻进稻丛，那茁壮的稻禾比他的胸脯还高，一低头就看不见人了，只有他知道自己在哪儿。他弓着身子，拨开一株株稻禾，像一个老中医一样望闻问切，看这稻子有什么病症，该补充什么营养。还好，这里的田间管理很到位，稻子长势很好。他又数着稻禾上的谷粒，在心里默算着一株稻子该有多少收成，一亩田又该有多少收成。他一遍遍地数着，抚摸着，风飒飒地吹着稻禾，像风声，又像雨声。其实，当袁隆平钻进稻丛里时，细雨就开始飘落了，袁隆平全神贯注地察看着稻禾，竟然没有发现下雨了。等他从田埂上走出来，脚下的泥土已变成了泥浆，半截身子都已湿透。张克松和舒友林生怕他老人家着凉了，一个劲地催着他上车。临行前，他又千叮咛万嘱咐，后期田间管理很重要，还有天气，这天气谁也没法改变，但要根据气候来搞好田间管理。一一交代过了，他才若有所思地说："这个品种好，眼下这稻禾的长势也很好，只要后段天气正常，田间管理到位，亩产有望突破一千公斤！"

此时雨越下越大了，张克松和舒友林看着一个在风雨中迟迟不肯离去的老人、一张被雨水淋湿的脸，两人都感觉被一种难以言说的东西渗透了。

袁隆平走后，雨还在下，一直下，秋风秋雨愁煞人，谁也不知道，这阴雨连绵的日子还将持续多久。这稻田里的守望者几乎每天盯着日历和天气。在超级杂交稻攻关中，除了袁隆平这个首席专家，还有许多人长年累月坚守在第一线，舒友林就是其中之一。他是县农技推广中心高级农艺师、县农业局超级稻攻关办主任。说起来，他是安江农校毕业的，也算是袁隆平的学生。无论天晴下雨，他每天都蹲在稻田里，每隔不久就要给袁老师打电话，从稻子的长势如何到抽查稻穗颗粒有多少，还有天气，他都要一五一十告诉袁隆平。袁隆平连一个细节都不会放过，一旦发现了什么问题就会进行技术指导。他最担心的还是天气，这样久雨不晴，日照不足，土壤温度低，空气湿度大，如果不及时排出积水或发生大水串灌，极容易发生稻瘟病，而这种可怕的病症在整个水稻生长期都有可能发生。

幸好，到了9月下旬，老天开眼了，溆浦终于从淫雨霏霏的日子里走出来，对稻田里的守望者，那感觉真如重见天日一般，又加之田间管理和对稻瘟病的防治到位，袁隆平最担心的灾害也没有发生。此时，离收割季节越来越近了，能否达标，就看最后十来天了。其实，关心超级稻命运的还不只是袁隆平这个首席专家，还有当时的湖南省农委。到了9月底，省农委便组织七位专家，按照国家农业测产标准来溆浦测算了三块田，毛谷亩产最高达到一千三百公斤，但除水去杂后，离一千公斤大关还差十多公斤。这个结果让大伙儿心里打起了鼓，有人估计这一次又过不了关。袁隆平也有这个心理准备，但他根据测算数据和稻子的长势仔细分析了一番，眼下离农业部测产还有十天，稻子还处于生长期，他估计，每亩每天还可以增加五六斤，十来天还能增产三十公斤左右。

当然，这只是他的预测，而天有不测风云，人算不如天算。

无论天算、人算，最终都将归结为农民常说的一句话：“一亩田的产量是高是低，秤杆子上面一见分晓。”2014年10月10日，又到了一个见分晓的时间，超级杂交稻迎来了第四次大考，这次的验收组组长又是隆回县羊古坳乡第三期超级稻验收组组长程式华。此前，来自全国各地的验收专家已先期抵达溆浦，还有上百名扛着长枪短炮的记者早已闻风而至。中国超级稻育种计划自1996年启动以来，历经十八年攻关，一直备受国内外水稻专家关注，这次能否攻克一千公斤大关，“杂交水稻之父”袁隆平又能否再创一个“超级神话”，也就成了举世瞩目的焦点。但袁隆平这个焦点人物却差一点就来不了现场，就在验收的两天前，张克松接到袁隆平秘书的电话：“袁老师身体不好，不能过来了。”

张克松放下电话，长长地叹了一口气，一脸失落地告诉舒友林：“唉，袁老师不来了。”

对农业部这次测产验收，张克松心里一直没有底，一听袁老师来不了，更是一下没了主心骨。没想到第二天中午袁隆平的秘书又打来了电话：“袁老师决定亲自过来。”这让张克松又长长地舒了一口气，仿佛袁老师一来，这个一千公斤的重负就能卸下了。这其实是他的心理作用，作为首席专家的袁隆平也改变不了那个最终结果，农业部的测产验收比高考还要严格，现场测产时，所有参与攻关的人员，哪怕沾了一点边的都不得参与其中，只能作为旁观者。这个，张克松自然知道，但袁老师一来，他莫名地就平添了一股底气，还有几分豪气。

那是个秋高气爽的艳阳天，没有什么比阳光更懂得稻子，金黄的阳光映照着金黄的稻田，这其实是一种互相映衬，天地间都透射出金黄灿亮的光泽。在稻田边上，一块牌子高竖着，老远就能看见那牌子上被阳光照亮的大字：“超级杂交稻第四期亩产千公斤高产攻关示范基地；面积：102.6亩；首席专家：袁隆平。”它的存在，仿佛时空中的一个坐标，从春到秋一直竖立在这儿，此时又以此为中心，里三层外三层地围满了人，但见人头攒动，却不见稻浪翻滚，那水稻宛如垂下来的瀑布一样，连风也吹不动，这让很多记者在结果出来之前就提前发出了惊呼：“天啊，这就是传说中的瀑布稻啊！”

在袁隆平赶来之前，现场测产验收就已经开始，那刚打下来的湿谷子太重了，连磅秤也压得颤颤巍巍，但这还只是毛谷，按严格的现场测产程序，那可真是容不得一滴水分、一粒沙子，必须晒干水分，用风车去杂后，才能称重验收。每个人都在等待那个最终的结果。在正式结果公布之前，时间变得特别漫长，就像一个漫长的悬念，又让人心情特别紧张，还有些莫名其妙的复杂。就在这时，一个熟悉的身影终于出现了，见过的，没见过的，都认得他是谁。袁隆平还没走到田边，就被呼啦一下拥上来的老乡和记者们前呼后拥地包围了。

袁隆平一边亲热地跟他们打招呼、握手，一边问张克松：“收割完了吗？”

张克松凑近他说：“两个点已经收割完了，还有一个点正在收割呢。”

他压低声音把两个点的毛谷数量报给了袁隆平，又紧张地看着袁隆平的反应。

袁隆平淡定地笑了笑说：“过千公斤应该没问题。”

张克松听了，那紧绷的神经才稍稍放松了。

那三块抽签选定的测产田，用了一个上午才收割完。这顿午饭，袁隆平和大伙儿就是在田边上吃的，每人手里都捧着一个乡下人吃饭的粗瓷大碗，没什么菜，米饭则是用这次攻关的“Y 两优 900”超级杂交稻做的饭。一个杂交水稻之父追求的不仅仅是高产，还有稻米纯正的品质、香味和口感。在产量揭晓之前，那香喷喷的大米饭，每个人都美美地吃了一大碗，一边吃还一边竖起大拇指，用湖南话说：“好呷，真好呷！”这里还有一个小插曲，一个老农吃光了一碗，拍拍屁股上的泥巴，又去添了一大碗，都堆得冒尖了。袁隆平一看乐了，上前问这个老农：“这个种子好不好？”没想到老农竟然摇了摇头。这就怪了，难道这大米饭不好吃？吃着不香？很多人都惊奇地看着那个老农，老农却不紧不慢地开腔了：“好是好，就是划不来啊。”袁隆平一听，更觉奇怪了，这个种子还没在大田里推广呢，还只是免费给他们试种的，是不是有人乱收费，收了他们的种子钱呢？袁隆平对农民的利益格外关心，如果有人这样坑农伤农，那可要追查。那老农连连摇头，没有人收他们的种子钱，但他却老老实实地说："这米饭实在太好呷了，一碗不够啊，吃了还想吃呢！这么下去，一餐就要多呷两碗饭，这可划不来啊！"袁隆平和大伙儿一听，都乐了。

到了下午三点光景，最后一刻终于来临。所有人一下静了下来，中国水稻研究所所长、农业部验收组组长程式华几乎是一字一顿地宣布："这次百亩片平均亩产 1026.7 公斤！"那寂静的现场又持续了几秒钟的寂静，仿佛被一个结果震住了，又突然被一种蓄积已久的力量猛地一掀，顷刻间爆发出暴风雨般的惊呼声。那的确是一个足以让世界震惊的结果，就算把后边那个零头忽略不计，亩产达到一千公斤，也刷新了世界水稻史上大面积亩产的最高纪录，这是杂交水稻之父的又一个巅峰之作。这是一个世界级的新闻，一个小时后，农业部就在北京召开新闻发布会，向世界宣布了这一消息：中国超级杂交稻第四期亩产千公斤攻关取得成功，这个原定于 2020 年实现的目标，提前六年实现了！

对这一结果，农业部做出了这样的评价，这"表明中国人有能力有信心依靠自己的力量解决国家粮食安全问题，也将对维护全球粮食安全产生重要而深远的影响"。

与此同时，科技部做出了这样的评价，这"标志着中国杂交水稻研究再次登上世界之巅，将载入世界农业科技史册，不仅是中国人的骄傲，更是一个世界奇迹"。

对这个世界奇迹，一向镇定自若、成败不惊的袁隆平也难掩激动之情，他感觉自己向"禾下乘凉梦"又迈出了艰难而坚实的一步。回首中国杂交水稻一路走来的历程，从三系法、两系法到超级稻，从超级杂交稻的第一期到第四期目标，从最初的亩产五百多公斤，到现在示范片平均亩产突破一千公斤大关，作为首席专家和总设计师的袁隆平，每取得一项科技上的突破，从未归功于自己名下，他首先想到的是国家的支持和团队的力量，并从政策和科技这两大支撑予以诠释："一方面是杂交水稻一直在国家的强大支撑下不断长大，一方面是参与杂交水稻攻关的科研团队非常优秀，非常有战斗力，敢于勇攀高峰！"

一直以来，他最不愿提到的就是自己，这是一个科学家虚怀若谷的谦逊，其实也是他真诚的坦言："一粒种子再神奇也不可能改变世界，只有两方面都到位了，中国杂交稻水平才能远远领先全世界，中国人才有能力牢牢将饭碗端在自己手里。很多人都把功劳算到我头上，这是不对的，我充其量只是起到了部分带头的作用。"

当然，他不会忘怀自己和习近平总书记"共话中国梦"时作出的承诺："现在我可以向总书记和全国人民报喜了，下一步，我要向每公顷十六吨目标攻关！"

第八章　舌尖上的安危

多事之秋

一切还得从 2014 年的那个秋天说起，那个反差太强烈，一边是袁隆平担任首席专家的中国超级杂交稻第四期攻关，亩产突破一千公斤大关，登上了世界水稻史上“迄今尚无人登临的一个高峰”，一边是“安徽万亩袁隆平超级稻减产绝收，被下‘逐客令’”。那怵目惊心的大标题，将矛头直指袁隆平——“杂交稻，隆平造”。这两大新闻事件几乎是在同一时间发生的，在阳光与阴霾的大逆转中，一场阴霾密布的灾难转眼间就把一个金色的秋天推向了一个多事之秋，一位令人崇敬的杂交水稻之父，转眼间变成了一个千夫所指的罪魁祸首，而一粒拯救了亿万苍生的神奇种子转眼间变成了灾难的祸根，甚至是一股汹涌而来的祸水，那些遭此劫难、深受其害的可怜老百姓，发誓要将“杂交稻，隆平造”逐出他们的稻田……

若从新闻的时效性看，那篇极具轰动性和杀伤力的新闻报道，却也并非是第一时间瞬间曝光的爆炸性新闻，其实是一个迟到的新闻。事发于2014年10月，而报道的时间已是2015年4月9日，时隔半年，一个新闻早已变成了旧闻,但那“几乎同一时期”发生的两个事件,一正一负，像特写镜头一样被嫁接在一起后，哪怕时过境迁，那强烈的反差依然极具轰动效应。从新闻效应看，“好事不出门，坏事传千里”，越是负面新闻越是能迎合人们的逆反心理。而在这样一个网络媒体高度发达、信息爆炸的时代，像袁隆平这样一个长期以来让人敬仰又家喻户晓的正面人物形象，连同他所开创的杂交稻及超级杂交稻，几乎从来没有遭遇过如此具有杀伤力的负面新闻，一旦舆论反转，那突如其来的负能量几乎如掀天揭地的风暴一般，几分钟内就有数百万人被席卷，从门户网站到自媒体，从网络传播到无数人奔走相告，形成如螺旋般扩散和放大的“风暴效应”，这一切几乎可以在瞬间完成。

我在第一时间看到那篇报道也如坠云里雾里，这一切到底是怎么回事呢？若要搞清楚真相，其实并不难。灾害发生后，安徽省及受灾区五河县两级农委便对这次灾害进行了深入调查，并作出了明确的鉴定：“绝收或减产的区域，在孕穗和抽穗期间遭遇低温连阴雨，属于典型的穗颈瘟危害。”这种“典型的穗颈瘟”，其实就是稻瘟病的一种。稻瘟病位居水稻三大重要病害（稻瘟病、白叶枯病、纹枯病）之首，也是此次灾害真正的罪魁祸首，被称为“水稻的癌症”。凡有水稻的地方就有稻瘟病，只有轻重之别，发病后一般减产百分之十五以上，重者绝收，对稻米品质也有严重影响。——这也是迄今为止难以被人类攻克的一道世界级难题。长期以来，国内外的科学家都致力于对稻瘟病的研究，然而至今也未能在高抗性上取得突破性的成果。所谓癌症，换句话说就是不治之症，至少是顽症。由于无抗性强的品种，近年来发生面积呈上升趋势，若防治不力，将会对水稻生产造成巨大损失，对粮食安全构成严重威胁。

那么，在科技高度发达的今天，是否又有根治的可能呢？这其实是我接下来要追踪的一个问题。要说呢，也不是没有，如今人类已开始尝试用分子或基因技术来治疗癌症，对于人类自身而言，这是救死扶伤的天职，似乎没有什么争议。如果利用分子或基因技术来防治农作物的病症，譬如说针对某一病虫害将抗逆性基因转入农作物中，这一难题是有可能从根本上攻克的，但只要一涉及分子生物技术，尤其是转基因技术，人类立马如临大敌、谈“转”色变。目前在中国，无论是国家层面，还是袁隆平等科学家，在这方面也一直是高度审慎的。由于转基因技术目前还不能在水稻、小麦等主要粮食作物生产中推广应用，目前的防治方式也就只能采取传统的常规手段，以趋利避害或避重就轻为前提，在选择种子时，如对稻瘟病抗性不强的品种，就选在稻瘟病轻发区种植，而所谓的轻发区也是相对的，一旦遭遇阴雨连绵、连日不开的天气，就为稻瘟病发作提供了温床，轻发区有时候会成为重灾区。对此，迄今为止最有效的手段就是要将防治措施落实到位。

在杂交稻和超级杂交稻攻关中，袁隆平一直把稻瘟病视为心头之患。他也不止一次地坦言，超级杂交稻在对抗稻瘟病等水稻病症上并不“超级”，在这一世界性难题被攻克之前，超级杂交稻也只能和其他常规品种一样，以防治为主。对此，那篇将矛头直指“杂交稻，隆平造”的报道者也做过调查，并作出了理性的报道：“稻瘟病的发生原因较为复杂，即使水稻品种在审定时达到了抗性（标准）甚至更高水准，但也存在因抗性下降、外界环境变换等原因从而引发稻瘟病的危险。”这是大实话。我在前文提及，在湖南溆浦的第四期超级杂交稻攻关示范片，也曾遭遇长时间阴雨天气，袁隆平一再叮嘱田间管理责任人要将预防措施落实到位，而溆浦示范片最终没有因灾减产，反而创纪录地突破一千公斤大关，一个重要原因就是适期预防措施落实到位，否则不说创造世界纪录，也极有可能像安徽五河县一样发生“减产绝收”的灾害。

对于“安徽万亩袁隆平超级稻减产绝收”的灾害，安徽省及五河县两级农委调查组已作出了结论：“此次稻瘟病是由于 2014 年安徽特殊的天气和适期预防措施不到位所致。”——这就是事实真相，再明白不过了，一是天灾，还有一个就是“适期预防措施不到位”。而调查组还特别说明这“不完全是农民的过错”，这话里的意思我相信谁都能看明白，至少我是一眼就看明白了，说来这也是近年来的一个普遍问题，农民承包的责任田是有边界的，但稻瘟病以及其他病虫害是没有边界的，如果仅凭农民单家独户进行防治是难以有效防治的，必须在农技人员的指导下，采取有组织的预防措施。这次灾害既“不完全是农民的过错”，在鉴定意见中也没有一个字说是种子的错，而罪魁祸首就是极端气候，说穿了也就是一场自然灾害。对于此次灾害的成因，除了安徽省及五河县两级农委的调查，还有一些参与调查的专家，均一致认为，2014 年“的确属于历史罕见的稻瘟病高发气候”。如果排除了这一主要原因，许多事情你根本没法解释。据我后来走访调查，除了这次受灾的品种“两优 0293”，安徽的其他水稻品种，包括如今被人们津津乐道的常规稻，在同一时期普遍都出现了稻瘟病，而其受灾减产的情况，则看其适期预防措施的情况而论，防治措施越到位，受灾程度越低。从大面积的情况看，2014 年“两优 0293”在安徽共种植了十八万亩，但出现减产或绝收的只有这次报道的一万亩左右，约占百分之五。由此可见，这次的受灾品种“两优 0293”不是遭受稻瘟病灾害的个案，却成了灾害损失惨重的个案，这也更加验证了安徽省及五河县两级农委的鉴定意见是尊重科学、符合事实的，那也是一个具有结论性的鉴定。一句话，如果适期预防措施能够落实到位，这次“万亩减产”的灾害，其实是一场不该发生的灾难。

这里姑且不论导致“万亩减产”的原因，只说一个被那篇报道紧紧揪住不放的话柄——“杂交稻，隆平造”，那粒惹祸的种子又真是袁隆平制造的吗？对此，我等门外汉知其然而不知其所以然，还是应该以调查结论为准。除了安徽省、五河县两级农委的调查，还有一个更权威的调查结果，农业部在组织专家深入调查后也作出了相关结论：这次事件实际上与袁隆平的关系不大。第一，“两优 0293”并非由袁隆平选育的，其完成者是别的研究人员；第二，与涉事种子有关的“隆平高科”是由湖南省农业科学院、湖南杂交水稻研究中心、袁隆平院士等共同发起设立的农业高科技股份有限公司，但袁隆平从未参与“隆平高科”的经营管理；第三条则是对此前鉴定意见的又一次确认：导致这次稻瘟病的主要原因还是气候和“适期预防措施不到位”。尽管有三级鉴定结果明摆着，但袁隆平从维护农民利益的高度出发，并未高高挂起，他一听说此事，在第一时间就责成“隆平高科”尽快作出处理。“隆平高科”随即采取了一系列措施，无论涉事种子“两优 0293”有没有问题，一律宣布停售，随后又派公司高管两赴安徽，协调当地政府通过保险的方式先给了受灾农户一定的赔偿，还承诺为农民免费提供种子进行补偿，并将筹建种子行业灾后救助基金。

在整个事件中，有一个一直被报道者紧紧抓住不放的细节，在“两优 0293”外包装袋上明确标注“抗性：稻瘟病平均 5.6 级”，但撕开包装袋后还有一张小纸片，在注明抗性 5.6 级之后又添加了四个字：“最高 9 级。”对于抗病的程度，有平均值，也有最高值，这没有问题。这和水稻亩产面积的数据是一样的道理，在百亩示范片现场测产验收时，有的田亩最高可达到一千多公斤，有的则只有九百多公斤，而最终采用的是平均值，当然也可以标明最高值。如果内外包装一致，这个小纸片可以说毫无问题，但问题是，种子的内外包装不一致，这还真是一个谁也不能否认的事实。对此，“隆平高科”的一位相关负责人也没有否认，他给予了这样的解释：“标签可由内外标签组成，《农作物种子标签和使用说明管理办法》并未明确要求要把特征特性全部都印到外包装上，只要内标签是完整的，就不存在违规问题。”——对这样的解释，说句老实话，我是有疑虑的，这样的理由还不足以说服我。真实是新闻的生命，也是报告文学等非虚构类文体存立的根本，而生命在于立诚，若要揭示真相必须秉持客观公正、不偏不倚的立场，我只追寻事实真相，决不预设立场，更不会选边站。为此，我到经销过“两优 0293”的种子店进行了调查，又对种过该品种的农户走访调查，我的调查结果和那篇报道是一致的。

随后，我又带着疑问采访了湖南杂交水稻研究中心常务副主任邓华凤，这位与我差不多同龄的育种专家，也是袁隆平先生的主要助手之一，我想听听他们是怎么解释的。邓华凤似乎早已习惯了这样的问题，他可能回答不止一百遍了，但他依然眉头紧锁，习惯性地用两手撑着桌子，隔桌望着我，在沉默片刻后方才开口。而他一开口，却一点也不含糊:“企业在营销流程中，对种子包装的内外说明必须一致，并且要真实反映品种的特征特性，这事关企业的诚信问题，不能含糊。如果种子包装存在内外抗性说明不一致，肯定是不对的。种子推广方应该引以为戒，再也不能出现类似的情况。”他说话时不是那种铿锵有力的口气，却表明了他斩钉截铁的态度，丝毫没有护短的意思。

诚然，这里又有一个事实是必须澄清的，湖南杂交水稻研究中心只是种子的研发方，并非种子的经营方，即便内外包装不一致，那也是种子公司在经营销售中的问题，与种子研发方并无直接关系，与种子本身更没有关系。这绝非我为一粒种子辩护，而是对客观事实百分之百的尊重,以百分之百的诚实向读者报告。众所周知,研发方研究出了某一品种，然后交由生产方生产出产品，再进入市场销售环节。从研发方到生产方，一个在技术上严格把关，一个在生产上必须保证是合格的产品，但合格不合格，他们说了不算，我们这些报道者说了更不算，还要严格按国家标准来检验。种子是非同一般的产品，是关乎粮食安全的第一要素，国家一直是高度重视和严格把关的，对种子的鉴定比一般产品尤为严格，只有审定通过后，才能在生产中推广应用。那么，“两优 0293”又是不是审定通过的超级稻品种呢？这也是很多人特别关注的一个焦点。邓华凤给了我一个明白的答案，这一品种是湖南省审定通过的超级稻，但不是国家审定通过的超级稻。

听了他一番解释，我才明白，对超级稻的认定分为两级，一是农业部认定，一是省级农业厅认定，选育单位可以向本省农业厅和农业部两级的超级稻专家委员会申报认定，经专家们开会研讨，以严格的超级稻认定标准进行鉴定，达到标准才能称为超级稻。“两优 0293”是通过湖南省农业厅认定的超级稻品种，既然省级农业厅有认定权，理所当然为合格的超级稻品种。但该品种属于第二期超级稻，在当时审定通过时还算是很好的品种，最大优点是抗倒伏，其次是产量较高。当然，每个品种都不是十全十美，都有一定的适应性、区域性，而这一品种存在致命的弱点就是对稻瘟病的抗性不理想。这里还得补充一下，“两优0293”虽不是农业部认定的超级稻，却也是经国家审定通过的两系法杂交水稻品种。2006年，这一品种在第一届国家农作物品种审定委员会第五次会议上审定通过。为此，我还查到了中华人民共和国农业部公告（第706号），对该品种的性状特征有着清楚的表述：“该品种熟期适中，产量高，中感白叶枯病，高感稻瘟病（穗颈瘟），米质一般。适宜在福建、江西、湖南、湖北、安徽、浙江、江苏的长江流域稻区（武陵山区除外）以及河南南部稻区的稻瘟病轻发区作一季中稻种植。”很明显，这一品种并非广适性稻种，在农业部的公告里也强调了其“高感稻瘟病”的缺陷，并明确标出适合在“稻瘟病轻发区”种植。按照这一国家标准，“两优0293”既是经国家审定的合格品种，安徽省也是明确标示出来的适宜推广种植区。

又诚如邓华凤研究员所说，如今这个品种推广应用已近十年了，根据自然规律，一个水稻品种，在大田种植的高峰期最多只能维持五六年。在大面积推广十多年后，如果仍能保持优良品性和长久的生命力，那就堪称世界稻作史上的奇迹，这样的奇迹不是没有，却也少有。一般而言，一个品种无论是常规品种还是杂交品种，在播种五六年后就会逐渐老化，性状发生退化，而品种的研发、审定、推广、退出，均须本着遵循科学、实事求是的态度。长期以来，水稻品种审定都没有使用年限之说，法律上没有规定品种的退休期，如果审定的品种出现重大缺陷，市场普遍不受欢迎，推广面积越来越少，就可以按程序或优胜劣汰的市场规律退出了。但淘汰需要一个过程，在一些广适性新品种没有研发出来之前，这些独特性的品种还有市场空间，还可以继续使用，但在使用时要注意它的特殊性和区域性，尤其是企业在推广这个品种的过程中，要时刻了解这个品种的变化情况和环境变化情况，这样才能尽量规避灾难带来的损失。

邓华凤那俯身倾斜的姿态挺有亲和力，我也一直在倾听，生怕漏掉了一个字。经过邓华凤的这样一番解释和梳理，我脑子里那些模棱两可、不明不白的问题逐渐清晰明澈，事实真相也越来越清晰，我可以得出自己的结论了，“安徽万亩袁隆平超级稻减产绝收”的根本原因从头到尾都不是种子的问题，更与袁隆平没有什么关系。除了前面提到的“极端气候”与“适期预防措施不到位”两个主因，还有一个难辞其咎的原因就是该种子的“内外包装不一致”，若说“涉嫌造假”言重了，但也很有可能对农民产生误导。哪怕退一万步讲，即便“两优0293”的根本原因就是种子问题，那也仅仅只是个别品种的问题，也不能说“杂交稻，隆平造”都有问题。这里以事实为依据，2014年安徽“减产绝收”风波涉及的只是一百多个超级稻品种中的一个小品种，其种植面积非常小，目前全国推广面积第一大、第二大、第三大的超级稻品种都没有问题，这些真相都不难搞清楚，若从最基本的客观、公正和真实的立场出发，都没有必要“向整个超级稻泼脏水”，这不是我的话，而是袁隆平先生的原话。

我与邓华凤握手告别时，他又坦诚地表示，“安徽万亩水稻减产绝收事件”，不管由谁负责，对所有农业工作者，都是一次值得吸取的教训。未来对水稻品种的研究方向，抗性将会放到更重要的位置，如何研发具有广适性更好的新品种，一直是所有“杂交水稻人”努力的目标。他这一席话，让我看到了科学的境界，一篇关乎科学的报道，必须尊重科学和新闻真实性这一底线，任何一家媒体都可以对某一焦点问题采取“新闻系列追踪报道”，这是新闻工作者的权利，也是天职，但除了权利还必须恪守职业道德和新闻伦理。如果一家媒体反复炒作一场原本就不该发生的灾难，又不顾及完整的事实真相，攻其一点不及其余，由此而掀起一轮又一轮的风浪，对于科学，对于人类，这又何尝不是一场不该发生的灾难？但说句心里话，我还真没有从“居心不良”上来猜测报道者，我尽可能从善良的意愿来理解他们，这让我挺佩服他们，而他们的质疑和追问或许也会成为推动科技进步的另一种力量。至少对于我，正是因为他们的报道，才让我把目光投向了他们抓住的两个焦点，一个是产量，一个是质量，而以袁隆平为代表的中国科研人员研发的杂交稻、超级稻，在他们看来“被强调的是产量，被忽视的是质量”。

这两个焦点其实又可归结为一个主题——舌尖上的安危。

舌尖上的安危

舌尖上的安危，袁隆平先生作出了很朴素的诠释，“既要让老百姓吃饱，也要让老百姓吃好”，只有满足了这两个题中之义，两者缺一不可，才是完整的诠释，否则就是致命的缺陷。为什么从联合国到每一个国家都要一再突出强调粮食安全？只因粮食在古今中外都是一个不稳定的、充满了灾难性的存在。

这里先看第一焦点，“被强调的是产量”。一旦涉及这一话题，我又感觉报道者的立场非常有趣，他们一边认为袁隆平创造的杂交稻“被强调的是产量”，但列举的事实又怪有意思的，尽管以袁隆平为代表的科研团队已将百亩示范片的超级稻亩产量攀升到一千公斤以上，但他们又指出“中国水稻实际亩产却远远达不到这个水平”。——这还真是有根有据，据 2014 年国家统计局发布的《中国统计年鉴》显示，2013 年，中国实际水稻平均亩产量仅为 447.8 公斤。既然有根有据，而且是权威依据，一个问题又来了，中国超级杂交稻的亩产突破了一千公斤大关，而我国水稻的实际水平怎么连一半也达不到呢?

这其实是一个老问题，袁隆平先生和有关专家不知解释多少遍了，一个水稻品种，从科学家的试验田走向老百姓的稻田，那个亩产量是不能画等号的。对粮食产量的描述，虽说有时候必须斤斤计较，甚至是锱铢必较，精确到小数点，但按通俗的说法，一般以五十公斤为一关，一百公斤为一大关。为了厘清事实真相，这里不妨重新梳理一下新中国水稻生产的发展历程。1949 年以前，我国水稻平均亩产仅有两百公斤的水平。在杂交水稻问世之前，农业科技人员一直致力于培育和改良常规品种，但增产潜力有限。直到黄耀祥先生开创的水稻矮化育种推广应用，从而推动了水稻大幅度增产的第一次飞跃，平均亩产跃升到了二百五十公斤至三百公斤。这里就以此为底线，来看看杂交水稻对中国粮食的贡献。1976 年，随着三系法杂交水稻在全国“大推广、大增产”，我国水稻产量至少提高了百分之二十，平均亩产突破四百公斤大关，从很大程度上缓解了我国粮食长时间紧缺的困局。1995 年中国杂交水稻迈进了两系法的时代，产量又提升了百分之十。1996 年农业部启动了中国超级稻育种计划，到 2014 年，袁隆平率科研团队，在历时十八年的协作攻关中，攻克了中国超级稻第一期目标到第四期目标，其中示范片的亩产从七百公斤、八百公斤、九百公斤到一千公斤，以每百公斤为一个台阶连续完成了“四级跳”，而在大田推广播种的产量与之对应，从五百五十公斤、六百公斤到六百五十公斤，大致以每五十公斤为一个台阶递增。目前，第四期超级稻尚未大面积推广，袁隆平预计推广后的平均亩产可以突破七百公斤。截至 2014 年那个多事之秋，中国杂交水稻从三系法、两系法到超级杂交稻，历经近四十年发展，袁隆平率协作攻关团队把中国水稻平均亩产从原来不到三百公斤的水平，一步一步提高了一倍以上。“不积跬步，无以至千里”，这个过程其实并不适合用突飞猛进来形容，只有袁隆平和参与攻关的科研人员才能切身感受到，这每一步都是举步维艰。尽管从亩产看，增产五十公斤、一百公斤不算什么，但亩产与总产量构成了一个巨大的乘法效应，如果把每亩增产的粮食乘以全国杂交稻、超级稻的种植面积，那就是一个天文数字了。这里我不敢妄加猜测，必须以国家权威部门发布的数据为准。2014 年 10 月，就在一正一反两个事件发生强烈的对冲效应的背景下，农业部在“农业科技创新”新闻发布会上公布了一系列数据，这其实也是一种针对杂交水稻质疑的回应：从 2010 年开始的这三四年时间里，在黑龙江、辽宁、江苏、安徽等十七个省区市，育成了一大批产量高、抗性强、适应性广的超级稻品种，每年的示范推广面积都超过了一亿亩，并且实现了“双增 100”（每亩增产一百斤，节本增效一百元）的目标。

若要还原真相，还必须正视下面的数据：

迄今，我国杂交水稻播种面积约占水稻播种总面积的六成左右。

我国超级杂交稻的种植面积，目前还不到杂交水稻总面积的三成（28%）。

看到这里我就明白了，“2013年，中国实际水稻平均亩产量仅为447.8公斤”，这不是杂交稻和超级杂交稻的问题，而恰恰是杂交稻和超级杂交稻还没有在更大的范围内推广到位。这里还有一个不能混淆视听的概念，水稻产量不等于就是粮食产量，更不等于杂交水稻的产量，杂交水稻的产量也不等于是超级杂交稻的产量。由于杂交稻尤其是超级杂交稻所占比例并不像人们想象的那样覆盖了全中国的粮田和稻田，它的增产效应平均下来就被常规品种或一般杂交稻品种拉低了。通过这一系列简单的算术题，谁都会算出一个不简单的答案，如果没有杂交稻和超级杂交稻的增产效果，2013年我国实际水稻平均亩产量能达到447.8公斤吗？从历史数据看，可能连四百公斤也达不到。而哪怕就是这样的产量，用袁隆平先生的话说，“这是非常了不起的数字”。

若要理解这句“了不起”的话，除了自己跟自己比，也不妨跟别的国家对比一下。袁隆平先生也是用数字说话，目前全世界水稻种植面积在二十二亿亩左右，平均单产为三百公斤，即便在日本等一些农业科技发达的国家，平均单产也只有四百五十公斤，最高的是澳大利亚，由于其得天独厚的地理条件，又加之农业科技高度发达，澳洲一直是世界上水稻单产最高的地区，其亩产平均约为六百六十公斤。这个亩产，我国已经推广种植的第二期、第三期超级稻赶上了。——这个迈进望九之年的老人，还有惊人的记忆力，还有这样清晰的思维，他随口说出的一串串数字，我后来根据相关资料核对过，基本上八九不离十。目前，我国水稻生产已经形成了以第四期超级杂交稻为牵引，以二、三期超级稻为骨干，以两系法杂交稻和第一期超级稻为主体的结构，在杂交水稻科研上一直处于世界领先水平。随着第四期超级杂交稻的推广播种，赶上和超过澳大利亚是迟早的事。袁隆平最担心的不是中国超级杂交稻的科技水平达不到，这个他底气十足，他就担心有人混淆视听，干扰超级杂交稻大面积推广。而他接下来发起的第五期超级杂交稻攻关，还大有潜力可挖。

在袁隆平看来，尽管中国超级杂交稻一直跑在世界的最前沿，倘若有所分心、放松，很可能就被别的国家迅速赶上并超过。但袁隆平更看重的还不是这种农业科技领域的国际竞争，而是与人口的增速竞赛。布朗的一句"谁来养活中国"，犹如警钟一样敲醒了无数高枕无忧的中国人。尤其是2003年，在世界粮食危机的大背景下，中国粮食总产量一度跌入低谷而粮价上扬，让国人对粮食安全产生了强烈危机感。那时候，没有谁会觉得自己是一个站在国家粮囤子外边的旁观者，更没有谁会指手画脚地指责"杂交稻，隆平造"这也不是，那也不行，袁隆平是人人尊敬的杂交水稻之父、活灵活现的米菩萨、当代神农，谁都眼睁睁地盼着他能再创奇迹，高产，高产，超高产。

当年，布朗提出"谁来养活中国"这一天问时，也曾充满善意地向中国提出了一系列很具体的建议，一是要坚持计划生育政策，减少人口数量，争取不突破当时预测的人口峰值（16.6亿）；二是要严格保护耕地，大力增加对农业基础设施的投入，集中力量开发国家特别需要的农业新技术。从杂交稻到超级稻，正是中国"特别需要"的且一直在不断创新、领先世界的现代农业高新技术，在这一技术体系的支撑下，中国粮食增产一直在与人口增长赛跑。这是一场如同生死时速般的竞赛，一个不可违背的铁律，人口与粮食是必须成正比的，一旦粮食增速赶不上人口增速，就会出现粮食危机。马尔萨斯认为，人口成几何级数增长，粮食成算术级数增长。这就是说，粮食的增长远远赶不上人口的增长，人类在这两大需求之间存在严重的矛盾。因此，马尔萨斯得出的结论是悲观的，甚至是绝望的，如果不严格控制人口，随着时间的推移，人口爆炸的力量将远远超出地球向人类提供生活资料的能力，人类将生活在贫困与绝望之中。而以中国人口之多，增长基数如此庞大，一旦出现粮食危机，即便买光了全世界用于出口的粮食，也难以满足中国这个巨大的胃口。

在这种高度的危机感驱使下，中国研发和推广杂交稻、超级稻，绝非袁隆平的个人行为，也绝非他凭一己之力所能完成，而一直是国家保障粮食安全的战略。一个拥有十三四亿人口的泱泱大国，偶尔冒出那么几个吃饱了肚子犯糊涂的人是难免的，但无论是国家还是在国家粮食安全中举足轻重的科学家，必须始终保持理智上的清醒，除了死死守住全国保持十八亿亩耕地这条红线，中国的粮食增产若要赶超人口的增速，只有一条别无选择的路，通过提高单产来挖掘粮食增产的潜力。中国不是一个孤立于世界的国家，一旦发生粮食危机，势必会对全球粮食安全产生传导效应。据国外专业机构评估，中国只要有百分之五的粮食波动，就会对国际粮食市场产生重大冲击。反过来看，设若中国过分依赖国际市场，就会受制于人，等于把自己的脖子伸出来任人宰割。

2013 年 12 月，中央经济工作会议提出了 2014 年经济工作的主要任务，“切实保障国家粮食安全”首次跃升为六大任务之首，粮食安全被提升至 2014 年国家一号战略。

2015 年 7 月 1 日，国家安全法正式通过并实施，粮食安全被列入国家安全法，再次凸显了国家粮食安全战略地位。

2016 年中央一号文件又是一个以“三农”问题为主题的文件，一个贯穿始终的亮点就是“用新理念引领农业农村发展”，提出要“持续夯实现代农业基础，提高农业质量效益和竞争力”，“让农业成为充满希望的朝阳产业”,“强化现代农业科技创新推广体系建设”,而在文件中还将“加快推进现代种业发展”单作一条，提出要“加快推进现代种业发展。大力推进育繁推一体化，提升种业自主创新能力，保障国家种业安全”。这对推进现代种业发展有非常重要的意义，国家种业安全，是保障国家粮食安全、关乎食品安全的第一前提。

所谓粮食安全，就是让人类免于饥饿的威胁、危险、隐患和恐惧。对此，联合国粮农组织也有明确的定义：“保证任何人在任何时候都能得到为了生存和健康所需要的足够食物。”

布朗的预言在世界上一语成谶，随后发生的全球粮食危机验证了他并非杞人忧天，但在他最担心的中国却没有应验。中国能够举重若轻、化解危机，一直凭借着两大支撑，一是国家保障粮食安全的政策支撑，一是不断提高粮食增产的科技支撑。从 2003 年那个拐点开始，我国粮食总产量在此后的十二年里实现“十二连增”。据国家统计局发布的数据，2015 年全国粮食总产量再次突破六千亿公斤大关（6214.35 亿公斤），而中国人口总数也比 2003 年增长了近八千万人（达 13.7 亿人）。这多出的八千万人都是要吃饭的，由于我国的粮食增速赶上和超过了人口的增速，不但没有出现粮食危机，人均粮食占有量还大大提高了（从 2003 年的 333.3 公斤提高到了 450 公斤）。——这里不妨把时间距离拉得更远一些，到 2015 年，中国人口已比新中国成立时增长了近三倍，但中国粮食总产量却增长了五倍，目前我国粮食人均占有量已高于世界平均水平，这绝非那篇报道声称的“所谓增产被减产填平”了。应该说，以袁隆平为代表的中国杂交水稻科研队伍，没有辜负国人和世界的期望，从三系法、两系法到超级杂交稻，他们一步一步地推动着粮食增产，用增产的粮食回答了布朗的发问。对此，袁隆平的欣慰之情溢于言表：“面对布朗先生的提问，我们可以郑重地回答，中国人不但能自己养活自己，还将有更多的优质稻米出口，养活世界上更多的人。”

中国人不能关起门来算账，还得看看国际上的评说。据英国经济学人智库最近发布的《2015 年全球食物安全指数报告》，从食品价格承受力、食品供应能力和质量安全保障能力等三方面的安全指数进行评估，并有多达二十七个严格的定性和定量指标。该智库根据这些指标一项项进行测算和评估，在评估的 109 个国家中，美国的综合排名位居全球第一，新加坡和爱尔兰分别位列第二和第三位，中国位居第四十二位。这份报告将中国列入“良好表现”一档。但对这样一个中上游的位次，也有国内意见人士不太满意，“这与我们日益塑造的大国形象完全不符合，我们是世界第二大经济体，而在食物安全上却远远逊色于其他发达国家”。但国际人士却不这么看，中国作为一个发展中国家，人均 GDP 在这一百多个国家中排名第五十二位，而在食物安全上却是“为数不多的食物安全水平大幅超越其社会富裕程度的国家之一”。

中国粮食能取得这样的成就，袁隆平备感欣慰，却并不乐观，他一再告诫我们:“粮食如果出问题，就是全局性的问题，千万不要以为现在粮食多，价格也便宜，粮食生产就不重要了，农民种粮的积极性高不高没关系了。全国十三亿人，人口基数太大，不能盲目乐观，不能掉以轻心，那种认为现在粮食多就可以不抓粮食生产的想法，很危险！”他感觉自己头上有一个紧箍咒，那就是他念念不忘的、为时不远的中国人口峰值，“到 2030 年，我国人口将达到十六亿，怎样才能保证我国百分之六十的以稻米为主食的人口有饭吃，粮食问题始终是戴在我们头上的一道紧箍咒，而要解开这道紧箍咒，唯有提高单位面积产量！”这是从深重的忧患到认准了的一条路，他语重心长地说:“中国多一点粮食不怕，若少一点粮食，你试试看！关键时刻，一粒小小的粮食，将绊倒巨大的中国！”鉴于此，中国一直奉行“以我为主、立足国内、确保产能、适度进口、科技支撑”的国家粮食安全战略，这也是袁隆平一再疾呼的，“中国人必须把饭碗牢牢端在自己手里! ”

如今中国已进入消费时代，连袁隆平和杂交水稻都成了媒体和舆论消费的对象。这是一个食不厌精的膏腴时代，一个物质过剩的时代，一个富足得需要节食减肥的时代。尤其是 20 世纪 80 年代后出生的人，他们没有经历过动乱、饥荒和剧烈的历史震荡，很多人对饥饿是无感的，对吃饭甚至是厌腻的，但那些拼命想要减肥的人也许不知道，肥胖，其实也是一种饥饿的后遗症。那曾经像瘟疫一样四处蔓延的饥荒，在丰衣足食的日子里似乎被人遗忘了，但那只是一种暂时处于休眠状态的假象，哪怕没有经历过饥荒岁月的人，也会从父母乃至更久远的祖辈身上遗传饥饿基因，这是瑞士和法国科学家的发现。实验证明，饥饿基因既受身体需求的影响，也受环境因素的影响，能够条件反射地发出饥饿信号。譬如说，那些经历过饥饿和半饥饿的人，往往特别容易发胖，那就是饥饿基因在起作用，一旦能吃饱饭了，身体就会本能地聚积脂肪，以抵挡下一轮可能发生的饥饿。

饱汉不知饿汉饥，不了解过去，就无法认识现在，更难以理喻一个杂交水稻之父深重的忧患意识。当饥饿的历史已处于可怕的遗忘状态，很多年轻人对上辈人经历过的时代已无从理解，而作为一个20世纪60年代出生的过来人，我觉得对年青一代提醒一下是有必要的，但我没有一点责备的意思，甚至很理解这一代人，饥饿时代的悲惨境遇，膏腴时代的生活图谱，自然会出现代际差异，一切价值都在重新评估。只是，当你重估一切价值的时候，是否重估过饥饿与死亡的代价？哪怕到了今天，贫穷问题依然是当今世界最尖锐的社会问题之一，贫困与饥饿并非绝版的故事。至2015年，全世界依然有超过七亿的极端贫困人口，而中国占了十分之一。据国家统计局公开发布的数据，2014年全国农村贫困人口超过了七千万。谁都知道，贫困与饥饿是紧密相连的，按英国社会学家汤森的界定，“所有居民中那些缺乏获得各种食物、参加社会活动和最起码的生活和社交条件的资源的个人、家庭和群体”就是贫困人口。

据新华社2015年6月24日的一则报道，半年来，新华社派出九支调查小分队，分头前往中西部贫困地区，实地体察父老乡亲的生活状况，“推开一扇破旧的木门，记者让眼睛适应一会儿，才逐渐看清了屋内情形：屋子分成两半，左侧是牛圈，杂草上散落着牛粪，空气中弥漫着一股刺鼻的味道。右侧是人住的地方，借着手机光亮才能看到床铺——一块木板搭在四摞砖头上。屋中央，地面摆了三块砖，上头架锅，底下烧柴，这就是炉灶。没有一张桌子，连个板凳都没见到。土墙被多年的炊烟熏得一片漆黑。这，就是四川省大凉山区美姑县拉木阿觉乡马依村村民尔日书进的家。锅里煮了些土豆，便是他一家五口的午餐，有的土豆已经发了芽。对他们来说，吃米饭和肉是一件奢侈的事。大米每十天逢集时才能吃到；肉一年最多吃三次，分别是彝族过年、汉族春节及彝族火把节……”这悲凉的情景，让记者伤心地感叹，“大凉山，一个贫困样本”，这又何尝不是全国贫困人口生活现状的一个样本。

只有在理智上保持高度的清醒，才能穿过迷雾看清真相。除了理智，还有良知，一个人在做出是非判断之前，不光要摸摸自己的脑袋，还要摸摸自己的胸口。袁隆平为什么一直不遗余力地在研发超高产的杂交稻？

为什么“被强调的是产量”？这还真是说对了！与其说“被强调的是产量”，不如说被强调的是国家的粮食安全、每个人的生命保障。如果说食品安全是“舌尖上的安全”，粮食安全则关乎“舌尖上的安危”，先必须保证人人有饭吃，吃得饱，这是必须摆在首位的，必须一再强调和重申的，永远不过时。在这个第一前提之下，才能谈如何吃得好。所谓“舌尖上的味道”，对于饥不择食的人是奢侈的，只有在吃饱肚子后才能细嚼慢咽，用舌尖去细细品味。

当然，袁隆平在率科研人员发起一轮又一轮攻关时，也并未像那篇报道所说的那样“被忽视的是质量”。这也是我接下来追踪的第二个焦点。从粮食安全到食品安全，又可以用两句话来概括：“民以食为天，食以安为先。”

从杂交稻到超级稻，吃了又是否安全呢？米质又怎么样呢？说来，杂交水稻的质量和产量一样，也是一步一步提升的。从杂交水稻第一个出发点看，袁隆平先生说得很明白，在我国粮食长期紧缺的特殊历史背景下，1976年杂交水稻开始在全国大面积推广，主要是为了提高产量，解决温饱问题，“我国是世界上第一个在生产上利用水稻杂种优势的国家，杂交稻比一般水稻每亩增产一百公斤左右，1976—1991年全国累计种植杂交稻十九亿多亩，增产粮食近两千亿公斤。由此可见，杂交水稻的推广，对解决我国十一亿人口的温饱问题发挥了极其重要的作用”。随着温饱问题逐步解决，中国人走向了一个丰衣足食的时代，一个以前很少在中国出现的词开始流行起来——生活质量。以前是为了吃饱，现在还要吃好，人们希望能买到更好吃、营养更丰富的大米，而农民也必须种出更好的大米才能有经济效益。也就在这种背景下，让很多人吃饱了肚子的杂交水稻，很少有人再说什么感恩的话。袁隆平先生觉得这是入情入理的，生活质量日益提高了，对一日三餐都少不了的大米饭自然就有些挑剔了，这是人之常情，也是社会的进步。吃饭第一，人类的生活质量首先就是在饭碗里提高的。

在中国，谁都知道上海人对生活的讲究与细致，这里，就有一个时常被拿来说事儿的话题。20 世纪 90 年代初，上海一家米店有一天突然挂了一个牌子,“今天不卖湖南米”。好家伙,一下就有很多人排队来买米。这家米店并未标明他们不卖的是湖南杂交稻米，但谁都知道湖南是杂交水稻的发源地，湖南米也就成了杂交稻的代名词，而杂交稻又成了劣质米的代名词。后来，一家报社还请了一些有头有脸的人物来座谈，有人说杂交稻是“三不稻”——米不养人，糠不养猪，草不养牛。随后，该报头版刊发了《座谈纪要》，惹起了一场不小的风波。在众声喧哗的推波助澜之下，且不说那些吃杂交稻的人，连一些研究杂交稻的人也感到前景黯淡，随着人们对米质的要求越来越高，搞杂交稻似乎没有什么前途了。

袁隆平不知经历了多少大风大浪，无论别人怎样兴风作浪，他早已有一种“曾经沧海难为水”的从容与淡定，但有一点他是毫不含糊的，那就是科学。一个科学家，必须用科学的事实来说话。面对误解和偏见，他没有理直气壮地激辩，而是心平气和地摆事实，讲道理。为此，他甚至不是以一个科学家的身份，而是以一个普通读者的身份给《人民日报》写了一封“读者来信”，这封信以《杂交稻既能高产又能优质》为题在 1992 年 6 月 18 日公开发表了。他坦承:“的确，在我国南方生产的稻谷中，有相当一部分米质较差，这主要是双季早稻，目前积压的稻谷以及历年来粮店出售的大米，大多数为这种早籼稻。杂交稻、常规稻与任何其他农作物一样,品种不同,产量和品质是有差别的,有的甚至很悬殊。一般地说，大多数杂交稻品种的米质属于中等，其中也有个别杂交稻品种的米质较差，但绝不能以个别品种的优劣来概括一般。”此外，米质与季节也有关，袁隆平说:“双季晚稻和一季中稻一般品质较好，粮店偶尔出售这种稻米时，则出现排长队争购的现象，而杂交稻则占双季晚稻和中稻面积的百分之八十左右，产量占百分之九十以上。因此，说杂交稻属劣质米与事实不符。”他还举了一个在当时很有说服力的例子，如参与协作攻关的谢华安院士主持育成的杂交水稻新组合“汕优 63”，就是一个“最好的例证”，在当时是全国种植面积最大、产量最高的一个杂交稻品种，不仅产量高而且品质好，还被评为全国优质籼稻米，获得了国家科技进步一等奖。你能说这样的杂交稻米质不好吗?

看了这封“读者来信”，你不一定要懂得科学，你只要有常识，就不会再说那样的怪话，除非你真的跟自己的肚子过不去。袁隆平既以科学事实澄清了真相，又以科学的方式揭示了杂交水稻可持续发展的趋势，杂交水稻不但蕴藏着巨大的增产潜力，米质还有一步一步提升的空间。一如常言道，没有最好，只有更好。为了让人类吃到更有品质的优质杂交稻米，袁隆平在不断挖掘增产潜力的同时，也一直在不遗余力地寻找既能高产又能优质的杂交组合。但当时杂交水稻还处于初级阶段，也就是三系杂交稻时代，由于其系统内存在遗传制约，那时候要选育一个优良杂交组合非常困难。几年后，随着两系杂交稻问世，如同进入了优势组合的自由王国，又加之幅员辽阔的中国有丰富的优质遗传资源可以利用，还可以利用国际上的资源，选育优良组合的概率大大提升了。这里又要说到袁隆平的助手周坤炉了，他打破常规，不断更新育种技术，终于育成了既高产、优质，又抗性好，而且稻穗上结出香与不香两种籽粒的杂交香稻，其稻米是食用时再不需要掺和的香米，被誉为超级香米、超泰米，到 1999 年，“香优 63”推广种植达一百万亩以上。除了这一优质杂交稻品种，在袁隆平的指导下，由尹华奇研究员培育的优质两系杂交早籼组合——“香两优 68”，米质优良，米饭清香柔软，作为两系法杂交稻，在 20 世纪 90 年代的产量也不低了，亩产超过五百公斤，堪称高产优质杂交稻。

尤其是进入超级杂交稻时代后，袁隆平一边在构想超高产水稻的技术路线图，一边在勾画走向绿色健康稻米的路线图，从第一期到第四期超级杂交稻，不只是产量节节攀升，米质也越来越好。超级杂交稻的米质怎么样，我说了不算，媒体说了不算，哪怕袁隆平先生说了也不算。谁说了算？国家有严格的检测标准。如袁隆平选用的攻关品种“Y 两优 1 号”“Y 两优 2 号”均达到了国颁三级以上优质米标准，而率先突破一千公斤大关的“Y 两优 900”，其主要米质指标更是达到了国颁一级优质米标准。

每次见到袁隆平先生，他都要我尝尝他们超级杂交稻的味道，“我们那个亩产一千公斤的超级稻，我已经给一百多人吃过了，都说口感非常好”。这时候的袁隆平，一脸天真无邪的表情，就像个热情好客的孩子，在炫耀他们家里有什么好吃的。袁隆平的热情好客也是有口皆碑的，他带出来的博士研究生邓启云，是“Y 两优”系列的主持研发者，他还扮演了一个有趣的角色——煮饭能手。每次要招待客人吃饭，袁老师便一个劲地喊他，“启伢子，快去淘米煮饭，把你最好的大米拿出来，把你的看家本领使出来！”还别说，这个角色还真非邓启云莫属，袁隆平从第二期到第四期超级杂交稻的攻关品种，都是选用的“Y 两优”系列，而目前产量最高、米质最优的就是袁隆平说的那个亩产一千公斤、口感非常好的超级杂交稻“Y 两优 900”。在邓启云的汽车尾厢里，就放着小袋包装的“Y 两优 900”样品，他还送了我一袋，让我尝一尝。我两次在湖南杂交水稻研究中心长时间驻点采访，每餐都是吃的超级杂交稻米饭。在食堂里吃饭的人很多，那些从世界各地来参加杂交水稻技术培训的学员，饭量很大，一大碗热腾腾的米饭都堆成尖儿了，但没有谁狼吞虎咽，都是一口一口地品咂、咀嚼，看那有滋有味的样子，我也觉得挺享受。

我还听说了这样一个故事，有一位港商来拜访袁隆平，他对袁老毕恭毕敬，却从来没吃过这位杂交水稻之父发明的杂交稻米，一直只吃泰国米。袁隆平就笑着问他，想不想尝尝中国超级杂交稻的味道，这位港商出于礼貌也不好谢绝。那顿饭，就是用超级杂交稻米煮的。看得出，那位港商开始只是想尝一尝，这一尝，那筷子就停不下了，整整吃了两碗饭。眼看着还剩下一小碗饭，他抚着肚子笑着说，这大米饭真是太好吃了，比泰国米还好吃，可惜再也吃不下了。袁隆平陪着他，心想人家毕竟是客人，他这样夸奖也许带着一种礼貌和客套。但这位港商告辞时，竟然要来了一个饭盒，将剩下的米饭颗粒不剩地装下了，说是要带给家人去尝一尝。

讲起这个故事，袁隆平先生那神情与言谈间也充满了欣慰，“过去认为，产量高米质不好，米质好的产量不高，这是片面的。在上世纪，我们杂交稻确实主要是解决温饱问题，以产量为主，品质放在次要地位。现在大家生活水平提高了，老百姓不满足于吃饱，还要吃好，所以我们在进入新世纪的时候就做了战略调整，要高产优质。但是我有个前提，不以牺牲产量为代价来求优质，我们要在高产的前提下求优质，这个转变难度很大，但我们做到了”。

然而，那篇报道却援引日本农林水产省研究员 Hiroshi Nakano 博士的话来证明超级稻“重量不重质”。1981 年日本发展超级稻是为了“feeding animals”（喂牲口），因此才会“重量不重质”。2013 年，日本超级稻的产量为十一万吨，全部用于动物饲料。然而中国在发展超级稻应对粮食安全时，并没有提及这一至关重要的差异。此言一出，又是一个爆炸性新闻，在国内一下炸锅了。这也深深刺痛了国人敏感的神经，太伤中国人的自尊了，超级稻竟然是日本人用来喂牲口的，而袁隆平带头发展超级杂交稻，这不是把中国人都当牲口吗？冷静，这时候千万要冷静，因为他们说的是大实话。事实上，很多国家都把稻米、小麦、玉米等三大谷物用来做饲料，无论是常规稻还是超级稻，只要人能吃的，也是牲口能吃的，常言道，人畜一般嘛。据布朗在《谁来养活中国》一文中分析，随着中国人的生活从温饱走向小康，膳食结构必然会从谷物转向多样化，而肉、奶、蛋、禽、鱼等动物性食品的产出，需要更多的粮食转化，因此造成了对粮食的更大需求，一吨猪肉约需要消耗四吨粮食。尽管人类习惯于把动物的食物称之为饲料，但饲料和粮食在营养上并没有本质的差别，一切生命都不能缺乏营养。哪怕日本人真是用超级稻来喂牲口，也不必大惊小怪，优质的饲料可以生产出优质的肉、奶、蛋、禽、鱼等动物性食品，这也同样是供人类来食用的。关键是，那种有高产能力的“饲料稻”如果像那篇报道声称的“重量不重质”，那些追求高尚生活的日本人，不一样也在吃低劣的动物性食品吗？当然，中国超级稻也绝对不是日本那种用来喂牲口的“饲料稻”，日本人迄今为止也没有培育出超级稻，而邓华凤一听此言也忍无可忍了，厉声呵斥：“简直是胡乱之说！”他说，科学界对超级稻的定义也不只是单纯的超高产，通常是指在产量、品质、抗性等方面显著超过现有水稻品种的水稻，其认定的标准主要考量三个方面：第一是产量要求高；第二是品质标准要求米质达到部颁优质二至三级，对有些晚稻要求达到二级，早稻和中稻则要达到三级；第三是要求达到抗当地两种及以上主要水稻病虫害的抗性标准。但无论是哪种用途，在耕地少人口多的国情下，水稻研发的创新标准首先必须是高产。他这一番话，让我对一场灾难的追寻可以告一段落了，从一场不该发生的灾难到逐渐浮出水面的真相，按照严格的逻辑推论出来的并非荒谬的谎言，而是一个常识。

如今在中国一提到优质大米，很多人首先想到的不是国产大米，而是国外的优质米，如泰国的“茉莉香米”，日本的“越光米”。这里就看看越光稻，该品种早在 20 世纪 50 年代初便开始种植，主要优点是米粒饱满、色泽晶莹透亮、口感香糯、柔软且味道上佳，但也有很多缺陷，易倒伏，对稻瘟病的抗性较弱。为了解决这些缺陷，在我国杂交水稻研究成功后，日本育种专家进一步采取杂交育种的方式，先后培育开发出了对稻瘟病抗性强的一系列品种（统称为“越光 BL”），越光稻其实也是杂交稻。如今有人拿“越光米”来贬低“杂交稻，隆平造”，而日本越光国际水稻奖事务局对杂交水稻之父袁隆平却是分外敬重，1998 年就给他颁发了“越光国际水稻奖”。其实,凭借我国领先于世界的杂交水稻技术，完全可以培育出不亚于“茉莉香米”“越光米”的优质米，我们的超级杂交稻已有不少品种在米质和口感上超过了“茉莉香米”“越光米”。但袁隆平和他率领的科研团队只能从中国国情出发，既不能“重量不重质”，更不能“重质不重量”，追求的是“高产、优质、环境代价小”，又让平民百姓都能吃得起的价廉物美的稻米，这是一个平民科学家的追求，面对天下苍生，关乎舌尖上的安危，他别无选择。

对转基因的一次小心求证

随着袁隆平率协作攻关的科研团队向中国超级稻发起一轮又一轮攻关，一次又一次地登上水稻王国无人登临的世界之巅，却也是高处不胜寒，有些人对超级杂交稻的看法却一路下跌，从最初的惊喜到难以置信的震惊，再到不可名状的惊恐，袁隆平到底使了什么魔法啊？诚实地说，我也经历了这样的心路历程，只因这样的超高产已经超出了我们的日常经验和想象力，也就只能往超自然的方向想象，对超级杂交稻的妖魔化，几乎是不可避免地发生了。

如果说杂交水稻是把亿万苍生从饥饿中拯救出来的天使，同样也属于杂交稻的超级杂交稻却不再是一边倒地受人追捧，越是超高产，越是令人往另一方面想，一个若隐若现的魔影一直追随着它，像幽灵一样在稻田里徘徊，那也是一个令无数人闻之色变的幽灵——转基因。如今是一个谈“转”色变的年代，由于普通老百姓对转基因的科学秘密难以一探究竟，让许多非科学乃至反科学的势力有空子可钻，在许多人还未看清转基因的真面目之前，在心理上就把转基因当作了魔鬼，渐渐弥漫为一种笼罩在中国田野的大众恐慌情绪。

中国超级稻是否采用了转基因技术？袁隆平这位杂交水稻之父又怎么看待转基因？这是很多人最关心的，也是我要探寻的真相。不过，在搞清楚事实真相之前，我觉得每个谈“转”色变的人先要让自己冷静下来，理智地问问，你为什么对转基因如此恐惧？你对基因和转基因有多少了解？如果你将转基因视之如魔鬼，这家伙还真是跟人类对幽灵和鬼怪的恐惧一样，那种不可名状的恐惧，只因你对它一知半解甚至全然不了解。若要让人们从惊惧莫名的情绪中解脱出来，唯一的方式，就是用理性的、科学的眼光来分辨，这家伙到底是天使还是魔鬼？

用科学的眼光看，是搞清楚事实真相的一个前提，在这方面最有发言权的无疑是“术业有专攻”的科学家，我只能真心诚意地向科学家请教，来解开心中的疑团。

走进长沙马坡岭，在国家杂交水稻工程技术研究中心暨湖南杂交水稻研究中心的大院里，有两幢令人备感神秘的大楼，一座赫然醒目，就在我驻点采访期间住宿的培训楼隔壁，为杂交水稻综合实验楼，作为国家杂交水稻工程技术研究中心的神经中枢，这楼里设有国家重点实验室，拥有这一领域最尖端的科学家，也掌握着世界上最尖端的杂交水稻科学技术，可想而知，未经特许，一般人是难以进入的。还有一幢楼，为袁隆平院士亲笔题字的“杂交水稻分子育种实验室”，它显得比较隐秘，隔着一片茂密的树林，感觉连阳光也照不过去，难免一叶障目，若不注意，往往一眼就掠过了。对这座神秘的实验楼，我还真是搞反了方向，以为我最关注的问题就在我身边这座综合实验楼的国家重点研究室里，结果让我的采访对象李继明博士久等了，他打电话来问我是不是搞错了方向，那也是很多人经常搞错的。我只得调转方向，按照李继明在电话里指点的路径，穿过那片树林，才发现那边的阳光一样的明亮灿烂，他正拿着手机站在门口的夏日骄阳下等着我。烈日当头，他却神色安详，这让我感觉如一次安静的相遇。

我与李继明素昧平生，但在采访他之前我做了不少案头工作，对他的经历有所了解。如今一说到转基因，他也是时常挨骂的一个，而在骂他时也难免指桑骂槐，牵扯出他的导师袁隆平，他是袁隆平先生带出来的硕士研究生。据李继明回忆，在20世纪90年代以前，袁老师主要是带硕士研究生，但要考上他的研究生还真不容易。1985年，他报考袁老师的硕士研究生，参加复试时，袁老师拿出一本英文版的*Heterosis*（《杂种优势》），还递给他一本英汉小词典，要他限时翻译其中的Epistasis（上位性）一节。当时他还年轻，也没有想那么多，以为这只是袁老师随机抽取的一道专业英语测试题，硬着头皮就开始翻译，袁老师没有说出其间的深意。在攻读研究生的三年中，袁老师很少给他布置什么作业，总是放手让他独立思考、自己设计研究课题，这让他大大提高了思考和动手能力。袁老师对科学研究一丝不苟的严谨作风，给李继明留下了深刻印象。他给我讲了这样一个细节：20世纪末，他和袁老师合写了一篇关于杂交水稻的英文综述，袁老师一再提醒他，在如何表述“化学杀雄杂交水稻”的内容时一定要特别谨慎，这是早期杂交水稻的技术路线，由于种种原因没有走通，也未在我国生产中应用，如果处理不当就会对其他国家发展杂交水稻产生误导。

1989 年，李继明硕士研究生毕业后留在袁老师身边工作，除了给袁老师当秘书，他还有一个重要职责，协助袁老师管理单位的科研工作。早在 20 世纪 90 年代初，袁老师便提出了建立杂交水稻分子育种实验室的设想，这是一个非常超前的设想，当时国外提出分子育种概念刚不久，而在国内还鲜有人提及，这一领域的国际主流学术刊物《分子育种》（*Molecular Breeding*）直到 1995 年才开始出版发行。直到此时，他才领悟，当初袁老师要他翻译的“上位性假说”，并非一道单纯的专业英语考题，而是一个他将要用一生时间来钻研的专业测试题，袁老师具有如此敏锐和超前的洞察力，也让他更加折服袁老师的英文水平之高、专业造诣之精深。所谓上位性（Epistasis），是遗传育种和杂种优势利用的一个常用词，对于我们这些非专业人士来说却是一个非常深奥而复杂的科学名词，李继明只得再三给我解释，基因（遗传因子）是具有遗传效应的 DNA 片段，每个基因都有自己的座位（位点），上位性原指某一基因受不同位点上别的基因抑制而不能表达的现象，如果 b 基因存在时，A 与 a 的表型效果难以区别，此时 b 基因便是 A 基因的上位，A 基因则是 b 基因的下位。这里就以做实验的小鼠为例，假如小鼠中的 G 基因表现为灰色毛，B 基因为黑色毛，当 G 基因处于 B 基因的上位时，其基因型为 GGBB 的个体，而处于上位的基因在遗传染色体上往往起决定性的作用，它将不是黑毛鼠，而是灰毛鼠。随着基因科学的不断推进，上位性的含义也在不断扩展，如今，在群体遗传学和数量遗传学中非等位基因的遗传效应为非相加性时，常统称为上位性，也就是位于不同座位上的基因间的非相加性相互作用。上位性的提出，最初只是一个有待验证的科学假说，随着基因科学的不断推进，这一假说正在被一步一步证实，如今，对于这一假说的研究和求证仍然是作物杂种优势机理研究和分子育种的热门课题。或许就是从这一假说开始，李继明从此确立了他一生的研究方向——分子育种。

追溯每一个科技创新的开端，既是在科学推进过程中的一种必然趋势，也必定在推进过程中遭遇必须突破的局限，常规育种在不断推进的过程中就遭遇了这样一个局限，由于作物种质资源遗传利用范围愈来愈窄，重要作物种质资源流失日趋严重，国内外的科学家都纷纷把目光转向了分子育种。20 世纪 90 年代初，随着野生番茄有利基因的发现，让水稻领域的专家再次把目光投向了野生稻。为此，洛克菲勒基金会（Rockefeller Foundation）资助国家杂交水稻工程技术研究中心、康奈尔大学合作研究亚洲野生稻和非洲栽培稻的有利 QTL 或基因的定位和利用，李继明和袁隆平的另一位学生肖金华一起具体执行该课题的合作研究，于 1996 年进入美国康奈尔大学，在康奈尔大学 Steve Tanksley 与 Susan McCouch 两位教授的指导下进行研究。袁老师身在国内，但仍然是他的导师。也正是在这段时间，他更加系统、深入地结合分子生物学钻研杂种优势机理。进入 21 世纪后，依靠分子生物技术育种已是世界种业的共识，也是体现国际种业竞争力的重要标志，这让身在美国、心系祖国的李继明有时不我待、奋起直追的紧迫感。经过近五年的合作研究，他和肖金华在马来西亚普通野生稻中发现了两个重要的、可以提高产量的数量性状基因位点（quantitative trait locus，缩写为 QTL，指控制数量性状的基因在基因组中的位置）。对 QTL 的定位必须使用遗传标记，人们通过寻找遗传标记和感兴趣的数量性状之间的联系，将 QTL 定位到位于染色体的遗传标记之间。近几年 QTL 定位应用较为广泛，在人类基因上，与疾病有关的基因定位甚多。植物上，模式植物抗逆性基因的定位较多。另外，他们还在非洲栽培稻中发现了一些改进稻米品质的数量遗传因子。此后，在袁隆平的具体指导下，国家杂交水稻工程技术研究中心和康奈尔大学合作，将已定位的野生稻高产等位基因成功转育进入杂交水稻的恢复系，并由此培育出了超高产的杂交水稻组合。

在康奈尔大学完成博士研究生学业后，在杜邦先锋工作了近十年，这让李继明足以现身说法。杜邦先锋利用转基因技术，已开发并推广了一系列抗虫、抗除草剂的转基因农作物。转基因绝非谁想做就能做的，除了高科技，还有高昂的投入成本，杜邦先锋在这方面每年投入的科研成本相当于隆平高科在这方面投入的近百倍。这也足以证明，他们每开发出一个转基因新品种，都要付出高昂的代价，因此对转基因种子技术的知识产权保护极为严格，简直像命根子一样，也绝非像某些人臆想的那样不计成本地向国外输出。

科学无国界，但专利技术有国界，放心好了，没有谁会把自己那付出了高昂代价的种子白送给咱们、硬塞给咱们的，人家正待价而沽呢，一旦中国在这方面远远落后人家，人家可就奇货可居了。这正是李继明最忧虑的，他担忧的其实是另一种“基因战”。言谈间，我也不时捕捉到他脸上掠过的忧色，那语气也有些着急：“我们最担忧的是国外大公司，他们广泛搜集了我国各类作物的种质资源，并对其进行基因挖掘和申请专利，这样的话，我国的育种家以后如果要用这些材料进行科研和新品种选育，就得向他们支付巨额的知识产权费用，一旦种业市场、种质资源被外国大公司控制，国家的粮食安全就会真正受到威胁，人家动不动就可以卡我们的脖子，唉。”

那一声叹息很轻，而他们这些科学家做出的选择却很沉重，很无奈。

李继明旅居美国十八年，早已拥有不菲的薪水，生活条件优越，而作为一个科学家，还有优秀的专业团队和先进的设备，为何要毅然决然选择回国创业呢？当我如是发问时，他不经意地一笑，笑得很复杂。甘苦寸心知，年轻时受教育和成长的经历，使他一直在找机会回国用所学的技术反哺这片家乡的土地，他的确是在国际竞争的紧迫感和危机感驱使下做出了这样的抉择。若从杂交水稻方面看，国外还无法与中国相比，但他们的分子育种技术研发应用比中国先进多了，若从起步看，至少比咱们早了二十年。尽管国内不乏袁隆平等具有远见卓识的科学家，但由于种种原因，我国的分子育种技术目前还处于起步阶段。随着分子育种成为国际农作物育种主流，也可谓是天下大势，势不可挡，中国则只能靠杂交水稻的领先优势去参与国际种业竞争，不能说没有危机感、紧迫感，这也是袁隆平先生一直想把分子育种和杂种优势利用结合起来的原因。而隆平高科技园已是杂交水稻的“种业硅谷”，这也是他们选择在此创业的一个直接原因吧。

李继明回国后，加入了张健等六位“海归”专家团队，共同建设中国第一家水稻生物育种的公共创新平台型企业——华智水稻生物技术有限公司。肖金华旅居美国二十六年，曾在美国种业巨头孟山都任资深科学家，回国之前已是美国陶氏益农公司首席科学家，从事多种作物的分子育种，并具有近二十年的跨国种业大公司研发管理经验。华智，虽说只是一个公司的名称，却也寄托了一种以中华民族的智慧、参与国际种业竞争的寓意。对于国际种业竞争的激烈态势，既让张健、李继明、肖金华等业内科学家备感危机，又何尝不是国家忧患。近年来，我国农业部看清了中外种业的差距在哪里，并开始推动建立分子育种平台。华智是由隆平高科、神农大丰、丰乐种业等十二家中国骨干种企注资三亿元组建，同时也离不开农业部的大力支持，作为省部共建、国助民办和创新开放的种业研发平台及“国家水稻分子育种平台”的承建单位，华智拥有国际一流的种业研发创新团队，聚集了多名具有丰富跨国种业大公司研发管理经验的专家，引进了具有国际领先水平的高端仪器设备，而他们的目标就是依托中国丰富的种质资源，致力于打造国际一流的种业生物技术研发中心和技术服务中心，抢占这一领域的国际制高点。这每一句都不是空话、大话，目前，华智已建成了国际一流、国内领先的种业分子育种平台，借助高通量 SNP 分子标记检测平台，一天就可完成近四十万个 DNA 数据点的标记，既高效又准确。虽然转基因是基因工程的一项重要技术，但他们目前基本上不做，原因是至少在目前，转基因水稻育种在国内还“英雄无用武之地”，那个原因就不用饶舌了。他们别无选择，只能以非转基因生物工程为主业，主要是分子育种、生物信息、种质创新、种子质量检测和品种测试等方面的研发，并为种企、科研院所、政府种业监管等单位提供技术服务。

隔行如隔山，这么多的专业术语听得我一头雾水，李继明只得耐心给我解释。他先从传统育种说起，包括常规的杂交育种，都要到田间去实地查看作物，根据经验对作物的抗性和长相等外在表现进行判断来选择优良品种和杂交育种的材料，这种“以貌取人”的方式称为“常规育种”，如袁隆平先生当年苦苦地寻觅雄性不育株和野生稻育种材料，这样的寻找如此艰难，不知有多么渺茫，一旦发现便堪称神奇。又即便你凭经验千辛万苦找到了某种育种材料，对其内在的隐性性状无法通过经验判定，只能反复试验，一代代试种。在通常的气候环境下，一般需要七至八个世代才能选出比较理想的育种材料，而原来培育一个品种就要耗时至少七八年。南繁育种可以把这个时限缩短到四年，如今通过建立人工气候室可以两年培养五代、不到三年就能培育出一个新品种。尽管进程加快了，时间缩短了，但育种周期依然不短，更不可能揠苗助长。这也是常规育种难以突破的局限，时间长、概率低、准确率不高。但如果换一种方式，采用分子生物技术，这些局限就可迎刃而解了。

近年来，随着分子生物学和基因组学等新兴学科的发展，直接选择基因型成为可能，分子育种也因此应运而生。传统育种是从外在表现入手，而分子育种则是从植物的内部也就是从其生命内部入手，打个比方说，若是不借助分子生物学的手段，对生物内部的一切就不可能了解，如同生命密码一般，其实，一旦揭开其生命密码，每个基因序列中的分子标记就如同高速路上的指示牌，其优势在哪儿，缺陷或病症在哪儿，一目了然。这样就可以通过基因的直接选择和有效聚合，实现精准育种，从而大幅度提高育种效率，缩短育种时间，将育种缩短到两至三代，育种产品推向市场的进程大大加快。就以华智为例，这是国内目前最大的水稻分子育种平台，拥有世界上最先进的高通量 SNP 分子标记检测系统，并且自主开发了稻瘟病、白叶枯病、褐飞虱等一系列性状的功能分子标记。他们在实验室里就可以对水稻叶片或者种子进行 DNA 提取，然后将提取的 DNA 移到检测芯片上，或者放到 LGC SNPline 或者 ARRAY TAPE 高通量基因分型平台，通过分子标记辅助选择，育种专家可以精准育种，选出田间对于病虫害抗性好和具有米质优等优良性状的稻种。

听到这儿我多少有些明白了，无论是杂交水稻之父袁隆平，还是分子育种专家李继明，他们更关心的还是种子的安全，中国人若要把饭碗牢牢地端在自己手里，理所当然，先要把种子牢牢地攥在自己的手心里。袁隆平一直都在重申和强调："种子是农业科技的载体，目前国家已把种业提升到了战略性基础核心产业的位置，种子的安全是保证食品安全的基础。"李继明则认为,若要提升我国种业的技术创新能力和核心竞争力，为中国的粮食、生态和种业安全保驾护航，分子育种技术可以为之提供科技核动力。而目前，我们许多种业企业做的都是常规育种，技术含量不高，所以竞争优势就很小，尤其是转基因技术，作为分子育种技术的另一只翅膀，一直难以起飞。

若从落后就要挨打的理念看，中国在转基因这一领域实际上已经很落后了。落后的其实不是我们在这方面的科技，而是在实际推广应用上。

从这一领域的科技成就看，中国科学家不甘落后，充分利用常规育种资源和生物技术手段，培育出了多个具有自主知识产权的新品种。在转基因棉花研究中，中国所具有的独立知识产权仅次于美国，在水稻生物技术研究领域，中国申请的专利占全球转基因水稻领域专利总量的四成左右。2001 年，中国科学家完成并公布了世界上第一张籼稻全基因组物理图谱，这一成果被誉为"水稻领域的具有最重要意义的里程碑"，对"新世纪人类健康与生存具有全球性的影响"。2002 年，我国启动了国家重大科技专项"功能基因组与生物芯片"，随后，水稻功能基因组列为其中课题之一，水稻功能基因组成的 DNA 序列与功能研究，被列入国家高技术研究发展计划（863 计划）和国家重点基础研究发展计划（973 计划）。2004 年，中国农业科学院水稻研究所便明确提出了水稻基因设计育种的概念："在水稻全基因组测序完成后，在主要农艺性状基因功能明确的基础上，通过有利基因的剪切、聚合，培育在产量、米质和抗性等方面有突破的超级稻新品种。"这些成就，都表明我国的水稻分子育种技术居世界前列。

从全球转基因作物的种植面积看，我国已经相当滞后了。据国际农业生物技术应用服务组织（ISAAA）的报告显示，从1996年世界上第一个转基因种子实现商业化种植，到2012年，全球转基因作物面积增长了一百倍，总面积超过一千七百亿公顷（1703亿公顷）。从国别看，美国一直是全球最大的转基因作物种植的龙头大国，2011年，美国转基因作物种植总面积近七千万公顷（6900万公顷），包括转基因玉米、大豆、棉花、油菜、甜菜、苜蓿、番木瓜和西葫芦，除棉花之外，几乎全是转基因食品。除了美国，世界上转基因作物种植面积超过一千万公顷的国家已有巴西、阿根廷、印度、加拿大等国，主要为转基因食品。从利用价值看，全球转基因种子的价值从2000年的二十亿美元增长到2010年的二百亿美元，十年之间翻了十倍。另如一向被很多人作为拒“转”典范的日本，尽管他们在本国不种植转基因作物，却也一直允许进口转基因作物产品用于食品与饲料。而在被一些人汹汹然地危言一个将要“被转基因埋葬”的中国，仿佛转基因比日本福岛核辐射还恐怖，那么我们到底种了多少转基因作物呢？从世界排名看，中国转基因作物种植面积居世界第六，这也是人们常用来发出“盛世危言”的排名，可实际上我们的种植面积还不到四百万公顷（约为390万公顷），连美国的零头也不够，而且我国基本上是非食用类转基因作物，如抗虫棉等。这点儿种植面积，在世界上微乎其微，在中国农田中也微不足道。你可以算算那个比例有多小，哪怕你把十八亿亩农田翻个底朝天，看中国会不会“被转基因埋葬”？只要不说瞎话，就能看清两个不对称，一是如此之少的种植面积，与中国的大国地位不相称，另外也同中国在这一领域的科技水平相比，如此之少的种植面积也很不相称。

在向李继明请教后，对转基因我也大致有了一个了解。转基因是一种分子生物技术或生物工程技术，转基因食品在美国等西方国家一般称为“生物工程食品”。这一技术，是通过每个生物或生命中不可或缺的蛋白质、核酸在分子水平上进行研究，在掌握其性质后，按照人们的愿望，利用其性质在分子结构水平上操作，进行严密的设计，通过体外DNA重组技术和DNA转移技术，从而有目的地改造生物种性，使现有物种在较短时间内趋于完善，以创造出新的生物类型，在重组蛋白的生产、基因改造物种、基因治疗、基因改造、刑事案件的断定以及环境保护等方面，有着广泛的应用空间。这其中有一项与我们主题直接相关的内容，即分子育种，就是采用分子生物技术，通过基因导入，从而培育出符合一定要求的新品种的育种方法。——这是科学定义上的转基因。李继明认为，从广义看，转基因实际上也是一种杂交，并且是一种目标非常明确的杂交，科学家设定的目标是抗螟虫的新品种，便在其他植物、动物或昆虫体内找到有这样功能的基因，将其分离出来，用基因枪将目标基因嵌合或是嫁接到水稻的DNA上，通过若干代的选育和稳定，最终得到一个含有目标基因的品种。此外，即便没有人类的介入，自然界的各类植物，因为风雨雷电等自然灾害原因，体内基因都有产生变异的可能，育种专家如果能把有益的变异株选育出来，则有希望得到一个比原品种要优秀的后代，杂交水稻三系配套的成功，就是一个实例。

一提到杂交稻，就会想起袁隆平。对于转基因，袁隆平又是如何看待的呢？这是很多人关注的一个焦点，袁隆平一直从未掩饰自己的态度："分子生物技术是科学发展的必然趋势，分子技术和常规技术相结合是今后的发展方向。"

在利用分子生物技术育种上，中国育种专家的研究方向从一开始就很明确，就是抗病虫害，在抗虫转基因水稻的研究上起步较早，被公认处于世界领先地位。这里有两个时常拿来说事的例子，一个是以华中农业大学为主的科研团队研制的"华恢1号"抗虫（Bt）转基因水稻，这一品种具有高抗鳞翅目害虫特性；还有一个是以中国科学院遗传与发育生物学研究所和福建农业科学院以谢华安院士为主的科研团队，获得了无选择标记高抗鳞翅目害虫的转基因水稻株系"Bt汕优63"。对这两个转基因水稻品种，我在2008年就先后赴湖北和福建做过田野调查，但我关注的主题不是转基因，而是国家粮食安全。当时，这两个品种还处于小规模试种阶段，并未大面积推广。由于对转基因技术的了解极其有限，这让我的田野调查知其然不知其所以然，只有“眼见为实”的意义。但在对比之下，那种“眼见为实”的感觉很强烈，在别的稻田里，当农民正背着沉重的喷雾器在烈日下喷施农药时，弥漫着刺鼻的农药味，让我们不敢走近，而那抗虫转基因的试验田却如同置身于另一个世界，一眼就能看出，那长势比别的稻田更加茁壮，田间不见喷药的农人，也没有喷药过后那呛人眼鼻的农药味，只有稻禾静悄悄地生长拔节的青葱味儿，感觉连呼吸也是绿色的。当然，对此我不敢妄下结论，我看到的仅仅只是现象，难以透过现象看本质，若要下一个科学的结论，只能以科学权威部门的说法为准。

事实上，在我这次田野调查之前，中国科学院农业政策研究中心就对2001—2003年转基因抗虫水稻在湖北、福建等地试种的情况进行了科学调查，随后公布了调查结果：“转基因抗虫水稻有以下优点：一是节省投入成本，减少劳动强度，避免由此造成的人体中毒、中暑风险；二是可以大幅减少杀虫剂的用量，降低农药对田间益虫的影响，有益于稻田生物种群的生态平衡；三是减少农药残留对食物自然生态环境的污染，减少农业面源污染的危害程度。”尽管这样一个调查结果已在多年前公布，但并未在结果公布后就开始在生产中推广应用，又经过六年的试种，农业部转基因生物安全检测机构对这两种抗病虫害转基因水稻的目标性状、分子特征、环境安全和食用安全再次进行了严格的检测验证，经安委会综合评价，依照《农业转基因生物安全管理条例》和配套规章规定，并经农业部批准，于2009年8月17日发放了“华恢1号”和“Bt汕优63”在湖北省的生产应用安全证书。这是我国自主研发的第一个获得生产应用安全证书的转基因抗虫水稻，也是继我国对转植酸酶基因玉米颁发安全证书之后，再次颁发的转基因食品安全证书，并成为我国首例批准商业化生产的转基因粮食作物。从整个过程看，不能不说，由于这一技术关乎国家粮食安全，关乎十三亿人民舌尖上的安危，无论是中国科学院还是农业部，对转基因粮食作物在生产上应用是高度审慎的，中国政府审批和发放转基因产品的生产应用安全证书是极为严格的。

但这并不能打消社会上的疑虑，当一扇关得严丝合缝的大门被打开了一丝缝隙，在国内外立马就产生了巨大影响，也引起了激烈的争议。有人声称“我国农业体系关上了传统农业的大门,主动进入转基因通道”，甚至发出了“转基因或埋葬中国”的危言。在我的朋友圈里，大多数是持这种观点的，其中不乏有良知的、忧国忧民的知识分子。当我就这一问题开始深入调查时，也时常会遭受他们的追问，且不说转基因到底是天使还是魔鬼，只说中国有没有必要搞转基因？难道转基因是无可替代的吗?

我觉得这还真是问到点子上了。这里不妨回到“安徽万亩袁隆平超级稻减产绝收”那个焦点问题，其根本症结就是对稻瘟病的抗性不足。众所周知，病虫害一直是农作物生产中的主要灾害之一，我国每年由于病虫害造成的水稻产量损失超过两成，而病虫害往往与自然灾害结伴而生，其实也是自然形成的，从广义上说也是自然灾害的一部分。一次稻瘟病就可以导致万亩超级稻减产绝收，而我国每年因此造成的经济损失高达数百亿元。我们每个人都热爱大自然，但估计没有谁会热爱自然灾害。那么，又如何对病虫害进行有效防治呢?

先看如今不少人津津乐道的解放前，那也是让无数人迷恋的“原生态”农业，在极其低下的农业生产水平下，农民基本上没有抵抗自然灾害和病虫害的能力，只能束手无策地看着无数的害虫吞噬他们的庄稼。而这种低水平的“原生态”农业，不但产量低，质量也低，遭受病虫害的稻米残缺粗劣，营养低下，而病虫害大多是由细菌、真菌、病毒引起，尽管动物和植物间一般不会发生交叉感染，但病虫害对农作物的污染对人类也是有害的，绝非人们一厢情愿地想象，被虫子吃了的东西、留下了虫洞的东西就是什么原生态的好东西，如果反过来一想呢，你吃了这些有病的、不健康的脏东西，那些细菌、真菌、病毒等一旦侵入了肌体或找到了寄主，难道就不害病？由此可见，这种无可奈何的、非常落后的“原生态”只是一种极其低下的农耕形态，对病虫害绝不能任其自然泛滥，必须采取积极的防治措施。

新中国成立后，一直强调科学种田，而代表农业科技进步的标志就是农药和化肥。喷施农药，一直是防治病虫害的主要手段，尤其是在20世纪80年代以前，为了提高对病虫害的杀伤力，大多是喷施高效剧毒的农药。直到今天，喷施农药依然是防治病虫害最有效的手段。随着科技的进步，高效、低毒、低残留的农药正在逐渐取代以前的剧毒农药。

那么除了喷施农药，人类是否还能找到有效的防治病虫害的手段？似乎也有。近年来，随着人们对食品安全的要求越来越高，我国已把发展绿色有机食品作为农产品质量的提升点。很多人只把一双眼紧盯着袁隆平的超级稻，却很少注意，这也正是袁隆平和他的科研团队在超级稻攻关中一直追求的目标之一，也可谓是第二次绿色革命的延续。2015年7月，国家杂交水稻工程技术研究中心、中南大学、华南农业大学、葛林美（中国）农业科技有限公司与广东梅州蕉岭县签订了打造高产、绿色、安全长寿农产品生产体系战略合作框架协议，旨在通过五方合作，聚合“良田良种、好技好肥”。由国家杂交水稻工程技术研究中心提供优质品种及产量、质量技术攻关中所需的技术支持，中南大学提供食品安全优质攻关的技术，华南农业大学负责研究作物高产、高效、安全生产技术模式，葛林美（中国）农业科技有限公司则负责无偿提供葛肥，支持推动蕉岭县物流、保鲜等设施建设，而蕉岭是岭南历史悠久的长寿之乡，土壤水源富硒，污染小且无重金属污染，正符合袁隆平在超级杂交稻攻关中“四良配套”的良态。这是一次暂定为期五年的战略合作，以生产无污染、安全卫生、营养优质的绿色生态无公害稻米为目标。

对绿色生态无公害农业的诱人前景，我充满了乐观的期待，而以虫治虫、生物治虫，其效果极其有限，在相当长的一段时间里还不能过于乐观和理想化。目前国内外包括人们津津乐道的日本，都还没有什么绝对纯天然的无污染、无公害的绿色有机食品。越是绝对强调的东西，越是绝对没有。那些无公害绿色有机食品生产，对病虫害的防治采取“预防为主，综合防治”的方针，以提高农作物植株本身的抗性为基础，优先采用农业、物理、生物、生态防治方法，尽可能控制病虫害的发生。

农业防治技术，先要在播种或移栽前清理田园（清园），在生长期，一旦发现病株、叶、果要及时清出田园，并销毁或深埋处理；二是选择优质、丰产性高、抗病虫性强、耐储运、适合本地栽培的良种，对种子进行晒、选、消毒、药剂拌种包衣等技术处理。此外还有倒茬轮作、深翻土地、精耕细作、合理施肥（以无公害有机肥为主，化肥为辅）等技术手段，但也离不开化学防治技术，在确保产品质量达到无公害的标准下，一般选用低毒、低残留、高效广谱性的农药（包括用农药拌种及杀灭地下害虫等）。很明显，这样的绿色有机无公害食品，依然少不了要过防治病虫害和化学消毒这一关，而那些抗病虫性强的种子，其抗性也不是与生俱来的，天底下也没有这种天生就具有抗病虫害的种子，也只能通过包括分子技术在内的科技手段来提高其抗性。可见，这样的无公害食品，绝对不是百分之百的无公害，只是尽可能降低危害的程度。又可想而知，其要求如此严格，成本如此之高，目前还难以大面积推广生产，一是普通农民还不可能掌握这样高的技术，二是一般平民百姓也无福消受这样价格不菲的食品。

人类的绿色追求，无疑是未来农业的一个发展趋势，还有相当遥远的路要走，而在这个漫长的过程中，我们除了翘首以盼，不能不吃饭，也就只能“两害相权取其轻，两利相权取其重”，尽可能选择副作用相对较少的食品。从目前防治病虫害的策略看，最常规的手段就是喷施农药，其毒害性已经毋庸置疑；一种是还处于初创时期的绿色无公害农业，实际上也离不开农药化肥，还难以采取有效的、可以大面积推广普及的生物防治手段；一种就是依靠生物技术育种提高其抗逆性，如杜邦先锋公司利用转基因技术，已开发并推广了两种转基因农作物，一是抗虫（Bt）农作物，一是抗除草剂（Bar）农作物，由于抗虫和除草效果显著，在推广生产中的效益也非常好。

通过这样一番追踪，又只能回到此前那个谈“转”色变的话题上，如果能通过分子技术或基因技术培育出对病虫害有高抗性的种子，那么它就有了与生俱来的抵抗力，既不至于发生“减产绝收”的灾难，又不用再喷施农药，那么又何乐而不为呢?

袁隆平先生给很多人都讲过这样一件事，那是2007年，他在深圳曾经看过抗虫转基因水稻的对照试验，那个对照品种全部被卷叶螟危害了，基本上绝收。卷叶螟是一种趋光性的害虫，雌蛾喜欢在农作物生长茂密的叶背上产卵，幼虫孵化后就会吐丝卷叶，或缀叶潜伏在卷叶内取食，老熟后又可在其中化蛹。这是禾本科和豆科作物常见的虫害，目前比较有效的防治措施就是采用敌杀死乳油等农药进行防治。让袁隆平惊奇的是，在卷叶螟如此严重的危害之下，那作为试验的转基因水稻却一株也没有遭到危害，表现出了百分之百的抗虫性。这一个对照试验，让他对转基因有了理性的认识，对转基因不应一概而论，转基因品种有很多，有些转基因生物品种，如抗虫棉，原本就属非食用的转基因作物，早已在国外大面积推广应用，经过长时间的实验和实践证明，这些非食品类的转基因作物对人类没有危害，既能回避农药尤其是残留农药对人类的危害，又能大大提高产量和质量，为什么要绝对否定呢?

由此可见，对于转基因，在科学试验上，袁隆平认为应持积极态度，在释放应用上应持谨慎态度。

围绕转基因的两种激烈交锋相持不下，问题的症结在于，分子育种要在生物界之间“跨界”交叉进行，进行基因转换，这是人们最担忧的，又由此引发一系列问题。例如，反对派理直气壮地质问，转基因抗病抗虫的功能来自于细菌的一种毒蛋白基因，虫吃了是要死的，人吃了有没有什么危险？但赞成派也有站得住的理由，他们解释说，转基因抗虫水稻的关键技术或关键杀伤力，是直接针对昆虫的生理特性，昆虫吃了转基因水稻要死，但其死亡的原因是转基因的抗性让它们的消化不良了，这跟人类的消化道完全是两码事嘛!

当这样的争议从科学界扩展到社会上，那各种各样的观点就更加光怪陆离了，很多争议都撇开了科学常识。李继明说起了很多可以作为笑谈的担心，譬如说，中国人对吃啥补啥深信不疑，很多人难免就担心，转基因食品中转进去的那个基因，吃了之后会不会跟人的基因结合而致畸、致癌、致突变，还有人甚至想当然地认为驴马杂交后生出了骡子，而骡子没有生育能力，因而担心人类吃了转基因食品就会绝育，即使不会绝育，对生育、对后代也会产生可怕的遗传影响。这还真是犯糊涂了，驴马杂交只是天然杂交的一种，与转基因没一毛钱的关系，至于吃啥补啥，就算多少有一些道理，也不会吃啥长啥。李继明给我解释说："人只是吃进食物，不可能与食物里的基因重组，如同每天食用的食品中有鸡、鸭、鱼、猪、牛肉等一样，人类吃进了无数的鸡、鸭、鱼、猪、牛的基因，但没有听说谁变成了和这些禽兽的结合体；萝卜吃得再多，人也不会长萝卜腿，天天吃鱼，也不会变出鱼眼睛来，人吃鸡也不可能长出鸡翅膀。"

这是科学，也是常识，可为什么转基因可以吓唬住那么多原本很聪明的人呢？从心理上分析，这其实也与国人长期形成的思维定式有关，黑白分明，非黑即白，其实黑白之间还有过渡区间、交叉空间。这里，就回到了本节开头的一系列问题上，中国超级稻是否采用了转基因技术？袁隆平又怎么看待转基因？这其实也是纠缠已久的疑问，对长期以来的是是非非，袁隆平先生其实也早就作了回应，但在一个多事之秋，这个问题又被搬了出来，在网络媒体上又开始大肆炒作，这其中也不乏有人想借助袁隆平的名望，故意搬弄是非，来制造新闻、制造舆论，为自己制造影响力。作为农业科学家，想想也知道，袁隆平的影响力有多大啊，全中国的人都盯着他怎么说，说他一言九鼎，一点也不夸张，而他的只言片语都有可能被别人抓住"把柄"。他不能不高度审慎，绝不会一有风吹草动就轻易发声，但一旦涉及关键的科学问题，一个真正的科学家从不惮于直接阐明自己的观点与立场，那一定是经历过长时间思考的，认准了的。事实上，他对转基因的看法，一直没有改变，"我是中间派"。

他这种中间派的态度，恰好避免了非黑即白的绝对思维，也符合宋代理学大儒程颐所说的"不偏之谓中，不易之谓庸"，对于一个科学家，这并非对各方面采取比较平衡的人生智慧哲学，而是以科学精神为依归，既反对过度激进，也反对过度保守。

首先，作为一个科学家，他对科学探索、科学试验一向是支持的。

任何新鲜事物，都需要有第一个敢于吃螃蟹的人。这是一个永远不会过时的比喻。你看那凶横丑陋、狰狞古怪的螃蟹，一旦有人挨近，便张牙舞爪用铁夹般的双螯伤人，多少年来一直是让人类避之唯恐不及的“夹人虫”，别说吃，连看一眼也会让人感到惊恐和恶心。但若没有第一个敢于吃螃蟹的人，人类的舌尖又怎么能品尝到那鲜美无比的味道？谁都知道鲁迅先生那句名言，但这里我还是摘抄他《今春的两种感想》的一段原文，他对这个问题看得更犀利，揭示得更透彻：“许多历史的教训，都是用极大的牺牲换来的。譬如吃东西罢，某种是毒物不能吃，我们好像全惯了，很平常了。不过，这一定是以前有多少人吃死了，才知道的。所以我想，第一次吃螃蟹的人是很可佩服的，不是勇士谁敢去吃它呢？”

而我觉得，鲁迅先生所说的敢于豁出性命的勇士，揭示出了第一种可能，还有一种可能，这个人已经饥不择食了，当一个人饿得快要死了，那还真是什么都敢吃。这是曾经历饥饿的袁隆平有过切身体验的。转基因食品到底是人类不敢尝试而又美味无比的螃蟹，还是人类的噩梦呢？那就只能让第一个敢于吃螃蟹的人来验证了，对于科学这并非一个过时的比喻，而是一种永恒的实验和实证精神。

袁隆平公开表态了：“我呢，愿意第一个报名做志愿者，吃转基因食品，来亲自做这个实验。”

我虽不是勇士，但我也愿意像袁隆平先生一样公开表态，做这样一个志愿者。

这里，有一个事实是毋庸置疑的，任何一个国家对食品安全、舌尖上的安危都是高度重视的，对从农田到餐桌的每一道程序都必须严格把关。这里就以美国为例吧，李继明在美国生活了十八年，比那些偶尔去看看的人自然要了解得多。美国在食品安全上的把关是极为严格的，一种食品进入市场，必须经过农业部、环境保护局和食品药品监督管理局三大监管部门审批。他们的检测结果是具有权威性和公信力的，凡经他们检测通过的食品和药品，美国人就认为是可以放心食用的安全食品，这里边就有很多转基因食品。在美国那样的背景下，一有风吹草动，顷刻间舆论风起，若是在食品安全上出了什么问题，是不可能隐瞒的，更是无法作弊的。而且在美国的食品和药品上的违法成本很高，企业和个人都会严格遵守转基因研发和市场推广的政策。

在美国转基因食品上市二十多年后，2016 年 5 月，美国国家科学、工程和医学院发布了一份题为《转基因作物：经验与前景》的报告，特别比较了美国转基因食品上市以来与欧洲国家历年回避这类食品各自累积的数据，从而得出两项结论："没有证据表明转基因作物与传统作物有健康风险差别，没有发现转基因食品与任何疾病有关联。"由于转基因食品在美国推广多年来一直没有出现什么安全问题，在很长一段时间，美国对转基因食品一直也没有明确的标识。但人民需要知情权，2016 年，奥巴马总统签署了名为《国家生物工程食品披露标准》的法案，授权美国联邦政府农业部长就生物工程食品确立强制性披露标准及实施方法和规程。这一法案先前由美国国会参议院和众议院表决通过，再由总统签署成为法律，是相关领域内第一项立法，要求食品生产商自主选择在包装上标注转基因成分的形式，包括文字、符号或由智能手机读取的二维码，满足消费者对食品属性的知情权及选择权。美国农业部将利用两年时间撰写相关规定，包括说明食品中究竟含有多少成分的"生物工程加工物质"，这一食品才必须标注转基因成分。据公开数据显示，美国七成以上的食品含有转基因成分，而转基因成分的含量有高有低，不能一概而论。那么中国的情况呢？李继明一听我的发问就笑了，他说："转基因检测的标准即使在严格的欧盟是 0.9%，中国是百分之零！"

我不是魔鬼的辩护士，一心想要搞清楚的是转基因到底是不是魔鬼，而做出是非判断的唯一标准，就是最基本的科学精神，一个从实验、实践到实证的过程。转基因食品吃了对人类到底有没有害？谁说了也不算，也同样必须经过长时间的实践检验。最近，全球以自然科学研究人员为主体的 108 名诺贝尔奖得主联名签署一封公开信，向绿色和平组织发出呼吁："我们强烈要求绿色和平及其支持者重新审视全球农民和消费者对经生物技术改良的农作物和食物的体验，承认权威科学机构和监督机构的研究结果，并停止反对转基因生物……”

这些科学家无疑都是世界一流的权威科学家，但我们的很多同胞，包括我朋友圈中的一些好友都公开声称，他们不相信科学家，只相信谁谁谁。那就再退一步，你可以不相信科学家，但你不能不相信科学，比他们更权威、更有说服力的还是科学证据，转基因食品上市二十多年来，从未发生任何食品安全问题，这是毋庸置疑的事实，连最坚决的反“转”派都无法否认的事实。如果你连最基本的科学逻辑都不想去理解，又怎能分辨什么是魔鬼什么是天使呢，那还真是应了那句俗话，“秀才遇到兵，有理讲不清”，也就只能放任那不可名状的恐慌情绪蔓延了。

不过，还有一种最直接简单的方式，让你做出判别和选择。当一种喷施过农药的食品摆在你眼前，另一种是不用喷施农药的转基因食品，并且被西方发达国家的公民食用二十年以上从未出现过食品安全问题，如果要在两者之间做出选择，相比之下，哪一种对于人类更安全呢？正是基于这样的比较，也可谓是知己知彼吧，让一直在努力使自己的声音保持冷静的李继明，也忍不住提高声音发问：“一边是毒副作用很厉害的农药，一边是一个毒副作用并不明显、尚待长久观察，有可能造福人类的转基因，为什么如此风声鹤唳，让人们害怕得如同惊弓之鸟？在中国，转基因难道真的需要人们同仇敌忾，赶尽杀绝吗？”

如果你觉得这样的比较还不足以说服你，还有一种非常直接也可谓生死攸关的方式，如果通过转基因技术来治你的病、救你的命，你会拒绝吗？人非草木，却也与草木一般，也是生物的一种，但凡生物都有许多先天性的遗传疾病，皆是基因在起作用，如人类的许多遗传病，皆是父母的遗传基因在亲代和子代之间按照一定的方式垂直传递而引起的，缺少这种遗传基因就不会发病。很多都是连续几代代代相传，如心脏病家族、癌症家族，还有佝偻病、遗传性肾炎、血友病、癫痫症、精神分裂、高血压、糖尿病、唇裂、腭裂、脊柱裂等，都属于“多基因遗传病”，这样的疾病用常规医疗技术是难以得到根治的，但生物分子技术或转基因技术有可能来修复和矫正这些致病的甚或是致命的基因，根治这些病症，而且再也不会在后代中遗传。对此，你会拒绝吗？又，如果利用转基因技术，将健康长寿的基因导入你的体内，你会拒绝吗？我至少问过上百人，包括我朋友圈中那些最坚决的“反转派”，结果呢，没有一个人说不，一个个都急不可待地问，天底下有这样的好事吗？还真有，这就是包括转基因在内的基因工程技术将要为人类开创的未来。而我想问的是，既然你巴不得基因或转基因技术可以为自己治病疗疾、延年益寿，那么将这一技术用来根治农作物的先天性缺陷和遗传疾病，让健康的基因能够遗传下去，在自然界传播，又怎么会违背科学伦理呢?

一段关于转基因的是是非非追寻到这里，说句老实话，我也做好了挨骂的准备。挨骂不是我心里有鬼，我不是“魔鬼的辩护士”，但我在调查采访中，无处不感受到人们对转基因那种群起而攻之的敌视情绪。我一直在小心求证，也在扪心自问，并时时让自己保持警惕，我是否偏袒了某一方? 事实上,并不用我来自证清白,一切都只能用科学事实来证明，真相从头到尾其实只是一个常识。诚如中国国际战略研究基金会研究员秦晓鹰所说:“当一个民族在常识问题上都开始争论不休时，这个民族的智商恐怕降到了常识以下。”这也让很多科学家寄望于科学的普及，让那些谈“转”色变的人慢慢明白这些科学道理。在2015年中央一号文件中，有这样一句言简意赅又备受关注的话，“加强农业转基因生物技术研究、安全管理、科学普及”，这是第一次将转基因科普写入中央一号文件，意味着中央政府认识到了普及转基因知识的重要性和紧迫性，转基因科普由此上升到国家层面。

人在做，天在看

人在做，天在看。这个天，既是上苍、大自然，也是“民以食为天”的那个天。

就在我采访李继明博士之际，有几十个朋友给我转来了一条同样的微信，那是“三农问题研究者”李昌平《致杂交水稻之父袁隆平先生的公开信》，呼吁袁隆平“给农民留几粒真正的种子”。这一公开信在网上已疯传好几年了，最近又在微信上高频率转发，可见这个问题还真是触动了许多人敏感的神经，也深深地触动了我，我脑子里几乎条件反射般地蹦出两个问题：难道杂交稻就不是“真正的种子”？难道咱们中国的稻田里已经全都种上了杂交稻或超级稻？但猛地一想，我又冷静了。的确，如果没有足够的冷静和理性，每个人都是很容易情绪化地冲动起来的。当我冷静地、一字一句地读完这封信，还真是有些莫名其妙，信中列举的第一个理由是“现在的种子发展趋势是杂交化、转基因化，种子已不是传统意义上的种子了”。这里对转基因就毋庸赘言了，因为中国实在还没有什么转基因水稻，只说“杂交化”，尤其是超级杂交稻，对它一次又一次创纪录的超高产，我在采访中也时常会遭遇质疑的声音，甚至有人认为杂交稻、超级杂交稻是“逆天而行”，而常规水稻才“顺其自然”。可见，这封公开信中的观点还真不是李昌平一个人的看法。

兹事体大，关乎国家种子安全，更关乎人类对种质资源的科学利用。所谓“种质资源”，是在漫长的历史过程中，由自然演化和人工创造而形成的一种重要的自然资源，它积累了由于自然和人工引起的极其丰富的遗传变异，即蕴藏着各种性状的遗传基因，是人类用以选育新品种和发展农业生产的物质基础，也是进行生物学研究的重要材料，是极其宝贵的自然财富。作物育种成效的大小，很大程度上取决于掌握种质资源的数量多少和对其性状表现及遗传规律的研究深浅。世界育种史上，品种培育的突破性进展，往往都是由于找到了具有关键性基因的种质资源。

那么，杂交水稻到底是遵循自然的科学技术，还是违背自然规律的逆天而行？

逆天而行，指违背天意也就是违背自然规律或客观形势而行。

顺其自然，则是遵循自然的规律和事物发展的潜在规则而行。

所谓自然，万物生长，自然而发，也可谓是人类文明或文化之外的一切存在，抑或未经人类改变的原生态。水稻原本是自然生成，在没有人类之前也就无所谓人工栽培稻，一切任凭其野性生长，而常规水稻和杂交水稻一样，都是人类世世代代培育、驯化的结果，也是人类稻作文化的智慧结晶。若从极端狭隘的定义看，真正的原生态或纯天然水稻那就只有未经人类驯化的野生稻，如果要找到几粒原生态的“真正的种子”，也就只能到野生稻中去找了。还别说，这几粒种子还真是让袁隆平和他的助手找到了，杂交水稻的母本就来自那株名为“野败”的野生稻，但“野败”的种子再神奇，如果直接用作种子长出来的也仍然是“野败”，这是野生稻的宿命。亘古以来，一部分野生稻被人类驯化了，变成了人类养命的稻子，又为什么有一部分野生稻一直没有被人类驯化和利用？只因它有许多不良的性状，难以通过驯化或改良的方式成为栽培稻，对于人类一直是毫无用处的废物和杂草，但里面也隐藏了许多一直未被人类开发利用的极其有利的基因。只要对杂交水稻有点常识的人都知道，这绝不是什么违背自然规律的“逆天而行”，从自然界生物遗传规律看，杂种优势是普遍存在的现象，水稻并非特例，即便没有人工杂交稻，也有天然杂交稻，如袁隆平最早发现的特异稻株“鹤立鸡群”，就是典型的天然杂交稻。袁隆平这个杂交水稻之父之所作所为，首先得益于也基于大自然赐予一切生命的杂种优势，但又绝非坐享其成，只有依靠现代科学理论，才能透过自然现象揭示其本质，在遵循自然界生物普遍存在的遗传规律的基础上，有针对性、有目的地进行杂交，才能对这一自然优势进行开发利用。他先是运用三系法，对栽培稻和野生稻进行种间杂交以及栽培稻品种间杂交，使水稻的杂种优势获得了前所未有的利用，在大推广后获得了大增产，从而解决了亿万人的吃饭问题。其后，他又利用两系法和广亲和基因，进行籼稻和粳稻两个亚种杂交，育成两系法亚种间杂交稻，这也同样是遵循自然规律，对其杂种优势进行利用。而超级杂交稻呢，则是以两系法为主，也利用三系法的一些技术优势，将这些优势叠加在一起，从而获得了无与伦比的增产效果。尽管方式千变万化，但万变不离其宗，无论采用哪种方式杂交，均系选用两个在遗传上有一定差异、同时它们的优良性状又能互补的水稻品种，进行杂交育种，育出的种子具有基因重组的稳定性、生命的可持续性和可繁衍性，这和常规水稻并无本质的不同，只是拉开了水稻品种间、亚种间的亲缘距离。这些科学技术说起来很深奥，但道理很简单，连人类都要讲究优生优育，避免近亲结婚，拉开血缘谱系的距离。何况这种利用杂种优势培育出的杂交稻，都是在水稻间进行，野生稻和栽培稻，籼稻和粳稻，都是水稻，并未在生物界之间“跨界”交叉进行，如此培育出来的种子又怎么不是“真正的种子”呢？

如果你觉得杂交稻“已不是传统意义上的种子了”，那什么才是传统意义上的种子呢？所谓传统，就是世代相传、从历史传承下来的东西，但传统不是死的传统，从来没有亘古不变的传统，这是一个动态的过程，能够经受住漫长的历史考验传承下来的都是活着的传统。这就决定了，在传承的过程中也会不断推陈出新、与时俱进，传到今天这样一个时代，自然会与现代遭遇，它所传承下来的优势自然会被人类用现代科技手段开发和利用。在长期处于农业社会的旧中国，从农业科技水平到农业发展水平一直极为低下，那些产量极为低下的种子，是不是就是“传统意义上的种子”呢？相对于杂交稻或超级杂交稻而言，的确是。但即便你想种，也留不到今天，一个品种、一类种子种了多年就会退化，老化，淘汰。古往今来的农民一直在“勤换种”，这样一茬一茬地换来换去，又上哪儿去找“几粒真正的种子”？

这些连普通农民也懂得的道理，难道一个“三农问题研究者”一点也不懂？看看吧，那封公开信中竟然声称：“我认为，常规稻也能高产，也可保障粮食安全。”这就实在太离谱了，太缺乏科学常识了，不然，请拿出证据来吧。如果“常规稻也能高产”，那旧中国怎么会有那么多人饿死？中国人又怎么会长期处于饥饿、半饥饿的状态？这不是袁隆平一个人、一辈子白忙活了，而是全中国、全世界的人都发了疯。其实，这封信从头到尾只有一个根本用意，就是“苦口婆心”地奉劝袁隆平先生放弃杂交稻、超级稻研究，“您作为杂交水稻之父，已经八十岁高龄了，还在攀登培育杂交水稻的新高峰，相信您一定能培育出更高产的杂交水稻新品种，但我却希望您在有生之年放弃杂交水稻的研究，转向培育常规水稻品种”。只是到时候袁隆平若是真的培育出了超高产的常规稻品种，又会有人说那不是“真正的种子”了。以传统的育种方式要培育出高产优质的稻种，我们的祖先至少已用七千多年的时间证明了，那是不可能的。按照达尔文进化论的观点，即便完全排除人为的因素，生物界遵循的也是优胜劣汰的法则，也会做出自然选择，就是人类不淘汰它，它也会自己淘汰自己。如果在今天的稻田里重新种上那样的种子，必将是灾难性的逆淘汰，以劣质的淘汰优质的，以平庸的淘汰杰出的，以落后的淘汰先进的，还有什么比这更可怕的逆天而行？不说一夜回到解放前，连早已懂得“施肥不如勤换种”的农民也不会答应。

退一万步讲，哪怕你从根本上否认人类对生物界普遍存在的杂种优势的利用，坚决不承认袁隆平培育的杂交水稻是“真正的种子”，并断定“育种科学家和种业资本家为了获得种子垄断收益，推广不能留种的杂交稻（杂种一代），摒弃能留种的常规稻种子”，而目前，尽管杂交水稻在中国已大面积推广，但我国杂交稻（包括超级杂交稻）栽培面积约占水稻总种植面积的近六成（百分之五十八），还有百分之四十以上的稻田里种的常规品种，难道还不能“给农民留几粒真正的种子”？

对于这封公开信，袁隆平和他的科研团队一直没有回应，也确实没必要回应。说实话，我对李昌平先生一直是充满了敬意的，我实在不敢相信，更不愿意相信，这封公开信真是出自他之手。其实，中国杂交稻和超级稻都是我们中国人自己发明的种子，其种质资源也主要来自中国的稻田，很多国外的稻子也是从中国传播出去的。无论籼稻、粳稻、栽培稻、野生稻，其血缘都在杂交稻里绵延，这也是我们的民族种业，杂交水稻问世之后，如今已在稻田里传播了四十多年，在这个传播或传承的过程中，它也将成为传统的种子。那种充满了情绪化的反智、反现代和反科学倾向，恰恰也是反传统的，如果传统不在时间中传承，那就只能逆天而行，最终退回原始洪荒的世界中去。

在追寻一个又一个真相时，我一直隐隐约约地感觉到，一个幽灵在田野上徘徊，这个幽灵其实并非那个让我们闻之色变的转基因，其实还有另外的一些幽灵或者魅影，那就是假以自然或所谓原生态之名而反智、反科学、反现代的倾向。他们貌似从农民的立场或利益诉求出发，却实在是某种旧式士大夫心理在作怪。中国从来不缺少以士大夫情怀而悲天悯人者，很多士大夫在告老还乡之前，早已营造好自己的庄园，还乡之后，一边过着养尊处优的士大夫生活，不愁吃，不愁穿，连偶尔下田干干农活也是一种闲情偶寄。所谓田园诗意也好，耕读传家也罢，对那些守着一亩三分地勤耕苦作的升斗小民又何其奢侈，而一些赤贫的农民，连一亩三分地也没有，或是租地种，或是沦为雇农，他们又怎会有什么田园诗意，只能拼尽一生的力气和血汗来挣几粒养命的稻子。这些升斗小民勤劳而悲苦的命运，又让那些仁慈的士大夫们徒发悲悯的诗情。不得不说，一个士大夫能怀有这样的情怀，已经难能可贵了。我又何尝不想过上那种“采菊东篱下，悠然见南山”的田园生活。袁隆平也曾谈过他最憧憬的生活，却不是陶渊明笔下的桃花源，那只是一个梦，是辛稼轩笔下的“稻花香里说丰年，听取蛙声一片”，这才是真实的田园生活，一个必需的前提是“稻花香里说丰年”。也正是这一必要前提，让袁隆平去掉那种士大夫式的矫情，他是一个赤脚下田的平民科学家，深知如果你没有辛稼轩拥有的那么多田地，只是守着一亩三分地过日子，无论你怎样精耕细作，都养不了命，也养活不了一家老小。陶渊明那个时代中国有多少人口？辛稼轩那个时代中国又有多少人口？从民国时代到新中国，中国增加了多少人口？如果没有一粒神奇的种子来大大提高粮食产量，又怎能应对现代人口的急遽增长、击退饥饿对人类的威胁、保障中国乃至世界的粮食安全？你要指责一粒种子很容易，但你必须拿出一粒同样高产的种子来。否则，你就只能承认，袁隆平的选择，那就只能是别无选择。事实上到目前为止，这么一粒看上去似乎不起眼的种子，还真是一粒别无选择、无可替代的种子。这里有一句时常被人们援引的话：“可以说，除了杂交水稻之外，中国在现代科技领域里，暂时还找不出第二个连续领先世界四十多年，而且还在继续领先着的科技项目。”

一个人想要回归自然无可指责，但若假以自然之名而反科学、反现代,那就是真正的逆天而行了。而当这一倾向成了一种媚俗的时尚与“公益”,这才是更应该引起我们警惕的。培根说过一句名言:“只有顺从自然，才能驾驭自然。”顺从自然绝非倒行逆施,但也不是消极无为地听天由命，一切任之由之,应该还有更积极的一种含义,那就是顺势而为、驾驭自然，用科学的方式去探寻大自然的极致，主动去发现和利用自然规律。袁隆平所做的一切，就是为稻田插上科学的翅膀。多少年来我们一直在呼唤、一直在渴盼科学种田，然而如今，真正的科学种田却频频遭受干扰和质疑，反而被某些人推向了自然的对立面，几乎不可调和，不能不说，这是真正的反科学。其实，现代科技与中国传统的自然观并不矛盾，其所追求的境界是高度一致的，亦如《易经》所言:“穷理、尽性，以至于命”，大意是，穷究天下万物的根本原理，彻底洞明人类的心体自性，以达到改变人类命运的崇高目标，从而使人类行为与自然规律能够和谐平衡、生生不息。如果不这样理解，人类可能还是栖居在原始森林里的古猿类或类人猿，甚至根本就没有所谓人类。

关于“给农民留几粒真正的种子”的问题，至此可以告一段落了，接下来我还有一个由来已久、还没有完全得以解答的疑问，那就是杂交水稻与分子育种的关系。我在采访李继明博士时，更多是关注转基因和水稻分子育种，由于时间关系，对杂交水稻和分子育种这一更具体、更有针对性的问题没有展开谈。为此，我又一次采访了袁隆平先生，直奔主题，超级杂交稻的核心技术支撑体系是什么?

追寻科学真相，无论是我这个追踪者，还是袁隆平先生这个讲述者，都不得不一遍遍重复，这里又得回过头来重新审视一番。早在 1986 年，袁隆平就提出了杂交水稻的育种战略，从育种方法上说，由三系法向两系法，再到一系法，也就是在程序上朝着由繁到简但效率越来越高的方向发展。从提高杂种优势水平上说，从品种间杂种优势利用到亚种间杂种优势利用，再到水稻与其他物种之间的远缘杂种优势利用，也就是朝着杂种优势越来越强的方向发展。在第一期和第二期超级杂交稻攻关中，以两系法为主，同时也吸收和发挥三系法的一些优势。事实上，三系法这一经典的方法并未退出历史舞台，如国家杂交水稻工程技术研究中心成都分中心在 2015 年培育出三系新品种“泰优 1808”，它的品质和口感足以媲美泰国米，亩产可达到七百公斤以上，而泰国米的亩产量仅三百公斤左右，国内优质常规水稻的亩产只有四百多公斤。这一品种尚未在大田推广，但一些试种“泰优 1808”的农民已经尝到了甜头，和种植普通水稻相比，每亩能增收一千元以上。

无论三系法还是两系法，都是常规的杂交育种方式，而从第三期超级杂交稻开始，袁隆平科研团队便将分子技术与常规育种结合起来攻关——这是我在前文提及又一笔掠过的一个比较复杂、比较敏感的话题，就是留待这里专门讲述。对此，袁隆平君子坦荡荡，从来不是将它作为守口如瓶的秘密，而且一再坦率地自我揭秘：“现代分子技术，包括转基因在内，为水稻新品种培育提供了一个崭新的重要途径，尤其是当一些种质资源不存在于作物品种以及相关品种中时，无法通过常规育种方式实现遗传物质的转移，这将是唯一的不可取代的方式。”

是的，我敏感地捕捉到了，这种“物种间遗传物质的转移”不就是转基因么？当生殖隔离的壁垒被打破，杂交水稻（Hybrid Rice）的定义会不会改写，变成人们最担心的转基因水稻？这是一个不可忽视的问题，因为不可忽视，所以必须正视。

这里又得重提野生稻。袁隆平在野生稻里面就发现了两个增产基因，通过分子技术，可以把这两个增产基因导入栽培稻，培育一个很好的恢复系，用它来配组作双季晚稻，试验显示，在示范田中比对照品种增产两成左右。除了野生稻，在稻田杂草稗子里边也有可以开发利用的基因。野生稻和稗子看似差不多，但在科学定义上还是有严格界定的。野生稻为禾本科稻亚科稻属植物，稗子则为禾本科禾本亚科稗属植物，而栽培稻（即俗称的水稻）为禾本科禾亚科稻属植物。从科学定义看，三者同属禾本科，野生稻和栽培稻都是稻属植物，而稗子则是稗属植物。从亲缘关系看，稗子是野生稻和栽培稻更古老的共祖，但到亚科就开始分化了，越往后越是拉开了距离。这个演化的过程，就像从猿到类人猿再到人类一样，当"人猿相揖别"，一部分进化为人类，一部分进化到了类人猿，还有一部分则依然停留在古猿类。打个不一定恰当的比喻，稗子是古猿类，野生稻相当于类人猿，而栽培稻则是人类。从水稻杂种优势利用看，首先是野生稻和栽培稻的种间杂交，那么，又是否可以用稗子和栽培稻杂交，对其杂种优势进行利用呢？很遗憾，不能。这是比野生稻更顽固的难以驯化的禾本科植物，它野性更足，生命力极其顽强而又旺盛。随着人类的大规模垦荒，稗子在丧失了原来的野生环境后，只能在稻田里生长，成为最难根除的恶性杂草。但它既有如此顽强、旺盛的生命力，里面必然有相当好的基因。可惜，由于稗子和栽培稻的亲缘关系太远了，无法运用常规的杂交手段打破其生殖隔离，也就无法对其杂种优势进行利用。但分子生物技术有可能解决这一难题，这也是袁隆平先生所说的"唯一的不可取代的方式"。袁隆平和协作攻关的科研人员通过反复试验，最终将稗子里的总体 DNA 导入恢复系"R207"，也取得明显的增产效果，这一技术属外源有利基因利用，严格说并未"跨界"，依然是在水稻的兄弟姊妹或堂兄弟姊妹之间进行，三者之间有着与生俱来的亲缘关系。

触类旁通，分子生物技术既然可以打破水稻和稗子之间的生殖壁垒，也让人类找到了一把打开生命之门的神奇钥匙，对不同科属的植物，也有可能运用"远缘杂种优势利用或分子间杂交的技术"。世界上的主要农作物可以分为两大类，一类是 C_3 植物（碳三植物），如小麦、水稻、大豆等；一类是 C_4 植物（碳四植物），如玉米、高粱、甘蔗等。一般来说，C_4 植物的光合效率比 C_3 植物高三成左右，若能把玉米、高粱、甘蔗的优良基因导入水稻，天性喜光的水稻就会大大提高光合效率。为此，袁隆平的科研团队与香港中文大学合作，把玉米等 C_4 植物的四个关键酶基因（PEPC、PPDK、MDH 和 ME）成功地导入超级杂交稻亲本里，此外，还可将转反义 Wx 基因、大豆 β 球蛋白基因、高赖氨酸蛋白基因等导入超级杂交稻亲本材料。试验证明，这些优良基因导入后，水稻的光合效率明显提高了，增产效果可达到百分之十左右，还能改善稻米的品质，提高大米中的赖氨酸含量。赖氨酸是人体必需氨基酸之一，能促进人体发育、增强免疫功能，谷物食品中的赖氨酸含量甚低，一直是稻米存在的先天缺憾，如果这一研究获得成功，我们今后吃到的大米将比现在的更有营养。这些技术，也是比较经典的“远缘杂种优势利用或分子间杂交的技术”，显示了分子育种技术在超级杂交稻选育中的巨大潜力，对此也没有像抗虫转基因水稻那样在中国引起激烈争议，谁都知道，玉米是人吃的，稻米也是人吃的，其基因对人类没有任何危害，可以放心大胆吃。而目前，这种含有玉米基因的水稻还处于示范片里试种的阶段，尚未在大田里推广播种，想吃也难以吃到。

关于“玉米稻”的研究也早已不是什么新闻，水稻的远缘分子育种是国内外科学家关注的课题，在水稻中导入玉米基因，作为水稻高抗高产育种的突破口，近年来国内外许多育种家也在进行着多种方法的尝试，但至今没有成功的报道。早在袁隆平还在率科研人员对两系法杂交水稻发起攻关之际，很多科研人员就在搞“玉米稻”的研究了，20 世纪 90 年代，湖南农学院采取种质细胞原位导入的方法，成功地用浸胚法将玉米等作物的 DNA 导入水稻，率先育成了具有某些玉米特征特性的“玉米稻”。其后，河南省新乡市远缘分子育种工程技术研究中心运用生物远缘大分子转移技术，采取种质细胞原位导入的方法，也成功地把玉米的 DNA 片段导入水稻，培育出了具有高抗高产的“玉米稻”。此外还有一些科研人员相继培育出了高粱稻、葵花稻等。然而，这些都是试验性的成果，还没有大面积推广应用。

任何一个农作物新品种，若要从科研人员的试验田走向广大农民的田间地头，都要经历一个相当长的试验和检测过程。说到这里，就不可避免地要说到那桩发生在湖南的“玉米稻”事件。1993 年 10 月 22 日，来自全国的十八位水稻专家对湖南农学院“玉米稻”试验品种进行现场评议，袁隆平作为鉴定专家，对这一试验的科研价值给予了充分肯定：“湖南农学院用幼芽浸泡法将玉米的 DNA 片段成功地嵌入了水稻，育成具有某些玉米特征的玉米稻，取名遗传工程稻。这种玉米稻具有类似 C_4 植物的高光效特点，主要表现在穗大粒多，结实率很高和籽粒饱满充实。因此玉米稻的育成是科研上的一次重要突破，为水稻育种提供了极其宝贵的资源。”我没有查到鉴定意见的原件,但这的确是袁隆平先生的原话（详见《对大面积推广玉米稻要持慎重态度》)。为了鼓励这一科研项目继续试验，他第一个在专家鉴定意见上签字认可。应该说，这次的现场检测和评议是具有权威性的，十八位专家都是全国水稻界的权威。但这个鉴定意见还只是学术鉴定，科研归科研，试验归试验，无论鉴定专家有多么权威，任何一个新品种若要成为大面积推广应用的种子，还必须经过从小面积试种到大面积（百亩以上）示范种植，并报经农业部种子管理局组织专家组进行审查，在审定批准并颁发品种审定证书后，最终才能投入生产经营。这每一道程序都是必须严格把关的，也只有经过了这一系列严格的科学检验和审核程序，才能保证种子在大面积推广应用后万无一失，否则，一旦出现问题，必将造成大面积损失。

事实上，袁隆平也发现并指出了“玉米稻”存在的一些问题：“玉米稻也存在较大的缺点，主要是株叶形态不好，植株松散，叶片宽长而披，不仅造成田间的通风透光条件不良，降低群体的光合效率，而且还严重限制了有效穗数的提高,所以它的实际产量并不高。”这也是用事实说话，“玉米稻”1993 年便在湖南进行了区试，即区域试验，简而言之就是把某一种子拿到不同的地区进行试点，结果呢，“玉米稻”早稻的产量在六个点中有五个点位居末位，一个点倒数第二位，晚稻区试也名列倒数第二。在湖南省农科院种植的 0.8 亩“玉米稻”，亩产仅三百公斤。在试验田里的产量都如此低，在大田推广后一般还要打折，就更低了。基于此，他认为目前要把“玉米稻”推向大面积生产还为时过早，必须对它作进一步的改良。然而，他最担心的事还是发生了，这一试验性的成果尚未经过一系列严格的鉴定和审批程序，在 1993 年冬季召开的全省县（市）委书记会议上，玉米稻便被作为全省推广的新品种项目。消息传到袁隆平耳里，他非常吃惊，玉米稻还未经生产鉴定许可，怎么能冒冒失失地推广呢？如果这种子发生问题，将给全省的水稻生产和广大农民带来难以估量的经济损失。他赶紧写了一篇短文《对大面积推广玉米稻要持慎重态度》，在列举了“玉米稻”的优势和缺点后，呼吁各方面“应严格按照推广农作物的科学程序办事，绝不能急于求成；一定要先行小面积试种示范，待确证在当地能获得高产后，再大面积推广，以免给我省粮食生产和广大农民带来巨大损失”。

这封信写于 1993 年 12 月 30 日，转眼就是新的一年了，随着又一年春播的来临，如果不及时制止，一场灾难已经迫在眉睫。他放下笔，就把秘书戴牛松叫来，让他赶紧派人送到省报去发表。我在 2016 年 7 月采访了戴牛松，早在 1983 年，他三十来岁时，就给袁隆平当司机，后来又当秘书、办公室副主任，追随了袁隆平一辈子，如今已经退休。或许是担任过多年的司机，让他养成了特别小心谨慎的性格，看了袁隆平的那封信，他便小心提醒道：“您是第一个在鉴定书上签字的，您现在却反对玉米稻，岂不是砸了您的名声？”而当时担任湖南杂交水稻研究中心常务副主任的谢长江，是袁隆平在安江农校的学生，他看了袁老师的文章，踌躇再三，也提醒袁老师要好好斟酌：“第一，推广玉米稻种植是省领导提出来的，一旦发表，难免就有跟省领导唱反调之嫌；第二，湖南农学院是我们兄弟单位，人家有成果当然要求推广，当初您也是参加了鉴定的专家，现在您公开发表这样的文章人家会怎么想，他们的经济效益和学术声望会不会受影响？会不会觉得您是故意泼冷水，甚至会觉得您是嫉妒人家的科研成果？”还有一点，他也不能不考虑，中科院马上又要评院士了，这时候是非越少、争议越少就越好，袁老师的科技成就摆在那里，谁也不能否认，可一不小心就被人家抓住了什么辫子，人家不说别的，只要有人说你是个有争议的人物，就是给你申辩的机会也百口莫辩啊，那水只会越搅越浑……

谢长江这一番条分缕析，入情入理，可还没等他说完袁隆平就打断了他，那突然抡直了的手让谢长江还下意识倒退了两步。袁隆平真是痛心疾首了：“谢长江哪谢长江，我真想打你几个耳刮子，你左一个理由右一个主张，为这个着想，为那个着想，当然也是为我着想，可你偏偏就不为老百姓着想，我看你的根本立场站错了，科学来不得半点虚假啊！你想过没有，一旦大面积推广造成大面积的减产，那些老百姓怎么办？到时候省里还能不管不问？我们的兄弟单位农学院也会有大麻烦啊！我们这时候及时出来提醒一下，才是真正为他们着想啊。你看见人家明明在往火坑里跳，这冷水还真是必须泼，若误了大事，我不打你的耳光，老百姓也会打我们的耳光。我这短文一定得发出去，一定要让人们明白真相，有天大的事我个人承担！”

谢长江听了这一番话，对袁老师既敬畏，也愈加敬佩，赶紧派人把稿子送到了报社，可报社把这篇稿子又退了回来。一篇短文几经周折，最终被湖南省农业厅以“湘农业函（1993）种字 113 号”转发，从而避免了“大面积推广造成大面积的减产”。不过，损失也不小，凡种植“玉米稻”的农户都造成了减产，一些维权意识较强的农民向湖南农学院提出了索赔主张，尽管只有极少数农民提出诉讼，但赔偿金也高达五百万元以上。还有一些农民将卖种单位的门窗打破了，将屋里电视机都搬光了。作为兄弟单位的农学院一开始对袁隆平确实挺反感，认为他是出尔反尔、挤兑同行，直到面对高额的索赔诉求，他们才打心眼里感谢袁隆平，要不是他力挽狂澜，就是砸锅卖铁他们也赔偿不了那么惨重的损失啊。省领导通过这件事也有深刻反思，科学是第一生产力，但第一前提必须尊重科学规律。不过，谢长江的好心提醒还真是没错，袁隆平还真是成了一个“有争议的人物”，一直到现在仍争议不断。所谓有争议的人物或事件，大多是捕风捉影，而越是捕风捉影，越是难以分辨。据说，这也是导致袁隆平在第三次中科院院士评选中落选的原因之一。

对于“玉米稻”事件背后的真相要不要写，我也一直很犹豫，但若不如实道来，也就无从更深入地理解袁隆平先生在科学探索和推广应用之间的态度。还有一些疑问，由于袁隆平先生年事已高，又正集中精力向第五期超级杂交稻发起攻关，我实在不忍心过多地打扰他老人家，经中心办公室安排，我采访了他的学生和助手邓启云。这是一次长达三个多小时的访谈，在我提出的问题中，也有一个很多人都特别关心的问题，中国杂交水稻育成已有四十多年了，跨入两系法时代也有二十年了，何时才能进入一系法时代呢?

邓启云博士明确告诉我，中国杂交稻，包括超级杂交稻，目前尚未进入一系法，仍以两系法为主，一系法还不是研究的重点，但袁隆平先生和国家杂交水稻工程技术研究中心已经在研究和探索中，其方法是一种叫作“无融合生殖”的高难生物技术。植物有两种基本生殖方式，即有性生殖和无性生殖。有性生殖是经过雌、雄性细胞融合而发育成合子胚或种子，并用种子繁殖后代的，如小麦、水稻、玉米等均为有性生殖；无性生殖是不经过雌、雄性细胞融合而直接用营养体细胞繁殖后代，如甘蔗、甘薯、土豆等。而无融合生殖是无性胚或无性种子的生殖，是不经过雌、雄性细胞融合直接由营养体细胞或未进行减数分裂的大孢子母细胞发育成的无性胚或无性种子，这种无性胚或无性种子具有保持杂合性的特点，因而能够固定杂种优势，用无融合生殖的方法固定农作物品种间、亚种间、种间杂种优势的育种方法，使它的子子孙孙不再出现变异分离现象，从而选育不要年年制种又可多代利用的杂交水稻品种，对解决人口增长与粮食生产之间的矛盾有重要意义，是杂交稻育种的最高层次。

早在20世纪80年代后期，“无融合生殖水稻”的研究就已被列入国家“863”计划项目，但经过以袁隆平为首的专家组认真研究和鉴定，作出了“‘无融合生殖水稻84-15’有待鉴定”的结论，体现了对科学的尊重与负责。这也表明，袁隆平对于科学探索，始终以一种科学、严谨、负责的态度对待。一直到现在,“无融合生殖水稻”还在研究试验的阶段，但何时才能研究成功，邓启云说，目前还拿不出一个时间表。而一系法的核心技术体系就是依托“无融合生殖”技术，迄今为止这一设想依然是设想。对于“转基因水稻”，他也给了我一个清楚的答复:“目前还处于技术探讨的层面，离实践应用还有很长距离。”

接下来的一切，就交给“还有很长距离”的时间来检验吧。为了更严谨地表达袁隆平先生的观点，这里我就援引《袁隆平口述自传》中的一段原话来做一个小结：“关于‘三步走’中的第三步，即‘一系法’，现在看还是处于探索阶段。我的助手黎垣庆在美国曾经搞了两三年，到现在也进展缓慢。原来曾看到某些现象，觉得很有希望，但深入下去，又发现它非常复杂。我认为，通过常规手段难以搞成一系，必须与分子生物学技术结合起来。看来就是要把那个基因从野生植物中克隆出来，然后导入水稻里才有可能成功。这有很长的路要走，不是那么简单的，但并不是不能实现。”

向极限挑战

回头再看本章开头那个灾难性的话题，说来还真是惊人的巧合，就在那篇《安徽万亩袁隆平超级稻减产绝收》的新闻横空出世之际，一个过去式的新闻，正好赶上了一场现在进行时的新闻。就在同一天，2015年4月9日，“清明前后，种瓜点豆”，别地还是播种季节，海南却已是热火朝天。三亚南繁基地，早已是“稻花香里说丰年，听取蛙声一片”，在袁隆平先生的主持下，这里正在举行“第五期超级杂交稻观摩培训会”。对于中国超级杂交稻第五期攻关，这原本是一个具有里程碑意义的新闻，但一场如同暴风般席卷而来的负面新闻，将人们关注的目光一下逆转了。

这不禁令人发问，从时间点上看，难道这仅仅只是巧合吗？

站着说话不腰疼。但一个农业科学家，只能弯着腰，一辈子都保持向下的姿势，从早到晚在稻田里忙碌。但此时此刻，很多人关注的已不是那个一心扑在稻田里的杂交水稻之父，而是一个“被卷入舆论漩涡”的袁隆平，有的媒体甚至还把他形容为“超级稻风暴眼中的袁隆平”。那么，这位八十六岁高龄的杂交水稻之父，又将会作出怎样的回应呢？——这是人们最关心的，却不是袁隆平最关心的。从他开始进行杂交稻研究以来，他经历了多少是是非非或似是而非的风言风语，早已见怪不怪、处变不惊了。对那篇针对“杂交稻，隆平造”的报道，我一直试图从正面去理解，他们的出发点，也许是为受灾的农民鼓与呼，是正义的呼唤。果真如此，这其实就是袁隆平长期以来的追求，如何让老百姓吃饱肚子，如何保护农民的利益，如何让农民在同样的农田里多打点粮食，多挣几个血汗钱,一个科学家的追求,就像一个老农一样实在和朴素。但很遗憾，那篇报道没有提到这一点，而是把他和他的科学追求作为了直指的矛头。

那么，一场原本不该发生的灾难，又是否真像报道所说，让“高产凯歌戛然而止”？

某些媒体的力量不可低估，但一个科学家的力量更不可低估，人生可以抵达某种巅峰状态，但科学是没有尽头的、不知道终点的旅行。袁隆平从未停止攀登的脚步，这是任何人和任何力量都不能阻挡的，在连续打破世界水稻单产纪录、实现水稻单产一千公斤大关的历史性突破之后，一曲举世瞩目的“高产凯歌”又一次奏响，袁隆平预言，也是誓言，他要力争在自己九十岁时实现第五期超级杂交稻目标,每公顷十六吨（亩产 1066.7 公斤）。此时，在天涯海角热力四射的阳光下，又一茬稻子散发出了成熟的气味。稻田的阳光，总比别处更多了一种生机，一种味道。那从天涯海角吹来的海风，吹拂着稻子灌浆的气息，让人陶醉，每个人都不知不觉地向着那稻香倾着身体，仿佛想要把这第五期超级杂交稻的模样看清楚。袁隆平在田埂上停停走走，早已被露水和泥水打湿了裤脚，一副黝黑瘦削的脸颊，多少年来似乎都没有改变模样，尤其是那执着而专注的神情。在他身后，就是来自全国各地的科研人员，每一个都是杂交水稻领域响当当的人物。从海棠湾到亚龙湾，这是我走过的一条路，也是袁隆平科研团队的试验基地或示范片。在这弥漫着稻香的田间行走，你一下就能猜到一个老人健康长寿的原因。袁隆平先生有时候也抑制不住得意地说：“在这么好的空气和环境里生活，每天和这些生气勃勃的稻子生活在一起，那心情该有多好啊，怎么不健康长寿呢？”

袁隆平选用的第五期超级杂交稻攻关品种，也是首次亮出他的“秘密核武器”——“超优千号”（又称“超优 1000”或“超优一千”），这是他主持育成的一个超级杂交稻新品种，不仅具有超高产的潜力，还是高品质的软米。在第四期超级杂交稻创造平均单产突破一千公斤大关的世界纪录后，袁隆平预期“超优千号”能够更上一层楼。当然，每一个预期目标都要用结果来验证。这年 5 月，就在这次观摩培训会后不久，转眼就到了收割季节。经来自广东、广西、湖南、海南等地的水稻专家现场测产验收，分别在海棠湾基地一类田、二类田、三类田各选一个点，每个点不少于五百平方米，一类田亩产超过了第五期超级杂交稻的产量指标（亩产为 1096.66 公斤），直逼一千一百公斤大关。但这还不能说是达标了，还必须将一类田、二类田、三类田的亩产加在一起，算出平均亩产，这样一算就只有九百多公斤（941.79 公斤），竟然连第四期目标也没有达到，更不用说第五期目标了。不过，这在袁隆平的预料之中，毕竟还只是第五期目标攻关的第一年，他抚摸着那颗粒饱满的稻子微笑着说：“亩产九百四十多公斤，这已打破海南水稻亩产的历史最高纪录，但还有潜力，大有潜力！”

这未免又让人有些奇怪了，一个连连刷新世界纪录的科学家，怎么会看重打破海南历史最高纪录？说起来我又是一个少见多怪的门外汉了，我原以为在海南这样的气候下，水稻亩产应该超过别的地方，搞清楚情况后，我才发现这个亩产还真是不可小看。由于海南海拔低，昼夜温差小，生长期短，虽说在加速育种繁殖上有得天独厚的优势，但在水稻增产上却没有太大的优势，同一品种，如果在长江中下游等主要稻作区种植，产量还会更高。袁隆平看中的正是这个更大的增产空间，他也早已开始布局，在全国范围内为第五期超级杂交稻选了三十九个百亩示范片。

这半年里，很多人都在琢磨一个“超级稻风暴眼中的袁隆平”，但风暴的中心却显得一如既往的平静，袁隆平那双阅人阅世已深的眼睛看似深邃无比，却有一种罕见的纯净和坚韧的质感，心明则眼亮，这双眼从不为阴霾或浮云所笼罩，这个人知道自己应该干什么，他一心琢磨着如何攻克第五期超级杂交稻的预定目标。对于一般人，最清晰的时间观念莫过于一天二十四小时，而一个农学家的生物钟，则一直不停地围绕着农时运转。当“超优千号”在海南经专家验收后，袁隆平和他的团队又带着种子从三亚赶回长沙的中心试验田里播种，而后又在遍布全国各地的示范片奔波。这里就记下他的几行足迹——

2015 年 7 月上旬，袁隆平赶往广东梅州，这里有一个“华南双季超级稻年亩产三千斤技术模式”的试点，试验品种为“超优千号”。这一模式是广东省为全面推进农业“转方式、调结构、促进粮食生产持续稳定发展”而推出的，从 2015 年起在全省多个生态区试点，由国家杂交水稻工程技术研究中心、华南农业大学、广东省农业科学院和广东省农业技术推广总站协作攻关，采用“袁隆平院士团队选育的优良品种 + 华南农业大学唐湘如教授团队研究的双季超级稻强源活库优米技术 + 钵苗机插技术”，在良种、良法、良田、良态“四良配套”后，还与“良机”（机械化）相结合，目标是力争在三年内达到双季超级稻年亩产三千斤（1500 公斤）的产量指标。这里特别说明一下，我在叙述中的亩产量，一般都是单季稻，而广东的气候适合双季稻种植，如这一目标能够实现，将创造水稻年亩产量最高的世界纪录。

这已不是袁隆平第一次来梅州，早在袁隆平向第一期超级杂交稻发起攻关时，他就将当时的主打品种“两优培九”推荐给梅州蕉岭种植，平均每亩增产一百公斤以上。但那时袁隆平还没有来到蕉岭，他的第一次蕉岭之行是 2002 年 6 月下旬，来此现场查看超级杂交稻的种植情况。他对这一方水土赞不绝口，梅州是一个好地方，这儿的光温水汽等自然条件优越，这里人一看就活得很宁静，很干净，很有精神气儿。一粒种子再神奇，还得看天时、地利、人和等综合因素，一个人活得滋润不滋润，也得看天时、地利、人和等综合因素，这儿能够成为闻名遐迩的健康长寿之乡，就是这些缺一不可的因素在起作用，而袁隆平一次又一次地选择梅州进行超级杂交稻攻关，也是看中了这些缺一不可的因素。

除了袁隆平，参加这次现场测产验收的还有中国科学院院士谢华安，中国工程院院士、华南农业大学副校长罗锡文等农业领域的顶尖专家，这么多只闻其名、难见其人的农业科学家，一同走进了客家人的稻田，在这一方水土上还是破天荒的头一回，那田野里的稻子，也是客家人头一回看到，不只是长势喜人，而是惊人，每一棵稻禾上结出了那么多的稻子，却又昂然不倒，像是有一股挺立向上的力量。不是像，那是真的。可结果一出来，老乡们一个个就像霜打了的茄子，蔫了。这次百亩示范片的早稻，平均亩产刚过一千四百斤（1407.8 斤），是市斤，不是公斤，也就是刚过七百公斤。这个产量显然比袁隆平的估计要低，他分析了一番原因，一是因为在早稻生长的关键期遭遇异常天气，又是提前一周收割，应该说这个结果已经不低了，何况这是双季稻，早稻损失晚稻还可以补回来，一年不成，还有两年、三年，按计划就是三年攻关嘛。他这一番话，让老乡们又来劲儿了，把这股劲儿都使在晚稻上了。要说呢，一个杂交水稻之父还真是给他们带来了福分，这年的晚稻，从插秧后一直是要风得风，要雨得雨，到了扬花吐穗的季节，又是秋高气爽，阳光朗照。到了 11 月中旬，岭南水稻的秋收季节来临，示范片的最高亩产突破八百公斤（1694.6 斤），创造了梅州晚稻亩产的最高纪录，平均亩产也突破了七百五十公斤（实测为 1519.4 斤），比一般晚稻品种增产四百多斤。但把早晚稻产量加在一起，还是一个不尽如人意的结果，离“亩产三千斤的攻关目标”还差七十来斤的差距。不过，这一次老乡们并不灰心丧气，他们都记得袁老的话呢，头一年不成，还有第二年、第三年，这天底下，还真是没有那么容易的事。从科学的角度看，要缩短这个七十多斤的差距还真不容易，当你开始向极限挑战，每提升一斤一两的产量都极为艰难。

从春播到秋收，袁隆平这年几乎一直在路上，那感觉就像他第一次去雪峰山，一直在抵达之中，一生都在抵达之中。

这年也并非风调雨顺之年，据世界气象组织发布的报告，2015 年是全球有气象观测记录以来最炎热的一年。在这最炎热的一年中最炎热的三伏天，袁隆平马不停蹄地奔赴重庆山区、河南信阳、山东日照、湖南湘西等多地考察第五期超级杂交稻百亩高产攻关示范片。一个农业科学家，对气候是高度关注的，这极端炎热的天气，其实是厄尔尼诺暖流的再一次发威，把太平洋中巨大的热量转移到大气中，导致大规模的风暴、洪水、高温干旱和低温严寒等难以预测的灾难。从历史经验来看，厄尔尼诺暴发时，首当其冲的便是农业，而每一片示范田，都让袁隆平牵肠挂肚。

在袁隆平奔波的这些日子里，有一个日子是不能忘记的。那是9月7日，白露前夕。农谚道："白露白迷迷，秋分稻秀齐。"此时，那半青半黄的稻子晒着秋天的太阳，正在秋风中奔涌壮大。而此时正是秋收之前田间管理的关键时期，也是袁隆平最操心的一段时间。这天，他又走进了湘西龙山县石羔镇中南村。别看这是一个在地图上用高倍放大镜也找不到的小山沟，却也是一片特别适合水稻生长的生态区，被袁隆平选为第五期超级杂交稻高产攻关示范片。一个叫胡昌祥的农人，像往日一样正在稻田里忙碌着。这五十多岁的汉子，也是当地一个种田的好把式，承包了这个示范片的种植和田间管理。胡昌祥正在稻田里忙碌着，忽然听见从田埂上传来一阵脚步声。他抬眼一看，一个熟悉的身影正朝这边走来。啊，袁老师！他惊喜地喊了一声，就连泥带水地跑了过去，想要搀扶袁老师，一看自己那泥巴糊糊的两手，又赶紧缩了回来，还不好意思地笑了笑。没什么不好意思的，袁隆平是很敬重这些农民兄弟的，只要看见了他们，远远的，他就会把一双大手伸向他们，就像此时，他一下就握住了一个农人沾满泥巴的双手。

一个农业科学家和一个农民，就这样手牵着手在田埂上走过，那亲热的样子就像两个老农在打量庄稼的长势，盘算自家田里又一年的收成。这时候正是水稻从抽穗到谷粒渐渐成熟的时期，也进入了旺盛生长时期，这就需要及时补充营养，重在保穗、攻粒、增重、防秕，还要防倒伏和病虫害。尤其是在安徽发生的稻颈瘟，把农民辛辛苦苦种出来的上万亩稻子给糟蹋了，袁隆平可以不理会那些是是非非，但农民的利益受损，稻子减产绝收，却像刀子一样扎心。这也是他走到哪里都要再三叮嘱的，越是长势喜人，丰收在望，越要高度防范病虫害。但胡昌祥似乎不用多叮嘱，他还真是一个种田的好把式，田间管理很扎实，没有发现病虫害，也没有杂草。如果每块稻田都像这样管理，那些虫子再厉害，又哪有什么空子可钻呢？他越看越兴奋，“好，好，长势喜人，丰收在望，水稻高产，除了需要良种外，更离不开良好的田间管理和合适的生长环境啊！”这既是夸奖，更是勉励，老胡听在心坎上了。

两人在稻田里转了一圈，那咄咄逼人的太阳，逼出了他们一身透汗，人有时候还真是要出一身透汗，痛快，痛快啊。这天的中午饭，他们是蹲在田坎上吃的。这不算什么，袁隆平早已习惯了。直到袁隆平走后，胡昌祥忽然猛拍了一下脑袋瓜，他想起来了，这天，正是袁老师八十六岁的生日啊！一个米菩萨的生日，很多农民都知道，胡昌祥也早已记在心里，怎么这天就偏偏没有想起来呢。其实，谁又能想到，一个登上了世界水稻科学巅峰的科学家，他的生日竟然就在一个偏远山村的稻田里不知不觉度过了，连他自己都忘了。

白露过后，那越来越爽朗的秋天让稻子的生长变得急切了，山风阵阵，一阵一阵的稻香灌满了山谷，眼看又到了秋收季节，农业部组织的专家验收组又要测产验收了。不过，这一茬稻子的现场测产验收，没有选在龙山，又一次选在了隆回县羊古坳乡，而结果不说是失败，也令人多少有些失望，羊古坳乡第五期超级杂交稻百亩示范片平均亩产突破了一千公斤（1004.3 公斤），但比 2014 年在溆浦第四期超级杂交稻的产量还要低。这也证明了,尽管有人指责袁隆平和杂交稻“被强调的是产量”，而真正要把产量提升一点点，也是极为艰难的。此次测产验收虽未达标，但测产验收专家对“超优千号”都很看好，稻禾株形好，长势均衡，高抗倒伏，穗大粒多，结实率高。这些优势，让专家们都对这一品种的增产潜力充满了期待，攻克第五期超级杂交稻目标，也许为期不远了。

在羊古坳乡测产后不久，从云南省“超级杂交水稻个旧示范基地”传来捷报。这是一个屡创水稻高产纪录的基地，从 2009 年起就开始进行杂交稻的示范种植，并于 2010 年 11 月正式挂牌成立了“国家杂交水稻工程技术研究中心高原育繁示范分中心”。六年来，个旧市杂交水稻种植面积不断扩大，亩产量也在不断增加。2015 年，在百亩连片“超优千号”攻关中，他们率先突破了袁隆平院士提出的第五期攻关目标（每公顷十六吨，亩产 1066.7 公斤），刷新了百亩连片平均亩产水稻的世界纪录。这个示范点海拔较高、光照充足、昼夜温差大，既有适合水稻生长的良态，又有典型的“四良配套”，这也再次表明，水稻要达到超高产，良种、良法、良田、良态缺一不可。

尽管有百亩示范片达到了袁隆平此前预期的第五期超级杂交稻产量指标，但他此时已经不满足于每公顷产量达到十六吨的目标了，又根据攻关的实际情况调高了产量指标，“我争取在三年之内，在我们的试验田达到每公顷十七吨（亩产 1133.3 公斤）。十七吨是我正式提出的目标，把常规育种和分子技术结合起来，高产的同时实现高效，一是成本要低，二是绩效化，同时要确保米质好、品质要高”。这一目标还远远不是他锁定的终极目标，他对自己的生命力和创造力充满了信心，在九十岁后还要向每公顷十八吨（亩产 1200 公斤）攻关。一个老骥伏枥、壮心不已的科学家，绝不是凭着一股激情在驱使自己，更不是像“大跃进”时放“卫星”，动不动就亩产几万斤几十万斤，一切都凭理性的科学精神在支撑他。那么，水稻还有多大的增产潜力？这个在没有验证之前只能从理论上去预测。袁隆平认为水稻每公顷达到十八吨是有可能的。根据日本植物生理学家吉田昌一的计算，水稻在热带的极限产量是每公顷接近十六吨（15.9 吨），在温带是十八吨。如果充分利用光能，按光能利用率来计算，以盛产水稻的湘中一带为例，每公顷可以达到二十二点五吨（亩产 1500 公斤），那么至少还有五百公斤的潜力有待科研人员去攻关，五百公斤，已经超过了如今全球水稻平均的单产量，如果能够开发出来，利用起来，足以再养活一个地球。当然，他从来就不是一个人在战斗，这么多年一轮一轮的攻关，他培育出了一茬胜过一茬的超高产水稻种子，也造就了一茬一茬的中青年科学家，他坚信这些年轻人将一直攻关到每公顷二十吨（亩产 1333.3 公斤）的目标，即便如此，也还不是水稻王国的珠穆朗玛峰，还有继续攀登的空间。

这年10月9日，秋天的味道已经越来越浓了，袁隆平穿着一件红黑相间的方格子衬衫，又出现在鄱阳湖畔的稻田里，他几乎一刻也没有停下脚步，在一天时间里就跑了两个地方，从八百里鄱阳湖的东岸跑到了西岸。这两个地方，一个是南昌市成新农场，一个是上饶市鄱阳县饶丰镇，都是超级杂交稻示范基地。鄱阳湖平原，一直是中国重要的商品粮基地，江西省也是中国从未间断输出商品粮的两个省份之一。这里只说成新农场。2013年底，国家杂交水稻工程技术研究中心与成新农场正式签约，袁隆平在该农场设立院士工作站。一个数十年来默默无闻的农场，只因袁隆平这个江西老乡带来的一粒种子而一举成名，成为江西唯一、全国第四个超级杂交稻"百千万"高产攻关示范工程基地。2014年，该农场连片种植了"Y两优900"等超级杂交稻品种，2015年又种植了一千七百亩"超优千号"，这样大面积的种植在全国也不多见，这与百亩示范片是不同的，可以说是大田生产了。袁隆平穿行于如同油画一般的金色稻田里，那波澜壮阔的感觉唤醒他青春岁月的激情，他有一种想要奔跑想要歌唱的冲动。不是有人预言一曲"高产凯歌戛然而止"了吗，这时候他还真想奏响一曲"高产凯歌"。可惜，他没把小提琴带在身边，但他那风趣的比喻张口就来："你们看看我们这超级杂交稻的长相，青棵到老，就像大家闺秀，徐娘半老也风姿犹存，能不孕育出丰满的果实来么！"

这又是一个不能忘怀的日子，就在袁隆平赴江西考察超级杂交稻的同一天，10月9日，此时那篇灾难性的报道已过去了半年之久，袁隆平终于公开发表了一篇回应文章——《请别再向超级稻泼脏水》。在过去沉默的半年里，没人知道袁隆平想了什么，但很多人都知道他在干什么。他其实不想作出什么回应，他也一直相信清者自清，浊者自浊，"谣言止于智者"。只要走进稻田，他就充满了希望，但那紧追着他的"系列追踪报道"却让他真的有些悲哀，很多科学事实甚至是科学原理都在误解或偏见中被歪曲变形了。对此，我很谨慎地用了"误解或偏见"这样的话语，一直到现在，我也深信那些报道者或追踪报道者是从善良的愿望出发，据我的追踪调查，那确实是一篇不能呈现完整真相的报道，至少是部分失真。袁隆平一向是宽以待人的，他甚至可以容忍别人向他本人泼脏水,但绝对不能容忍别人“向超级稻泼脏水”。他发出了一连串追问:“超级稻有什么错啊？到底是多花了钱去做研究？还是没做出什么成果来？还是老百姓没有受益？”这个仁慈而宽容的蔼然长者，其实没有什么愤然，其追问的话锋带着解剖刀般的冷静，其中也包括了他对自我和杂交稻、超级杂交稻的解剖,对其优缺点,他就像对自己性格中的优缺点一样,从来不加掩饰，一直在向公众说明“超级杂交稻从来不是十全十美，在技术上仍有一些问题有待解决”，如“近期出现的质疑也暴露了超级杂交稻本身存在的一些问题，比如其对病虫害尤其是稻瘟病的抵抗性还不甚理想”，他在文章中表示，“我理解社会对于我们农业科研的高期待，但农业科研和生产从来不能一蹴而就。超级杂交稻的生长和改进周期很长，起码需要三年五年时间，即便你晚上加个大夜班也无法那么快就解决问题”。而“对于育种者而言，其目标都是培育高产、高质的种子，但标准太高，像你以姚明作为身高标准，我们就算长到一米八，那还是达不到要求的，还是矮子”。任何事物都是相对的。对这次“减产绝收”的灾难性事件，他原本没有任何责任，但他从未推卸责任，并且一再表示要汲取教训，而说到底，“无非就是超级杂交稻在发展过程中，有些品种不抗病，这是研究中出的问题，不能说整个项目不对，否定整个项目”。

对于负面报道，他的态度是宽容而又鲜明的:“任何事情，有赞成的，也会有反对的，要说没有一点反对的声音，这也是不正常的。有些人从他们的专业角度、技术角度提出看法，这也很正常。”但超级杂交稻的科研工作不能因为出现质疑的声音就停止，他会汲取合理的意见不断完善、改进，将之变得更优秀，更完善。他知道，仅凭他这样一篇澄清事实真相的回应文章，是无法打消所有人的疑虑的。但袁隆平在澄清了事实、表明了态度之后,再也不会去理会那些“剪不断,理还乱”的是是非非了,他太忙了，对于他，分分秒秒都贵比千金。

在向水稻高产的极限发起挑战的同时，袁隆平还有一个神奇目标，那也是一道有可能用一粒种子改变世界的难题——海水稻（耐盐碱的水稻）。为应对粮食安全面临的严峻挑战，开发盐碱地、利用海水灌溉种植成了世界各国专家探索的方向，但在研究上一直苦于难以突破。

多年前我就听说，湛江有个陈日胜，在海滩盐碱地上种海水稻。陈日胜 1986 年毕业于湛江农业专科学校，那年他和老师罗文列教授一起在海滩上普查红树林资源时，在芦苇荡中发现了一株看似芦苇却又像稻禾一样结穗的植物，差不多有一人来高。经罗教授察看，认为这是一种可以抵抗海水盐碱性的野生水稻，叮嘱陈日胜将种子收集保存下来育种，有可能培育出一种能在盐碱地上种植的水稻。陈日胜把这当作“一份特殊的作业”，也由此陷入了“一种特殊的命运”。他收集了五百多粒种子，从 1987 年便开始年复一年的播种、选种。这种海水稻有着天然抗虫、不需施肥等优势，但既不抗倒伏，收割也很困难，亩产仅有一百来斤。陈日胜一直在提高单产上下功夫，到 2014 年终于将亩产增至了三百斤，但还是太低了。或许是产量太低了，很少有人用公斤来算账。如果大面积推广种植只能是得不偿失。那“一份特殊的作业”，陈日胜埋头做了三十年,却迟迟交不了“作业”。这也难为他了,他做的就是一道世界性的难题，有人把它称之为“一个种植界的哥德巴赫猜想”，难，太难了。

幸运的是，这一“特异的水稻种质资源”引起了袁隆平先生的关注，并于 2014 年 10 月派人到湛江海水稻发源地考察、采样，随后他便做出了又一个重大抉择，攻克海水稻难以大面积推广利用的难关。如果能培育出可以在盐碱地上大面积推广种植的杂交稻，那又将是一次改变中国和世界的种子。这里不妨又看看大数据：在我国划定的十八亿亩耕地红线之外，还有辽阔的荒漠和不适合于耕种的盐碱地，其中盐碱地的总面积约为十五亿亩，约有两亿亩具备种植海水稻的潜力。我国水稻种植面积约为 4.5 亿亩，居世界第二位，总产量 2.04 亿吨，居世界第一位，单产 420 公斤，是世界平均水平的 1.6 倍。尽管袁隆平一直在推高单产量，但提高产量的难度越来越大，目前国内普遍的水稻亩产在 450 公斤左右。若能大面积推广种植海水稻，我国的水稻面积将在现有基础上扩展近一半，哪怕保守估计，按亩产两百至三百公斤计算，也可增产粮食五百亿公斤，又能多养活两亿人。

2016 年 10 月，国内首个国家级海水稻研究发展中心——青岛海水稻研究发展中心宣告成立，由袁隆平担任中心主任和首席科学家。为什么首选青岛？一是青岛市拥有五十万亩盐碱地，又环拥胶州湾，这都是可以利用的优势资源。该中心先在青岛胶州湾北部设立三十亩海水稻科研育种基地，计划三年内，在现有自然存活的高耐盐碱性野生稻的基础上，选育出可供产业化推广的、盐度不低于百分之一的海水灌溉条件下能正常生长的“耐盐碱高产水稻”。按袁隆平设计的技术路线，关键是要提高海水稻的抗盐浓度，一个是常规育种，把抗盐的特性转移到高产品种上面来；另一个是分子技术，把抗盐的基因克隆出来转移到高产品种上去，他认为“分子技术效果更好，但难度较大”。

对于海水稻，人们也有各种疑问，如“海水稻是不是咸的”“盐碱滩上种出的稻子好不好吃，有没有害”。对此，袁隆平都微笑着给予通俗易懂的回答，海水稻在海滨滩涂生长，海水的微量元素较高，海水稻的矿物质含量比普通稻的含量要高，加上海水稻在恶劣的野生条件下生长，其抗病性较强，没有普通淡水稻的病虫害，再加上其盐碱度和耐盐基因，海水稻的“体质”是相对不错的，可以放心吃，一点也不咸。

那么，这种“耐盐碱高产水稻”又将有多高的产量？袁隆平锁定的第一期产量指标为亩产三百公斤，乍一听，这个产量实在不高，比常规稻还低，更不能跟现行的杂交稻、超级稻比，但也“非常了不起”了，现有海水稻一直徘徊在亩产 75 ~ 150 公斤的低产状态，如果第一期产量指标能实现，就比现有海水稻亩产翻了一番，袁隆平将又一次打破世界纪录。

北方的海水稻育种基地刚刚剪彩，南方的晚稻又开镰收割。袁隆平又赶往梅州兴宁“华南双季稻”试点，经中国工程院院士罗锡文等专家现场测产验收，其首选攻关品种“超优千号”晚稻平均亩产 705.68 公斤（干谷），加上此前的早稻测产结果（平均亩产为 832.1 公斤），实现双季超级杂交稻年亩产1537.78公斤，亩产超过三千斤（3075斤），创下了双季稻单产的世界纪录。验收组组长罗锡文院士宣布“华南双季超级稻年亩产三千斤技术模式”试点成功，还从三方面列举了华南双季超级稻试点成功的意义：“一是高产，目前国内普遍的水稻单产在450公斤左右，两造也就900多公斤，但这次引进的新品种‘超优千号’，两造达到1500多公斤，增产600多公斤；二是在广东这样一个高温多雨、多台风的地区实现高产不容易，在全国也是第一次，具有借鉴和推广的意义；三是对保障我国的粮食安全有重要意义，在耕地面积有限的情况下，保单产首要的就是良田、良种和良法，这次试验都具备了。”

每次看着一个老人走向稻田的背影，我就会遥想另一个在麦田里穿行的身影，诺曼·布劳格在墨西哥的麦田里掀起了一场绿色革命，“帮助了一个饥饿的世界，为之提供了面包”，他曾经那样为人们崇敬和礼赞，然而到了晚年，一位依然在第三世界的麦田里奔走的绿色革命之父，却招致“时尚环保主义”者的群起而攻之，攻击布劳格和他的高产农业，在当时也成了一种盛行一时的时尚。很多人认为农业技术带来的问题甚至要超过农业技术要解决的问题，布劳格在墨西哥麦田里掀起的绿色革命其实并非转基因小麦，但很多人在批评转基因技术时也把矛头指向布劳格。布劳格一开始也像袁隆平一样，在失去科学常识的攻击之下保持沉默，不予理睬，但那些攻击者却紧追着他不放。终于，忍无可忍的布劳格开始了愤怒的反击：“他们从没有亲身经历过饥荒，我则在发展中国家待了整整五十年。那些人哪怕就是在那待一个月，就会哭着喊着要拖拉机，要肥料，要灌溉管道，如果那些时尚的精英主义者不愿提供这些东西，他们同样会愤慨万分的。”在面对人口增长这一严峻问题时，布劳格的观点也和袁隆平高度一致，布劳格一再发出警示：“世界人口如果持续以现在的速度增长下去，我们会毁灭这个物种。”为了拯救人类这个物种，布劳格一生都在同人口的增长速度赛跑。当然，历史最终也会把一份永恒的敬意和公正的评价献给他，联合国世界粮食项目执行主席史瑞说：“在拯救生命的数量上，布劳格超过了人类历史上任何人……他的心胸和他的智慧一样广大，但感动世界的却是他的激情和同情。”

这发自肺腑的敬意和评价，又何尝不能用在杂交水稻之父袁隆平身上，一位杂交水稻之父，一位绿色革命之父，他们晚年遭遇的命运，何其相似乃尔！但无论遭遇多少误解和非议，袁隆平也像布劳格一样，为了拯救人类这个物种，他将以毕生的精力同人口的增长速度赛跑。

第九章　人类的福音

杂交水稻之父

这是一个被延宕了许久的话题，还得从袁隆平第一次走出国门说起。

那是 1979 年 4 月，袁隆平应国际水稻研究所（IRRI）之邀，飞抵 IRRI 总部所在地马尼拉。马尼拉和长沙之间没有时差，但温差实在太大，此时的长沙还是清明时节雨纷纷，而赤道热风中的马尼拉已是一个酷热无比的大蒸笼。不过，一个长时间追逐太阳的人，他对这样的温差也早已习惯成自然，感觉就像是一次南繁之旅，只是走得比天涯海角更远。

拥有上千万人口的马尼拉被誉为“亚洲的纽约”，它不只是菲律宾共和国的首都，也堪称一座国际稻都。1962 年由洛克菲勒基金会和福特基金会出资，菲律宾大学提供土地，在马尼拉远郊建立了国际水稻研究所总部，这是亚洲历史最长也是最大的国际农业科研机构，其性质是一个自治的、非营利的水稻研究与教育组织，以减轻人类的贫困和饥饿、提高水稻种植者和消费者的健康水平、保证水稻生产的环境可持续性发展为使命。IRRI 有着广泛的科研范围，很多研究课题都是由育种家和生理学家共同参与，如遗传改良、生物信息学技术对功能基因的发现与识别、基因与蛋白质的表达与功能研究、水稻品质研究、转基因研究等。该所是最早与中国开展合作的国际农业研究机构之一，也是袁隆平和中国杂交水稻走出国门、走向世界的第一座桥梁。

2016 年 9 月下旬，一场台风过后，我对菲律宾的杂交水稻做了十余天的田野调查。到了马尼拉才发现，我憧憬已久的 IRRI 总部其实并非设在马尼拉，而在马尼拉以南约一百公里的内湖省洛斯巴尼奥斯镇。此时，离袁隆平第一次抵达这里已时隔三十七年，对于人类那已是遥远的记忆，一座造型别致、很有现代感的大门，连同那一幢幢很有现代感的建筑，仿佛故意抹杀了岁月，没有太多的沧桑感，也不见遮蔽阳光的沧桑树影，那在时光和年轮中铺展开的稻田，播种着来自世界各地的种子。——这是那些聪明绝顶的科学家不断创造水稻新品种的试验田，也是保存和传承全世界水稻品种的资源库。这么说吧，如果某一地区的稻种在自然灾害或战火中毁灭殆尽，你在这里还能找到保存下来的种子和秧苗。

旷野中的一条路，被白得耀眼的阳光照得像一束光芒。当年，年届知天命的袁隆平就是从这条路上走过来的，那是第一次参加国际水稻学术会议，第一次在世界舞台上亮相，从此，中国杂交水稻也随着他的身影进入了国际视野。那次会议有来自二十多个国家的两百多名科学家出席，几乎都是国际水稻界名流大腕，而袁隆平在他们眼里还是一副陌生的新面孔，名流大腕们都在互相握手、热烈拥抱，其实也没有几个人注意他。直到他用英语宣读论文时，很多人好像才突然发现了他，又像在重新打量他。他那一口流利的英语对上一副像稻农一样黝黑而质朴的脸孔，感觉就像两个人。这与他无关，他从来不关注别人怎么看自己。在一道道几乎是瞪着他、逼视着他的眼光下，他的意念全然集中在他的一个个论点上。渐渐的，台下变得鸦雀无声，所有人都在静悄悄地谛听一个来自中国的声音。这篇题为《中国杂交水稻育种》的论文，没有一个字是多余的，没有一句话是可以轻视或不值得关切的，袁隆平和中国杂交水稻艰苦卓绝的探索之路，又几乎在与世隔绝的状态下完成，与其说像一个秘闻，不如说像一个神话。事实上，这也是袁隆平第一次将中国杂交水稻的技术路线向国际水稻界公开通报。国际水稻研究所自 1970 年就启动了杂交水稻的研究课题，但由于一些关键性的技术难题一直难以从根本上突破，不得不于 1972 年中断研究。以国际水稻研究所的权威性和影响力，他们几乎可以调动国际水稻界最具智慧的头脑，拥有世界上最尖端的科研设备，他们还保存了全世界最丰富的水稻品种资源、知识和信息，但他们却没有取得成功，而一个名不见经传的中国偏远山区的农校教师，是怎么攻克这一被提前判了死刑的世界性难题的呢？这让很多人满脑子里充满了惊叹号和问号。

一位印度专家发问了，而且一问就问到了那个关键的难点上：对水稻这种自花授粉植物的杂种优势的利用，主要取决于异交率，异交率越高，杂种优势的利用率也就越高。这是谁都知道的，但如何提高异交率又是最难的，中国杂交水稻的异交率如此之高，是通过怎样的方式达到的?

袁隆平用眼神跟那位长着一脸大胡子的印度专家打了个招呼，带着他那刚果布式微笑答道："我们采取的办法其实很简单，一是割叶，以此扫除花粉传播的障碍；二是进行人工辅助授粉（Supple-mentary pollination），通过试验，目前最有效的方式就是赶粉。"

赶粉？一位澳大利亚专家特别好奇，他抢过话筒问袁隆平怎样赶粉?

袁隆平一边微笑一边打着手势比画说："在目前的条件下，这是我们自己摸索出来的一种土办法，先在制种田里间隔种植母本（不育系）和父本（恢复系），到了扬花期，当母本和父本花期相遇时，在晴天中午时分，用一根竹竿或两头牵扯的长绳扫过父本的穗子，使父本雄蕊的花粉振脱而出，这些花粉就会均匀地飘落到母本张开的颖花柱头上，这样就可以促进母本受精，提高异交率，从而产生更多的杂交一代（F_1）种子。"

这方法听起来还真是很简单，甚至很原始，但科技含量很高，而中国人竟然就在这种简陋的条件下，攻克了一道世界性难题，让满堂专家又发出了一片惊叹声。尽管这些专家对中国杂交水稻尚未眼见为实，但通过袁隆平严谨而缜密的论述和绘声绘色的描述，那赶粉的场景仿佛历历在目。当袁隆平回答了所有的疑问后，与会代表一致公认，中国杂交水稻无论在研究上，还是推广应用上，已经迈开了领先于世界的第一步，至少在中国人之前，还没有谁把一粒杂交水稻种子从试验田里推广到农民的田间地头，不是不想推广，而是根本没有人像袁隆平一样培育出可以大面积推广应用的种子。

中国杂交水稻在如此艰苦简陋的条件下迈出了世界性的第一步，让此前那些半途而废者又有了奋起直追的信心，就凭他们所拥有的科研设备、品种资源，只要借助中国杂交水稻技术，杂交水稻的培育推广就有成功的可能。就在袁隆平第一次走进 IRRI 总部后不久，当年 10 月，国际水稻研究所便与我国签订了合作研究杂交水稻的协议，中断了七年之久的杂交水稻研究课题又重新上马，而他们要延请的中国专家，袁隆平理所当然是第一人。不过，从接下来的事实看，他们还是有点看扁了这位像稻农一样的中国专家。

袁隆平第二次去菲律宾的时间有些不确定，据他最近的回忆是 1981 年 10 月，但在《袁隆平口述自传》一书所附的年表中则为 1980 年。这年 5 月，他先是应邀赴美担任杂交水稻制种的技术指导，随后才转赴马尼拉。作为 IRRI 特聘研究员，他一开始在待遇上并未提出什么要求，反正有例可循，你给别的特聘研究员什么待遇，就给他什么待遇。但一看 IRRI 给他开出的月薪，竟然是八百五十美元，他愤怒了。诚然，八百多美元，这在当时的中国国内实在不低了，差不多是一般科技人员的十倍，但在 IRRI 却是实习研究生的标准。袁隆平不是来这里实习的，而是来这里进行技术指导的中国专家。他毫不掩饰自己的愤怒，黑着脸向所长斯瓦米纳森（M.S.Swaminathan）提出了严正抗议，连那又黑又硬的短发也一根根挺立着，抗议之后他就准备拂袖而去。

斯瓦米纳森博士曾担任过印度农业部部长，也是国际著名的水稻专家。在他的印象中，袁隆平是一位衣着简朴但言行得体的中国专家，别看他外表像一个稻农，骨子里却有一种绅士风度。他确实看得很准，但他此前还真没有看出这个中国人的骨子里还有另一种东西，一股硬气。此时，一看不对头，他赶紧向袁隆平连声道歉，那一向显得挺拔而傲岸的身躯，在一位中国专家面前一次次俯首弯腰。但袁隆平还是执意要走，斯瓦米纳森赶紧用双手紧紧抓住袁隆平的手，热乎乎地极力挽留他，并把袁隆平定为特别研究员，将每月工资提到一千七百五十美元，比研究员还高出五十美元，一直挺着腰杆、黑着脸的袁隆平，这才答应留了下来。

但他一直有些疑惑，IRRI 怎么会给他开出一个实习生的月薪呢？后来，斯瓦米纳森博士才对袁隆平透露了真情，那时袁隆平在中国国内的地位虽说不低，但也确实不高，又没有博士学位，而在 IRRI 进行技术指导、合作研究的不说院士，很多都是博士，如果给袁隆平同等待遇，他们担心这些国际著名专家不服气，钱还是小事，主要是担心他们觉得丢面子。另外还有一个原因，尽管袁隆平在 1979 年的国际水稻学术会议上给大家留下了很深的印象，与会的国际专家也一致认为中国杂交水稻的研究和推广处于世界领先地位，但无论是斯瓦米纳森本人，还是其他专家，都还没有亲眼见过中国杂交水稻，也并不完全相信杂交水稻有那么神奇。当然，还有一个不说袁隆平也能猜到的原因，那时候中国刚改革开放，国际地位并不高，而一个科学家的国际地位往往与自己祖国的国际地位是相关的。或许，就是这样综合权衡之后，IRRI 才决定给袁隆平八百多美元的月薪，他们认为相比于中国科研人员那么低的工薪，八百美元的月薪袁隆平应该可以接受。

袁隆平听了哈哈一笑。斯瓦米纳森既然说了实话，他也就实话实说："我们在国内是从来不争经济利益的，但到了您这儿，那就不一样了，我也不在乎钱多钱少，但不能不在乎中国科学家的尊严！"

后来有人说，斯瓦米纳森和袁隆平是"不打不相识"，此言不虚，斯瓦米纳森透过袁隆平对中国专家乃至对中国都有了更深的理解，而袁隆平也因为斯瓦米纳森对世界也有了进一步的了解。尽管得到了应有的国际待遇，但他并不觉得有多高兴，这事让他打心眼里反思：如果一个国家的综合实力落后于世界，如果一个科学家在自己的祖国都得不到应有的尊重和地位，那么在世界上也会被人们小瞧。一切的真实就是如此，一个国家，一个民族，必须尊重科学，尊重自己的科学家。随着袁隆平在国内的地位节节攀升，尤其是他领导的全国籼型杂交水稻科研协作组获得国内第一个特等发明奖后，他的国际地位也显著上升了。斯瓦米纳森博士就是这样直说的，“我们看到中国政府给您颁发了‘特等发明奖’，而且您的伟大成果也让我们亲眼看到了”，于是，才惊现了让袁隆平遭到“突然袭击”的一幕，那也是让无数中国人倍感荣耀的一幕。

那次“突然袭击”发生在1982年秋天，袁隆平一如既往地来到马尼拉，出席IRRI一年一度的国际水稻学术会议，但这次的气氛却有些不同既往的庄重，斯瓦米纳森所长事先没有打招呼，在会议开幕前就请袁隆平到主席台就座，那还不是一般的请，他是特意走向袁隆平，微微躬身，一只手向前伸着，一步一步地引领着袁隆平走向主席台。在这个庄严的行进过程中，在他们前方的屏幕上，投影机放出了袁隆平的巨幅头像，同时映出了醒目的英文字母——“杂交水稻之父袁隆平”。袁隆平看见了，他仿佛还是第一次看清楚自己的模样，而且是和“杂交水稻之父”叠加在一起，这让他感到很突兀，但他却也很镇定。此时，世界各国专家一齐起立，一齐看着他，这与他们第一次看他的目光是不一样的，那眼神里透出来的不是审视，而是向他行注目礼。当袁隆平登上主席台后，斯瓦米纳森博士用充满敬重的声音说：“今天，我十分荣幸地在这里向你们郑重介绍我的伟大的朋友、杰出的中国科学家、我们IRRI的特邀客座研究员——袁隆平先生，我们把袁隆平先生称为杂交水稻之父，他是当之无愧的！他的成就不仅是中国的骄傲，也是世界的骄傲。他的成就给世界带来了福音！”

在一连串伟大的、杰出的、当之无愧的礼赞过后，全场再次起立欢呼，向他鼓掌致敬，一个中国科学家的身影，在目光、灯光的交相辉映下，如同一个迸发出奇异光辉的晶体。他的世界级声誉由此开始。随着“杂交水稻之父”的命名，袁隆平和中国杂交水稻，在第一时间如同旋风般席卷了菲律宾各大媒体，随后又在中国和世界其他国家产生了螺旋传播效应，“杂交水稻之父”像农人一样质朴的形象，带着他那标志性的刚果布式笑容，从此在国际上扩散开来。如今这个荣誉称号早已不用打引号，成了袁隆平的另一个名字。中国的袁隆平，从此成为世界的袁隆平。在这个意义上，他是世界公民。

袁隆平没有谢绝“杂交水稻之父”这一称号。对于他，这其实不是荣誉也不是比喻，一切的真实就是如此，他倾注心血培育出的杂交水稻，就是他的亲生孩子啊，他为之付出的爱与精力，甚至远远超过了对自己的几个儿子。诚然，那曾经遭遇的屈辱，让他感觉到一个中国科学家要赢得国际同行的公认和尊重有多么不容易，而以中国杂交水稻在国际上的领先地位，这是应有的、当之无愧的。对此，袁隆平感到“很欣慰，很受鼓舞”,但在会后,他又半开玩笑地对斯瓦米纳森说:“您今天这样‘突然袭击’，大张旗鼓地‘贩卖’我，可真叫我有点措手不及呀！”这正是斯瓦米纳森特意给袁隆平制造的一个惊喜，也是一次迟到的加冕和正名，斯瓦米纳森就是这样说的:“今天，也算是我们正式为您正名吧！”

只有正视，方可正名。如果说袁隆平和他领导的全国籼型杂交水稻科研协作组获得新中国历史上的第一个特等发明奖，是来自祖国的最高肯定，那么袁隆平在1982年被誉为“杂交水稻之父”，则从一开始就不是中国关起门来的自我加冕，而是国际同行对袁隆平和中国杂交水稻的高度认可，是来自世界的庄重加冕。有人把袁隆平称为“中国杂交水稻之父”也是对的，但袁隆平这个“杂交水稻之父”其实是没有定语的，他属于中国，也属于世界。从袁隆平和斯瓦米纳森等国际同行的交道看，还真应了中国那句“不打不相识”的老话，“科学无国界，但科学家有祖国”，这是袁隆平先生的一句名言，也是他发自肺腑的感慨，他把国际上给他的荣誉都视为中国的荣誉、中国科学家的荣誉。诚如斯瓦米纳森所说:“他的成就不仅是中国的骄傲，也是世界的骄傲！”

对于袁隆平获得的这一世界性荣誉，我在IRRI展览馆里找到了历史证据。该馆从头到尾地展示了世界水稻发展史，当历史漫长得要以万年来承载，能够在这里留下一个名字者也寥若晨星，哪怕是一笔带过的人，也是曾经创造和改写历史的人杰。

在展厅里我看到了一幅袁隆平以探究的眼光凝视着稻穗的照片，还有他当年攻克杂交水稻三系配套关的英文介绍，就凭这一关键性突破，已奠定了他作为杂交水稻之父的地位，不用说他后来更伟大的成就了。环顾整个展厅，这是一个赫然醒目、谁也无法忽视的存在。以国际水稻研究所的权威性，我已经求证到了一个权威的答案，我深信这也是一个永恒的答案。其实，袁隆平从未以“杂交水稻之父”自居，一个科学家的根本追求，从来就不是去争个什么第一、什么之父，袁隆平穷其一生的追求，可以说是从饥饿出发，从最初的目标到终极目标，就是为了让人类远离饥饿。若要还原袁隆平，一旦偏离了这条主线，将会从根本上失真。世界性的荣誉，其实也是一种世界性的责任，有人说杂交水稻是他和这个世界签下的生命契约，尽管这只是一个比喻，但袁隆平本人并不认可这一说法，“契约关系经常是相互的，权利和义务之间往往是互相捆绑在一起的，我的义务保障的是你的利益，而你的义务保障的是我的利益”，他从一开始就没有“我的利益”这一诉求，一心只想用一粒种子来消除饥饿，让人类远离饥饿，免于饥饿的恐惧。他觉得这是一种义不容辞的世界性的担当和使命。袁隆平对此也感到有压力，即便在回忆中也能感觉到他的语气里有一种无形的沉重，他沉声说:“国际上给你这么一个荣誉，你就不能躺在功劳簿上，还要继续努力啊! ”

自那以后，中国与国际水稻研究所的合作越来越密切，杂交水稻之父和中国杂交水稻就是维系这种国际合作的一条紧密的纽带。1980 年秋天，中国农业科学院和国际水稻研究所共同在长沙开办国际杂交水稻技术培训班，那时湖南杂交水稻研究中心还没有成立，主要由湖南省农科院承办。这只是一个开端，还有待接下来继续叙述。袁隆平除了担任培训班的主讲老师，还要经常出国进行技术指导。迄今为止，他已三十多次赴马尼拉，或去 IRRI 参加国际学术会议，或做技术指导，或开展国际合作研究。对于世界，他也像在自己的祖国一样，传授自己多年积累的经验和技术，IRRI 的杂交水稻研究重新上马后，选用的母本中就有中国赠送的三个“野败”型不育系。通过袁隆平和其他国际水稻专家的悉心培育，许多国家都分享了这一宝贵的种质资源，陆续育成了许多优良的不育系和高产的杂交组合。一粒粒来自中国的种子，一旦接触大地，便随风生长繁育，生出无穷数的种子，一点一点地改变着水稻王国的版图。

湖南杂交水稻研究中心在 1984 年成立后，又为杂交水稻的国际合作搭建起了一个平台。1986 年 10 月，首届杂交水稻国际学术讨论会在长沙召开。对于杂交水稻当时的现状及未来的发展，这是一次具有战略性的会议。对此我在前文有所提及，但还有一些细节我此前未曾提及，特意留在这里叙述。

在开幕式上，斯瓦米纳森博士开宗明义，指出了杂交水稻对于人类的意义：“发展中国家的耕地越来越少，人口却越来越多，唯一的办法是提高单位面积产量。中国在杂交水稻方面的成功，为解决这个问题做出了榜样。”——这短短的几句话，就把人类共同面临的一个严峻的问题说透了。这其实是土地与生命的辩证法，地球只有那么大，土地是一个永远不会增长的大限，而且几乎开垦到了极限，而在有限的土地上人口却在不断增长，若要养活越来越多的人口，只有一条路，而且几乎是一条别无选择的路，那就是不断提高单位面积的粮食产量，粮食增产的速度，必须赶上人口的增速，人类才不会陷入饥饿的绝境，生命才有最基本的保障。而杂交水稻，就是袁隆平和中国科学家创造的一个让粮食大幅度增产的奇迹，一条神奇的路。

在记者招待会上，斯瓦米纳森博士意犹未尽地说：“长沙在世界上的知名度很高，一个很重要的原因是湖南农业科学院、湖南杂交水稻研究中心在这里。”斯瓦米纳森还代表 IRRI 向湖南杂交水稻研究中心赠送了用中英两种文字镌刻的纪念匾，他对这个刚刚成立两年的研究中心充满了世界性的期待：“我相信湖南杂交水稻研究中心不仅仅是湖南和中国的研究中心，同时还是全世界的杂交水稻研究中心。”——这也是很多国际水稻专家共同的期待和祝愿。菲律宾原农业部副部长、IRRI 高级科学家费马尼博士就表达了他真诚的祝愿:“中国有句古话,上有天堂,下有苏杭,但对于水稻科研工作者来说，应是上有天堂，下有长沙，因为，杂交水稻研究中心就在长沙，这里是各国杂交水稻科研工作者的圣地麦加! ”

把长沙打造为国际杂交水稻之都，也是杂交水稻之父由来已久的一个梦想。袁隆平在 2013 年与习近平总书记“共话中国梦”时也郑重提出来了，那就是举全国之力，打造一个集科研力量、种子资源、优秀人才于一体的综合平台，使它成为杂交水稻的国际培训中心、会议中心、展示中心、交易中心。如果能够在杂交水稻的发源地打造这样一个“国际杂交水稻之都”，中国杂交水稻才能够更快地走向世界，一个杂交水稻覆盖全球的梦，才会早日梦想成真。这不仅是袁隆平的梦，也是中国梦、世界梦。近年来，中国农科院一直在推进“IRRI– 中国合作伙伴关系”，而 IRRI 与中国的精诚合作，也堪称国际合作的典范，这样合作是双赢的，一方面是中国拥有领先世界的杂交水稻技术体系，还有不断更新换代的杂交稻种，通过 IRRI 所搭建的国际平台，让全世界都能得以分享；一方面，IRRI 也为我国提供了大量的优质水稻品种和基因资源，从而促进了我国水稻新品种的培育与利用。与此同时，双方在科研人才的培养和交流上也卓有成效，IRRI 为中国培养了不少硕士、博士，他们都成了中国水稻领域的科研骨干。中国政府对双方的合作也是高度赞赏的，2007 年，还为 IRRI 颁发了中华人民共和国国际科学技术合作奖。

斯瓦米纳森所长退休后，国际水稻研究所依然延续着同中国的密切合作。近年来，又在“绿色超级稻”“全球水稻科学合作伙伴关系计划”“全球 3000 份水稻核心种质资源重测序项目”等大型国际合作项目上进一步合作。罗伯特 · 齐格勒多次公开表示，在全球稻米储备日益减少、国际米价高涨的严峻形势下，“IRRI 与中国的合作将发挥越来越重要的作用，双方合作前景极为广阔”，接下来，IRRI 将在资金和技术支持等方面进一步深入拓展与中国的合作，以帮助面临大米危机的发展中国家提高本国稻米产量，早日实现大米供应自给，让那些在饥饿中挣扎的生命早日得以救赎。他一再强调“双方合作前景极为广阔”，一个原因就是“中国在发展杂交水稻技术方面无疑是世界的先驱，含有中国成功经验的杂交水稻技术当前正在许多国家推广，为提高这些国家的稻米产量起了关键作用。许多发展中国家当前迫切需要提高稻米产量，杂交水稻无疑是他们最需要的技术之一，而杂交水稻的发展空间巨大”。——这个巨大的空间到底有多大呢？这么说吧，如果杂交水稻是一场在中国稻田里掀起的绿色革命，目前仅仅还只是波及了世界，倘若这场绿色革命能在全世界的稻田里掀起，那又将是怎样一个波澜壮阔的情景?

第二次绿色革命

追溯第二次绿色革命，先得从那个“绿色革命之父”诺曼·布劳格说起。关于他，我在前文也已反复提及。无论对于我们的主人公袁隆平，还是我们的主题，如果对诺曼·布劳格和他的“绿色革命”没有比较详细的了解,就无从解读“杂交水稻之父”和由他开创的“第二次绿色革命”的世界性意义，袁隆平和杂交水稻的意义将变得十分狭隘。

布劳格比袁隆平年长十五岁，1914 年出生于美国艾奥瓦州克雷斯科市附近一座农场，父亲是挪威籍美国农夫。他从小在父亲的麦田和牲畜群中长大，后来考上了明尼苏达大学学习林学，获得了林学专业的学士学位和植物病理学博士学位。布劳格的成长经历与袁隆平颇为相似，他经历了美国经济大萧条时期，这次大萧条带来的大饥荒，“饿死了数百万人”，这个数字比较含糊，到底有多少呢？一说至少有八百万人被饿死，约占当时美国总人口的百分之七。1931 年是美国历史上“最黑暗的一年”，仅纽约一地，一年中就有两万多人饿毙街头，这还是记录在案的数据。大萧条时期出生的儿童后来被称作“萧条的一代”，他们身材矮小，当美国参加“二战”需要补充大量兵员时，因体质不合格遭淘汰的达四成。

当时，全美有三百多万儿童失学，女孩子为了养家糊口被迫以十美分一次的价格廉价地出卖自己的肉体。人类一旦陷入大饥荒，不管你是中国人还是美国人，都是一样的悲惨。袁隆平青少年时代经历过、看见过的悲惨的一幕幕，布劳格也一样眼睁睁地看见。那些饥不择食的美国人，也一样吃野草根、蒲公英，这都是给牲口吃的东西，甚至连牲口也不爱吃。那些可怜的母亲牵着孩子们在街道上、码头上转悠，一见有腐烂的水果、蔬菜扔出来，立马就扑上去同饥饿的野狗争抢。还有更悲惨的，美国小说家托马斯·沃尔夫就曾描述了他看见的一幕："无家可归的人在饭馆附近来回踯躅，把泔水桶的盖子掀开找腐烂的东西吃。"美国著名历史学家威廉·曼彻斯特在《光荣与梦想》中曾如是感慨："千百万人只因像畜生那样生活，才免于死亡。"当时的美国已变成地狱，据《富兰克林·罗斯福全传》记载，纽约大街在大萧条时期流行一首儿歌："梅隆拉响汽笛，胡佛敲起钟。华尔街发出信号，美国往地狱里冲！"

布劳格在经历大萧条、大饥荒后，毅然决然地做出了自己的人生选择："大萧条的黑色土壤让我投身农业。"

这也是袁隆平矢志不移的选择——"一定要解决粮食增产问题，不让老百姓挨饿！"

美国的经济大萧条绝不只是美国的危机，以美国在世界上举足轻重的地位和影响力，大萧条波及许多国家，形成世界性的大萧条、大饥荒。当美国进入罗斯福时代后，罗斯福开始推行卓有成效的新政，从经济危机的深渊中拯救了美国。随着美国以至全球性的经济复苏，随之而来的便是人口剧增，这就必须有赶得上人口增速的粮食增产。1942 年，美国洛克菲勒基金会开始与墨西哥农业部开展一个合作项目，以解决墨西哥因小麦秆锈病造成的大饥荒，布劳格毅然辞去杜邦公司的高薪聘用，加入这个项目。布劳格在墨西哥的稻田里一干就是十六年，经反复试验，培育出了抗病、耐肥、高产、适应性广的半矮秆小麦。此后，他又通过将这种矮生小麦与一种日本矮生突变体小麦多次杂交，最终培育出了能够在大风严寒气候中获得高产的半矮生抗病新品种，在推广之后取得了令人惊奇的增产效果。1956 年，墨西哥的小麦产量比布劳格刚来时的 1944 年翻了一番，达到自给自足的水平。到 1963 年，墨西哥百分之九十五的小麦作物都是布劳格的新品种小麦，当年，墨西哥的小麦收成已是 1944 年的六倍，一个饥荒中的墨西哥，最终成为一个小麦出口国。

布劳格培育的小麦新品种，从墨西哥开始，随后在全世界推广，但在推广过程中也遇到了不小的阻力，如印巴等国，当地政府抱着狭隘的偏见，一开始就将布劳格的小麦新品种视为“西方植物取代本土种植物”而拒之门外。科学无国界，说来容易，但每往前推进一步又谈何容易？一粒种子不光是要播种在田地里，还要播撒在人心里。时至 1965 年，由于印巴战争给两国都带来了严重饥荒，两国才开始允许布劳格进行矮生小麦的试验，结果是，两国都在“绿色革命”中获得了大丰收，小麦产量均以每年百分之七十的速度增长，从 20 世纪 60 年代开始，印巴两国的小麦增产量开始超过人口增长率，到了 20 世纪 80 年代，印度这样一个仅次于中国的人口大国，不但解决了饥荒问题，还成为小麦净出口国。科学无国界，还有什么比这更能说明问题。1968 年，美国国际开发署（USAID）在年度报告中将印度次大陆的粮食增长现象称为“绿色革命”。——这也的确是一场足以改变世界颜色的绿色革命，从 20 世纪 60 年代到 90 年代，世界粮食产量翻了一倍，很多人认为，正是“绿色革命”转变了 20 世纪前半期的全球饥荒局面，并拯救了大约一百万人的生命。这个数字还可能被低估了。不过，布劳格的地位却没有被低估，作为“绿色革命”的先驱，他被公认为“绿色革命之父”。1970 年，他获得了诺贝尔和平奖，颁奖词对他给予了这样的评价：“他帮助一个饥饿的世界，为之提供了面包，这种帮助超越了同时代任何人。我们做这个决定是因为，得到面包的同时，也得到了和平。”——这也足以说明粮食和维护世界和平的关系是何其紧密，而农业科学也非同一般的科学或生物学，它超越了生物学的意义。

理解了诺曼·布劳格和他的绿色革命，就可以理解袁隆平和杂交水稻的意义了。

20世纪60年代初，当诺曼·布劳格在墨西哥麦田里掀起一场绿色革命时，身在中国稻田里的袁隆平，还不可能与他有任何交集，一场改变世界颜色的绿色革命之风，也远远还没有吹到中国。水稻的杂种优势利用一直难以从根本上突破，而这就是袁隆平要攻克的一道世界性难题。

杂交水稻既被誉为中国的"第五大发明"，又被称为"第二次绿色革命"，这一说法从一开始也是出自国际人士之口。那是1987年11月3日，袁隆平获得了联合国教科文组织巴黎总部颁发的"1986—1987年度科学奖"，这是他第二次获得国际科学大奖，获得了一万五千美元的奖金。这在20世纪80年代也是一笔巨额奖金了，他全部捐献出来，作为杂交水稻奖励基金，后来又正式设立了"袁隆平农业科技奖励基金"，原始基金数额为人民币两百万元，主要来源于袁隆平先生的捐赠款和社会各界人士的捐赠款，以奖励在这一领域有突出贡献的科技工作者，很多当年参与协作攻关的科研人，如冯克珊、颜龙安等，都获得了袁隆平农业科技奖。

一段插叙过后，这里还是回到"第二次绿色革命"这个主题上来。就是在这次颁奖时，联合国教科文组织总干事阿马杜－马赫塔尔·姆博先生在致辞中赞扬袁隆平在杂交水稻上所取得的开创性成果，是继20世纪70年代国际培育半矮秆水稻之后的"第二次绿色革命"。这一说法很快就在国内外传开了。在中国当代稻作史上，黄耀祥开创的"矮化育种"和半矮秆水稻，是在中国稻田里掀起的第一次绿色革命，而袁隆平开创的杂交水稻，也就是当之无愧的第二次绿色革命。——这是中国稻田里掀起的两次绿色革命。但若把目光扩展到20世纪的全球范围，人类至少掀起了两次绿色革命，第一次绿色革命就是诺曼·布劳格博士在墨西哥的麦田里掀起的，若从这个意义看，第二次绿色革命则是杂交水稻之父袁隆平在中国的稻田里掀起的，他也是当之无愧的第二次绿色革命之父。这样说，我绝无贬低黄耀祥的开创性意义，这是有严格的科学前提的，那就是从自花授粉作物杂种优势利用这一突破性或开创性的意义去看。

诺曼·布劳格离中国并不遥远，他从20世纪80年代开始与袁隆平主持的湖南杂交水稻研究中心合作，并于1996年当选为中国工程院外籍院士。

1997年8月，一次以探讨“作物杂种优势遗传与利用”为主题的国际学术研讨会，在总部设在墨西哥的埃尔·巴丹的国际玉米小麦改良中心（CIMMYT）举行，来自六十多个国家的五百多名代表，几乎云集了世界各国农业科学界和遗传育种学界的大腕和精英。尽管群星闪耀，光芒四射，但有两个看上去不那么引人注目却又一直为目光所追逐的身影，一个就是在墨西哥的麦田里掀起了一场世界绿色革命、被誉为“绿色革命之父”的布劳格博士；一个是在中国的稻田里掀起了又一场绿色革命、被誉为“杂交水稻之父”的袁隆平院士。经大会组委会推举，决定授予五位在农作物杂种优势利用方面做出了开创性的或杰出贡献的科学家“国际农作物杂种优势利用杰出先驱科学家”荣誉称号，而袁隆平既是开创水稻杂种优势利用的先驱，又在水稻大面积杂种优势利用方面做出了杰出贡献，他获得这一殊荣没有任何悬念。在授奖仪式上，国际水稻研究所的费马尼博士向代表们介绍了袁隆平的事迹，当他提到袁隆平被国际同行誉为“杂交水稻之父”时，全场响起了热烈的掌声，在经久不息的掌声中，布劳格博士热烈地拥抱了袁隆平，有人称，“这是20世纪两次绿色革命的热烈拥抱”。

第二次绿色革命不只是属于中国，也属于世界，袁隆平在中国稻田里掀起的第二次绿色革命，首先就传播到了美国的稻田。美国曾在20世纪70年代研究杂交水稻，因三系配套未能实现，无法在生产上利用。1979年5月，美国西方石油公司下属的圆环种子公司总经理威尔其访华时，惊奇地发现中国人正在种植美国人没有搞成功的杂交水稻，他立马意识到这是一个商机，向中国农业部种子公司询问这个发明的专利权属于谁。那时中国还没有什么专利保护意识，赠送给他三个组合的杂交稻种（共1.5公斤）。尽管威尔其得到的种子不多，但这却有着非同寻常的意义，这是中国杂交水稻跨出国门、走向世界的第一步。

威尔其回国后，当年就把这三个组合的杂交稻种在加利福尼亚大学农业实验站的稻田里进行小区试种，结果和美国原有高产常规水稻良种

Starbonnet相比表现出明显的优势，增产三成左右。一般来说，通过改良常规种子增产百分之五就非常了不起了。这年底，威尔其又一次来到中国，这次他就是冲着中国的杂交水稻而来，不是来要种子，而是来购买专利技术。经过谈判，他与我国农业部种子公司签订了在种子技术方面进行交流和合作的原则性协议。1980年1月，威尔其第三次来华，双方签订了正式合同：由圆环种子公司先付给中国种子公司二十万美元首期技术转让费，中国即派出制种专家赴美国传授杂交水稻制种技术。在美国制种，制出的种子在美国、巴西、埃及、意大利、西班牙、葡萄牙等国销售，每年从销售总收入中提成百分之六付给中国种子公司作为后续报酬，合同期长达二十年。——这是一项对于两国和两国农业科学技术都很有意义的合同，也是中国农业第一个对外技术转让合同，杂交水稻作为我国出口的第一项农业科研成果转让给世界第一强国美国，拉开了杂交水稻国际化的序幕，这也是中国与世界在农业领域的第一笔知识产权交易。一个是世界上最大的发展中国家，一个是世界上最发达的西方大国，按常理，应该是发达国家向发展中国家转让技术，可这一次颠倒过来了，这一颠覆性的力量，就是中国人创造的“东方魔稻”！这一技术转让合同，在第一时间就引起了国际社会的广泛关注，足以用举世瞩目来形容。

1980年5月9日，袁隆平作为首席专家，与湖南省农科院副研究员陈一吾、慈利县良种场场长杜慎余等三人组成的中国杂交水稻专家组，飞越太平洋，抵达了位于美国西海岸的“天使之城”——洛杉矶。这些来自大陆腹地的中国专家，还是第一次在世界版图上走得这么遥远。威尔其和圆环种子公司的几位专家早已在机场等候着他们，像迎接天使一样迎接他们。而在此前，他们还从未见过面，威尔其满面笑容地迎了过来，作为首席专家的袁隆平走在前边，第一个向威尔其伸出手，但威尔其和这位首席专家只是礼貌性地轻轻握了一下，然后就直奔袁隆平身后的陈一吾副研究员，又是拥抱，又是贴脸，口里连声欢呼：“您好，尊敬的袁先生！”显然，威尔其认错人了，这也不能怪他，袁隆平长得又黑又瘦，简直就像个刚刚从稻田里走上来的农民，威尔其认为他是一个来帮专家们干粗活的农民，而一看陈一吾副研究员就觉得是一位器宇轩昂、学富五车的首席专家。等到威尔其明白过来，一下子尴尬地笑了起来，威尔其那亲热劲儿，也搞得陈一吾挺尴尬的，而袁隆平笑得特别开心，他那一脸刚果布式的笑容，给威尔其留下了深刻印象，无论走到哪里，他再也不会认错人了。

袁隆平等人经历了十多个小时的长旅，从东八区的中国飞到西八区的美国，时差还没有倒过来，感觉还停留在长沙的昨日。但他们还来不及休息，又登车奔赴加利福尼亚南部小镇埃尔森特罗。当晚，威尔其在饭店里为中国专家举行一个小型晚会，袁隆平唱了一首他在大学时代就最爱唱的美国民歌《老黑奴》(*Old Black Joe*)，“快乐童年，如今一去不复返，亲爱朋友，都已离开家园，离开尘世到那天上的乐园，我听见他们轻声把我呼唤，我来了，我来了……”一个又黑又瘦的中国农学家，那低沉的、充满了沧桑与惆怅的歌声，给威尔其和在场的所有美国人留下了难忘的印象。

在小镇上住了一晚，才把时差倒过来，一早又坐车到达制种基地——加利福尼亚大学农业实验站。此后，他们每天骑自行车往返于驻地和实验站之间。美国人喜欢养狗，有一次他们经过一户人家时，这家养的狗狂吠着冲向他们，袁隆平和陈一吾骑的是变速自行车，一下冲出了老远，而杜慎余骑的是普通自行车，被狗咬住了裤子，他拼命蹬才挣开了那条狗。不过,老美把狗训练得很好,一过主人家的地界,它就不追,也不叫了。

说到圆环种子公司，就不能不说到西方石油公司，而这个石油王国的“国王”,就是被世人誉为“20世纪最令人不可思议的大富翁”亚蒙·哈默(Armand Hammer)。他1898年出生于美国，是俄国犹太人的后裔。和布劳格一样，他经历过20世纪30年代的美国经济大萧条、大饥荒。作为一个成功的企业家，与众不同的是，他的经营时常与政治联系在一起，他一直关心人类的和平，如果没有和平，一切资本和财富都会在炮火中毁灭，而和平又必须要有足够的粮食来维持，一个饥饿的世界是不可能有和平的，这也许就是他在西方石油公司旗下创办圆环种子公司的原因之一。哈默博士还专门抽出时间来与袁隆平他们会面。当时已年过八旬的哈默博士，比袁隆平的父亲还年长七岁，但这位健康的老人，生命力极其旺盛，看上去竟像六十岁的人。他和袁隆平一见面就像老朋友重逢般亲切:“我感谢您的伟大发明为我们提供了无限的商机。我看得出，您确实是一位毫无功利之心的中国式纯粹科学家。从市场经济学的角度来看，您的科学发明可能正孕育着一个新兴的产业和一个遍及世界的巨大市场，意味着千万亿美元的新创财富，足以使世界崛起十个西方石油公司规模的新型财团。光是中国市场，就可以使您成为第二个洛克菲勒啊！”哈默博士还邀请他们出席西方石油公司股东大会，首席专家袁隆平被哈默博士邀请上首席，和哈默博士坐在一起，哈默博士把他作为西方石油公司最尊贵的朋友介绍给全体股东。

就在袁隆平回国后的第二年，1981 年 7 月，美国西方石油公司特意来中国拍摄了一部彩色纪录片《在中华人民共和国的花园里——中国杂交水稻的故事》。该影片除了在美国放映外，日本电视台随后也在日本国内播放，引起了轰动。这里插叙一下，日本对杂交水稻一直都非常重视，对袁隆平的科技成果也很尊重。日本后来出版了一本《神奇水稻的威胁》，称杂交水稻这一海外传奇给日本带来了风暴。1991 年 8 月，袁隆平应日本学会邀请，赴日本做两系杂交稻研究新进展学术报告。1996 年 5 月，袁隆平获日本经济新闻社“日经亚洲奖”。1998 年 11 月，袁隆平又获日本“越光国际水稻奖”。

从第一粒播种在美国稻田里的中国种子，到第一批在美国上市的优质杂交稻米，绝非一朝一夕就能完成。袁隆平先后五次应邀赴美传授技术，他的助手尹华奇、李必湖、周坤炉等也都多次奔赴美国的稻田。中国杂交稻在美国试种了三年，圆环种子公司德克萨斯州种子站于 1981 年至 1984 年将中国的五个杂交组合在二十多个水稻产区进行了品种对比试验，按产量位次，前六名都是中国杂交稻，而在美国各地的试种产量比当地当家品种增产幅度平均高约五成（48%），并且早熟八天，适合机械化种植。在由中国专家负责的大田对比试验中，“威优6号”亩产突破七百五十公斤（757.5公斤），比当地对照品种高六成以上。1982年，在美国几个农场扩大了对比试种的面积，每个杂交组合在每个试验点种植六亩，并且完全按美国的栽培方法进行，结果仍然以中国杂交水稻的亩产最高，如“南优2号”，竟然比当地对照品种增产近八成，一亩地的稻田差不多产出了两亩地的稻子，而其他什么都没有改变，改变了的只有种子，如此神奇的增产效果，让美国人连连发出惊呼：“东方魔稻！东方魔稻！”

1989年12月，香港媒体报道了一则消息，中国培育的优质杂交水稻已进入美国市场，今年美国人将可以吃上香喷喷的中国大米。——这则消息不太准确，应该是美国种植的中国杂交水稻从试验田里走向了大面积的商品粮生产，又从市场走向了美国人的餐桌，中国杂交水稻不但在美国产生了显著的增产效果，并且米质优良，经美国稻米协会鉴定，其精米率也高于对照品种，符合美国稻米市场的要求。这对那些关于袁隆平和杂交稻“被强调的是产量，被忽视的是质量”的是是非非，也是一个澄清真相的证据吧。

如今，全美水稻面积约为两千万亩，其中三分之一种的是利用中国技术和部分种质培育而成的杂交稻，平均亩产超过六百公斤，比当地良种增产四分之一以上。袁隆平付出的心血与汗水，也让他收获了一项项国际大奖和世界荣誉：1993年，美国为他颁发“拯救世界饥饿”荣誉奖；2004年，袁隆平和塞拉利昂水稻专家蒙迪·琼斯博士共同分享了2004年度世界粮食奖。这一奖项被公认为世界农业领域的最高荣誉，也被称为农业领域或粮食领域的诺贝尔奖，由诺曼·布劳格博士于1986年设立，每年由总部在美国艾奥瓦州得梅因市的世界粮食奖基金会颁发一次，目的是奖励那些“为人类提供营养丰富、数量充足的粮食做出突出贡献的个人”，奖金为二十五万美元。

在袁隆平获得的难以计数的国际大奖和世界荣誉中，“世界粮食奖”是他特别珍惜的，当然不是奖金之高，而是有着很特别的意义，一是他对布劳格博士特别敬重，二是这次颁奖之年正是联合国确定的“国际水稻年”。据袁隆平的秘书辛业芸回忆，她有幸陪同袁隆平先生和夫人赴美参加了颁奖活动，那是 2004 年 10 月 17 日，“在艾奥瓦州府得梅因金色穹顶的州议会大厦大厅内，隆重的颁奖仪式在高亢嘹亮的号角声中开始”，世界粮食奖基金会在给袁隆平的颁奖词中赞誉：“袁隆平教授以三十多年卓杰研究的宝贵经验和为促使中国由粮食短缺转变为粮食充足供应做出了巨大贡献，从他正在从事的超级杂交稻研究，为保障世界粮食安全和解除贫困展示了广阔前景，他的成就和远见卓识，还营造了一个粮食更为富足、粮食安全具有保障的更加稳定的世界。同时，袁隆平致力于将技术传授并应用到包括美国在内的其他十多个国家，使这些国家已经受到了很大的裨益。”

这次颁奖会还真是别具匠心，特意邀请了菲律宾农业部部长来现身说法。菲律宾是个以稻米为主食的农业国，由于品种、栽培等原因，产量低，粮食一直难以自给自足，是世界上最大的大米进口国之一。尽管国际水稻研究所就设在其首都马尼拉，也可谓近水楼台先得月，但从根本上缓解菲律宾粮食紧缺的还是中国杂交水稻。为了甩掉粮食进口国的帽子，从 1995 年开始，菲律宾就把发展杂交水稻作为解决粮食和发展经济的战略决策，袁隆平和一批又一批的农业专家奔赴菲律宾稻田里进行技术指导。尽管由于其国内的诸多原因，菲律宾至今也没有实现粮食自给，但杂交水稻的不断推广，对菲律宾的粮食生产及安全保障已经产生了重要作用和影响，形势已经大为好转了。

说来还有一个得而复失又失而复得的小故事。袁隆平一行参加完颁奖活动后，又乘机前往美国西南部的得克萨斯州休斯敦，由于人多行李多，把一件行李遗漏在休斯敦机场里了。美国遭受“9·11”恐怖袭击后，在机场这样高度警惕的地方，一件可疑的行李让机场工作人员如临大敌。他们在行李内触摸到了一个硬邦邦的东西，工作人员的神经一下绷得更紧了，一下就想到这可能是恐怖分子故意留下的定时炸弹。警方很快就赶来了，在初步探测了一番后，感觉又不像是什么危险品。但他们还是特别谨慎，小心翼翼开包检查，一个造型别致的精美物件终于露出了庐山真面目，一看上面的英文，才知道这是一座“世界粮食奖”的奖杯。这样一个由美国人设立的世界大奖，在美国还很少有人不知道的。那些紧绷着神经的警察和机场工作人员，从惊恐一变而为惊喜，兴奋地惊叫起来:“My God！一位‘世界粮食奖’的获奖者,竟然来到了我们休斯敦!”

袁隆平获得了“世界粮食奖”后，又当选为美国科学院外籍院士。2007 年 4 月，一个春暖花开的日子，袁隆平飞抵华盛顿，参加美国科学院年会，正式就任美国科学院外籍院士，并顺访休斯敦美国水稻技术公司和旧金山孟德尔公司。出发前，他的腰痛又犯了，这是长年累月在稻田里弯腰劳作落下的病根，很多人都担心老人去不了，但他说:“为了中国人的荣誉，我无论如何也要去美国！”他顽强而坚毅的性格又凸显出来了：去，一定得去。他忍着一阵一阵如痉挛般的剧痛，准时登上了飞越大洋彼岸的飞机。当一位七十七岁的中国老人挺着腰板，站在世界面前时，让世界看到了一个正在崛起的中国。他的身材并不高大，在西方人看来还很瘦小，但他炯炯有神的双眼，显示了一个东方民族的渊博与智慧。袁隆平的声誉早已越出了祖国的边界，他不只是中国的，还是世界的袁隆平，几乎没有人怀疑，他是当之无愧的世界级顶尖科学家。

美国科学院院长、诺贝尔化学奖获得者西瑟罗纳说:“袁隆平为世界粮食安全做出了杰出的贡献，增产的粮食每年为世界解决了七千万人的吃饭问题。他的当选也为美国科学院增添了光彩。”美国著名农业经济学家帕尔伯格如此热情地、几乎像诗一般地赞誉:“他把西方国家远远甩到了后面，成为世界上第一个成功地利用了水稻杂种优势的伟大科学家，袁隆平为中国争取到了宝贵的时间，这样也降低了人口增长率。随着农业科学的发展，饥饿的威胁正在退却，他必将引导中国和世界过上不再饥饿的美好生活。”

在中美合作中，中国在杂交水稻育种、制种技术上一直占有绝对优势，而美国的现代化农业科技水平也让袁隆平等中国育种专家暗自惊叹，在中国还处于用一根绳子、一根竹竿赶粉的年代，美国人就驾驶着辅助授粉的直升机，通过机翼振动来达到辅助授粉的目的。袁隆平坐在直升机上，俯瞰着在机翼下迎风起舞的稻海，那还真是“喜看稻菽千重浪”啊，他也情不自禁地欢呼：“太好了，效果真是好得很呢！”

这样振动授粉的飞机，何时才能飞翔在中国的稻田上空呢？如今，袁隆平的愿望实现了，三亚南繁基地也采用无人机辅助授粉技术，一天就可以给三百多亩稻田授粉，授粉效率比以前提高了十倍。

人类的福音

一座临水而筑、绿荫掩映的建筑，如今已略显陈旧，一看就有年头了。但有些东西却不为岁月所改变，甚至有历久弥新之感。我来这里时，正是一场夏雨过后，那经雨水洗净的玻璃幕墙如天空一样湛蓝，幕墙上是袁隆平先生题写的“杂交水稻培训中心”，在光影和云影间闪烁着像稻穗一样金黄的光泽。这座建筑就是国家杂交水稻工程技术研究中心的培训楼，楼前是一方荷塘，那浸润扩散着的水汽与清香带着一种特有的梦幻气息。“绿树阴浓夏日长，楼台倒影入池塘”，唐人高骈的这句诗，放在这里还真是特别应景。从 2015 年夏天到 2016 年夏天，我曾两次入住这座培训楼驻点采访。这里远离城市的喧嚣，在长沙的夏夜还是一个能看见星月、听得见蛙鸣的地方。

我的“邻居”都是从世界各地来参加杂交水稻技术培训的学员，他们并非一般的学子，而是他们国内水稻界的拔尖人才，很多都是博士、教授和研究员。他们来到湖南这个杂交水稻的发源地，走进马坡岭的中心试验田，不是为了见证奇迹，而是为了在世界各地传承和演绎这个奇迹。我和他们朝夕相处，也时常在荷塘月色下与他们交谈。他们结结巴巴地说着中文，我结结巴巴说着英文，虽说难以深入交流，但也捕捉到了一些东鳞西爪的关于杂交水稻的世界信息。

很羡慕袁隆平先生那一口地道的英语和特有的亲和力。他一进入这些来自五大洲的学员中间，仿佛一下就拉近了与世界的距离，立马就与这些不同肤色的学员打成了一片，看上去就像一个水稻王国的酋长，但他又不是那种威严的酋长，更像是一个老顽童，像年轻人一样活泼敏捷，这是他的好心态，也是他的真性情。我在一旁观察，这五大洲的学员围着一个中国老人，就像五大洲围绕着一粒神奇的中国种子。是的，袁隆平创造出了一粒改变世界的种子，他本人又何尝不是一粒种子啊。他谈笑风生，妙语连珠，让我想起宋人梅尧臣的一句诗："池塘梦句君能得，咳唾成珠我未闲。"只是那池塘梦，已换作杂交水稻覆盖全球之梦。过不了多久，这些来自世界各地的学员，就会从这里把中国种子带回他们的祖国。这一粒粒种子，像一粒粒钻石，透明，闪闪发光。但钻石从来就不属于穷苦的农人，而这些种子一旦在他们的祖国落地生根，开花结果，它所创造的财富就算是价值连城的钻石也无可比拟。中国人从未把杂交水稻作为自己的独门秘籍，尽管他们为此而付出了世人难以想象的心血，打从一开始，中国杂交水稻刚刚在自己的国土上大面积推广种植时，中国就毫不保留地把这一 20 世纪人类的最伟大的发明推向了世界。一粒粒神奇的中国种子，又何尝不是世界的种子、人类的种子！

从杂交水稻国际培训到国际推广，有一个历史的见证人，方志辉。从 1991 年到 1998 年，他一直在袁老师的直接指导下负责湖南省农科院的杂交水稻国际培训的具体教务工作。杂交水稻国际培训从 1980 年秋天就开始了。袁隆平除了培育一代代杂交水稻种子，也一直把培育人才视为关键任务，他希望有更多的精力培养更好的接班人，除了国内的，还有来自世界各国的。国际培训分为两种模式，一种是国外学员来华培训，一种是走出国门培训指导。这里先说第一种模式，1984 年湖南杂交水稻研究中心成立后，先后受国际水稻研究所、联合国粮农组织（FAO）的委托，几乎年年都要举办杂交水稻国际培训班。从 1999 年开始，我国商务部本着支持"发展杂交水稻，造福世界人民"的意愿，将开办"发展中国家技术合作"（TCDC）国际杂交水稻技术培训班作为援外项目，为开展技术援外搭建了一个很好的平台，在长沙先后举办了近五十期杂交水稻国际培训班，为亚、非、拉的五十多个发展中国家培训了两千多名技术人员，也有一些来自欧美发达国家的。

自1980年开班开始，袁隆平就是培训班的主讲人。尽管他已是一位享誉世界的杂交水稻之父，却依然不改当年在安江农校任教的本色，除了在教室里、实验室里指导学员，他还把学员带进了他的试验田，把试验田变成了世界的课堂。而当这些学员培训结业，依依不舍地告别时，每个人都怀揣着袁隆平用英文编选的教材和杂交水稻的种子。在连续举办五年培训班后，袁隆平编写了一本中英文对照的《杂交水稻简明教程》，1985年由湖南科技出版社出版。这本薄薄的小册子，是当年学习杂交水稻技术的第一本入门书，如今在孔夫子旧书网上已卖到了一百五十多块钱一本。随着国际培训班的日益拓展，袁隆平又在此基础上编写了英文版的《杂交水稻生产技术》，由联合国粮农组织出版，发行到了四十多个国家，后来，联合国粮农组织又于2001年将这本书翻译成西班牙文再次出版，发行范围更广了。这两本书，并非高深的科学著作，却是全世界杂交水稻研究和生产的指导用书，如同拯救饥饿的福音书，传播到哪里，就会给哪里的人们带来改变命运的福音。

一位叫西比亚帕的喀麦隆学员忆述："我们在这里参加杂交水稻技术培训期间，天天吃大米，非常快乐。在喀麦隆大家最喜欢的就是大米，但平均每个星期只能吃两次。我们希望杂交水稻的推广，让喀麦隆人民每天都能吃上大米。"学员们还专门写了培训班班歌 *If We Hold On Together*（《让我们一起携手向前》）。他们也像种子一样，把中国的杂交水稻技术带到了世界各地，在异国的土地上生根开花，而中国政府和科学家的无私襟怀，也为拯救人类饥饿带来了福音。这些学员还经常写信来，很多人都想再来他们的第二故乡，中国长沙，湖南杂交水稻研究中心培训楼，就是他们在中国的家。

这一批又一批的学员回国后，成了世界各国杂交水稻的技术骨干。这也为方志辉接下来做杂交水稻国际推广工作打下了坚实的基础。

从1999年到2005年的七年间，方志辉担任隆平高科董事兼国际部总经理。他说，这是他人生的第二阶段，从杂交水稻的国际培训转向了杂交水稻的国际推广。这七年间，他和团队的足迹遍及世界五十多个国家，在三十多个国家种过杂交水稻，无论走到哪里都能碰到杂交水稻国际培训班的学生，那可真是桃李满天下。当然，最早蹚开这条路的还是他的老师袁隆平。在杂交水稻的各方面，袁隆平都是先行者和播种者，他和自己的科研团队（杂交水稻研究中心）先后提供了难以计数的杂交组合在世界的稻田里试种推广，据不完全统计，仅对南亚和东南亚就提供了五十多个优势杂交组合，并逐渐为这些国家建立起了一套发展杂交水稻的人才和技术体系。

在世界粮食版图上，水稻是仅次于玉米的第二大粮食作物，全世界一半以上人口以稻米为主食。一本由国际水稻专家J.L.Maclean等人编著的《水稻知识大全》，在前言中列举了一系列关于水稻的世界之最：在只种一种粮食作物的农田中以稻田的面积最大，地球上以稻米为主食的人口最多，水稻是全世界穷人最大的食物来源。而全球的主要稻作区又集中在亚洲，全世界九成以上的稻米产于亚洲，“在亚洲，稻米和粮食可视为同义词”。亚洲稻作区又主要集中于东亚、东南亚和南亚这三大地区。2013年，全世界水稻产量排前十位的国家中有九个都是亚洲国家，其中前五位分别是中国、印度、印度尼西亚、孟加拉国和越南，均属于这三大稻作区。20世纪90年代初，联合国粮农组织把发展杂交水稻作为增产粮食、解决粮食问题的首选战略。若要解决全球粮食危机，势必提高水稻产量，首先又要从亚洲着手。为此，联合国粮农组织选择十五个国家作为援助国，袁隆平被联合国粮农组织聘为首席顾问，同时还聘请了国家杂交水稻工程技术研究中心十多名专家作为技术顾问，其中大多是他的助手和学生，袁隆平带着他们在异国他乡的稻田奔走。在杂交水稻国际推广的第一阶段，主要是在菲律宾、印度、越南、缅甸、孟加拉国等亚洲国家开展，方志辉说“那还是一个很神秘的阶段”，很多国家对中国人发明的那粒神奇的种子都倍感神秘，中国科学家要去的那些国家，也让他们觉得挺神秘的，那一个个如同秘闻或传奇的故事，就在他们推广和指导杂交水稻的过程中发生了。

这里先从世界第二人口大国印度说起，与中国一样，印度是一个历史悠久、幅员辽阔的稻作大国，也是继中国、越南、朝鲜之后的第四个推广商品杂交水稻品种的国家。印度政府通过国家粮食安全任务（NFSM）及东印度绿色革命（BGREI）等多种作物开发方案，致力于培育和推广杂交水稻。

在1990年至1993年间，袁隆平肩负着联合国粮农组织首席顾问的使命，连续三次奔赴印度的稻田。一天晚上，他和助手准备从印度中部的特伦甘地邦首府海得拉巴乘火车到一个水稻育种站，那儿有很多农民和农业技术人员正在焦急地等待他们的技术指导。可他俩赶到火车站时，车站门口已被许多吃不饱肚子的穷人围得水泄不通，有的敲打着饭盆、有的挥舞着旗帜在那里抗议示威。这也是袁隆平亲眼目击的部分真相。由于印度的发展极不均衡，很多穷人依然生活在饥饿半饥饿的状态，据联合国的数据，全球严重营养不良的儿童中，约有一半生活在印度。眼看火车站已被占领，晚上的火车开不了，袁隆平只得临时决定，租一辆出租车连夜赶路。那是一辆破破烂烂的出租车，那条通往乡村的道路也是破破烂烂的，比中国20世纪60年代的路况还差，一路上还时不时会冒出几条慢腾腾的老牛，旁若无人地肆意横行。牛在印度被教徒敬奉为“圣兽”，当一辆老爷车遭遇一条条老牛，就必须停下车来让牛先过。袁隆平和毛昌祥在颠簸中一直眯着眼躺在车上，却又哪里能睡着。两人以极其缓慢的速度赶到那个水稻育种站时，已是第二天上午了。但两人一下车，早已等候在那里的稻农和育种站的技术员，仿佛终于盼来了救星，一下拥上来围着他们，袁隆平和助手在感动之余又打起了精神，挽起裤腿就下田了。

印度是个等级森严的国家，科技人员也是如此，每次去田间察看采样时，职位越高的研究人员往往走在最后面，到了田边，他会站在田埂上，指手画脚地对技术员发出指令；技术员也不下田，而是用棍子指着某棵秧苗，让田间劳力下田去采样。袁隆平是联合国粮农组织的首席顾问，这个职位高不可攀，毛昌祥也是国际技术顾问，在印度科技人员眼里，这个职位也是很高的。但这两位中国的科学家，却从不站在田埂上指手画脚，他们一到田边就挽起裤腿，打起赤脚，亲自到稻田里去观察、采样，这让印度科技人员非常惊讶，但袁隆平他们却觉得很正常。在印度，他们从不请佣人，衣服都是自己动手洗，见了穷人就给钱或给吃的。在印度，司机的地位低下，属于仆人之列，但袁隆平却客客气气地邀请司机同桌吃饭。这让当地的官员和科技人员很看不惯，三番五次好心提醒他们，别搞坏了当地的规矩。袁隆平总是付之一笑，依然我行我素，你有你的规矩，我有我的道理。一位杂交水稻之父，连同这些来自中国的专家，在降低了身段后反而获得了当地老百姓更高的尊重，而他们还给印度老百姓带来了实实在在的收获。当时，印度水稻的平均亩产仅两百公斤，相当于中国 1949 年之前的水平。在袁隆平等中国专家的直接指导下，印度培育出了比对照品种增产百分之十五至百分之三十的杂交组合。那时两系法杂交稻在中国也处于研发阶段，袁隆平就开始指导印度育种专家开展两系法杂交稻研究，还为推动印度杂交水稻大面积商业化生产献计献策。印度人很精明，也很实在，1996 年，印度杂交水稻种植面积约为一万公顷，很多地方都是种着试试看。这是对的。不看不知道，一看吓一跳，杂交水稻竟然有如此惊人的增产能力！印度赶紧大面积推广，十年间就扩大了一百倍，到 2006 年时达一百万公顷，2014 年已超过二百五十万公顷（三千七百多万亩），平均亩产已直逼四百公斤。这个产量同中国相比不算高，但印度自己同自己比，增加差不多一倍了。2012 年印度已经成为全球最大水稻出口国，也是产量仅次于中国的世界第二大水稻生产国。

对杂交水稻的心态，各国也有各自的不同。如印度的杂交水稻，其最初的雄性不育细胞质资源到方法技术均来自中国，也离不开袁隆平等中国杂交水稻专家的技术指导。但印度水稻种植的生态条件与中国不同，必须培育适合印度生态条件的杂交稻品种，他们更多是从中国借鉴杂交水稻技术，来培育自己的品种，打造自己的品牌，并一直有着赶超中国的心态，应该说，这是一种很健康、很进取的民族的心态，“青出于蓝而胜于蓝”也是有可能的，但若急于求成，难免会闹出一些笑话。这里就有一个“震惊世界”的新闻。据英国《卫报》报道，2011 年，在印度比哈尔邦的一个名叫 Darveshpura 的小村庄里，有一个名叫苏曼特·库马（Sumant Kumar）的农民，采用水稻强化栽培技术（SRI 技术），竟然创造了每公顷 22.4 吨（亩产 1493.3 公斤）的世界纪录，旋即便在印度国内外掀起了一次狂欢的盛筵。这个印度农民创造的“世界纪录”有两个兴奋点，一是他播种的为传统种子（常规品种），既非杂交稻，更非转基因，这有力地证明了“常规稻也能高产”；还有一个兴奋点，他是通过水稻强化栽培技术（SRI）来达到超高产的。那么事实真相又如何呢？印度国内和一些国际权威媒体调查后，首先澄清了一个真相，苏曼特·库马种植的并非传统的常规稻种，而是拜耳公司的转基因稻种，所谓“传统种子”创造的神话不攻自破。该单产纪录是由“创造世界纪录者”自己测定，测产过程既没有相关专业人员监督，更没有遵循严格的现场测产程序，这么说吧，就等于自己给自己评卷打分，没有一份来自官方或学术机构的证明或证书（产量验收证明）。如果这样的自报产量你也相信，鸡毛真是可以飞上天了。事实上，这个“奇迹村”在过去三年里已经放了很多创造世界超高产纪录的“超级卫星”，2011 年上半年，该村一位农民据说创造了马铃薯产量的世界纪录，而在 2011 年的下半年种植季，当地又有一位农民创造了小麦产量的印度纪录和世界第三的纪录。对于这些“创纪录”的奇迹，如果没有经过严格的现场测产和监督程序，全世界任何一个相关领域的专业机构对此均是采取不信、不看、不理的态度。该消息在印度一些媒体上疯传了一段时间后，很快就销声匿迹了。

在南亚地区，除了印度，还有孟加拉国、斯里兰卡、巴基斯坦等国都在推广杂交稻，这一片片稻田里都留下过袁隆平奔走的足迹。但亚洲最重要的稻作区，还是东南亚，又主要集中在澜沧江—湄公河流域的缅甸、泰国、柬埔寨、老挝、越南等东盟国家。袁隆平奔波的许多国度，都是贫穷落后、内乱频仍的国家，时常会遭遇莫测的危险，什么事情都有可能碰到。

缅甸是享誉世界的亚洲粮仓，也是一个名副其实的“稻米王国”。在第二次世界大战之前，缅甸每年出口的大米占世界大米出口总数的四成，是世界头号大米出口国，稻米的质量很好。如缅甸魔米——波山米，主产于伊洛瓦底江三角洲南部海淡水交汇地区的稻田，由于只在雨季种植，潮水涨落带来的淤泥成了水稻生长唯一的有机肥，米质好，口感松软香甜，在东南亚也被称为“缅甸魔米”，又被誉为珍珠米;但波山米产量极低，一般老百姓享受不到，也消受不起，主要为富贵人士享用，这也证明了，优质低产、价格高昂的稻米，在任何国家，都不可能成为普通大众的口粮。从 1988 年开始，缅甸把发展农业放在第一位，积极寻找复兴农业的方法，其中一条就是为农户提供高质量的种子。袁隆平以联合国粮农组织首席顾问的身份，带着助手和学生毛昌祥、邓小林等人在缅甸指导、试种杂交水稻。但在缅甸推广杂交水稻非常艰苦，交通极为不便。坐火车，铁路破旧、高低不平，在几乎没有道渣的路轨上，就像坐碰碰车，颠簸得要命。袁隆平和几个助手虽说被安排在最好的卧铺车厢，但上铺不能睡，下铺也不能睡，有时候还会从上铺颠下来。不仅如此，在铁道沿线甚至是火车上还有神出鬼没的叛乱分子，炸铁路、炸火车，这种爆炸性恐怖事件在缅甸时不时发生，一旦碰上了就在劫难逃。袁隆平每次说到此事，总是淡淡一笑说:“这些惊险的场景不是发生在抗战时期的中国远征军身上，而是发生在我们的水稻专家身上。”

无论走到哪里，袁隆平都不会远离稻田，他很少住宾馆，而是住在稻田边上的水稻研究所里。在缅甸中央农业研究院的水稻试验田里，袁隆平带着几个助手白天在稻田里工作，晚上就住在简陋的研究所里。缅甸人信佛，不杀生，眼镜蛇在稻田里四处乱窜，无孔不入，有时候还会钻进屋子里、柜子里。一次，袁隆平打开抽屉，感觉手心嗖地一凉，从抽屉里突然窜出了一条条小眼镜蛇，一共有八条。那蛇尾巴从他手上蹭过去，冷森森的，那可真是连汗毛都竖起来了。除了毒蛇，还有毒虫、蚊子和蚂蟥，而打蚊子，竟成了他们苦中作乐的比赛项目之一，几乎每天，每个人都要打死满满一瓶蚊子，但热带雨林地带的蚊子有着惊人的繁殖能力，他们浑身上下都是蚊子叮咬的疙瘩，密密麻麻的，比蚊子还多。

越南是中国的近邻，在越南九千多万人口中就有七千多万人口以稻米为口粮，从人口和粮食的比例看，越南对稻米的依赖程度远高于中国。由于其传统稻种产量较低，又饱受战乱之苦，越南一直难以实现自给，在相当长一段时间内都要靠来自中国的无偿援助和从其他国家进口大米。由于越南北方与云南、广西的气候和生态差不多，又加之其发展道路和中国十分相似，成了最早引种中国杂交水稻的国家之一。从 1992 年起，越南便在其紧邻中国的北部省区试种杂交水稻，但它们和印度有所不同，由于生态条件与中国南方省区相近，可以直接从中国进口杂交稻种，如此也就能产生更直接的推广和增产效果，其种植面积从最初的一万多公顷（约 16.5 万亩）推广到近七十万公顷，超过了一千万亩，其全国水稻的平均产量（含杂交稻）为三百公斤，而杂交水稻比常规品种增产四成以上。以越南清化省为例，该省百分之八十的农田都种植中国水稻。越南种子联合会清化分会的一位负责人曾公开表示："农民们只想种植那些产量较高的水稻品种，因而他们很青睐中国的杂交水稻品种，虽然越南杂交水稻种子的价格比中国种子更低，但是他们依然选择中国水稻种子。"经过十多年努力，这个长期解决不了温饱的农业国，现在已通过推广杂交水稻而成为世界上仅次于泰国的第二大米出口国。他们所用的杂交稻种子，百分之八十以上从中国进口，生产出大米之后又源源不断地出口中国，而且像泰国米一样抢手。但越南水稻产业这种两头都在外的格局，也难免让他们有些担心对中国依赖太大，套用范仲淹的一句话说是"进亦忧，退亦忧"，这其实也是很多国家引进中国杂交水稻的一种心态。其实咱们中国又何尝无忧？方志辉就忧心忡忡地对我说："由于我们国内有些种业公司为抢占国际市场而内部竞争，恶性降价，结果只能是鹬蚌相争，渔翁得利。"

泰国是享誉世界的"东南亚粮仓"，是亚洲唯一的粮食净出口国和世界主要粮食出口国之一。泰国的稻米出口量居世界第一位，泰国的稻田约占全国耕地总面积的一半，但单产水平总体不高，其主推品种都是常规籼稻品种。由于大量稻米用于出口，他们具有很强的市场质量意识，他们不种质量差、卖不出好价格的品种，但既高产又优质的中国杂交稻，也渐渐受到泰国稻农的青睐。为了表彰袁隆平对杂交水稻的贡献，2004年泰国公主诗琳通给他颁发了“金镰刀”奖，这是泰国农业领域的最高荣誉。

如今从长江、湘江到湄公河流域，这遥远的距离已被迎风茂长的杂交水稻连绵成一片。走笔至此，又有一个新闻关注点。2016年3月，一年一度的全国“两会”在京召开,而作为全国政协常委的袁隆平再次请假，这已是他连续三次缺席“两会”，他的每一次缺席都会引起各式各样的猜测，这位八十六岁高龄的老人是不是病了？或出了什么情况？多少年来，袁隆平的一举一动都牵动着公众的心，只因他与中国粮食的安危息息相关。其实，袁隆平的缺席与时令有关，每年全国“两会”都是在惊蛰和春分这段时间内举行，中间还有一个龙抬头（春耕节），对于春播秋收这都是很关键的节气，而此时，袁隆平正扑在南繁基地的稻田里，忙着第五期超级杂交稻攻关。

就在“两会”闭幕不久，一个疑团很快揭晓了。那是3月23日，澜沧江－湄公河合作首次领导人会议在海南三亚举行，而在“澜湄合作”中，农业为五个优先方向之一，杂交水稻被列入了农业合作的重点项目，如果中国超级杂交稻能在澜沧江－湄公河流域诸国推广，将成为世界粮仓的有力支撑。会议期间，李克强总理和泰国总理巴育、柬埔寨首相洪森、老挝总理通邢、缅甸副总统赛茂康、越南副总理范平明等五国领导人一起参观了超级杂交稻展区，一度在公众视线里消失了的袁隆平，又精神抖擞地出现在被三亚的阳光照亮了的镜头里。袁隆平带着一脸灿烂的阳光，带着他那刚果布式的笑容，用流利的英语讲解了杂交水稻的最新高产技术和推广现状。迄今，已有三十多个国家推广种植中国杂交水稻，2015年海外推广面积将近六百万公顷，均取得了大面积、大幅度的增产效果，而现在的中国超级稻同原来的杂交水稻相比，既高产又高效、优质，生长适应性更强。袁隆平指着这次展出的“超优千号”说，这一品种属于半高秆超级稻，株高约一米二左右，其优点是穗大，具有高度抗倒伏的特性，米质也不错，再生力也是目前超级稻中最强的品种之一。他随口说出的一个个数字，更令人充满了惊奇，甚至是倍感神奇。去年，“超优千号”百亩示范片每公顷已突破了十六吨大关，今年还将在云南、湖南、河南、河北、山东等七个百亩示范片试点。袁隆平预计，至少有两三个点能达到这一目标，个别示范点甚至可能达到每公顷十七吨的目标。而从 2016 年起，他和协作攻关的科研团队将向每公顷十七吨发起攻关。而对该品种的缺点，他也毫不掩饰，“超优千号”目前还处于试验阶段，对稻瘟病的抗性并不强，在大田生产推广之前，还需要继续研究和改进。

一粒神奇的种子，又把各国领导人深深吸引住了，一粒种子，一个杂交水稻之父，被各国领导人围绕着，仿佛又成了世界的中心。

越南副总理范平明一把握住袁隆平的手，抢先发出邀请，希望袁隆平团队在今年上半年就到越南去，帮助他们发展超级杂交稻。

柬埔寨首相当即也向袁隆平发出邀请：“欢迎您到柬埔寨做推广。”事实上，袁隆平已抢先一步，2015 年 9 月下旬，他就率领科研团队赴柬埔寨推广杂交水稻，并进行了小面积的比较试验，种了三十多公顷，其中有两公顷采取撒播方式，比柬埔寨的传统品种增产一倍，插秧的更是增产三倍，平均产量在每公顷十吨以上（亩产 667 公斤）。袁隆平计划三年时间内在柬埔寨种植三十万公顷杂交水稻。

老挝总理通邢也有时不我待之感。老挝是传统的农业国，水稻又是主要农作物，一直希望与湖南进一步加强农业领域的合作。这里还有一段段往事。2007 年 8 月，时任老挝总理波松 · 布帕万在访华期间就造访了国家杂交水稻工程技术研究中心，那时袁隆平正向第三期超级杂交稻发起攻关，第二期超级杂交稻已经开始大面积推广，那惊人的增产效果让波松 · 布帕万非常震惊，恳切邀请袁隆平前往老挝，推广适宜当地栽种的杂交水稻。2013 年 9 月，老挝人民革命党中央总书记、国家主席朱马里访湘，又走进了国家杂交水稻工程技术研究中心，那时袁隆平正向第四期超级杂交稻发起攻关，朱马里紧握着袁隆平的手说：“您研究杂交水稻产量已接近每公顷十五吨，我们感到十分高兴和振奋，向您表示祝贺。”他热情邀请袁隆平院士到老挝推广杂交水稻。而这次，老挝总理通邢眼看中国超级杂交稻第五期攻关，开始向每公顷十六吨攀登了，他又向袁隆平发出了邀请，如果老挝能推广这样高产又优质的超级杂交稻，老挝就不愁没饭吃了啊！

李克强总理当场表示，国务院将继续加大支持力度，使杂交水稻向更高产量、更高品质的目标攻关，继续鼓励杂交水稻走向世界，要让澜湄五国成为高产、优质、高效杂交水稻最先受益的国家，助力澜湄国家成为世界粮仓。他还给五国领导人分别赠送了一小包“超优千号”稻米。当袁隆平看到自己亲手培育出来的杂交稻米被总理作为国礼赠送给外国贵宾，不禁由衷感叹：“我们总理对超级杂交稻的推介真是不遗余力啊！”

杂交水稻之子

说到杂交水稻的国际推广，方志辉特别推崇一个人，那就是在菲律宾被誉为“杂交水稻之子”的张昭东。这里我就把他在菲律宾培育和推广杂交水稻作为一个标本来解读。

想当年，袁隆平这个“杂交水稻之父”的世界性声誉首先就是从菲律宾叫响的，如今又出了个誉满菲律宾的“杂交水稻之子”，我一直想要采访他，去他在菲律宾耕耘播种的稻田里看看，但又一直没能联系上。方志辉一拍大腿，说：“好办！”随即拨通了张昭东的电话，让我与他聊了一会儿，那从太平洋的风声与海浪声中传来的声音颇有沧桑感。

张昭东背井离乡，远赴菲律宾布“稻”，还得先从袁隆平先生说起，菲律宾是他走出国门的第一站，也是他去得最多的国家，先后去过三十余次，无论从哪方面看，他对菲律宾都怀有一种特殊的感情。而尤为重要的是，国际水稻研究所设在菲律宾，对杂交水稻的国际推广是一个极好的窗口。袁隆平一直在为实现他的第二个大梦——杂交水稻覆盖全球之梦运筹，菲律宾是他的首选之地，这就“必须派有思想、吃得苦、霸得蛮的科技工作者深入一线开拓发展”，但到底选派谁去菲律宾比较合适呢？就在这时，有个人向他主动请缨了，张昭东。

那是 1998 年，张昭东时年四十六岁，担任国家杂交水稻工程技术研究中心副主任，是袁隆平的左膀右臂之一。这让袁隆平颇费踌躇，他对张昭东的器重和信赖自不用说，可他还真没有考虑过要选派一个中心领导过去，毕竟，中心领导的岗位也很重要，既为中心的大局考虑，也为张昭东个人考虑，他这一去，意味着就要放弃现有的、来之不易的一切，单枪匹马下南洋，打天下，这么大岁数，又不懂英语，搞不好那可就要受洋罪了。这些话，他都对张昭东直说了。对此，张昭东也早已反反复复想过了，但他在袁老师跟前不讲困难，要说难，这世上谁能超过袁隆平？袁老师摆出那么多困难其实是在考验他呢。既然不能讲困难，那就讲优势，他知道这才是袁老师最想听的，一呢菲律宾是典型的热带国家，终年适合种水稻；二呢菲律宾地理位置优越，代表性强，既是东盟成员国之一，又位于太平洋、中国南海和印度洋的交通要冲，具有桥头堡的作用，如果杂交水稻在菲律宾推广成功，就打开了进军南洋的大门，向东南亚其他国家推进；三呢菲律宾人口多，土地资源和劳动力资源都有优势，又以稻米为主食，由于稻米供不应求，如今已从粮食出口国转换为粮食进口国，菲律宾国民需要杂交水稻，几届总统都很重视杂交水稻开发，在政治上、民意上都占有优势，推广起来就会容易得多；四呢中菲两国是近邻，民间友好往来源远流长，而菲律宾还有很多华人企业家，这也是可以借助的力量。——张昭东这一番深思熟虑的话，句句都说在袁隆平的心坎上，他点头了。张昭东赴菲前夕，袁隆平为他饯行，还鼓励张昭东把杂交水稻基地就设在国际水稻研究所旁边，跟他们打擂台，“如果打赢了，我们的国际开发应该就会水到渠成！”这是一种国际竞争，其实也是他对张昭东的激励。一辈子喜欢下棋、善于博弈的袁隆平，时不时就对自己的助手和学生来一下激将法，还真灵。

事实上，那也是一着先手棋，就在张昭东赴菲的第二年，1999 年 6 月，中菲两国政府签署了《关于中国帮助菲律宾发展杂交水稻的协定》。根据协定，菲华商联总会执行副理事长兼外交委员会主任、喜特宁集团公司董事长兼总裁林育庆（Henry Lim Bon Liong）与中国国家杂交水稻工程技术研究中心主任袁隆平院士合作组成“菲律宾西岭农业科技有限公司”（简称西岭公司，SL Agritech），这家公司以林育庆之父林西岭先生的名字命名，其主要业务就是在菲律宾进行杂交水稻的试验与推广。

林育庆祖籍福建泉州市，其父十二岁便移居菲律宾，在艰辛打拼中，从白手起家到创办菲律宾中央书局，随着产业链条的延伸，又创办了喜特宁纸业集团公司，成为东南亚著名的纸品商。1951 年，林育庆出生于马尼拉,在父亲的苦心栽培下,颇有“青出于蓝而胜于蓝”之势。1976 年，父亲逝世，他子承父业，成为喜特宁集团的掌舵人，在巩固了父辈缔造的核心企业后，又向文具、百货连锁店、地产和环球资讯等业务多元化拓展。无论是作为一个继承者，还是一个开拓者，他都做得相当成功了，但他做梦也没想到自己会成为一个种植杂交水稻的“农民”，这成了他最自豪的职业，在他的微信号里，这个“农民”是不打引号的，林育庆，农民，Henry Lim，Farmer.

我在马尼拉采访时，第一个采访的就是林育庆博士。他那样子实在不像是一个农民，而是一位白净儒雅的绅士。一头黑发也梳得十分整齐，一点也看不出他是六十多岁的老人，他觉得自己还挺年轻，一心想着怎么把杂交水稻在菲律宾和东南亚越做越大。走进他家里，客厅的大茶几上就摆放着一把稻穗，在一个角落里还码着一袋袋优质杂交稻米，这是他一天三餐都要吃的。但他笑着告诉我，在 1997 年之前，他连大米卖多少钱一斤都不知道，也从来就不闻不问，不管是泰国米、日本米、美国米，只要口感好、吃着香就行。一个商人，若从纯粹的商业利益考虑，也很少想到要在农业上投资，农业是周期长见效慢的长线产业，投下去深不见底，三五年内也看不见什么成效。那么又是什么原因让他把目光投向农业呢？说来，还是缘于他与菲律宾前总统埃斯特拉达的一次谈话。当时，埃斯特拉达还是副总统，但已有问鼎总统的雄心了，他不假思索地对林育庆说："如果有一天我做总统，一定优先考虑农业，我们要向中国学习，中国不但能养活那么多人口，还能出口那么多的大米。"

就是这番话，让林育庆对中国以及菲律宾农业做了一番深入调查和比较，也让他对菲律宾的国情有了更深的体认。菲律宾是一个面积不过三十万平方公里而人口过亿的多民族群岛国家，但该国和亚非拉的发展中国家一样，其种植方式一直没有多大的改变。中国有着悠久的精耕细作的传统，而菲律宾则是广种薄收，这与其说是传统，还不如说就是落后、低下、粗放的农耕方式。播种时，用铲子挖个坑，随手把种子撒进去，就不管不问了，接下来一切就看老天爷的脸色了，若天公作美，就能多收三五斗，一家老少就能吃上饱饭了。在风调雨顺的年景，并保持一定的人口规模时，菲律宾稻米仰仗其自然优势，总的收成还是不错的，不仅能自给自足，还一度成为稻米出口国。然而，由于近几十年来人口激增和城市化带来的土地减少，加之缺乏农田灌溉设备，还有台风、洪水、干旱等自然灾害相互交织在一起，如今菲律宾早已从一个大米出口国变成世界最大的大米进口国。为了把饭碗端在自己手里，菲律宾历届总统和政府都在农业上下功夫，但由于菲律宾传统稻种产量不高，增产潜力一直极为有限。其实，在种子改良上，菲律宾也曾尝到过甜头，那是 1966 年，国际水稻研究所利用我国台湾的"低脚乌尖"和印度尼西亚的一个名叫"Peta"的高秆品种"杂交"育成了矮秆品种"IR8"，那种"杂交"并非经典的杂交方式（如三系配套），只是借鉴了一些杂交技术，但"IR8"也产生了在当时看来不可思议的增产效果，被誉为"奇迹稻"，在稻田里掀起了一场绿色革命。菲律宾近水楼台先得月，在推广播种"奇迹稻"后获得了大面积增产，但其增产效果远不及后来中国杂交水稻带来的奇迹，又加之种子退化，没有更新换代的新品种，菲律宾水稻产量又陷入了徘徊不前的困局。

林育庆经过一番调查，对埃斯特拉达的眼光和政见由衷佩服。这位有二十多年从影经历的电影明星，其实也有着从市长、参议员到副总统的漫长政治历练，多年的历练让他把目光投向了农业，应该说他抓到了菲律宾的一个症结，这个不可能立即解开的症结，却又是必须解开的。就在那次谈话后不久，埃斯特拉达于 1998 年如愿以偿当选菲律宾第十三任总统，其中就有林育庆投下的一票。另一方面，林育庆也深受母亲的影响，他决定投资水稻种植时，母亲便给予了他很大的支持。喜特宁集团是一家家族企业，林育庆有着众多的兄弟姊妹，而母亲则是他和一个大家族的精神支柱，也是主心骨，如果没有母亲的鼎力支持，他就难以把大量资金投入农业。当林育庆还在犹豫不决之际，母亲就开导他不要用单纯的商业眼光来看，“让众生吃饱肚子，是大慈悲”。母子连心，皆以慈悲为怀，在家族成员的支持下，林育庆“才可以做一点想做的事”。他说得很低调，这其实是他人生中的一个关键转折点，从此开始了他的另一段超越了商业资本的创业史。他的想法和埃斯特拉达一样，向中国学习，首先就必须从种子开始，一粒种子可以改变中国、改变世界，理所当然也可以改变菲律宾。

林育庆认准了一粒种子，但那时他还无缘结识袁隆平先生，便就近拜访了国际水稻研究所的专家，得到的却是一个让他几乎绝望的答案：杂交水稻只有在温带和亚热带才能成功，而菲律宾位于赤道附近，根本不适合种植杂交水稻。林育庆当然知道这些国际水稻专家的权威性，但这个权威的答案并未让他死心，他还想问问袁隆平先生，如果杂交水稻之父也这样说，他也只能认命了。幸运的是，他很快就在朋友引荐下见到了袁隆平，而袁隆平则给了他一个不那么肯定却又充满了希望的答复：由于各气候带的光照、气温、水肥条件都不一样，中国杂交水稻的种子不能直接在菲律宾的稻田里播种，但只要下功夫，应该可以培育出适合菲律宾这种热带气候的杂交水稻种子。这让林育庆的脑子转了一个弯，他原本想直接从中国引进种子，而现在则是从中国引进杂交水稻的技术和人才在菲律宾培育种子，这比原来设想的路要艰难、曲折得多。这一重任就落在了张昭东身上。

这里有必要对张昭东的人生经历和专业背景做一番交代。1952 年早春二月，张昭东降生于湘西南东安县的一个穷山沟里，当饥饿和半饥半饱的日子成为那一代人乃至一个民族的集体记忆，不用说，这样一个山里娃也难以幸免。不过，在那一代人中他又是幸运的，1974 年他作为工农兵学员，原本被推荐到湖南农学院，结果却阴差阳错，上了零陵农校。虽说有些失落感，但这机会对一个农家子已经非常难得了。零陵农校和安江农校一样，也是湖南当时的四所重点农校之一，他攻读遗传育种专业，从跨进校门到毕业一直当班长，毕业后留校任教。那时杂交水稻已攻克了三系配套关、优势组合关，正在主攻制种关。张昭东被派往安江农校交流学习一个多月，从那开始，他就认下了袁隆平这个老师，两人就此结下了师生之谊，也可谓亦师亦友吧。

除了袁老师的言传身教，张昭东在 1978 年还得到了一次难得的深造机会。他在湖南农学院中南五省遗传育种师资培训班学习了一年，给他们讲课的，很多都是专业领域里的尖端专家，有的还是学部委员（院士）。那是科学的春天，很多专家刚刚走出牛棚，能有机会把压抑多年的学问一下释放出来，一个个都特别投入，特别兴奋。有个上了年岁的老教授，讲到兴奋处血压猛然升高了，但他还是坚持讲完了课，走下讲台时，他脚步一晃，张昭东和几个学员眼疾手快，上前几步扶住他，去校医院里打了强心针，老教授才缓过来。为了传播科学，这些老教授简直是玩命啊，而那些求知若渴的学员也一个个在拼命。——张昭东给我讲这些往事时，习惯性地摸着自己那光亮的大脑门说："我这头发就是那时候开始掉的，白天上课，晚上整理笔记，每天还要下田实习，那一年真是太紧张了，每晚都是抱着书本睡着的，醒了，一睁眼，就发现枕头一片黑，全是掉下来的头发！"他开玩笑说，若不是掉了那么多头发，也就长不了那么多见识。论文凭，张昭东至今只有一张零陵农校的毕业证，而且是"工农牌"的，在遗传育种界他可能是文凭最低的一个，但他在袁老师那里跟班学习和在湖南农学院的这一年培训，为他打下了坚实的专业基础。还有，他教了十年遗传育种专业课，也让他在这一科学领域钻研了十年。在教学上，他和袁老师一样，特别强调实践性教学，为了培育出新的杂交组合，他还搞过多年单倍体育种和激光育种试验：前者是利用植物组织培养技术（如花药离体培养等）诱导产生单倍体植株，再通过某种手段使染色体组加倍，从而使植物恢复正常染色体数；后者则选用适当波段剂量的激光照射植物种子和其他器官，以诱发突变，进而在其后代中选择优良变异个体。此外,他还尝试过“离体去雄”,即剪下稻穗，浸泡在营养液中去雄。在当时，他的这些试验都是比较超前的，且都获得初步成功，但没有推广应用，但这十年的“教学相长”，理论加实践，也成为他能在杂交水稻研究上一路走下来的支撑。

张昭东坦诚地说，他并非一个专业型人才，在零陵农校工作期间他就被选拔到了人事管理的岗位上，1988 年他调到湖南省农科院水稻研究所，也是作为管理人才引进的，担任水稻所“原原种场”副场长，后来又担任水稻所副所长兼场长、作物所副所长，一直都是以经营管理和种子推广为主。在“原原种场”工作的几年里，他每天戴着一顶破草帽、骑着一辆连踏脚板都没有的破单车，早出晚归，那早已谢顶的大脑门被烈日晒得通红发光，谁也看不出他是个场长。然而就是一个最不像场长的场长，把一个仅有六百多亩土地、五十多个老工人、连工资都发不出的老大难单位搞得风生水起,赚得盆满钵满。在他们的“原原种场”旁边，就是杂交水稻研究中心的试验田，那边田里也有一个最不像科学家的大科学家，每天和他一样在烈日下炙烤，不用说，那就是杂交水稻之父袁隆平。张昭东每次看见那个身影，很长时间都会一动不动地打量着，袁老师则聚精会神地观察着稻禾，很长时间也是一动不动。张昭东隔着一条田埂，可以清晰地看见阳光在袁老师身上移动，当时间的光影在一个科学家身上变得分外清晰，那一刻他总是特别感动，还有几许莫名的惆怅。偶尔，袁老师看见了他，也会走过来，和他说说心里话，袁老师谈得最多的就是如何把科研成果转化为生产力，除了品种研发，还得有人搞开发，这就特别需要既懂专业技术又能搞经营管理和技术推广的复合型人才。杂交水稻研究中心是省农科院的下属机构，张昭东那时还不是中心的人，却也从未把自己当外人，袁老师是说者有意，他亦是听者有心。他在深思熟虑之后，写了一份报告，对如何把杂交水稻这一项高科技成果进一步转化成高附加值生产效益进行了充分论证，提出要在杂交水稻之父袁隆平旗下打造一个大型现代化种业集团，拥有完整的科研、生产、加工、销售和服务体系，实行“育繁推（育种、繁殖、推广）一体化”。他的这一设想很有超前意识，可以说已经勾画出了后来“隆平高科”的雏形。袁老师看了这份报告后竖起大拇指连呼：“高级，高级啊！”他原本在心里就已属意于张昭东，看了这份报告更加打定了主意，要把张昭东调到中心来搞开发。但好事多磨，又颇费了几番周折，后来还是袁老师自己打报告，几次到农科院去要人，才把张昭东调到中心来，担任分管开发的副主任，那已是1995年下半年了。

很多事说来话长，这里就简而言之，张昭东这个副主任来之不易，但他却毅然舍弃，自告奋勇奔赴菲律宾推广杂交水稻，袁老师既对他充满了信赖，却也难以割舍，但最终还是放手任他一搏了。而这一搏，从一开始就极为艰难，诚如袁隆平先生所说，“杂交水稻进军南洋之路并不那么一帆风顺”。

张昭东只身来到异国他乡，在菲律宾第一大岛吕宋岛中部的内湖省首府圣克鲁斯市郊租了一座久无人居的废旧别墅，又陆续引进了几个助手，就干起来了。这地方离国际水稻研究所很近，他还真是像袁老师说的那样，摆起阵势，跟国际水稻研究所“打擂台”。菲律宾一年到头酷热难耐，他们住的房间连空调都没有，热得实在受不了，只能用井水一遍遍地冲凉降温。小院里的那口看上去还清澈的老井，就是他们唯一的水源，他们真是像爱惜自己的眼珠子一样爱惜那口井。然而谁又能想到，那口井差点要了他们的命，他们用过的脏水、肥皂水在倒入排污沟后，竟又通过一条看不见的裂缝暗暗流回了这口井里，然后又被他们重新用来饮用、煮饭、洗衣、冲凉，一开始谁也没有察觉，过了一年多，一个初来乍到的小伙子喝了这井水之后突然上呕下泻，腹痛不止，他们才开始查找原因，当一股污浊的暗流被揭开，每个人陡地起了一身鸡皮疙瘩，天啊，你喝了这水能不生病吗？张昭东说起这事，还难以置信地冲我连连摇头，而最难以置信的是他们这些农业科技人员竟然有这么好的体质，喝了一年多的脏水，一个个都还安然无恙，这也真是奇迹了。

那种苦不堪言的日子，不只是生活条件艰苦，科研条件更艰苦。搞水稻试验，镜检是最基本的，而他们用的一台显微镜还是医院里淘汰的，被他们废物利用了。有些事说起来比较复杂，说穿了又是一个很简单的现实，搞农业科技在短时间内难以出成果，而没有成果就只能享受这样的待遇。张昭东比谁都希望能早点干出成果。当时，西岭公司在吕宋岛的内湖省和棉兰老岛的东纳卯省开辟了两片试验田，这也是袁隆平院士和国家杂交水稻工程技术研究中心在海外最大的两个试验基地。在袁隆平先生的指导下，张昭东等人将籼稻和粳稻进行亚种间杂交，在短短数年里共筛选了数千对杂交组合，经过两季（菲律宾把一年分为旱季和雨季）五十个小组试验，感觉就要看见那粒神奇的种子了，可最关键的一个指标——雄性不育性的纯度（母本纯度）一直不稳定。这也是袁隆平以前遇到过的问题，杂交水稻品种若要培育成功，对其母本的纯度要求极为严格，必须达到或接近百分之百的稳定性。时至 2000 年，杂交育种试验进入了最关键的时期，张昭东一天到晚泡在稻田里，累了，就在树荫下躺一会。那段时间他情绪很不好，母本纯度一直不过关，感觉整个世界都在和他作对，一场台风紧接一场暴雨，稻禾病的病，死的死。他几乎每天都是在愁云惨淡、灰心丧气中度过的，甚至想过把这一摊子撂下了，回国去过那老婆孩子热炕头的日子。但这只是偶尔蹿出的念头，绝不是他的性格，倘若就这样灰溜溜地回国，他又怎么去见袁老师啊，袁老师一次次失败和屡败屡战、锲而不舍的经历，也成了他在绝望时最牢不可破的精神支柱。

同张昭东一样忍受着煎熬的还有林育庆博士，他把家族企业交给兄弟来打理，自己则在吕宋岛和棉兰老岛的两个试验基地往返奔波。就在那节骨眼上，一个最黑暗的夜晚骤然间在他的生命中降临。那是 2000 年 11 月 17 日晚上，一辆集装箱大货车迎面撞上了他的越野车，只听轰的一声闷响，感觉地球爆炸了。这是他昏死之前最后一刻的记忆，瞬间，他什么也不知道了。后来他才知道，母亲和三弟都被车祸夺去了生命，他自己也身受重创，大夫从他的肺部抽出了大量淤血，才把他从死神手里抢救过来。他感觉自己是死过一次的人了，而他能活过来已是万分侥幸，这让他对极其脆弱又极为宝贵的生命充满了感恩。他一生最大的遗憾和心中的至痛，就是被车祸夺走了生命的至亲。每次走进稻田里，他恍惚又看见了母亲的身影。在这只有播种、耕耘却不见收获的几年里，母亲不但一再鼓励他坚持下去，还多次到试验基地来探望和慰勉张昭东等坚守在一线的科研人员。这是一个以慈悲为怀、心有大爱的母亲，林育庆既恨苍天无眼夺走了自己的母亲，又感恩上苍让他拥有这样一位伟大的母亲，他含着泪水对我说："她的伟大，在于她有自爱和爱人之慈悲心，却又以平凡不张扬的态度处事待人，如今，每每回想起这些，我都会黯然泪下……"

母亲没有看到杂交水稻在菲律宾培育成功就撒手而去，但林育庆一直觉得那慈祥的身影从未远去，她的灵魂依然在稻田里守望。他一直坚信，西岭公司能培育出一粒神奇的种子，就是母亲显灵了。说来也挺神奇，就在林育庆躺在ICU病房的那段日子里，张昭东终于有了惊喜的发现，当他的目光落在标记为8号的稻株上时，他一下子惊奇地睁大了眼睛，那感觉就像袁隆平此前那一个个神奇的发现一样，真是如得神助啊，看这稻株的长势和性状，应该就是他们一直梦寐以求的强优势组合啊。张昭东马上又去采集母本样做镜检，还真是，经检测，一共有六个母种纯度接近百分之百（达到99%以上）。这意味着，他们终于育成了适合菲律宾土壤气候的热带杂交水稻高产组合。这一系列组合的育成，"打破了中国杂交水稻品种不适合热带种植的断言，在菲律宾树立起了中国杂交水稻的旗帜"——这是袁隆平先生的原话，并称之为"热带杂交水稻的先锋组合"（简称"热带先锋"）。这其中最好的一个品种就是以林育庆父亲的名字命名的"西岭8号（SL-8H）"，而生产出来的稻米则以他母亲的菲律宾名字命名为"多尼亚·玛丽亚（Dona Maria）"。那也是林育庆和张昭东永远不会忘记的一个日子，2001 年 1 月 17 日，西岭公司培育的第一个杂交水稻品种诞生了，林育庆觉得自己也重生了一次。

接下来，种子要在更大范围内试种，以检测这一热带先锋杂交组合在不同地域环境的适应性。为此，张昭东有过许多奇险的经历。菲律宾是一个地形复杂的群岛国家，在棉兰老岛腹地的热带雨林里，不只随时都会蹿出眼镜蛇，还有随时都会遭遇的战争和绑架的可能性。一次，张昭东在菲律宾政府军和反政府武装交错的地带播种杂交水稻，突遭绑架，侥幸的是，那些绑架者听说他们是中国水稻专家，是来帮助菲律宾穷人解决吃饭问题的，从而放了他们一马。还有一次，他们在试验基地的住处遭到一伙蒙面劫匪的绑架，但在洗劫之后留下了他们的性命。这些入室抢劫者一般是不会留活口的，他们能够大难不死，只能说是不幸中的万幸了，毕竟生死系于那些绑架者的一念间，每次侥幸生还，都让他们惊出一身冷汗，那感觉和林育庆一样，真的像是又重生了一次。

尽管有过这样一次次危险的经历，但在菲律宾研发和推广杂交水稻还是有很多的优势，诚如张昭东来菲律宾之前所分析的一样，菲律宾朝野上下都希望通过杂交水稻来增产粮食，对袁隆平、张昭东等中国杂交水稻专家都特别尊重。在埃斯特拉达总统执政期间（1998—2001），中菲两国政府签署了中国帮助菲律宾发展杂交水稻的协定。阿罗约总统执政期间（2001—2010），她曾五次接见袁隆平。2001 年 9 月，袁隆平因“在杂交水稻研究中做出的突出贡献以及为亚洲带来粮食安全”而获得菲律宾“拉蒙·麦格赛赛奖”，该奖项被视为亚洲的诺贝尔奖。西岭公司作为菲律宾最大的杂交水稻生产商，也获得了超越商业资本价值之上的地位，林育庆博士时常受到总统和农业部长的约见，向他征询农业和粮食方面的意见。就在袁隆平先生获得麦格赛赛奖的同年，西岭公司与菲律宾国家水稻研究所签署协议，由西岭公司向菲律宾国家水稻研究所提供杂交水稻种子，再把这些种子分配给全菲各地的农业合作社推广种植。

这里还得特别说明一下，菲律宾有两大水稻研究所，一是菲律宾国家水稻研究所，一是国际水稻研究所（IRRI），若不了解，很容易混淆。

这两个研究所我都抵达现场考察过，前者位于吕宋岛中部腹地的新怡诗夏省，这是菲律宾最大的省份，被誉为菲律宾粮仓。这里有一座穆尼奥斯科学城，是菲律宾农业科技的硅谷，菲律宾国家水稻研究所、以农林院系为主的中吕宋国立大学均设在这里，在城郊还拥有西岭公司的大片稻田和一座正在扩建的大型粮食加工厂。走到这里，感觉像是走进了长沙马坡岭，这里也有一个中心——中菲农业技术中心。该中心与中吕宋大学仅有一墙之隔，租用的就是校园的一角。这是1999年朱镕基总理访菲期间提出的援菲农业项目之一，中国政府无偿援助560多万美元，在2003年3月建成并投入使用，随后，“隆平高科”便派了九名专家入驻该中心，与菲方共同建设中国技术展示、培训中心和中国农业机械使用维修服务中心，向菲律宾传授并推广以杂交水稻种植为主的粮食增产先进技术，展示相关的农业机械和设备，培训当地的农技人员。如今，该中心已运行了十三年，我国农业部和农业科研院所分期派出了一批批专家，一般要在菲律宾常驻两年左右。

我在该中心逗留了两天，这也是匆匆奔走间难得清静的两天，小院里的水池亭台连着硕果累累的木瓜树，阵阵蛙鸣中有在窗前飞来飞去的鸟雀，四周则是一望无际的稻田和蓝得发亮的天空。入夜，当一切变得模糊不清时，月亮愈来愈清晰，我都不记得自己有多久没有枕着月色入睡了，“素月分辉，明河共影，表里俱澄澈”，在梦境中也感觉身心一片透明澄澈。当我还在做梦时，那些援菲专家早早就起床下田了，哪怕在平常日子，他们也是早上四五点钟就要下田。菲律宾是一个与台风暴雨同在的岛国，一旦风暴袭来，那就不分白天黑夜了，别的人都往家里跑，他们却在昏天黑地间往稻田里跑。对于他们，那些与灾难有关的故事实在太多，但每个人都有着经历过大灾大难之后的豁达与乐观，哪怕是讲述灾难的故事，也一个个都笑呵呵的。只有往深处想，你才能深深理解他们，在远离祖国和亲人之后，也只有这乐观的心态来支撑他们。在这里干得最长的是“中菲杂交水稻技术合作”中国专家组组长兼中方主任成良计先生，如今他已年届花甲，身体还挺棒，那清瘦的面孔、瘦削而敏捷的身影，哪怕出现在很远的稻田里也会被当地的农民一眼认出，只要看见了他，农民就像看见了救星一样。这样说一点也不夸张，这一方水土说是菲律宾的粮仓，但其落后的农耕方式和传统的稻种，原来也和菲律宾别的地方差不多，又加之自然灾害频发，旱季遇旱灾，雨季遇涝灾，一场台风就会发生大面积的倒伏而减产绝收。他们的命运能够逆转，全靠这些来自中国的杂交水稻专家，给他们培育出了好种子。

就在我抵达菲律宾的前不久，菲律宾又遭遇了一次台风，看了那一片狼藉、犹在风中不停颤抖的稻田，我心里也一阵一阵发紧，菲律宾农民又遭殃了。但灾难中也有奇迹出现。穿过大片大片稻禾倒伏的农田，张昭东、成良计把我带到了菲律宾国家水稻研究所的试验田去看现场，很多国际种业公司的品种都在这里试种，其中就有美国杜邦先锋公司的试验田，田头挂满了红黄两色的标志旗，而旗下便是一个灾难性的现场，那沉甸甸的稻穗几乎全都栽倒在泥水里。看得出，这是货真价实的高产品种，却又没有什么比灾难更真实，一个品种再高产，如果没有抵抗自然灾害和病虫害的能力，就难免会落得减产绝收的命运。而我所说的奇迹，就出现在先锋公司的试验田旁边，那稻穗也沉甸甸地低着头，但稻禾的腰杆子很硬，在一场风暴过后依然保持着屹立不倒的姿势，简直看不出它们也经历过风暴。在一眼望不到尽头的稻田里，其他稻禾都倒伏在泥水里，只有这片稻禾在同灾难的较量中保持了仅有的尊严，这真是硕果仅存啊。是谁创造了奇迹？张昭东！这片试验田，就是他主持研发的热带先锋杂交稻，这才是真正的奇迹稻啊。

在我的叙述中，用得最多的一个词就是“神奇”，无所不在的“神奇”，无可替代的“神奇”，从中国杂交水稻诞生之日一直到如今，这也是一个无人超越的神奇事实。从袁隆平、张昭东到成良计，他们都是在用一粒神奇的种子改变人类的命运，对于林育庆和张昭东而言，他们的目标更具体，用一粒种子来改变菲律宾粮食紧缺的困境。这里，还得先回到21世纪初，从张昭东培育出的“西岭8号”说起。2002年10月，世界水稻大会在北京召开，这是一个向世界展示的机遇，林育庆将“西岭8号”

的样本带到了北京，袁隆平又是看，又是摸，又是嗅，连声说:“高级啊，高级啊，这种子已经达到中国的水平了，恭喜你！”

来之前，林育庆心里还没底，一听袁隆平先生的夸奖，心里顿时乐开了花，他知道，袁隆平所说的“中国的水平”，指的是当时中国超级稻的水平，那可是领先世界的水平啊。袁隆平从不掩饰自己的看法，也从来不说过头话，好就是好，不好就不好，一个朴实如老农般的农业科学家，连说假话都没有必要。接下来的事实，再次验证了袁隆平对“西岭 8 号”的首肯。2003 年初，来自海内外的一百多个杂交水稻品种在三亚南繁基地试种，在竞争激烈的测试评比中，“西岭 8 号”还真是很“高级”，技压群芳，一举夺得了亚军。

一个喜讯传到菲律宾总统府，一直为吃饭问题而寝食难安的阿罗约总统兴冲冲地走进了西岭公司的试验田，杂交水稻的长势比对照品种（常规稻）一看就显示出了无与伦比的优势。刚开始，她还在两边看，很快她的注意力就集中了，久久端详着杂交稻，仿佛在心里默算，如果菲律宾的稻田里都种上这样的稻子，那么就再也不用为吃饭问题而犯愁了。当然，一个总统的决策不是看看就能决定的，还必须以大数据为决策依据。菲律宾研究机构对杂交水稻在菲推广试种的成效进行调查分析后，初步估算，如果种植杂交水稻，每公顷增产的稻谷可达到一吨，如果将杂交水稻推广到一百五十万公顷，不说总产量，每年仅增产稻谷就将达到一百五十万吨，菲律宾每年就不用再进口六十万吨大米了，还将有几十万吨余粮可供出口，从粮食进口国一变而为粮食出口国，那将是菲律宾的一个华丽转身。阿罗约总统据此决定，将推广杂交水稻作为“旗舰项目”，随后又颁布了一个发展杂交水稻的菲律宾农业现代化的“旗舰方案”，从 2002 年开始加大力度推广杂交水稻，力争三年内将播种面积扩展到三十万公顷，到 2007 年推广到一百万公顷。

就在菲律宾“旗舰项目”启动的第二年，2003 年 4 月，袁隆平应阿罗约总统的邀请访问菲律宾。他走在菲律宾的田野上，也像走在中国田野上一样，那些菲律宾农民一眼看见他，立马就能认出他，一个个欢呼起来，奔过来，拥着他，七嘴八舌地争相向他说着什么。那方言土语袁隆平听不懂，但他猜得出，他们都争相说着稻子的收成。袁隆平这次访菲，还有一件大事，和菲律宾的水稻专家一起对当地农民种植的杂交水稻进行现场测产验收。说起这事，张昭东还给我讲了这样一个细节，袁老师是一个十分谨慎的人，在测产之前，他想先提前去稻田里“侦察”一下，可那片选定测产的稻田还挺远，这种提前“侦察”又不能惊动别人，只能偷偷开车去。说起来，张昭东还挺不好意思，那时他开着一辆七百美元买来的破车，这怎么好让袁老师坐呢。袁老师一看那车也乐了，笑呵呵地催他：“哈，这破车，也行啊，我这辈子什么样的车没坐过啊，赶紧上车吧。”到了田里，袁老师一看，心里就有数了，“我看每亩能达到七百公斤！”他那双慧眼还真是很少看走眼，第二天现场测产的结果，每公顷超过十一吨，换算为中国的亩产正好是七百多公斤。

那时候，亩产七百多公斤在世界上已经非常了不起了，菲律宾农民哪见过这么高产的水稻啊，有个八十多岁的老农抱着稻子，抢着要跟袁隆平合影，他连比带画地说：“我种了一辈子田，还从来没有见过这么好的水稻，真是奇迹! ”

从单产上看，杂交水稻创造的奇迹远远超过了菲律宾科研机构的预测，在推广杂交水稻之前，菲律宾大面积播种的 IR64 号种子（灌溉稻），每公顷可产 3.5 吨稻谷（亩产 233 公斤），多少年来单产几乎没有变过。国际水稻研究所的奇迹稻“IR8”一度成为东南亚“绿色革命”的引擎，从菲律宾推广种植的效果看，也确实有增产优势，但因不适应菲律宾灾害频仍的自然环境，最终也没有给菲律宾带来奇迹。在换了杂交稻种后，奇迹终于降临了，不但超高产，还加强了抗逆性，无论是“中菲杂交水稻技术合作”专家组，还是西岭公司以张昭东为主的科研团队，都在抗旱、抗涝、抗倒伏、抗病虫害上反复试验。从我在菲律宾大范围的田野调查看，在一些缺少水利灌溉设施的旱区，烈日下的稻田都干裂了，但稻禾依然在异常坚韧地生长、抽穗、结实。除了耐旱品种，他们还培育出了一些特别耐涝的品种，即便遭受灭顶之灾，也能在十来天内维持其继续生长。

正因为具有如此超高产和超强的抗逆性，杂交水稻才能在菲律宾创造每公顷增长近三倍的奇迹。2004 年，菲律宾推广杂交稻面积超过二十万公顷,其中三分之二是播种“西岭 8 号”,每公顷创纪录的产量高达 11.8 吨(亩产 787 公斤)。从推广上看，这一面积还没有达到菲律宾“旗舰方案”第一阶段的推广指标——三十万公顷，但菲律宾还是获得了史无前例的大面积增产。

菲律宾杂交水稻的推广之路，由于其政局复杂多变，一直不尽如人意。到 2007 年时，按其“旗舰方案”第二阶段的推广指标应达到一百万公顷，结果连三十万公顷也没有达到，其粮食增产效果被急剧增长的人口所填平，一个人口过亿的国家，依然只能靠进口来填补缺口，而且有增无减，到 2008 年时，其大米进口量已跃升至二百四十万吨，菲律宾也一跃而为居世界首位的大米进口国。就在 2008 年，一场全球性的粮食危机席卷而来，一些国际粮食专家认为，菲律宾这个全球最大的大米进口国就是危机的导火索，正是该国进口大米的急剧增长导致国际大米价格上涨。这种指责或许带有某种傲慢与偏见，但菲律宾的人口剧增导致大米需求量的剧增，也确实是国际粮食安全保障的一个不稳定因素。由于这次粮食危机来势汹汹，有人称之为一场“寂静的海啸”。饥饿的人是寂静的、沉默的，他们已经没有力气说话，一个个都默默无语地在大米经销店前排起了长队。在拥有超千万人口的马尼拉，每天一开门就泄露了这座城市的秘密，那些一大早出门的人不是赶着去上班，去干活，而是去米店或超市里抢购大米，有的人甚至从头天晚上就开始排队了。为了让更多人能买上一点大米，大米经销商早已将原来的 25 公斤一包的大袋分装成 2.5 公斤的小袋，大米价格每天都在上涨，一天一个价，危机中的市民眼睛盯着的早已不是股票指数，而是米价。随着米价的上涨，几乎所有的生活必需品都在涨，唯一没涨的只有工资，如果你想用原有的工资来养家糊口，唯一的方式就是勒紧裤带过日子。

在这次危机中，除了中国，同为发展中国家的印度、越南也抵挡住了冲击，一个重要原因，就是他们早已通过杂交水稻的大推广获得了大增产。当菲律宾从粮食出口国变成进口国时，这些国家却从粮食进口国变成出口国，而一旦有事，他们的粮食也不会轻易出口，为了保证本国的粮食供应，很多粮食出口国都采取了限制出口的政策，这对依赖进口粮的菲律宾更是雪上加霜，你就是有钱也没处买米。对此，袁隆平早就一再发出警示，一个国家若不能把饭碗牢牢地端在自己手里，那就只能仰人鼻息、任人宰割了，危机一旦发生，也就只能被动地采取危机处置了。2008 年 6 月 2 日，阿罗约签署了一项总统令，宣布设立国家粮食与能源委员会，由总统亲自领导该委员会，委员则由国家经济发展署、农业部、环境和能源部、国家反贫困委员会、国家安全委员会、国家电力公司、菲律宾国家石油公司和国家粮食署的主要官员担任，旨在评估菲律宾当前粮食和能源形势，并制定长期的粮食和能源政策和计划，如粮食和能源形势出现危机，该委员会还可以建议总统和国会动用总统特权解决危机。这意味着，一旦出现粮食和能源（石油）危机等紧急状态时，总统甚至有权宣布戒严令进行管制。然而，谁又希望自己的国家陷入紧急状态呢，丰衣足食、长治久安，对任何国家都是最理想的状态。

在一场生死攸关的危机中，菲律宾又加大了杂交水稻推广力度。2013 年 4 月，菲律宾农业部在穆尼奥斯科学城召开第一届全国杂交稻会议，杂交水稻之父袁隆平应邀在大会上发表演讲，他一边为菲律宾提气鼓劲，一边又对症下药，“菲律宾水稻生产拥有很大潜力，条件很好，但目前技术、品种落后，而杂交水稻的更新换代很快，发展杂交水稻，最现实、最经济、最有效的办法就是——换下种子”，这其实也是绿色革命的核心，中国的实践早已验证，在同样的自然条件下，只要种植杂交水稻就能比常规品种增产二成左右。

此后，菲律宾总统又几经更迭，但推广杂交水稻是始终不渝的政策，却又一直难以达到一百万公顷的预定目标，而据中国粮油网 2015 年 4 月 9 日发布的消息称，“菲律宾农业部计划今年种植超过五十六万公顷的高产稻米品种，其中包括杂交水稻、认证种子和绿色超级稻。该项目将有助于菲律宾实现稻米产量增长一百万吨的目标，以及 2016 年稻米产量再增长五十万吨的目标"。这两个目标加在一起，正好是原"旗舰项目"的预定目标，如果能够实现，按原来的初步估算，菲律宾的粮食就能自给自足，还有余粮出口了。然而，在十三年过后，菲律宾的人口与粮食需求量已经发生了很大变化，其人口增速远远超过了粮食的增速。据美国农业部预计，2014 年 7 月至 2015 年 6 月，菲律宾水稻产量约为 1936.5 万吨（成品米 1220 万吨），比上年增长约百分之三，而在同一时间段，菲律宾成品米进口量预计约为一百六十万吨，比上年增长百分之十。这就意味着，即便两个预定目标均能如愿以偿，菲律宾也才刚刚达到粮食自给的及格线。但人算不如天算，2015 年，从第 24 号台风"巨爵"到第 27 号台风"茉莉"持续袭击菲律宾，导致农作物大面积减产，菲律宾预定的粮食增产目标又泡汤了。

在杂交水稻的国际推广上，菲律宾是一个既积极进取又举步维艰的典型案例，其成败得失也颇值得解剖与借鉴。一粒种子改变世界，说起来容易，而实施起来又何其艰难。这也让我更加佩服张昭东了。他从一个人单枪匹马开始，在菲律宾的稻田里深耕十八年，到现在已形成了一个科研与推广团队。如今，他也像自己培育出的种子一样"本土化"了，还给自己取了个菲律宾名字安东（Andong），能说一口菲律宾味儿十足的英语（英语为非官方语言，在菲律宾的普及率很高），连菲律宾土话他也能说上几句，这让他在菲律宾如鱼得水，和上上下下的人打交道都没有语言障碍，而语言不只是用来交流，在深入交流后也让他获得了菲律宾人的认可，把他看作自家人了。当然，更重要的还是他在杂交水稻上的科研与推广成果，他主持研发的"西岭 8 号"迄今已累计为菲律宾增产稻谷三百万吨，随后又培育出"西岭 9 号"。热带稻的米质一直为人所诟病，而"西岭 9 号"就是他为改善稻米品质而研发的。迄今为止，他已主持研发了一系列热带杂交水稻的先锋组合，从西岭 8 号、西岭 9 号到西岭 28 号,这些品种各有侧重,其中双号为高产品种,单号则为优质品种，其实无论高产还是优质，都是两者兼顾。杂交稻、超级稻的米质怎么样，一直是我关注的重点，我在菲律宾的十来天，几乎把西岭公司和中菲农业技术中心研发的杂交稻米通通吃过一遍，西岭公司的稻米被誉为“南北通吃”，还真是名不虚传，随便走进菲律宾的哪家超市里，“多尼亚·玛丽亚”品牌的系列稻米都是最抢手的，它们和正宗泰国茉莉香米摆在一起，以两公斤小包装米为例，正宗泰国茉莉香米的售价为 132.5 比索（约为人民币 18.5 元），而“多尼亚·玛丽亚”杂交稻米为 195 比索（约为人民币 27.3 元）。这个性价比不只是在菲律宾占了优势，在泰国及东南亚诸国的米店和超市里，优质杂交稻米的价格也要高于正宗泰国米，而且都很抢手，供不应求。这让我想到我们国内唱衰杂交稻、超级稻的同胞们，国外的实际情况真的和你们说的、想的不一样。诚然，米质好不好，除了看种子，还要看生态环境，这也是袁隆平先生一直特别强调“良态”的原因，在做出判断之前，种子和环境因素是要区别对待的，决不能因为有些杂交稻的米质较差、重金属含量超标，就把脏水连孩子一起倒掉。

张昭东是个多面手，作为西岭公司的执行副总裁和首席专家，他一边致力于培育出新品种，一边在菲律宾和东南亚诸国推广杂交稻，这里就顺便交代一下印度尼西亚和马来西亚两个东南亚国家的杂交水稻推广进程。

印度尼西亚是仅次于中国和印度的世界水稻种植第三大国，却也一直是世界最大的稻米进口国之一。2001 年，首批中国杂交稻在印尼的五个省试点，经几年试种，试验田的单产超过了印尼传统品种的两三倍。这让印尼政府看到了杂交水稻的巨大增产潜力，从 2015 年起将杂交水稻列为其推动农业现代化、促进农粮发展的六大政策之一。这对推广杂交水稻是一个极好的政策机遇。在印尼开展杂交水稻国际推广的有两支主力，一是“隆平高科印尼公司”，一是西岭公司，由张昭东主持育成的西岭 8 号、西岭 11 号经试验、示范、区试，于 2006 年在印尼审定（目前只开发了西岭 8 号）。印尼一方面利用中国的援助设备，为当地农技部门建起了杂交水稻种子实验室，一方面为杂交水稻本地化高产栽培总结出了一系列符合旱季、雨季条件的方案，一粒粒中国杂交水稻的种子不但播种在印尼的稻田，也播撒在印尼农民的心田。印尼南苏拉威西省副省长阿古斯阿里分表示："去年（2014 年）使用隆平高科的'LOPP11'种子后，我们全省的商品稻增产幅度同比达到百分之十三，非常振奋人心，感谢中国杂交水稻技术！"而打心眼里高兴还是那些稻农。袁隆平的学生方志辉还记得，2003 年 9 月，他去印尼的杂交水稻示范基地，结果，他们一下被印尼的稻农包围了，那年，中国杂交稻的种子让当地农民获得了前所未有的大丰收，在生气勃勃的太阳光下，在堆得像一座座山的粮食四周，一群又一群黝黑的印尼农民，狂欢般跳起他们庆祝丰收的民族舞蹈，争先恐后地向来自杂交水稻故乡的中国人表达心中的感激，许多人都热泪盈眶地发出一阵阵极其响亮的喊叫："八古斯！八古斯！中国万岁！"

马来西亚的水稻种植面积约四十万公顷，其稻米自给率比菲律宾、印尼等近邻更低（仅占五分之三左右），眼看邻国从中国引进杂交稻后开始大增产，他们也坐不住了，希望借助中国超级杂交稻技术，促使该国把现有的水稻单产提高百分之十五到百分之二十，若能达到这个增产效果，就足以解决其稻米自给问题。2004 年 8 月，袁隆平应马来西亚元首基金会之邀对马来西亚进行考察访问，在他的推动之下，隆平高科和西岭公司分别进驻马来西亚。如今，在大马水稻主产区吉达州的两季杂交稻试验田里，由袁隆平主持研发的一批品种，亩产最高达每公顷近十吨（亩产约 667 公斤）。西岭公司的一个品种"SIRAJ"（以马来西亚国王命名）也在马来西亚获得了审定，作为国家储备品种。2011 年 9 月，袁隆平"以独创性思维和胆识，在热带主要作物水稻育种中，培育出创新型成果杂交水稻，给全球带来水稻生产及可持续性革命化的发展"，获得了马来西亚热带科学最权威的奖项——马哈蒂尔科学奖。该奖项主要授予全球范围内通过科学技术对解决热带各种问题作出贡献和革新的科学家、研究学术性机构及组织，奖金为十万元马币（约合二十万元人民币）。袁隆平为首个获得该奖的中国科学家。"杂交水稻之子"张昭东也为西岭公司、为杂交水稻赢得了国际声誉：2015 年 11 月，在马来西亚召开的东盟首脑会议上，西岭公司荣膺"东盟农业贡献奖"。

诚然，倘若没有林育庆这样一个“以商弘道，造福人民”的企业家，张昭东孤身一人在异国他乡也难以打开一片天地。林育庆博士一旦认准了目标就会一直走下去，无论自然气候和政治气候如何变化多端，他都能以不变应万变，而不变的就是他认准的一粒种子，用林育庆的话说，“一粒种子可安邦定国，一粒种子可改变人生，一粒种子可注定命运，一粒种子可促进繁荣”，这是他的座右铭，也是所有西岭人的座右铭。他因推广杂交水稻而赢得了菲律宾政府和人民的尊重，先后获得菲律宾的多个国家荣誉。菲律宾华裔博物馆也将他推广杂交水稻的成果纳入其中，在博物馆里，还有一个与粮食有关的故事，那也是林育庆时常说起的一个故事。四百多年前，明万历年间，有一个叫陈振龙的福建人冒着杀头的危险，把原产吕宋的番薯带回了中国，从而解决了中国历史上的数次饥荒。这里又得交代一下，到底是谁最早把番薯引入中国，史上说法不一。还有一说是明代东莞虎门人陈益从越南引进到中国的，他也被誉为“中国引种番薯第一人”。对这两个版本的故事，我没有考证的意图，我要强调的是他们引进了一种新的粮食品种后对中国粮食的巨大贡献。诚如林育庆所说：“如今，中国的杂交水稻被引进菲律宾，解决了菲律宾人民的吃饭问题，这是历史的回报。”

透过菲律宾推广杂交水稻的历程，尤其是从林育庆、张昭东的经历看，也可知这个推广的过程多么艰难。对他俩的默契配合，袁隆平先生给予了这样的评价：“林育庆先生品德高尚，企业做得非常好，在菲律宾人民中享有很高声誉，而且还参政议政，各届菲律宾总统都要敬重他倚重他，待之以国家智囊。林先生是华人精英中的精英，是名副其实的菲律宾华人领袖。他和张昭东，一个是商业大腕，具有极高明的投资眼光和商业运作能力；一个是技术将才，硬是在热带雨林中培育出了杂交水稻‘热带先锋’。他们相得益彰，是一对天造地设的搭档。”

这一对黄金搭档的联手打造，也可以说是资本和科技的联手打造，如今西岭公司成长为“育繁推一体化”的农业科技集团，而且形成了从种子到大米加工、销售的一条龙式产业链，成长为菲律宾和亚热带地区首屈一指的杂交水稻种子供应商，用方志辉的话说，他们“在商业开发上也大获全胜”。这一“本土化”的种子培育模式和推广经营模式，也为中国杂交水稻的国际推广开创了一种典型模式。透过西岭公司的杂交水稻推广之路看中国，杂交水稻从无到有，从中国走向世界，从援外培训到“杂交水稻外交”，从杂交水稻种子出口到本地化育种……这一切的一切都离不开袁隆平，但仅有一个杂交水稻之父还不行，还得有众多像张昭东这样的“杂交水稻之子”，这不是我妄加在张昭东头上的一个称号，而是菲律宾老百姓对他的称誉。我觉得这个称呼是广义的，三十多年以来，袁隆平先生派出了一拨一拨像张昭东这样的科研人员、推广人员在全世界育种布稻，他们就像杂交水稻之父撒向世界稻田的一粒粒种子，每个人都是当之无愧的“杂交水稻之子”。

我在内湖省圣克鲁斯郊外的西岭公司试验基地住了四天，这里有大面积的试验田和一家粮食加工厂，这个加工厂和新怡诗夏省的那个加工厂一样，正在大规模扩建，而扩建的背后就是杂交水稻大推广的成效。听张昭东说，这里还将兴建一座综合实验楼，这是他盼望了多年的。他的住房是一幢很普通的两层楼，就像他家乡东安的一幢农舍，他感觉住在这屋子里挺舒服，而舒服的感觉就是熟悉和习惯。一个远在异国他乡的游子，连孤单和寂寞也早已熟悉了，习惯了。

好在现在陪伴他的还有儿子张志程，一米八多的大个头，浑身上下黑黢黢的，这哪像个科学家的儿子啊，一看就是个农家子。说起这模样，小张就直乐，他打小就看见父亲这黑黢黢的样子，最担心的就是自己长大后会变成这样子，没想到还是“难逃一劫”。1998 年，十九岁的小张高中毕业，参加高考，在填报高考志愿时，他一看见带个“农”字的就赶紧闪开了，好在父亲也没有干涉，他如愿以偿地考上了湖南师大法学院。就在他上大二时，父亲远赴菲律宾，一去就是三年。小张后来才知道，那三年（从 1998 年到 2000 年）正是父亲最艰难的岁月，为了培育出热带杂交水稻品种，他一直没时间回国，回家。直到“西岭 8 号”培育成功，他终于回家了，可小张去机场接他，愣是没有认出自己的父亲，还以为是个黑人，而做父亲的也认不得自己的儿子了，三年不见，儿子已长得又高又壮了，比自己还高了半个头，面孔也成熟多了。也许就是这成熟的面孔，让一个父亲又“心怀鬼胎”了。2003 年，小张正准备考律师证，父亲获得了袁隆平科技奖，回来领奖，要儿子跟他一起去拍照。小张也知道，这是一个很权威、很难得的大奖，他也打心眼里替父亲高兴，便拎着相机跟着父亲一起去了。颁奖后，就要发表获奖感言了，小张正想抓拍父亲一个特写镜头，忽然发现镜头里的父亲很鬼地冲他一笑，随即宣布，他要将八万元奖金全部用来送儿子去湖南农大学习。小张对我说起这事，依然恨恨不已，他当时突然蒙掉了，太突然了，他也知道父亲的性格，绝不是一时心血来潮、信口开河，肯定是早有预谋，这让小张有逼上梁山的感觉。接下来的一切已毫无悬念，小张放弃了自己的律师梦，从此转身跨进了离他最近的一所大学校门。在湖南农大攻读了两年遗传育种专业后，他便来到了菲律宾，从制种、栽培到田间管理，在泥里水里摸爬滚打了十多年，直到 2013 年，他才向父亲主动提出要搞育种。在杂交水稻领域，育种是最核心的技术，而小张能否青出于蓝而胜于蓝，培育出超过他父亲的种子，也许还有很远的路要走，在小张每天都要走的那条路上，除了风雨和烈日，随时还会遭遇眼镜蛇、五步蛇等致命的凶险。做父亲的打量着儿子被汗水浸透的背脊，那眼神里透出的是后继有人的欣慰，也隐约透出了莫名的酸楚……

屋子里，只有一老一少、相依为命的两个单身汉，他们所有的家人和亲人都在祖国。岁月不饶人，张昭东来菲律宾时还是一个四十多岁的中年汉子，如今已经办了退休手续，按说可以回国安度晚年了，但无论从哪方面考虑，他一时还退不下来。事实上，在进退之间他也没有什么犹疑，一想到袁老师八十七岁了还在稻田里忙活，他几乎不假思索就决定了，继续留在菲律宾，培育和推广杂交水稻。说不想家是假的，一个远在异国他乡的游子，心里惦念着的不只有家人、亲人，还有另一种惦记。2016 年 7 月，我采访方志辉时，他刚替张昭东转交了一笔党费。张昭东是一位有着三十多年党龄的老党员，再忙也不忘交党费，每月都叮嘱妻子给他转交。去年，他妻子要照顾出生不久的小孙子，他便委托方志辉每月帮他转交党费。方志辉说："每次和他通电话，他都惦记着这个事，生怕我给忘了，而我交党费时，立马就想到了他，交了还得告诉他，不然他老是牵挂！"

我的菲律宾之旅就此告一段落，却还有一段延伸出来的枝节。2016年10月，我正在岭南的一扇窗下回顾和书写杂交水稻在菲律宾的故事，林育庆正随菲律宾总统罗德里格·杜特尔特访华，在杜特尔特总统和中菲商界人士的见证下，他代表菲律宾西岭农业集团与中国江苏红旗种业股份有限公司签署了战略合作协议。这是一个大手笔，红旗种业累计将为菲律宾提供种植两百万公顷杂交水稻的种子，总交易额达1.6亿美元。又岂止一个红旗种业"放眼向洋看世界"？近年来，在袁隆平等中国杂交水稻专家不断提升产量和米质的同时，国际上正在形成中国杂交稻种出口的庞大市场，隆平高科、红旗种业等中国种业龙头企业纷纷沿着"一带一路"扬帆出海，奔赴世界各国的稻田拓展"筑梦空间"，同各国展开长期的、高层次的战略合作，全方位提升合作范围，扩大合作生产规模，这又何尝不是如"杂种优势利用"一样的优势组合？从种子出口到海外育种，中国在杂交水稻研发的技术和人才上一直处于领先世界的优势。有人把中国种业实施"走出去"的战略形容为"我国农业跳起国际交谊舞"，但国际交谊舞从来不是独舞，你能沿着"一带一路"走出去，海外的优势资源自然也会沿着"一带一路"走进中国这个大市场。林育庆和他的西岭农业集团早有撬开中国市场的雄心壮志，譬如说他们研发的"多尼亚·玛丽亚"优质杂交稻米，几年前在南宁的东盟贸易展览会上就被一抢而空，这让他看到了优质杂交稻米在中国的巨大市场。这与其说是林育庆的雄心，不如说是市场规律，而"一带一路"原本就是在平等的文化认同框架下谈合作，体现的是和平、交流、理解、包容、合作、共赢的精神，只有你来我往、互利互惠、优势互补、合作共赢，如此良性循环，那才是真正的"国际交谊舞"。

爱与拯救

科学无国界，但科学家有祖国。这是中国核弹之父钱三强的名言，也是杂交水稻之父袁隆平的心声。无论走到世界的哪一个角落，他都是一位中国科学家。

粮食无国界，爱与拯救更没有国界，中国一直致力于打造全球粮食安全命运共同体。

从 1979 年中国杂交水稻首次走出国门在美国开花结果，至今已在全球三十多个国家和地区推广。从杂交水稻推广到“杂交水稻外交”，一粒种子还承载着更辽阔的使命。2005 年 10 月，在外交部第四期大使参赞学习班上，袁隆平院士为我国驻八十多个国家的大使、总领事和参赞做了一场精彩的杂交水稻报告，国务委员唐家璇在会见袁隆平院士时说：“‘杂交水稻外交’将是我国‘走出去’战略的一项重要内容，也将是今后我国经济外交的一块王牌。”

每当我走向杂交水稻研究中心办公楼，都会下意识地仰望一下，这是湖南杂交水稻研究中心最早建起来的一栋楼，大门口，一幅标语一直高悬着：“发展杂交水稻，造福世界人民。”这与一个杂交水稻之父的“杂交稻覆盖全球之梦”互相映衬，又相互印证。中国研发的杂交水稻，不仅把饭碗牢牢地端在了自己手里，还成为世界上最大的粮食自给国。袁隆平心中还有一幅水稻王国的世界版图，他一直在不断拓展杂交水稻的疆域，不遗余力地培育和推广养活全世界的水稻。

据联合国粮农组织初步统计，20 世纪 90 年代初，全球只有百分之十的稻田种上杂交水稻，而水稻平均增产就达百分之二十以上。以杂交水稻所占比例来看，能达到如此显著的增产效果，已经令人叹为观止。对于一个世界加冕的杂交水稻之父，比欣慰更多的还是深重的忧思。尽管杂交水稻有显著的增产效果，但在推广上却还远远不够。说到这个话题，他习惯性地扳着指头算了一笔账：目前世界上有一百一十多个国家种植水稻，包括中国在内，全球每年水稻种植面积超过二十二亿亩（22.5

亿亩），而截至2014年统计数据，杂交水稻在国外的种植面积仅有五百多万公顷（约8000万亩），包括中国在内也只有三亿多亩，这一数据离他的杂交水稻覆盖全球之梦还相距遥远。但他从不悲观，这个早已被风霜染白了头的智者，踌躇满志地说："中国杂交水稻种植有绝对优势，如果让我们的技术和优良品种走出国门，且不说杂交稻覆盖全球之梦，就算打一半折扣，只要将世界上杂交稻种植面积增加到现有水稻面积的一半左右，即十一亿亩，哪怕按保守的估计，每公顷按增产两吨计算（每亩增产约133.3公斤），你算算，每年仅增产的粮食就有一亿五千万吨，可以多养活四五亿人口。"

人类在跨入新千年之际，也把八亿多贫困饥饿人口带进了新千年，这是一个必须由全世界来扛的沉重包袱。在2000年9月举行的联合国首脑会议上，制订了"千年发展目标"，而一个一直难以解决又必须解决的目标，就是在十五年时间里（到2015年）将超过八亿的世界饥饿人口减少一半。然而差不多过了十年，到2009年的第二十九个世界粮食日，据统计，在这一年全球饥饿人口有增无减，反而突破十亿，为过去四十年来最高值。为了应对严峻而紧迫的饥饿问题，联合国粮食问题特别工作组在纽约联合国总部举行首次会议，这次会议的重点是"为应对食品价格危机所带来的挑战而制定一项综合性的战略"，这一战略包括短期和长期所应采取的行动，例如提供粮食援助、社会保障倡议和促进农业生产等，以帮助那些在饥饿和粮食危机中苦苦挣扎的人们度过危机。然而，两年过后，据美国驻华大使馆于2011年8月公开发布的一篇《解决世界饥饿问题》的文章称："在今日世界，全世界营养不良的人口有史以来第一次超过了十亿人，这相当于北美和欧洲人口之总和，每天每六个人中就有一人忍饥挨饿。"

一场世界粮食危机，让很多人清醒地认识到，在中国，在东南亚，在遥远的非洲，乃至整个世界，如果要问谁是当代中国最具世界性影响的科学家，不用说，就是杂交水稻之父袁隆平。是他，引领着他的中国科研队伍，历经数十年付出了无数心血的研究，赋予人类以强大的战胜饥饿的力量。有人说，如果不是中国的杂交水稻在几十个发展中的农业国开花结果，在这一场无声的海啸中，将有更多的国家被无情席卷。

危机，往往又是机遇。在粮食危机的驱使下，近年来，越来越多的国家迫切需要引进中国的杂交水稻技术以解决其粮食自给难题。如果说中国正在不断同世界接轨，那么，杂交水稻却是世界主动在和中国接轨。很多外国政要在访华期间，如莫桑比克总理、利比里亚总统、老挝总理和国家主席、塞拉利昂总统、苏里南总统等，都先后走进长沙马坡岭，特意来造访国家杂交水稻工程技术研究中心和杂交水稻之父袁隆平，寻求解决本国粮食问题的良策。

2009 年 5 月，塞拉利昂共和国总统科欧·巴·科罗马对中国进行国事访问，尽管在华时间有限，但他仍辟出两天专程到湖南参观国家杂交水稻工程技术研究中心，与袁隆平院士座谈交流。科罗马说："我这次选择访问湖南，不仅因为这里是新中国缔造者毛泽东的故乡，更因为湖南的杂交水稻为中国乃至人类的粮食安全做出了杰出贡献。"他期待将杂交水稻引进到塞拉利昂，帮助他们消除贫困与饥饿。塞拉利昂有一位著名的水稻种植专家，就是与袁隆平一起获得 2004 年世界粮食奖的蒙蒂·琼斯博士，他也是世界上第一位获此殊荣的非洲公民。琼斯博士一直致力于研究非洲水稻和亚洲水稻的杂交品种（NERICA），这种杂交水稻特别适合生长在土壤贫瘠和产出低下的撒哈拉以南非洲国家。而且他是一位水稻种植专家，如果能引进中国杂交水稻的最新育种成果，可谓是优势互补，将对塞拉利昂食品安全和削减贫困计划发挥重要作用。

饥饿的非洲，一直是袁隆平深情关注的地方。近年来，中国杂交水稻在马达加斯加、几内亚、马里、赞比亚、塞拉利昂、利比亚、尼日利亚等国试种，均取得了惊人的增产效果。在马达加斯加，当地人把中国杂交水稻种子称为"绿色希望种子"。

这里以位于印度洋西部的非洲岛国马达加斯加为例，就在发生世界性粮食危机的 2007 年，中国慷慨伸出援手，启动了援助马达加斯加杂交水稻开发示范中心项目。该项目为国家主席项目，由湖南省农业科学院承接，湖南袁氏种业高科技有限公司（袁氏种业）负责具体实施，在马义奇建起了援马杂交水稻示范中心。方志辉肩负着杂交水稻国际推广的使命，在马义奇深耕七年，他的身份不仅是隆平高科的国际贸易部总经理，还是中国政府农业部援外项目高级专家、科技部国际科技合作项目评价专家，这双重的身份同时也是双重的使命，但两者之间并不矛盾，恰好可以把两者结合在一起，而援外也给杂交水稻国际推广带来了机遇和舞台。他们奔走在赤日炎炎、尘土飞扬的泥土路上，吸入鼻腔的都是混杂着焦土气味的灰尘，随身带的干粮吃完了，水喝干了，就在山林里找野果吃，喝山溪水。对于他们，这也是回归自然的机会吧，但是现实状况却是苦不堪言、没有任何田园诗意的。不说别的，只说在野外吃顿饭，成群的苍蝇嗡地一下就扑了上来，这时候你下手要特别快，那简直是在跟苍蝇抢食啊。但这丝毫没有动摇他们把杂交水稻技术推广到千家万户的意志。用方志辉的话说，这七年他和自己的团队在马达加斯加那荒凉无边的大地上“一直往前冲”，而马义奇这个地名的马国语意思就是“一直往前冲”。

尽管他们都在“一直往前冲”，但育种却是典型的慢工细活，袁氏种业和援马专家经过两年试验，到 2009 年测产验收时，有十个杂交组合显示出马达加斯加水稻品种无与伦比的优势，其中“M729”杂交组合更让马达加斯加人啧啧称奇，最高产量突破了每公顷十吨大关（亩产 694 公斤），这已相当于中国超级稻第一期攻关示范片的产量。当然，这还只是试验田里的成果，在大面积推广应用后是要打折扣的。这年，我国将在马达加斯加培育出来的五十多吨杂交水稻种子无偿援助马达加斯加，免费分给各地农民试种，那些有幸试种的农民都惊喜地见证了，中国种子不但高产，对当地病虫害的抵抗能力也比他们原来种的稻子强多了。这让马达加斯加政府更加坚定了推广杂交水稻的决心，2010 年 3 月，马达加斯加农业部在中国援马杂交水稻示范中心主持召开了杂交水稻现场验收会，马达加斯加农业部农业总局长 Mamy Andriantsoa 宣布中国援马杂交水稻种植成功并获得高产，他在致词中也没有使用什么外交辞令，只是对中国专家赞不绝口："我已经被中国技术专家的能力、令人赞叹的素质、对工作的积极性所征服，他们的才能在执行与我国合作的这个项目中得到了充分施展。"说到这里，他话锋一转，提到了马达加斯加与中国的血缘关系，"我们马达加斯加是混血人种，其中也包含有中国血统，他们能够适应马达加斯加环境，中国杂交水稻当然能够适应马达加斯加的生态气候！"

为进一步推广杂交水稻种植技术，湖南省农科院在进行示范栽培的同时，便开始进行有步骤的技术培训，先在长沙培训了十名马达加斯加农业技术高级管理人员，其中一名现已就任马达加斯加农业部长，中国援助马达加斯加杂交水稻示范中心在马达加斯加培训了一百名当地农业专家，在此基础上，对当地农民进行培训。但马达加斯加农民相当贫穷，很多农户都买不起杂交水稻种子。袁氏种业是一家以超级杂交水稻为核心、以种业为主的农业高科技公司，集杂交水稻种子培育、繁殖、推广于一体，先后承担了国家高技术研究发展计划（863 计划）和湖南省外向型农业高科技项目等多个项目。他们在这方面已积累了丰富的经验，也在不断探索中。要解决农民无钱买种的困难，又要规避风险，他们与当地的农业金融公司合作，借鉴国内公司加农户的形式，先把种子卖给金融公司，再由金融公司贷给农户，农户种植收获稻谷后卖给金融公司，抵扣之前的种子和肥料款，然后又将稻谷卖给袁氏种业，加工为米质优良的稻米。杂交水稻在马达加斯加不但表现出了产量高、抗逆性高（抗病虫害、抗旱抗涝抗倒伏）等突出优势，其米质也很优异，深得马达加斯加和周边国家消费者青睐。

对于马达加斯加农民种植杂交水稻致富的典型，方志辉可以信手拈来，他给我讲了一个农民的故事。安巴通德拉扎卡市阿拉法村里，有个号称"杂交水稻之王"的稻农，名叫兰德尔。几年前，他们一家七口人还挤在一间小小的茅草屋里，平时靠务农和打零工为生，由于农耕工具落后、效率低下，每年只能种植一公顷多的土地，仅能维持最基本的温饱，如果每餐能吃上白米饭，这就是他们奢华而遥不可及的梦想了。没想到几年时间，他们就过上了比原来的梦想还要好的日子。这就得感谢中国杂交水稻的种子和援助专家了。2010 年，兰德尔有幸成为中国援助马达加斯加杂交水稻示范中心第一批接受培训的农民。起初，他对杂交水稻还有些抵触，他的想法和以前中国农民的想法也差不多，种田就是“靠天吃饭”，再先进的技术也靠不住。通过袁氏国际的培训，兰德尔开始半信半疑地试种杂交水稻。没想到，一年里，他种植的一公顷杂交水稻就收获七吨多稻谷（亩产约 467 公斤），这个产量在中国不算高，却是当地常规稻的三倍多。就凭这个产量，兰德尔一家可以餐餐吃上大米饭了，而且比他们原来的稻米好吃多了。到 2014 年底，他种植面积已超过二十公顷（三百多亩），盖起了红砖瓦房，买了拖拉机、旋耕耙。当他在自己的稻田里愉快地耕耘与收获时，几年前的那间小茅屋成了他的背景，就像贫穷日子留下的一个证据，时时提醒着他。村里的二十多户农民眼看着他吃饱了肚子，富得流油了，也跟着他种起了杂交水稻，一个村的杂交水稻种植面积就扩大到了两百多公顷。

村民们都兴奋地说：“杂交水稻改变了我们的生活，让我们对未来充满希望！”

迄今，马达加斯加推广杂交水稻的面积累计已上万公顷，平均每公顷产量为六吨（亩产四百公斤）。马达加斯加农业司技术创新扶持处有一位叫拉拉·艾里祖的官员，一直跟随着袁氏国际团队进行杂交水稻的推广工作，他深有感触地说：“杂交水稻让我们看到了增产增收的希望，我们做了一个非常正确的决定，正走在一条希望的道路上。”

中国杂交水稻在马达加斯加推广的模式，就是一种可以在更大范围内推广的模式，这一模式既不同于欧美国家的商业化种业推广，也不同于中国以前单纯的援外模式。尽管袁氏种业也是一家商业化公司，但一粒改变世界的种子，还有以天下为公的仁爱精神做支撑，唯其如此，才能实现农业援外项目的可持续发展。如今，已有越来越多的中国高科技种业公司在海外进行推广播种，在袁隆平院士的倡导和建议下，“杂交水稻外交”已是我国“走出去”战略的一项重要内容，也是一个和平崛起的大国向世界展示和谐力量的一个重要标志。一粒正在改变世界的种子，还将成为国家“一带一路”的农业输出技术之一，这种特有的中国精神也将让杂交水稻在世界上走得更远、更久。

在与方志辉交谈中，我发现他在不经意间总是下意识地把“稻”引向“道”，他认为袁隆平研发杂交稻、推广杂交稻，和中国哲学中的“道”是高度一致的，“民以食为天”，杂交水稻解决了吃饭问题，既是最大的人道，也是天道。“道可道，非常道”，杂交水稻为非常规水稻——“非常稻”，这又与具有深厚的中国哲学文化内涵的“非常道”是相通的。他以此撰写了《稻可道》《非常稻》等一系列专著，袁隆平先生对此也是高度认同的，他在《稻可道》一书的序言中充满诗意地抒写：今天，从美国的大农场，到缅甸、菲律宾的热带雨林，从印度的高原，到非洲的大草原，到处都飘溢着杂交水稻的芳香。“喜看稻菽千重浪”，毛主席当年的梦想在全世界范围内得以初步实现……中国科学家播下的，不仅仅是一颗颗水稻的种子，带给世界以粮食的充实和物质的繁荣，更是一颗颗和平的种子，为促进人类和谐共存、文化融合，开辟了一条康庄大道。

数十年来，为传播杂交水稻技术，袁隆平先生一次次飞越太平洋、印度洋、大西洋，他笑称“自己不仅是洞庭湖的老麻雀，还要做太平洋上的海鸥”。他脸上那充满自信和自豪的表情一次次地感染了我，也让我充满了自豪。其实，身为中国人，我们都应该为袁隆平、为杂交水稻感到自豪。袁隆平既是中华民族的骄傲，也是世界的良心。2011 年 1 月，《中国国家形象片——人物篇》在美国纽约时报广场大型电子显示屏上播出，中国各领域杰出代表和普通百姓在片中逐一亮相，一个俯身扑在稻田里的身影，张开双手，拥抱着如瀑布般的稻穗，这双手，仿佛搂紧了人类的命根子。很多美国人一眼就认出来了，那是杂交水稻之父袁隆平。诚然，面对这样一个形象，也不无遗憾，如他没有获得诺贝尔奖就让很多人深感遗憾，而袁隆平先生早已步入了天高云淡的境界，他的世界超越了任何荣誉与奖项，这样的境界一如卡尔维诺所谓，已进入了“时间的永恒存在或循环的本质”，那就是与天地同在的、辽阔而博大的爱与拯救……

第十章　还原袁隆平

爱是一生的承诺

最能还原一个人的地方，是家。只有在这里，袁隆平仿佛才完全属于自己。

在去袁隆平先生家拜访之前，我也曾有过一些神秘的想象，一个享誉世界的杂交水稻之父，一个据说身家超过千亿的隐形富豪，该有怎样一个家呢？在 2015 年那个三伏天，我踏着一条曲径通幽的林荫小路，一路猜想着，走不多远，一个猜想就不再是猜想，我看见了，一幢独门独院的小楼，没有门牌号码，却也没有我猜想的那么隐秘：隔着一道栅栏式的围墙，透出一方小池塘，带着一个已显陈旧的小庭院，一幢普普通通的两层小楼，一看就有些年头了。这就是袁隆平院士的家，却是如此低调平实，也没有谁叫专家楼、院士楼，这中心大院里的人都叫它袁家小院。这小院离袁隆平的试验田不远，隐隐约约能闻到风中飘来的稻花香，在一片宁静中，还能听见远远近近的蛙鸣声。

在确认无误之后，我开始敲门。一个身影缓缓迎上来，我虽从未亲眼见过，但在照片里早已见过，一眼认出这是袁隆平先生的贤内助——邓则。她的年岁超过了我的母亲，我该叫她一声师母。袁隆平一直称她为贤内助，这是一种依赖，一种托付，这个家，这一家老小，几乎全都交把她了。说到这个贤内助，袁隆平还讲起了这样一件趣事。前几年他们夫妇俩去香港，和香港中文大学教授、中国工程院院士辛世文夫妇见面时，两人互相介绍自己的夫人，辛世文挺有绅士风度地说："这是我太太。"袁隆平则笑着说"这是我的贤内助"，辛太太一听就特别动心，立马就对辛先生说："以后别叫太太啊，要叫贤内助，贤内助比太太好！"

袁先生，则是邓师母对丈夫的专称。由于两人原是师生，后成夫妻，从开始恋爱时，她就半开玩笑地叫他袁先生，叫了一辈子，却总在不经意间带着一种母亲的口吻。

像我这样一个晚辈，还真不知该怎么称呼我们的主人公才好。他老人家不喜欢人家叫他袁老或老爷子，更不喜欢袁院士、袁主席、袁主任一类的官称,而"袁先生"又是他贤内助的专称,我到底该怎么称呼他呢?他的一位学生告诉我，你若讲客气，就叫他一声袁老师。你若一点也不讲客气，就直呼其名，他还真高兴，他是"85"后啊，还年轻呢！我也觉得没必要讲究，其实名字就是一个符号，可当着这样一位到了望九之年的老人，我怎么能直呼其名呢，他不觉得是冒犯，我也觉得冒昧，既然大家都叫他袁老师，我也跟着叫，一口一个袁老师，但这是口语，在叙述过程中我不能从头到尾都叫他袁老师，只能一点也不讲客气地叫他袁隆平，这其实也是对他的还原吧。

走进小院，穿过一条走廊，像是走进了一个小小的幼儿园，随处都能看见他们孙女的玩具。老两口已有了三个孙女，名字都是爷爷取的，大孙女叫袁有晴，因为出生前一天一直不停地下雨，生下当天，雨过天晴，袁隆平便给她取名为"有晴"。第二个孙女出生那天，正值农历二十四节气中的第二个节气雨水节，《月令七十二候集解》中云："正月中，天一生水。春始属木，然生木者必水也，故立春后继之雨水。且东风既解冻，则散而为雨矣。”雨水节气意味着进入气象意义的春天，正如农谚“春雨贵如油”，袁隆平便给她取名“有清”。还有一个小孙女名“有明”，有阳光般明亮,如月光般明净,构成一个“明”字的日月则是周而复始的时间，天地间生生不息、永恒不灭的本源，这是一个农学家对孙女也是对农作物生长的美好期盼，有太阳，也有雨水，自然和人类才能和谐生长。

那庭院中的一个小水池，养着一些活泼生姿的红鲤鱼，还有几只蹦蹦跳跳的小青蛙，不知从哪儿冒出来的。两个在水池边玩耍的小丫头也蹦蹦跳跳地追着小青蛙，还脆生生地拍着响亮的小巴掌吓唬它们，但那小青蛙居然不怕人，还鼓起大眼睛看着两个小丫头，呱呱直叫，像是在抗议和示威。那顽皮可爱的样子，把两个小丫头乐坏了，咯咯咯地笑成一团，她们不知道自己的样子有多顽皮多可爱。她们的欢乐也是老两口的天伦之乐。每天下班后，袁隆平都会陪两个小孙女玩一会儿，或是带她们游游泳，或给她们讲讲童话和寓言故事。这些童话故事，很多都是袁隆平儿时母亲讲给他听的，而在三个儿子的童年时代，他很少有暇来给儿子们讲，如今就讲给孙女听了。常言道，“爷疼孙，隔代亲”，这其中其实有太多的苦衷，一个人生儿育女时正当盛年，上有老下有小，又要为事业打拼，实在是抽不出时间来陪陪孩子，尤其是像袁隆平这样一个南来北往的大忙人，孩子的养育就全靠妻子了。

窗台上，阳光斜射，花在窗台，树在窗外，一场夏雨刚刚落过，把树木花草浇得一片透亮，那透亮的水珠如同清新的露珠。树荫下，一张小桌上还摆着象棋，这是属于袁隆平的，他一辈子都爱下棋，喜欢博弈。屋子里没开空调，但开着窗户，一阵小风将草木清凉的香气吹进屋里，这酷暑季节的清风，竟让我有如沐春风之感。

一杯清茶端到了我手上。我坐下了，邓师母却还站在那里，那关切的眼神和微倾的姿态忽然打动了我。一个从不化妆、素颜面带微笑的女子，哪怕到了七八十岁，也依然保持着一副素朴而端庄的本色，她的神情是那么自然平静、温和而悉心。也许，这是一种多年来的习惯，一种下意识的表现,每次她的“袁先生”回家,尤其是在那最艰辛的一段岁月，当一个疲惫的归人风尘仆仆地踏进家门，妻子给你递上一杯清茶，然后用关切的眼神、微微倾着身子看着你，打量着你，虽是久别，但你一下就找回了家的感觉，而她就是这家里最坚实的底部。那离离别别、来来回回的几十年，对于这对聚少离多的夫妻来说，也早已习惯了，习惯成自然。他们原本都是天性快乐的人，原本可以成为一对快乐夫妻，而人生与命运的造化却让他们成了一对患难夫妻。且不说他们在那风云激荡、变幻莫测的时代中经历了多少危难，只说那年复一年的南繁育种经历和二十多年的两地分居，对谁都是漫长的磨难。

这次造访，我们的主人公不在家里，又回他的办公室、实验室或稻田了。其实，我来他家里的目的也不是要采访他，邓师母才是这家里的真正主人，而袁隆平很长时间里都像是一个客人。他对杂交水稻什么时候分蘖、什么时候扬花、什么时候灌浆、什么时候成熟，都一清二楚，连它们的每一个细胞和分子结构都清楚，但他不知道自己的孩子是怎样一天一天长大成人的。对这家里的大事小事，最清楚的莫过于邓师母。

此前，我在对袁隆平先生的访谈中，他也曾谈及他的家庭。只要提到自己的贤内助，他眼神里就有一种变得越来越深的东西，那是深深的内疚和自责，又仿佛还有更深的存在。他沉默了许久才缓缓开口："我这辈子最大的幸福就是在别人都不肯嫁给我的时候，邓则毫不犹豫地答应了我的求婚。在我人生最困难的时候，她始终和我在一起。她付出的确实太多了，在70年代，我们很艰苦的时候，因为我一直在外面搞科研，家里的担子都由她一个人挑起来了……"

每一次出门远行，妻子都要早早为他准备吃的、穿的、用的，在出发的前夜，妻子就开始为他打点行装，他连衣服都叠不好，只是站在一旁，搓着手，却帮不上什么忙。第二天，他就背着包袱出门了。这样一个包袱不知背了多少年，带着妻子的体温，还有一家人的牵挂，追逐着太阳，一次次地走向天涯海角。这几乎是所有南繁育种人的共同经历和集体记忆。人同此心，谁又不对自己的家人牵肠挂肚？但走出家门的那一步总是迈得很果断、很决绝，这一走，不知什么时候才能回家，可他不得不狠下心来，头也不回。

对于袁隆平，一生难以弥补的遗憾，就是未能为双方的老人尽孝送终。

1974年，袁隆平的父亲六十九岁，年近七旬，按“男虚（岁）女实（岁）”传统习俗，正是老人家七十大寿之年，但袁隆平却不能赶到重庆为父亲祝寿，那时杂交水稻已闯过三系配套关，他正在攻克优势组合关。他心想以后还有弥补的机会，然而上苍却没有给予他这样的机会。就在这年底，父亲患胃癌住院，在医院里开了刀，但已是晚期，生命垂危。一个电报打到安江，邓则把家事托付给自己的母亲，从安江赶到重庆，在医院里侍奉汤药，尽心服侍老人。而此时，袁隆平正在海南岛南繁基地育种。老人弥留之际，一直念叨着袁隆平的小名：“二毛，二毛……”可当邓则想要给袁隆平发电报时，老人又摇了摇头，喃喃地说：“他忙，吃饭的事，那是大事啊，现在又到了节骨眼上，不要他来了，别让他分心……”没过多久，老人就逝世了，邓则也没在第一时间告诉袁隆平。事实上，就是他在第一时间知道，也不可能在第一时间赶到父亲身边，那时杂交水稻已闯过三系配套关，他正在攻克优势组合关和制种关，千军万马下海南，他是三系法的总设计师，也是技术上的总指挥，一刻也离不开。那是他最忙碌的一段日子，夜以继日地连轴转，恨不得一天有四十八小时。当一个迟到的噩耗传到天涯海角时，他没有失声痛哭，却是长久的失语。一个对父亲生不能尽孝、死不能送葬的“不孝之子”，背对大海，面朝大西南的方向，就那样长久地沉默着、伫立着，那座存在于他生命中的山城，那个给了他生命和养育之恩的父亲，在涌动的泪水中渐渐化作模糊而渺远的幻觉。他是一个活得特别实在的人，一生中极少出现这样的幻灭感，而疼痛的感觉又像火烫一般真实，那一点点颤抖的微光照亮他夹烟的手指，烟一直静静地燃烧着，直到在他的手指间燃尽，熄灭，十指连心啊，或许只有这被烟火烧灼的钻心的疼痛，才能稍稍减轻他心中的大痛。让他稍感安慰的是，从父亲病重到入土为安，妻子恪尽了一个儿媳的孝道，也替他这个“不孝之子”尽孝了。这年他育成了中国第一个强优势杂交组合“南优 2 号”，攻克杂交水稻的第二道难关——优势组合关，对于一直关心杂交水稻的父亲，这也是大孝，他只能这样告慰父亲、安慰自己。

父亲过世后，邓则便把婆婆接到了安江。那时袁隆平已调到长沙工作，但邓则还在安江农校图书馆工作，妻子在哪里，家便在哪里。那是杂交水稻突飞猛进的一段岁月，他在长沙和海南岛之间来回跑，没有时间照顾母亲。从老人来到安江到去世，整整十五年，就全靠邓则这个儿媳妇来照料了。老人年事已高，身体不好，经常生病卧床，她能活那么大岁数，也多亏了邓则。邓则除了照顾婆婆，还要照顾自己的母亲。一个中年妇女，既要照常上班，又要一肩挑起这样的家务重担，有多苦多累，想想也知道，但邓则从不叫一声苦一声累。可是这样长年累月的劳累，已经到了一个人身体所能承受的极限状态。袁隆平很少说感激的话，但在一封写给妻子的信中，他对妻子充满了感恩之情：“家中老母和年幼的孩子们，全靠你照顾。我经常在想，有你这样一位贤德的妻子，这的确是我和全家的福气。希望你多保重自己的身体，加强营养和加紧治病……”这封信邓则不知读过多少遍。当一家人都已进入梦乡，她深陷在那孤寂的长夜里，思念着远方的丈夫，点点滴滴的泪水悄无声息地滑到了信纸上。而天一亮，她又变成那个满脸笑容的快乐女人，给一家老小洗衣做饭，在白天的忙碌和夜晚的孤独中，她那原本有着运动员体魄的身子，正日渐消瘦下去……

其实，早在袁隆平给她写这封信之前，她就得过一次重病，几乎是死过一次了。那是 1982 年春天，三系法杂交水稻已经大功告成，获得了第一个国家特等发明奖，但袁隆平比以前更忙了，既要在全国各地指导杂交水稻生产，还要经常出国进行技术指导和合作研究。在外人眼里，袁隆平已是风光无限，他们家不知该过上怎样的好日子。其实，无论是在外奔波的袁隆平，还是支撑着一个家的邓则，他们还是一如既往的忙碌与劳累。

由于长期劳累，袁隆平患有严重的胃病和习惯性肠炎，他这胃病颇为奇特，一发作，就要吃糯米饭或糯米粑粑之类的东西。而习惯性肠炎引起的腹泻，则要吃杨梅罐头。这些邓则都给他准备好了，无论是在家里，还是出差、出国，都会给他带在身边，以备急用。这些老毛病可以有备无患，但要命的是，疾病往往会向一个过于劳累的身体发起突袭，那真是病来如山倒。一天，邓则突然感到头疼欲裂，伴随着剧烈的痉挛，高烧，呕吐。一家老小吓坏了，在同事的帮助下被紧急送往医院，一检查，竟是突发病毒性脑炎！这是致命的重症，即便治好了，也可能会落下后遗症。袁隆平赶回来时，邓则一直处于深度昏迷的状态，将近半个月没有睁开眼，全靠输液维持那奄奄一息的生命。家里的顶梁柱从来不是袁隆平，而是邓则，她病倒了，家里的顶梁柱就倒了，袁隆平的母亲和岳母没有了邓则的照料，更担心邓则的病情，也相继病倒了。三个病人，躺在不同的病房里，就靠袁隆平来照料了，他在三个地方来回奔跑，轮流照顾，每一个都是他生命中最亲的亲人，但无论有多忙，他也要挤出最多的时间来照顾妻子，给她擦身子、换衣服、一勺一勺地喂汤药，这一切，仿佛都是在妻子病重期间学会的。为了唤醒昏睡中的妻子，他伏在她的耳鬓边，轻轻唱着她最爱听的《喀秋莎》《红梅花儿开》，还有那首哀婉动人、充满了沧桑与惆怅的《老黑奴》："快乐童年，如今一去不复返，亲爱朋友，都已离开家园，离开尘世到那天上的乐园，我听见他们轻声把我呼唤，我来了，我来了……"

半个月后，妻子仿佛度过了被黑暗笼罩的漫漫长夜，睁开了眼睛。

一个月后，邓则竟然奇迹般痊愈了，没有留下任何后遗症。

邓则挺过来了，但她患癌症的母亲却没能挺过这一年。在袁隆平心里，岳母就像他的亲生母亲一样。自大学毕业后，他只身一人来到安江，从此远离父母亲和兄弟，在度过了十来年孑然一身的生活后，他终于有了自己的家，有了妻子和孩子，而这一切都是邓则给他带来的，他在湖南的亲人就是邓则的亲人。湖南俗话说，"细伢崽爱糖，丈母娘疼郎（女婿）"，这个丈母娘待他比自己的亲儿女还亲，多年来一直帮他们带孩子、操持家务，是他们家最大的依靠。然而，当事业遭遇亲情，又将是痛苦的割舍。就在当年 8 月，老人家再次病重住院，邓则的身体还处于恢复状态，而袁隆平又将出国进行学术交流和技术指导，这年秋天他还要参加国际水稻研究所一年一度的国际水稻学术会议，那是他不能缺席的一次会议，他将成为这次会议的主角，被国际同行一致推举为“杂交水稻之父”。当然，那时他对这一切还根本不知道，但他知道，对于杂交水稻走向世界，这次会议至关重要。眼看着躺在病床上的岳母，他实在不想走，不能走，但却必须走。就在他在去留两难中挣扎时，善解人意的岳母强打起精神，要他只管放心去忙自己的事业，她没事，还想多活几年呢。老人是笑着说的，看上去也挺精神。邓则也说：“你就放心去吧，母亲有我照顾，不要紧的。”可等袁隆平从遥远的异国他乡回来时，老人家已经含笑九泉了，她的遗像也是笑眯眯的。袁隆平端详着岳母的遗像，两行眼泪滑出眼眶，然后，慢慢落下。他的一只手僵在空中，却久久也没有抹掉脸上的泪渍。

他未能给父亲和岳母送终，母亲病重时，他也未能在她病床前尽孝，母亲病逝时，也没能赶上见母亲最后一面。那是 1989 年 9 月中旬，他刚刚度过自己花甲之年的生日，但他连自己的生日都忘了。当时两系法杂交水稻遭遇了一次致命的挫折，也可谓是生死关头，袁隆平正在长沙筹备一个杂交水稻现场会，就在这节骨眼上，从安江传来母亲病危的消息。但他是会议主持人，无法赶回去。他只能每两小时就打一次电话回去，一是询问母亲的病情，一是叮嘱要采取一切抢救措施。但他心里十分清楚，老太太已经八十八岁高龄了，身体一直不好，如果不是妻子尽心服侍，也许早已不在人世。他知道母亲的生命已到了最后时刻，唯愿母亲能撑住一两天，只等现场会一结束，他立马就往安江赶。但就在他连夜赶赴安江的路上，他一生深爱的母亲，那个教会了他公正和同情心的母亲，没有挺到最后一刻就溘然长逝了。但路途坎坷而迢远，家人担心他路上太伤心，没有告诉他母亲过世的噩耗。当他赶到安江农校，车还没有停稳，他就掀开车门跳了下来，一眼看到灵堂，他恍然明白了一切，奔进灵堂里，双膝一跪，就扑在母亲身上无声地痛哭起来，好半天他才发出声音，他捶打着自己的心口，痛呼着：“我来迟了啊，妈，我来迟了啊！”

那天正好是农历中秋节。一直到现在他的心口还隐隐作痛，每逢佳节倍思亲。三位老人过世，袁隆平都没有赶回去见上最后一面，他也只能带着一生难以弥补的遗憾和痛惜，充满惆怅地长叹："人生有时候真是忠孝难两全，我是一个不孝之子啊！"

每当他这样自责时，邓则就安慰他说："你把杂交水稻搞成功了，就是对老人尽了最大的孝！"

为了让一生漂泊辗转的母亲在黄泉之下不再辗转，袁隆平和几个兄弟商量，决定让母亲就近入土为安，安葬在安江农校的白虎垴梨子山。安江，是杂交水稻之父的兴起之地，也是中国杂交水稻的发源地，又成了一个苦难而慈祥的母亲的归焉之地，安息之地。故乡，就是有祖坟的地方，而安江既是杂交水稻的故乡，也是杂交水稻之父的故乡。每年清明或母亲和岳母的忌日，袁隆平都要携妻儿赶回安江去扫墓，这也是唯一能弥补的方式。

生为人子,袁隆平用了"我心中无比的遗憾"来形容他对逝者的亏欠，面对几位老人慈祥的遗像，他时常下意识地久久凝望又愧对。而对生者他也充满了无尽的愧疚。作为儿子，作为丈夫，作为父亲，在人类生命的繁衍与轮回中，他都觉得自己是一个最不尽责的人。

孩子出生时，作为一个父亲是应该守在身边的，有道是，孩子的生日，就是母亲的受难日，无论对于妻子还是孩子，那都是对生命的守望。但老大出生时，他正一头扑在稻田里培育雄性不育株，却无暇顾及在痛苦中分娩的妻子和那在流血的母腹降生的婴儿。老二出生才三天，可怜的女人，连下床的力气都没有，他就踏上了第一次南繁之旅。按说，就是天大的事，他都得留下来，等孩子满月后再走。他低着头，望着妻子，像在忏悔，但无论怎样的内疚，怎样的心疼，都无法挽留住他奔向稻田的脚步，那正是南繁育种的最佳季节，误一天就误一季，误一季就误一年，不说这一年的血汗白流了，最主要的是雄性不育系试验每一茬都不能断代，他心急如焚哪，只能狠下心，背上包袱，跨出了家门。一个在风中疾行的汉子，一脸深沉悲壮，生怕自己又被从家里传来的哭声拉回去，那是儿子在襁褓中发出的哭声……

三儿子出生时，那是他们一家最困难的时候，老三才两三个月，邓则还没休完产假，就被下放到干校劳动，袁隆平又不在家里，邓则只好把老大送到重庆奶奶家里，把老二送到外婆家里，她则抱着老三去了干校。一个哺乳期的母亲,既要参加繁重的劳动,又要哺育嗷嗷待哺的孩子。一家五口分成了四个地方。那段日子，他都不知道妻子是怎么挺过来的。他终于抽空回了一趟家，迎接他的却不是久别重逢的家人，而是一片凄凉。老大去了重庆，他看不见，但老二看着他就像他是突然闯进来的一个不速之客，这是谁呢？要说，这实在不能怪孩子，你这么长时间没回家，他们怎么还记得你？那还不到一岁的老三呢？老三怔怔地看着这个脸比锅底还黑的陌生人，他那黑煞煞的样子，满脸都是被烈日和风暴灼伤的痕迹……这些把一个幼儿吓坏了，好长时间老三都惊骇地睁着大眼睛,一脸害怕的表情。一个幼儿惊骇的眼神,像锥子般在他心上扎了一下，他心疼啊，那是深透一辈子的疼痛。

20 世纪 70 年代，那是袁隆平向三系配套关、优势组合关和制种关连续发起冲击之际，他曾连续七年都没有回家过年。谁不想赶回家里一家人团团圆圆过年哪，他却只能守着这一片试验田，陪他过年的是种子，是秧苗。夕阳西下，他定定地望着天边那一抹暗红的云霞，思念着遥不可及的母亲与妻儿。在那最难挨的孤寂中，心里还真的有一种念想，老婆、孩子、热炕头、年糕、米酒、猪头肉，在那个年代就是最美好的生活，这既是思念的方向，也成了一种坚守的动力。如果你心里没有这些东西，你扛不过那漫长的孤独。

听袁隆平先生说，有一年，他就回过一次家，住了一天，就从电台里收听到海南的天气预报，海南正遭遇多年未遇的低温阴雨天气，他在心里叫了一声不好，这种天气会给正在培育的杂交水稻父母本带来恶劣影响，如果处理不当，很可能造成花期不遇。他开始收拾行李时，一家老小都看着他，可他还是很坚决地背起了行囊，奔向了海南。还有一年，他好不容易回家了，那时他的家还在安江，他原本打算在家住上十天半个月的，结果连行李还没来得及解开，一个电话打来，要他当晚就赶到长沙，那真是前脚刚踏入家门，后脚就要走了，可妻子从未拖过他的后腿。屈指一算，从1964年到1990年，在这二十六年里，他和家人基本上是两地分居，三分之一的时间待在湖南或海南的试验田里，三分之一的时间在国内外讲学或参加会议，安江一直是杂交水稻的基地，他剩下三分之一的时间虽说是在安江度过的，但大多数时间也是在试验田里度过的。直到母亲去世后，邓则才带着三个孩子来长沙团聚。从1953年被分配到安江农校任教到这次举家迁往长沙，他在安江农校已经生活了三十七年。

袁隆平对家人深感愧疚，但他可以问心无愧地面对大地苍生。他曾经在心里一次次发誓，只要有机会就要多陪陪家人，一直到现在也没有完全兑现，但却兑现了他从童年就开始萌生的那个念头。一个念头变成心中的承诺，成了他与世界达成的生命契约。为了让中国人把饭碗牢牢地端在自己手里，也为了让地球村里的每个人都能吃饱肚子，他尽力了，也尽心了。

当苦难化作珍贵的往事，一切都刻进了生命的年轮，那些惊恐和挣扎，他们的一生也仿佛活在珍贵的故事中。只有经历过患难，才更懂得爱。如果事业是一生执着的坚守，爱则是一生的承诺，又仿佛在浑然不觉中完成。袁隆平从未轻易说出一个爱字，但他像珍惜有限的生命一样，珍惜着一声不吭的爱。他也曾说过："爱是一份长久的承诺；爱，渗透在日常生活的每个细节中，哪怕是一个会心的微笑，擦一擦汗，洗一次碗，陪爱人逛一次街，都是幸福的，值得回味的。"

同袁隆平那充满愧疚的讲述相比，邓师母则为自己拥有这样一个丈夫充满自豪和幸福感："嫁给袁先生是我的运气和福气，这么多年了他这份细心的爱，还是蛮感动我的。"

袁隆平为妻子改名，就是让邓师母"蛮感动"的一个细节，也能看出他对妻子无微不至的爱。在重庆方言中"则"和"贼"的发音相同，一般人根本分不清。袁隆平建议她改名为"邓哲"，一向幽默的袁隆平还向妻子解释："我可不愿意你做贼啊！"邓则也觉得邓哲好，但这个名字已经很难改过来了，在档案里，在户口簿上，要全部改过来挺麻烦的，后来也一直没有改过来。但邓哲是袁隆平心中的名字，她的厚道、善良、贤惠，其实都可以用“哲”来诠释，“哲”是贤明和智慧，也是在两相对立、相互验证中找到平衡，这一对患难夫妻一路走来的经历，其间的悲欢、甘苦、得失、成败，又何尝不是一个在两相对立、相互验证中寻找平衡的过程。

袁隆平深爱着自己的家，但他又在理智上保持着十足的清醒，他说：“如果拴在小家庭，事业就不会有成就。”

袁隆平最想过的日子就是普通老百姓的生活，他觉得自己、妻子和家人都是普通老百姓，“我和邓则就是普通老百姓，家庭生活美满。家庭生活美满，人生就很美满；家庭不幸，人生也很不幸”。然而，袁隆平又的确不是那么普通的老百姓，像其他名人一样，生活并不完全属于他。但他是一个善于充分享受生活的人，如今，在盛名之下，他和他的贤内助在这小院里过着与常人无异的日子，只有在这里，他才能找到日常生活的节奏，老两口都知道，这日子是多么的来之不易。

妻子喜欢旅游，袁隆平每次去外地参加活动，只要条件允许，他就带着自己的贤内助一道去，让她走一走散散心。如果是出国，他就给她当翻译和导游。邓则在学校里学的是俄文，不懂英文，袁隆平一边给她当翻译，一边教她说简单的英文。她有时候一个人上街去逛逛，袁隆平生怕她走丢了，把宾馆的地址、电话号码都写在便笺上，而且是中英文对照，让妻子随身携带，这样方便别人给她指路。即便没有机会带她去，他也会给她买一些礼物。袁隆平一直为结婚时没能给妻子买一件新婚礼物而后悔不已。1985 年 5 月赴菲律宾的前夕，他在北京给妻子买了两条裙子和一件汗衫。这是他第一次买裙子，不知什么号码适合妻子穿，只好一下买了两条供妻子选择，然后附上一封详细说明的信，特意托人从北京带给妻子。说起这事，邓师母抿着嘴笑了起来，嫁给这样一个又粗心又细心、又天真又认真的男人，还真是挺好笑的。不过，那两条裙子还真是买对了，邓师母穿着都很合身，嫁给丈夫几十年了，她还是第一次享受到丈夫这么体贴的关怀呢。如今他可长记性了，他记住了妻子穿多大型号的衣服、裤子和鞋子，还有她喜欢的样式和颜色。

2006年夏天，邓师母和单位同事在去延安参观的途中遭遇车祸。当时，袁隆平正在北京开会，一听妻子受伤了，赶紧打电话给随行的工作人员询问妻子的伤情。工作人员如实告知了邓师母的伤情，她的腿严重骨折，但没有生命危险。但他还是不放心，等不及会议结束，在当天就赶到了西安，直到亲眼看见妻子的伤情，他才放心了。邓师母的骨折治疗效果不错，但还是落下了轻微的后遗症，如今走路比以前要迟缓了。

袁隆平担心妻子，妻子也为他担心。邓师母带着一丝埋怨的神情对我说："如今年纪大了，气管和眼睛也不好，可他就是不服老，还跟年轻的时候一样工作，每隔一段时间都要跑海南，你说怎么不让人担心啊！"

担心归担心，不过说起这些生活中的小细节，邓师母还是一脸的幸福和自豪。一个非常成功的丈夫，又这么细致入微地关心自己，那是令每一个女子都倍感幸福和自豪的，然而其所经历的非常之苦难，却并非每一个女子都能够承受。我也只能这样去理解，这是一个平凡的女人，也是一个非凡的女人。

只要袁隆平没有出差，每天傍晚，袁隆平就会牵着妻子的手在附近的球场散步，那亲密的样子已经成为当地的一幅最美的夕阳红画面。一到周末，他就会携邓则进城逛街，横过马路时，他也总是紧紧牵着她的手，那份深情，令人动容。音乐是运动之外袁隆平的另一项爱好，他喜欢独自在月光下拉小提琴，在琴声中排解疲劳与焦虑，幽静的袁家小院里常常会传来悠扬的琴声。邓师母喜欢弹电子琴，两人配合默契。袁隆平还擅长男低音，他最爱唱的还是那首美国民谣《老黑奴》。

夫妻夫妻，唇齿相依，哪怕再恩爱的夫妻也难免会有舌头碰着牙齿的时候。他们偶尔也会争争嘴，邓则偶尔也会发点小脾气。她在一边数落，他像个犯了错误的小孩子，低着头，却在一边偷偷乐着呢，邓则一看他那没一点儿正经的样子，也笑了，每次都是这样，笑一笑就算了。

比如说袁隆平抽烟，她难免唠叨几句，说你少抽点咯！

他时常自我解嘲："我的烟龄跟中华人民共和国的历史一样长呢！"他从大学时期就开始抽烟，又加之后来长时间过着远离家人的生活，在科技钻研中又要长时间冥思苦想，久而久之便染上了很重的烟瘾。在邓师母的劝说下，他逐渐减少了烟量，从一天两包烟减少到半包多烟，近年来他已彻底把烟给戒了。只有抽烟的人才知道，戒烟需要多么顽强的意志。

袁隆平偶尔也会说起自己的儿子，而一旦说起，那神情就会被一种深深的愧疚感攫住。他三个儿子，小名依次为五一、五二、五三，又按辈分和安江、黔阳等地名取名为定安、定江、定阳。从给儿子取名上，他既延续祖辈父辈的传统，也寄寓了他对安江、黔阳那一方水土的深情，不是故乡，胜似故乡。作为父亲，袁隆平对三个儿子从小到大基本上是"无为而治"，换句话说，那时候他也无暇顾及。"他们小的时候，我对他们照顾很少。老大长年跟奶奶生活在重庆，老三跟着外婆过，只有老二，五岁的时候，我带着他去海南、广东生活过一段时间。在对孩子的教育方面，我从不爱说教，不强求他们必须有大的作为。健康就好，有健康就有未来。现在他们都长大成人了，他们要想上进，我就给他们创造条件。"

一个"从不爱说教"的父亲，才能达到"从心所欲不逾矩"的人生境界，袁隆平对自己是这样，对几个儿子也是这样，按照自己的心愿、本着自己的良心去做事，只有与自己的心愿、想法一致时才能"不逾矩"，而一旦事与愿违，就难免会不守规矩犯错误了。几个儿子报考大学时，他也从未指定儿子要选择什么专业，连一点暗示也没有，一切任其自然，顺其自然。三个儿子都按自己的意愿选择了各自的专业，老大学管理，老二学金融，只有 1970 年出生的老三袁定阳做出了跟父亲一样的选择，把杂交水稻研究作为自己的终身职业。父亲是"杂交水稻之父"，有人就半开玩笑地叫他"杂交水稻"。袁定阳二十岁时考入广西农业大学，参加高考那一年，对于两系法杂交水稻正是灾难性的一年，"当热潮遭遇寒潮"，盛夏急转低温，导致两系杂交稻制种大面积减产绝收，两系杂交稻育种也全线下马。随着自然气候的逆转，他父亲的声誉与事业也急转直下。

或许就是这灾难性的逆转，反倒让袁定阳选择学农的意愿变得更加坚定，从意愿变成意志，而这是他和父亲最相似的性格，一种充满挑战性的性格，越是遭遇挫折，越是跌入低谷，越是屡败屡战，否则就将“一败涂地”。

1994年，袁定阳大学毕业后，在湖南杂交水稻研究中心工作了两年，又考入湖南农业大学遗传育种学专业攻读硕士。1999年，他进入香港中文大学生物系研究分子生物学，2004年获得博士学位，后来又做了博士后。也正因他攻读的是分子生物学，在国家杂交水稻工程技术研究中心的国家重点实验室里又是负责分子生物技术项目，网上难免有各种捕风捉影的议论，认为袁隆平的儿子是搞转基因的，袁隆平的杂交水稻也是转基因水稻。其实，分子生物学深奥而复杂，既含有转基因技术，也有非转基因技术，绝非像有些人臆想的那样，一说到分子生物、基因工程就是转基因。

袁定阳的研究方向是分子生物学在杂交水稻中的应用，一是运用分子生物技术对水稻品质进行改良，一是提高杂交水稻的抗逆性。如果说三系法为第一代杂交水稻，两系法为第二代杂交水稻，袁定阳正在攻关的则是第三代杂交水稻，从中国独创的两系法向一系法迈进。在那片中心试验田里，一边是袁隆平的第五期超级杂交稻攻关品种“超优千号”，一边是袁定阳等人历时六年培育，还在继续试验的第三代杂交稻，父子俩仿佛摆起了擂台。从2016年的试验结果看，袁定阳等人试种的第三代杂交稻则已“初步成功”，这也是袁定阳做出的初步结论，“从样本数据看，第三代杂交稻可以破解常规杂交育种的瓶颈，选育好品种更灵活高效，制种繁殖更安全简便”，如果能够成功，杂交水稻育种将迎来一个新时代。但他和父亲一样，但凡与科学沾边的言说，他都是慎之又慎，他再三表示，这还只是初步成功，可以证明在技术方法上可行，但要大面积推广播种，还有很长的路要走。

袁隆平也来儿子这边的试验田里看过了，还挑选一把穗子带走了，他要拿去实验室里进一步观察。在父子俩相视的一瞥间，袁定阳看见父亲眼里闪烁出一点儿兴奋的光亮，那眼神，就像看了他小时候的成绩单。

知子莫若父，而知父也莫若子，袁定阳早已熟悉了父亲的性情，对别人搞出的科研成果，父亲是不吝夸奖的，“高级”啊、“非常了不起”啊，可对自己的儿子，哪怕考了双百分，他顶多也就是鼓励你“努力啊”“继续努力啊”。父亲跟他谈得最多的,不是成功,而是失败。育种可谓是“世界上最失败的事业”，其成功的概率就像袁隆平当年在茫茫稻海中寻觅天然雄性不育的稻株，那个概率太小了，太渺茫了，多少“术业有专攻”的育种专家一辈子扑在稻田里，到头来也选育不出一个好品种。育种界有一句半开玩笑却又充满苦涩的行话——“终生不育”。这失败的滋味儿，袁定阳也尝到了，又岂止是尝到了，只说研发第三代杂交稻的这六年，他就是在一次又一次的失败中挨过来的。当他的情绪稍有低落时，父亲冷不防就冲他冒出几句话：“怕失败的人不要搞研究，哪有那么一帆风顺呢，搞一百次试验，能够有一两次成功就不错了。失败的时候，你不能灰心丧气，要总结经验教训，重整旗鼓……”当然，还有一点也很重要，甚为重要，“搞事业还是搞科研，方向要搞准，然后百折不挠，不怕失败，最后可以成功的”。

科学也是一种信仰，一个父亲在儿子遭遇失败时，总是给他加持一种能量。父亲除了给他力量，也会给他带来一种无形的压力。在父亲的盛名之下，他的名字几乎处于遮蔽的状态，无论走到哪里，别人首先就会介绍他是“袁隆平的儿子”，而他一直很低调，每次有人这样介绍，他马上就会摆手制止，熟悉的人知道他这性格，也就不再那样介绍他了，不熟悉的人一般都不知道他是袁隆平的儿子。我在杂交水稻研究中心住了那么长时间，时不时就看见一个黑脸膛的高个子，或是去实验楼，或是去试验田，但我不知道那是袁隆平先生的儿子，不过那气质是能感受到的，还感觉有些似曾相识。有一次中心开会，我看见这高个子挽着衣袖、露出两条黝黑的臂膀，抬着长条桌、搬着椅子，忙上忙下地布置会场，这让我有些奇怪了，这高个子到底是干啥的呢，怎么像个搞后勤的？这才有人悄悄告诉我，他就是袁隆平先生的儿子袁定阳。当时我好一阵感动，不说他是袁隆平之子，他这样一个博士、一个国家重点实验室的副主任、研究员，这么低调，还真让我没想到。但他并不觉得这是“低调”，他觉得这样更好、更自在，这样才能活出一个真正的自己。然而，他在父亲的光环下要活出一个真正的自己还真不容易。

其实，对父亲的光环，他也觉得没必要刻意回避，袁隆平就是他的父亲，他就是袁隆平的儿子，这又怎么能回避？但他不想凭借父亲的光环来干什么，只想凭自己的真本事干出点让父亲脸上有光的事情，而他说得更简单，“不沾光，要争光”。可他这样想，外人却不一定这样想，那其实也是一种习惯性的、下意识的想法，袁隆平的儿子一定会得到特殊的关照，而袁定阳却从未享受过什么也根本就不想得到什么特殊照顾。说来又有一个事例，2016 年 3 月，国家重点研发计划“七大农作物育种”重大专项 2016 年度第一批项目评审揭晓，该项目是由科技部中国农村技术开发中心承接的，所有评审专家是按“随机抽取、利益回避、专业吻合”的原则，从国家科技专家库中随机抽取产生的，并在科技部有关司局的监督下、中心内部监督机制的保障下，严格保证了评审的公正性，袁定阳入选了其中一个重大专项的首席科学家。结果一出来，难免又有人说他是“袁隆平的儿子”了，即便人们相信评审的公正，也免不了会有人发问：“袁隆平的儿子，能挑得起这样的重担吗？”这种凡事都要把他与父亲捆绑在一起的压力，无时不在，无所不在，一个外人是难以切身感受到的。当科研重担和这种无形的压力一齐压在袁定阳的肩膀上时，那个压力之大，让他的血压骤然飙升到 200。这可把他妻子段美娟吓得不轻，“很吓人啊，到医院住了一个星期，才把血压降下来”。而袁定阳刚一走出医院，就直奔试验田，无论多大的压力终将被大地承载，这是他父亲一辈子认定的真理。

当父子俩一同出现在稻田里，父子俩看上去和一对农民父子没啥两样，一个像是农民的父亲，一个像是农民的儿子，或是风里来雨里去，或是头顶烈日一脚泥一脚水地在稻田里忙碌。儿子那一米八的个头比父亲高大多了，但他和父亲一样皮肤黝黑，那宽阔的额头也一样被太阳晒得通红放光，这是父亲的遗传基因，其实也是太阳的基因。

也曾有人对袁隆平说："您的几个孩子都很有出息，不过想超过您实在太难了。"

袁隆平摸摸额头豁达地一笑："何必要超过我呢，我又没什么了不起。"

心灵富豪和荣誉之王

袁隆平是一个充满生命活力的长寿老人，很多人都想知道他的养生之道。一位杂交水稻之父，探悉了水稻的一个个生命密码，仿佛也掌握了健康长寿的生活秘密。其实袁隆平的生活很简单，更没有什么秘密可言，他年轻时自由散漫，一辈子大大咧咧，一直按照自己的本性和本色而活。科学问题那么深奥而复杂，生活上越简单越好。人这一生，说起来很复杂，其实也很简单，一是做人，二是做事。他最想做一个简单快乐的老百姓，他最想过的日子就是像老百姓一样简简单单地过日子，也可谓大道至简。

若要养生，先要养心。他说："我想，一个人活这一辈子，首先心态要好，要乐观一点，开朗一点，豁达一点，不要为点小事情发愁、计较，也不要为了追逐名利去花心思，否则你稍微有点挫折就受不了。"有了这样的好心态，对许多是是非非就能看透与宽容，也就能抓住你最想干的那件大事，分辨出那个大是大非，从而处理好生活与工作的关系，而工作，对于他来说，一辈子就是干一件事，而且是他觉得最乐意干的、最值得干的一件事，"我的工作就是生活的一部分，能为国家、为人民做自己应做的事情是最愉快的"。

作为科学家的袁隆平，在科研探索上永不满足，但生活中的袁隆平，真的就像一个普通老农一样容易满足，一日三餐，粗茶淡饭，多吃米饭和红薯等粗粮。但他并非素食主义者，一天两个荤菜，补充点蛋白质，再就是吃些水果，补药从来不尝。这位八十七岁的老人，身子骨还真是杠杠的，一直保持着硬朗偏瘦的体形。

除了心态上、生活规律上和饮食上的良性循环，还要坚持锻炼。他从小就兴趣广泛，看见什么新鲜花样都兴致盎然，很快就学会了。他去美国指导杂交水稻，忙里偷闲学会了踢踏舞，这种源自美国百老汇的民间舞蹈，随时随地都可以即兴表演，既开放又具有挑战性，轻快、活泼、自由、节奏感十足，这还真是很适合他自由散漫、无拘无束的天性，一个八十多岁的老人如今依然跳得生气勃勃，激情四溢。对于他，这是一种保持生命活力的方式。他说，这家伙，特别来神！

当然，让袁隆平终身受益的还是游泳，近年来他很少游泳了，但只要有空，每天都会打一场排球。他们打的排球不是一般的排球，是袁隆平从广西引进的一种老年人打的气排球。在他的带动下，气排球已经成为风靡整个农科院的运动项目，他都打上瘾了，几天不打，手就发痒。每天下午下班后、晚饭前，都要带上自己的"贤内助"打半个小时的气排球。当然不是老两口打，你会听见他用长沙话大声喊："打球啰！打——球——啰——！"很快，那些老球友们便下楼了，进场了。袁隆平是年龄最大的选手，可你瞧瞧他那精神气儿，那活力，虎虎生风，扣杀有力，这时候你会不知不觉忘记他的年龄。他是农科院老年排球队的主攻手，参加过好几次省里举办的气排球比赛，说到这里，他又有些得意了："我在场的时候都赢，我一走了之后就输。十四个队，我们农科院总是第七名或者第八名，如果我一直坚持在那里，肯定前三名都有希望，我不在那里，他们就名落孙山！"说起来挺有趣，有一次袁隆平在广西农科院参加比赛，比赛结束颁奖，奖品是袁隆平特意从湖南带去的五个精美白瓷碗，寓意五谷丰登，人人有饭吃。

他年轻时就是个性格洒脱、无拘无束的性情中人，到老了，他又成了一个老顽童。除了游泳、打球，他还有很多的兴趣爱好，如下象棋，搓麻将，打扑克，百般武艺他都会，而且都是高手，虽说是玩，他却特别较真。譬如说打扑克"争上游"，是他在安江农校那段单身生活的主要娱乐，一直兴趣不减。光打不成，没有点奖惩刺激一下还不行，有时候用香烟做赌注，有时候在脸上贴纸条、钻桌子。牌桌上无父子，无师生，无大小。赢了，他高兴得像个小孩，输了也一样要钻桌子，你不让他钻他还跟你急。他还挺得意地讲起，“有一次他们想把我钻桌子的镜头拍下来，可我身手麻利，一下子就钻过去了”。在给他当过多年秘书的辛业芸看来，袁老师“非常有生活情趣，直白一点就是特别会玩，他的性格里面还有一些喜欢挑战的东西，好奇心、好胜心十足，哪怕是玩象棋，也要赢才罢休，别人玩象棋有一方要输了，他立即接手再下。其实他是在有意识地让脑子轻松一下，也是有意识地训练自己的大脑”。阅读也是他的一大爱好，一直到现在，他每周有三天看业务书，除此之外，他还爱看外文书、文史、地理类的书。他认为脑子要多用，人年纪大了最怕得痴呆症，而脑子越用越灵活，可以有效地延缓衰老。

这就是袁隆平的养生之道和长寿秘诀，他不光身体好，体魄也好。体魄和身体是不一样的，除了体格，还必须在强壮的体格里蕴藏着充沛的精力。他对自己的体魄一直挺自豪的,他认为这是“成才的第一要素”，而成才，在他看来是“天生我材必有用”，凡是诚实的劳动者，无论你是干什么的都是人才。他觉得现在的教育有误区，就是对“人才”认知上的误区，以为人才都是干大事的大人物，如此一来，孩子的学习压力太大了，小小年岁就把身体压垮了，这让他很痛心。2002 年春天，他在武汉与中小学生交流，一个中学生说自己看过一篇文章，那篇文章的主题就是袁隆平如何刻苦攻关，直到累倒在稻田里还不放弃研究，这让他非常敬仰。袁隆平一听就赶紧摇手“辟谣”:“你们可一定不要受到误导啊,累倒还工作不值得提倡,我也从来没有在农田里累倒过……”他的话，引起师生们一阵大笑，在笑声中，也响起了经久不息的掌声。

一个人，活到这样真实的境界，已经活得相当通透了，在别人看来很重要的东西，在他看来都是身外之物，早已无所谓了，甚至没什么概念了。有人说，袁隆平有两个没概念，一是对年龄没有概念了，二是对金钱没有什么概念了。

先说年龄。当人渐入老境后，时常会陷入时间的困扰之中，岁月不饶人啊！可同袁隆平先生一比，这实在是庸人自扰之，他没有这样的嗟叹衰老，从不为岁月所困扰，只因他能以豁达的心态解脱自己，这让他进入一种岁月无羁的自由境界。你看他活得多么自在，多么健康。年过古稀时，他曾风趣地说："我是七十岁的年龄，五十岁的身体，三十岁的心理，二十岁的肌肉弹性。"年过八旬时，他自称"80后"。过了八十五，他又改称"85后"，接下来他就要奔"90后"了。这么多年来，他从未老过，却是越活越年轻了。学农的人三句话不离本行，一个人到老年身体好，用他们的行话说叫"后期落色好"。稻子到了成熟的时候色泽金黄，没有一片枯败的叶子，看上去仍然生命力旺盛，那就是"后期落色好"。袁隆平就是一个"后期落色好"的人，一个奔九十的老人，除了听力有些下降和一些小毛病外，他的身体还十分硬朗，思维仍清晰活跃。很多老人都耽于回忆，而回忆也被看作一种衰老的表现，但袁隆平却很少回忆，他更多是在思考，今天该干什么，明天该干什么。

再看袁隆平的第二个没概念，他对自己有多少钱没有概念，但很多人都盯着他有多少钱呢。像他这样一个被媒体追着的人物，一举一动自有人盯着，在这样一个充满财富梦想的时代，杂交水稻之父拥有多少财富也吸引着人们的眼球。1998 年 6 月，湖南省四达资产评估事务所在长沙举行的资产评估结果发布会宣布："袁隆平"这个品牌的无形资产价值为 1008.9 亿元，为我国无形资产评估价值最大的一宗项目。这一消息在社会上产生了广泛而强烈的反响，一笔"无形资产"在很多人眼里变成真金白银，袁隆平不但搞出了超级杂交稻，还是一个价值超过千亿的超级富翁啊！ 1999 年 5 月，中国第一家以科学家名字命名的农业高科技公司——袁隆平农业高科技股份有限公司（隆平高科）股票在深交所上市发行，关于他的财富传奇再度被放大，在网上反复热炒。对这两大财富新闻，袁隆平一脸幽默，笑着说："价值千亿啊，可我没拿着一分钱啊，隆平高科我只是挂名，并没有实际参与经营，说是给我七百万股，每股市值二十多元，数字算起来不少，但是变不了现，不能抛，我要抛了股票就跌了，所以说我是‘精神首富’，实际没钱。”

其实，多少亿对他而言还真是一个概念，一个数字，一千亿、一千万乃至一千元，他感觉好像差不多。他也曾透露过，用他的名字成立一个上市公司，一开始他是挺勉强的，后来经过多方面的说服，他最终才答应，又主要是从两点上考虑：第一就是“隆平高科”上市有利于把杂交水稻推向全世界，第二是担心科研经费断炊。当时他是国家重大项目的首席专家、责任专家，应该说，国家拨给他们的科研经费还是有保障的，但他担心自己退下来之后，科研经费没有保障了，那就麻烦了。这也并非多余的担心，毕竟目前在杂交水稻领域还没有谁能超过他的影响力，他坦言：“无米之炊呀，我非常担忧。唉，我成立股份公司就有一条，保证我的科研经费哟，得到一个许诺，我就不怕，还有一个股份公司给我做后盾。”

但他也有另一种担心：“到底是个好事还是坏事，现在我还很难断定，要靠实践来检验。”

如果说袁隆平对“隆平高科”股票上市还只是比较勉强，他的贤内助邓师母则很不是滋味，每次看到电视上的股票行情，她就一脸不高兴地说：“今天袁隆平涨三分，明天袁隆平跌两分，这多难听啊！”

尽管如此，但不管袁隆平走到哪里，都会有媒体记者揪着这个问题不放。

有人问：“您的身家值一千多亿，是如何看待财富和名利的？”

有人问：“您一生中希望有多少资产？”

袁隆平笑呵呵地说：“有一个小小的家，足矣。家再大，只能睡一张床，资产再多，每天也只能吃三顿饭。对钱这个东西我看得很淡，够用就行。我现在每个月的工资有一万多，间或还有顾问讲课咨询费，这些收入不低了，够我花的了，过日子绰绰有余了。我今天穿的衣服就五十块钱，但我喜欢的还是那件十五块钱一件的衬衫……”

2001 年 2 月，袁隆平赴京参加首届国家最高科技奖颁奖典礼时，穿着一套洗得发白的旧西服，坐下来时稍不留意，那里边的红色运动裤就露了出来。经不住大伙儿好说歹说，他终于慷慨了一回，买了一套西服，这就是他登上国家最高科技奖领奖台的礼服，镁光灯一照，魅力四射，谁都以为那是价格不菲的世界名牌呢，其实他才花了八百多块钱，还是打折处理的。不过，他也很少穿西服，他最爱穿的还是那种棉质的、透汗透气的衬衣或T恤衫，别人说他朴素，他却是爱舒服。他还有一个“怪癖”，专拣便宜、打折的衣服买。有一回，老两口一起逛商场，袁隆平一眼就看见了十块钱一件的打折衬衫，这也太便宜了，便宜得他都有些不好意思了，便对服务员说：“加两块吧，十二块一件。”那售货员一听就笑了，人家买东西讨价还价，这老爷子却往上加价。结果，他就按自己说的价一口气买了十多件，好像捡了个大便宜，冲老伴直乐：“这样的衬衣好，下田的时候穿起来方便，不用担心弄脏了。”

他不只有朴素的一面，还有不大为人所知的另一面，辛业芸说：“袁老师其实很潮呢，在生活上一直引领时尚潮流，当年我们都没有自行车时，他就骑自行车下田了，当我们骑自行车时，他又骑摩托车下田了，当我们骑上摩托车时，他又开着小汽车下田了。”

说到汽车又有一桩炒得很热的新闻，那是2008年7月的一天，袁隆平和老伴带着小孙女逛了逛车展，他在奔驰车旁看了一眼，就被人给盯上了，随即网上便开始热炒“袁隆平要买豪华奔驰车！”袁隆平笑着感叹：“不得了啊，就去看了一看车展，带老伴和孙女去放松一下，就说我要买什么奔驰高级车、敞篷车，哪里有这个事啊，我只有一辆私家车，原来是十一万买的，估计现在大概九万多块钱吧。”这又是一桩新闻了，一个身家超过千亿的“隐形富豪”竟然开着一辆这么便宜的车，但袁隆平说：“穿衣，吃饭，开车，不是给别人看的，更不是用来显摆的，只要自己感觉舒服、实用，那钱就没有白花，物有所值了。”如果真要买一辆奔驰跑车，他当然买得起，但买了他也派不上什么用场，那就是真正显摆了。

从一次无中生有的购车风波也能看出袁隆平的金钱观，一是不吝啬，二是不奢侈。他说：“钱是要有的，要生活，要生存，没有钱，饭都吃不上，是不能生存的。但钱够一般日常生活开销，有积蓄就行了，对钱不能看得太重。倘若对钱看得太重，被金钱蒙住了眼睛，就容易迷失自我，成为一个对社会对他人漠不关心的自私的人，人要是成了金钱的奴隶，活着还有什么意思呀。”在他看来，超过日常生活需要的金钱，无非是一个数字。一个人能够把金钱看得如此透彻，我觉得这才是真正过了金钱关。

有人花自己的钱很心疼，花公家的钱却很痛快。袁隆平长期担任国家杂交水稻工程技术研究中心暨湖南杂交水稻研究中心主任，还担任过多个项目的首席专家，手里掌握着上千万元的科研经费，可他花公家的钱比花自己的钱更“抠门”。无论是作为中国工程院院士，还是作为全国政协常委、湖南省政协副主席，他都可以坐头等舱，但他从来都是买经济舱的票。有一次赴京参加一年一度的“两会”，买机票的同志考虑他年岁已高，工作又累，为了让他在飞机上能够舒适地休息一下，就给他买了头等舱。登机前，袁隆平才发现是头等舱，硬逼着送行的秘书换了经济舱。上机后，空姐又一下认出了他，打心眼里尊敬他，因头等舱还有空位，便过来请了他几次，要他去头等舱。袁隆平既感到盛情难却，又觉得头等舱座位空着也是浪费了，他就去了头等舱。下飞机时，有同事打趣他“专坐不花钱的头等舱”，他笑着说:“空着也是空着，浪费资源可惜啊。”

为了给公家省下一点钱，袁隆平还真是在一点一点地抠。中心分子实验楼装修要铺地砖时，袁隆平看了经办人交来的一份购物清单，一块地砖单价五十元，他嫌太贵，便仔细询问怎么回事，经办人解释说，分子实验楼搞实验时经常用化学溶液，而这种地砖能防腐蚀，所以价钱就比一般的地砖贵。袁隆平一听，这个还真不能省，这才点头同意了。当有人建议给他换间大一点的办公室，再装修一下，他就怎么也不肯点头了:“这间办公室蛮好嘛，我都习惯了，有感情了，再说，装修要花钱，何必浪费呢。”大家拗不过他，只好算啦。

一向对自己特抠门的袁隆平，对别人、对社会却又特大方。1981 年，全国籼型杂交水稻科研协作组获得了我国第一个国家特等发明奖，奖金共十万元，这在当时是一笔巨款，就由他来支配了，作为中国研发杂交水稻的第一人，他多拿一点没有谁会说什么，但他只给自己留了五千元，就全都分给协作攻关的科研人员了。在杂交水稻协作攻关中，他没有把两任总理拨的两千万元作为自己团队的研究专款，而是组织起全国东、西、南、北、中的协作单位共同研究、共同分享。2004 年，他获得了世界粮食奖，又将价值超过百万人民币（12.5 万美元）的奖金一分不少地捐赠给了由他发起成立的“袁隆平农业科技奖励基金会”。他捐出来的钱，又岂止这一笔？从联合国知识产权组织颁发的“杰出发明家”奖开始，凡在国际上获得的奖金，还有他与美国水稻技术公司合作所得的顾问费，他全都捐出来了，用来奖掖对农业科研有贡献的中青年科技人员和对杂交水稻研究作出贡献的有功之臣。

很多事不只是用金钱来衡量的，还要用心。一位蜚声中外的杂交水稻之父，一直都是青少年心中的偶像，每年都收到许多来信。有一次，他收到上海一个小朋友的来信，袁隆平看了信才知道那是一个双目失明的小孩，信中除了表达对他的崇敬以外，这个小朋友还道出了自己对前途的迷茫和困惑。袁隆平立即拿起笔，给他回信：“……生活是美好的，我们这个世界是美好的，而且会越来越美好。你虽然看不见，但你的心能感受到，周围的爷爷、伯伯、叔叔们都在关心你、帮助你。你是一个有志气有理想的孩子，好好用功读书，将来长大了，一定会有比别人更加光明的前途。不知你听过大音乐家贝多芬的故事没有，这位大作曲家虽然双耳失聪，却依旧发愤图强，在钢琴键盘上创作了美妙的乐章，让音乐伴随着人类走向史诗般如痴如醉的境界。努力吧，孩子，你虽为盲童，但前途光明……”

有人说袁隆平是“隐形的中国首富”，也有人说他是中国最富有的“穷人”。若从单纯的财富意义看，袁隆平培育的杂交水稻解决了上亿人的吃饭问题，哪怕给他再多的财富都不为过。袁隆平的学生邓启云说，如果袁隆平的杂交水稻申请了专利，那现在的首富非他莫属。而我则更认同社会评论家周孝正的评说：“袁隆平能够在阳光下积累财富，这也是一个和谐社会应该有的社会环境。”实际上，袁隆平并没有人们想象的那么多财富，他更多意义上是一位心灵富豪，2010 年，他荣登中国心灵富豪榜首富，这是众望所归的。

他是一位“心灵富豪”，也是一位“荣誉之王”。迄今为止，袁隆平获得了多少国内、国际大奖，连他自己也不记得了。对于人类，所谓荣誉，所谓名位与利禄，名声与利益，从来就是难以抵御的巨大诱惑，“荣名厚利，世所同竞”，古今中外，概莫能外。若连这一点也不敢承认，那就有伪君子、假道学之嫌了。一个再理性、再淡定的科学家，都渴望自己的科技成就被认可，对此，袁隆平从来都是君子坦荡荡，“我不是没有名利思想，说完全没有名利思想也是不实在的，一个人要真正做到没有名利思想是很难的，但是不要把它放在第一位。把名利看得淡一点，或者很淡，就不容易受到打击，就不会为名利所累，就不辛苦。如果把名利看得很重，就辛苦，为了名利去搞研究，你一遇到挫折就要泄气，就会有负担的”。这其实也是一种看透，你要感觉名利老是在那里诱惑你，那就什么都干不成了。这样的名利思想，被马克思形容为恶魔，“谁要是为名利的恶魔所诱惑，他就不能保持理智，就会依照不可抗拒的力量所指引给他的方向扑去”。

尽管袁隆平一次次地被推至聚光灯下，但在光环之下从来没有眼花缭乱。他经历过大风大浪，见过那些红得发紫的人，多少人一觉睡醒突然发现自己不是自己了，可结果呢，那些被捧得高高的人又一个跟头从半天云里栽下来，摔得很惨。袁隆平当然不是这样的人，但他也一直保持高度的警觉和冷静的理性。当一片叫好声、赞誉声铺天盖地而来，鲜花，掌声，荣誉，光环，越是这时候，他越是清醒，始终保持一种宠辱不惊的常态。每每在一片赞誉声中，他就开始公开反省或检讨自己，他的获奖感言就像一篇篇自揭其短的检讨书。这让他可以从最高领奖台上直接走向稻田，没有任何落差，没有任何失重的感觉。

袁隆平既不视金钱如粪土，也不视荣誉如敝帚，他很珍惜这些来之不易的荣誉，他说得最多的一句话，也是他掏心窝子的话：“这不是我个人的荣誉，是我们中国的荣誉，我只是一个学科带头人，一名代表。”这绝非空洞的说辞，如果没有切身感受，也许会觉得他这话是冠冕堂皇的套话。那就讲一个真实的故事吧。1997 年 8 月，袁隆平去墨西哥参加作物遗传与杂种优势利用的国际讨论会，这次会议有来自六十多个国家的六百多位科学家参加，其中有十二位中国科学家，袁隆平因为签证问题迟到了两天，在举行颁奖仪式的头一天下午才匆匆赶到。咱们中国的科学家一看他来了，一个个喜出望外："袁老师你终于来了，我们急死了，你来了之后，我们的地位就提高了！"原来，这次大会，有五名科学家被授予先驱科学家称号，其中四名都是美国人，还有一个就是中国的袁隆平。而作为中国人，多么希望有一个中国的科学家站在世界领奖台上啊，这又岂止是袁隆平一个人的高度，咱们中国的科学家，乃至中国，中国人，在举世瞩目中，都提高了国际形象。对此，袁隆平也深有感触地说："那一刻，我深深体会到，荣誉不属于我个人，属于整个中国！"

每次听袁隆平先生讲话，都是一种享受，一半是玩笑，一半是箴言。有人称他为伟大的科学家，他风趣地说："这个尾巴太大了，就掉转不灵，尾大不掉哦！"不过，他话锋一转，又来了一个辩证法，"尾巴大了呢也有一个好处，就是不容易翘起来，不会翘尾巴，哈哈……"他时常感叹："人怕出名猪怕壮啊，因为出名之后，我自由度越来越小，从事水稻研究的时间就越来越少了，弄得我好多地方不敢去，好多想做的事不敢做……"他最想过的，就是像普通老百姓一样自由自在的日子，可如今他走到哪里都是人山人海，前呼后拥。他去武汉大学演讲，由于来的人太多，演讲场地一换再换，最后只得在操场上进行，操场上全是人头，就像稻田一样，一眼望不到尽头。那个热烈场面让他不停地擦汗。无论走到哪里，都有官员出来迎接，这让他盛情难却又无可奈何："我就怕兴师动众，很麻烦。我喜欢到处玩，一个人自由自在地走走看看，谁也不认得你，该有多好啊！"

这就是袁隆平，一个最真实的袁隆平，从养生之道到人生哲学，一条脉络越来越清晰，也越活越明白，世事透明但绝非万事皆空，人情练达又绝不世故，名与利，得与失，皆已看淡，一切天高云淡，但生与死，又绝不能看淡。他一辈子从未在名与利中倾斜失重，此生唯一让他感到倾斜失重的就是饥饿与死亡，这让他做出了穷尽一生的生死抉择，那就是拯救饥饿，让人类免于饥饿的威胁与恐惧。对于人类，这并非什么崇高的追求，而是最低的生存或生命保障。当光环与荣耀隐去，一条生死攸关的底线凸显出了本质，这条底线正是一个农业科学家必须始终不渝地坚守的，若要还原袁隆平，这就是其素朴的精神底色。

曾经有人对他说：“您是几代人都非常敬佩的偶像，您能给年轻人一些人生方面的建议吗？”这老顽童一听就笑了：“人生啊？这是哲学问题，我不懂，问哲学家吧！”乍一听，像是开玩笑，猛地一想，这还真不是开玩笑，而是他的心里话。他不想成为什么人生楷模，也觉得没必要把过来人的人生经验过早地强加于年青一代，尤其不能让那些年轻人过早地为自己的人生定性。人生不是教科书，从来没有标准答案，如果一切都有了现成答案，活着还有什么意思啊？前辈只是给后代积累了经验、提供了启示，而一代人有一代人的经验，每个人都有自己独特的人生经历，这是不可复制的，未来的一切还处于未知的状态，将靠他们自己去探索，那是诱惑，也是憧憬。作为长辈，他对年青一代的生活态度、行为方式和价值观方面的差异，从来没觉得有什么代沟，更没有对立与冲突，反而能从他们身上汲取年轻活泼、健康阳光的朝气与活力，这让他一直保持持久而健朗的生命力。

他不是一个人在战斗

追溯中国杂交水稻的历史开端，袁隆平的确是从一个人孤军奋战开始的，但随着他在安江农校的两位学生李必湖和尹华奇的加入，他就不再是一个人在战斗，并逐渐形成了其科研团队的第一梯队，其实也是中国杂交水稻研究的第一梯队。而他甘为人梯，只要你愿意站在他的肩膀上，他就会慷慨而坚定地把你托起。这么多年来，在培育出一代代杂交水稻种子的同时，他也致力于培育一代代杂交水稻的科研人才。从种子到人才不断更新换代，才能让中国杂交水稻有生生不息的生命力，一往无前又后劲十足地保持世界领先水平。

中国杂交水稻从无到有，随着研究实践与理论的结合，逐渐形成了一门前所未有的新的学科。袁隆平既是杂交水稻之父，其实也是杂交水稻教育之父，为这一领域培养了一批批高素质、高水平、科技型和经营型以及二者相结合的复合型人才。人们常说的“袁隆平科研团队”，只是一种口头言说，比较准确的说法应该是国家杂交水稻工程技术研究中心暨湖南杂交水稻研究中心的科研人员，大约有两百人。在20世纪80年代曾有“八大金刚”一说，指尹华奇、周坤炉、罗孝和、郭名奇、王三良、朱运昌、张慧廉、黎垣庆等，他们基本上都是袁隆平培育出来的第一代杂交稻育种专家，迄今，这些人都有四十年以上的育种经历。后来又有“十三太保”之说，他们大都是袁隆平培育出来的第二代杂交稻育种专家，主要有邓小林、邓启云、徐秋生、阳和华、颜应成、武小金、赵炳然、廖翠猛、许可、白德朗、肖金华、肖国樱、李新奇等人，还有邓华凤。诚然，这些说法也带有民间演义的成分，我觉得还是按梯队划较为合适。

一粒种子可以改变人类的命运，也可以改变个人的命运。袁隆平第一梯队的两位成员，他在安江农校的学生和助手李必湖、尹华奇，后来都成了杂交水稻研究的主力。

李必湖于1973年经袁隆平推荐，进入湖南农学院农学系深造，1976年毕业后分配到安江农校工作。当时，袁隆平虽已调到湖南省农科院，但安江农校仍是杂交水稻的重要试验基地，李必湖依然是袁隆平的重要助手。1981年全国籼型杂交水稻科研协作组获得国家特等发明奖，第一受奖人是袁隆平，第二受奖人便是李必湖，他也由此被誉为“中国杂交水稻第二人”。除了在三系法杂交水稻上的卓著贡献，李必湖在两系法杂交稻上也功不可没。自1988年以来，他指导助手邓华凤等人育成国内第一个光温敏核不育系“安农 S-1”及一系列高产优质杂交稻新组合，于1999 年获得国家发明奖。

尹华奇亦于 1973 年经袁隆平推荐,进入武汉大学植物遗传专业深造，毕业后一直追随着袁隆平工作，成为湖南杂交水稻研究中心和国家杂交水稻工程技术研究中心的科研骨干，并担任过中心主任助理，还被联合国粮农组织聘为顾问，多次出国指导杂交水稻技术。

袁隆平科研团队的第二梯队，则有一个明显的时间标志点，1971 年袁隆平调至湖南省农科院新成立的杂交水稻研究协作组，从相关单位抽调了周坤炉、罗孝和、黎垣庆等人充实到研究协作组，他们都成了第二梯队的代表人物。若从更宽广的意义上看，当时参与全国籼型杂交水稻科研协作攻关的全国协作组成员，也是中国杂交水稻研究第二梯队的成员，他们大多在袁隆平的科研基地跟班学习、培训，袁隆平从来没有门户之见。谁都知道，在科研上对最新科研资料和试验材料的占有至关重要，而关键技术更是独门绝技和制胜法宝，但袁隆平不但无私地分给他们“野败”材料，还把自己掌握的最新资料（当时称之为科研情报）分给他们，一直到现在还是这样，每次他从国外带回的资料都要复印成三份，一份留在杂交水稻中心，一份提供给全国协作组，另一份则让来中心访问的科技人员无偿参阅。除此之外，袁隆平还给他们上课，手把手地教他们搞试验，如此“传道，授业，解惑”，不正是一个老师的角色和职责吗？从这个意义看，他们也是中国杂交水稻研究第二梯队的成员，其中的代表人物有后来当选中国科学院院士的谢华安，当选中国工程院院士的颜龙安、朱英国，还有和李必湖一起发现“野败”的冯克珊。事实上，他们也一直视袁隆平为“良师益友”。

朱英国院士比袁隆平年轻九岁，1964 年武汉大学植物遗传专业毕业留校，20 世纪 70 年代初在海南岛开交流会时认识了袁隆平，1975 年，他被任命为湖北省水稻三系协作组组长，那时杂交水稻已闯过三系配套关和优势组合关，正在主攻制种关，这让他和袁隆平见面和交流的机会更多了，他说:“每次都是学习的机会。袁老师给我们树立了榜样，他没什么架子，他有什么经验都毫无保留地与大家分享。他的作风和思路对我影响很大，尤其是其创新思想，其次是精神……他是为人类造福的功勋科学家，是我的良师益友，是中国的骄傲！”他这样心悦诚服地称赞袁隆平，其实他也是“中国的骄傲”，尽管起步较晚，但他后来者居上，独创出国际公认的水稻三大细胞质类型之一的“红莲型”杂交水稻。如今，红莲型系列水稻新品种一个接一个涌现出来，逐步改写“荆楚栽稻、吴蜀供种”的历史。

谢华安院士起步较早，他在 1972 年带队到海南袁隆平的基地跟班学习杂交稻，“第一感觉他就是一个真正的科技人员，真正的科技人员就应该到生产第一线”。随着对袁隆平的深入了解,他更加敬佩袁隆平了。“他很平易近人。问了他很多问题，拿了很多资料让他看，问能否参加全国南方稻期区域试验，他很爽快地答应帮助我们……他对年轻人的培养和支持令我感动。他是世界级的科学巨匠，很成功的科学大师。他的研究是造福整个人类的，他在国际上之所以知名度很高，是因为他身上闪闪发光的‘袁隆平精神’。作为领军人物，他既是战术性专家，更是战略性专家，他明确的战略思想，丰富的实践经验，独特的人格魅力，是我们当之无愧的最尊敬的良师益友！”

很多人以为“大师风范”“良师益友”出自袁隆平亲传弟子对自己恩师的评价，透过朱英国、谢华安这两位院士的评价，可知并非如此，至少是不仅如此。

追溯袁隆平科研团队的第三梯队，则是 1984 年湖南杂交水稻研究中心成立后，原有的骨干加上陆续引进和培育的人才。对袁隆平这个中心主任，有人以为他既是非党人士，又一心扑在科研上，只是个挂名的职务。非也。在专业技术和专业人才的管理上，他几乎说一不二，党委班子也很尊重他。他一边着手组建和充实以科技人员为骨干的队伍，一边筛选淘汰滥竽充数的南郭先生。随着“中心”在社会上的名气越来越响，尤其是后来中心升格，又在此基础上成立了国家杂交水稻工程技术研究中心,有了国字号的招牌,一些人拐弯抹角找裙带关系想挤到“中心”来，也不乏一些有权势的人打电话写条子，但他硬是不买账，把一扇后门严严实实地堵死了。又有好心的朋友劝他了，你今天不买他的账，他明天就可以变着法子卡脖子，找麻烦，现在的社会风气就这样，人际关系复杂得很，不如睁一只眼闭一只眼算了。他一听，生气了："我这里不养闲人，要卡脖子就让他卡好了，要么把中心改名为茶庄，想喝茶的人都可以大摇大摆进来！"他没有后门可开，但又敞开了大门，"想进来，欢迎，但不必托熟人，找路子，只要有学农研究生的学历，外语好，有实力，有敬业精神，几个条件，一样都不能少，总不能占着茅坑不拉屎吧！"

一道大门敞开了，一道门槛也摆在眼前，你愿不愿进来，能不能进来，就全凭你的志愿和本领了。自中心成立后进来的一批科研人才，皆可纳入袁隆平科研团队第三梯队的成员，如毛昌祥、周承恕、符习勤、邓华凤、邓启云、李继明、肖金华等中青年专家，后来都成了中心科研团队的中坚力量。除了"中心团队"，还有一批分布在全国各科研院所、在袁隆平的率领下参与"863"两系法杂交水稻研究的专家，也可列入第三梯队。

如今，第三梯队以"60后"为主力，也是袁隆平在超级稻攻关中的主力方阵，如邓启云，就是一位主攻手。他1962年出生于湖南浏阳，1983年大学毕业后被分配到安江农校任教。那时候袁隆平一家人还住在安江农校，每次回来都要去试验田。不过，那时的袁隆平已是蜚声中外的杂交水稻之父了，邓启云却经常看见他打着赤脚在学校里走来走去，脚上还沾满了稻田里的泥巴。他到现在也忘不了一个场景，那是1988年秋天，袁隆平获得了英国让克奖，这是他获得的第三个国际奖项，奖金有两万英镑，差不多是二十万人民币了。袁隆平载誉归来，当时已担任校长的李必湖邀请他在学校教职工会上发言，他竟然还是打着一双赤脚，这可真是一个名不虚传的泥腿子农业专家啊。

年轻的邓启云以为自己认识了一个真正的袁隆平，那未免还太简单了。就在这年寒假，邓启云搭袁隆平的便车回浏阳，那是一辆老式吉普车，在翻越雪峰山后的一段覆盖着冰雪的下坡路上，车轮突然打滑失控，司机猛踩刹车也刹不住，邓启云和司机都吓坏了，可袁隆平面不改色，一副没事儿的样子。他这神情，一下稳住了司机的情绪，紧紧把握着方向盘，刹车无法控制，那就只能牢牢控制住方向。吉普车滑了很长一段路，到了一个比较平缓的地方终于停下来了。

那生死关头的一次经历，让邓启云做出了改变自己一生的人生抉择，他要报考袁隆平的研究生。但袁隆平的研究生也是很难考的，差不多过了十年，直到 1997 年，他才考上袁隆平的博士研究生，从此一直在袁隆平身边学习和工作至今。2000 年，邓启云受聘为联合国粮农组织技术顾问，应邀赴印度指导杂交水稻研究，随后又作为副教授访问学者赴香港中文大学生物系从事超级杂交稻 C_4 转基因合作研究。在袁老师的悉心指导下，邓启云在杂交水稻生理生态、遗传育种、分子育种、两系杂交稻基础理论、育种和应用推广等方面颇有建树，他是袁隆平的得力助手、杂交水稻国家重点实验室项目负责人（PI）、“Y 两优”广适性超级杂交稻系列的发明人。其中，第二期超级杂交稻的攻关品种“Y 两优 1 号”自 2010 年以来已成为全国推广面积最大的杂交组合，已成为国家重点龙头企业隆平高科的主要盈利品种，其成熟期田间长相被摄制成著名的超级杂交稻“水稻瀑布”照片，作为国家形象片袁隆平院士的背景图在美国纽约时报广场滚动播放，大大提升了中国超级稻的国际影响力。第三期超级杂交稻攻关品种“Y 两优 2 号”，百亩示范片中率先突破亩产九百公斤大关，创造较大面积水稻单产世界纪录，该成果入选 2011 年国内十大科技进展。第四期超级杂交稻攻关品种“Y 两优 900”创下当时所测超级稻示范百亩片均产最高纪录 。迄今，由邓启云领衔育成并主导推广的以广适性、优质、多抗、超高产等为显著特点的 Y 两优系列超级杂交稻已累计推广超过五千万亩，增产粮食四十亿公斤，创造经济效益八十亿元以上。

在见到邓启云之前，我就听说他是一个“工作狂人”，“你看见他几乎都是在跑，很少用走”，这也是我见到邓启云的第一印象。按预约时间，我提前几分钟到了他的工作室，门还关着，但他很快就在楼梯口出现了，一边打手机一边小跑过来了，几乎是踩着钟点。访谈也是按约定的时间进行，准时开始，准时结束，他和我匆匆地握了一下手，又一边打手机一边小跑着，一转眼就不见了。我知道，他是要去自己的试验田，他的助手们正在稻田里等着他呢。他的手机时常打得像他的额头一样发热，每一句话都与杂交稻有关。不过，无论多忙、多累，你都不用担心他会累倒在稻田里，他像袁老师一样，无论多么忙碌和辛苦都充满了快乐，他自己也是这样说的："我这点是比较像袁老师的，我做喜欢的事，一点都不觉得苦。"

我与邓启云的一席访谈，他其实很少谈自己，谈得最多的就是袁老师，他认为"袁老师的伟大之处，在于他有着超乎常人的洞察力、创造力，目标坚定，方向明确，思路清晰，他一旦提出一个研究方向，一定是经过深思熟虑的，有了清晰的技术路线，如果出现一些波折，他也不会轻易退却，而是分析问题，最后通过解决问题向前迈进。这让他不但开创了中国的杂交水稻事业，也一次又一次地挽救了一度陷入危局的杂交水稻"。邓启云也一直在观察和琢磨袁老师那种超乎寻常的洞察力和创造性的来源，那是来自他对生活的热情和对万事万物的爱心，一切创造源于爱心，这种爱，可以大到热爱国家、热爱人民的大境界，也可以小到热爱身边的一草一木，大院里的草绿了，枝叶发芽了，袁老师一定是第一个发现的。如他最初投身杂交稻的研究，就是那被饥荒剥夺的生命给了他强烈的刺激，也激发了他作为一名农业科技工作者的使命感，让他对生命倍加珍惜和热爱，而一个内心麻木的人，对很多发生在自己身边的事情都熟视无睹，也就根本不会有什么触动、有什么发现。

对袁老师超强的记忆力，邓启云说："我实在是佩服得五体投地！"

一次，他去袁老师家里汇报实验结果，那天邓师母不在家，袁隆平忙了一整天，还没有吃饭。邓启云一边汇报，袁隆平一边煮面吃。邓启云把结果列了六点，开始时说一点还停一停，看看老师有什么反应。袁老师没什么反应，一直吃着面。他按顺序把六点都念完了，袁隆平的一碗面也吃完了，放下筷子，就把他刚才汇报的六点结果包括一个个数据复述了一遍，一条不差！邓启云走出门时还在惊叹，只听说世上有过目不忘的古人，没承想还有过耳不忘的奇人啊。

邓启云觉得，袁隆平不仅是他的专业导师，更是他的精神导师。他说："我认为袁老师的精神有一些普通人不一定能学得到，但他这种充满了激情的生活态度应该要学到，应该贯穿在我们的教育中，而我们现在教育的一个大问题就是没有培养学生的激情和兴趣，只是灌输知识。"

若要讲讲袁隆平的故事，辛业芸是故事最多的人，她调进杂交水稻研究中心，本身就是一个故事。那是1994年，也就是在湖南杂交水稻研究中心的基础上组建国家杂交水稻工程技术研究中心的前一年，当时还在湖南省农科院工作的辛业芸很想加入这一行列，便懵懵懂懂地给袁隆平写了封自荐信。还没等到袁隆平回复，她就有些迫不及待了，"一个电话打到袁老师家里去"，凭她的想象，应该是袁隆平家中的服务人员接电话，"我还琢磨着要怎么能和袁老师说上话"。结果，居然就是袁院士亲自接的电话。这让她脑子一下更蒙了："我的头脑一片空白，话也不会讲了，只说我想到这边来工作。"辛业芸回忆，袁老师其实很和蔼，要她过来见面。她想，这是面试啊！"面试"完后，袁老师又带着她去人事部门登记，"袁老师一点都没有架子，一下就让我放松下来了"。

我在采访袁隆平的学生时，他们都有一个共同的感受，"袁老师在生活上随随便便，但在科研上一丝不苟"。他时常告诫自己的学生，科学来不得半点虚假，遇到任何问题都要钻个透。在这方面他简直是个"死心眼"，他的学生和助手经常看见，袁隆平为某个问题跟人争得面红耳赤，你说的什么数据都不算，他一定要扯一株回去，一颗颗数过。他既是这样要求自己，也是如此要求学生的。作为导师，袁隆平既是国际同行公认的杂交水稻之父，又是中国工程院院士，想要投入他门下的学生之多自不用说，这些学生一开始对农业科学也不那么了解，又加之社会上对这种泥腿子科学家抱有一种误解或偏见，以为农业科学没有其他学科那样"高深"，然而一旦钻进来，才发现进入了一个博大精深、几乎没有边际的世界。

袁隆平鼓励博学，但在掌握基本知识的基础上，还要有一些专才，有一些爱好。有专才，就有了方向；有爱好，不但让你的世界更丰富，还可以在知识、文化、精神层面上相互杂交，互相启发。这和杂种优势是一样的道理，这种优势不仅在自然界存在，在人类社会、思维领域也都普遍存在。一方面，杂交水稻研究既是应用科学，也是尖端科学；另一方面，选择农学，就意味着你选择了一辈子的苦差，农业科学非同于一般科学，既是殚精竭虑的脑力劳动，也是高强度的体力活。袁隆平时常对自己的学生说："水稻专业是一门应用科学，电脑里长不出水稻，书本里也长不出水稻。要想学好这门科学，离开了田间地头不行，没有实践操作更不行。"这就要求，你不能像别的科学领域一样，每天都待在实验室里。譬如说，袁隆平对陈景润十分敬佩，但搞农业科学不同于数学，不能一天到晚关起门来演算，用他学生和助手邓华凤的话说，"走路都撞到树"的书呆子，不行；眼睛往天上看的、太清高的也不行。你是要经常下田的，是要俯身扑向稻田的。稻田，就是袁隆平和弟子们的课堂。他一开始就教他们怎么做好田间记录，对于水稻的株型、叶片、茎秆、稻穗的大小都要详细登记。对水稻的观察，光有科学知识是不够的，还要有灵感，有独特的感受和发现，既要看单株长相，更要看群体结构，既要看静态，更要看动态，这样你才能分析其外部性状与内部生理的相关性。这不是凭知识和聪明劲能够达到的，必须经过长时间的艰苦磨炼，你的眼光才会变得特别敏锐，思维才会运用自如，才会有跳跃、有联想、有升华、有灵感，才能透过现象看本质。这简直不是科学而是艺术了，而科学与艺术其实就是相通的，甚至是结合在一起的，但不到那个境界，你就难以理喻其中的奥妙。当你越钻越深，渐入佳境后，也不觉其苦，反倒感觉妙趣横生，欲罢不能。而在渐入佳境之前，你还真得有充分的心理准备，一旦你选择了学农，任你是硕士生、博士生，进来时你是一副书生模样，接下来你就得晒黑一张脸、晒脱一身皮，到毕业时你才猛然发现，你那模样不知不觉已脱胎换骨，跟自己的导师就像一个模子里刻出来的。

袁隆平对学生和助手的要求很严格，但也很关心。他有一个研究生是从农村来的，家里生活较困难，有一次，这个学生打电话给他，说是父亲病重住院，急需用钱，他马上从自己的工资中拿出两千块给那个学生寄去。还有一次，他的助手动了个小手术，因为手上的活儿多，只休息几天就上班了，袁隆平也不多说什么，只看在眼里，记在心上，隔了一天，写了字条，压在出去办事的助手桌上，他在字条上写道："你刚动完手术，应该在家里好好休息，送上五百元，聊表一点心意，买些营养品，补补身子。"助手回办公室看到这张字条和钱，感动得眼眶里噙满了泪花。这只是生活中的两个小细节，却也透出了袁隆平的真诚、善良、可亲。

除了直接培养，另一方面就是送科研人员出国深造，在与国际水稻研究所的合作中，该所就为中国水稻领域培养了不少硕士、博士研究生。当袁隆平把他的研究生介绍到美国、澳大利亚等国去攻读博士学位时，也曾有人对他说："您老人家送出去的人才都飞了，您可是白费心血了！"袁隆平却豁达而自信地说："你们不要见识短浅，中国杂交水稻事业的未来，需要大量超过袁隆平的人才，优秀人才的成长需要广阔的自由天地，让他们通通'窝'到我的手下来，受着我的思想束缚，而我还无法给他们提供世界一流的研究条件，怎么能使他们成长为超过我的杰出学者呢?一旦祖国有条件充分发挥他们的作用，他们随时都会回来的。相反，如果他们回来而又无用武之地，那又叫人家回来干什么呢?"

后来，这些学生有不少回国了，如李继明、肖金华等人在回国后创办了分子育种平台，功莫大焉。当然也有不少在国外工作，有的成了国际机构中杂交水稻研究的领军人物，也有的成了跨国公司的业务骨干。现在，杂交水稻研究中心的人才队伍已形成高水准的梯形队伍，袁隆平一茬一茬相继培养出硕士、博士，又为中心准备了充足的后备人才。这些人才，无论在国内还是国外，都像一粒粒闪光的种子。这是袁隆平的骄傲，又何尝不是中国人的自豪？正因为他有这样豁达的胸襟，而且意识超前，才能培养出这么多高精尖的科技人才。对他的胸怀和心态，他的学生和助手们几乎不约而同地给予了这样的评价："大师胸怀，百姓心态。"

稻田里的雕像

这条通往稻田的路，在马坡岭的树木与田野间转弯抹角，我已不知走过多少回了，此时我和他正走在同一条路上。

我用脚步反复量过，这条路，最多也就一公里多吧，但每次往这路上一走，我又感觉特别漫长，这无疑与我追踪的一个身影有关，袁隆平先生在这条路上已经走了大半辈子了。20 世纪 70 年代初他从安江农校调到长沙后，他就一直在这路上走。当然，有时候他会走得更远，全中国、满世界的稻田，他差不多都走遍了。

那是 2016 年 7 月的一天，袁隆平穿着一件白底蓝纹的方格短袖衫，看上去特别贴身，勾勒出了一个老人健康的骨骼与体形。他身后跟着一帮年轻人，一个个又黑又瘦，跟他就像一个模子里刻出来的，一看就是他的学生和助手，甚至像是传承了他基因的子孙。我紧跟在他们身后，像是一个不知从哪儿冒出来的另类，也确实是另类。和许多好奇的人一样，我一心想要探究袁隆平漫长一生中那些不为人知的故事，仿佛他身上还藏着无数没有揭示出来的秘密。这让给袁隆平当了十多年秘书的辛业芸女士又好气又好笑："哪来那么多秘密故事啰？袁老师就是喜欢研究水稻，天天看天天钻，一辈子钻在稻田里，哪能不钻出成果呢？"她是典型的辣妹子，一开口就这么直来直去，快言快语，其实，她也爽快地说出了科学的真谛，袁隆平的秘密就是穷其一生在钻研水稻的秘密，破译水稻的一个个生命密码，又利用这些密码培育出了一粒粒神奇的种子，这是发现的秘密，也是创造的秘密。

这已是我第三次走进马坡岭采访袁隆平先生，他从海南三亚南繁基地培育出来的又一茬种子——"超优千号"，第一时间就在他的试验田里播种了。立夏前后，湘中一带水稻插秧正当时，而从立夏至小满期间，风云莫测，变幻无常，袁隆平几乎每天都要下田，烈日当头那是寻常天气，越是刮风下雨，电闪雷鸣，越要去田里看看有没有多余的积水，稻禾有没有被狂风吹倒，甚至要实测那些试种的新品种能经受住几级风，在雨水的冲刷中谷粒会不会脱落。而病虫害往往又与自然灾害结伴而生，哪怕一个掌握了尖端科技的杂交水稻之父，也像普通农人一样要看天行事，靠天吃饭。在杂交水稻的一轮轮攻关中，他最担心的就是天气，而天下就是他的稻田。

“我不在家，就在试验田，不在试验田，就在去试验田的路上。”

这是他常说的一句话，说得多了就成了一句名言。这话，他是笑着说的，带着一种典型的袁隆平式的幽默，却也透出一股倔强的认真劲儿。

此时，小暑已过，大暑将至，在火炉长沙，正值一年中气温最高且潮湿、闷热的三伏天。我三次走进马坡岭,每次都在三伏天。在古人看来，有所谓六邪——风、寒、暑、湿、燥、火，而伏天即为暑邪，又曰伏邪，除少了一个寒邪，这三伏天几乎把五邪占尽了，这季节你最好潜伏在家中，静静地享受阴凉与清福。袁隆平先生不是没有这个福分，却没有这样去享受，那田里的稻禾像他的命根子一样让他牵肠挂肚啊。

天增岁月人增寿，这年，他老人家已经八十七岁了。这是他第一篇论文《水稻的雄性不孕性》公开发表的五十周年，也是杂交水稻 1976 年开始在全国大面积推广生产的整整四十年。在这四五十年间，中国杂交水稻从三系法、两系法到超级稻，一直在领跑世界，这一领先世界的纪录已保持了四十年，这是世界科技史上的奇迹，而他一直是这一领域的领军人物，如今依然拉着第一犁。“勿言牛老行苦迟，我今八十耕犹力。”仔细一想，他还真与陆放翁有某些相似之处，放达，乐观，老而弥坚，如果说陆游在反映生活的深度和广度上都达到了同代诗人难以企及的艺术高度，袁隆平在杂交水稻研究的深度和广度上无疑也达到了同代科学家难以企及的科学高度。他像陆游一样放达，却没有陆游诗中的那种老迈。他像埋头耕耘的老黄牛一样，却没有我此前想象的那样不堪重负，在走向稻田的那条路上，他一身轻松，甚至还有几分年轻人的潇洒。

近年来，他一直在做减法，先后辞去了全国人大代表、湖南省农科院名誉院长等职务。在再三请求下，他又于 2015 年秋天辞去了国家杂交水稻工程技术研究中心暨湖南杂交水稻研究中心主任这个一肩双挑的职务。从 1984 年担任中心主任，三十余年如一日，他一直坚守着“吃饭问题”这个生命核心。2016 年初，他又请辞湖南省政协副主席一职。他担任此职也已近三十年了，他从未觉得这是一份殊荣，而是肩负的使命与职责，他一年年为国家粮食安全和“三农”问题献计献策，一次次为农民的利益而奔走疾呼。但对于他，他的第一身份还是一名科研人员，这是必须放在第一位的。在请辞省政协副主席时，他掏心窝子说：“已经有好几年了，我都忙于研究，在省政协没做什么事情，没起什么作用，徒有虚名，这样的话还不如辞去头衔，踏踏实实搞我的科研。”这是他多年来的愿望，他将把毕生精力全身心地投入超级杂交稻的攻关与推广。他的两个大梦，一个做了多年的“禾下乘凉梦”，一个“杂交水稻覆盖全球之梦”，还没有圆。

每次看见他奔走的身影，我都会下意识地忘记他的年岁，但偶尔一想，也会让我惊觉一下，他老人家比我父亲还要大十岁呢。我父亲种了一辈子田，在十多年前就被我接到城里来养老了，眼前这位到了望九之年的老人，每天都还要下田。或许是多年来训练有素，哪怕走在狭窄的田埂上，他的脚步也很有节奏感。他一身轻松，可他身边的人都感到压力山大啊，如果他老人家在田间不小心摔一跤，栽了个大跟头，那可怎么得了啊。每当有人向他伸出手，他还是那句话，一句不知说了多少年的话：“我还没老啊，我在田埂上走不比你们年轻人慢！”

他从来不愿意别人搀扶他，看那样子还真是没有必要，你眼睁睁地看着，也不得不承认，眼前这位耄耋老人，绝不是你仅凭年岁来猜想的一个颤颤巍巍的老人，在很多方面他都超越了我们的想象，他也用自己的脚步验证了自己，在那狭窄的田埂上，他迈出的每一步都走得很稳，那健朗的身子骨，健朗的脚步，走得扎扎实实的，甚至可以用矫健来形容。无论多大的年岁，他都不会失去对自己人生的掌控力。

我夸奖他身体好时，他一点也不谦虚：“这样在稻田里工作，一定能长命百岁！”

他曾说过：“原来我只想搞到八十岁就告老还乡，但现在我要奋斗终生。”

他也曾说过，当他成为“90后”的时候，希望亩产突破一千公斤大关，这是超级杂交稻的第四期攻关目标，结果比他的预期提前五年就实现了。从2015年开始，他又向超级杂交稻第五期目标发起了攻关，他这一辈子都在攻关。我时常觉得他仿佛在生命与科学的两极中舞蹈。一方面，他在向人生或生命的极限挑战。一个人先得有一个好身体，还要有一种好心态，才会有精力，有激情，我觉得这就是袁隆平健康长寿的秘诀之一，一个奔九十的人了，依然保持着异乎寻常的精力和创造的激情。一方面，他这也是向科学的极限挑战。这里且不说此前的三系法、两系法杂交水稻走过了多么艰苦卓绝的路，只说超级杂交稻从第一期到第五期的连续不断攻关，从亩产七百公斤、八百公斤、九百公斤、一千公斤，每一次攻关所达到的目标都是当时的巅峰之作，这也让中国杂交水稻一直保持领先世界的绝对优势。事实上，他早已不是在向世界挑战，而是一直在向自己挑战。而对于他，没有最高，只有更高，科学探索没有极限，从不承认终极真理，哪怕像我这种科学的门外汉，也渐渐理解科学之路的漫长，哪怕迈出一小步也是多么艰难，而科学的一小步，往往就是人类的一大步。

一条路在他的脚下延伸着，一个老骥伏枥、壮心不已的杂交水稻之父，仿佛一生都在抵达之中。我跟在他身后，忽然想到他喜欢的小提琴曲《行路难》，那不是由音乐家创作的，而是一个科学家谱写的——李四光，这位中国地质力学的创立者，也是中国第一首小提琴独奏曲的创作者。科学与艺术，科学家与音乐家，就这样完美地、浑然一体地交融在一起，你甚至分不清是科学升华了艺术，还是艺术升华了科学。当两者都达到了最高的境界，或许就殊途同归了。行路难，行路难啊，其立意与其说深邃，不如说是遥远，李四光的初衷是抒写中国知识分子的苦难历程，却以更漫长的时间验证了科学探索之路的艰难与漫长。望着眼前那个苍劲的背影，他在这条通往稻田的路上走了一辈子，却依然还在走，一看就知道，他还将毅然决然又义无反顾走下去……

我一直在琢磨，那一直支撑着他的动力到底是什么？有人说他用一粒种子改变了世界，却也不尽然，他从未想过要去改变世界，他只是为了拯救生命，那生生不息的生命，就是他的原动力，只因拥有永不枯竭的原动力，才会有永不枯竭的原创力。但他却从未给出明确的答案，更没有那些早已写在教科书上的标准答案。你若问他，他便笑道："这还真是很难说，我自己都不晓得，应该说是为了实现自己的梦想和抱负，可能也和我的性格有关吧，我就是这样的人，就是要挑战自己，想能有更多的突破，永远不会停下前进的脚步……"

到了田边上，这会儿已是中午时分，三伏天的大太阳火辣辣地直射着，稻芒泛着耀眼的金黄色，我顿时一阵眼花缭乱，眯眼默了一会儿神，我才慢慢睁开眼，只见袁老已换上了一双深筒胶皮套鞋，那脚步一下变得沉重了。他发现我在打量他，笑着说："原来都是赤脚下田，哈，光脚的不怕穿鞋的，现在好了，连农民下田都是穿套鞋，蚂蟥虫子都咬不着啦！"

袁老下田时，我还站在田埂上打量着，偌大一片稻田，在一座省城已经十分鲜见了。一条林荫机耕道，将整片稻田一分为二，一边竖着一块标志牌，那蓝色牌子一边，是湖南省水稻研究所、国家水稻改良中心长沙分中心的"水稻区试验展示基地"，种的是常规水稻改良品种；那绿色牌子一边，是国家杂交水稻工程技术研究中心、湖南杂交水稻研究中心的"科研试验基地"，也就是人们常说的中心试验田。一位享誉世界的杂交水稻之父，他的世界就在稻田里，这就是他生活的全部重心，甚至是世界的中心。

早先，马坡岭还被农村和农田包围着，如今除了试验田，几乎看不见传统意义上的农村和农民了，环顾四周，围绕着这片稻田的皆是近三十年来崛起的现代化城区，高楼大厦，层层叠叠，那些洗脚上楼的农民，从最初的不习惯到如今早已习惯城里人的日子，也许正以一副城里人的眼光，在自家的窗口和阳台上俯瞰大地苍生，偶尔也会依稀回想起祖辈、父辈赶着水牛、赤脚下田、荷锄而归的情景。这其实也是我这个农家子久居城市后时常会产生的幻觉，或记忆碎片。然而眼前，童年记忆中的一幕竟然逼真地出现了，一个打着赤膊、浑身黢黑的农人赶着一头乌黑的水牛，正缓慢地走过田野。直到走近了，我才发现，这并非幻觉，却是真实的一幕，那个农人也是一个真正的农人，一看就是我父亲那样种田的好把式，但他不是为自家耕田，而是被聘到这里来耕种这片试验田，从耕耘、插秧、施肥、田间管理，直到收割，一切都由他们来精耕细作。一个掌握了杂交水稻尖端技术的科学家，一片以提升现代农业科技创新能力为目标的试验田，竟然还在沿袭这样落伍的耕种方式，这个反差太强烈了，这也太不与时俱进了吧？其实不然，袁隆平先生觉得这种方式一点也不落伍，凡是历史悠久又能经得住时间考验的方式，必有赓续传承的道理，而精耕细作就是特别值得传承下去的，这也是袁隆平讲究的良法之一。尤其对于试验田，如果采用机械化耕作，难免就会有油污滴落在稻田里，对水土造成污染。2009 年，袁隆平在成都的一块试验田就遭受了污染。那块田，当时正在试种适合机插的新型巨穗稻品种“炳优900”，这是袁隆平为四川选育的两系杂交水稻新品种，由国家杂交水稻工程技术研究中心成都分中心具体实施。由于试验田紧邻马路，一辆奥拓轿车突然失控，冲入了试验田，损毁面积达七十多平米，那一茬试验的稻子也给毁了。但损毁的远不只是这一季试验的稻子，由于试验田遭受机油污染，这块田至少在未来五年都无法用于正常的试验，这是难以估量的损失，也让袁隆平痛心不已。为了保证科研人员的试验在绝对无污染的自然状态下进行，长期以来，袁隆平的中心试验田以及分布在各地的杂交水稻试验田都采用这种传统的农耕方式，生产出的也是真正的绿色生态无公害的种子。

虽说我打小就在稻田里干活，对这片试验田却也有些看不懂。一眼望过去，说句实诚话，这片试验田的景色还不如一般农家的稻田，那秧苗长得高的高，矮的矮，参差不齐，还有不少才刚刚翻耕，光秃秃的一片空白。其实，这又是试验田和一般农家稻田的不同之处。那参差不齐的稻禾，是因为要进行不同品种的试验，有早熟的，有迟熟的，有作为双季稻的晚稻，也有作为一季稻的中稻，还有割了一茬又能长出一茬的再生稻。这些都通过对比试验，一边种的是试验品种，一边种的是对照品种，同样的水土，同样的气候，同样的灌溉与施肥，同样的田间管理，一切都是一样的，但结果却大不一样，那不一样的就是种子。一粒种子的不同，决定了秧苗的长势和稻子的收成，看上去自然就高的高、矮的矮了，而这正是袁隆平每天都要来看个仔细的原因。

就在我茫然四顾时，那些年轻人都已拿着仪器走进了稻田，他们的目的很明确，一个个就像观察胎儿生长发育的妇产科医生一样，对水稻生长、分蘖、扬花、授粉、灌浆、结实的全过程，每天都要细心观察，这和胎儿从孕育到分娩的过程其实没有什么不同。这个季节，正是水稻扬花授粉的季节，越是烈日当头，越是要下田观察和测试，太阳最大的时候，水稻的花就开得最大，观测的效果是最佳的。袁隆平站在齐腰深的稻田里，给这些年轻的助手和学生讲解着。他说的是普通话，但那口音比较复杂，由于从小就在战乱中成长，那流离失所的岁月，让他失去了作为江西人的母语，他的青少年时代是在重庆度过的，后来又长时间在安江和长沙度过，他的母语应该是重庆话或西南官话，又夹杂着安江话、长沙话，这让他的口音也像杂交水稻一样吸收了多种方言的优势，特别有味道。一旦涉及专业术语，他就会下意识地放慢语速，偶尔一个比方，顿时妙趣横生。

他是一个感性的人，又是一个理性的科学家。科学，必须具有严谨、专注、周密、精细、一丝不苟的态度。助手和学生在观察，他也不是一个旁观者，他仿佛在不经意间报出的株高、叶长和稻穗的数量，每一个数据都与仪器的测量丝毫不爽，真是神了。说穿了，也并非神话，这需要阅历，需要特别丰富的经验和独到的眼光，农业科学是应用科学，也可谓是经验科学。袁隆平就以实测的数据为依据，给他的助手和学生们讲解和指导，他的思路特别清晰，那话语的节奏和在风中起舞的稻禾仿佛丝丝入扣，一个不老的声音依然中气十足。随着他的讲述，我眼前那茫然一片的稻子也渐渐变得清晰起来，连视野也变得特别的辽阔与明亮了。

那些插在田间的小牌子，密密匝匝的，每块牌子上都写着水稻品种（试验材料）的型号，我一眼就看见了稻禾中插着的那块“超优千号”的标志牌。这家伙就是杂交水稻之父最新研制出的“神秘核武器”，也是袁隆平向第五期超级杂交稻目标攻关的主打品种，袁隆平能否续写水稻王国的神话或传奇，就看它了。袁老指点着自己的这个得意之作，分明没了刚才深邃而严谨的神色，一脸的神采飞扬，高兴得像个小孩子一样连比带画，这才是他老人家的真性情啊。这家伙也确实挺神奇，在去年的多个百亩示范片试种，“超优千号”已实现了每公顷十六吨的产量目标，今年袁隆平正率科研团队继续攻关，他们在云南、湖南、河南、河北、山东等地布置了七个每公顷十六吨的百亩片攻关示范点，并开始小面积进行每公顷十七吨的试验。看那长势，不说他这个杂交水稻之父，连我这个门外汉也一眼就能看出，优势太明显了。从立夏播种到现在，也就两个来月吧，稻禾的叶子举得高高的，当袁隆平俯下身去观察时，稻叶几乎擦着他的脸孔，株高最少也有一米二。

袁老说：“超优千号组合属于半高秆，其优点是穗大，粒多，每一穗平均有三百五六十粒；到成熟时，那可真是跟尼亚加拉大瀑布一样。这么多的稻子，沉甸甸的，必须具有高度抗倒伏的特性。米质也不错，再生力也是目前超级稻品种中最强之一。”袁老讲了优点，也丝毫不隐瞒这一品种的缺点，他坦言，“超优千号”目前对稻瘟病的抗性还不强，在大面积推广之前，还需要继续研究和改进。说到这儿，又有人难免会担心了，他会不会把转基因技术用到这一品种上呢？他摇了摇头说：“我们用的就是常规技术，不是转基因，我们不考虑做转基因。”

尽管天气炎热无比，但只要走进稻田，一个老人就像阳光下的稻禾一样，焕发出了蓬勃而茁壮的生命力。他好像回到了童年时代，就像当年那个对世界上的一切都充满了好奇心的小小的二毛，那时候的二毛又怎么能想到，他将来的世界就在稻田里。一个小名叫二毛的孩子和眼前这位老人，时不时就在我面前构成重叠交错的影像，让我时不时就一下走神走得老远。必须聚精会神，才能看清眼下的现实。他弯着腰，聚精会神地看着一棵棵稻禾，长久不动，感觉是在深呼吸，正把那甜丝丝的清香深深地往肺腑里吸。他又微微闭着眼深情地抚摸着，好像摸一摸稻子也很舒服。他这忘乎所以的样子，让我忽然又想起了我最熟悉的一个老农，我那种了一辈子稻子的父亲，怎么看，这位老人都像是一个面朝黄土背朝天、在农田里耕耘了一辈子的老农啊!

不是像，他老人家就是这样说的："其实我就是一个在田里种了一辈子稻子的农民!"

当然，他又绝非我父亲那样的普通农民，他是"中国最著名的农民"。在无数吃饱了肚子的老百姓心中，袁隆平发明的杂交水稻就是他们的"翻身稻""幸福稻"。他早已提前进入了民间信仰，被神化了，在我父亲心中，在天下农民心中，他就是一个活着的神农，一个活生生的米神、米菩萨。袁隆平走到哪里，哪里的农民就会放起鞭炮，像是庆祝一个节日。早在20世纪90年代，袁隆平有一次去湖北考察杂交水稻，在黄冈和罗田之间的一个小镇上，一个老乡一眼就认出了袁隆平，但他不敢相信，就那么迷迷愣愣地看着，像在做梦，当他发现自己不是在做梦时，他激动得大喊大叫："老天啊，我看见米菩萨了，我看见活菩萨了！"这一喊可不得了，呼啦啦的，一村的农民都拥上来了，很快，周边村里的老乡们也蜂拥而来，他们都想要亲眼看看这位救苦救难的、让农民吃饱了肚子的活菩萨，还有人说"真想喊一声袁隆平万岁"。

这可让袁隆平犯难了，他既不想当菩萨，也不想被人称为当代神农，一听有人喊万岁更是条件反射、惊恐莫名。他讲起过这样一件事：2014年6月，长沙洗心禅寺妙华法师特意来拜访他，一位佛学高僧与一位杂交水稻之父有了一次"佛学和科学的对话"。妙华法师说，现在很多农民都把袁老称为"米菩萨"，他觉得是当之无愧的，袁老解决了世界上那么多人的温饱问题，就相当于佛教里头说的菩萨。袁隆平一听就连连摆手说："不敢当，实在不敢当啊，菩萨在老百姓心中是能救苦救难的，我又何德何能，我不过是中国稻田里的一介农民，比较勤快，偶有收获而已。"

他这样说，也是他一贯的谦逊，不过他是真心实意不想被老百姓像神哪、像菩萨一样看待，他最不愿意听到的就是为他编织的形形色色的神话或传奇。他也确实一直把自己当作中国稻田里的一个比较勤快的农民，农业科技工作者，天天与泥巴和稻禾打交道，他们的职业就是务农啊，凡是务农的人就是农民。可他越是这样低调地为人处世，那些对他感恩戴德的农民就越是觉得这样委屈了他老人家。于是，便有了一个农民拿出多年的积蓄为袁隆平塑像的故事。这是一个被反复讲述、过度诠释的故事，我在采访中也听到了各种不同的版本。但几乎所有的媒体都在突出强调事情的表面，却忽略了背后另一面的真相。

那位为袁隆平塑像的农民叫曹宏球，1960 年生于郴州华塘镇塔水村，那时一场长达三年的饥荒尚未过去，按说他的家乡是不该发生饥荒的，那一方水土我去看过，实在是良田沃土，自古以来就是湘南的一个稻香村。但曹宏球在十五岁之前，从来没有吃过饱饭，一直处于半饥饿的状态。这也是我曾经的经历。到了 1975 年，他们公社里第一次种上了杂交水稻。一开始，谁都没觉得一粒种子将会改变他们饥饿的命运，只是响应上级的号召，种着试试看。到了秋收季节，所有人几乎惊呆了，一亩田打的稻子竟比原来两亩田还要多！那一年，少年曹宏球终于吃上了他来到人间的第一顿饱饭，而且是没有掺入任何粗粮、杂粮的白花花的大米饭，那种满足感他一辈子也忘不了。从那以后，他们公社里年年都种杂交水稻，曹宏球再也没有饿过肚子。后来他知道了，那个发明了杂交水稻、让他们从此吃上了饱饭的人叫袁隆平。

过了几年，随着人民公社解体，从大集体一变而为大包干，中国从此真正进入了一个风调雨顺的时代，粮食越打越多，多得甚至都卖不出去了，农民出现卖粮难当然不是好事，却也有力地验证了中国农民已把饭碗牢牢地端在了自己手里。而袁隆平还在不断推高杂交水稻产量，从三系法、两系法到超级稻，粮食亩产一次又一次飞跃，尤其是在袁隆平推广“种三产四”工程后，三亩田的水稻就能打出四亩田的稻子，以前一亩田也养活不了一个人，如今三分地就能养活一个人。农民也会计算，就算种粮不赚钱，但节省下来的田地可以用来搞多种经营，以前是一家的劳动力全都扑在稻田里，如今农业技术提高了，种稻变得简单了，轻松了，节省下来的劳动力也可用来搞多种经营。曹宏球脑子活络，除了种稻子，又利用杂交水稻的花粉搞起了养蜂。说起来，曹家原本就是养蜂世家，但在连人都养不活的时代，蜜蜂也难养了，而且不准养，每家只能养个两三箱，养多了那就要“割资本主义尾巴”。现在你想养多少就养多少，这样一来，既解决了南方夏季养蜂花粉资源少的矛盾，又可给杂交水稻传花授粉，蜂蜜卖钱，粮食增产，这种一举多得的科学种养方式，使他逐步由温饱走向小康，成了村里先富起来的一部分人，还被郴州地区树为了科技致富的典型。曹宏球感到这小日子越过越有滋味了，加上他上过中学，粗通文墨，也就有了闲情逸致。1995 年春节，他在自己家的门上贴了一副对联：“发家致富靠邓小平，粮食丰收靠袁隆平。”这也是后来在农民中广泛流传的“两平”论。这种农民式的概括，不一定中规中矩，却也让我又一次惊叹我们的农民兄弟是多么具有智慧，三言两语，一下就能洞察和把握大时代的真相：一个是邓小平推动的改革开放路线，这是政策支撑；一个是以袁隆平为代表的科学家给中国带来了一条科学兴国、科技兴农的发展之路，这是科技支撑。上至国家粮食安全，下到农民能吃饱肚子，中国人能够把饭碗牢牢端在自己手里，说到底就是靠政策和科技来支撑。

一个丰衣足食的农民，一心想着怎么报答他心中的米菩萨袁隆平，他觉得一副对联还远远不能表达他的心意，他要为自己心中的米菩萨竖立一座雕像。这个想法在一个农民的脑子里酝酿已久，并在 1996 年冬天开始付诸实施。

这年，曹宏球已有了六万多元的积蓄，他觉得自己已经拥有这个资本了。然后，他给袁隆平写了一封信：“我是一名农村知识青年，出生于天灾横行的 1960 年，差一点饿死在襁褓之中。我们家乡在推广您发明的杂交水稻之前，我没吃过一顿饱饭。是邓小平给我们送来了好政策，您又给我们送来了好种子，使得我家如今不仅衣食无忧，住上了小楼，还有五六万元的存款。我今天给您写信，就是想向您表达我以及我全家对您的崇高敬意和感激之情。我相信，在这一点上，我们全家人的感情可以代表全中国许许多多个农民家庭。”从字里行间可以看出，曹宏球写这封信很动脑子，很用心，一边写一边琢磨着袁隆平的心思，生恐袁隆平产生什么误会，他在信中还特别提道：“我母亲信佛，常年礼拜观音菩萨，也敬拜神农炎帝。她老人家教导我们，有了钱要修桥补路，乐善好施。我积蓄了一些钱，可如今我们村的路和桥都修好了，施舍别人的事我也做了不少，因此，我想用现有的积蓄请人塑一尊您的汉白玉雕像。全家人都很赞成我这主意。我母亲尤其支持，她说，修菩萨是善事，袁先生就是米菩萨。请您不要误会，我的本意并不是把您当成菩萨来修的，而是为了纪念您的功德，使我们全村、全镇的农民子子孙孙都不会忘记是谁让我们吃上了饱饭……”在这封情真意切的信中，他并未提出别的要求，只想要袁隆平先生提供一幅近照，“我请求您赐给我几张不同角度和不同姿势的全身照片，以便我请合适的工匠参照您的照片进行雕塑”。

这封信寄到湖南杂交水稻研究中心时，袁隆平又去海南南繁育种基地，但为了不耽误事，他的信件都委托其他人来及时处理。远在天涯海角的袁隆平虽然没在第一时间看到这封信，但在第一时间得知这封信的内容。一听农民要给他塑像，他的第一反应就是婉言谢绝。婉言，只怕伤害了那些淳朴善良的农民，而谢绝，他则相当坚决。他随即口授了一封回信：“来信收悉，谢谢你的好意。你和许多农民的心愿，是对我和我国科技工作者的最高嘉奖、鼓励和鞭策，在我看来，这比诺贝尔奖更荣耀。你们的这份情意我领了。但我为国家和人民做一点贡献那是应该的，不值得你们如此敬仰和崇拜。从你的来信看来，你家虽有一些积蓄，但尚不算很富有。因此，我建议你把钱用到扩大再生产上去，好进一步发家致富。倘若你一定要积德行善，社会上也还有很多公益事业可做。请你务必不要把钱浪费在为我塑什么石雕像上，我实在承受不起你的这般厚爱。请你尊重我的意见，并恕我不给你寄照片。”

袁隆平的态度很坚决，但曹宏球和乡亲们的态度也非常坚决，不管袁隆平答不答应，他们都要为袁隆平塑像。曹宏球不知从哪儿找到了一张袁隆平的照片，有人说是从袁隆平的贤内助邓则那儿“骗到的”，我觉得不一定。袁隆平的照片在当时也不难找到，很多报刊上都有袁隆平的照片，有些印刷精美的画报上还以袁隆平在稻田里工作的大幅照片做封面。为了给袁隆平塑像，曹宏球可真是煞费苦心。

为了挑选上好的石料，他打听到北京房山有上好的汉白玉，他在火车上几乎是一路站着赶到北京，挑选到一方上等的汉白玉石料后，他又经人指点，来到河北省曲阳县园林艺术雕刻厂，请求这个厂家按照一比一的比例为袁隆平塑像。经厂家测算报价，需要三十万元。这可让曹宏球犯难了，他满打满算，也就能拿出五万八。不过，这个满脸胡茬的农民还真是很有能耐，他找到厂长，把自己的心愿从头至尾诉说了一番，厂长听了，连眼圈儿都红了，他也是挨过饿的，只要挨过饿的人谁不打心眼里感激袁隆平啊，他当即表示：“为袁隆平塑像，赔本我们也干，这样吧，你交四万八就成了，留下一万回家搞生产，别的你就不用操心了，我们一定把袁先生的像塑好！”

这个厂长也是一位能工巧匠，他与曾经为天安门雕塑飞龙的卢进桥师傅精心雕琢了四个多月，一尊袁隆平的塑像终于诞生了。

当袁隆平的雕像披红挂彩从河北千里迢迢运回村里后，为了找到一个长远的安放处，又有和曹宏球一同富裕起来的村民自发捐出了两亩稻田，建起了一个“稻仙园”。稻仙，意思跟米神、米菩萨差不多，在乡亲们心中，袁隆平就是给大伙送来一粒改变他们命运种子的活神仙啊！大功告成之日，举行了开光大典，塔水村乡亲们敲锣打鼓，放鞭炮，唱山歌，在袁隆平的雕像前供上了象征五谷丰登的稻子和祝福袁隆平健康长寿的寿桃。

这个消息不胫而走，曹宏球等农民自发地为杂交水稻之父袁隆平塑像，还真是一个抓人眼球的新闻事件，然而几乎所有的报道都像这些农民一样一厢情愿，对袁隆平的真实态度却不管不顾。这让袁隆平很尴尬，心里很不好受。一方面，他对农民的一片真诚心存感激，而对他们的自发行为，他还真是无法阻止。另一方面，此事让他深感不安，这些农民挣点钱多不容易啊，却偏偏花在他最不情愿的事情上。他也不能给这些农民出钱哪，否则那就更说不清道不明了，一个人自己出钱给自己雕像，那是个笑话不是？一向很少失眠的他，为这事闹得好几天都没睡好觉。不过，他也想通了，那是一个他不愿接受却又无可奈何的事实，他唯一能采取的方式就是不管不问，一切由它去吧。

那座雕像，袁隆平单位里的不少同事后来都去稻仙园看过，但他本人迄今为止一次都没去过，如果他去了，又是一个抓人眼球的新闻了。想想也知道，一个真实的袁隆平，跑去看那尊自己的雕像，别人觉得特别有意思，他却觉得特不好意思："哎呀，我自己啊，就不要跑去看了，那个场面会弄得我不好意思的。"

我在追踪共和国的粮食发展之路时，也曾去那儿看过，很多人都用"矗立"来形容那尊袁隆平的雕像，其实不是"矗立"，他蹲在田埂上，手捧稻穗，那凝视的眼神深情而又坚定不移。这尊塑像加上底座总高一米六，比袁隆平本人至少矮了十厘米，但这又是农民的智慧了，"一米又六"是"有米又有肉"的谐音。

除了这尊汉白玉雕像，曹宏球后来还打造了一尊袁隆平的铜像，放在一座比雕像本身高出了足足两倍以上的基座上，杂交水稻之父高高在上地蹲在最顶端，以凝固的姿态，凝视着手心里的稻子。基座正面镌刻着："杂交水稻之父袁隆平院士"，底下有金色的稻穗簇拥，两边还有曹宏球写的那副对联，仿佛从他家门口直接揭来的，连"盛世太平"的横批也一起揭来了。这么多东西壅塞在一起，倒也实实在在、满心满意地表达了这些农民对袁隆平先生的敬意，但看上去实在太俗气了，也太不成比例了。由于基座太高了，仰望袁隆平的雕像时，看上去比实际上要矮小得多，它仅仅只是塑造出了袁隆平在稻田里工作的日常姿态，但没有塑出他眼神里的东西，更没有刻画出他骨子里、生命里的东西，事实上这也是最难复制的，它永远只属于生命本身。

其实，就是一尊雕像塑造得再传神，袁隆平先生也不想成为农民崇拜的偶像。爱因斯坦说过："让每一个人都作为个人而受到尊敬，而不让任何人成为崇拜的偶像。"可结果呢，无论他怎么不愿意，他偏偏就成了"崇拜的偶像"，这让他常常充满了自嘲式的苦笑，他也只能用爱因斯坦的话来解释："因为我蔑视权威，所以命运惩罚我，使我自己也成为权威。"

在接下来的日子里还有一些插曲，一次是袁隆平听说曹宏球因遭受自然灾害而陷入困境时，他赶紧让人给他送去了两万块钱。还有一次，由于那尊雕像长时间日晒雨淋，曹宏球无力维护雕像，他只好又跑到长沙来找袁隆平，想请袁隆平资助一下，袁隆平一听他要钱是为了维护雕像，态度一下又变得坚决了，这个钱他不能给，一分钱也不能给。

又不能不说曹宏球还真是一个很有脑子的农民，这个农民还有非同一般的商业头脑和经营策略。那个稻仙园并没有像人们预料的那样难以为继，居然还在不断扩大，如今已从最初的两亩园地扩大到了八十亩，成了一个以袁隆平为形象代言人的农业观光园，每年都有成千上万的游客慕名而来。曹宏球以此为依托，创办了稻仙园养蜂场，以生产蜂王浆为主，还有蜂蜜、花粉、蜂胶等产品。尽管种水稻早已不是曹宏球的主要产业，但他数十年如一日，一直守望着这片让他们吃饱了肚子的稻田，也守望着农民心中的米菩萨。每天早晚，他都要为袁隆平的塑像清扫灰尘，在星移斗转的时空变化之中，曹宏球那种作为农民的朴素感恩之情也在潜移默化，渐渐进入了一个更高的境界，他是这样说的："我为袁隆平院士塑像是为了让社会更加崇尚科学，我雕刻出来的不仅仅是米菩萨袁隆平的躯体，更是一面科学的旗帜！"一个农民的话，还真是此言不虚。我一直觉得，最值得关注的并非一个农民为袁隆平塑像，而是一个农民这么多年来走过的路，那是一条从崇拜偶像到崇尚科学、靠科技致富的路，这才是袁隆平最希望看到的一条路，一条中国农村和农民的真正出路。

袁隆平一直把自己看成是十三亿老百姓当中的一个，他的故事其实就是一个农民和亿万个农民的故事，要说有什么不同，那就是他不但有农民的淳朴与勤奋，还有科学家的头脑，他是一个"懂科学的农民"，他也希望每个农民都能懂得一点科学，而不是盲目地崇拜和迷信任何一个人。他有许多农民朋友，也有许多农民慕名来找他，但他实在太忙了，找他的人也实在太多了，有时候农民来找他，他身边的工作人员只能替他挡挡驾。有一次，几个来找他的农民在袁隆平办公楼的门口被挡住了，袁隆平正好在办公室里，他听见了楼下的动静，赶忙下楼，热情地把那几个农民招呼到自己的办公室，又是让座，又是倒茶。几个农民开始还有些紧张拘谨，一看袁隆平这样平易近人，模样也跟自己差不多，一个个都放开了手脚，有的还跷起二郎腿，就像在自己家里一样。

袁隆平太了解这些农民了，农民心里想啥，他心里很清楚。农民反映的问题，很多都被他写进了湖南省和全国“两会”的提案。尽管他在“2016年‘两会’再次请假，已连续缺席三次”成为媒体反复炒作的一个新闻，但他对农民的关心从未缺席。就在今年“两会”召开之际，他再次发声，批评现行粮食补贴政策没有补到点子上，呼吁把有限的财政资金要花在刀刃上，改变“吃大锅饭”般发放粮食直补资金的做法，只有把钱补贴给那些真正种植粮食的农民，让他们增收，才可以做到既节约资金，更有利于调动那些真正种植粮食的农民的种粮积极性，确保我国的粮食安全。他很善于打比喻，只有牵住了粮食直补这个“牛鼻子”，才能真正起到“四两拨千斤”的作用。而在如何让农民增收的同时，他也一直在千方百计地考虑如何减轻农民种粮的成本。前几年，湖南杂交水稻研究中心研发出了一个高产优质新品种，经国家批准进入生产销售环节后，原打算每斤稻种定价十二元，在征求袁隆平的意见时，他一下发火了：“一斤十二元，为什么卖这么贵？农民有这么多钱吗？”在精打细算后，最终减到每斤九元钱的微利销售。

说起来，在袁隆平获得的无数荣誉中，还有一个独特的、让他倍感珍惜的荣誉。那是2012年秋收过后，几个农民特意从远在怀化溆浦县的乡下赶到长沙，他们就像进城里看亲戚一样，给袁隆平送来了土鸡和土鸡蛋，这样的事袁隆平也时常遇到，待这些农民也像亲戚一样，他们这么远送来的东西，他也会收下，但都会折算成钱给他们，这不是买卖和交易，而是亲人间的人情往来，来而不往非礼也。不过，这些从溆浦来的农民不只是给他来送东西，还是特意来给他颁奖的，那是一块写有“天降神农，造福人类”的大奖牌。原来，这年初，袁隆平选择溆浦县的兴隆村和金中村作为第三期超级杂交稻百亩示范片，这两个村的百亩片平均亩产都突破了九百公斤大关，尤其是这次来送匾的唐老倌，还夺得了全村种粮的“头名状元”。这位六十多岁的农民惊喜地告诉袁隆平：“我活到六十四岁了，还从没见过这么好的稻子啊，别说我，我们村里一些八九十岁的老人，也都说从来没见过！”

就为了这从未见过的大丰收，乡亲们才这么远跑来给袁隆平颁奖，若没有袁隆平培育出来的好种子，哪有这样的大丰收，不但产量高，煮出来的饭也特别好呷，那个香啊！唐老倌乐得跟小孩似的，说到那大米饭时还连连咂着嘴，好呷，好呷！一忘形，连口水都流出来了，他还觉得有些不好意思，急忙用手遮住了嘴巴。几个老乡一下乐了，袁隆平也乐了，看着这些老乡这么开心，他更开心。对于那个大奖牌，“天降神农”几个字他心里不大乐意，但“造福人类”正是他终生的追求，他最看重的是“广大农民的心愿”，而最大的奖励就是农民的口碑，他郑重地接受了这个由农民颁发的奖牌，由衷地说：“我领到过很多奖，农民给我颁奖还是头一次，在我看来，这比得诺贝尔奖更荣耀，这个奖比诺贝尔奖的价值更高，更荣耀！”

袁隆平的门永远是向农民敞开的，他也没有关门的习惯。每次送走了来造访他的农民，袁隆平办公室的地板就会落下许多带着泥土的脚板印，袁隆平却乐呵呵笑道：“这就是接地气啊，我们这些搞农业科研的，不能关起门来搞试验，要多与农民打交道，多下田多比较，不能凭空想象，农民比我们更清楚种子好不好。我们种水稻是搞试验，试验嘛，失败了不要紧，可农民种稻子不能失败，他们要的是实打实的收成，我们不但要按照农民的需求来培育种子，还要知道农村粮食生产方面最新、最真实的情况啊！”

他送走了那些农民，自己也要下田了。每次下田他从不戴草帽，但一条浸透了他汗水的毛巾是必备之物。他那气质、那风度，一看就不是一个农民，但多少年来很多人一直在强调、在渲染他一个泥腿子农民科学家的形象，他也一直打心眼里觉得自己就是个农民，一直打心眼里从农民的心愿上去理解他们。他知道，每一个吃饱了肚子的农民都是真心感激他，其实，他也打心眼里感激这些农民，他培育出的每一粒种子，都必须通过农民辛勤播种、耕耘，才能开花结果，聚沙成塔。如果说保障十三亿人的粮食安全是居于塔顶的国家政策，那么这亿万农民就是保障国家粮食安全最坚实的底部。谁能养活中国？谁在养活中国？说到底就是这数以亿计的农民，只有依靠他们，中国人才能一直把饭碗牢牢地端在自己手里。

稻田里的太阳，蒸发出一股股炙人的水汽和热浪，但那个被耀眼的阳光照亮的身影在我眼前越来越清晰。又一次深深地凝视这位老人，他给人的第一印象，就是一个又黑又瘦的形象，黝黑的脸膛，黝黑的脖子和手臂，如果不是穿上了套鞋，你还会看见他两条又瘦又黑的泥腿子。当他俯身观察稻子时，阳光照在他的脖子上，仿佛产生了光合作用，像光芒焕发的紫铜一样。当他转过身来，对着阳光察看稻花时，他宽阔的额头在阳光下闪烁着黑陶般的釉光。他那抚摸与呼吸的姿态，让我在瞬间发现，这才是一尊活生生的雕像，看上去比稻仙园里的那尊雕像更像一尊雕像，这不是用石头雕出来的供人仰望和膜拜的雕像，而是风雨日月雕塑出来的一尊采日月之精华、吸天地之灵气的雕像。他不是菩萨，不是神农，却是一位足以用伟大来形容的农民。对于“伟大”这个词我一向十分谨慎，但眼前这位老人绝对是当之无愧的。迄今还没有谁像他这样，通过一粒种子把数以亿计的苍生从饥饿中拯救出来，他所创造的财富和价值是无与伦比、难以估量的，对于今天以及未来的世界和人类，他的名字和他所做的一切，必将成为人类最永恒的价值之一。天地间有了这样一位伟大的农民，我也“真想喊一声袁隆平万岁”。

我知道，世上从来没有永生之人，但有永恒的追求。诚如那位曾与袁隆平进行过一次“佛学和科学的对话”的妙华法师所谓，生命其实就是一个道器，“生命的宽度在于你感受过多少，生命的厚度在于你奉献了多少，生命的长度在于你经历了多少”。袁隆平先生说：“我还想再活十年，十年后，一系法杂交稻肯定能搞成功，中国人完全有能力解决自己的吃饭问题！”

2016 年 5 月第一稿

2016 年 8 月第二稿

2016 年 10 月第三稿

2016 年 12 月第四稿

后　记

这是一次追溯真相的写作，这也是一个奇妙的写作过程，一路追随着我们主人公在时空中穿梭的身影，他在前行，我在追寻。我时常会置身于一种当下与回忆交错的情境，回忆的力量往往让时间遁形，让两者之间发生直接呼应。我所追溯的一切都已是既定的事实，没有任何悬念，但我们并不确切地知道那个发生的过程，这就是我必须搞清楚并诚实地向读者报告的。

在体裁上，从一开始我就把本书定位为报告文学，而非传记文学，尽管都是非虚构类文体，但我觉得两者之间还是有区别的。中国有悠久的史传体文学传统，而“生不立传”又是中国史志传统之一，袁隆平先生对给他“立传”也有许多的无奈，我觉得没必要让他老人家勉为其难。作为报告文学，诚如行家所谓，当你给自己的作品贴上“报告文学”标签的时候，你就同读者签订了一份契约，承担了一种允诺：“我的作品是完全真实的。”作为一部时空跨度如此之大的长篇报告文学，从头到尾可以说就是对我们主人公一生的历史追踪。作为一个报告文学写作者，我的立场一直相当明确，哪怕是对过往的叙述，也必须从当下的视角切入历史，以抵达现场的方式去回望历史，我觉得这正是传记文学和报告文学的一个鲜明区别。我对文体的选择，也决定了本书不是为了给袁隆平先生树碑立传，而是为了还原袁隆平。曾经有人把袁隆平和杂交水稻谓之为“袁隆平的神坛和江湖”，其实袁隆平既没有神坛，也没有江湖，如此形容还真是把他看扁了，我觉得只能用“世界”来形容，这也是我以“袁隆平的世界”命名本书的原因，也是意义之所在，那就是真实地揭示他的人生世界、科学世界和精神世界。

袁隆平的世界首先是人生世界，当他作为个体生命而存在时，他的人生之路，他的血肉之躯，他的人之常情，都必须从人的立场上去体认。但袁隆平无疑已超越了个体生命的意义，已不完全属于自己。关于他，关于杂交水稻，早已是家喻户晓却又难识庐山真面目，既有太多的传奇和神话，亦有不少的偏见与误解。褒之者，将他过分拔高、进行过度的美化和演绎，在他身上附着了太多的意义，然而那只是他者的赋予，这非但难以达到预期的效果，反而贻人口实，让他这个“主人公”感到很尴尬、很被动，甚至陷入是非争议。贬之者，或一知半解，或全然误解，或别有用心。无论褒贬，皆有过度诠释带来的遮蔽。对袁隆平和杂交水稻的是是非非，我不作先入为主的判断，只有先撇开这样的语境，才能呈现出一个作为平常人、有着平常心的袁隆平。面对这样一个人，无论你在内心里多么崇敬他，都不能仰望，只能平视。我也一直让自己的叙述在平静和诚实的状态下进行，如此你才可能真正正视他，从而矫正一些由来已久的历史错讹和记忆偏差，如他的出生年月，如他的血缘谱系、师承关系，还有关乎他人生抉择与走向的一些关键细节，我觉得都要竭尽所能地还原真相。

还原袁隆平，其实也是袁隆平先生本人的愿望，他可以迅速还原自己。他总是自揭其短，来矫正和弥补那些失实的文字。还有的作品一味强调他奋不顾身的科学钻研精神，却又恰恰违背了最基本的科学精神。对这种“袁隆平版”的励志故事，袁隆平一半是好笑，一半是苦笑，他不得不一再澄清事实，他觉得把他塑造成这样一个“典型”将会误人子弟。科学攻关也绝非“奋不顾身”就能攻克的，而是一些更关键的因素在起作用，其成败的关键又往往取决于人生境界。按哲学家冯友兰的分析，可以把人生境界从低到高划分为四个层次：第一层次是自然境界，人只是顺着本能或风俗习惯做事，然而他“并无觉解，或不甚觉解。他所做的事，对于他就没有意义，或很少意义”。第二层次为功利境界，“人意识到他自己，为自己而做各种事。这并不意味着他必然是不道德的人。他可以做些事，其后果有利于他人，其动机则是利己的。所以他所做的各种事，对于他，有功利的意义”。第三层次为道德境界，“人了解到社会的存在，他是社会的一员。这个社会是一个整体，他是这个整体的一部分。有这种觉解，他就为社会的利益做各种事，或如儒家所说，他做事是为了‘正其义不谋其利’，他真正是有道德的人，他所做的都是符合严格的道德意义的道德行为”。一个人,能达到这等境界已经非常难得了。第四层次为天地境界，也是人生的最高境界，“人了解到超乎社会整体之上，还有一个更大的整体，即宇宙。他不仅是社会的一员，同时还是宇宙的一员，也就是孟子所说的‘天民’。有这种觉解，他就为宇宙的利益而做各种事。他了解他所做的事的意义，自觉在做他所做的事。天地境界有超道德价值”。——袁隆平先生无疑已达到了人生的最高境界，但他也是一步一步抵达这个境界的，他从雪峰山下的山沟里走向世界，从一个普通农校教师成长为世界级的科学家，在杂交水稻的疆域里一次又一次地登上无人登临的世界之巅，给世界带来一次次震惊，这是一个“一生都在抵达”的过程，也是我在本书中追踪和还原的过程。

袁隆平开创的中国奇迹、世界奇迹，其实就是一位科学家给我们揭示的一个神奇的世界，那是他基于人生世界而构建起的科学世界，他的人生道路和科学探索之路是一脉相承的，也可谓是一条主线之中的两条高度契合的复线。我一度想以“天职”作为书名以统驭全篇，哥白尼尝谓“人的天职在勇于探索真理”，袁隆平的科学探索之路就是一个探索真理的过程,而“民以食为天”则是一个农业科学家的天职。在科学的世界里，袁隆平用毕生心血,履行了他作为科学家和农业科学家的双重天职。其实，对于“天职”还有一种解读，如在中国杂交水稻的发展和推广上功不可没的华国锋同志也曾说过:“作为一个地方的领导人，支持和帮助他（指袁隆平）的科研项目，是我的天职。”正是这从不同视角又站在同一立场上的“天职”，让中国人解决了“吃饭比上天重要”的“天下大命”。

描述袁隆平的科学世界，是我从一开始就预料到的一道难关。在此前的报告文学采写中，我也触及一些科技方面的问题，但采写一部以科学家为主角、以科学探索为主题的报告文学，这还是我第一次尝试。科学是从经验认识层次上升到理论认识层次，这是一个从具象到抽象的过程，而文学则如同“倒行逆施”，必须从科学的理论认识层次又一步一步拉回经验认识的层次，还原为具象。这让我遭遇了一次最有难度的写作，一个科学家的形象可以用文学笔法来描述，但要搞懂杂交水稻的科学原理和关键技术，对我这样一个“科盲”来说太难了，就算搞懂了，还必须找到一种文学化的科学叙述方式，把那些艰深而枯燥的科学术语、科学数据深入浅出又形象生动地表达出来。这两道难关堵在我前面，非常难。说实话，我也想以文学的方式绕过去，不谈科学，只谈人生。但要厘清袁隆平一路走过来的科学探索之路有多么艰难，这又是绝对不可回避的难题，越是科学难关，越是不能回避，否则你就无法把袁隆平和杂交水稻最关键的、根本性的突破与创新揭示出来，一部报告文学作品就会从根本上失真。我只能从袁隆平先生的《杂交水稻简明教程》开始一字一句地“啃”，再就是带着问题去请教。最好的课堂就在稻田里，那是袁隆平的科学现场，他的世界其实就在稻田里，在一粒种子里。当我们探寻一粒种子内部的秘密时，不只是感受到种子的复杂和奇妙，还要透过一粒种子去探悉一个人的生命密码，穿透岁月去触及一个人的灵魂，直抵他内心和生命深处。他对种子的洞察，也让他对人生有了洞察，从而以科学方式获得人生的启示。

杂交水稻是中华民族继四大发明之后又一伟大发明，在中国和世界的稻田里掀起了第二次绿色革命，袁隆平和杂交水稻几乎成了同义词。从袁隆平在这一领域的科学贡献看，从三系法这一“经典的方法”到中国独创的两系法，直到中国超级稻连续五期攻关，他一直是首席专家和总设计师，一直发挥着不可替代的引领作用。在杂交水稻半个多世纪的探索发展之路上，长期以来，他都站在杂交水稻研究的制高点，在培育出一代代杂交水稻品种的同时，袁隆平在杂交水稻的科学理论上也作出了前所未有、填补这一领域科学空白的贡献。在数十年来的实践中，他为杂交水稻的研究和发展建立和完善了一整套理论和应用技术体系，从而创建了一门系统的新兴学科——杂交水稻学，丰富和发展了作物遗传育种的理论和技术。这不只对杂交水稻具有直接的指导作用，也为其他作物的杂种优势利用提供了触类旁通的借鉴。杂交水稻不仅让中国走向了一个丰衣足食的世界，也是“中国创造”的一个经典范例，我国在这一领域的科研与应用一直保持国际领先地位，如今依然遥遥领先。

袁隆平的科学探索之路那样漫长、艰苦卓绝而又困难重重，当你逐渐揭示这一过程时，就会呈现出一条贯穿社会、经济、政治的发展脉络。如果这一背景被无意或有意遮蔽，袁隆平的科学世界将变得非常狭隘。这就要求一个报告文学写作者，若要揭示袁隆平的科学世界，不仅要严格遵循科学事实，还要以科学精神为依归。人生境界有高下之分，科学精神也是有层次的。有学者从结构上将其划分为三个层次：一是认识论层次，这是最基本的层次，主要表现为科学认识的逻辑一致性和实践的可检验性等规范，它们直接体现了科学的本质特征，构成了全部科学精神的基础；二是社会关系层次，对这一层次上科学精神的基本内容，美国著名科学社会学家默顿揭示了四条规范——普遍性、公有性、无私利性和有条理的怀疑论；还有一个最高层次——价值观层次，科学通过求真，可以达到求美、求善，把追求真善美的统一作为自己的最高价值准则。袁隆平从来不是为科学而科学，在他身上有一种从中国古典士人精神中延伸出来的忧患意识和天下情怀，又加之幼承母教，他身上也有一种西方的哲学精神，如尼采对他的影响，让他有一种矢志不移地追求真理的信念。在这双重的人文精神影响下，他的科学精神一步一步得以提升，如今他早已是一个登上了世界之巅的科学家，当他抵达人生的最高境界，也同时达到了科学精神的“最高价值准则”。有人称“袁隆平是一个世界顶尖级的、战略性的农业科学家，也是一个世界的、中国的平民科学家”，应该说，他是当之无愧的。

从人生世界到科学世界，其最高境界终将通向精神境界。人间食粮，原本就有精神属性。在世人的心目中，袁隆平不仅是作为一个人的形象而存在，他所具有的高贵人格和精神风范，早已属于一种精神存在，这正是袁隆平的精神世界，只有身心合一，才能构成并还原一个完整的袁隆平。在追溯他的人生世界和科学世界时，我也渐渐觉悟到，任何一个科学家的成功都绝不是偶然的，也不仅是单纯的专业水平所决定的，还必须有高贵的人格和精神境界作支撑。每一个生命都不是孤立的存在，在袁隆平漫长的一生中，一直与中国现当代的历史进程结伴而行，在他人生不同阶段的历史遭逢、时代际遇，以及由此而形成的生命态度、生活哲学、人生智慧，必然会有一个演绎和发展的、从模糊到清晰的精神脉络，如此才能还原和诠释他坎坷不降其志、风尘不辱其身的精神成长史。袁隆平是中国知识分子的一个典型代表，只有将笔触深入他的精神世界里，才有可能对现当代中国演进的历史进程、对中国知识分子在这一演进过程中扮演的角色有更广义的思考。

对于我，这不仅是一次难度极大的写作，也是一次特别漫长的写作，我从追溯一个生命的诞生开始，一直写到 2016 年岁末，如果加上对他父辈和先辈的追溯，时间跨度则更长。这部作品能够如期如愿完成，先要感谢我们的主人公，他一直想从公众的视线里消失，一心只想“躲起来做点事”，对各种各样的采访避之唯恐不及。我要采访袁隆平先生也很难，但他还是抽出极为宝贵的时间和我见面三次，对我提出的、对我而言非常艰深而复杂的科学问题，他都给予了深入浅出、妙趣横生的回答。他在讲述过程中随时迸发的灵感，还有在不经意间冒出来的一个个细节，也为我的叙述带来了灵感和细节，但他一直过于自谦和低调，不愿意过多地谈及自己。尽管我渴望有更多向他请教和交流的机会，但我深知，这样一位年事已高又极为繁忙的科学家，耽误他的时间无疑是在浪费他的生命。我尽可能少去打扰他，更多的是循着他这条主线，去寻找一个个穿插于其间的人物，如他的贤内助邓则，他的学生和助手以及身边的工作人员谢长江、邓华凤、邓启云、李继明、戴牛松、辛业芸、方志辉、张昭东等，通过他们的讲述，从各个不同的视角去了解我们的主人公。从文学的意义上说，袁隆平是我想要写出的独特的“这一个”，但这些穿插于其间的人物，每一个都值得书写，我也一直在努力呈现以袁隆平为代表的中国知识分子群像。

由于本书是一部科学性、专业性很强的报告文学作品，在初稿完成后即提交国家杂交水稻工程技术研究中心暨湖南杂交水稻研究中心审读。经该中心党委原书记罗闰良研究员、袁隆平秘书辛业芸研究员审订，在真实性和专业方面对该书予以严格把关。此外，本书的一些重要篇章，也交由相关领域的专家审订，如分子育种和转基因方面的内容，由李继明研究员审订，杂交水稻在菲律宾以及东南亚的国际推广部分，由张昭东研究员审订。中心主任助理、国际处处长廖伏明研究员是袁隆平先生所带的博士生之一，也参与了对部分篇章的审订。这些专家都极为严谨，几乎是一字一字地“抠”，有的审读了四五遍。李继明先生说：“非专业人士介绍专业性很强的东西，很难拿捏到位。”但最终他对该作品给予了十分肯定的评价，认为在专业性上已经过关了。罗闰良先生也给予了如此评价：“隔行如隔山，你已翻过了这座山。”另，本书第二稿（征求意见稿）分别提交中国作家协会、中国报告文学学会以及湖南省宣传、出版部门的一些领导和专家审读，提交给农业部相关专家审读，对他们的宝贵意见笔者在第三稿的修改中均已吸收。罗闰良、辛业芸以及我访谈过的谢长江、方志辉等人都撰写了多部关于袁隆平和杂交水稻的专著，这也是我的主要参考文献，在此一并致以衷心感谢。

当一段漫长的叙述接近尾声，又有捷报频传，袁隆平先生在 2016 年连创三项高产纪录：云南省个旧市一季稻“超优千号”百亩片平均亩产 1088 公斤，刷新了 2015 年 1067.5 公斤纪录，再创世界水稻百亩片单产最高纪录；“华南双季超级稻年亩产三千斤技术模式”在广东省兴宁市试验成功，双季早稻“超优千号”百亩片平均亩产 832.1 公斤，双季晚稻“超优千号”百亩片平均亩产 705.5 公斤，合计亩产 1537.6 公斤，创世界双季稻最高单产纪录；湖北蕲春县一季加再生稻“超优千号”百亩片亩产

1253.4 公斤，创长江中下游稻区一季加再生稻高产纪录。

除了捷报，还有添彩之笔。2016 年 10 月 3 日，由香港嘉华集团主席吕志和创立的“吕志和奖——世界文明奖”在香港举行了颁奖典礼，袁隆平获颁以“世界粮食供应：安全及可靠性”为关注领域的首届“吕志和奖——持续发展奖”，以表彰他“在高产杂交水稻技术研究上取得重大科研成就，并成功为中国及其他饱受饥荒困扰的地区，提供可持续及稳定的粮食。袁教授的杂交水稻技术，对促进世界粮食供应的安全性作出了杰出贡献”。另有“无国界医生”和美国前总统吉米·卡特分别获颁“吕志和奖——人类福祉奖”和“吕志和奖——正能量奖”。这是迄今为止奖金最高的国际大奖，每位获奖者将获得两千万港元的奖金，远远超过了诺贝尔奖。它更重要的意义不在奖金之高，诚如吕志和博士所说:“我衷心希望‘吕志和奖’这一颗缔造真、善、美的种子能茁壮成长，为世界加添一点色彩，推动世界文明及正能量的精神。”他还特别强调，评委会决定将该奖项授予袁隆平教授，是对他为人类“提供可持续及稳定的粮食”致敬。这次获奖，袁隆平一如既往很谦逊地说:“得到‘吕志和奖’我很高兴，对我是个鼓励，是个鞭策，勉励我向更高的高度攀登。”他要把奖金用在发展杂交水稻上，继续奋斗，实现杂交水稻技术的新发展和突破，进一步提高粮食产量。

继续奋斗，这话对于袁隆平从未过时，每次他说这话时眼里就会闪烁出一种奇异的，甚至是神奇的亮光。我也深信，随着他向水稻超高产的极限、向人生与生命的极限发起挑战，一个人和一粒种子的故事还将续写。我一度想要通过这样一次写作解决掉所有的疑惑，这部书从袁隆平诞生一直写到了 2016 年岁末，篇幅够长了，体量也相当厚重了，但仍不足以承载袁隆平的世界。我所呈现的只是一个提炼或浓缩的世界，袁隆平的世界和一粒改变世界的种子还有着难以穷尽的秘密和无尽的解释空间，这样一部书，永远都不能画上句号，永远都在续写和添加中……

2016 年 12 月于岭南

附　录

袁隆平年表

1929年8月13日（农历己巳年七月初九），出生于北平协和医院，后长期被误为1930年9月1日（农历庚午年七月初九）。

1930—1936年7月，随父母辗转于北平、天津、江西赣州、德安和湖北汉口等地。

1936年8月—1938年7月，在汉口扶轮小学学习。

1938年8月—1939年1月，随父母在战乱中流离，在湖南澧县弘毅小学学习。

1939年8月—1942年7月，在重庆龙门浩中心小学学习。

1942年8月—1943年1月，在重庆复兴初级中学学习。

1943年2月—1943年7月，在重庆赣江中学学习。

1943年8月—1946年5月，在重庆博学中学学习。

1946年8月—1948年1月，在汉口博学中学高中学习。1947年暑假，高中一年级时，获汉口赛区男子百米自由泳第一名、湖北省男子百米自由泳第二名。

1948年2月—1949年4月，在南京中央大学附属高中学习。

1949年9月—1950年10月，在重庆北碚夏坝的相辉学院农艺系学习。

1950年11月—1953年7月，在高校院系调整中，随相辉学院农艺系并入重庆新组建的西南农学院农学系。

1953年，毕业于西南农学院农学系，被分配至湖南省安江农校，任教十九年。

1961 年，在安江农校实习农场早稻田中发现特异稻株——“鹤立鸡群”，随后根据其子代的分离与退化现象，推断其为天然杂交稻株，进而形成研究水稻“雄性不孕性”的思路。

1964 年，在安江农校大垄试验田洞庭早籼稻田中发现“天然雄性不育株”，从此迈出了关键的第一步，在中国首创水稻雄性不育研究。与邓则结婚。

1965 年，又相继在安江农校大垄试验田及附近稻田的南特早、早粳 4 号、胜利籼等品种中，共计找到六株天然雄性不育植株，经过连续两年春播与翻秋，共有四株繁殖了一至二代。

1966 年，在中国科学院主办的《科学通报》第 17 卷第 4 期发表第一篇论文《水稻的雄性不孕性》。国家科委九局致函湖南省科委和安江农校，支持袁隆平的水稻雄性不育研究。

1967 年，湖南省科委发函安江农校，要求将“水稻雄性不孕”研究列入计划，随后，由袁隆平与自己的学生李必湖、尹华奇组成的黔阳地区农校（安江农校改名）水稻雄性不育科研小组正式成立。

1968 年，遭受“5 · 18”毁苗事件，安江农校中古盘 7 号田的不育材料秧苗被全部拔除毁坏，成为至今未破的谜案。事发后的第四天，袁隆平才在校园的一口废井里找到了五根残存的秧苗，继续坚持试验。

1969 年，赴云南省元江县加速繁育不育材料，决定寻找野生稻，从亲缘关系较远的野生稻身上寻找突破口。

1970 年，助手李必湖和冯克珊在海南岛南红农场找到“野败”，为籼型杂交稻三系配套打开了突破口。

1971 年，调入湖南省农业科学院新成立的杂交水稻研究协作组工作。

1972 年，国家科委把杂交水稻列为国家重点科研项目，组织国内科技人员协作攻关。袁隆平选育出中国第一个应用于生产的不育系“二九南 1 号 A”。

1973 年，在苏州召开的水稻科研会议上发表论文《利用“野败”选育三系的进展》，正式宣告我国籼型杂交水稻三系配套成功。

1974 年，育成中国第一个强优势杂交组合“南优 2 号”，攻克了三系法杂交水稻的优势组合关。

1975 年，攻克了三系法杂交水稻的制种关。

1976 年，赴海南指挥杂交水稻制种，任技术总顾问。三系法杂交水稻开始在全国大面积推广。

1977 年，在《中国农业科学》和《遗传与育种》上分别发表《杂交水稻培育的实践和理论》和《杂交水稻制种和高产的关键技术》等两篇重要论文，总结十年来杂交水稻的研究与应用的经验。

1978 年，出席全国科学大会，并获“全国科学大会奖”。晋升为湖南省农业科学院研究员。

1979 年，首次迈出国门，赴菲律宾参加国际水稻研究所召开的学术会议，宣读论文《中国杂交水稻育种》并即席答辩，与会者一致公认中国杂交水稻研究处于世界领先地位。获国务院授予的“全国先进科技工作者”与“全国劳动模范”称号。任农业部科学技术委员会委员、中国作物学会副理事长等多种职务。

1980 年，应邀赴美国担任杂交稻制种技术指导，随后赴菲律宾国际水稻研究所进行技术指导与合作研究。在中国农业科学院和国际水稻研究所合办的杂交稻技术国际培训班担任主讲人。

1981 年，由袁隆平领导的全国籼型杂交水稻科研协作组获中国第一个国家特等发明奖。

1982 年，任全国杂交水稻专家顾问组副组长。被国际同行誉为“杂交水稻之父”。

1983 年，第二次应邀赴美国考察杂交稻试种情况并进行技术指导。

1984 年，湖南杂交水稻研究中心成立，袁隆平任中心主任。获国家级有突出贡献的中青年专家称号。

1985 年，获联合国知识产权组织“发明和创造”金质奖章和荣誉证书。

1986 年，培育成杂交早稻新组合“威优 49”。应邀出席在意大利米兰附近召开的“利用无融合生殖进行作物改良的潜力”国际学术讨论会。在长沙召开的首届杂交水稻国际学术讨论会上作了《杂交水稻研究与发展现状》的学术报告，提出杂交水稻发展的战略设想。

1987 年，任国家“863”计划 1-01-01 专题组组长（责任专家）。获联合国教科文组织巴黎总部颁发的 1986—1987 年度科学奖。联合国教科文组织总干事姆博先生赞扬袁隆平取得的科研成果是继 70 年代国际培育半矮秆水稻之后的“第二次绿色革命”。袁隆平将这次获奖的 1.5 万美元全部捐献作为杂交水稻奖励基金，以奖励在这一领域有突出贡献的科技工作者。

1988 年，获英国让克（Rank）基金会颁发的农学与营养奖。当选为湖南省政协副主席。

1989 年，出席在北京召开的“全国劳动模范和先进工作者”表彰大会，参加国庆 40 周年观礼活动。

1990 年，任联合国粮农组织首席国际顾问，赴印度指导杂交水稻技术。

1991 年，应邀赴日本作两系杂交稻研究新进展学术报告。赴美国参加洛克菲勒基金年会。任湖南省农业科学院名誉院长。

1992 年，在《杂交水稻》发表解决两系杂交稻关键技术的论文《选育水稻光、温敏核不育系的技术策略》。出席并主持在湖南长沙召开的国际水稻无融合生殖会议。率中国代表团参加在菲律宾国际水稻研究所召开的第二届杂交水稻国际学术讨论会。中共湖南省委、湖南省人民政府授予袁隆平“功勋科学家”荣誉称号。

1993 年，获美国菲因斯特（Feinstein）基金会颁发的“拯救世界饥饿”（研究）荣誉奖。撰写《对大面积推广玉米稻要持慎重态度》一文，由湖南省农业厅以湘农函（1993）种字 113 号转发，对于稳定湖南粮食产量起到重大作用。

1994 年，在《杂交水稻》发表《水稻光、温敏核不育系的提纯和原种生产》。赴美国休斯敦与美国水稻技术公司草签合作开发两系杂交稻协议。获首届何梁何利基金科学与技术进步奖（生物类）。

1995 年，当选为中国工程院院士。获联合国粮农组织“粮食安全保障”荣誉奖章。“国家杂交水稻工程技术研究中心”依托“湖南杂交水稻研究中心”成立，袁隆平任主任。两系法杂交水稻研究取得突破性进展，可以在生产上大面积推广。

1996 年，在《杂交水稻》发表《选育水稻亚种间杂交组合的策略》。出席由中宣部与中华全国总工会在北京人民大会堂联合举行的中国科技十杰表彰大会，发表题为《攀登杂交水稻研究新高峰，解决中国人吃饭问题是我的毕生追求》的演讲。获日本经济新闻社“日经亚洲奖”。

1997 年，获国际农作物杂种优势利用“杰出先驱科学家”荣誉称号。在《杂交水稻》上发表论文《杂交水稻超高产育种》。

1998 年，出席在北京召开的第 18 届国际遗传学大会，作《超高产杂交稻选育》报告。获日本“越光国际水稻奖”。

1999 年，“袁隆平农业高科技股份有限公司”正式挂牌成立。荣获中国“杰出专业技术人才”金质奖章，出席由中宣部、科技部、人事部联合在北京人民大会堂隆重举行的表彰大会，发表题为《发展杂交水稻，造福世界人民》的演讲。出席在人民大会堂举行的“袁隆平星”小行星命名仪式。

2000 年，超级杂交稻育种第一期目标验收达标，示范片亩产超过七百公斤(每公顷 10.5 吨)。赴菲律宾国际水稻研究所参加水稻科研会议，宣读《超级杂交稻育种》论文，并对湖南杂交水稻研究中心设在菲律宾的杂交稻试种基地进行现场考察。

2001 年，获首届国家最高科学技术奖。获菲律宾“拉蒙·麦格赛赛奖”。

2002 年，赴泰国曼谷参加由联合国粮农组织举办的第二十次国际水稻委员会会议。获“科学中国人（2002）年度人物”称号。

2003 年，赴乌拉圭参加学术会议，并作《杂交水稻在中国的发展》学术报告。被聘为海南省政府高级科技顾问。

2004 年，超级杂交稻育种第二期目标提前一年实现，示范片亩产超过八百公斤（每公顷 12 吨）。获以色列总统为其颁发的沃尔夫奖（Wolf Prize）、美国世界粮食基金会颁发的“世界粮食奖”、泰国国王“金镰刀”奖，被中央电视台评为“感动中国 · 2004 年度人物”。

2005 年，在亚太地区种子协会（APSA）年会上，被授予“APSA 杰出研究成就奖”。

2006 年，当选为美国科学院外籍院士。国家杂交水稻工程技术研究中心开始组建攻关研发团队，按照“良种、良法、良田、良态”配套的原则，选育出了一批有亩产九百公斤潜力的超级杂交稻新组合。

2007 年，赴香港中文大学联合书院参加“杰出学人到访”活动，并作学术报告。他表示：在第一、第二阶段取得良好成果的基础上，第三阶段超级杂交水稻育种计划已顺势推出，目标是在 2015 年将每亩水稻产量提高到九百公斤，并实施“种三产四”工程，即种植三亩田、产出原来四亩田的稻谷。

2008 年，出席在湖南长沙召开的第五届国际杂交水稻学术研讨会，作题为《中国超级杂交稻研究的最新进展》的学术报告。获“改革之星——影响中国改革开放 30 年 30 人”等荣誉称号，担任 2008 年北京奥运会 001 号火炬手。

2009 年，出席杂交水稻技术对外合作部长级论坛，入选新中国成立以来 100 位感动中国的人物。回母校西南大学进行学术演讲，受到师生热情接待，上千名学子手捧鲜花、在雨中夹道呼喊着他的名字。

2010 年，获得法兰西共和国最高农业成就勋章（指挥官级），获澳门科技大学荣誉博士学位。荣登 2010 中国心灵富豪榜首富榜。

2011 年，入选《中国国家形象片——人物篇》，在纽约时报广场亮相。获马来西亚马哈蒂尔科学奖。

2012 年，超级杂交稻育种第三期目标实现，示范片亩产超过九百公斤（每公顷 13.5 吨）。获中非友好贡献奖。

2013 年，出席全国劳模代表座谈会。在博鳌亚洲论坛作《发展杂交水稻，保障粮食安全》的报告。获第四届中国消除贫困奖终身成就奖。

2014年，超级杂交稻育种第四期目标提前实现，经专家组验收，超级稻“Y两优900”百亩示范片平均亩产1026.7公斤，创造了水稻亩产世界纪录。“两系法杂交水稻技术研究与应用”项目获国家科技进步特等奖。由挪威议员提名中国著名杂交水稻育种专家、“杂交水稻之父”袁隆平为2014年度诺贝尔和平奖候选人。

2015年，主动辞去国家杂交水稻工程技术研究中心暨湖南杂交水稻研究中心主任,向超级杂交稻育种第五期目标（产量指标为每公顷16吨）发起攻关。

2016年，请辞湖南省政协副主席职务获准。他表示，将把毕生精力全部投入超级杂交稻的科研与推广。获“吕志和奖——持续发展奖”。青岛海水稻研究发展中心成立，任中心主任和首席科学家。该年连创三项世界高产新纪录：云南省个旧市一季稻“超优千号”百亩片再创世界水稻百亩片单产纪录，广东省兴宁市双季杂交稻“超优千号”百亩片创世界双季稻单产纪录，广西灌阳县超级杂交稻“超优千号”一季加再生稻百亩片创世界一季加再生稻高产纪录。

主要参考书目及文献

（以发表、出版时间为序）

［1］米丘林.米丘林选集［M］.华北农业科学研究所，译.北京：农业出版社，1956.

［2］辛诺特，邓恩，杜希赞斯基.遗传学原理［M］.奚元龄，译.北京：科学出版社，1958.

［3］袁隆平.水稻的雄性不孕性［J］.科学通报，1966（4）：185–188.

［4］袁隆平.杂交水稻制种和高产的关键技术［J］.遗传与育种，1977（1）.

［5］袁隆平.杂交水稻培育的实践和理论［J］.中国农业科学，1977（1）：27–31.

［6］袁隆平.杂交水稻简明教程［M］.长沙：湖南科技出版社，1985.

［7］袁隆平.杂交水稻的育种战略设想［J］.杂交水稻，1987（1）：1–3.

［8］巴来伯格.走向丰衣足食的世界［M］.王应云，译.北京：中国农业科技出版社，1990.

［9］中国农业科学院，湖南省农业科学院.中国杂交水稻的发展［M］.北京：农业出版社，1991.

［10］袁隆平.选育水稻光、温敏核不育系的技术策略［J］.杂交水稻，1992（1）:1–4.

［11］袁隆平.水稻光、温敏核不育系的提纯和原种生产［J］.杂交水稻，1994（6）:1–3.

［12］达尔文.物种起源［M］.周建人，叶笃庄，方宗熙，译.北京：商务印书馆，1995.

［13］袁隆平.选育水稻亚种间杂交组合的策略［J］.杂交水稻，1996（2）：1–3.

［14］中华人民共和国国务院新闻办公室.中国的粮食问题白皮书［R］.1996.

［15］谢长江.功勋科学家袁隆平［M］.北京：中国农业出版社，1996.

［16］宋健.也论“谁来养活中国人”［J］.中国人口·资源与环境，1997（4）：1–4.

［17］袁隆平.杂交水稻超高产育种［J］.杂交水稻，1997（6）：4–9.

［18］袁隆平，唐传道.杂交水稻选育的回顾、现状与展望［J］.中国稻米，1999（4）:3–6.

［19］谢长江.袁隆平与杂交水稻［M］.长沙：湖南科学技术出版社，2000.

［20］李昌平.我向总理说实话［M］.北京：光明日报出版社，2002.

［21］袁隆平.杂交水稻学［M］.北京：中国农业出版社，2002.

［22］罗闰良，吴京华.绿色神话解读——论袁隆平科技创新［M］.广州：广东科技

出版社，2003.

［23］谢长江 . 袁隆平［M］. 贵阳：贵州人民出版社，2004.

［24］MACLEAN J L，DAWE D C，HARDY B，等 . 水稻知识大全［M］. 杨仁崔，汤圣祥，等译 .3 版 . 福州：福建科学技术出版社，2003.

［25］摩尔根 . 基因论［M］. 卢惠霖，译 . 北京：北京大学出版社，2005.

［26］薛定谔 . 生命是什么［M］. 罗来鸥，罗辽复，译 . 长沙：湖南科学技术出版社，2007.

［27］谢长江 . 袁老师，我们敬爱的良师益友［M］. 长沙：湖南科学技术出版社，2007.

［28］国家发展改革委员会 . 国家粮食安全中长期规划纲要（2008—2020 年）［R］. 2008.

［29］陈启文 . 共和国粮食报告［M］. 湘潭：湘潭大学出版社，2009.

［30］袁隆平，辛业芸 . 袁隆平口述自传［M］. 长沙：湖南教育出版社，2010.

［31］方志辉 . 十年一探——为了丰衣足食的世界［M］. 长沙：湖南人民出版社，2010.

［32］韩俊 .14 亿人的粮食安全战略［M］. 北京：学习出版社，2012.

［33］孟德尔，等 . 遗传学经典文选［M］. 北京：北京大学出版社，2012.

［34］国务院发展研究中心农村经济研究部课题组 . 中国特色农业现代化道路研究［M］. 北京：中国发展出版社，2012.

［35］方志辉 . 七年马义奇［M］. 长沙：湖南人民出版社，2013.

［36］邓华凤 . 杂交水稻知识大全［M］. 北京：中国科学技术出版社，2014.

［37］庚镇城 . 李森科时代前俄罗斯遗传学者的成就［M］. 上海：上海科技教育出版社，2014.

［38］哈尔福德 . 揭秘转基因［M］. 俞美莲，译 . 上海：上海科学技术出版社，2015.

［39］方志辉 . 稻可道［M］. 长沙：中南大学出版社，2015.

［40］方志辉，陈默 . 非常稻［M］. 长沙：中南大学出版社，2016.

［41］陈才明，姜庆华 . 中国梦坚定实践者——袁隆平［M］. 北京：红旗出版社，2016.